BASTEI
LÜBBE

Bisher sind im BASTEI-LÜBBE Taschenbuchprogramm von PIERS ANTHONY nachstehende Bände erschienen:

Die Saga vom magischen Land Xanth
20 053 Chamäleon-Zauber
20 059 Zauber-Suche
20 061 Zauber-Schloß
20 065 Zentauren-Fahrt
20 069 Elfen-Jagd
20 071 Nacht-Mähre
20 077 Drachen-Mädchen

Die Inkarnationen der Unsterblichkeit
22 098 Reiter auf dem schwarzen Pferd

24 046 Omnivor
24 067 Ox
22 080 Orn

PIERS ANTHONY

RITTER-GEIST

Die Saga vom magischen Land Xanth

8

BASTEI
LÜBBE

BASTEI-LÜBBE-TASCHENBUCH
Fantasy
Band 20 094

Mit Illustrationen von Johann Peterka

Deutsche Lizenzausgabe 1987
Bastei-Verlag Gustav H. Lübbe GmbH & Co., Bergisch Gladbach
Originaltitel: Crewel Lye
Ins Deutsche übertragen von Ralph Tegtmeier
Lektorat: Dr. Helmut Pesch
Titelillustration: Michael Whelan
Umschlaggestaltung: Quadro-Grafik, Bensberg
Druck und Verarbeitung:
Elsnerdruck, Berlin
Printed in Western Germany
ISBN 3-404-20094-2

Der Preis dieses Bandes versteht sich einschließlich
der gesetzlichen Mehrwertsteuer.

1 Gute Magier, 2 Schloß Roogna, 3 Nördliches Dorf, 4 Baum, 5 Insel der Illusionen, 6 Tränensee, 7 Ogersee, 8 Magischer Staub, 9 Unbekannt, 10 Zentaureninsel, 11 Istmus, 12 Drachen, 13 Kobolde, 14 Greife, 15 Vögel, 16 Ogre Fen-Ogre, 17 Luft, 18 Erde, 19 Feuer, 20 Wasser, 21 Leere.

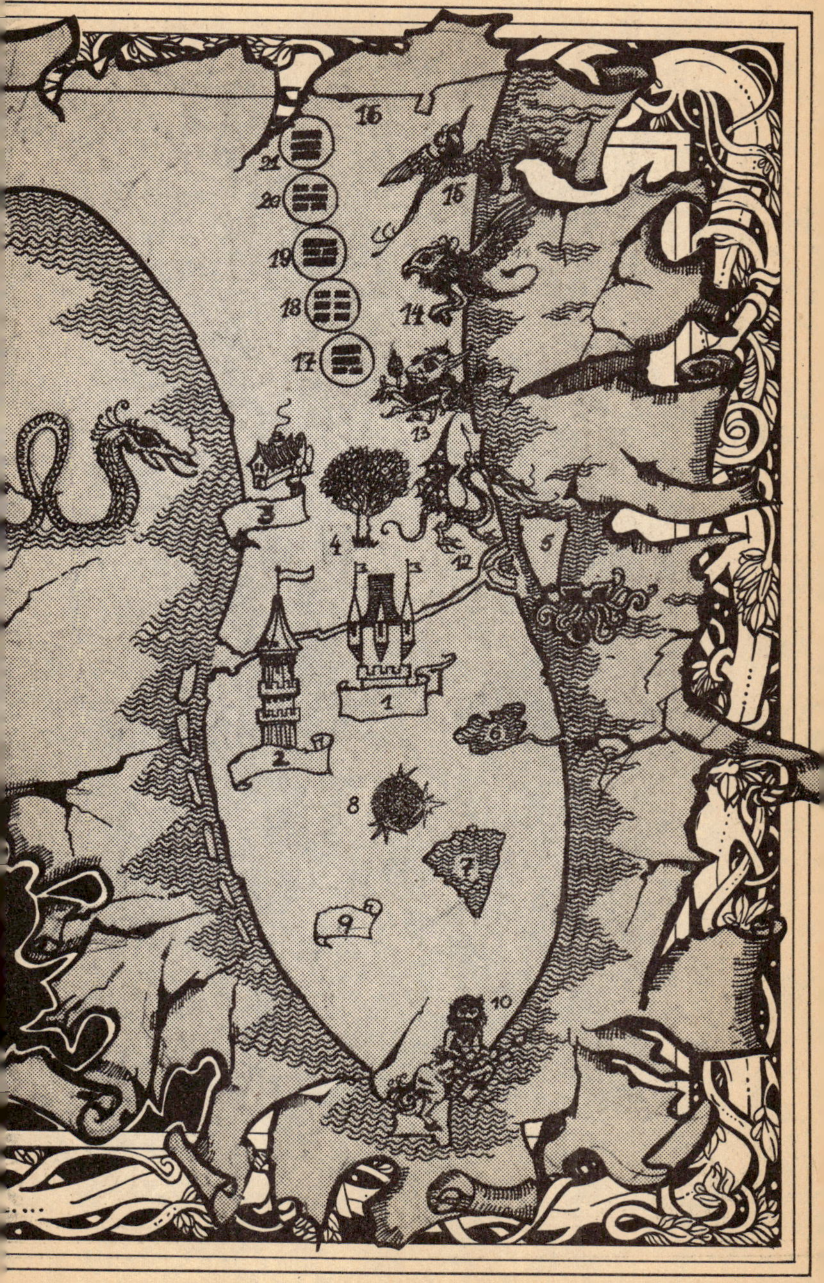
16
21
20
15
19
18
14
17
13
3
4
12
5
1
2
6
8
7
9
10

I

Geistersuche

Aus einem völlig unerfindlichen Grund durfte sich Ivy nur auf Schloß Roogna aufhalten, und das war natürlich schrecklich langweilig. Vor gar nicht allzu langer Zeit war ihre Mutter Irene reichlich dick geworden, aß aber unbekümmert immer weiter, tat so, als sei das eine wunderbare Sache und hatte für Ivy anscheinend überhaupt keine Zeit mehr. Und was die Geschichte noch schlimmer machte: ihr Vater, König Dor, hatte ein kleines Brüderchen für sie bestellt. Ivy brauchte kein Brüderchen und wollte auch keins. Wie konnten die bloß so gedankenlos sein, etwas Derartiges zu bestellen, ausgerechnet ohne diejenige zu befragen, die es doch am meisten anging? Wozu sollte so ein Baby schon gut sein – erst recht ein Junge?

Doch nun war das vermaledeite Ding endlich angekommen, und Irene hatte sein Eintreffen anscheinend mit einem Verdünnungszauber gefeiert, denn plötzlich hatte sie ihr normales Körpergewicht wieder, schien aber nach wie vor kaum Zeit für Ivy zu haben. Diese blöden, dämlichen Klapperstörche! Ivy gelangte zu dem Schluß, daß es nicht einmal in dem farblosen, langweiligen Mundania schlimmer sein konnte.

Eine Weile lang spielte sie mit den Sachen, die ihr ihre Brieffreundin Rapunzel, die ganz langes Haar hatte und ähnlich wie sie in ihrem Schloß gefangengehalten wurde, geschickt hatte. Da Ivy noch zu jung war, um lesen und schreiben zu können, tauschten sie kleinere Gegenstände aus, und meistens war das schon ganz in Ordnung. Doch gab es auch Grenzen, was man mit Bleifischen und Kalaumauern anfangen konnte. So wurde Ivy diese ziemlich schnell leid.

Manchmal ertappte sie sich dabei, wie sie stundenlang – und stundenkurz – den magischen Wandteppich in ihrem Zimmer beobachtete: das idiotische Stoffding war ihr zu einer Art allerletztem Ausweg in Sachen Zeitvertreib geworden. Seine beweglichen Bilder zeigten alles, was jemals im Lande Xanth passiert war. Aber die Bilder waren ziemlich verschwommen, und Ivy interessierte sich sowieso nicht besonders für Geschichte. Wieviel mehr Spaß machte es da doch, im Dschungel mit Wolken und Gewirrbäumen und Hypnokürbissen zu spielen!

Als der Teppich gerade eine Geschichtssequenz von mehreren Jahrhunderten abspielte, bemerkte Ivy plötzlich, daß sie nicht mehr allein war. Eines der Schloßgespenster befand sich im Raum. Tatsächlich sah es dem Teppich zu.

Natürlich belästigten die Gespenster Ivy nicht; eher schien es umgekehrt zu sein. Gespenster gingen ihr immer aus dem Weg, weil ihr auf halbem Schritt stets Ärger zu folgen pflegte, und die Spukwesen auf Schloß Roogna liebten, wie andere Exemplare ihrer Art auch, ihre wohlverdiente Ruhe. Deshalb war Ivy nun auch etwas überrascht, wenngleich sie dabei keinerlei Angst hatte. Sie blickte das Gespenst an, doch dessen Umrisse waren unscharf, und sie konnte nicht erkennen, um wen es sich handelte. Deshalb fragte sie: »Wer bist du?«

»Jordan«, erwiderte der Geist schwach. Es fiel den Gespenstern schwer, mit nennenswerter Lautstärke zu sprechen, weil ihr ganzer Klangkörper hauptsächlich aus Dampf bestand, aber wenn sie sich darauf konzentrierten, gelang es ihnen doch.

Ach ja. Jordan war doch das Gespenst, das damals der Mähre Imbri dabei geholfen hatte, Schloß Roogna vor dem Reitersmann zu retten, vor irrsinnig langer Zeit, bevor Ivy selbst auf der Bildfläche erschienen war. »Was machst du da?«

»Ich schaue mir meine Geschichte an.« Je mehr sie sich auf das Gespenst konzentrierte, desto schärfer wurde es und verwandelte sich aus einer amorphen Wolke in eine bucklig-flache Gestalt, was eine merkliche Verbesserung darstellte.

Ivy verspürte ein leichtes Aufflackern ihres Interesses. »*Deine* Geschichte? Das ist die Geschichte Xanths, du Dummkopf!«

»Ich habe vor vierhundert Jahren in Xanth gelebt«, erwiderte Jordan und wurde zu einer verschwommenen menschlichen Gestalt.

»War das damals schon genauso langweilig wie heute?«

»Nein, aufregend war es!« sagte das Gespenst mit etwas größerer Lebhaftigkeit. »Es war ein unglaublich fesselndes Abenteuer ... glaube ich.«

»Glaubst du?« Ivy war entschlossen, der Sache auf den Grund zu gehen, denn wenn es auf Schloß Roogna irgend etwas von Interesse gehen sollte, wollte sie es endlich aufspüren.

»Na ja, ich bin daran gestorben.«

»Oh, ich sterbe gleich vor Langweile«, behauptete Ivy.

»O nein!« protestierte Jordan. »Du bist eine Zauberin. Du wirst aufwachsen und einmal König von Xanth werden.«

Das war zwar nichts Neues, doch immerhin wuchs Ivys Interesse. Inzwischen hatte sich Jordan zu einem vollen, ausgebildeten Mann entwickelt, teilweise weiß, teilweise durchsichtig, einigermaßen groß, jung und attraktiv. Eine weiße Haarlocke hing ihm ein Stück ins rechte Auge, das ebenfalls weiß war. Die meisten Gespenster waren weiß; Ivy wußte nicht so genau, warum. »Wie bist du denn gestorben?«

Jordan schüttelte den Kopf. »Irgendwie kann ich mich

nicht mehr richtig daran erinnern. Ich bin ja schon so lange tot.«

»Aber an so etwas kann man sich doch ganz leicht erinnern!« rief Ivy. »Sterben ist doch eine große Sache, genau wie geboren zu werden.«

»Kannst du dich daran erinnern, geboren zu werden?«

»Natürlich nicht. Tiere werden geboren. *Mich* hat der Klapperstorch gebracht. Ich hätte ihm ordentlich eine runterhauen sollen, denn jetzt hat er auch noch Dolph angeschleppt, den sie nun zu meinem Brüderchen machen wollen.« Sie zog eine Schnute, während sie der Erinnerung nachhing. »Wenn ich schlau gewesen wäre, hätte ich mich nachts mal rausgeschlichen und sämtliche Klapperstörche herangelockt, um sie in den Schloßgraben zu schmeißen, bevor Dolph eintraf. Höchstwahrscheinlich ist nur er daran schuld, daß es mir jetzt so schlecht geht.«

»Ja, Jungen machen eine Menge Ärger«, pflichtete das Gespenst ihr bei. »Fast soviel Ärger wie Mädchen.«

»Was?«

Der Geist wich schwebend vor ihr zurück, als er erkannte, daß er etwas Provozierendes und Anstößiges gesagt hatte. Schließlich wußte doch jeder, daß Jungen viel schlimmer waren als Mädchen. Doch Ivy beschloß, ihm seinen Fehltritt zu verzeihen, denn gespenstische Gesellschaft war immer noch besser als gar keine. »Erzähl mir das Abenteuer deines Lebens.«

»Na ja, daran kann ich mich auch nicht mehr so genau erinnern. Ich weiß noch, daß es sehr aufregend war, daß da Ungeheuer und Magier und Schwerter und Zauberei und wunderschöne Frauen waren, aber die Einzelheiten haben sich inzwischen im Nebel verloren.«

»Woher willst du denn wissen, daß der Wandteppich gerade dein Leben wiedergibt?« fragte Ivy mißtrauisch.

»Wenn ich Ausschnitte aus meinem Leben sehe, erkenne ich sie wieder. Wie ich gegen einen Drachen gekämpft habe, wie ich eine Frau geküßt habe – langsam kommt es wieder. Ich weiß, daß ich dabei war.«

»Gegen einen Drachen gekämpft?« fragte Ivy. »Doch nicht etwa gegen den Spaltendrachen?«

»Ich glaube, den habe ich ausgelassen«, erwiderte Jordan. »Der lebt doch noch, nicht wahr? Folglich kann ich ihn auch nicht erlegt haben.«

»Gut.« Denn Ivy hatte sich mit dem Spaltendrachen angefreundet und wollte nicht, daß ihm irgend etwas Schlimmes widerfuhr, auch wenn es vielleicht vor vierhundert Jahren gewesen sein mochte. In der Spalte lief nun Stacey Dampfer, die Drachin, umher. Irgendwann würde Stanley erwachsen werden und in die Spalte zurückkehren, doch das würde vor langer Zeit in der Zukunft sein, und darüber machte sie sich noch keine Gedanken. »Wen hast du denn geküßt?«

Der Geist konzentrierte sich. »Mehrere schöne Frauen, glaube ich, doch die letzte war am schönsten. Dann kam es zu einer grausamen Lüge, und ich starb. Deshalb hasse ich sie. Aber ich habe nach meinem Tod eine bessere Frau gefunden, deshalb ist vielleicht alles doch ganz gut so gewesen.«

Die Sache wurde ja richtig faszinierend! »Wie kannst du eine Frau gefunden haben, nachdem du gestorben bist?«

»Eine tote Frau natürlich. Ein Gespenst wie ich.«

Ivy kannte die Gespenster auf Schloß Roogna schon immer, hatte aber nie daran gedacht, sie einmal über ihr Leben auszufragen. »Was ist denn mit ihr passiert?«

»Sie ist natürlich noch hier. Es ist Renee.«

»Ach, Renee! Manchmal höre ich sie singen. Leise, traurige Lieder.«

»Ja, sie ist oft traurig. Aber sie ist eine wunderbare Person. Wenn ich wieder am Leben wäre, würde ich sie heiraten.«

»Dummerjan, Gespenster können nicht ins Leben zurückkehren!« tadelte ihn Ivy.

»Und was war mit Millie?«

Millie das Gespenst hatte achthundert Jahre auf Schloß Roogna verbracht, bis sie schließlich wieder zum Leben erweckt worden war. Sie hatte den Zombiemeister geheiratet und besaß nun Zwillinge im Teenageralter, Hiatus und Lacuna, die gelegentlich bei Ivy Babysitter spielten.

»Das war doch vorgeschichtlich«, meinte Ivy knapp angebunden. »Damals, als der Gute Magier Humfrey noch als alter Mann praktizierte. Er hat geholfen, sie ins Leben zurückzuführen. Das weiß doch jeder. Aber jetzt erweckt der Magier Humfrey keine Gespenster mehr zum Leben, und niemand sonst weiß, wie man das macht. Wie wolltest *du* da jemals wieder ins Leben zurückkehren?«

»Nun, mein magisches Talent ist das Heilen«, entgegnete Jordan. »Wenn man also einmal meine Knochen wiederfinden und zusammenfügen sollte, vielleicht könnte ich dann ...«

»Wo sind denn deine Knochen?«

»Das habe ich auch vergessen«, gestand das Gespenst verlegen.

Jordan war also ein richtiges Rätsel. Nun war Ivys Aufmerksamkeit vollkommen geweckt. »Diese grausame Lüge ... was war das?«

Jordan spreizte die Hände. »Auch daran kann ich mich nicht erinnern. Ich dachte, wenn ich vielleicht auf dem Wandteppich wieder sehe, wie sie vorgeführt wird ...«

»Warum nicht«, pflichtete Ivy ihm bei. Sie konzentrierten sich auf den Wandteppich. Der zeigte eine hochaufragende Felswand, eine beinahe senkrechte Klippe. Eine riesige Schnecke kroch diese Klippe gerade hinab – und auf ihr ein Mann, der sich an ihrem Gehäuse festhielt.

»Ach ja, die Schnecke«, sagte Jordan. »Das bin ich, der da auf ihr reitet.«

Ivy hatte zwar noch nie ans Schneckenreiten gedacht, doch andererseits war sie auch noch nie einer Schnecke begegnet, die dafür groß genug gewesen wäre. »Wo reitest du denn da gerade hin?«

»Ich erinnere mich nicht mehr, aber ich mußte irgendwohin.«

»Und warum reitest du auf ihr, anstatt zu gehen? Diese Schnecke da ist doch ziemlich langsam.«

»Auch daran erinnere ich mich nicht mehr. Aber ich

glaube, ich hatte keine andere Wahl. Wenn wir vielleicht ein paar Einzelheiten genauer erkennen könnten ...«

Sie sahen genauer hin, und das Bild wurde etwas schärfer, wie es die Gegenstände meistens taten, wenn Ivy ihre Aufmerksamkeit auf sie richtete. Sie konnten einen Schatten erkennen, wie von irgendeinem monströsen Vogel, doch es ließ sich nicht ausmachen, wo sich die Klippe befand oder wie hoch sie in Wirklichkeit war. Die Schnecke kam nur fürchterlich langsam voran; es war offensichtlich, daß sie eine ganze Stunde lang würden warten müssen, bis sie irgendeinen bemerkenswerten Fortschritt wahrnahmen. Das war das Problem mit dem Wandteppich: er ließ seine Szenen in gewöhnlichem Tempo ablaufen. Man konnte ihn zwar wieder neu einstellen, doch dann sprang er meist in eine andere Szene zurück, so daß das Original auf Tage verlorenging. Deshalb mußte man ihn seinem eigenen Tempo überlassen, wenn man jemals mitbekommen wollte, wie eine bestimmte Szene endete. Das war nichts für ein gelangweiltes Kind.

Doch nachdem Ivys Neugier nun einigermaßen angestachelt worden war, duldete sie keine Niederlage. »Wir müssen es herausfinden«, verkündete sie. »Ich will alles über diese Schnecke erfahren und über dein Leben und ganz besonders über die grausame Lüge.« Sie stemmte ihre Fäuste in die Hüften, wie es ihre Mutter zu tun pflegte, um ihre Strenge oder Entschlossenheit zu unterstreichen.

»Ich bin sicher, daß ich mich daran erinnern könnte, wenn die Bilder nur ein wenig schärfer wären«, meinte Jordan.

Ivy musterte den Wandteppich. »Der ist im Laufe der Jahrhunderte auch ein bißchen schmierig geworden«, sagte sie. »Und ich schätze, daß es auch nicht gerade gut war, daß ich mir vor dem Essen immer an ihm die Hände abgewischt habe.« Die Erwachsenen hatten immer diese völlig sinnlosen Regeln über das Essen mit sauberen Händen, also wußte Ivy, daß es eigentlich nicht ihre Schuld war, dennoch wünschte sie sich jetzt, daß sie ihre Hände woanders abgewischt hätte. »Vielleicht sollten wir ihn reinigen, dann werden die Bilder möglicherweise schärfer.«

Sie versuchten es. Ivy holte einen Eimer voll Wasser, doch mußte sie feststellen, daß sie den Teppich nicht sauberschrubben konnte. Die Bilder blieben nach wie vor stumpf, auch wenn sie naß waren. »Wir brauchen etwas Besseres, um ihn sauberzumachen«, sagte sie enttäuscht.

Sie versuchten es mit allem, was ihnen einfiel, doch nichts half. Ivys Stimmung näherte sich bedrohlich der Verärgerung, einer weiteren Laune, die sie von ihrer Mutter geerbt hatte. Doch sie war entschlossen, einen Ausweg zu finden. »Der Gute Magier Humfrey würde wissen, wie wir das tun könnten, nur daß er jetzt ziemlich jung ist«, meinte sie. »Trotzdem, das ist wahrscheinlich immer noch besser als gar nichts.«

Doch wie sollte sie zum Schloß des Guten Magiers kommen, wenn sie doch noch nicht einmal Schloß Roogna verlassen durfte? Mit Sicherheit würden ihre Eltern sie nicht sofort dorthin bringen! Nicht jetzt, wo sie so fürchterlich mit diesem dämlichen neuen Baby beschäftigt waren. Doch sie konnte nicht einfach darauf warten, bis sie nicht mehr hier gestrandet war; das konnte noch ewig und drei Tage so weitergehen, und das war verdammt lange.

Glücklicherweise hatte Jordan eine Idee. »Im Keller ist noch ein altes Nachtmährenhufeisen«, sagte er. »Damit könntest du in den Kürbis und wieder aus ihm heraus.«

Entzückt klatschte Ivy in die Hände. Der Kürbis hatte sich als äußerst interessanter Aufenthaltsort herausgestellt, doch das Problem, wieder aus ihm herauszukommen, hatte sie vorsichtig gemacht. Sie hatte gar nicht gewußt, daß die Nachtmähren dies mit Hilfe ihrer Hufeisen bewerkstelligten, aber das leuchtete natürlich ein. Eine der Mähren mußte ein Hufeisen verloren haben, als sie vor einem aufwachenden Schläfer floh, denn Nachtmähren durften nicht von wachen Leuten gesehen werden. »Zeig es mir!«

Jordan führte sie in den Kellerwinkel, wo das Hufeisen lag, und Ivy zog es hervor. Das Ding bestand aus altem, rostigem Metall und hatte die Form eines U; kein Wunder, daß die Mähre es zurückgelassen hatte. »Pfui, bäh!« rief Ivy, während sie den Dreck abschüttelte. »Wie funktioniert das?«

»Du mußt dich in einen Kürbis begeben«, sagte Jordan. »Dann reist du durch die Kürbiswelt, bis du an einen anderen Kürbis kommst, der in der Nähe deines Ziels ist, und dann ...«

»Das weiß ich doch, Blödmann! Ich meine, wie gelange ich *hinein?«*

»Das Hufeisen der Mähre müßte die Rinde eigentlich durchlässig machen, so ...«

»Wo ist der nächste Kürbis?« Ivy wurde ungeduldig und gereizt, denn die ganze Angelegenheit machte sie nervös, deshalb wollte sie die Sache beschleunigen, bevor sie den Fehler beging, vernünftig darüber nachzudenken.

»An der Schloßmauer wächst einer«, erwiderte Jordan. »Eigentlich dürfte er dort nicht sein, aber er ist verborgen, deshalb hat ihn auch noch kein lebender Mensch entdeckt.«

»Bring mich hin«, befahl Ivy. Sie mußte möglichst schnell irgendwohin kommen, denn inzwischen drohten ihre Knie, klappernd gegeneinander zu schlagen. Schließlich war die Kürbiswelt der Ort der bösen Träume, und sie hegte den Verdacht, daß es darin noch viel schlimmere Dinge gab, als die Nachtmähren gewöhnlichen Leuten offenbarten.

Jordan brachte sie hin. Er befand sich dicht außerhalb eines großen Risses in der Schloßmauer, in Bodenhöhe. Sie griff hindurch, packte die Schlingpflanze und zog den Kürbis herein. »Aber du darfst nicht in das Guckloch hineinschauen!« warnte das Gespenst.

»Das weiß ich.« Ivy hatte erst vor kurzem einiges über Gucklöcher gehört; anscheinend hatte sich ihre Mutter ziemlich heftig darüber aufgeregt als sie erfuhr, daß Großpapa Trent in einem gewesen war, und irgendwie hatte sie geglaubt, daß dies Ivys Schuld war. Möglicherweise hatte ihr Hausarrest etwas damit zu tun. »Und wie ...?« Sie streckte das Hufeisen dem Kürbis entgegen.

»Warte!« warnte Jordan sie, wie es Erwachsene zu tun pflegten. »Ich glaube, du brauchst eine Karte, damit ...«

Das Hufeisen berührte die Oberfläche des Kürbisses ... und versank darin. Ivy, die mit einem Widerstand gerechnet hatte, verlor das Gleichgewicht und stürzte nach vorn. Ihr Arm drang in das Innere des Kürbisses, und der Rest ihres Körpers folgte ihr, obwohl die Frucht viel kleiner war als sie selbst. Plötzlich befand sie sich in seinem Inneren und stürzte in die Tiefe.

Sie wollte losschreien, doch bevor sie ordentlich in Fahrt kommen konnte, landete sie auf etwas Weichem. Es war ein riesiges Marshmallow. Also sparte sie sich den Schrei für einen späteren Gebrauch auf, erhob sich und sah sich um. Das hier war ja nicht halb so schlimm, wie sie befürchtet hatte.

Sie befand sich in einem Konfektgarten. Dauerlutscher wuchsen aus dem Boden hervor, und die Pflanzen bestanden aus Lakritz. Gerade wollte sie ein wenig davon naschen, als sie plötzlich zögerte; sie war im Inneren des Kürbisses. Wenn sie hier etwas verspeiste, würde sie ihn dann jemals wieder verlassen können? Da war sie sich nicht sicher: Im Kürbis galten komische Gesetze. Also übte sie sich in schier übermenschlicher Selbstbeherrschung, die weit über alles hinausging, was noch zu den Pflichten eines braven kleinen Mädchens gehörte, und ließ die Finger von dem Konfekt. Sie hatte zwar das böse Gefühl, daß sie für den Rest ihres Lebens bereuen würde, doch durfte sie das Risiko einfach nicht eingehen.

Die Nachtmähren bewegten sich in Xanth dadurch fort, daß sie in einen Kürbis eintraten und aus dem anderen wieder hervorkamen; in der Nähe eines Schläfers, der einen bösen Traum brauchte, befand sich stets ein Kürbis. Sie war auf Schloß Roogna in einen eingetreten, herauskommen mußte sie am Schloß des Guten Magiers. Doch wo war das?

Jordan hatte recht gehabt; sie brauchte eine Landkarte – und hatte keine. Nun, dann würde sie sich halt irgendwie anders zurechtfinden müssen.

Sie schritt den Weg aus Hartschokolade entlang, vorbei an all den köstlich aussehenden und ebenso duftenden Leckereien, und das Wasser rann ihr geradezu schmerzlich im Munde zusammen, bis sie an ein Holzhaus geriet. Dort klopfte sie an die Tür, erhielt jedoch keine Antwort außer einem leisen Zwitschern. Also drehte sie den Knauf, öffnete die Tür und trat ein.

Hinter ihrem Rücken schloß sich die Tür. Plötzlich wurde das Geschnatter immer lauter. Irgendwelche Dinger krochen über ihre Füße. Als ihre Augen sich an die Dunkelheit gewöhnt hatten, entdeckte sie, daß der Raum von Insekten nur so wimmelte. »Bäh, igitt!« rief sie in mädchenhaftem Ekel. »Das ist ja eine Flohkiste!«

Das war es in der Tat: Ungeziefer aller Art krabbelte über den Boden, die Wände, die Decke und über die Tür hinter ihr. Anderes Getier durchflatterte surrend die Luft. Ein Ungeheuer mit hervorquellenden Käferaugen kam summend auf sie zu und wedelte mit seinen purpurnen Antennen.

Ivy setzte den Schrei ein, den sie aufgehoben hatte. Sie versuchte das Insekt mit dem Mährenhufeisen abzuwehren, doch das Eisen verfehlte sein Ziel und schlug statt dessen gegen die Wand. Hufeisen und Hand sanken durch die Wand, worauf Ivy hindurchstolperte, wie es vielleicht ein Gespenst getan hätte.

Draußen im hellen Sonnenlicht mußte sie die Augen zusammenkneifen. Sie befand sich auf einem Strand, direkt außerhalb eines Kürbisses. Über das Wasser hinweg erblickte sie eine große Insel, und in deren Nähe befand sich ein Floß, auf dem ein Zentaur stand. Das mußte die Zentaureninsel sein, weit unten im Süden Xanths. Da war sie aber sehr weit gekommen!

Doch hier wollte sie nicht hin. Also nahm sie ihren Mut wieder zusammen und berührte den Kürbis mit dem Mährenhufeisen. Langsam bekam sie Übung. Sie stürzte wieder voll in die Flohkiste hinein.

Hastig öffnete sie die Tür und jagte hinaus. Diesmal verblieb sie im Kürbis, weil sie das Hufeisen nicht benutzt hatte. Doch der Garten bestand nicht mehr aus Konfekt, er hatte sich auf allerschlimmste Weise verändert: Überall wuchs übelster Spinat, ebenso Rettich und Zwiebeln und Knoblauch und anderes scheußliches Zeug, dessen einzige Existenzberechtigung darin bestand, Kindern das Essen zu vermiesen. Oh Graus – sogar Kohlköpfe waren zu erkennen! Sie hielt sich die Nase zu und eilte den Gartenpfad entlang, bis sie einen Teich erreichte, der mit einer öligen, bräunlichen Flüssigkeit gefüllt war.

Was konnte das sein? Mit Sicherheit nichts Schlimmeres als zerstampftes Kürbisfleisch! Sie hielt den Finger hinein und kostete einen Tropfen, ihrer Neugierde mit unfehlbarer Zielsicherheit ins Unglück folgend.

Sofort spuckte sie das Zeug wieder aus. Das war ja noch schlimmer! Lebertran – der Schrecken aller Kinder!

Sie blickte sich um. Wie konnte sie wieder aus dem Kürbis herauskommen, um einen Blick auf das wirkliche Xanth zu werfen? Möglicherweise war sie schon ganz in der Nähe von Humfreys Schloß, und das wollte sie auf keinen Fall verpassen. Doch ohne Wände, die man anfassen konnte ...

Da hatte sie eine Idee. Vorsichtig berührte sie die Oberfläche des stinkenden Tranteichs mit dem Hufeisen. Es sank hindurch und zog sie nach sich. Ivy hielt sich die Nase zu, hielt gleichzeitig die Luft an, preßte die Augen zusammen und durchstieß schmerzlos die Oberfläche, bis sie schließlich wieder festen Boden unter den Füßen hatte. Sie öffnete die Augen und stellte fest, daß sie vor einem Kürbis in Sichtweite des Schlosses des Guten Magiers Humfrey stand. Sie hatte sich dazu gezwungen, den ekelerregendsten Weg zu nehmen, der natürlich der richtige war, und nun war sie am Ziel!

Na ja, fast. Da war schließlich noch dieses kleine Problem, wie sie ins Schloß gelangen sollte. Sie stand draußen vor dem Schloßgarten; es gab keine Zugbrücke, und die Mauern sahen höchst abweisend aus. Zunächst einmal würde sie den Schloßgraben überqueren müssen. Sie blickte sich um. Unter einem weitgefächerten Baum entdeckte sie mehrere kleine Steine. »Tretsteine!« rief sie, als sie sie erkannte.

Sie hob sie auf, doch es fiel ihr schwer, alle in beiden Händen zusammenzuhalten, also griff sie nach einem großen grünen Blatt, um sie darin einzuwickeln. Doch dann stellte sie fest, daß es gar kein Blatt war, sondern der Flügel eines riesigen toten Mondfalters. Der hing reglos vom Baum herab. Eine Träne kullerte ihr aus dem Auge; sie haßte es mitanzusehen, wie schöne Dinge starben oder tot waren.

Ivy bemerkte eine Moosdecke, legte die Steine, den Falter und das Mährenhufeisen darauf und nahm sorgfältig die Ecken der Decke auf, um daraus ein Bündel zu machen. Sie hielt sich für ein recht einfallsreiches Mädchen, was sie demzufolge natürlich auch war. Dann schritt sie zu dem Graben hinüber, das Bündel in einem Arm haltend, während sie mit der freien Hand den ersten Stein warf.

Der Tretstein traf platschend auf die Wasseroberfläche, wackelte ein wenig umher, wurde ein Stückchen größer und bekam schließlich festen Halt, wobei sein oberer Teil knapp aus dem Wasser hervorragte. Sie warf einen zweiten Stein, diesmal ein Stück weiter, und der ließ sich auf ähnliche Weise im Wasser nieder. Als sie eine etwas unregelmäßige Reihe von mehreren Steinen zustande gebracht hatten – denn Tretsteine ließen sich niemals in regelmäßiger Reihe nieder, egal wie genau man sie auslegte –, trat sie vorsichtig auf den ersten. Der gab ein wenig nach, verlieh ihrem Körper jedoch genügend Halt; das entsprach schließlich auch seinem Wesen, von Ivys Talent verstärkt. Wenn man einen Tretstein falsch plazierte, verwandelte er sich in einen Stolperstein, doch diese hier lagen richtig.

Sie schritt auf den zweiten, dann den dritten, dann warf sie einige weitere aus. Das war ein heikles Geschäft, vor allem beim Überqueren eines tiefen Gewässers, doch sie hatte genügend Steine dabei und schaffte es ans andere Ufer, wobei sie sogar noch einen übrig hatte. Das war wirklich eine ausgezeichnete Organisation, Eigenlob hin, Eigenlob her.

Nun befand sie sich auf einem schmalen Streifen zwischen Schloßgraben und Schloßmauer. Auf der einen Seite wurde der Streifen immer schmaler, bis zwischen beiden überhaupt kein Abstand mehr war, in diese Richtung konnte sie also nicht gehen. Auf der anderen Seite wand er sich um das Schloß herum. Ivy war sicher, daß es hier irgendwo ein Tor geben mußte, also schritt sie los.

Sie kam an einer Nische vorbei, die völlig finster war: absolut lichtlos. Das war interessant, aber nicht sehr; also ging sie weiter. Dann gelangte sie um eine Ecke, hinter der grellste Helligkeit herrschte. Sie schirmte ihre empfindlichen Augen ab, doch das Licht zwängte sich durch die Ritzen zwischen ihren Fingern und durchstieß dennoch ihre Augenlider. Es war einfach zu hell!

Ivy zog sich um die Ecke zurück, wo die Lichtverhältnisse wieder normal waren, nur ein dumpfroter Flecken spielte Tauziehen mit den äußeren Rändern ihres Gesichtsfeldes. Wie sollte sie durch diese Region gelangen? Wenn das Tor, nach dem sie suchte, sich dort befinden sollte, würde sie es nicht einmal erkennen können. Möglicherweise würde sie sogar in den Graben stolpern und nasse Füße bekommen; das ihrer Mutter zu erklären, würde ein ziemlich schwieriges Unterfangen werden. Irene mochte zwar keine Zeit für Ivy haben, wenn Ivy nach Aufmerksamkeit verlangte, doch sobald diese kleinen Füße und Schuhe naß wurden, würde sie, wie von Zauberhand herbeigeholt, plötzlich auf der Bildfläche erscheinen; so waren Mütter eben. Außerdem war sich Ivy nicht sicher, wie lange es dauern würde, bis sich ihre Augen von dem Licht wieder erholen würden; wie schrecklich es sein würde, blind zu sein! Wenn sie blind nach Hause käme, würde man ihr dort nichts als – Schrecken über Schrecken! – Karotten zu essen geben, weil diese irgendeinen gelben Zauberstoff enthielten, der gut für die Augen war. Nein, keine Frage: Sie mußte einen anderen Weg suchen.

»Komm schon, Ivy«, tadelte sie sich selbst. »Du bist doch schlau genug, um eine Möglichkeit zu finden, durch das bißchen Licht zu gelangen!« Woraufhin sie auch schlau genug wurde; Selbstvertrauen war eine wunderbare Sache, vor allem dann, wenn es durch Magie unterstützt wurde.

Ivy kehrte zu der dunklen Nische zurück und griff hinein. Tatsächlich, es war eine Dunkellaterne darin. Sie holte sie hervor, und die Laterne verbreitete um sie herum Dunkelheit, wodurch sich der Tag in Nacht verwandelte. Glücklicherweise konnte sie unmittelbar vor sich, hinter der Ecke, mattes Licht ausmachen, und darauf schritt sie nun zu.

Als Ivy um die Ecke kam, prallte die grelle Helligkeit auf die Finsternis der Dunkellampe. Die beiden kämpften miteinander und neutralisierten sich, bis schließlich wieder annähernd normales Tageslicht hergestellt war. Eine kleine Kugel aus Finsternis umhüllte die Dunkellaterne, in der ihr eigener Arm verschwand, während die Helllaterne zu grell blieb, um sie anzuschauen. Doch zwischen beiden waren die Schatten, die von Tages- bis Nachtlicht reichten. Wäre Ivy ein wenig philosophischer gesinnt gewesen, so hätte sie vielleicht erkannt, daß das Leben selbst auch nichts anderes war: zu beiden Enden die unmöglichen Extreme des Guten und des Bösen, und dazwischen viele Abstufungen, durch welche normale Leute sich mit unterschiedlichem Erfolg lavierten. Doch war sie noch zu jung für einen solchen Gedanken, also schob sie ihn beiseite und bahnte sich ihren Weg durch die grauen Schatten, bis sie um eine weitere Ecke kam. Dort erwies sich die Dunkellampe als zu finster, weil sie alles auslöschte; also stellte Ivy sie in einer leeren Nische ab und ging weiter.

Doch nun zeigte sich eine neue Gefahr. Über ihr kreischte und kreiste eine kleine geflügelte Katze. Als Ivy einen Schritt vorwärts machen wollte, sank die Katze tiefer, die Krallen ausgefahren. Das war ein Katzfalke, und der würde sie nicht vorbeilassen.

Sie blickte in ihren Deckenbeutel, in dem sich ein Stein, der tote Falter und das Mährenhufeisen befanden. Sie könnte mit dem Stein nach dem Wesen werfen, bezweifelte jedoch, daß sie es treffen würde; schließlich war der Wurfarm eines fünfjährigen Kindes nicht besonders kräftig.

Deshalb nahm sie den Stein nicht auf. Sie mußte einen anderen Ausweg finden.

Während sie nachdachte, ging der Katzfalke immer tiefer. Ivy befand sich knapp in Angriffsweite, und das Wesen zögerte. Wahrscheinlich wollte es der Helligkeit hinter der Ecke nicht zu nahe kommen, weil es von dieser ebenso geblendet werden würde, wie dies Ivy widerfahren war. Folglich befand sich Ivy an einer guten Stelle, um innezuhalten.

Sie beobachtete das Wesen und begutachtete seine einzelnen Körperteile. Die Falkenschwingen gehörten zum Vogelreich, mit braunen Federn und einem dazu passenden gefiederten Schwanz; Kopf und Beine waren ein Erbe des Katzenreichs, mit weißen Zähnen und Krallen. Sie fragte sich, welches der beiden Reiche wohl die Vorherrschaft hatte. Legte das Wesen Eier, oder gebar es seine Nachkommen lebend? Ivy runzelte die Stirn, weil sie das an ihr Brüderchen Dolph erinnerte. Schade, daß der Klapperstorch ihn nicht hatte fallenlassen, dann wäre das Bündel vielleicht in das Nest eines Drachenhahns gefallen oder möglicherweise auch auf einen übelgelaunten Nadelkaktus. Fast sah sie die davonschwirrenden Nadeln, wie sie die kleinen Drachenhähne trafen, die natürlich bösartig in die Runde blickten und alles um sie herum in Schlamm verwandelten. Oder war es Stein? Egal, auf jeden Fall wurden die kleinen vogelhirnigen Echsen von fliegenden Steinnadeln durchbohrt, und das geschah ihnen recht.

Am äußeren Rand ihres Gesichtsfelds sah Ivy etwas aufblitzen. Es glich einem peitschenden Pferdeschwanz. Die Tagmähre! Imbri hatte ihr den hübschen, gewaltigen Tagtraum gebracht, doch nun mußte die Mähre zu ihrem nächsten Kunden davongaloppieren.

Ivy hörte ein Jaulen und hob den Kopf. Der Katzfalke war inzwischen schon recht nahe gekommen und schien Probleme zu haben. Seine einzelnen Bestandteile hatten sich intensiviert, Katzenkopf und -füße waren kätzischer geworden, Vogelschwingen und -schweif dagegen vögelischer. Nun kämpften sie um die Vorherrschaft: der Kopf fuhr zurück, um die Schwingen zu beißen, während die Schwingen auf den Kopf einhämmerten.

Ivy sah gespannt zu, so daß sich die verschiedenen Eigenschaften immer stärker herausarbeiteten. Der Kampf wurde immer schlimmer. Federn und Fellbüschel stoben umher. Endlich geriet der Katzfalke außer Kontrolle, stürzte in den Schloßgraben und war verschwunden. Das war anscheinend eines der Experimente der Natur, das nicht funktioniert hatte. Die verschärfte Ausprägung seiner Eigenarten beim Anflug auf Ivy und ihren gewalttätigen Tagtraum hatte dafür gesorgt, daß das Wesen auseinandergebrochen und sich selbst zerstört hatte.

Ivy schritt weiter, froh, an dem Katzfalken vorbeigekommen zu sein, doch traurig, auf welche Weise dies geschehen war. Noch immer suchte sie nach einem Eingangstor. Da gelangte sie an eine Stelle, wo sich ein einzelner Kopfstein befand. Er besaß die Form eines alten Männerkopfes, mit spärlichem, steingrauem Haar und weißem Bart. Er sah fast lebendig aus, was sich noch verstärkte, als sie ihn ansah; er hielt seinen steinernen Blick auf sie gerichtet. Ganz langsam schloß sich eines der mineralischen Augen zu einem Zwinkern.

»Du lebst ja!« rief sie erschrocken.

»Nein, Häschen, ich bin bloß kalter Stein«, erwiderte er. »Ich nehme die Gestalt des Kopfes desjenigen an, der in meiner Nähe beerdigt ist. So bin ich eben. Ich bin ein Kopfstein.«

»Das heißt also, daß du aussiehst wie ...«, fing sie an und blickte auf das längliche Erdding vor ihm.

»Ganz genau, Winzling. Wie der großmäulige alte Mann, der hier beerdigt ist.« Für Ivys Ohren klang er zwar eher wie ein großmäuliger Golem, doch möglicherweise waren ja alle Großmäuler gleich.

»Das ist aber interessant«, bemerkte Ivy. Dieser Kopfstein schien keine besonders gefährliche Bedrohung darzustellen.

»Letztes Jahr hat man mich neben eine wunderschöne tote junge Frau gepflanzt; da hättest du mich mal sehen sollen! Da sah meine Oberfläche aus wie polierter Alabaster, und ich hatte eine wunderschöne Gestalt.«

»Das ist ja hübsch«, sagte Ivy und verlor das Interesse. »Ich muß jetzt gehen.«

»Ah, aber wenn du versuchst, an mir vorbeizukommen, dann schreie ich, und dann wirst du ordentlich gebürstet«, warnte der Kopfstein.

»Äh bäh!« machte sie. »Du kannst doch überhaupt nichts, Felskopp!« Trotzig ging sie weiter.

»Alarm! Unbefugter Eindringling!« schrie der Kopfstein laut. »Undiszipliniertes Kind! Wahrscheinlich eine richtig schlimme Göre! Bürstet sie!«

Da kam der schrecklichste Gegenstand um das Schloß herumgeflogen, den Ivy sich nur vorstellen konnte: eine riesige Haarbürste. Sofort jagte sie denselben Weg zurück, den sie gekommen war, wobei sie schützend ihr Hinterteil bedeckte. Dieser Kopfstein hatte wirklich nicht geblufft!

Ivy drückte sich gegen die Wand, damit ihr zarter Hintern nicht freiblieb. Was sollte sie nun tun? *Dieser* Gefahr konnte sie sich nicht entgegenstellen ... sie durfte ihr aber auch nicht den Rücken kehren.

Die Bürste blieb einen Augenblick schweben. Dann, als sie kein freches Hinterteil erspähte, flog sie wieder zurück. Ivy beruhigte sich etwas; diesmal war sie noch davongekommen.

Doch sie wußte mit gräßlicher Gewißheit, daß der Kopfstein beim nächsten Versuch wieder eine laute Warnung ausstoßen würde, und dann würde diese entsetzliche Bürste zurückkehren. Sie saß in der Klemme. Sie war zwar ein einigermaßen selbstsicheres kleines Mädchen, aber diese Bürste! Irgendwie mußte sie sie loswerden!

Da hatte sie eine weitere Idee, denn ihr Geist steckte voller Ideen, von denen manche beinahe so süß waren wie sie selbst. Angenommen, daß sie statt dessen den Kopfstein neutralisieren konnte? Wenn sie dieses Großmaul nur irgendwie daran hindern könnte, loszupetzen, es irgendwie zum Schweigen bringen ...

Sie blickte wieder in ihren Beutel. Vielleicht sollte sie

endlich einmal kreativ werden. Stein, Hufeisen, toter Falter. Nichts da, was ...

Da hatte sie einen Geistesblitz, der eben so grell war wie die gleißende Lampe, die sie mit der Dunkellaterne bekämpft hatte. Ja, es gab einen Ausweg. Vielleicht!

Sie schritt zu dem Kopfstein hinüber. »Hallo, Steinhirn!« sagte sie tapfer.

Das steinerne Auge musterte sie steinern. »Du schon wieder, dumme Kuh? Wenn du versuchst, hier herüberzukommen, dann werde ich dafür sorgen, daß du diesmal wirklich ordentlich mit der Bürste behandelt wirst. Dann kannst du dich hinterher nicht mehr hinsetzen, ohne daß dein Stuhl Blasen bekommt!«

»Ich habe etwas für dich«, erwiderte sie und holte den toten Mondfalter hervor. »Laß mich nur mal eben ein bißchen Erde neben dir aufbuddeln ...« Sie grub ein kleines Loch.

»Das sieht nicht nach sehr viel aus«, bemerkte der Kopfstein. »Wenn du zu tief graben solltest, stößt du vielleicht auf etwas, was dir ganz und gar nicht gefällt, Süßes.«

»Ich möchte bloß *das hier* näher bei dir vergraben als *das dort*«, sagte Ivy und ließ den toten Falter in das Loch fallen. Dann bedeckte sie ihn wieder mit Erde und klopfte sie fest.

Ivy erhob sich und sah zu. Wenn das, was der Kopfstein ihr gesagt hatte, stimmte ...

So war es auch. Der Kopfstein begann sich zu verwandeln. Die menschlichen Gesichtszüge verwitterten in die Anonymität und bekamen einen grünlichen Zug. Dann bildete sich eine neue Gestalt heraus: der Kopf eines Mondfalters, mit pelzigen Fühlern und von wunderbarer Farbe.

»Das ist aber sehr hübsch«, bemerkte Ivy und schritt weiter.

Der Steinfalter wedelte verzweifelt mit seinen Fühlern, gab aber keinen Ton von sich, weil Falter keine Geräusche hervorbrachten, die dem menschlichen Hörspektrum entsprachen. Deshalb wurde die riesige Haarbürste auch nicht alarmiert, und Ivy konnte die gefürchtete Region ohne Widerstand durchqueren. Sie hatte einen toten Falter auf eine Weise eingesetzt, wie dies zuvor noch nie jemandem eingefallen war.

Da erblickte sie auch endlich das Tor und stieß es auf. Eine junge hübsche Frau kam ihr entgegen. »Ach, hallo Ivy – das ist aber eine Überraschung. Warum bist du denn nicht mit dem fliegenden Teppich gekommen, wie du es sonst immer machst?«

Ivy zog es vor, nicht zu erklären, warum sie zu Fuß war; Zora war zwar sehr nett, doch in derlei Dingen konnte man keinem Erwachsenen vollkommen über den Weg trauen. »Ich bin geschäftlich hier, Zora«, erklärte sie. »Ich muß mit dem Guten Magier Humfrey sprechen.«

Zora zuckte die Schultern. Sie war ein Zombie, aber das war kaum zu bemerken, denn sie verlor keinerlei Fleischstücke. Seit zwei Jahren war sie die Babysitterin des Guten Magiers, denn ihr Talent bestand darin, Leute schneller altern zu lassen. Sie war zwar verheiratet, aber wenn sie ihr Talent ins Spiel brachte, wurden die Leute schnell nervös, weil sie befürchteten, daß auch sie jetzt altern würden. Ivy konnte nicht verstehen, weshalb irgend jemand etwas dagegen haben konnte, älter zu werden. Vielleicht hatten die alle vergessen, wie das war, Kind zu sein. Doch anscheinend fürchteten sie sich vor dem Alter, und je älter sie wurden, um so mehr fürchteten sie sich auch. Deshalb neigte Zoras Ehemann Xavier dazu, sich möglichst weit von ihr fernzuhalten, wenn Zora ihr Talent einschaltete.

Wenngleich Ivy den gefühlsmäßigen Apsekt der Sache nicht verstand, leuchteten ihr ihre praktischen Seiten schon eher ein, und sie machte sich deshalb keine Sorgen. Sie besuchte oft den Guten Magier persönlich und verstärkte Zoras Talent durch ihr eigenes, so daß Humfrey in einem um ein Vielfaches gesteigertes Tempo alterte als sonst. So wie die Dinge liefen, würde es nicht mehr sehr lange dauern, bis er wieder ein Erwachsener war; in der Zwischenzeit schien er seine zweite Kindheit zu genießen.

Zora begleitete sie in Humfreys Spielzimmer. Der Gute Magier war nun ungefähr so groß wie Ivy, was bedeutete, daß er etwa im Verhältnis drei zu eins gealtert war, denn für sein Alter war er recht klein. »Hallo, Ivy«, sagte er. »Bist du gekommen, um noch einige Jahre draufzulegen?«

»Nein, diesmal geht es um etwas Geschäftliches«, wiederholte Ivy. Dem Magier Humfrey mußte sie einfach vertrauen, selbst wenn sie das nicht wollte. Er wußte ohnehin alles, zumindest hatte es den Anschein, denn dies war ja sein Talent. Körperlich gesehen war er jetzt allerdings ein Kind, deshalb würde er sie vielleicht auch nicht so ohne weiteres an die Erwachsenen verraten. »Ich stehe aus keinerlei Grund unter Hausarrest und mußte mich hinausschleichen.«

Humfrey lächelte auf allzu wissende Weise. »Kein Grund, das ist nach deiner Definition die Tatsache, daß du deinen Großvater auf eine lustige Jagd durch Greifer, Dschungel und Kürbis geführt hast, alles nur, weil du nicht auf dem Weg geblieben oder seine Warnungen beachtet hast, und daß du den Nachthengst dazu gebracht hast, Feuer zu schnauben, als er den Schaden bemerkte, der seinem Spukhaus zugefügt worden war?«

»Sag ich ja«, bestätigte Ivy etwas verlegen. »Überhaupt kein Grund. Also bringen wir die Sache schnell über die Bühne, bevor ich aus einem noch geringeren Grund Ärger bekomme, wenn sie nämlich merken, daß ich verschwunden bin. Ich brauche eine Antwort.«

»Das kostet dich einen Jahresdienst«, teilte er ihr mit. »Und zwar Vorkasse.«

»Nun, da habe ich deinem Leben schon weitaus mehr hinzugefügt, indem ich Zoras Talent verstärkte, als sie dich altern ließ. Also sind wir auch quitt. Und wenn ich das noch öfter tun sollte, schuldest du mir noch eine weitere Antwort.«

Humfrey starrte sie herausfordernd an. »Was ist denn das für eine Logik, Frau?«

»Weibliche Logik natürlich«, informierte sie ihn. »Was dagegen?« Ivy hatte bereits eine recht gute Vorstellung davon, wie man Männer behandeln mußte. Sogar jene, die man nicht so ohne weiteres mit Charme um den Finger wickeln konnte.

»Äh, nein«, erwiderte Humfrey. »Eines fernen Tages wirst du König von Xanth werden. Möge der Dämon diesem Tage gnädig sein.«

»Das weiß ich bereits, Blödian, also paß bloß auf, was du tust.« Entschiedenheit hatte sie von ihrer Mutter gelernt, so wie ihr Vater ihr etwas über Podeste beigebracht hatte. Nie durfte man irgend einem Mann gestatten, die Oberhand zu bekommen. Wie Irene düster gebrummt hatte, wußte man nie, wo er sie hintun würde.

»Also gut, also gut, wo bleibt deine Frage?« fragte Humfrey knurrig.

»Ich brauche etwas, um den magischen Wandteppich zu reinigen, damit sich Jordan das Gespenst besser erinnern kann.«

Ein anderer hätte vielleicht Schwierigkeiten gehabt, dies zu verstehen, doch Humfrey, so jung er auch sein mochte, war der Magier des Wissens. Er hatte über hundert Jahre Erfahrungen sammeln können, bevor er aus Versehen ins Säuglingsalter zurückverjüngt worden war, zusammen mit Stanley Dampfer. Nun kehrte seine Kraft zurück, zusammen mit seiner gereizten Launigkeit.

Humfrey überlegte einen Augenblick, dann erhellte sich seine Miene. »Das müßte im Großen Buch stehen«, rief er. Ivy wußte zwar, daß manche Leute behaupteten, daß es kein *Großes Buch Der Antworten Auf Alle Fragen* gab, aber die waren auch noch nie in Humfreys Studierzimmer gewesen. Der Gute Magier schritt zu einem Tisch hinüber, auf dem ein riesiger Wälzer ruhte, dann kletterte er auf den hohen Schemel, um daranzukommen. Er blätterte die uralten Seiten um. »Gut, daß ich das Lesen wieder gelernt habe«, murrte er, über die feine kleine Schrift gebeugt. »Waben ... Waffelzauber ... Wagner ... Wandteppich! Art des, Geschichte des, gegenwärtiger Aufenthaltsort des, Mißbrauch des ... Aha! Reinigen des!«

»Das ist es!« rief Ivy.

»Sei still, Frau, während ich recherchiere!« fauchte er.

Ivy sperrte den Mund auf, um etwas Passendes zu entgegnen, entschloß sich jedoch dazu, sich solange zu beherrschen, bis Humfrey die Antwort gefunden hatte. Wenn man sich mit Männern abgab, hatte ihre Mutter gesagt, war der richtige Zeitpunkt stets von entscheidender Bedeutung. Außerdem war es keine Beleidigung, »Frau« genannt zu werden. Sie war froh, daß er den Eintrag unter »Mißbrauch des« nicht gelesen hatte, denn darin stand möglicherweise einiges über das Abwischen von Händen an seiner Oberfläche, was zu erklären doch ziemlich peinlich hätte werden können.

»Grausame Lauge benutzen«, las er vor. »Folgendes Rezept: ein halbes Glas ...«

»Warte, ich kann mir kein ganzes Rezept merken!« protestierte Ivy. »Ich habe ja schon Schwierigkeiten, mir das Rezept für hartgekochte Eier zu merken! Ich brauch eine schriftliche Kopie – und zwar ohne große Wörter.« Ivy lernte gerade lesen, zog aber Wörter wie »Spaß« und »Freude« Ausdrücken wie »Delinquent« oder »Strafvollzug« eindeutig vor.

Humfrey plusterte die Wangen auf, genauso wie er es tun würde, wenn er erst mal ein Jahrhunderte oder so älter war. »Dann bringt mir die Kopierkatze.«

Ivy blickte in die Richtung, in die er zeigte. In der Ecke saß ein Wesen, das einer zusammengekrümmten Raupe glich, es besaß nur vier Beine, einen Schwanz und zahlreiche lange Barthaare. Es sah rund, pelzig und weich aus, strahlte aber eine Atmosphäre der Unabhängigkeit und der Distanziertheit aus.

Ivy schritt zu dem Wesen hinüber und versuchte es aufzuheben, doch irgendwie glitt es ihr zwischen den Fingern hindurch und blieb auf seinem sanften weichen Kissen liegen. Als sie versuchte, es am Schwanz emporzureißen, verengten sich seine Augen zu glühenden gelben Schlitzen, Krallen sprangen aus den Pfoten hervor, und es knurrte heftig, so daß Ivy davon abließ. Das war wirklich ein merkwürdiges Tier!

Nun versuchte Ivy es mit einem anderen System. Sie stellte sich vor der Katze auf und ging los. »Hier, koppi, koppi, koppi, koppi!« rief sie. Und die Kopierkatze kam hinter ihr her, wobei sie auf genau die gleiche Art und Weise ging wie Ivy.

Als sie den Tisch erreicht hatte, zeigte sie auf seine Oberfläche. »Spring, koppi!« Sie sprang selbst in die Höhe, um dem Wesen zu zeigen, wie das ging, und die Kopierkatze tat dasgleiche. Doch sprang sie, genau wie Ivy, immer nur am Boden auf und ab.

Also kletterte Ivy selbst auf den Tisch, was den Guten Magier sehr ärgerte. »Hoch!« rief sie, und die Kopierkatze kam neben ihr auf die Tischplatte gekletterte.

»Nun stell dich gefälligst nicht auf die Seiten!« rief Humfrey, grabschte die Kopierkatze und drückte sie auf die Buchseite. »Kopier diese Kopie, Katze.«

Die Katze setzte sich auf das Rezept. Sie schnurrte. Einen Augenblick später öffnete sie das Maul und streckte die Zunge heraus, die aus einem Blatt Papier bestand.

Humfrey riß das Papier ab – was Ivy ziemlich erschreckte – und reichte es ihr. »Hier ist deine Kopie. Und nun hau ab.«

Natürlich wollte Ivy gleich einen Streit anfangen, doch dann erkannte sie, daß sie ja wirklich weggehen wollte, nun, da sie hatte, was sie wünschte. Also blieb sie still. Manchmal mußte man den Befehlen von Männern gehorchen, wenn es zufällig die richtigen waren, so ärgerlich das auch sein mochte. Sie kletterte den Tisch hinunter und überließ den kleinen Magier seiner Lektüre. Er war völlig von dem Text vor ihm vereinnahmt worden, der sich zufälligerweise mit »Wasserscheu, Bekämpfung der« beschäftigte, während die Kopierkatze weiterhin Kopien des Rezeptes ausspie. Eines der Blätter fiel ihm auf das Buch und erschwerte ihm die Lektüre, worauf er die Katze nachdenklich anstarrte. »Äußerst interessante Techniken hier«, murmelte Humfrey. »Ich frage mich gerade ...«, doch in diesem Augenblick sprang die Katze hastig von dem Text fort, sei es, weil sie sich nicht sonderlich für Studien interessierte, sei es auch, daß sie kein Versuchsobjekt für das Thema darstellen wollte, über das Humfrey gerade las.

Als Ivy davonging, wurde sie von der Gorgone begrüßt.

Die Gorgone war eine elegante, große Frau mit einem Schleier vor dem Gesicht und Schlangenhaaren, die Frau des guten Magiers und die Mutter Hugos, Ivys Freund. »Bleibst du auf einen Keks, Liebes?« fragte sie.

Ivy wollte gerade ablehnen, doch da holte die Gorgone den größten, wunderschönsten, duftendsten Ratkeks hervor, den man sich nur hätte erträumen können, was Ivy völlig überwältigte. Sie begriff, daß es der Gorgone wahrscheinlich ein wenig an lebender weiblicher Gesellschaft fehlte, also wäre es nur schicklich, eine Weile zu bleiben. Sie entschied sich, einen Keks anzunehmen.

Schließlich kehrte Ivy auf Schloß Roogna zurück, indem sie, das Rezept in der Hand, den Weg durch den Kürbis nahm. Zu Hause hatte niemand sie vermißt bis auf die Gespenster – was natürlich Teil ihres Problems war. Alles achtete in dieser Zeit nur noch auf das vermaledeite Baby. Am liebsten hätte sie es in das Guckloch eines Hypnokürbisses fallen lassen, und zwar ohne Hufeisen.

Doch nun würde sie wenigstens den Wandteppich reinigen können und Jordans vollständige Lebensgeschichte erfahren. Sie brauchte nur noch das Rezept anzuwenden, um ihn sauberzumachen. Zum Glück wußten die Gespenster, wo die ganzen Vorräte waren. Ivy holte einen Topf und etwas Crewel sowie Fett und anderes Zeug und kochte es den Anweisungen folgend zusammen. Die Crewellauge, auch »Grausame Lauge« genannt, war ein starkes Zeug, das auch prompt versuchte, ihr die kleinen Hände zu verätzen, doch im Rezept hatte gestanden, welche Vorsichtsmaßnahmen sie ergreifen mußte. Jordans Freundin Renee half Ivy dabei, die schwierigeren Teile der Instruktionen zu lesen, so daß sie auch keinen Fehler machte. Während des Kochens mußte sie einige Zauber aufsagen, damit der Crewel sich zu einer ordentlichen Lauge vermengte, doch schließlich hatte sie das Fläschchen mit dem Elixier.

Nun holte Ivy einen Schwamm, tränkte ihn mit ihrer Laugenmischung und fuhr damit über die Oberfläche des

Wandteppichs. Das Ergebnis war verblüffend. Da war ein ganzer Streifen zu erkennen, in dem die Bilder viel heller und schärfer waren. Das Zeug funktionierte tatsächlich!

Vorsichtig fuhr Ivy über den gesamten Wandteppich, bis er geradezu glänzte. Die beweglichen Bilder sahen so echt aus, daß sie beinahe das Gefühl hatte, sich zwischen sie mengen zu können. »O ja«, rief Jordan. »Jetzt kann ich jede Einzelheit erkennen! Nun kehren meine Erinnerungen auch wieder zurück!«

»Dann erzähl mir jetzt deine Geschichte«, befahl Ivy ihm.

Sie nahm vor dem Wandteppich Platz und sah zu, während Jordan sich auf den Anfang seiner Geschichte konzentrierte. Nur mit Ivys Hilfe gelang es ihm, auf dem Wandteppich die richtige Bilderfolge herbeizurufen. Und dann, als die Bilder die Ereignisse zeigten, erzählte Jordan die Geschichte, wie er sich an sie erinnerte. Die langweiligen Teile, wie beispielsweise das Schlafen, ließ er aus und konzentrierte sich lieber auf die tollen Abschnitte, wie etwa das Kämpfen gegen Ungeheuer und das Küssen wunderschöner Maidlein und die Begegnung mit seltsamer Magie. Es war eine echte Erzählung, die von Schwert und Zauberei handelte, von Gut und Böse und Verrat, und Ivy war davon wie verzaubert. Sie liebte Geschichten, in denen etwas los war. Sie sah zu und lauschte der ätzenden Erzählung, als wäre sie selbst dabeigewesen. Mit klopfendem Herzen horchte sie auf das Getöse und Gezage und litt aufs heftigste mit, als die Ungütige Wahrheit schließlich enthüllt wurde.

II

Der Pooka

Ich glaube, die Sache fing erst richtig an, als ich volljährig wurde. Damals war es üblich, daß ein junger Mann sich selbst bewies, indem er irgendein phantastisches Unternehmen durchführte; danach konnte er dann heiraten und sich niederlassen, da er sich seinen Ruhm verdient hatte.

Ich hatte eine wundervolle Freundin, Elsie, die Wasser in prächtigen Wein verwandeln konnte, indem sie es einfach nur mit dem kleinen Finger berührte; und sie war auch schön und vernünftig und wollte sofort heiraten und eine Familie gründen. Ich war einfach bloß noch nicht reif dazu; das alles hörte sich so langweilig an. Ich suchte das Abenteuer!

Das wurde mit der Zeit immer schwieriger. Elsie wollte wirklich, daß ich blieb, und sie scherte sich nicht um Heldentradition, und anziehend war sie auch – sehr sogar. So hatten wir einige ziemlich schwierige Szenen. Ich versprach ihr, daß ich nach meinem Abenteuer, wenn ich erst einmal ein Held geworden war, zu ihr zurückkehren würde, aber in Wirklichkeit war das natürlich eine Lüge, denn wir wußten beide, daß ich der Abenteuer niemals müde werden würde. Sie versprach mir ihrerseits, daß sie mich, nachdem wir erst einmal eine Familie gegründet hatten, hinausziehen und durch Xanth reisen und vielleicht auch ein oder zwei Drachen töten lassen würde, doch wir wußten beide, daß das ebenfalls eine Lüge war, denn eine Familie läßt einen Mann niemals ziehen. Ich wollte, wie man so sagt, erst einmal meinen wilden Hafer aussäen; auf diese Weise konnte ich seiner wenigstens sicher sein.

Elsie war nicht sonderlich wild auf wilden Hafer, ich weiß gar nicht so recht warum. Also trafen wir schließlich eine Abmachung: Elsie sollte eine Nacht zur Verfügung haben, um mir zu beweisen, wie schön zahmer Hafer sein konnte, und um mir die Vorteile des Familienlebens vorzuführen, damit sie mich davon überzeugen konnte, zu bleiben. Wenn ihr dies nicht gelingen sollte, dann würde ich auf Reisen gehen. Das erschien mir als durchaus faires Abkommen.

Ach, wie wenig wußte ich doch davon, was für eine Nacht sie geplant hatte! Damals war ich wirklich noch ziemlich naiv und wußte über viele Dinge weitaus weniger Bescheid als ich selber glaubte. Ich erwartete, daß sie mir gutes Essen vorsetzen und mich nett behandeln würde, um schließlich auf überzeugende Weise über die Vorteile des gesetzten Lebens zu mir zu reden. Statt dessen ... na ja, ich weiß nicht so recht, ob ich dies erzählen kann, jedenfalls nicht einem ... weißt du, ich glaube wir sollten die Bilder jener Nacht einfach überspringen und ... nicht? Aber ich könnte ziemlichen Ärger mit deinen Eltern bekommen, wenn ich zuviel darüber erzähle, wie ... na gut, also schön, dann werde ich eben nur einen kleinen Teil davon schildern.

Elsie empfing mich in einem Gewand, das vom ... na ja, ich hatte ja schon gewußt, daß sie schön war, aber mir war niemals klar geworden, wie schön sie wirklich sein konnte, wenn sie sich richtig Mühe gab. Ich merkte, wie ich sie ... wie ich die Weise anstarrte, in der sie atmete, und die Art, wie sie saß. Dann führte sie mich in ihren, äh, in ihr Schlafzimmer, und ich folgte ihr und merkte, wie ich die Weise anstarrte, in der sie ging. Dann hat sie ... weißt du, das ist wirklich ziemlich langweilig, deshalb sollten wir die Szene vielleicht doch überspringen ... nein? Hm, nun, sie hat mir jedenfalls gezeigt, wie man dem Klapperstorch eine Botschaft überbringt, und ich stimmte ihr darin zu, daß dies schon Abenteuer genug war und daß ich niemals mehr brauchen würde, und schließlich sind wir eingeschlafen.

Doch am nächsten Morgen kam mir wieder die andere Art von Abenteuer in den Sinn, das Erforschen fremder Gegenden und das Kämpfen gegen fremdartige Wesen, und da wußte ich, daß ich es zunächst einmal damit versuchen mußte. Elsie schlief noch, sie lächelte beinahe, und ich fühlte mich wirklich scheußlich, als ich mich anzog und mein Schwert anlegte. Doch ich gab ihr nicht einmal einen Kuß. Ich schlich mich einfach aus dem Haus wie ein Kind unter Hausarrest und machte mich auf den Weg nach Süden, ins Zentrum von Xanth, wo wirklich etwas los sein sollte.

Wie eine düstere Wolke verfolgten mich die Schuldgefühle, weil mein Versprechen vom Vorabend sich als bloße grausame Lüge herausgestellt hatte, und beinahe wäre ich wieder umgekehrt. Doch der Ruf der Abenteuer in der Wildnis lockte mich weiter, und der war stärker als alle Schuldgefühle.

Irgendwie fühlte ich mich damals gar nicht besonders tapfer oder heldenmütig. Ich fühlte mich viel eher wie ein Feigling, denn ich hatte nicht den Mut besessen, Elsie aufzuwecken und ihr ganz ehrlich zu sagen: »Mädchen, ich gehe jetzt, tut mir schrecklich leid.« Sie hätte ... na ja, in solchen Dingen können Frauen wirklich ziemlich schwierig sein. Und als ich erst einmal richtig auf dem Weg war, da fehlte mir der Mut, zurückzukehren und mich zu entschuldigen. Manche Helden sind in ihrem Inneren gar nicht besonders tapfer oder heroisch.

Doch nun hatte ich mich festgelegt und mußte eben nach vorne schauen anstatt zurück. Schon hatte mir das Leben eine Lektion erteilt: daß nämlich das Süßeste und Traurigste stets das ist, was hätte sein können. Ich hegte den Verdacht, daß ich etwas sehr Schlimmes tat und einen grausigen Preis dafür würde zahlen müssen, dennoch machte ich damit weiter, denn ich schämte mich zuzugeben, daß dem so war.

Damals war die Wildnis Xanths ein wenig wilder als heutzutage, glaube ich, und es gab auch noch viele seltsame Wesen und Magien, die es heute nicht mehr gibt. Die Pflanzen hatten noch nicht gelernt, dem Menschen mit gebührendem Respekt zu begegnen, und die Drachen kamen sogar bis in unser Dorf Fen, um Leute aufzufressen. Deshalb hatten wir überhaupt auch eine Kriegertradition. Wir brauchten kühne junge Männer, um Ungeheuer auf Abwegen abzuwehren. Wir befanden uns an der Nordostgrenze Xanths, neben dem, was später unter der Bezeichnung Ogersumpf bekannt wurde, doch damals waren die Oger noch sehr weit weg und wanderten auf stümperhafte Weise gen Norden. Meine Stiefel sackten in den unendlichen Sümpfen immer wieder ein, und schon bald wurde mir klar, daß es bis zum Herzen Xanths, wo das sagenumwobene Schloß Roogna sich befinden sollte, noch ein äußerst weiter Weg war. Zu Fuß würde ich ganze Ewigkeiten brauchen, um dorthin zu gelangen, und ich mußte feststellen, daß mir das Gehen nicht besonders gut gefiel. Also brauchte ich eine Reitgelegenheit.

Das war ein Problem. In unserer abgelegenen Gegend Xanths gab es keine Zentauren, und Drachen gaben auch keine guten Reittiere ab – sie neigten dazu, heimtückische Pläne zu schmieden, um ihre Passagiere lieber in ihrem Körperinneren weiterzubefördern anstatt oben auf dem Rücken! Ich hatte auch Angst, irgendein fliegendes Wesen als Reittier zu benutzen, denn man konnte ja nie wissen, wenn es einen einfach abwerfen würde. Ich wußte zwar, daß es im Meer Seepferde gab, aber ich wollte ja ins Landesinnere. Im Dorf gab es einen Mann, der Steckenpferde herstellte, doch ich hatte es versäumt, vor meinem Aufbruch mit ihm zu sprechen. Aber seine Pferde beförderten in Wirklichkeit ohnehin keine Menschen, sie taten immer nur so, als ob. Was sollte ich also tun?

Ich wußte es: Ich mußte meine Beine soweit stählen, daß

ich den ganzen Tag marschieren konnte, ohne so sehr zu ermüden, daß mir der Spaß am Abenteuer verging. Bisher machte das Abenteuer mir wirklich nicht sonderlich viel Vergnügen. Es sprach einiges dafür, zu Hause zu bleiben und eine Familie aufzuziehen. Fast wollte ich schon wieder umkehren, doch einmal mehr mußte ich feststellen, daß ich das nicht konnte. Umzukehren hätte bedeutet, daß ich meinen Fehler eingestanden hätte – daß es falsch gewesen war, Elsie zu verlassen. Das wäre viel schwieriger gewesen, als gegen einen Drachen zu kämpfen. Ich glaube, wenn ich nicht im Unrecht gewesen wäre, ich wäre wohl tatsächlich umgekehrt; doch da ich es nun einmal war, konnte ich es nicht tun.

Jetzt, nachdem ich vierhundert Jahre als Gespenst Zeit genug gehabt habe, um über philosophische Dinge nachzudenken – Gespenster kommen in der Regel besser mit dem Unbegreiflichen zurecht als mit dem Greifbaren, weil sie selber ungreifbar sind –, weiß ich, daß Frauen viel praktischer denken als Männer, und daß der Grund dafür, daß die Frauen den größten Sex-Appeal besitzen, darin besteht, daß sie Männer von den Narreteien fortlocken sollen, denen sie sonst so leicht nacheifern. Wenn man mein Abenteuer als Ganzes betrachtet, so war dies wirklich eine vollkommene Übung in Torheit, und das wäre es auch dann gewesen, wenn ich in seinem Verlaufe nicht das Leben eingebüßt hätte. Nacht um Nacht hätte ich mit Elsie verbringen können; statt dessen umwarb ich – und erhielt – die Katastrophe. Wenn der Name der Frau die Eitelkeit sein sollte, so lautet der Name des Mannes auf Torheit. Also ging ich weiter – und das Schicksal suchte mich auf, wie wenig ich es auch verdient haben mochte. Zunächst wirkte es gar nicht als gut, wie etwa ein angenehmer Weg, der direkt in die Tentakel und den Schlund eines Gewirrbaums führt, während das Gute einem als schlecht erscheint, beispielsweise der Pooka.

Es dämmerte und ich hatte etwas Zuckersand zusammengekratzt und einen Bierfaßbaum angezapft, um, wie ein rechter Barbar, Bier zu trinken. In meinem Kopf wirbelte es auf eine angenehme Weise, was meine Aufmerksamkeit von meinen ermüdeten Füßen ablenkte, als ich plötzlich das unheilschwangere Rasseln einer Kette vernahm. Nun war ich zwar jung und närrisch und ein echter Feigling, was persönliche Beziehungen anbelangte, doch davon abgesehen konnte mich nur wenig in der physischen Welt erschrecken. Dieses Kettengerassel schaffte es jedoch – und das ließ mich wach werden. Wenn dieses Geräusch mir einen kalten Schauer den Rücken herunterjagen konnte, so nur deshalb, weil es eben dies im Sinne hatte – und das hieß Magie. Kein Wunder, daß ich davon fasziniert war, denn seltsame Magie war ja ein Teil dessen, was ich suchte. Das Schwert hatte ich bereits; was mir noch fehlte, war die Zauberei.

Hastig stand ich auf, zog mein Schwert und pirschte mich an das Rasseln heran. Ich hörte es wieder, diesmal etwas weiter entfernt, deshalb beeilte ich mich, um es einzuholen. Doch so sehr ich mich auch sputen mochte, es blieb immer noch sehr fern und führte mich auf diese Weise durch die wildeste und verlassenste Landschaft. Im weichen Mondlicht zeichneten sich die Umrisse der Bäume ab und wirkten wie knorrige Riesen, die an Ort und Stelle zu Eis erstarrt waren. Doch einer davon war nicht erstarrt; als ich ihn berührte, grabschten seine Tentakeln nach mir, und ich erkannte, daß ich in die Fänge eines Gewirrbaums gelaufen war, einer der schrecklichsten Pflanzen Xanths. Also schlug ich mit meiner Klinge wild um mich, hackte die Tentakeln ab, und der Baum ließ mich sehr schnell wieder los. Mein Schwert war zwar genaugenommen nicht magisch, aber es war gut und scharf, und ich wußte es wohl zu führen; ich habe mich auch nicht vor Gewirrbäumen gefürchtet. Für einen Barbaren ist der kalte Stahl die Antwort auf die allermeisten Probleme, und genaugenommen, mußt du wissen, ist er auch eine ziemlich wirkungsvolle Antwort. Wahrscheinlich hätte ich anders empfunden, wenn ich ein anderes magisches Talent besessen hätte; so konnte ich mir tatsächlich eine ganze Menge Torheiten leisten.

Danach erkannte ich, daß das Kettengerassel mich nur ins Unglück führen wollte. Ich spielte sein Spiel mit, doch selbst als ich das wußte, faszinierte es mich noch; das Geräusch war zu einer Herausforderung geworden, zu einem kleinen Abenteuer für sich. Deshalb beschloß ich, die Sache klüger anzugehen und dafür zu sorgen, daß das Spiel nach *meinen* Regeln gespielt wurde.

Ich kehrte zu meinem Lager zurück. Und tatsächlich, das Rasseln folgte mir und kam immer näher. Doch auf dem Weg suchte ich in der Dunkelheit nach Raschelpflanzen und Tausendfüßlergras, die ich dann an meiner Stelle unter eine nach Schokolade duftende Kokosnußschale legte. Natürlich raschelten und krabbelten sie leise, so daß es sich anhörte, als läge dort ein Mensch, der etwas unruhig geworden war, weil ihn ein Kettenrasseln störte. Dann schlich ich mich leise davon – in solchen Dingen war ich ziemlich gut, und schlug einen weiten Bogen um das Kettenrasseln.

Und tatsächlich gelang es mir, es an der Nase herumzuführen. In derlei Dingen sind Barbaren äußerst schlau. Ich sah zu, wie es sich meinem Lager näherte und sich darüber wunderte, daß ich nicht länger in Panik geriet. Spukgestalten mögen es nicht, wenn man sie ignoriert! Es kam über eine Felskante, und ich erblickte es, wie es sich vor dem Mondlicht abzeichnete – und es war eine Nachtmähre. Nein, keine Mähre, wie ich einen Augenblick später erkannte, und zwar aus mehreren Gründen nicht. Mähren pflegten Schlafende nicht mit fernen Geräuschen zu nekken; sie kamen immer direkt heran, um ihre Alpträume abzuliefern, dann gingen sie zum nächsten Kunden. Sie hatten gar keine Zeit, um derlei Späße zu inszenieren, weil es immer sehr viele Träume abzuliefern galt, und davon abgesehen schlief ich ja auch nicht. Außerdem war das gar keine Mähre, sondern ein Fohlen, vielleicht auch ein Hengst. Ein zottiges, wildes Ding, das mit Ketten behängt war. Auf diese Weise konnte es auch rasseln. In Wirklichkeit war es ein Pooka – ein Gespensterpferd.

Ein Pferd. Sofort begann mein Barbarenhirn zu arbeiten.

Dieses Pferd konnte ich gebrauchen! Doch wie sollte ich es einfangen? Ich war mir sicher, daß es wenigstens halbwegs feststofflich sein mußte, denn seine Ketten rasselten heftig, was wiederum ein Hinweis darauf war, daß sie feststofflich genug dafür waren, folglich mußte der Pooka ebenso feststofflich sein, um sie tragen zu können. Aber er konnte mich mühelos abhängen – und das war auch einer der Gründe, weshalb ich ihn haben wollte. Nicht nur daß das Reisen zu Pferd leichter wäre, es würde auch schneller gehen, und ich wäre außerdem in der Lage, mehr Gepäck mitzunehmen. Abgesehen davon reizte mich die Herausforderung; so weit ich wußte, hatte noch niemals jemand einen Pooka eingefangen. Dies war also genau die Sorte Abenteuer, nach der ich suchte. Wenn ich mir nur das Staunen der Leute vorstellte, wenn ich auf einem Gespensterpferd im Dorf Fen einritt!

Doch inzwischen war ich sehr müde geworden; im Gegensatz zu den sorgsam gepflegten Mythen werden Barbaren gelegentlich tatsächlich auch mal müde. Es wäre besser, sich eine Nacht lang auszuruhen und die Verfolgung am Morgen wieder aufzunehmen. Andererseits wäre das Wesen bis dahin vielleicht schon weit weg, deshalb wagte ich es nicht, zu warten.

Ich seufzte. Es mußte also jetzt sein. Zum Glück war ich ein robuster junger Mann, so daß meine Müdigkeit zwar lästig, aber nicht lähmend war. Also bereitete ich mich auf die Verfolgung vor.

Zunächst einmal hackte ich mit Hilfe meines Schwerts einige üppige lange Schlingpflanzen ab, die mir als Fangseil dienen sollten, da ich diese Wesen ja einfangen und nicht töten wollte; das machte die Sache auch schon sehr viel schwerer. Zwar war ich mir nicht sicher, ob es überhaupt möglich wäre, ein Gespensterpferd zu töten, dennoch wollte ich das Risiko nicht eingehen. Natürlich hatte ich während meiner Vorbereitung auf das Heldentum sehr viel mit Seilen geübt und war ganz gut darin; das ist eine der Grundfertigkeiten der Unzivilisierten. Dann machte ich mich auf den Weg.

Natürlich merkte der Pooka fast sofort, daß ich ihn verfolgte; in derlei Dingen sind Gespensterpferde äußerst wachsam. Mit einem mächtigen Kettenrasseln schoß er davon. Zwar erreichte ich nicht sein Tempo, konnte aber seine Hufabdrücke im Mondlicht erkennen, und das ständige Klimpern der Ketten in der Ferne ermöglichte es mir, ihn vom Geräusch her zu verfolgen.

So stapfte ich voran und machte nie viel Federlesens mit allem, was mir in den Weg geriet. Ich mag es nicht, bei Nacht zu reisen, denn die einzigen Gefahren, die noch schlimmer sind als die der Wildnis bei Tag, sind jene der Wildnis bei Nacht. Vielleicht haben die Grauen der Nacht aber auch erkannt, daß ich müde und reizbar war und daß es sich nicht ausgezahlt hätte, sich mit mir anzulegen, denn ich wurde nicht angegriffen. Vielleicht hatte ich aber auch nur Glück. Manche Narren haben geradezu phänomenales Glück, und das brauchen sie natürlich auch.

Also blieb ich gerade noch in Hörweite der klirrenden Ketten, denn der Pooka hatte nicht damit gerechnet, daß ich die Verfolgung ernsthaft fortsetzen würde, und so blieb er gelegentlich stehen, um zu grasen. Das bestätigte mich in meiner Vermutung, daß er feststofflicher Natur sein mußte, denn wirkliche Gespenster brauchten nicht zu fressen. Es war auch an diesem Punkt, daß der Pooka sich für mich von einem »Es« zu einem »Er« verwandelte. *Es* ist ein Gespenst, *Er* ist ein Lebewesen. Ich will auch gar nicht behaupten, daß das besonders tiefgründig von mir gedacht war; es war einfach nur die Art, wie ich die Dinge sah.

Mir wurde auch klar, daß der Pooka mich nur geneckt hatte, weil ich eben dagewesen war; es hatte sich um eine zufällige Begegnung gehandelt. Nun reagierte ich aber auf ungewohnt heftige Weise darauf, was das Gespensterpferd verunsicherte. Der Pooka wußte nicht, daß ich beabsichtigte, ihn einzufangen. Manchmal blieb er eine Weile schweigend stehen, weil er wohl dachte, daß ich ihn ohne das Kettenrasseln verlieren würde; doch stets schritt ich in die Richtung des letzten Geräusches weiter und benutzte meinen nie versagenden primitiven Orientierungssinn.

Immer wieder setzte er sich daraufhin in Bewegung. Er konnte keinen Schritt tun oder davonrennen, ohne daß die Ketten ihn verraten hätten. Das war sein Fluch. Wäre dem nicht so gewesen, ich hätte ihn niemals aufstöbern können, weder bei Tag noch bei Nacht. Auf jeden Fall nicht so leicht.

Der Morgen graute, und der Pooka hatte mich ungefähr in südwestliche Richtung geführt. Da, als die Sonne sich gerade darauf vorbereitete, sich in den Himmel emporzustemmen, fand der Pooka ein verborgenes Dickicht und erstarrte. Ich konnte ihn weder hören noch sehen, und das Gebüsch war so dicht, daß ich wußte, daß ich mich durch jede Bewegung verraten würde, so daß der Pooka entkommen konnte, während das Geräusch seiner klirrenden Ketten von dem Buschwerk verschluckt wurde. Also wartete ich, und auf diese Weise wurde daraus eine Belagerung. Ich wußte, daß er in der Nähe war, aber ich mußte ihn dazu bringen, sich zu bewegen. Und er war seinerseits natürlich dazu entschlossen, sich nicht zu bewegen, nachdem ihm dieses Spiel keinen Spaß mehr machte.

Ich nutzte die Wartezeit sehr gut: Ich schlummerte. Diesen Schlaf konnte ich wirklich gebrauchen!

Doch sobald die Ketten rasselten, wachte ich abrupt wieder auf. Der Pooka versuchte, sich davonzuschleichen! Er glaubte, daß ich einer jener zivilisierten Schläfer wäre, die sich so tief in ihre Träume herabsinken lassen, daß sie sich mindestens sechs Stunden lang nicht mehr daraus befreien können. Doch nicht mit mir! Da ich bei meinen Planungen für mein Abenteuer genau gewußt hatte, daß ich die Wildnis niemals ausschalten könnte, hatte ich auch immer wieder trainiert, in eben jenem Augenblick aufzuwachen, da eine Gefahr drohte, und sofort wieder einzuschlafen, sobald die Gefahr wieder verschwunden war. Wilde Lebewesen schlafen so, und ich war auch ziemlich wild. Deshalb weckte mich auch dieses leise Klirren sofort auf, ich entwirrte meine Beine und machte mich wieder an die Verfolgung.

Nun begann der Pooka, Haken zu schlagen. Ich folgte

ihm und fühlte mich dabei besser, auch wenn ich wirklich nicht genug geschlafen hatte. Die ganze Nacht war ich der Spur gefolgt und hatte kaum mehr geruht als der Pooka auch. Im Gehen riß ich einige eßbare Beeren von den Büschen, an denen ich vorbeikam, und ernährte mich auf diese Weise; das wiederum war mein Vorteil, denn der Pooka mußte zum Grasen stets stehenbleiben und konnte es nicht im Laufen erledigen. Wahrscheinlich wurde er langsam ordentlich hungrig. Nun, da ich darüber nachdachte, wurde mich auch klar, daß alles, was feststofflich genug ist, um schwere Ketten mit sich herumschleppen zu können, auch Kraftfutter zu sich nehmen mußte.

Ich kam durch ein Gebiet, wo die Sträucher doppelt so viele Beeren hatten, weil alle doppelwüchsig waren. Gerade wollte ich mir die ersten Zwillingsbeeren in den Mund schieben, als ich zögerte. Natürlich hatte ich mich mit vielen Dingen in der Natur vertraut gemacht, so daß ich mich in der Wildnis ohne Gefahr ernähren konnte, doch diese Beeren hier waren sehr seltsam. Ich überlegte, und plötzlich fiel es mir wieder ein: Zwillingsbeeren! Die waren giftig und bewirkten Schwäche, Lähmung und Siechtum. Doch waren die Wirkungen derart langsam, daß man sehr, sehr viele von ihnen essen konnte, bevor man ihnen richtig zum Opfer fiel – und dann würde es zu spät sein. Natürlich konnte mich mein magisches Talent vor ernsthaftem Schaden bewahren, doch während es aktiv war, würde der Pooka möglicherweise entkommen. Da war es wohl besser, von Anfang an jeden Ärger zu vermeiden!

Allerdings hatte ich auch noch eine weitere gerissene primitive Idee. Eines Tages würde ich diese Zwillingsbeeren vielleicht zu meinem eigenen Vorteil einsetzen können. Deshalb erntete ich eine gewisse Anzahl von ihnen und gab sie in meinen Beutel. Dann stapfte ich hinter dem Pooka her, der offensichtlich klug genug gewesen war, keine von den Zwillingsbeeren zu verzehren. Ob er mich mit Absicht hierher geführt hatte? Ich war mir nicht sicher. Angeblich sind Tiere nicht so schlau – aber barbarische Schwertkämpfer auch nicht. Vorurteile können einen ganz schön in die Irre führen.

Ich entdeckte Hufabdrücke, die mich zu einer Linie führten – und hinter der Linie war einfach nichts. Keine Klippe, keine Wand, einfach nur – nichts!

Nun wurde ich immer ein bißchen unruhig, wenn es um Dinge ging, die ich nicht verstand, beispielsweise Ehe und Familie, und das hier verstand ich nun ganz gewiß nicht. War das Magie? Ich hatte von magischen Spiegeln gehört, durch die man hindurchtreten konnte, um in das dahinterliegende Spiegelland zu gelangen, und ich wußte auch, daß man nicht in das Guckloch eines Hypnokürbisses spähen durfte. Doch es hatte den Anschein, als habe der Pooka diese Linie überquert und sei verschwunden, so daß ich ihm wohl folgen mußte, wenn ich ihn wirklich einfangen wollte. Und wenn ich dann wieder an diese Zwillingsbeeren dachte ... wie schlau war dieses Wesen eigentlich wirklich?

Ich entschied mich dazu, die Sache zu überprüfen. Ein bißchen Vorsicht schadet selten. Ein weiteres Gerücht, das über Barbaren in Umlauf ist, besagt, daß sie sich kopflos in jedwede Gefahr hineinstürzen; in Wirklichkeit ist es jedoch der unwissende zivilisierte Mensch, der durch den Dschungel stolpert, der dergleichen tut. Kein Barbar ist jemals fröhlich und unwissend in einen Gewirrbaum hineingestolpert! Na gut, *ich* hatte das zwar in der Nacht auch getan, aber das war eine besondere Situation gewesen, und außerdem hatte ich mein Schwert kampfbereit. Mißtrauisch ging ich die Huffährte wieder zurück ... und entdeckte weitere Hufspuren, die hinter einigen Sträuchern von der Fährte abzweigten. Das war auf einem grasigen Stück Land, wo der Durchschnittsmensch die Spuren nicht bemerkt hätte, aber ich besaß natürlich ein geschärftes Auge für die Wildnis. Der Pooka war bis zu der Linie geschritten, hatte dort innegehalten, um schließlich vorsichtig rückwärts zu gehen, wobei er jeden Huf sorgfältig in seinen eigenen Abdruck setzte, damit alles den Eindruck machte, als sei er über die Linie geschritten.

Das genügte mir als Warnung. Diese Linie würde ich nicht überqueren! Später erfuhr ich dann, wie klug diese Entscheidung gewesen war; die Linie war die Grenze zum Nichts, aus dem kein Wesen jemals zurückkehrte. Der Pooka hatte mich wirklich in eine allerliebste Falle führen wollen!

Andererseits bewies dies auch, wie klug dieses Tier tatsächlich war. Nun wollte ich es um so mehr als Reittier haben. Ich folgte der neuen Fährte und erschreckte das Gespensterpferd bald so sehr, daß es sich wieder in Bewegung setzte. Der Pooka hatte in einem anderen Dickicht reglos mein Kommen beobachtet. Dieser Teufel!

Nun war ich noch entschlossener, ihn einzufangen. Ich verfolgte ihn mit einer derartigen Entschiedenheit, daß ich meine eigene Müdigkeit kaum bemerkte. Wenn er irgendwo Pausen machte, so daß ich ihn weder hören noch sehen konnte und wo die Fährte durcheinandergeraten war, machte auch ich Pause und schlummerte ein wenig; setzte er sich wieder in Bewegung, tat ich desgleichen. Ich merkte, daß er nervös wurde – und hungrig.

Inzwischen floh er in Richtung Südosten. Das führte mich durch eine angenehme Region voller Vögel jeder Größe und Beschreibung. Einige von ihnen waren ziemlich groß. Tatsächlich bemerkte ich sogar einen Vogel Rokh, der über mir kreiste, doch ich wurde deswegen nicht allzu nervös, denn ich wußte, daß ich viel zu klein war, um für ihn von Interesse zu sein. Anders jedoch der Pooka: Ich sah, wie der Rokh hinabstieß, und begriff voller Entsetzen, daß er es auf das Gespensterpferd abgesehen hatte.

Hastig nahm ich meinen Bogen auf und preschte vor. Ich gelangte gerade noch rechtzeitig an einen Felsvorsprung, um mitanzusehen, wie der große Vogel den Pooka mit seinen Klauen packte und emporheben wollte. Doch die Ketten erhöhten das Körpergewicht des Pferdes und brachten den Vogel aus dem Gleichgewicht, so daß er zögerte. Sofort ließ ich einen Pfeil lossausen. Der jagte voll in das gefiederte Hinterteil des Vogels. Natürlich war mein Pfeil für ein Lebewesen solcher Größe kaum mehr als ein Nadelstich.

Doch mußte die Nadel eine empfindliche Stelle getroffen haben, denn der Vogel stieß ein zorniges O-förmiges Krächzen aus und ließ den Pooka fallen.

Mit lautem Kettenrasseln galoppierte der Pooka davon und schoß an einem Gewirrbaum vorbei, wohin ihm der Rokh nicht folgen konnte. Der riesige Vogel kreischte voller Zorn – und richtete seine Aufmerksamkeit auf mich. Hast du schon jemals einen wütenden Rokh gesehen? Das solltest du tunlichst vermeiden! Das Ding wollte sich auf mich stürzen, mit Schwingen, die derart breit waren, daß sie das Licht der Sonne auslöschten. Ich hob mein Schwert, wußte aber genau, daß es hoffnungslos war; dieses Ungeheuer war einfach zu groß, um es bekämpfen zu können. Die Klauen fuhren herab, griffen nach mir – doch sie waren so groß und standen so weit auseinander, daß sie mich verfehlten. Ich schlüpfte durch die Lücke davon. Als er das bemerkte, schlug der Rokh erneut zu, wobei er diesmal seine Krallen um mich herum in den Boden bohrte. Sie gruben sich in Erdreich, Felsgestein, Grasboden und in einen mittelgroßen Baum ein und rissen alles zusammen empor, während ich in der Mitte stand.

Verzweifelt schlug ich mit meinem Schwert um mich, als der Vogel losflog. Ich hieb gegen die nächstgelegenen Klaue, die so dick war wie mein Oberschenkel, und zerteilte sie mit einem mächtigen Schlag. Blut spritzte aus der durchtrennten Ader in seiner Mitte, und der Boden, der von dieser Klaue festgehalten wurde, begann abzubröckeln. Das Blut durchtränkte den Unterboden, was das Ganze noch unstabiler machte. Der entwurzelte Baum sackte nach unten ab, und ich stürzte zusammen mit ihm in die Tiefe. Aus Baumwipfelhöhe prallten wir zusammen unten auf dem Boden auf.

Es war ein schlimmer Sturz, der von den blutigen Erdmassen noch verschlimmert wurde. Ich war völlig benommen, und meine Lage besserte sich nicht gerade, als mehrere ziemlich große Felsbrocken auf mir landeten und auf meine Beine prasselten. Ich weiß nicht, wie es anderen Helden immer gelingt, in den entsetzlichsten Situationen jedweder Verletzung zu entgehen; ich für meinen Teil besaß jedenfalls keinen solchen Zauber. Also tat ich das Vernünftigste – ich verlor das Bewußtsein.

Eine Stunde später kam ich wieder zu mir, mein zermalmtes Bein war geheilt. Ach, hab ich das noch gar nicht erwähnt? Mein magisches Talent besteht nämlich darin, daß ich mich selber heilen kann. Wenn ich eine Schnittwunde bekomme, dann heitl sie sofort, sofern sie klein ist, und binnen weniger Minuten, wenn es sich um eine große handelt. Verliere ich einen Finger, so wächst er wieder nach. Verliere ich einen Fuß, dauert es etwa eine Stunde, bis ich wieder hergestellt bin. Werde ich von einem Pfeil getötet, der sich durch mein Herz bohrt, habe ich mich nach einem Tag wieder davon erholt. Es dauert allerdings etwas länger, wenn niemand den Pfeil herauszieht. Mein zerquetschtes Bein dauerte also eine Stunde, und danach war ich wieder wie neu. Vielleicht sogar noch besser als neu, denn das wiederhergestellte Bein war nicht so müde wie das andere.

Offensichtlich hatte der große Vogel mich liegenlassen, weil er mich für tot hielt. Das war ein naheliegender Fehler. Solche Verwechslungen waren schon öfter vorgekommen. Tatsächlich war ich so gut wie unausrottbar, zumindest auf lange Sicht. Das war auch einer der Gründe, warum ich das Abenteuer liebte, für einen Helden besaß ich schließlich wirklich eine gute Magie.

Nun machte ich mich wieder an die Verfolgung. Das Gespensterpferd war nicht sehr weit fortgelaufen. Da er mich für ausgeschaltet hielt, graste der Pooka ganz in der Nähe. Ja, er war hungrig!

Ich stieß einen Schrei aus und stürzte auf ihn zu. Er hob den Kopf, erschrocken – und reagierte, als würde er jemanden vor sich sehen, der soeben von den Toten auferstanden war. Völlig entsetzt jagte er davon und ließ dabei sogar ein halbes Maulvoll Gras fallen. Eigentlich würde man glauben, daß ein Gespensterpferd sich nicht vor anderen Gespenstern fürchten würde, aber dem ist nicht so. Selbst Gespenster fürchten sich vor dem, was sie nicht verstehen, und der Durchschnittsgeist ist ein ziemlich zaghaftes Wesen. Ich muß es ja wissen! Und natürlich ist ein Pooka auch kein vollständiges Gespenst, weil er ja teilweise recht feststofflich ist; er befindet sich eher in einem Zwischenzustand, ganz ähnlich wie ein Zombie sich zwischen Leben und Tod bewegt. Verliert der Pooka jemals seine Ketten, so wird er zum vollen Gespenst. Doch die Ketten binden ihn ans Leben, deshalb muß er auch grasen und die meisten anderen Dinge tun, zu denen auch die lebenden Wesen gezwungen sind, so unpraktisch manche von ihnen auch sein mögen. In Xanth gibt es eine Reihe von Wesen, die weder das eine noch das andere sind, aber von beidem ein wenig haben.

Nun war die Jagd wieder im Gange. Der Pooka floh gen Südosten – und führte mich dabei ins Greifengebiet. Das merkte ich anhand alter Spuren, an Krallenabdrücken auf den Baumstämmen und an altem Greifenkot. Ich blieb auf der Hut, denn Greife können äußerst kämpferische, angriffslustige Wesen sein. Mit einem einzigen Greif, so dachte ich mir, würde ich wohl schon zurechtkommen, aber manchmal streiften sie auch in Rudeln umher, und das könnte dann doch Ärger bedeuten. Der Rokh hatte mich zurückgelassen, weil ich für ihn ein viel zu kleiner Happen war, und er hätte sich schon allein beim Aufgreifen meines Körpers den Schnabel mit Erdreich beschmutzen müssen. Doch die Greife würden mich sehr wohl fressen, und ich war mir nicht sicher, wie leicht es mir danach fallen würde, mich davon wieder zu erholen. Wenn einer von ihnen den größten Teil von mir auffressen sollte, so wäre ich zwar vielleicht dazu in der Lage, mich wieder zusammenzuraffen, doch es behagte mir nicht, dieses Risiko einzugehen. Schließlich tun mir Verwundungen genauso weh wie anderen Leuten, und zwar so lange, bis sie geheilt sind. Warum sollte ich da unbedingt diesen ganzen Schmerz ertragen, wenn es nicht nötig war? Also war ich vorsichtig. Vielleicht sollten Barbaren eigentlich über Narben lachen, als würden sie nie eine Wunde spüren, doch der Witz der Sache entging mir dabei.

Der Pooka verhielt sich, hungrig und matt wie er war, weniger vorsichtig. Er raste direkt durch ein Greifenlager, wo ein großes Nest in den unteren Zweigen eines Baumes hing. Im Nest befand sich eine Greifin, die gerade ein Ei ausbrütete oder so etwas ... ich bin mir dieser Sache nie ganz sicher, denn Greife sind ziemlich penible Wesen von königlicher Abstammung und lassen es nicht zu, daß man in ihrem Leben sonderlich viel herumschnüffelt. Jedenfalls stieß sie ein gräßliches Krächzen aus, als sie den Eindringling bemerkte. Der männliche Greif hatte gerade auf einem höhergelegenen Ast desselben Baums vor sich hingedöst, die Schwingen angelegt, während seine Klauen sich in die Rinde bohrten. Erschrocken sprang er sofort vom Ast und stürzte erst ein Stück in die Tiefe wie ein Stein, bis er schließlich die Schwingen ausbreitete und aus dem Sturz einen Flug machte. Er war kein bißchen erfreut. Ich schätze, das würde ich auch nicht sein, wenn ich plötzlich dadurch geweckt würde, daß meine Frau mich anschreit, weil irgendein Wesen in ihre Privatsphäre eingedrungen war. Möglicherweise war das ein weiterer Grund, weshalb ich der Ehe mit Vorsicht begegnete: Wie die Grenze zum Nichts, kann auch sie eine Einbahnstraße in das Weiß-nicht-Was sein.

Es dauerte nur einen Augenblick, bis der männliche Greif begriffen hatte, daß der Pooka an allem schuld war. Er wendete mitten in der Luft und jagte dem Gespensterpferd nach, das immerhin vernünftig genug war, um in vollem Tempo davonzugaloppieren. Ich rannte so schnell ich konnte hinterher.

Der Pooka war schnell, trotz seiner Ketten, wenn er volles Tempo gab; doch das gleiche galt auch für den Flug des Greifs, und der war nicht durch irgendwelches zusätzliche Gewicht belastet. Ich glaube, wenn der Pooka ausgeruht gewesen wäre oder besseres Laufgelände zur Verfügung gehabt hätte, wäre er möglicherweise entkommen. Doch der Boden wurde hier immer sumpfiger, und es gab sehr viele Bäume, was dem Gespensterpferd die Flucht erschwerte. Der Greif dagegen konnte mühelos die Bäume umrunden, wodurch er den Abstand auch schnell verringerte.

Bald schwebte der Greif direkt über dem Pooka und stieß nach unten – und ich war zuweit entfernt, um irgend etwas dagegen unternehmen zu können. Ich konnte nur hinter den beiden herlaufen und zuschauen. Selbst wenn ich in Schußweite meines Pfeils gewesen wäre, glaube ich nicht, daß ich meinen Bogen benutzt hätte, denn hätte ich den Greif getötet, wäre die Greifin allein in ihrem Nest geblieben, unfähig, auf die Jagd zu gehen, ohne das Ei unbewacht zurückzulassen, und das wollte ich wirklich nicht. Sich mit einem Greif in einer offenen Schlacht zu messen, das ist eine Sache; den Nistablauf zu stören, ist dagegen eine völlig andere. Ja, ich weiß ja selbst, daß sich das töricht anhört, aber man kann einfach nicht lange in der Wildnis leben, ohne einen wirklichen Respekt für die Lebewesen zu entwickeln, die dort wohnen. Diese Greife hatten es nicht auf Ärger abgesehen gehabt; der Pooka hatte sie in Aufruhr versetzt, weil ich ihn verfolgte, so daß die ganze Sache eigentlich meine Schuld war. Wenn ich im Recht bin, kann ich Lebewesen töten, aber nicht wenn ich im Unrecht bin. Folglich war ich, so oder so, ziemlich hilflos.

Der Greif landete auf dem Rücken des Pooka, und sein Schnabel schoß herab – worauf er gegen eine der Ketten prallte. Aua! Vom Schmerz verdutzt, wollte der Greif wieder davonfliegen, konnte es aber nicht, weil sich eine seiner Klauen in einer weiteren Kette verhakt hatte.

Der Pooka bäumte sich auf und versuchte, den Greif abzuwerfen; der Greif wollte auch fort, konnte aber nicht. Dann jagte der Pooka unter einem tiefhängenden Ast hindurch, was ihn von dem Greif befreite, und zwar auf die harte Weise. Der Greif flatterte, überschlug sich in der Luft und stürzte rücklings zu Boden. Als er aufschlug, versprühte er kleine Sterne und Planeten des Schmerzes um sich herum. Mühsam richtete er sich wieder auf und ging in die Luft, ein wenig benommen, hinter sich eine Spur von Krakeln der Unsicherheit und Verwirrung ziehend. Er hatte den Pooka bereits vergessen, und der blieb nicht da, um ihn wieder an sich zu erinnern. Der Greif kehrte schwitzend zum Nestbau zurück. Einen schwitzenden Greif sieht man äußerst selten! Ich selbst rannte hinter dem Gespensterpferd her.

Der Sumpf wurde immer sumpfiger, wie das eben so ist, und meine Stiefel wurden naß und matschig. Das gefiel mir überhaupt nicht, aber ich mußte dem Pooka nachsetzen. Dem gefiel das übrigens auch nicht. Er schlug eine südliche Richtung ein, auf der Suche nach höhergelegenem Gelände, doch schon bald wurde es klar, daß die im Süden sichtbaren Berge noch viel zu weit entfernt waren, um ihm irgendwie zu nützen. Also kehrte er sich gen Westen, und ich folgte ihm, und so stapften wir einer hellen Wand entgegen. Offensichtlich war dies nicht mehr das normale Revier des Pooka, so daß er sich seines Weges nicht sonderlich sicher war.

Je mehr wir uns der Wand im Westen näherten, desto heller wurde sie – und um so schlimmer wurde auch der Boden. Nun war er wirklich nur noch ein richtiger Sumpf – und plötzlich tauchten dreieckige bunte Flossen auf, die sich in schnellem Tempo dahinbewegten. Eine grüne Flosse näherte sich mir und erhob sich aus dem Schlamm; ich sah, daß es sich um einen großen Fisch mit einem Maul voll Zähne handelte. Der Fisch sprang mich an, Zähne zuerst, so daß ich mein treues Schwert herausriß und es dem Wesen in die Schnauze stieß.

»Oooh, aua!« schrie der Fisch und stürzte in den Schlamm zurück. »Das hättest du nicht zu tun brauchen! Ich wollte dir nur irgend etwas leihen.«

Ich traute sprechenden Fischen nicht. »Und was wolltest du als Gegenleistung haben?«

»Nur einen Arm und ein Bein«, erwiderte er.

»Nun, ich bin nicht interessiert. Laß mich in Frieden, sonst ...«

»Tu ich ja, wenn ich dir erst einen Kredit angedreht habe. Ich bin nämlich ein Kredithai.«

»Das ist mir völlig egal, ob du ein Kredithai oder ein Börsenhai oder ein Miethai bist, jedenfalls will ich deinen grünen Rücken nicht in meiner Nähe wissen! Hau ab, sonst hacke ich dir die Flosse ab.«

Der Gedanke, seinen Flossenrücken einzubüßen, behagte dem Fisch nicht, und so schwamm er hastig davon.

Der Pooka dagegen hatte größere Probleme. Drei der Flossen, eine rote, eine blaue und eine gelbe umkreisten ihn hungrig, während er fast in dem Schlamm versank. Er bahnte sich seinen Weg, der westlichen Wand entgegen, doch nun sah ich, daß es sich um eine Wand aus Feuer handelte. Das war gar nicht gut!

Ich stapfte auf ihn zu und schwenkte dabei mein Schwert, um die Fische zu verjagen. »Verschwindet!« schrie ich sie an, »sonst halbiere ich euch noch eure Zinsen!« Die Fische zögerten, denn das wollten sie nicht. Doch der Pooka erblickte ebenfalls meine wedelnde Waffe und geriet in Panik. Er stürzte der Feuerwand entgegen.

»Nein, warte doch!« rief ich. »Ich versuche doch nur, dir zu helfen!«

Doch er raste weiter und fürchtete sich anscheinend mehr vor mir als vor den Flossen oder der Feuerwand, und schon bald hatte er die letztere erreicht. Nun bremste ihn die Hitze. Das Feuer konnte er nicht durchqueren, doch von hinten schnitten ihm die Flossen den Weg ab. In spiralförmiger Bewegung kamen die rote und die blaue Flosse immer näher, während die gelbe, die sich wohl mehr fürchtete als die anderen, einen etwas weiteren Bogen schlug.

Der Pooka zog einen Vorderhuf aus dem Schlamm und stieß damit nach der roten Flosse, doch dadurch versanken die drei anderen Beine noch tiefer im Sumpf. Er war wirklich in der Patsche! Ich schob mich zu ihm vor, und nun konnte er nicht mehr vor mir fliehen. Doch ich war mir nicht sicher, wie ich ihn retten konnte, vom Einfangen ganz zu schweigen.

Der blaue Kredithai griff den Pooka von der Seite an und versuchte, einen Happen herauszureißen; seine Zähne bissen auf Ketteneisen. Kleine Funken sprühten, als Porzellan auf Metall traf. Das mußte ziemlich schlimm weh getan haben! Der Fisch zog sich ein Stück zurück, blieb aber in der Nähe.

Endlich hatte ich den Pooka erreicht. Der fürchtete sich zwar immer noch vor mir, steckte aber so tief im Schlamm, daß er sich nicht mehr bewegen konnte. »Guck, Pook«, sagte ich. »Ich will nur eines, nämlich dich reiten. Wenn ich dort bin, wo ich hin will, lasse ich dich frei. Das ist nicht schlimmer als der Tod! Und der Tod ist alles, was du hier bekommen wirst. Wenn du nicht ertrinken solltest, werden dir die Haie bei lebendigem Leib das Fell über die Ohren ziehen. Willst du da nicht lieber mit mir reisen?«

Der Pooka sah mich einfach nur an, als sei ich halb wahnsinnig. Ich bin mir nicht sicher, daß er mich verstand. Es gibt verschiedene Tiere in Xanth, manche sind klüger als Menschen, die meisten aber nicht. Vielleicht hatte ihn auch nur meine Stimme beruhigt; dies und die Tatsache, daß ich nicht versuchte, ihn umzubringen. Vielleicht war er aber auch nur so eingekeilt im Sumpf, daß er sich nicht vom Fleck rühren konnte.

Die Rotflosse griff mich an. Ich hackte mit meiner Klinge auf sie ein und trennte die Flosse vom Körper, genau wie ich es der Grünflosse angedroht hatte, woraufhin der Hai zerfetzt davonschwamm. Nun hatte sich auch noch das Wasser rot gefärbt.

Doch das Blut zog noch weitere Flossen an. Aus dem ganzen Sumpf kamen sie herbei, und das Licht brach sich in schillernd bunten Farben, was unter anderen Umständen ein regelrecht hübscher Anblick gewesen wäre. »Pook, wir sind in Schwierigkeiten!« sagte ich. Ich schritt direkt auf ihn zu. Er versuchte vor mir zurückzuweichen, doch es gelang ihm nicht. Ich kletterte auf seinen Rücken, und mein Gewicht drückte ihn noch fester in den Schlamm. Da traf die erste Flosse ein; ich hieb mit meinem Schwert nach ihr und trennte sie von dem Fisch. Sofort stürzten sich sechs andere Haie auf den Verwundeten und rissen ihn in Stücke. Ein Arm und ein Bein? Nein, diese Ungeheuer versuchten in ihrer Gier alles zu bekommen, was ihnen nur zwischen die Zähne kam!

Den nächsten Kredithai servierte ich auf ähnliche Weise ab – und seine Gefährten taten das gleiche mit ihm. Dann mußte ein dritter daran glauben. Da ich festen Halt unter den Beinen hatte, konnte ich mein Schwert in einem vollen Kreis schwingen. Nicht eine einzige Flosse konnte sich bis auf Bißweite nahen, ohne sofort zerteilt zu werden. Schon bald war der Schlamm um uns herum nur noch eine einzige blutige Masse.

Nach einer Weile waren so viele Haie aufgefressen worden, daß die verbliebenen schier platzten. Der Flossenkreis weitete sich und löste sich schließlich auf. Die Fische hatten kein Interesse mehr an uns. Wie ich schon einmal sagte: Brutale Gewalt und ein geschickt geführtes Schwert mögen vielleicht nicht jedes Problem lösen, aber es gibt Zeiten, da sie gut genug dafür sind.

Der Pooka stak inzwischen bis zu den Schultern im Schlamm. Wenn das so weiterging, würde das Zeug bald seinen Kopf erreicht haben, dann würde er in schmierigem Blut ertrinken. Ich mußte irgend etwas dagegen unternehmen!

»Guck, Pook«, sagte ich zu ihm. »Ich bin auf deiner Seite. Ich will dir helfen. Ich habe dich vor den Flossen gerettet. Ich habe dir geholfen, dem Rokh zu entkommen und auch dem Greif. Jetzt muß ich dich hier irgendwie wieder hinausbringen ... aber ich weiß noch nicht, wie. Also werde ich versuchen, einen Ausweg zu finden. Bleib du erst mal hier. Ich bin sofort zurück, sobald ich kann. Und immer dran denken: Kopf hoch!« Ich stieg ab und stellte mich neben ihn in den Schlamm.

Ob ich seine Beine eines nach dem anderen aus dem Schlamm herausziehen konnte? Ich griff nach einem seiner Hinterbeine, packte es so tief es nur ging und versuchte, mit Wucht daran zu ziehen. Doch es kam nicht nach oben, statt dessen sank ich selbst ein Stück tiefer. Das war also nichts.

Ich musterte die Feuerwand. Sie war gar nicht so heiß, wie ich zuerst gedacht hatte, und dahinter konnte ich unscharfe Gestalten erkennen. Ob sie sehr dünn war? Ich beschloß, der Sache nachzugehen.

Also atmete ich tief ein, schloß die Augen, tauchte in das Blutwasser und stieß der Feuerwand entgegen. Als ich hoffte, weit genug gekommen zu sein, stieß ich wieder empor – und fand mich in einem ausgebrannten Wald wieder. Die Feuerwand befand sich nun hinter mir, offensichtlich hatte das Feuer diese Stelle erst vor kurzem hinter sich gelassen. Doch seltsamerweise erschienen auf den verkohlten Bäumen bereits grüne Schößlinge. Die Bäume waren zwar verbrannt, aber nicht tot.

Im Westen verdampfte der Schlamm schnell und wurde schon bald zu ausgetrocknetem Boden. Dort würde der Pooka festen Halt finden – sofern er nur die Feuerwand durchstoßen konnte. Nun, ich hatte es ja auch geschafft, da würde er es auf gleiche Weise tun können, nämlich unter Wasser. Sofern er sich nur vom Schlamm freimachen konnte, bis er seine Bewegungsfreiheit wiedergewonnen hatte.

Dazu würde er Hilfe brauchen. Ich musterte die rauchenden, keimenden Baumstämme und hatte eine Idee. Ich könnte den Pooka *abschleppen!*

Also tauchte ich wieder unter der Feuerwand durch und stieß mitten im Blutbad wieder an die Oberfläche. Dort befand sich der Pooka, in unveränderter Lage, nur daß er noch ein Stückchen tiefer herabgesackt war. Er hielt den Kopf hoch; das mußte er auch, damit seine Nüstern nicht von dem Blutstrom umspült wurden, der ihn umgab.

»Ich brauche eine Kette«, sagte ich. Ich legte Hand an eine der Ketten, die ihn umhüllten, und riß daran. Das Ding war völlig verflochten und hatte kein freies Ende. Ich fragte mich, wer ihm diese Ketten wohl angelegt haben mochte und weshalb, doch war dies nicht die Zeit für eitle Spekulationen. Ohnehin haben viele Dinge in Xanth keine vernünftige Erklärung, sie *sind* einfach so.

»Ich muß das auf die harte Tour machen«, sagte ich. »Ganz ruhig bleiben.« Ich zog die Kette ein Stück nach draußen, so daß sie neben ihm ins Wasser hinausragte, dann hob ich mein Schwert über den Kopf und hieb mit beiden Händen die Klinge heftig auf das Eisen.

Der Pooka wieherte vor Entsetzen, konnte jedoch nicht ausweichen. Da erwischte die Klinge das Kettenglied und durchtrennte es. Ich besaß ein gutes Schwert; es war in Drachenblut getaucht worden, so daß die Klinge auf magische Weise gehärtet und geschärft worden war und beinahe alles durchschlagen konnte.

Dann nahm ich eines der zertrennten Enden, führte es unter dem von Schlamm umhüllten Leib des Gespensterpferds hindurch und zog es auf der anderen Seite empor. So machte ich weiter und entwirrte die Kette, bis ich schließlich hatte, was ich brauchte. Dann überzeugte ich mich davon, daß der Rest den Bauch und die Vorderglieder des Tieres fest umschlang und nicht von ihm abgleiten konnte.

»Paß auf, Pook, ich werde dich jetzt unter der Feuerwand hindurchziehen«, sagte ich. »Um dich aus diesem Schlamassel zu holen. Aber du wirst mir dabei helfen müssen. Wenn du den Zug spürst, versuch bitte in die gleiche Richtung zu gehen; mit meiner Hilfe müßte dir das eigentlich gelingen. Hast du die Feuerwand erreicht, so bringst du deinen Körper so nahe heran wie möglich, tauchst mit dem Kopf ein, damit du nicht verbrannt wirst, und ich werde dich auf die andere Seite zerren. Verstanden?«

Der Pooka reagierte nicht. Ich wußte nicht, ob er mich wirklich verstanden hatte. Nun, daran konnte ich nichts ändern, ich mußte einfach handeln. Wenn die Sache funktionieren sollte, würde ich damit das Gespensterpferd retten; wenn nicht …

Ich stapfte zurück zur Feuerwand, die Kette hinter mir herschleppend. Dann tauchte ich unter. Auf der anderen Seite angekommen, suchte ich mir einen geeigneten verbrannten Baum aus und umschlang mit der Kette einen niedrig hängenden waagerechten Ast. Dann riß ich daran.

Natürlich gab es Widerstand. Der Schlamm wollte sein Opfer nicht preisgeben. Ich riß immer stärker an dem Metall und legte mein ganzes Gewicht hinein. Endlich gab die Kette nach und geriet in Bewegung. Nun packte ich sie ein Stück weiter vorne, riß weiter daran, und wieder geriet sie in Bewegung. Nach und nach wurde die Sache leichter; der Pooka half mir dabei. Zug um Zug und Schritt um Schritt zerrte ich das Tier der Feuerwand entgegen, obwohl ich es auf der anderen Seite nicht sehen konnte. Wenn der Pooka im kritischen Augenblick versäumen sollte, den Kopf unterzutauchen ...

Da versank die gespannte Kette im Schlamm und ich wußte, daß das Gespensterpferd meinen Befehlen gehorchte. Also verstärkte ich meine Anstrengungen, und einen Augenblick später erschien sein Kopf auf meiner Seite.

Danach war die Sache leicht. Ich holte den Pooka durch die Feuerwand in den seichteren Schlamm hinauf und schließlich auf den hitzegehärteten Boden. Dann löste ich die Kette wieder von dem Baum und schlang sie erneut um das Tier. Der Pooka brauchte die Kette, um am Leben zu bleiben, zumindest soweit ich wußte. Doch ich ließ sie nicht los.

Als ich fertig war, saß ich auf. »Ob du nun willst oder nicht, du wirst mir jetzt als Reittier dienen«, informierte ich ihn.

Das arme Ding war so benommen und ermattet, daß es nicht einmal ein Protestwiehern ausstieß. So hatte ich endlich mein Reittier – jedenfalls glaubte ich das.

III
Callicantzari

Ich ritt mit Pook in ein Gebiet, wo die Bäume bereits in erheblichem Umfang nachgewachsen waren, und bereitete mich dort auf die Nacht vor. »Ich lasse dich jetzt frei laufen«, sagte ich zu ihm. »Aber du siehst selbst, wie die Feuerwand dieses Gebiet umringt. Ohne meine Hilfe kommst du nicht hier heraus. Es hat also keinen Zweck, vor mir davonzulaufen; es wäre das Klügste, wenn du dich einfach entspannst und ein wenig grast.« Ich saß ab – und sofort galoppierte das Gespensterpferd davon.

Ich seufzte. Ich hatte gehofft ... aber natürlich war ich nur ein Hinterwäldler und Tölpel, der die wirklichen Motive von Menschen oder Lebewesen nie verstehen konnte, so sehr ich sich auch bemühte. Ich sammelte einige Früchte zum Essen ein – es war erstaunlich, wie schnell diese Bäume sich nach dem Brand wieder erholt hatten! –, dann legte ich mich zum Schlafen nieder. Hier brauchte ich mir keine Sorgen wegen Raubtieren zu machen, die wurden von der Feuerwand abgehalten.

Geweckt wurde ich vom Rauch. Es war noch immer Nacht – doch der Horizont war hell. Feuer jagte über die Ebene!

Ich blickte mich um und wußte sofort, daß ich in Schwierigkeiten war. In Sicherheit vor belebten Gefahren, hatte ich die unbelebten völlig außer acht gelassen. Das Feuer hatte mich schon halb umrundet und machte schnellere Fortschritte als ich laufen konnte. Das grüne Gras und das Blattwerk waren braun geworden. Wahrscheinlich machte der beschleunigte Wachstumszyklus bei der Reife nicht halt, sondern setzte sich durch die ganze Jahreszeit fort. Die Gegend war herbstlich geworden – und mit dem Herbst war auch das Feuer gekommen, um das tote Laub zu vernichten und alles für den Frühling am nächsten Morgen vorzubereiten. Vielleicht könnte ich mich in den Boden eingraben, bis es vorübergezogen war. Doch der war äußerst hart; es würde Stunden dauern, bis ich mich richtig eingegraben hatte, ich hatte aber nur noch Minuten zur Verfügung.

Da hörte ich ein Rasseln. Da war der Pooka, der entsetzt vor den Flammen floh. »Komm hierher!« schrie ich. »Ich führe dich hinaus!« Natürlich beachtete er mich nicht, doch ich schnitt ihm den Weg ab, um ihn den nahenden Flammen entgegenzutreiben, damit er in der Sackgasse war, dann fing ich ihn mit meinem Seil wieder ein. Ich zerrte ihn zu mir und kletterte auf seinen Rücken, die Ketten packend. Ich hatte mein Reittier wieder, gerade noch rechtzeitig.

Es war nicht sonderlich bequem, auf den Ketten sitzen zu müssen. Als sich das Gespensterpferd noch im Schlamm befunden hatte, hatte ich die Ketten nicht so stark gespürt, doch das war nun anders. Aber ich hatte keine Wahl, das Feuer ließ mir keine Zeit, für meine Bequemlichkeit zu sorgen. Ich führte das Pferd, indem ich ihm in die Seite trat, von der er sich fortbewegen sollte. So galoppierten wir auf die sich immer enger schließende Lücke im Feuerkreis zu, während mein Hinterteil fürchterlich auf den harten Ketten aufprallte.

Wir erreichten die Lücke – und mußten feststellen, daß sie sich nur auf einen weiteren sich schließenden Feuerring hinaus öffnete. Hier konnten wir nicht entkommen! Was sollte ich nun tun? Ich hatte schließlich versprochen, einen Ausweg zu finden.

Doch ich erkannte, daß ein Teil des neuen Feuerrings tatsächlich aus der äußeren Feuerwand bestand. Das war die Grenze, dahinter gab es kein Feuer mehr. Wir konnten darunter hinwegtauchen, doch gab es hier weder Wasser noch Schlamm, um dies zu tun. Außerdem hatten wir keine Zeit mehr. Gierig stellen die Flammen uns nach.

»Wir müssen einfach hindurch!« schrie ich. »Schließ die Augen, und halt die Luft an!« Und ich peitschte das Ende meines Seiles gegen die Flanke des Pferdes, so daß der Hengst mit einem wilden Satz nach vorne sprang.

Mitten im Sprung durchstießen wir die Feuerwand. Ich spürte, wie der Hitzeschwall an meinem Körper vorbeijagte, mir die Barthaare und die Kleidung versengte, dann waren wir auch schon hindurch. Diesmal hatten wir den Vorteil festen Bodens und hoher Geschwindigkeit auf unserer Seite, dadurch war die Sache überhaupt erst möglich geworden. Doch ich war keineswegs begierig, wieder in das Reich des Feuers zurückzukehren, sofern mir eine freie Wahl bleiben sollte.

Jetzt befanden wir uns auf einer Ebene, unmittelbar vor dem südlichen Gebirge, das wir zuvor nicht hatten erreichen können. Ich war erfreut. Schließlich hatte ich nach Süden wandern wollen, und ich zog die Berge allemal dem Sumpf oder dem Feuer vor. Ich glaube, Pook tat das gleiche.

Während die Sonne aufging, schritten wir auf die Berge zu, dann machten wir Frühstücksrast. Ich ließ Pook grasen, saß aber diesmal nicht ab, weil ich genau wußte, daß er nur davonrennen würde. Dann pflückte ich einige Früchte von herabhängenden Zweigen und verzehrte sie.

Nach einer Weile setzten wir unseren Weg gen Süden wieder fort – und trafen prompt auf Koboldspuren. Pook schnaubte sehr nervös, und ich stöhnte auf; wir wußten beide, daß Kobolde Ärger bedeuteten. Doch wir wollten andererseits auch nicht mehr denselben Weg zurückgehen, den wir gekommen waren. Also zogen wir, diesmal mit geschärfter Wachsamkeit, weiter gen Süden auf.

Doch es nützte nichts: Ein Koboldtrupp entdeckte uns. Da ging die Jagd auch schon los. Du mußt wissen, daß man mit Kobolden nicht diskutiert. Zumindest tat man es damals nicht. Im Laufe der Jahrhunderte sind viele Kobolde ein wenig sanftmütiger geworden. Damals hat man entweder gekämpft oder man ist davongelaufen oder man wurde zermalmt; mehr Auswahl hatte man nicht. Und da es ungefähr zehn von ihnen waren, mit Stöcken und Steinen bewehrt, um unsere Knochen zu zerschlagen, während auf der anderen Seite nur ich allein und ein Gespensterpferd standen, mein gutes treues Schwert hinzugezählt ... na ja, ich war zwar jung und närrisch, aber *so* närrisch nun auch wieder nicht. Ich war schließlich kein Drache, der die Kobolde gleich im ganzen Dutzend hätte verschlingen können, auch kein Oger, der sie glatt auf den Mond geschmissen hätte. Also entschied ich mich für die vernünftigste Lösung – ich ergriff die Flucht.

Pook war natürlich voll dabei. Unter mir, um genau zu sein. Komplett mit Ketten. Er galoppierte. Auch Gespensterpferde lieben es nicht, von Kobolden aufgefressen zu werden.

Die Kobolde nahmen die Verfolgung auf. Sie waren zu Fuß und hatten kleine Stummelbeine, riesige Füße und unförmige, häßliche Köpfe, doch sie hatten auch ein ganz hübsches Tempo drauf. Einer von ihnen stieß darüber hinaus noch in ein Horn, um weitere Kobolde herbeizurufen. Es war ein Stinkhorn und gab ein übelriechendes Geräusch von sich, eben von jener Art, von denen sich solche Lebewesen sofort angezogen fühlen. Und obwohl wir den ersten Trupp mühelos abhängen konnten, befreite uns dies doch nicht von Kobolden.

Wie heiße Lava strömten sie von dem Berg hinab. So weit ich weiß, gibt es heute nicht mehr sehr viele Kobolde, die auf der Erdoberfläche wohnen, möglicherweise sind es sehr viel mehr, die in den feuchten, tiefen Höhlen leben. Doch damals, als ich lebte, waren es weitaus mehr. In einer ekelerregenden Masse umringten sie uns, grabschten nach meinen Beinen und stießen obszöne Schreie aus. Kobolde sind mit Abstand die obszönsten aller Lebewesen, wenn man mal die Harpyien davon ausnimmt.

Natürlich ließ ich mein Schwert wild wirbeln und hackte ihnen die Hände ab oder auch alles andere, was mir in die Quere kam: Finger, Nasen, Kopfhäute und andere Körperteile spritzten nur so davon. Oh, du hättest diese Kobolde einmal schreien hören sollen! Doch es wurden immer mehr wütende Gesichter, immer mehr Hände, immer mehr Stöcke und Steine. Es ist nie ein angenehmes Geschäft, Kobolde abzuwehren, denn sie treten in immer dichter werdenden Scharen auf.

Wir versuchten nach rechts zu fliehen, fort von dem Koboldberg, doch dort trafen wir auf die Feuerwand. Sie loderte fröhlich empor, als sei sie diesmal auf uns vorbereitet und fordere uns heraus, sie noch einmal lebend zu durchstoßen. Also mußten wir nach links abbiegen – nur um festzustellen, daß wir den Sumpf noch lange nicht hinter uns gelassen hatten; einer seiner Arme griff fast bis an den Fuß der Berge, während sich eines seiner Beine nördlich des Bergs entlangstreckte. Das nützte also auch nichts; dort lauerten die Kredithaie förmlich darauf, *mir* einen Arm und ein Bein abzunehmen. Also jagten wir wieder direkt auf den Berg zu – wo sich die Masse der Kobolde befand. In seinem panischen Galopp warf Pook sie zwar reihenweise um, doch wußte ich, daß wir schon bald unter Koboldtreibern begraben werden würden.

Wir stießen geradeaus weiter vor, weil wir es nicht wagten, umzukehren oder stehenzubleiben. Das bedeutete, daß wir unmittelbar auf den Berg zuhielten, der immer größer wurde, je mehr wir uns näherten. Die Kobolde umgaben ihn wie eine warzige Decke. Als wir näher kamen, entdeckte ich, daß Teile davon terrassenförmig angelegt waren, mit schmalen gewundenen Pfaden, die den Konturen des Bergs folgten, und das brachte mich auf eine Idee.

Ich lenkte Pook zur Seite, wo ein Lanzenbaum wuchs. Dort hackte ich im Vorbeireiten mit einem knappen

Schwerthieb eine Lanze ab. Dann machten wir sofort kehrt und verlangsamten vorrübergehend unser Tempo – das Gespensterpferd, das sich vor den Koboldscharen fürchtete, gehorchte nun mit wunderbarer Genauigkeit meinen leisesten Befehlen, da es zu wissen schien, was ich tat, so daß ich die Lanze mit der Schwertspitze emporwirbeln und mit meiner freien Hand einfangen konnte. Ich kann recht gut mit Waffen umgehen und meine Bewegungen entsprechend koordinieren, das ist eine weitere Spezialität der Barbaren. Dann nahmen wir wieder größeres Tempo auf, ich schob das Schwert in die Scheide und hielt die Lanze mit beiden Händen fest. Es war ein gutes, langes Exemplar, dessen Spitze weit über Pooks Kopf hinausragte. Nun hatten wir den Fuß des Berges erreicht. Ich lenkte mein Reittier auf den nächstgelegenen geeigneten Pfad, und wir stürzten uns darauf, wobei Pooks Hufe bei der Drehung ganze Grasbüschel ausrissen. Die Lanze fuhr herum und fegte die Kobolde vom Pfad; kopfunter stürzten sie den Abhang herab. Ihre Köpfe waren groß und so hart wie Stein und schlugen beim Aufprall Löcher in den Berghang, doch ihre Füße waren weich; wenn sie damit aufprallten, stießen die Kobolde wütende Schreie aus. Ganze Koboldklumpen umringten den Berg und wurden von den Herabstürzenden wie die Kegel umgeworfen.

Wir jagten in Richtung Osten den Pfad entlang, immer der Lanzenspitze nach, und die Kobolde vor uns sprangen entsetzt beiseite. Solange wir in Bewegung blieben, konnten sie uns nichts anhaben. Langsam begann ich mich zu entspannen; mein improvisierter Plan funktionierte, und wir entkamen aus diesem Pestloch. Wir brauchten nur diesem Pfad zu folgen, der uns direkt aus dem Koboldgebiet hinausführen würde.

Doch die Sache stellte sich als ein wenig komplizierter heraus. Der Pfad schlug wundersame Kurven, als wollte er uns verwirren; je nachdem, wie die Konturen des Berges es ihm gestatteten, schnitt er weitere Pfade oder gabelte sich. Unterwegs kamen wir an kleinen Koboldhöhlen vorbei, deren dreckige Vorderhöfe mit Obstschalen, Tierknochen und anderem Müll übersät waren. Die Kobolde in den Höhlen hielten uns Stöcke in den Weg, damit wir stolpern sollten, und bewarfen uns aus ihrer Deckung mit Steinen. Zum Glück waren sie weder sehr zielgenau noch stimmte ihre Zeitabpassung, und so entgingen wir jedweder Verletzung. Doch es war schon eine unangenehme Sache, aus Höhlen heraus bombardiert zu werden, an denen man vorbeiritt.

Einige einfallsreiche Kobolde ließen Felsbrocken auf die Pfade herunterrollen, die den unseren kreuzten. Die meisten davon waren so klein, daß sie uns allenfalls als leise Belästigung vorkamen, denn Pook konnte mühelos darüber hinwegspringen. Manche waren jedoch auch groß genug, um eine echte Gefahr darzustellen. Außerdem war uns die schiere Bösartigkeit der Koboldmassen nur zu bewußt – es war nicht ein einziger unter ihnen, der unser eventuelles Mißgeschick nicht bejubeln würde, und zwar allein deshalb, weil wir Fremde waren. Die Kobolde waren die Verkörperung der größten Bigotterie Xanths, denn sie haßten alle Kreaturen, die nicht so waren wie sie, während sie sich selbst auch nicht besonders mochten. Ich hatte davon gehört, daß Koboldfrauen anders sein sollten, doch hier bekam ich nur Männer zu Gesicht. Zweifellos waren die Frauen viel zu schlau, um sich auf eine solche Auseinandersetzung einzulassen.

Dann glitt der Pfad, als sei er müde geworden, den sich windenden Berg hinunter in eine Schlucht, die zwischen ihm und dem nächsten Berg lag. Erst zu spät erkannte ich, daß dies eine Sackgasse war: Der Pfad führte nicht auf der gegenüberliegenden Bergseite in die Höhe. Statt dessen führte er direkt in eine große Höhle, deren Tiefen uns finster, unheilschwanger und furchterregend angähnten. Aus solchen Höhlen kommt niemals etwas Gutes!

Hinter uns hatten die Kobolde ihre Kräfte versammelt und jagten uns nach, manche von ihnen mit groben Holzschilden bewehrt, einige trugen auch gemeinsam eine Lanze, wie ich sie hatte. Umkehren konnten wir also nicht mehr. Einen seitlichen Ausweg gab es auch nicht, dazu waren die Hänge zu steil. Als ich den Kopf hob, erblickte ich einen Kobold, der sich gerade anschickte, einen Felsbrocken auf uns herabzurollen. Er ragte bereits über den Felsvorsprung hervor. Geifernd freuten sie sich schon auf die zerquetschte Masse, in die er uns verwandeln würde.

Ich hatte keine andere Wahl – ich lenkte Pook direkt in den bedrohlichen Tunnel hinein. Das gefiel ihm zwar nicht und mir auch nicht, aber es war der einzige Ausweg, der uns blieb. Hinter uns vernahm ich das bösartige Rumpeln des herabstürzenden Felsens; der Boden erbebte, als der Felsbrocken in den Tunnel krachte und dort mit grauenerregender Endgültigkeit den Ausgang versperrte. Aus der Decke löste sich Geröll und prasselte auf uns herab, doch der Gang brach nicht ein. Das war eine Beruhigung; ich wußte, daß der Tunnel, wenn er schon soviel ausgehalten hatte, recht stabil sein mußte, doch im Dunkeln kehren die Zweifel ja immer mal wieder.

Wir blieben stehen, wußten aber auch ohne Überprüfung bereits, daß wir in der Falle saßen. Selbst wenn es uns gelungen wäre, den Felsbrocken vor dem Höhleneingang zu entfernen, hätte uns dahinter doch nur eine Armee heimtückischer Kobolde mit Stöcken, Steinen und Schimpfwörtern aufgelauert. Einmal mehr blieb uns keine andere Wahl als die Flucht nach vorn. Ich habe schon immer etwas gegen derlei mangelnde Wahlmöglichkeiten gehabt; meistens führen sie einen in Schwierigkeiten; und selbst wenn sie es nicht tun, ziehe ich es dennoch vor, mir meinen Ärger auf eigene Weise einzuhandeln, anstatt ihn mir aufzwingen zu lassen.

Dort, wo wir uns in der Höhle befanden, war es gut und düster. An den zerklüfteten Rändern des Felsbrockens sickerte Licht hinein, doch weiter hinten war es äußerst bedrohlich und finster. Pook war ein Gespensterpferd und konnte ziemlich gut sehen, da Gespenster ihre Arbeit meistens nachts verrichteten, aber ich hatte damit meine Schwierigkeiten.

»Pook«, sagte ich, »wir werden dieser Höhle in den Berg hinein folgen müssen. Irgendwohin muß sie schon führen, sonst hätte es keinen Pfad zu ihr gegeben, und vielleicht kommen wir auf der anderen Seite wieder aus dem Berg heraus.« Da war ich zwar nicht ganz so sicher, doch nützte es im Augenblick nichts, trübsinnigen Gedanken nachzuhängen. »Ich muß also darauf vertrauen, daß du uns durchbringst und nicht in irgendeine Erdspalte stürzt. Ich weiß zwar, daß du es nicht gern hast, daß ich auf dir reite, aber wir stecken nun einmal gemeinsam in der Klemme und kommen vielleicht auch gemeinsam wieder heraus. Wenn wir erst einmal wieder im Freien sind, können wir uns noch Gedanken darüber machen, wer auf wem wohin reitet.«

Pook gab keine Antwort, aber ich hoffte, daß er die Lage erfaßt hatte. Ich lenkte ihn auf das schwarze Loch vor uns zu und trieb ihn mit beiden Hacken an. Im Schritt bewegte er sich voran, und seine Hufe hallten scharf auf dem Gestein wider. Tatsächlich gab es hier sogar kleine Echos, und ich erkannte, daß mir die Ohren anstelle der Augen dienen konnten, zumindest teilweise. Barbaren haben ein scharfes Gehör, auch wenn es sich nicht mit dem der meisten Tiere messen kann. Die Echogeräusche verrieten mir, daß wir zwar seitlich von Wänden umringt waren, daß der Weg vor uns aber frei war.

Der Tunnel führte in die Tiefe, wie es diese Dinger meistens tun. Das gefiel mir nicht, ich wollte lieber bergaufwärts reiten und den Berg verlassen. Doch man muß stets seinem Weg folgen, auch wenn es ein schmerzvoller Weg ist.

Nach einer schier unendlich erscheinenden Zeitspanne konnte ich ein wenig besser sehen. In den Felsritzen wuchsen kleine Pilze, die ein magisches Pastelleuchten von sich gaben. Als wir weiterkamen, benetzte uns Wasser von oben, und die Luft wurde immer kühler und feuchter; die Pilze dagegen wurden größer und heller, bis ich schließlich den größten Teil des Gangs erkennen konnte. Einige der Pilze waren gelb, andere waren grün oder blau; tatsächlich wiesen sie sämtliche Farben des Regenbogens auf, auch wenn es nur matte Lichter waren. Es war eigentlich ganz hübsch.

Der Tunnel verbreiterte sich und mündete in eine Reihe von Emporen, die alle mit Regenbogenpilzen besetzt waren. Das war zwar prachtvoll anzusehen, doch nun teilten sich die Gänge, und ich wußte nicht, welchem wir folgen sollten. Wenn man keine große Auswahl hat, ist das Leben einfacher, auch wenn einem der Weg, dem man folgen muß, nicht gefallen mag. Also traf ich gar keine Wahl und überließ alles Pook. So schritten wir mehr oder weniger geradeaus weiter.

Plötzlich blieb Pook stehen, um die Luft zu wittern. Ich folgte seinem Beispiel und nahm etwas wahr – einen stechenden Geruch wie von einem großen, durch und durch unangenehmen Wesen. Wir waren nicht mehr allein.

»Wir sollten dem Ding besser aus dem Weg gehen«, murmelte ich Pook zu. »Es stinkt ein wenig wie ein Kobold, nur schlimmer.« Ich besaß zwar noch immer meine Lanze, war mir aber nicht sicher, inwieweit mir diese in der engen Höhle von Nutzen sein konnte. Möglicherweise würde ich ihre Spitze aus Versehen voll in eine Wand rammen und mich damit selbst vom Pferd heben.

So leise, wie es nur ging, verließen wir diese Höhlenkammer wieder und versuchten es mit einer anderen, doch der Geruch wurde nur noch stärker. Da begriff ich, daß nicht wir uns dem Ungeheuer näherten, sondern umgekehrt. Es hatte unsere Schritte vernommen und kam nun, um nach dem Rechten zu sehen. »Komm, wir verschwinden von hier!« sagte ich drängend und überließ mich einer gewissen Erleichterung der Panik. Ach, ich weiß es ja selbst, Barbarenkrieger sollten eigentlich keine derartigen Gefühle kennen. Andererseits haben Barbarenkrieger aber auch nichts in tiefen dunklen Höhlen mit stinkenden Ungeheuern zu suchen.

Pook beschleunigte sein Tempo, so gut er das in dem Gang konnte. Aber es war nicht schnell genug, der lautlose Gestank wurde immer stärker. Wir hatten uns tief ins Ungeheuergebiet hineingewagt und kamen nun nicht wieder heraus. Vielleicht hatten die Kobolde uns ganz bewußt hierher gescheucht, weil sie genau wußten, was einem

Wesen widerfahren würde, das sich furchtsam in diese feuchten Tiefen hineinwagte.

Plötzlich ragte das Ungeheuer vor uns auf. Es war ein grobschlächtiges, menschenähnliches Ding mit schrecklich verzerrten Zügen. Die schlimmsten Ungeheuer sind immer menschenähnlich; ich habe zwar nie so recht begriffen, warum dem so ist, aber es *ist* wirklich so. Das Gesicht dieses Dings war von Pelz bedeckt, aus dem eine bizarre Knollennase hervorragte, während zwei große, häßliche Augenschlitze uns wie durch einen schmutzigen Schleier hindurch anlugten; aus dem unteren Teil des Gesichts ragten mehrere gebogene Hauer hervor. Irgendwo mußte das Ding auch einen Mund haben. Es schien männlichen Geschlechts zu sein – die schlimmsten Exemplare einer Gattung sind stets die männlichen, mit Ausnahme der Harpyien. Seine Arme waren haarige Extremitäten, auf denen die Muskeln rückwärts angebracht zu sein schienen, und sein Oberkörper war voller Knochen an den falschen Stellen. In gewisser Weise glich er einem ungewöhnlich großen und bizarren Kobold, doch auf andere Weise wiederum war er noch sehr viel schlimmer – zum Beispiel sein Mundgeruch. Der umhüllte ihn wie eine stinkende Wolke. Pook und ich japsten nach Luft.

Später erfuhr ich, daß dies ein Exemplar der Callicantzari war, einer Rasse von Ungeheuern, die meistens unter der Erde leben und die Wurzeln wichtiger Bäume unterhöhlen, beispielsweise den Samenbaum auf dem Berg Parnaß oder den Baum, der den Himmel abstützt – die Bäume, ohne die Xanth, wie wir es kennen, nicht existieren würde. Stell dir doch nur einmal ein Land ohne die Abertausende von Bäumen vor, die siesem magischen Samen entspringen, oder ein Land ohne Himmel! Wie sollten wir da funktionieren können, wenn die Sonne, der Mond, die Sterne und die Wolken nicht sicher aus dem Weg geräumt bleiben? Doch anscheinend scherten sich diese Ungeheuer nicht darum, sie wollten einfach nur die Bäume zum Einsturz bringen. Vielleicht ist das auch einer der Unterschiede zwischen

Ungeheuern und Menschen … den Ungeheuern ist es egal, was als nächstes geschieht.

Die Callicantzari besitzen Tunnel, die zu allen wichtigen Bergen führen, und sie arbeiten fleißig daran, die Bäume, von denen ich gesprochen habe, zum Einsturz zu bringen. Doch wenn sie sich der Oberfläche nähern und mit ihrer unvertrauten Freiheit in Berührung geraten, stürzen sie ins Freie und laufen umher, erschrecken Menschen und Tiere und tanzen wild, vom Anblick der Sterne ganz aus dem Häuschen, bis der Morgen anbricht. Nicht einmal die Kobolde können sie leiden und greifen sie sofort an, sobald sie sich in Koboldgebiet hineinwagen. Das erklärt übrigens auch, warum der Callicantzari unseren Tunnel nicht als Fluchtroute gewählt hat. Kommen sie an einer anderen Stelle hinaus, und die Sonne geht gerade auf, so fliehen sie entsetzt vor ihrem Licht. Um sich von diesem Schock zu erholen, brauchen sie immer eine ganze Weile, und bis sie ihr normales Gleichgewicht, wenn man das so nennen kann, zurückgewonnen haben, sind die Wurzeln der Bäume wieder nachgewachsen, und die Arbeit muß aufs neue beginnen. Deshalb haben die Callicantzari auch nie Erfolg, was wohl ganz gut so ist. Im allgemeinen sind sie wegen ihrer wiederholten Mißerfolge meist recht übel gelaunt, und ihr Mundgeruch spiegelt diese Laune wider. Sie besitzen also durchaus eine Geschichte und gehören nicht zu den gewöhnlichen Ungeheuern. Doch im Augenblick wußte ich nur eins: daß Pook und ich mal wieder in der Klemme saßen.

Wir verlangsamten unser Tempo, um dem Ungeheuer auszuweichen – doch da erschien auch schon ein zweites hinter uns, und aus den Nachbarhöhlen hörten wir das Trampeln anderer. Wenn es etwas gibt, das noch schlimmer ist als ein Ungeheuer, so sind das zwei Ungeheuer – und noch viel schlimmer ist eine ganze Meute davon. Wir waren umzingelt!

»Wir müssen es mit einer Frontalattacke versuchen und darauf hoffen, daß wir es schaffen«, sagte ich zu Pook.

»Sonst ersticken wir noch an dem Gestank. Du galoppierst, und ich wehre sie ab.«

Er galoppierte los, und ich zielte mit der Lanze auf das vor uns stehende Ungeheuer. Der Calli war zu dumm, um mir auszuweichen, so daß meine Spitze ihn voll in die Nase traf. Der Aufprall ließ die Lanze durch seinen Kopf schießen und meinem Griff entgleiten. Wir rasten an dem stürzenden Ungeheuer vorbei, das in verwundetem Zustand noch viel schlimmer stank als vorher.

Doch da erschien auch schon das nächste. Ich riß mein treues Schwert aus der Scheide, wenngleich mir der Gedanke zuwider war, meine saubere Klinge mit derlei zu beflecken, und hieb gegen seinen häßlichen Hals. Wie der erste, bewegte auch er sich nicht, und meine Klinge schlug ihm den Kopf ab. Bäh, war das ein blutiges Geschäft! Eigentlich sollten Barbaren Blutbäder ja genießen, aber das hier war häßliches, klumpiges Blut ohne allzuviel Genußeigenschaften.

Es nahten immer mehr Ungeheuer! Zwei von ihnen kamen aus Seitenhöhlen hervorgestolpert und griffen mit ihren grotesken Aashaken nach mir. Dem rechten schlug ich den Arm ab, doch der linke bekam mich auf grausige Weise zu packen und hob mich vom Pferd. Ja, ich weiß, daß einem Helden ein solches Mißgeschick nicht widerfahren sollte. In Wahrheit ist es jedoch so, daß so etwas durchaus vorkommt, nur daß die Barbarische PR-Abteilung solche Meldungen eben unterdrückt.

Pook zögerte und wandte den Kopf nach mir um. Weitere Ungeheuer rannten herbei. »Lauf davon!« schrie ich ihm zu, während ich dem Ungeheuer, das mich umarmt hielt, über die Schulter hinweg die Schwertspitze ins Gesicht stieß. Heißer Ichor spritzte gegen meinen Nacken, und ich wußte, daß ich getroffen hatte. »Lauf hier raus, Pook, bevor sie dich auch noch fangen!«

Das Gespensterpferd jagte davon, und ich schlug tapfer mit dem Schwert um mich, hackte Arme und Beine und Ohren ab, wie sie mir eben in den Weg kamen. Doch die Ungeheuer waren, wie ich schon gewußt hatte, allzu sehr in der Überzahl für mich. Eines traf mich mit seiner mächtigen Faust auf den Kopf, daß mir schwindelte, und ein zweites biß mir ins Gesicht. Ich spürte, wie sich seine Hauer in meine Wangen versenkten, dann verlor ich das Bewußtsein.

Natürlich merkte ich nicht mehr, was danach geschah, aber nun kann ich es in den Bildern des Wandteppichs erkennen, und da ich weiß, worum es geht, begreife ich auch alles. Als die Callis sich davon überzeugt hatten, daß ich tot war, schleppten sie mich zu ihrem Hauptdepot, wo ihre Kühle und Kälber lauerten. Dort benutzten sie auf unbeholfene Weise mein eigenes schönes Schwert, um mir den Leib aufzuschlitzen, damit sie mich besser mit ihren schmutzigen Klauen ausnehmen konnten. Sie rissen mir sämtliche Innereien heraus und schlangen sie als Delikatessen herunter, wobei sie sich noch um die Überreste prügeln. Dann stießen sie mich in einen großen Topf mit kaltem Wasser, um die zäheren Teile zu kochen, worauf sie sich auf die Suche nach Feuerholz begaben. Das dauerte eine Weile, denn sie hatten nicht im voraus geplant, und in den tiefen Höhlen gab es natürlich nicht sehr viel Holz. Aber nach einigen Stunden hatten sie genug gesammelt, Überreste der Baumwurzeln, die sie hatten zerstören wollen. Jetzt waren sie endlich für das Kochen bereit.

In der Zwischenzeit hatten einige von ihnen meine zerrissenen Kleider durchsucht, die Knöpfe und Bänder aufgekaut und den Stoff noch weiter zerfetzt, weil ihnen das fetzende Geräusch gefiel. Sie entdeckten den Beutel mit den Zwillingsbeeren, die ich aufgehoben hatte, und zankten sich darum, wer von ihnen wohl die größte Anzahl herunterschlingen könnte. Nun, ich hoffte, daß sie ihre Wirkung schon bald zu spüren bekommen würden; fast war der Gedanke das Sterben wert, wie diese schädlichen Beeren den Ungeheuern zusetzen würden.

Außerdem gab es da noch ein weiteres Problem: die Callicantzari fürchteten sich nämlich vor Feuer. Anscheinend tat seine Helligkeit, die sie an die Sonne erinnerte, ihren Augen weh. Wenn du mich nun fragst, was es für einen

Sinn haben soll, sich nach gekochter Nahrung zu sehnen, wenn man sich doch vor dem Feuer fürchtet, weiß ich darauf leider keine Antwort. Ich schätze, Ungeheuer wären wahrscheinlich gar keine Ungeheuer, wenn sie vernünftig wären. Hätte ich vorher davon gewußt, so hätte ich eine Fackel mit in die Höhle hineingenommen, dann hätten sie es nicht gewagt, sich uns zu nähern. Doch auch Barbarenhelden sind nicht unbedingt allwissend.

Nicht eines der Ungeheuer wollte das Feuer entzünden. Über diesem Problem verging eine weitere Stunde. Endlich losten sie einen aus, der es tun sollte – doch der besaß keinen Feuerzauber. Nun verbrachten sie eine Stunde mit der Suche nach einem solchen Zauber – und bis dahin war es für sie Nacht, was sich übrigens auch mit unserer deckt, wenngleich ich nicht wußte, wie sie das merkten. Vielleicht hatte das Leuchten der Pilze ein wenig nachgelassen. Also verschoben sie das Festmahl auf den Morgen und legten sich schlafen. Ihre Schnarcher waren absolut gräßliche Geräusche, wie Sägefische, die sich über Felsahornbäume hermachten.

Mittlerweile galoppierte Pook die Gänge entlang und suchte einen Weg ins Freie. Die Ungeheuer verfolgten ihn nicht, weil sie ja mich bereits als Mahlzeit hatten, es war eben kein besonders unternehmerisch veranlagtes Volk. Endlich entdeckte Pook tatsächlich durch Zufall einen Ausgang, schritt hinaus, witterte die Luft – und machte kehrt. Er hatte irgend etwas gewittert, was ihn innehalten ließ, so daß er sich der Sache lieber nicht allein aussetzen wollte.

Da das Gespensterpferd nun den Weg kannte, kehrte es in die mittleren Höhlen zurück und spürte mich gegen Morgen in dem Topf auf, in dem ich lag. Pook stupste mich am Kopf und weckte mich auf diese Weise.

Du mußt verstehen, daß ich ungefähr zehn Stunden Zeit zum Heilen gehabt hatte, und das genügte. Ich war ja nicht wirklich getötet worden: Man hatte mich ohnmächtig geschlagen, mir lediglich das Gesicht abgebissen und meine Eingeweide ausgenommen. Inzwischen waren mein Gesicht und meine Eingeweide wieder nachgewachsen, und die Wunden waren verheilt. Das hatte länger gedauert als das Heilen meines zermalmten Beins – du weißt schon, die Auseinandersetzung mit dem Rokh –, weil das Nachwachsenlassen komplizierter ist als das bloße Heilen einer bereits bestehenden Anatomie. Der Fleischverlust hatte mich ein wenig geschwächt, da mein Heiltalent nicht etwa Materie aus dem Nichts hervorbringt, es zehrt vielmehr von den verbliebenen Kraftreserven meines Körpers. Aber ich war funktionsfähig. Vor diesem Abenteuer war ich ein kraftstrotzender junger Mann gewesen, und nun strotzte ich lediglich ein bißchen weniger von Kraft. »Kipp den Topf um«, sagte ich zu Pook.

Das tat er auch – und das war zugleich der erste handfeste Beweis dafür, daß er meine Worte vollkommen verstehen konnte. Zusammen mit dem Wasser schwappte ich hinaus. Die Callis schliefen derart fest, daß weder das Scheppern des Topfes noch das Rauschen des Wassers sie aufweckte. Tatsächlich war das Geräusch über dem Getöse ihres Schnarchens kaum zu hören, und das Wasser übertraf an Masse auch nicht den Geifer, der ihnen aus dem Maul sabberte.

Mit wackelnden Knien bestieg ich Pooks Rücken, ich hielt nur kurz inne, um mein treues Schwert wieder an mich zu nehmen. Mein Bogen war den Callicantzari zum Opfer gefallen; vielleicht hatten sie ihn dem Feuerholz für die kommende Kochorgie zugeschlagen. Ein solches Sakrileg traue ich derartigen Wesen durchaus zu! Meine Stiefel hatte ich noch immer an, denn sie hatten nicht daran gedacht, sie mir auszuziehen, bevor sie mich in den Topf warfen.

Dann waren wir auch schon wieder unterwegs, zwängten uns durch die Gänge und ließen den dicken Lärm und Gestank hinter uns. Endlich gelangten wir am südöstlichen Berghang hinaus ins Freie, in einen wunderschönen hellen, strahlenden Morgen. Oh, was war das für eine Erleichterung! Wenn ich schon sterben mußte, so wollte ich es lieber in der offenen Wildnis tun als in den dumpfen, geschlossenen Höhlen.

IV
Elfenreich

Wir entdeckten einen klaren Bach und eine Gruppe von Pastetenbäumen, und ich aß und trank und sammelte geeigneten Ersatz für meine Kleidung von Schuhbäumen – meine Stiefel waren klitschnaß, so daß ich für die Übergangszeit, bis sie trocken waren, anderes Schuhwerk benötigte –, Hosenbäumen und Hemdbäumen, um zu ersetzen, was mir verlorengegangen war. In der Zwischenzeit graste Pook. Ich versuchte nicht, ihn festzuhalten oder anzubinden, erstens fehlte mir dazu die Kraft, und außerdem hatte ich das Gefühl, kein Recht dazu zu haben, schließlich war er doch aus freien Stücken zu mir zurückgekehrt. Vielleicht war er ja nicht gezähmt, aber er hatte sich dazu entschlossen, für eine Weile mein Gefährte zu bleiben. Ich fragte mich, warum. Ich bemerkte, daß er sich nicht sehr weit von mir entfernte, bezweifelt aber, daß dies auf einer plötzlich erwachten Zuneigung beruhte. Dabei hoffte ich, daß ich die Sache nicht in einem allzu zynischen Licht sah – doch schließlich wußte ich ja genau, daß ich ihm einigen Ärger beschert hatte, und Barbaren sind nicht eben für ihre Feinfühligkeit hinsichtlich persönlicher Beziehungen berühmt.

Es dauerte nicht lange, bis ich es herausfand. Pook hob den Kopf, rasselte mit den Ketten und kam auf mich zu.

»Soll das heißen, daß du *willst*, daß ich auf dir reite?« fragte ich verwundert. »Du machst dich gar nicht allein auf den Weg hinaus in die Wildnis, obwohl du genau weißt, daß ich im Augenblick weder Kraft noch Neigung dazu habe, dich wieder einzufangen?« Genaugenommen hatte ich mich mit Pasteten vollgestopft, was mich eher träge als schwach gemacht hatte, doch andererseits war dies auch das erste Mal, daß ich mein neues Gesicht und meine Verdauungsorgane benutzte. Am Anfang ist das immer etwas schwierig, und es dauert in der Regel einige Stunden, bis alles so läuft, wie es soll. Es gab da eine Menge Gas, und ich fühlte mich ein wenig grün im Gesicht. Doch mit jedem Rülpsen fühlte ich mich erleichtert. Allerdings war es keine Frage, daß ich an Untergewicht litt. Es würde noch einige Tage dauern, bis ich so gut wie neu war, doch dazu bedurfte es noch einer Menge Ruhepausen und Nahrungsaufnahme. Ich war schließlich kein Magier, mein magisches Talent mußte durch Mäßigkeit in Schach gehalten werden.

Ich wußte Pooks Angebot sehr zu schätzen, egal aus welchen Gründen es erfolgte. Es war weitaus leichter zu reiten als zu gehen, bis meine Beinmuskeln sich endlich wieder erholt hatten. Also sammelte ich einige Kissen von den Büschen der Umgebung, machte daraus eine Art Sattelsitz, der die Ketten daran hindern würde, in mein Hinterteil zu kneifen, und saß auf. In vorsichtigem Tempo machten wir uns auf den Weg nach Süden.

Und dann kamen die Elfen.

Oho! *Das* war also der Grund, warum Pook mich brauchte. In der Regel lassen Elfen Menschen in Frieden und sind ohnehin nicht oft zu sehen, doch in mancherlei Hinsicht sind sie reichlich komisch. Sie können todbringende Kämpfer sein, obwohl sie das Eigentum anderer stets respektieren. Hätten sie Pook alleine vorgefunden, so hätten sie ihn wohl eingefangen und für ihren eigenen Gebrauch gezähmt, um ihn zum Arbeitspferd zu machen. Das wäre ihnen auch gelungen, denn erstens waren sie in der Mehrzahl, zweitens besaßen sie kleine magische Wurfseile, und drittens kannten sie das Gebiet; es waren erfahrene Jäger, die sehr gut in der Gruppe zusammenzuarbeiten verstanden. Doch wenn sie glaubten, daß er mir gehörte, würden sie ihn in Frieden lassen, zumindest so lange, bis sie mit mir fertig waren. Ich war also Pooks Puffer gegen die Elfen.

»Schlaues Kerlchen, Pook!« murmelte ich mit einer gewissen wehmütigen Bewunderung. Die Sache hatte einen Aspekt, der mir Sorgen machte. Normalerweise geben Elfen sich nicht, ich sagte es schon, mit Menschen ab, weil zwischen beiden Arten ein Bund besteht. Es ist eine Art gegenseitiger Nichtangriffspakt. Da sich die Interessen von Menschen und Elfen nur selten überschneiden, ist es das einfachste, wenn jeder die Interessen des anderen respektiert. Auf jeden Fall erspart einem das Ärger. Doch sowohl Menschen als auch Elfen hätten für ein Wesen wie Pook durchaus Verwendung gehabt. Wenn die Elfen das Gespensterpferd wirklich haben wollten, würden sie möglicherweise einen Streit vom Zaun brechen. Sich mit Elfen im Elfenreich anzulegen, war nicht gerade das klügste. Die waren keineswegs immer so klein, wie sie aussahen.

Wenigstens wußte ich jetzt, daß in Pooks Pferdeschädel ein recht ordentliches Gehirn saß. Er konnte zwar nicht sprechen ... aber das Sprechen ist ja auch nicht unbedingt ein Zeichen von Intelligenz. Er hatte mir sein Problem aufgebürdet. Leider war ich im Moment nicht in der Lage, einen ordentlichen Kampf zu führen.

Dieser Trupp bestand aus sechs Elfen. Sie waren mit verschiedensten Waffen ausgestattet und trugen grüne Kittel. Von Gestalt und Kleidung her wirkten sie wie Menschen, doch waren sie nur ein Viertel so groß wie ich. Ich begegnete ihnen mit Respekt, denn ich wußte, daß sie zu besten Zeiten weitaus bessere Freunde als Feinde waren, und dies hier war eine unentschiedene oder allenfalls mittelschlechte Zeit. Ich zermarterte meinen unzivilisierten Geist nach einer richtigen Anredeform. Sollte ich »Sire« sagen? Nein, mein Herr.

»Was führt Euch durchs Elfenland, Menschenmann?« verlangte ihr Anführer zu wissen.

»Ich bin nur auf der Durchreise, mein Herr«, erwiderte ich vorsichtig.

»Wie seid Ihr an den Kobolden vorbeigekommen?«

»Sie haben uns in die Berge getrieben, mein Herr, wo die Ungeheuer mich für tot hielten, und wo mein Pooka mich schließlich rettete.«

Der Elf musterte mich mißtrauisch. »Soll das heißen, daß Ihr ein Gespensterpferd gezähmt habt?«

»Nun, vielleicht ein wenig. Es ist sehr schwierig, ein solches Wesen vollständig zu zähmen.«

Der Elf dachte nach, musterte Pook und zuckte schließlich zufrieden mit den Achseln. »Ihr sucht keinen Streit mit uns, Menschenmann?«

»Keinen, mein Herr. Ich bin nur ein einfacher Barbarenkrieger auf der Suche nach einem ehrlichen Abenteuer.«

»Nach einem ehrlichen Abenteuer, eh?« Wieder musterte er mich, und ich war mir nicht sicher, welche Gedanken durch seinen Geist perlten. »Würdet Ihr mir darin zustimmen, daß es auch andere Arten von Abenteuern gibt, als gegen Callicantzari anzukämpfen?«

Das war übrigens die Gelegenheit, bei der ich erfuhr, um wen es sich bei den Bergungeheuern gehandelt hatte. »Das will ich wahrlich hoffen, mein Herr!«

»Dann sollt Ihr heute nacht unser Gast sein.«

Völlig verdutzt mußte ich mich beherrschen, um ihn nicht fassungslos anzustarren. Ich hatte bestenfalls darauf gehofft, ohne einen Streit vorbeigelassen zu werden. »Das ist äußerst gütig von Euch, mein Herr.«

»Wie lautet Euer Name, Menschenmann?«

»Jordan, mein Herr.«

»Ich bin Oleander Elf, vom Stamm der Blumenelfen. Das hier ist ...« Er stellte mir der Reihe nach seine Kameraden vor. »... Kaktus, Hundholz, Knotblum, Blutwurz und Pfeilwurz.« Tatsächlich waren sie, wie ich feststellte, nach Art ihrer Namen bewaffnet: Kaktus besaß einen Dolch, der aus einem großen Kaktusstachel bestand; Pfeilwurz besaß einen kleinen Bogen und einen Köcher voller Pfeile; Knotblum hatte ein geknüpftes Seil dabei; Blutwurz trug einen roten Beutel mit einer roten Flüssigkeit, die Blutgift hätte sein können, während Hundholz schließlich einen hölzernen Speer trug, dessen Spitze aus einem großen Hundezahn bestand. Nur Oleander trug keine sichtbare Waffe – doch der war der Anführer, weshalb ich vermutete, daß er auch irgend etwas dabei hatte, möglicherweise einen Kampfzauber. Auf dieser Seite des Berges gab es keine Kobolde, und das lag bestimmt an diesen Elfen. Elfen machten zwar keinen solch wilden Eindruck wie Kobolde und waren auch längst nicht so zahlreich wie diese, dennoch hielten sie sie auf Distanz. Das besagte schon sehr viel. Wie so viele andere Leute, fragte auch ich mich, worin ihr Geheimnis bestehen mochte, denn soweit ich weiß respektierten Kobolde nichts als brutale Gewalt.

Oleander führte Pook und mich einen gewundenen Pfad entlang auf eine verborgene Weide. Ich war froh, mit ihnen gehen zu können, denn dies war eine Ehrenbezeugung, und Elfen waren Wesen von großer charakterlicher Integrität. Als ihr Gast würde ich in vollkommener Sicherheit sein. Dennoch fragte ich mich, weshalb sie einem wandernden Barbaren eine derartige Ehre zuteil werden ließen. Es konnte wohl kaum an reiner Freude über meine Gesellschaft liegen, denn Barbaren geben keine besonders gute Gesellschaft ab.

Die Reise dauerte über eine Stunde, denn die kleinen Leute kamen nicht so schnell voran wie ein Mann, auch wenn sie mit recht forschem Schritt dahingingen. Ich hatte nichts dagegen, denn erstens ritt ich ja auf Pook, und zweitens erholte ich mich immer noch von meinen Verletzungen. Die Elfen hatten ihr Lager natürlich um eine Elfenulme herum aufgeschlagen; jedermann weiß, daß Elfen sich sonst nirgendwo niederlassen würden. Wenn Gefahr drohte, zogen sich die Frauen und Kinder nach oben zurück, während die Krieger den Fuß des Baums umringten. Im Augenblick befanden sich die meisten von ihnen am Boden, denn es galt, das Mittagsmahl vorzubereiten. Es duftete sehr gut, aber da ich immer noch meine Pasteten verdaute, war ich nicht wirklich hungrig. Das war vielleicht auch besser so, denn ihre Portionen waren ziemlich winzig.

Wir nahmen auf dem Boden Platz, und die Elfenmaiden servierten Blätter, die mit Eintopf gefüllt waren. Man hatte die Blätter auf raffinierte Weise zu Schalen geflochten, so daß der Eintopf nicht heraussickerte. Ich nahm eine Schale an, neugierig zu erfahren, woraus dieser Eintopf bestehen mochte, doch ich zögerte, die Frage zu stellen. Das Ganze sah aus wie Gemüsebrocken, Früchte, Nüsse und verschiedene Fleischsorten, wobei ich den Verdacht hegte, daß das Fleisch von Mäusen und Grashüpfern stammen mußte. Dennoch schmeckte alles ganz gut und war gerade genug, um das abzurunden, was ich zuvor zu mir genommen hatte.

Dann stellte mir Oleander eine junge Elfin vor. »Das ist Glockenblume, die Euch um einen Gefallen bitten möchte, Menschenmann«, sagte er etwas brüsk und verschwand. Sein Verhalten machte mich wieder nachdenklich; hatte ich mich irgendwie danebenbenommen? Ich hatte doch gewiß versucht, ein guter Gast zu sein, doch bei nichtmenschlichen Kulturen konnte man sich da nie ganz sicher sein, obwohl die Elfen wirklich so menschlich waren, wie solche Kulturen überhaupt werden konnten. Wäre da nicht die unterschiedliche Körpergröße gewesen, ich hätte kaum einen Unterschied bemerkt.

»Einen Gefallen?« fragte ich. »Ich werde gerne helfen, wo ich nur kann, aber ich weiß nicht sehr viel über Elfen ...«

Glockenblume lächelte. Sie war eine wunderschöne kleine Kreatur, von vollkommenen Proportionen, in ihrem grünen Kleidchen sah sie aus wie eine Puppe. »Ich werde Euch über die Elfen erzählen, Jordan-Mensch«, sagte sie. »Aber zunächst muß ich Euch einen Gefallen tun, damit wir quitt sind. Was möchtet Ihr denn?«

»Ich bin vollauf damit zufrieden, die Gastfreundschaft

der Elfen genießen zu dürfen«, erwiderte ich vorsichtig. Ich warf Pook einen Blick zu, der gerade beim Grasen war. Ein derartig üppiges Gras, wie die Elfen es um ihre Ulmen herum züchteten, bekam kaum ein Tier jemals zu fressen. »Und das gilt auch für mein Pferd. Das ist schon Gefallen genug.«

»Nein, dafür werdet Ihr euch erkenntlich zeigen, indem Ihr uns heute abend Eure Geschichte erzählt«, sagte sie. »Ich meine einen Gefallen von mir persönlich.«

Worauf wollte sie hinaus? »Eure bezaubernde Gesellschaft genügt mir«, erwiderte ich. »Bitte teilt mir mit, was Ihr von mir wünscht ...«

»Noch nicht«, widersprach sie. Sie sprang hoch, um auf meinem gebeugten Knie Platz zu nehmen, dann ließ sie ihre hübschen Beine baumeln, wie Mädchen das eben taten. »Zuerst muß ich Euch meinen Gefallen tun.«

Ich schüttelte den Kopf. »Wie ich schon sagte, ich bin nur ein einfacher Hinterwäldler, der mit den Sitten der Elfen nicht vertraut ist. Ich möchte niemandem als unhöflich erscheinen, weil ich irgendeinen Fehler begehe, und doch habe ich Oleander schon auf irgendeine Weise anscheinend vor den Kopf gestoßen. Deshalb müßt Ihr mir schon genau erklären, worum ...«

Sie imitierte meine Bewegung, doch es hatte einen anderen Effekt: Wenn sie ihren Kopf schüttelte, schwang ihr wunderbares elfengraues Haar allerliebst umher. »Über den macht Euch keine Sorgen! Der ist nur etwas erregt, weil er eigentlich wollte, daß Schlüsselblume Eure Gunst erringt, doch das Los habe ich gezogen. Schlüsselblume ist seine Base, und wenn man den Typ mag, so ist sie schon ganz in Ordnung.« Glockenblume zeigte auf ein Elfenmädchen ganz in der Nähe. Ich sah in die gezeigte Richtung und erblickte ein geradezu betörendes Exemplar ihrer Art; diesen Typ mochte ich tatsächlich.

»Ich werde Euch beiden einen Gefallen tun, damit Frieden herrscht«, sagte ich großzügig. »Aber ich muß erst wissen, um was ...«

Sie lachte fröhlich. »Nein, nur mir, Menschenmann; so

lautet die Regel. Ich habe den Zauber. Ich habe ihn gewonnen und werde ihn auch nicht mit anderen teilen.«

Nun war ich noch verdutzter. »Welchen Zauber?«

Sie warf mir seitlich einen Blick zu. »Ihr seid köstlich! Ich werde es Euch schon beizeiten zeigen. Und nun ... nennt mir den Gefallen, den ich Euch tun soll.«

Ich seufzte schweigend. Offensichtlich zog sie es vor, ihr Spiel mit mir zu spielen, so wie es Maiden überall tun. Und ich fühlte mich ganz genauso unwissend, wie ich es angeblich sein sollte. »Nun, ich bin ein Abenteurer, aber ich weiß noch nicht so recht, wohin ich gehen soll. Das heißt, mein Ziel ist Schloß Roogna, die Hauptstadt der Menschen, aber unterwegs gibt es jede Menge Hindernisse, zum Beispiel den Koboldberg, dem ich gerne aus dem Weg gegangen wäre, wenn ich von ihm gewußt hätte. Wenn ich eine gute Landkarte hätte ...«

»Eine Landkarte!« rief sie. »Natürlich! Die sollt Ihr haben!« Sie sprang von meinem Knie und lief zu dem Baum hinüber, wobei ihr Haar hinter ihr flatterte. Gewiß, sie mochte vielleicht eine Puppe sein, aber es war eine sehr weibliche Puppe!

Bald darauf war sie wieder zurück und zerrte eine Schriftrolle hinter sich her, die fast so groß war wie sie selbst. Atemlos entrollte sie sie für mich auf dem grünen Boden und setzte sich keck auf das obere Ende, während ich die Hände spreizte, um das untere festzuhalten. »Das ist Xanth«, keuchte sie lieblich. »Hier sind wir, in der Mitte, Kobolde, Greife und Vögel im Norden, und die Drachen im Süden. Im Osten, hinter dem Fluß, ist das große Meer, und im Westen sind die fünf schrecklichen Elemente – Luft, Erde, Feuer, Wasser und das Nichts. Das sind keine schönen Orte, dort solltet ihr Euch nicht hinbegeben. Genaugenommen ist es nirgendwo so schön wie hier.«

Ich studierte interessiert die Landkarte. »Ich bin von hier oben gekommen, aus dem Sumpf. Dann habe ich den ...«

»O nein, erzählt Eure Geschichte noch nicht«, protestierte sie. »Hebt sie für den ganzen Stamm auf. Wohin wollt Ihr von hier aus, ganz genau?«

»Nun, ich dachte, gen Süden. Die Elemente hier wollte ich eigentlich nicht durchqueren, und ich bezweifle, daß mir die Region der Fliegen darunter sonderlich zusagen würde; wenn ich mich also gen Süden halte und dann unten im Westen eine Schlaufe mache ... hm, ich kann Schloß Roogna auf dieser Karte gar nicht finden.«

Sie legte den Kopf schräg und zappelte mit den Zehen, während sie nachdachte. »Irgendwann einmal habe ich den Namen wohl gehört. Wir Elfen kümmern uns nicht sonderlich um die Geschäfte der Menschen. Aber die anderen Einzelheiten müßten stimmen. Ich glaube, Euer Schloß befindet sich südlich des ... der ... ich weiß nicht mehr genau, was es ist, jedenfalls südlich davon, vielleicht hier.« Sie zeigte auf den unteren Teil der Landkarte, wo die Worte HIER MÖGEN OGER SEIN standen, und erschauerte.

Oger! Natürlich hatte ich von diesen riesigen, schrecklichen Wesen gehört, war aber noch nie einem begegnet. »Das ist genau die Sorte Abenteuer, nach der ich suche!« rief ich. »Sobald ich wieder bei Kräften bin.«

Mit weiblicher Besorgnis blickte sie mich an. »Ihr seid krank?«

»Nein, nicht wirklich. Ich wurde schrecklich verwundet, als ich mit den ...« Doch ich brach ab, als sie wieder zu protestieren begann. »Ich weiß schon ... ich soll es für den Stamm aufheben! Na ja, jedenfalls werde ich in ein paar Tagen wiederhergestellt sein, das geht also schon in Ordnung. Es geht hauptsächlich darum, daß sich mein verlorengegangenes Muskelgewebe erneuert. Bis ich den Ogern begegne, werde ich schon wieder voll auf der Höhe sein. Dann begebe ich mich auf Schloß Roogna und sehe mal nach, was mich dort für ein Abenteuer erwartet. Mit Hilfe dieser Karte werde ich schneller ans Ziel kommen. Danke, Glockenblume.«

»Ihr nehmt meinen Gefallen also an«, sagte sie erfreut.

»Aber gewiß doch«, stimmte ich zu. »Und nun, was wollt Ihr von mir?«

Mit gespenstischer Intensität blickte sie mich an. »Ich glaube, das würdet Ihr jetzt noch nicht verstehen«, sagte sie. »Aber wenn Ihr dafür bereit seid, werde ich es Euch sagen.«

Ich zuckte die Schultern. »Solange es noch geschieht, bevor ich Euer bezauberndes Elfenulmenreich verlasse.«

»Das wird es schon, Jordan-Mensch«, versicherte sie mir.

Dann räumten die Elfen die Reste der Mahlzeit fort und stellten sich in einem großen Kreis um den Baum herum auf. Neben dem Stamm stand der Elfenkönig und klatschte ruheheischend in die Hände. »Das ist Dornenkrone«, flüsterte Glockenblume mir zu. Inzwischen saß sie auf meiner Schulter und ließ ihre Beine in meine rechte Hemdtasche hinabbaumeln. Sie war so leicht, daß ich sie kaum spürte, und ihr Griff, mit dem sie sich an meinem rechten Ohr festhielt, war wie eine Liebkosung.

König Dornenkrone ergriff das Wort, und er wußte es wohl zu führen. »Ich heiße den reisenden Barbarenmenschen willkommen, der uns am heutigen Tag besucht«, verkündete er förmlich. »Ich lade ihn dazu ein, mit uns Vergnügsamkeiten auszutauschen. Zunächst einmal wollen wir ihm die unseren vorführen.«

Da schwebten aus dem darüberhängenden Laubwerk des Baums zehn Elfendamselln herab, an Fäden hängend und mitten in der Luft Pirouetten drehend. Unmittelbar oberhalb des Erdbodens blieben sie schweben und begannen dann hin und her zu schwingen wie ein Pendel, mit ganz langsamen Bewegungen, weil die Fäden so lang waren. Völlig im Einklang miteinander, schwangen sie hin und her, spreizten Arme und Beine und umrundeten auf diese Weise den Baum. Dann schwangen sie sich in unterschiedliche Richtungen und bildeten Muster, die sie vor meinen Augen schon wieder verwandelten, bevor ich auch nur begriffen hatte, was den äußerst flüchtigen Eindruck betörender Schönheit erzeugte. Baumein- und -auswärts verwoben sie sich, kamen mal zusammen, mal trennten sie sich wieder voneinander, verschränkten die Hände und drehten sich allein. Es war ein wunderschöner Tanz, sowohl in seinen Einzelheiten als auch in seiner Ganzheit, und ich war entsprechend verzaubert.

Dann sprangen die Damselln auf den Boden, und ein Dutzend männlicher Elfen kam auf den Baum zu. Das waren junge, gesunde Exemplare, muskulös und mit geschulten Bewegungen – das elfische Gegenstück zu uns Barbaren. Ihr Tanz fand auf dem Boden statt, und dazu gehörten Kraftvorführungen. In einem weiten Kreis umringten sie die Ulme. Dann hob jeder von ihnen einen recht ordentlichen Stein empor, hielt ihn eine Weile oben und ließ ihn fallen.

Als nächstes verengten sie sich zu einem kleineren Kreis, dort, wo man noch größere Steine ausgelegt hatte. Zu meiner großen Überraschung hob jeder von ihnen diese größeren Steine, anscheinend mit ebenso geringer Anstrengung wie die kleinen zuvor. Wieder wurde der Kreis enger geschlossen, wo noch größere Steine lagen, und wieder wurden diese aufgehoben. Ich begann mich schon zu fragen, ob diese größeren Steine vielleicht aus einer leichteren Substanz waren, um dies zu ermöglichen. Aus Bimsstein zum Beispiel – magischem Gestein, das aus den Tiefen emporgespien wurde und das teilweise so leicht war, daß es auf Wasser schweben blieb. Das wäre eine Erklärung gewesen.

König Dornenkrone bemerkte meine Verdutztheit. »Ihr zweifelt, geehrter Menschenmann?« rief er. »Wir werden euch die Magie unseres Baums zeigen! Holt uns den größten Baumstamm, den Ihr zu tragen vermögt!«

»Geht schon«, sprach Glockenblume drängend in mein Ohr und kitzelte es dabei mit ihrem Atem. »Ihr seid doch schon stark genug dafür, nicht wahr?«

»Für einen kleinen Stamm schon«, willigte ich ein. Ich erhob mich und machte mich auf die Suche. Und in der Tat – ganz in der Nähe lagen praktischerweise verschiedene Baumstämme unterschiedlicher Größe. Ich hob einen davon auf und stellte fest, daß er zu leicht war; meine Kraft war zum Teil schon wiederhergestellt. Dann versuchte ich es mit einem zweiten, und das genügte; mehr konnte ich in meinem gegenwärtigen Zustand nicht schaffen. Also hob ich ihn auf meine Schulter, wobei ich Glockenblume verdrängte, die leichtfüßig auf meinen Kopf kletterte und sich an meinem Haar festhielt, und auf die Ulme zu. Trotz meiner Anstrengung merkte ich doch recht deutlich, wie sich Glockenblume an meinem Kopf festhielt, die Füße inzwischen auf meine rechte Schulter gestellt, den Rumpf auf mein linkes Ohr gelegt und den mädchenhaften Busen gegen mein Haar gedrückt.

»Das genügt«, sagte der König und zeigte auf eine Stelle am Boden, in einiger Entfernung von dem Baum. Erleichtert setzte ich den Stamm ab, indem ich das eine Ende mit Wucht gegen den Boden rammte und den Rest dann leicht hinunterließ. Den würde kein Elf von der Stelle bewegen.

Doch die Elfen hatten es vor! Als ich zurückgewichen war, schritten die zwölf auf den Baumstamm zu. Sie machten sich daran und schoben ihre kleinen Hände unter den Stamm, um gemeinsam anzuheben. Der begann zwar zu wackeln, ließ sich aber nicht in die Höhe heben. Ich war nicht überrascht; da jeder Elf ungefähr ein Viertel meiner Höhe, Tiefe und Breite besaß, bedeutete dies, daß jeder von ihnen ungefähr ein Vierundsechzigstel meiner Körpermasse aufwies; deshalb war mir Glockenblume auf meiner Schulter auch so leicht vorgekommen. Ich hätte ihr ganzes Gewicht mühelos mit meinem Finger abstützen können. Folglich hätte jeder der Elfen nur ein Vierundsechzigstel von dem emporstemmen können, was ich vermochte, und alle zwölf zusammen ... na ja, ich bin zwar nicht besonders gut im Kopfrechnen, aber es leuchtete doch ein, daß alle zwölf zusammen höchstens ein Fünftel von dem heben konnten, was mir möglich war, vielleicht sogar noch weniger. Natürlich hatte ich noch nicht meine gesamte Kraft zurückgewonnen, sie dagegen hatten viele kleine Hände und brauchten den Baumstamm ja nur ein winziges Stück vom Boden zu heben. Dennoch war es höchst wahrscheinlich, daß dieser Stamm dreimal so schwer war wie ihre Höchstleistung.

Die Elfen versammelten sich an einem Ende und hoben und schoben. Der Boden war uneben, das Ende ragte leicht schräg in die Höhe, so daß sie den Stamm um seinen mittleren Drehpunkt bewegen konnten, ohne ihn heben zu müssen. Sie stellten ihn parallel zur Ulme. Dann schoben sie alle, und er rollte langsam auf den Baum zu. Nun, jetzt benutzten sie natürlich ihren Verstand, und die Hebelkraft war auch eine Hilfe. So mußte man das machen. Der Stamm rollte immer schneller.

Dann blieben sie stehen. Sie bauten sich zu beiden Seiten des Baumstamms auf und hoben an – und diesmal gelang es ihnen tatsächlich! Erstaunt sah ich zu, wie sie ihn an die Stelle brachten, wo man die ersten kleineren Steine ausgelegt hatte. Dort setzten sie ihn ab, und sechs der Elfen entfernten sich. Dann machten sich die verbliebenen sechs über den Baumstamm her – und hoben ihn in die Höhe!

»Irgend etwas stimmt hier nicht!« rief ich. »Erst konnten zwölf ihn nicht heben, und jetzt ...«

»Es kommt noch mehr, Jordan-Mensch«, murmelte mir Glockenblume kitzelnd ins Ohr.

Ich sah zu. Die Elfen trugen den Stamm zu dem zweiten Steinkreis hinüber. Dort setzten sie ihn ab, und diesmal entfernten sich drei von ihnen. Die restlichen drei stellten sich an den Enden und in der Mitte des Baumstamms auf.

»Also *die* können doch nun bestimmt nicht ...«, fing ich an.

Da wurde der Stamm in die Höhe gehoben. Fassungslos, wie ich war, klappte mir die Kinnlade herunter. Sie schafften es tatsächlich!

Glockenblume zwickte mich ins Ohr. »Wir Elfen besitzen eine Magie, die ihr Menschen nicht kennt«, flüsterte sie. Und dann hat sie – ich schwöre es – den Rand meines Ohres geküßt.

Ich weiß kaum, was mich mehr erstaunte – das Heben des Baumstamms oder der Miniaturkuß. Was war hier los?

Die drei trugen den Stamm bis zum dritten Steinkreis und machten eine Pause. Dann schritten die beiden Elfen an den Enden davon – und so blieb nur noch einer in der Mitte des Stammes übrig, der ihn doch tatsächlich bis zur Ulme schleppte.

Dieses unmögliche Geschehen konnte ich nicht widerspruchslos hinnehmen. Also stand ich auf und schritt auf den Baum zu. »Ich will diesen Stamm noch einmal überprüfen!« sagte ich. Ich hegte den Verdacht, daß sie möglicherweise einen Weg gefunden hatten, um die Dinge in Baumnähe leichter zu machen.

Der Elf setzte ihn ab. Ich bückte mich und hob ihn auf – aber nur mit Mühe. Das Ding war immer noch so schwer wie zuvor. Wie hatte er nur …

Da bekam ich ein merkwürdiges Gefühl. Ich schwebte in die Höhe!

Ich blickte hinunter – und mußte feststellen, daß der Elf mich an meinen Schuhen emporstemmte. Seine winzigen Hände hatten meine Sohlen gepackt, und nun befand ich mich in der Luft, immer noch den Baumstamm haltend.

Da begann ich zu zittern. Ebensosehr vor Erstaunen wie aus mangelndem Gleichgewichtssinn, und er setzte mich wieder ab. Dann legte ich den Stamm ab und stand benommen da. Ich hatte mich selbst nur noch mehr in Verwirrung gestürzt. Die Elfen um den Baum lächelten fröhlich.

»Das liegt am Baum, Jordan«, sagte Glockenblume zu mir. »Je mehr wir uns ihm nähern, desto stärker werden wir Elfen dadurch. Deshalben lagern wir auch immer in unmittelbarer Nähe einer Elfenulme.«

»Soll das heißen …« Doch ich hatte bereits begriffen, daß es die Wahrheit war. Das war kein Trick gewesen, nur eine Vorführung. Am Fuße des Baums wuchs die Kraft eines Elfs praktisch ins Unendliche. »Gilt das auch für die Frauen?«

»Soll ich Euch einmal hochstemmen?« fragte sie. »Ich kann das … hier neben der Ulme.«

»Und werdet ihr … werden die Elfen schwächer, je mehr sie sich vom Baum entfernen?«

»Ja, aber im umgekehrten Verhältnis. Wenn wir uns dem Baum nähern, verändern wir uns sehr schnell, wenn wir uns jedoch von ihm entfernen, nur sehr langsam. Solange wir nicht zu weit von ihm weg sind, ist alles in Ordnung.«

»Und wenn ein Ungeheuer Euch angreift …«

»Dann weichen wir in Richtung Ulme soweit zurück wie

nötig«, erklärte sie. »Wir beschützen die Ulmen, und die Ulmen beschützen uns. Die Magie wirkt auf niemanden, der nicht elfischer Herkunft ist. Deshalb sind unsere Lager auch fast uneinnehmbar. Selbst ein Elfenkind könnte ein Ungeheuer davonschleudern. Aber wir geben uns nicht sehr viel Mühe, um anderen Leuten auf die Nerven zu fallen.«

Das erklärte auch, weshalb es in der Umgebung des Sumpfes, in dem ich aufgewachsen war, keine Elfen gab. Dort wuchsen auch keine Elfenulmen.

»Und nun seid Ihr an der Reihe«, sagte sie. »Ihr müßt uns Eure Geschichte erzählen, denn wir Elfen sind sehr neugierig, was die anderen Lebewesen und Gebiete Xanths angeht. Ich hoffe, es ist eine gute Geschichte.«

Ich zuckte die Schultern. »Wenn Ihr wollt, kann ich sie ein wenig ausschmücken.«

»Nein, wir ziehen die Wahrheit vor.«

Also setzte ich mich in der Nähe des Baumes auf den Boden und erzählte meine Geschichte, ganz ähnlich, wie ich es bis jetzt getan habe, und sie hörten aufmerksam zu und stellten intelligente Fragen. Sie waren aufrichtig interessiert, und ich bemerkte sogar einen Schriftelf, der sich Notizen machte. Ich hatte eigentlich den Eindruck, daß das, was ich so erzählte, ziemlich mundaner Kram war, wenn du diesen Ausdruck verzeihst, denn schließlich hatte ich weder Drachen erschlagen, noch war ich auf irgendwelche phänomenalen Zauber gestoßen. Doch sie interessierten sich wirklich dafür und waren am Ende auch befriedigt. Merkwürdig war nur, daß ihnen jene Teile am besten gefielen, von denen sie am meisten verstanden, im Gegensatz zu jenen, die außerhalb ihres Erfahrungsbereichs lagen.

Glockenblume hatte gesagt, daß sie die Wahrheit hören wollten, und die bekamen sie auch von mir, so wenig aufregend sie auch sein mochte, und das gefiel ihnen. Später begriff ich, daß das für sie nur zum Teil eine Unterhaltung war, gleichzeitig schätzten sie mich nämlich auch ein und kamen aufgrund meiner Geschichte zu dem Schluß, daß ich ein ehrlicher Mensch war, obwohl sie mir noch einige äußerst eindringliche Fragen über mein Heiltalent stellten. Schließlich, als ich merkte, daß sie daran immer noch zweifelten, schlug ich vor, sie sollten mir die Finger abschneiden und zusehen, wie sie wieder nachwuchsen. Davor schreckten sie zurück, doch wohl weniger vor der grausigen Vorstellung als vielmehr deshalb, weil sie meine Ehrlichkeit nicht in Zweifel ziehen wollten. Also rieb ich einfach mit dem Unterarm an meiner Schwertklinge entlang und zerschnitt die Haut, so daß das Blut frei strömte, um schließlich den Arm emporzuhalten, damit sie mitansehen konnten, wie schnell er wieder heilte. Sie protestierten heftig, daß eine solche Demonstration doch gar nicht nötig sei, aber schon ihr bloßer Protest war mir Beweis genug, daß dem in Wirklichkeit doch so war. Wie gesagt, ich bin kein Experte, was andere Kulturen angeht, deshalb habe ich das eine oder andere vielleicht auch falsch verstanden.

Nun wurde es schon langsam spät. Die Elfen servierten eine Art duftenden Grog in Blattkelchen; meiner war natürlich sehr winzig, doch ich trank davon – worauf das Zeug mit einem Brennen meine Kehle hinabfuhr, meinen Bauch mit Feuer erfüllte und meinen Kopf ein Stück oberhalb des Körpers schweben ließ. Wirklich starker Stoff!

»Es ist Zeit für den Gefallen«, teilte Glockenblume mir mit.

»Gefallen?« fragte ich verwirrt. »Ach so, ja. Nennt ihn mir.«

»Hier entlang«, erwiderte sie und führte mich hinter den Baum. Ich folgte ihr etwas unstet, eine Folge des Grogs. Will sagen – ich war etwas groggy.

Am Fuß des Baumes blieb ich stehen, doch sie machte sich daran, die Ulme zu erklimmen. »Ich kann dort nicht hoch!« protestierte ich, den fast senkrechten Stamm anschauend. Der Baum war sehr groß, die Elfen hatten ihm durch ihren Schutz jahrhundertelanges Wachstum ermöglicht; zwei Menschenmänner würden Schwierigkeiten haben, ihn voll zu umspannen. Er besaß keine tiefen Äste, sondern war vielmehr eine riesige Säule, die hoch oben ins Laubwerk ragte.

»Oh doch, das könnt Ihr, Jordan«, sagte sie zu mir. »Der Grog verleiht euch die Kraft dazu.«

Zweifelnd versuchte ich es. Ich legte die Hände auf die Rinde – und die hielten sich daran fest, als hätte man sie angeklebt. Ich hob einen Fuß – und der klebte ähnlich fest. Wenn ich eine Hand hob, bekam ich sie auch frei, so daß ich höher nach oben greifen konnte. So konnte ich wie eine Fliege eine senkrechte Wand emporklettern! Das erklärte natürlich auch, wie Fliegen so etwas machten: die naschten einfach am Elfengrog!

Also folgte ich ihr nach oben, wenngleich die Höhe schwindelerregend war. Ich wußte, daß ich in die Tiefe stürzen und sterben würde, sollte die Magie versagen, doch ich machte mir aus dreierlei Gründen keine Sorgen. Erstens glaubte ich nicht, daß die Elfen mir Schaden zufügen wollten, also würde der Grogzauber schon ausreichen. Zweitens würde mein Körper selbst dann, wenn ich fallen sollte, binnen einen Tages wieder geheilt sein, so daß der Tod höchstens vorübergehender Art sein würde. Und drittens hatte der Grog mich auf eine solch angenehme Weise benebelt, daß mir all dies ohnehin ziemlich unwichtig war. Beinahe erschien es mir als etwas völlig Normales, an einem riesigen Baum einem puppengroßen Elfenmädchen nachzusteigen.

Endlich erreichten wir die erste Astgabelung und gelangten in das Laubwerk. Glockenblume führte mich immer weiter nach oben, bis wir schließlich zu meiner Verwunderung in ein großes Nest in einer Laubkuppel gelangten, dessen Boden weich und bequem und mit Kisen ausgestattet war. Diffuses Tageslicht filterte durch das Blattwerk und tauchte alles in bunte Farben.

Ich lehnte mich gegen die nachgiebige, duftende Blattwand. »Das ist ja wunderhübsch hier«, sagte ich. »Und welchen Gefallen schulde ich Euch nun? Soll ich irgendeinen schweren Gegenstand für Euch nach unten bringen oder von unten nach oben?« Obwohl es kaum wahrscheinlich war, daß die Elfen mit ihrer Überkraft einer solchen Hilfe bedurften.

Sie lächelte, als fände sie irgend etwas daran lustig. So können Mädchen oft sein, gleich welcher Art oder Rasse sie angehören. »Ihr braucht keinen Gegenstand zu heben, der zu schwer für Euch wäre, Jordan«, sagte sie.

»Nun, ich bin bereit zu dienen. Nennt es nur beim Namen.«

»Es geht um einen Dienst, den nur Ihr allein vollbringen könnt«, erwiderte sie. »Um Euren kostbarsten Besitz.«

Plötzlich packte mich die Bestürzung, und mein benebelter Zustand war wie weggeblasen. »Ihr wollt mein Schwert haben?«

Sie blickte mich erstaunt an, dann krümmte sie sich vor Lachen. Auch ich mußte lachen, denn es schien, daß sie doch nicht hinter meiner Waffe her war; zudem begriff ich nun, daß ein Wesen ihrer Größe und ihres Geschlechts damit ohnehin nicht umgehen konnte.

Ich grübelte nach und wurde wieder ernüchtert, als mir klar wurde, was eine Elfin von einem Menschen wie mir verlangen würde. »Mein Pferd!«

Diesmal konnte sich Glockenblume das Lachen zwar verkneifen, doch es war offensichtlich, daß sie von meiner Frage sehr erheitert war. Sie kam wieder zu mir herüber und setzte sich erneut auf mein Knie. »Also verratet mir doch mal, wie ich wohl ein Gespensterpferd hier heraufschaffen sollte?« fragte sie, dann wurde sie wieder vom Lachen überwältigt. Elfen sind wirklich ein sehr fröhliches Volk.

»Nun, ich weiß immerhin, daß Elfen Reit- und Schlepptiere brauchen, wenn sie sich nämlich von ihrem Baum entfernt haben«, wandte ich ein. »Ein Lebewesen wie Pook verliert seine Kräfte nicht ...« Doch dann bemerkte ich, daß sie vor Lachen von meinem Knie zu fallen drohte, und war natürlich erleichtert, zu erfahren, daß es ihr nicht darum ging, Pook für sich zu beanspruchen. Der hätte sich in einem solchen Fall erst recht von mir verraten gefühlt, und das wollte ich nun ganz gewiß nicht. »Aber ... was *wollt* Ihr denn dann, Elfenmaid? Weitere Kostbarkeiten besitze ich nicht.«

Ich weiß heute noch nicht, warum sie vor Lachen schier platzen wollte. »Erratet Ihr es denn nicht, Jordan-Menschenmann?«

»Ich bin nur ein Barbarenkrieger und nicht allzu klug«, erinnerte ich sie etwas pikiert.

»Aber ehrlich und stark und nett«, erwiderte sie.

»Und gar nicht gut darin, Rätsel zu lösen«, fügte ich verärgert hinzu.

Sie knöpfte ihren grünen Kittel auf, schlüpfte aus ihm heraus und setzte sich wieder auf mein erhobenes Knie. Sie war in jeder Hinsicht eine wunderschöne Miniaturfrau. »Errratet Ihr es nun, Jordan-Menschenmann?«

»Wollt Ihr, daß ich Euch neue Kleidung bringe?«

Diesmal krümmte sie sich vor Lachen zusammen und rollte wild umher, wobei sie mir weitaus mehr von sich zeigte, als sie hätte tun sollen, bis sie schließlich als ein einziger wunderschöner Haufen in meinem Schloß landete. »Ach, Barbar, Ihr müßt wirklich noch eine Menge lernen über Elfen ... und über Frauen«, sagte sie schließlich, als sie wieder etwas Luft schnappen konnte.

»Über Frauen weiß ich etwas«, erwiderte ich ein wenig steif und erinnerte mich dabei an Elsie. »Aber ich habe nie behauptet, ein Experte in Dingen Elfen zu sein. Euch kleine Leute kannte ich vor allem vom Hörensagen, bis ich Euch heute begegnet bin. Bis auf Eure Körpergröße und Eure Magie scheint Ihr mir sehr wie Menschen zu sein.«

»Da sagt Ihr wirklich etwas Wahres!« Doch noch immer schien sie schier zu platzen vor einem lustigen Geheimnis. »Ihr wißt nicht, was es mit einem Anpassungszauber auf sich hat?«

Ich schüttelte den Kopf. »Nein.«

»Ach, ist das lustig!« rief sie, blickte dabei zu mir empor und trat wild um sich. »Auch ich kannte die Barbaren nur vom Hörensagen. Ihr macht einem ja noch viel mehr Spaß, als ich erwartet hatte.«

»Danke«, sagte ich verlegen.

»Nur, daß Ihr es wißt, Menschenmann, der Anpassungszauber wurde von einem Magier Eurer Rasse hergestellt.

Ich glaube er heißt Yin-Yang. Er stellt Zauber aller Art her und verkauft sie an jeden, der sich dafür interessiert.«

»Ich habe noch nie von ihm gehört.«

»Ich glaube, er lebt irgendwo dort unten in der Nähe von Schloß Roogna.«

»Schloß Roogna!« rief ich. »Dort will ich doch hin!«

»Das habt Ihr gesagt. Nachdem Ihr mir einen Gefallen getan habt.«

»Ja. Wenn Ihr mir nur sagen würdet, um was ...«

Nun wurde sie des Neckens müde. »Jordan, Ihr zwingt mich dazu, direkt zu werden. Ich möchte Eure Hilfe dabei, den Storch zu rufen«, sagte sie – oder zumindest etwas Ähnliches. »Ich möchte ein Baby ... einen Halbling, der sowohl unter Menschen als auch unter Elfen leben kann.«

Ich gaffte sie an. »Aber das ist unmöglich!« protestierte ich. »Die Größe ... es ... ich ... ich muß sofort hier raus!«

»Der Gefallen!« rief sie. »Ihr habt es versprochen!«

»Aber ...«

»Paßt auf, ich werde den Zauber anrufen«, sagte sie. Sie machte eine Geste mit ihren Händen. Plötzlich blitzte es auf, dann spürte ich irgendein seltsames Reißen.

Als ich mein Gleichgewicht wiedergewonnen hatte, entdeckte ich, daß die Laube sich gewaltig ausgedehnt hatte. Ihr Durchmesser war nun doppelt so groß wie zuvor, und sie selbst war nun achtmal größer. Für jemanden, der möglicherweise ein Tier nach Hause schleppen muß, das er mit einem Pfeil erlegt hat, sind Länge-Masse-Einschätzungen etwas Leichtes; er lernt sehr schnell, daß die doppelte Höhe weitaus mehr bedeutet als das doppelte Gewicht. Das Kissen, auf dem ich saß, glich nun schon eher einem kleinen Bett.

»Wie gefalle ich Euch jetzt, Jordan?« fragte Glockenblume.

Ich wandte den Kopf, um sie anzusehen – und konnte wieder nur gaffen. Sie war so groß wie ich – oder kam dem zumindest so nahe, wie es nur irgendeine Frau tun konnte. Sie war phänomenal. Ihre Attribute, die sehr süß gewesen waren, als sie noch klein war, wirkten nur sinnlich und üppig. »Ich ... was ist passiert?«

Wieder lachte sie. »Das ist der Zauber«, erklärte sie. »Er hat uns aneinander angepaßt. Ihr besitzt nun nur noch ein Achtel Eurer früheren Körpermasse, während meine sich um das Achtfache vergrößert hat, deshalb sind wir jetzt gleich.«

Wieder sah ich mir die Laube und dann auch das Kissen an. Ja, alle Abmessungen hatten sich verdoppelt, was bedeuten mußte, daß sich meine eigenen halbiert hatten. Ich war nur noch halb so groß, halb so breit und halb so tief, während Glockenblume sich in jeder Dimension verdoppelt hatte. Das machte wirklich einen Unterschied! »Aber das Baby«, protestierte ich. »Falls ...«

»Wenn«, berichtigte sie mich.

»Wenn der, äh, der Storch es bringt ... wie groß wird *das* denn sein?«

»Natürlich von meiner Größe, damit ich richtig auf ihn aufpassen kann«, erwiderte sie. »Bis er den Baum verläßt. Und danach ... wer weiß? Manche Halblinge können ihre Größe verändern.«

»Damit habe ich wirklich nicht gerechnet!« sagte ich.

»Das habe ich gemerkt«, sagte sie. »Nun, laßt uns keine Zeit verschwenden. Ich weiß, daß Ihr ganz erpicht seid auf Eure viel interessanteren Abenteuer, allwo es Oger geben möge und so weiter.«

Es hat keinen Zweck, mühsam alle Einzelheiten dessen beschreiben zu wollen, was nun folgte. Ich möchte lediglich zusammenfassen, daß Elfenmädchen ganz genauso dazu in der Lage sind, Störche herbeizurufen, wie Menschenmädchen, und ich war erfreut, das Meinige dazutun zu können. Als ich dies getan hatte, wollte ich die Laube wieder verlassen, doch Glockenblume hielt mich zurück. »Noch nicht«, sagte sie.

Wie? Nun ja, der Anpassungszauber hatte sich noch nicht aufgelöst, deshalb hätte es für mich auch keinen Sinn gehabt, die Laube schon jetzt zu verlassen; ich wäre viel zu klein gewesen, um irgendwelche großen Abenteuer bestehen zu können.

Wir nahmen eine Mahlzeit zu uns, denn die Laube war mit riesigen Früchten und Nüssen und Beuteln voller Getränke angefüllt. Ich vermute, daß sie eigentlich von normaler Größe war, *ich* war es vielmehr, der sich verändert hatte. Auf jeden Fall schmausten wir köstlich. Es gab auch einen abgeteilten Bereich für andere natürliche Funktionen. Dann schlief ich vielleicht eine Stunde lang, und als ich erwachte, fühlte ich mich schon sehr viel besser.

Anscheinend wollte sie dem Storch ein weiteres Signal senden, also taten wir es. Als das erledigt war, hielt ich es wieder für Zeit zu gehen, doch erneut hielt sie mich zurück, also nahmen wir eine weitere Mahlzeit zu uns, schliefen noch einmal, alles sehr schön, und ich erwachte noch viel erholter. Da stellte sich heraus, daß sie dem Storch eine dritte Nachricht übermitteln wollte – vielleicht glaubte sie auch nur, daß drei Störche besser seien als einer –, und sie war so wunderschön und beharrlich, daß ich kaum etwas anderes tun konnte als mitzumachen.

»Nun ist es vollbracht«, sagte sie. »Der Storch wird kommen.«

»Seid Ihr sicher?« fragte ich. »Vielleicht wäre es besser, ihm doch noch ein paar weitere Nachrichten zukommen zu lassen.«

Sie lachte, wie sie es so gerne tat. »Ihr seid wirklich köstlich, Jordan-Menschenmann, aber ich habe Euch schon zu lange aufgehalten. Ich habe die Empfangsbestätigung des Storchs wahrgenommen, das Baby wird zu seiner Zeit geliefert werden.«

Das war das Komische an dem Storch: Er bestand stets auf einer gewissen Lieferfrist. Vielleicht sollte die der werdenden Mutter Zeit geben, es sich noch einmal anders zu überlegen, oder um zu lernen, wie man Windeln wickelt. Doch ich wußte, daß Glockenblume sich entschieden hatte; sie wollte diesen Halbling wirklich haben.

Also entließ sie mich, und ich mußte gehen. So ist das eben im Leben eines Abenteurers. »Es hat wirklich Spaß gemacht«, sagte ich zu ihr, »und ich werde mich immer daran erinnern.«

Sie küßte mich ein letztes Mal. »Ihr seid süß.« Dann wedelte sie mit den Armen, wodurch sie den Zauber rückgängig machte, und schon einen Augenblick später hatte jeder von uns seine natürliche Körpergröße wieder angenommen.

Wir nahmen einen weiteren Schluck Grog zu uns und verließen die Laube, wobei wir durch das Laubwerk hinunterkletterten, bis wir unten ankamen, wo uns die anderen Elfen des Stammes erwarteten.

»Wir haben die drei Tage über für Euer Pferd gesorgt, Barbar«, sagte König Dornenkrone zu mir.

»Drei Tage?« fragte ich ungläubig.

»Aber ja, Menschenmann! Habt Ihr das nicht gewußt?«

»Mir kam es wie drei Stunden vor!«

»Nun müssen wir die Augurin aufsuchen«, sagte der König. Er führte uns zu einer alten Elfin, die an einem merkwürdig geformten Stein saß, vor sich eine funkelnde Kugel.

Glockenblume blieb vor der alten Frau stehen. »Das Schicksal meines Kindes«, sagte sie.

Die Frau hob die Kugel auf und warf sie auf Glockenblume. Die Kugel dehnte sich aus, um sie für einen Augenblick zu umfassen. Dann zog sie sich wieder zusammen und kehrte auf ihren Plat auf dem Stein zurück.

Die Frau spähte in das Funkeln, das nun ein anderes Muster angenommen zu haben schien. »Ein Sohn«, sagte sie. »Er wird dich verlassen, wenn er erwachsen ist, um sich eine Frau unter den Menschen zu suchen. Er wird niemals berüchtigt werden, aber möglicherweise werden seine Nachkommen es.«

»Danke«, sagte Glockenblume und klang enttäuscht. Offensichtlich hatte sie auf mehr gehofft.

Als sie dies merkte, blickte die Frau noch genauer hin und verfolgte ein ganz bestimmtes Glitzern. »Mal sehen ... da ist eine, weit unten, es wird noch Jahrhunderte dauern ... ja, die wird sich mit den menschlichen Königen von Xanth vermählen.«

»Oh!« rief Glockenblume, und ihre Miene erhellte sich. Dann schleuderte die alte Elfin die Kugel auf mich. Überrascht wich ich einen Schritt zurück, doch sie dehnte sich aus, bis sie meine Größe angenommen hatte, und umhüllte mich. Einen Augenblick lang war ich von dem Funkeln wie geblendet; dann war alles auch schon vorbei, und die Kugel stand wieder auf dem Stein.

Die Miene der kleinen Elfin verfinsterte sich, als sie die Funken musterte. »Den wollen wir lieber übergehen«, murmelte sie.

»Nein, ich will es wissen«, sagte ich. »Wenn ich schon der Ahnherr der Gemahlin von Königen sein werde, so sollte auch bekannt gemacht werden, was die Kugel über mich sagt.«

Die Elfin schnitt eine Grimasse. »Ihr werdet einer grausamen Lüge zum Opfer fallen«, sagte sie zu mir. »Und doch wird das nicht das Ende sein. Nachdem euer Fleisch verfault ist, werdet ihr wahre Liebe finden.«

»Äh, danke«, sagte ich, kaum mehr erfreut als Glockenblume zu Anfang. Ich glaubte nicht wirklich an Wahrsagerei, aber ich glaubte auch nicht richtig ans Gegenteil.

Dann löste sich die Versammlung auf. Der König entbot mir Lebewohl, so ironisch dies auch nach der Prophezeiung sein mochte, und Glockenblume kletterte an mir empor, um mir einen Abschiedskuß zu geben.

Ich schritt zu Pook hinüber, der drei Tage lang selig auf der Elfenweide hatte grasen können und der nun kräftig und fett war. Er hatte nicht versucht zu fliehen, denn damit hätte er ja angedeutet, daß er nicht wirklich mein Reittier war, was die Elfen äußerst mißtrauisch gemacht hätte. Also war er geblieben, und als die Elfenkinder ihn darum angebettelt hatten, einmal auf ihm reiten zu dürfen, hatte er »im Namen der Barbarenmenschen« eingewilligt. Ich wußte, daß er noch immer nicht gezähmt war. Er war lediglich klug genug, um die Rolle zu spielen, die er spielen mußte.

Genau wie ich es gewesen war, hoch oben in der Laube der Elfenulme.

Ich saß auf und ritt davon, wobei ich am Rand der Lichtung innehielt, um den versammelten Elfen zuzuwinken. Sie erwiderten meine Geste. Dann machte ich mich wieder, ein wenig traurig, auf den Weg.

V

Freudenbündel

Ich ritt durch den behaglichen, von Elfen gepflegten Wald und fühlte mich immer besser, als der Abschiedsschmerz langsam verklang. Ich hatte tatsächlich drei Tage bei den Elfen verbracht: mein Körper war wieder vollkommen hergestellt, und ich konnte mich meiner vollen Kräfte erfreuen. Vielleicht war das einer der Gründe dafür gewesen, daß Glockenblume mich so lange aufgehalten hatte – um mich in voller und nicht in halber Bereitschaft in den Dschungel zu entlassen. Sollte dem so gewesen sein, so hatte sie mir einen Gefallen getan, ohne daß ich es bemerkt hatte. Mit Sicherheit hätten die anderen Elfen mich nicht länger bleiben lassen, nachdem sie erst einmal mit mir fertig gewesen war; im Grunde ihres Herzens waren es sehr nüchtern und sachlich, ja geschäftsmäßig denkende Leute. Doch sollte ich jemals einem weiteren Stamm dieser Art begegnen, würde ich ihm mit Sicherheit meinen Respekt erweisen; mir gefiel die Art, wie sie Reisende zu unterhalten pflegten.

Der Karte zufolge näherte ich mich Drachenland. Doch ich konnte es nicht westlich umgehen, denn dort befanden sich die Elemente Erde und Wasser, Gebiete, die als nicht bewohnbar eingetragen waren. Da die Karte die nördlichen Gebiete, die ich bereits hatte, getreulich wiedergab, vertraute ich ihr auch, was den Süden anging. Also blieb mir nur die Ostseite, und ich beschloß, diesen Weg zu nehmen. Wie schön, daß man mich vor den Drachen im voraus gewarnt hatte! Natürlich prahlen Barbaren immer damit, daß sie Drachen erschlagen haben, doch je näher ein Barbar einem Drachen tatsächlich kommt, um so mehr sinkt auch seine Kampfeslust. Ich merkte plötzlich, daß ich es überhaupt nicht mehr eilig hatte. Also lenkte ich Pook gen Osten.

Einen Tag lang verlief die Reise ereignislos. Im Elfenreich war alles ruhig, es gab nicht einmal Gewirrbäume. Mir kam der Gedanke, daß die Elfengesellschaft der menschlichen in mancherlei Hinsicht überlegen war; mit Sicherheit war es in der Umgebung des Dorfs Fen nicht so schön und ungefährlich wie hier.

Doch als wir das Elfengebiet verlassen hatten, wurde das Gelände auch rauher, und wir gelangten an den Fluß, der der Karte zufolge dem Süden entsprang und gen Norden strömte, parallel zur weiter entfernten Küste. Ich dachte daran, ihn zu überqueren, doch im Wasser blitzten bunte Farben auf, und Pook weigerte sich. Er erinnerte sich an die Haie im Sumpf, und ich konnte es ihm nicht verdenken. Also wandten wir uns nach Süden, allen anderen Überlegungen zum Trotz nun doch gen Drachenland.

Plötzlich schnüffelte Pook und witterte etwas. Er fürchtete sich nicht, er war vielmehr nur nervös, also ließ ich ihn gewähren. Die Ursache seiner Unruhe stellte sich als Blutlache auf dem Waldboden heraus, zusammen mit einer schwachen Fährte und einigen wenigen Federn.

»Da ist irgendein Vogel zum Trinken an den Fluß gekommen«, vermutete ich. »Und dabei ist er von einem Raubtier angegriffen worden. Der Vogel konnte zwar entkommen, ist aber verletzt. So etwas passiert in der Wildnis ständig.«

Doch Pook witterte noch immer verwirrt die Luft. »Gibt es noch mehr?« fragte ich. »Willst du dem Vogel etwa folgen? Ich warne dich, es wird kein sehr schöner Anblick sein.« Ich wußte, daß nur wenige Pferde, ob sie nun Gespenster sein mochten oder nicht, besonders viel für Blut übrig hatten.

Pook folgte witternd der Fährte, und ich ließ es zu. Er hatte eine bessere Nase, als ich gedacht hatte. Warum interessierte ihn dies hier?

Da erblickten wir den Vogel. Es war ein weißer Storch mit einem gebrochenen Flügel, und er trug ein Bündel.

Erstaunt zuckte ich zusammen. Dieser Storch stand ja im Begriff, Ware auszuliefern! Dieses Bündel enthielt ein Baby!

Ob Glockenblume etwa ...? Nein. Wie ich schon sagte, gab es stets eine Verzögerung von mehreren Monaten, bevor das Baby abgeliefert wurde. Die bürokratisch bedingten Wartezeiten waren unterschiedlich lang und schienen beim Menschen am längsten anzudauern; offensichtlich mochten die Klapperstörche die Menschen nicht so gern wie Mäuse oder andere Wesen. Mit Sicherheit würden die Elfen jedenfalls länger als einen Tag auf die Lieferung warten müssen. Außerdem war das Bündel viel zu groß, um ein Elfenbaby enthalten zu können. Der Klapperstorch sah mich an. Seine Augen waren glasig vor Schmerz. »Freund oder Feind?« fragte er.

»Du kannst sprechen?« fragte ich dümmlich. Es fiel schwer, sich vorzustellen, daß ein solch langer, harter Schnabel menschliche Silben formen konnte. Andererseits konnte man ebensowenig glauben, daß diese nach hinten gewandten Knie ihm das Gehen ermöglichen sollten. Wenn wir allem, was schwierig war, keinen Glauben schenkten, würden wir gar nicht erst an Xanth glauben.

»Ich kann sprechen«, stimmte er zu. »Fliegen kann ich nicht, zumindest nicht im Augenblick. Mir ist ein Mißgeschick passiert.« Er drehte den Kopf auf seinem wunderbar geschmeidigen Hals, um seinen zerfetzten Flügel zu begutachten, von dem noch immer das Blut tropfte. »Hast du vor, mir zu helfen oder mich zu behindern?«

»Äh, dir zu helfen, schätze ich«, erwiderte ich verlegen. Ich hatte nicht gewußt, daß Klapperstörche sich auf diese Weise mit Menschen unterhielten. Wenn sie doch unsere

Sprache sprachen, warum mußten wir dann solch komplizierte Signale abschicken, wenn wir Babys bestellen wollten? Da wäre es doch wohl einfacher gewesen, nur einen Brief zu schicken. Nein ... sofort begriff ich, daß Analphabeten wie ich in einem solchen Fall niemals an Nachkommen gelangen würden; deshalb mußte es auch ein nichtverbales oder -geschriebenes Signal sein, und überhaupt war ich schließlich noch nie einem Klapperstorch begegnet; offensichtlich verlangte ihr Beruf von ihnen, daß sie sich gelegentlich mit Menschen zu verständigen vermochten, weshalb sie entsprechend ausgebildet worden waren. »Aber ich weiß nicht genau, was ich tun kann. Ich kann andere Wesen nicht so gut heilen wie mich selbst.«

»Es gibt einen Heilquell südlich der ... ich hab's vergessen, aber dort ist er jedenfalls«, sagte der Storch. Mir wurde klar, daß das Vogelgehirn ein wenig verwirrt war. »Ich könnte sehr schnell dorthin fliegen – ich weiß ganz genau, wo er sich befindet –, wenn ich nur fliegen könnte. Aber dieser verflixte kleine Drache hat mich völlig überrascht. Ich habe ihm zwar eins auf die Schnauze gegeben, woraufhin er nach Hause zu seiner Mami gerannt ist, aber leider war mein Flügel da schon hin. Also muß ich es wohl auf Schusters Rappen versuchen, wie man so schön sagt.«

Ich musterte das Bündel. »Das sieht mir ziemlich schwer aus«, bemerkte ich. »Bist du sicher, daß du es tragen kannst, in deinem Zustand?«

»Ich muß es abliefern!« sagte der Storch, faltete seinen gesunden Flügel über der Brust und blickte ehrfurchtsvoll nach oben.

»Äh, ja. Vielleicht können wir dich mitnehmen.«

Der Klapperstorch sah Pook an. »Das würde ich sehr zu schätzen wissen, denn zu Fuß ist es ein ganz schön weites Stück. Und auch noch in Richtung Ogerland.«

»Genau dort wollen wir auch hin«, sagte ich. »Komm, laß mich dir helfen.« Ich griff nach dem Bündel.

Da ertönte ein Knurren, und eine haarige Hand streckte sich aus dem Bündel hervor und grabschte mit gräßlicher Kraft nach meinem Handgelenk. Erschrocken riß ich meine

Hand zurück – worauf das Ding sofort aus dem Bündel hervorschoß und sich noch immer an meinem Handgelenk festklammerte. Es war eine haarige, wütende, knurrige Masse.

»Das ist doch kein Baby!« rief ich schockiert.

»Oh, doch, ist es wohl«, erwiderte der Klapperstorch müde. »Ein Ogerbaby. Ich habe dir ja schon erzählt, wohin ich es bringen soll.«

»Ja, das hast du«, stimmte ich zu. In derlei Dingen sind Barbaren nicht allzu schlau; mir war der offensichtliche Zusammenhang entgangen. Natürlich bekamen auch Oger ihre Babys, genau wie Menschen und Elfen. Kaum so *nette* Babys wie Menschen und Elfen, aber das Grundprinzip war das gleiche. »Und wie kriege ich dieses kleine Monster jetzte von meinem Handgelenk los?« Die Sache wurde langsam dringend, weil das Ogerbaby nämlich gerade an einer Hand einen Klimmzug machte und den Kopf schrägt legte, um mir die Hand abzubeißen.

»Schlag ihm auf den Kopf, bis er dich losläßt«, riet der Storch.

»Aber es ist doch noch ein *Baby!*«

»Das sind die Liebesbeweise der Oger.«

»Oh.« Leben hieß lernen. Ich klopfte dem Baby mit meinen freien Knöcheln auf den steinharten Schädel, wobei ich mir die Haut aufriß, und das kleine Biest ließ mich fahren und fiel wieder in seinen Beutel zurück.

»Wir sollten ihn besser abliefern, bevor er richtig hungrig wird«, sagte der Storch.

Eine ausgezeichnete Idee! Ich lud Storch und Bündel auf Pook auf, dann bestieg ich mein Reittier selbst. Das Ogerbaby grabschte eines der Kettenglieder und fing an, darauf herumzukauen. Es war reichlich eng für uns drei, doch Pook kam schon damit zurecht. Anscheinend empfand er etwas Mitgefühl für die mißliche Lage des Storchs. Alles in allem war Pook ein recht anständiges Tier.

In forschem Tempo machte sich das Gespensterpferd auf den Weg. Ich wußte, warum: Im Wind war Drachengeruch zu wittern. Wie lange würde es dauern, bis der kleine Drache seine Mutter hierher geführt hatte?

»Es ist wirklich nicht sehr weit bis zur … zur …«, bemerkte der Storch, doch er schien vergessen zu haben, was er sagen wollte. Es war, als wäre das Blut aus seinem Gedächtnis gewichen.

Ein Geräusch! Ich spüre ein Schaudern; das war ein Drachenschnauben zur Rechten. Im Augenblick war ich in keinerlei Stimmung, es mit einem Drachen aufnehmen zu müssen. Ich drängte Pook, schneller zu laufen, doch der brauchte kein Drängen mehr dazu. Er flog förmlich über das Land. Ich warf einen Blick über die Schulter, um nach dem Storch und dem Ogerling zu sehen; der Storch hatte seine Füße fest in eine der Ketten verhakt und war in Sicherheit, doch der Ogerling hatte das Kettenglied, auf dem er herumkaute, schon fast zerbissen. »Hör auf damit!« fauchte ich ihn an, worauf er mit einem Fauchen erwiderte und weiterkaute. Das Problem mit der Jugend von heute ist, daß sie keinerlei Disziplin hat!

Der Drache hörte uns natürlich und machte sich daran, uns abzufangen. Drachen haben phänomenale Ohren, die absolut alles hören können, was sie interessiert; am meisten interessieren sie Beutetiere, und das sind für Drachen so ziemlich alle Lebewesen. Ich hatte zwar Volksmärchen gehört, die davon handelten, wie ein einzelner Mann einen einzelnen Drachen bekämpft und erschlägt, doch je mehr die Aussicht auf eine solche Aktivität wuchs, um so weniger glaubte ich daran. In Wirklichkeit stellte selbst der kleinste ausgewachsene Drache einen mehr als beachtlichen Gegner für den größten aller ausgewachsenen Männer dar. Es sei denn, dieser Mann besitzt Magie. Ich selbst besaß natürlich Magie, aber ich war mir nicht sicher, inwieweit sie mir im Inneren eines Drachenbauches noch nützen würde. Ich schätze, nach einer Weile hätten sich meine ausgeschiedenen Knochen aus dem Drachenkot wieder zusammengefügt, aber ich hatte keine Lust, das auszuprobieren. Es wäre mit Sicherheit mit einigem Unbehagen und

Umständen verbunden gewesen. Wer möchte auch schon inmitten eines Haufens Drachenkot aufwachsen?

Pook kam ausgezeichnet voran, und wir hängten den Drachen langsam ab. Doch da erschien ein zweiter unmittelbarer vor uns, und da wußte ich, daß wir in Schwierigkeiten waren. Tatsächlich wurde mir der Mythos, daß Barbarenkrieger es geradezu liebten, gegen Drachen zu kämpfen, langsam äußerst zuwider. Es hatte den Anschein, als wären die Drachen die allerersten, die daran glaubten, weil sie es nämlich waren, die es auf einen Kampf abgesehen hatten. Zwischen Abenteuer und Wahnwitz gibt es einen Unterschied, den selbst der Durchschnittsbarbar noch begreift.

Wir schlugen einen Haken nach links, dem Flußufer entgegen. An dieser Stelle war der Fluß schmaler als flußabwärts, doch als wir ihn überqueren wollten, hob ein Wasserdrache seinen Kopf und zischte. Auch kein Fluchtweg!

»Aufgepaßt – ich muß kämpfen!« warnte ich. Angeblich lieben Barbaren das Kämpfen um seiner selbst willen, doch das ist nur die halbe Wahrheit. Wir genießen den Kampf, wenn wir damit rechnen, zu gewinnen. Gegen Drachen stehen die Chancen jedoch recht ungünstig.

Ich lenkte Pook mit Schenkeldruck. Er reagierte sehr empfindsam, da ihm wieder bewußt war, daß sein eigenes Halbleben ebenso an einem seidenen Faden hing wie mein eigenes ganzes. Mit der Linken packte ich eine Kette und hob mit der Rechten mein treues Schwert. Der Drache, der uns verfolgte, war ein Feuerspeier, deshalb hielten wir Abstand; der Drache vor uns dagegen war ein Rauchspeier. Das würde zwar auch nicht das wahre Vergnügen sein, war aber immer noch ein besseres Risiko als das Feuer. Es heißt zwar, kein Rauch ohne Feuer, doch das gilt nicht in dieser absoluten Form für Drachen. Es wird ferner auch behauptet, daß mehr Menschen am eingeatmeten Rauch als an Verbrennungen sterben, aber dem traute ich nicht. Also jagten wir dem Rauchspeier entgegen.

Der Drache öffnete die Schnauze und atmete ein. Natürlich steckte er nicht den ganzen Tag voller Rauch, genauso wenig wie ein Mensch die ganze Zeit den Atem anhält. Der Rauch wird bei Bedarf im Drachenbauch erzeugt, ähnlich dem Gas im menschlichen Gedärm, und es dauert schon einen Augenblick, bis er den richtigen Druck und eine ordentliche Dichte aufgebaut hat. Diesen Augenblick gönnte ich dem Drachen nicht; ich hatte ihn schon so schnell erreicht, daß ich bei ihm eintraf, als gerade das erste Rauchwölkchen emporstieg. Ich gab mir keine Mühe, mich auf irgendwelche Raffinessen einzulassen; ich rammte ihm einfach die Spitze meines Schwerts in die rechte Nüster. Da ich mich dabei an Pook festhielt und Pook in schnellem Tempo voranrannte, bekam die Sache entsprechende Wucht.

Das Schwert fuhr in voller Länge in die Nase des Drachen herein, gefolgt von meiner handschuhbewehrten Hand und schließlich dem Arm bis zum Ellenbogen. Es war ein ausgezeichneter Treffer. Ich wußte, daß die Spitze das winzige Gehirn der Kreatur durchstoßen hatte. Natürlich war das keine tödliche Wunde, doch sie verursachte dem Wesen einiges an Unbehagen. Drachen mögen es nicht sonderlich, wenn man ihnen Schwerter in die Nase rammt, und sie können sich fürchterlich aufregen, wenn ihr Gehirn aufgespießt wird. Schließlich leidet ihre Koordination darunter ein wenig, und das ist nicht sehr praktisch, wenn man gerade einen Kampf auf Leben und Tod austrägt.

Ich stemmte meinen Körper gegen das warme Maul des Drachen und riß mein Schwert wieder hervor. Ein Blutstrom folgte der Klinge und durchtränkte mich. Doch der Rauch des Drachen war inzwischen auch schon unterwegs, und nun ließ er das Blut hervorschießen und umhüllte uns. Natürlich hielt ich sofort die Luft an und vertraute darauf, daß die anderen dasselbe taten, das schien mir ein natürlicher und vernünftiger Reflex zu sein. Ich drängte Pook, die Stelle zu verlassen. Er gehorchte äußerst willig, und schon einen Augenblick später drangen wir aus dem Rauchball hinaus ins Freie. Der Drache peitschte mit seinem Schwanz umher und hustete fürchterlich, weil sich Blut und Rauch in seinen Nüstern vermengten und Smog bildeten. Für sich allein betrachtet sind Blut und Rauch relativ harmlos, Smog dagegen kann tödlich sein. Außerdem machte ihm das Loch in seinem Gehirn zu schaffen, so daß er sein Blatt nicht so ausspielen konnte, wie er es sonst getan hätte. Auf diese Weise war der Rauchdrache für eine Weile beschäftigt, und wir brauchten uns seinetwegen keine Sorgen mehr zu machen. Doch nun hatte der Feuerspeier uns erreicht. »Zum Schwanz!« sagte ich Pook. Natürlich meinte ich den Schwanz des Rauchdrachen, der uns vor dem Feuerspeien des anderen decken konnte, doch das Gespensterpferd mißverstand meinen Befehl und galoppierte auf den falschen Schwanz zu.

Sofort peitschte der Drachenkopf herum, und ein Feuerstrahl jagte in einer Kurve hinter uns her. Im allerletzten Augenblick verschwanden wir gerade hinter den Schwanz, als das Feuer uns eingeholt hatte – so daß der Drache damit seinen eigenen Schwanz briet. Nun besitzen Drachen zwar isolierte Feuerröhren, doch ihr Fleisch kennt keinen solchen Schutz. Du hättest einmal das Gebrüll hören sollen, das er ausstieß!

»Nach Süden!« rief ich. Pook richtete sich nach Süden aus und schoß davon wie ein Pfeil. Die beiden verwundeten Drachen stolperten ineinander und verhedderten sich in ihren eigenen Körperwindungen. Als sie schließlich begriffen, daß wir fort waren, hatten wir schon zu viel Abstand gewonnen, um noch eingeholt werden zu können. Ich würde ja gerne damit prahlen, daß dies nur auf meine geschickte Taktik zurückzuführen war, doch in Wirklichkeit hatte ich einfach nur Glück gehabt, und ich war nicht erpicht darauf, es noch einmal damit zu versuchen.

Doch wir waren noch nicht in Sicherheit. Der ganze Lärm hatte einen Flugdrachen angelockt, der nun über unseren Köpfen segelte. Als es so ausgesehen hatte, als würden die großen Landdrachen uns auffressen, hatte er sich zurückgehalten, doch nun flog er eine Kurve und schoß auf uns zu. Ich merkte, wie sein Körper Feuer zurechtpumpte, und wußte, daß wir ihm auf der Stelle ausweichen mußten. Den konnten wir nicht durch Laufen abhängen!

»Zum Fluß!« schrie ich. Pook schlug einen Haken in Richtung Fluß und vertraute dabei auf mein Urteil, und als der erste Feuerstrahl in schrägem Winkel herabstieß, berührten seine Hufe auch schon die Wasseroberfläche. Das Feuer verfehlte uns und erzeugte statt dessen beim Kontakt mit dem Wasser gewaltige Dampfschwaden. Wasser hat noch nie viel für Feuer übrig gehabt, und das beruhte voll auf Gegenseitigkeit. Da kam der Wasserdrache wieder an die Oberfläche. Er hob den Kopf und brüllte den Flugdrachen an, wütend über den Einbruch in sein Revier. Als der Flugdrache nicht schnell genug davonglitt, schürzte der Wasserdrache die Lippen und stieß eine gewaltige Wassersäule aus, die auch prompt eine Schwinge des anderen traf. *Nun* änderte der Flugdrache seinen Kurs und verlor wirbelnd die Beherrschung. Der Wasserstrahl hatte ihm einen Flügel ausgerenkt.

»Ich weiß genau, wie der sich jetzt fühlt«, bemerkte der Storch, als der Drache ins Wasser hinabstürzte.

Wir kamen wieder an Land und galoppierten erneut in Richtung Süden davon, nachdem wir allen vier Drachen entkommen waren. Zweifellos würde ich später vor meinen Enkeln mit diesem Abenteuer schrecklich prahlen, doch ich wollte es auf keinen Fall ein zweites Mal erleben müssen!

Da erschien ein zweiter Flugdrache und richtete seine Aufmerksamkeit auf uns. Das hier war wirklich Drachenland!

»Unter die Bäume!« schrie ich.

Pook rannte auf deine Baumgruppe zu, die unmittelbar vor uns lag. Ich hoffte, daß uns die Baumstämme und ihr Laubdach vor den Flammen schützen würden. Doch plötzlich bremste das Pferd abrupt ab.

»Was machst du da?« rief ich. Dann sah ich, warum: Die Baumgruppe befand sich am Rand einer monströsen Erdspalte. Es war eine Steilklippe, die tief nach unten führte, weiter als das Auge reichte. Dort konnten wir unmöglich hin! »Was ist das denn?« fragte ich ungläubig.

»Jetzt fällt es mir wieder ein!« sagte der Storch. »Das ist die Spalte! Ich verstehe gar nicht, wie ich die vergessen konnte. Schließlich bin ich schon Hunderte von Malen über sie hinweggeflogen.«

»Sie ist nicht auf der Karte eingezeichnet!« brummte ich. Wie konnte man so etwas nur auslassen!

Da erreichte uns der Flugdrache. Sengend fuhr sein Feuerstoß auf uns herab. Pook wich ihm mit einem Satz aus – doch der Rand des Feuerstrahls berührte uns noch.

Er versengte mir den rechten Arm und erhitzte den Knauf meines Schwerts, bis er förmlich glühte. Die Federn des Storchs gingen in Flammen auf. Der Ogerling knurrte, als sein Beutel zu kohlen begann.

Pook machte einen weiteren Satz, worauf die Ketten an seinem Körper eine Kreisbewegung vollführten und wir hart auf dem Boden aufprallten. Ich schlug mit dem Gesicht gegen einen Stein, und das ganze Land Xanth schien sich plötzlich um mich zu drehen. Ich sah noch, wie mein Schwert davonflog – direkt über den Rand der Schlucht. Dann fiel ich in Ohnmacht. Das tue ich häufiger, wenn man mir heftig genug auf den Schädel schlägt, so peinlich es mir auch ist. Als ich wieder aufwachte, verriet mir die Länge der Schatten, daß nur sehr wenig Zeit vergangen war. Mein Talent war bereits damit beschäftigt mich zu heilen; schließlich hatte ich mich ja nur versengt und war gestürzt. Doch ich konnte mich noch nicht rühren; vielleicht hatte ich mir das Genick gebrochen und war gelähmt, und das war bisher noch nicht geheilt. Also lag ich da, den Kopf auf dem Boden, völlig reglos, und nahm auf, was ich sehen konnte. Ganz in der Nähe lag das Freudenbündel, ein kurzes Stück Kette baumelte von ihm herab. Das kleine Ungeheuer hatte sie doch tatsächlich durchgekaut! Dahinter lag der zerschmetterte Leib des Storchs. Das Feuer hatte ihm die Federn abgesengt und den Rest durchgekocht; der Klapperstorch war tot. Von Pook war nichts zu sehen; der hatte endlich seine Freiheit wieder, sofern es ihm gelungen war, dem Drachen zu entkommen. Nun, ich konnte es ihm kaum verübeln; ich hatte nicht eben eine Glanzleistung vollbracht, als ich uns vor dem Bösen schützen wollte.

Da erblickte ich einen Schatten. Der Drache kehrte zurück. Das war gut für Pook, denn es mußte bedeuten, daß er sich in Deckung begeben und vor dem Ungeheuer versteckt hatte. Für mich dagegen war es schlecht. Mit einer Willensanstrengung wollte ich mein Genick dazu zwingen, schneller zu heilen, doch Nerven lassen sich nicht drängen, und Knochen sind noch langsamer. Unterhalb meines Kopfes war ich immer noch unfähig, irgend etwas zu bewegen. Außerdem war mein Schwert weg. Wie sollte ich mit unbewaffneten Händen einen Flugdrachen abwehren?

In einer Spirale glitt der Drache herab und landete. Er war bereit zum Fressen. Er humpelte über den Boden, etwas schwach auf den Beinen wie die meisten seiner Art, und packte den Körper des Storchs. Zwei gewaltige Bisse, und der Vogel war verschwunden.

Der Drache humpelte einen weiteren Schritt vor und wollte sich über das Freudenbündel hermachen. Da platzte der Beutel plötzlich auf, der haarige Arm des Ogerlings schoß hervor und schlug dem Drachen mit einer gewaltigen Bewegung die Kette über die Nase. Winzige Sterne sprühten empor, und ein Komet wirbelte davon; es war ein harter Hieb gewesen.

Der Drache zuckte zusammen. Dann begann er zu zischen. Er pumpte seinen Blasebalg auf und bereitete sich auf einen neuen Feuerstoß vor, um diesen arroganten Happen gründlich zu braten.

Als die Flammen gerade bereit waren, schob der Ogerling seinen häßlichen Kopf aus dem Beutel. Es gibt nur wenige Dinge in Xanth, die so häßlich sind wie das Antlitz eines Ogers, und sein Anblick kann ein ziemlicher Schock sein. »*Growr!*« grollte er dem Drachen ins Gesicht. Wenn irgend etwas noch schlimmer ist als ein Ogergesicht, dann ist es ein Ogergrollen.

Der Drache war so verdutzt, daß er sein eigenes Feuer

verschluckte. Der Stoß ging tatsächlich nach hinten los: In seinem Inneren ertönte eine Art heftiges Rauschen, wie von einem starken Wind, dann schoß eine Flamme aus seinem Schwanz hervor. Das Ungeheuer richtete sich gerade auf, sein inneres Verbrennungssystem war in Aufruhr, dann krümmte es sich wieder zusammen und peitschte heftig umher, als die Hitze des Feuers ihm sein eigenes Fleisch verbrannte. Es rollte über den Boden – und stürzte über den Klippenrand in die Tiefe.

Endlich war mein Genick wieder verheilt. Die Lähmung verließ mich, und ich richtete mich auf. Mein rechter Arm war zwar immer noch nicht zu gebrauchen, doch er besserte sich langsam. »Du hast wirklich auch deine positiven Seiten, Ogerbaby«, sagte ich. Denn es war eine unbestreitbare Tatsache, daß der Ogerling mich gerade davor gerettet hatte, durchgebraten und vertilgt zu werden.

In diesem Augenblick ertönte Hufgeklapper. Pook kehrte zurück.

»Was ist das denn?« fragte ich und stand dabei auf. »Bist du jetzt etwa zahm geworden?«

Pook schnaubte empört und ließ den Schweif peitschen. Er warf einen Blick zurück über seine Mähne.

Ich folgte seinem Blick. Weitere Drachen, die sich näherten. Sie hatten uns umzingelt!

»Das hätte ich wissen müssen«, sagte ich und streckte meinen heilenden Arm. »Du glaubst, daß ich dich hier rausholen kann?«

Pook nickte. Er vertraute mir. Vielleicht hatte er mir mehr Anerkennung für die Auseinandersetzung mit dem Flugdrachen gezollt, als mir in Wirklichkeit zustand.

Ich dachte kurz nach. »Nun, wir können nicht denselben Weg zurück nehmen, den wir gekommen sind. Und mein Schwert ist dort unten in der … wie hat der Storch es noch einmal genannt? In der Spalte.«

Der Ogerling grollte. »Ach ja«, sagte ich. »Du mußt ja auch noch abgeliefert werden, und das kann der Klapperstorch nun nicht mehr erledigen. Ich schätze, ich bin dir noch einen Gefallen schuldig.« Das erinnerte mich an die

Elfe Glockenblume und an die Gefallen, die wir miteinander getauscht hatten. Meine Landkarte war verschwunden, verbrannt, doch ich brauchte sie ohnehin nicht mehr, zumal die Spalte darin nicht eingetragen gewesen war. Wieder einmal wunderte ich mich darüber, daß die Landkarte ein derart wichtiges Merkmal nicht aufgeführt hatte, obwohl die Elfen doch ansonsten äußerst akkurate und penible Wesen waren. Und auch der Storch hatte sich nicht daran erinnern können, bis er sie tatsächlich vor Augen gehabt hatte. Vielleicht war hier Magie im Spiel.

Ich spähte die Klippe hinab. Sie war unpassierbar. Ich blickte nach links, den Spaltenrand entlang – und sah den Fluß. Er strömte die Klippenwand empor, über den Rand und dann weiter nach Norden, wo er, wie ich wußte, breiter wurde und eine Heimat für Wasserdrachen darstellte. Ich hätte nie geglaubt, daß ein Fluß eine Mauer emporströmen konnte, doch andererseits gab es in Xanth noch sehr viel, was ich noch nie gesehen hatte. Ich habe einmal gehört, daß das Reisen den persönlichen Horizont erweitern soll; bei mir war das mit Sicherheit der Fall! »Vielleicht dort«, murmelte ich.

Ich belud das Gespensterpferd mit dem Freudenbündel, und die haarige Hand grabschte nach einem weiteren Kettenstück. Ich kannte die Kraft dieser Hand – so war der Ogerling in Sicherheit. Dann saß ich auf und lenkte Pook nach Osten, dem Fluß entgegen. Wieder streckte ich meinen rechten Arm. Es ging ihm schon erheblich besser. Ich weiß wirklich nicht, wie ich ohne mein Selbstheilungstalent überleben sollte!

Wir erreichten den Fluß, noch bevor die Drachen es taten. Zum Glück war das Wasser an der Spaltenkante zu seicht für den Wasserdrachen. Wir konnten es mühelos überqueren – doch galt das auch für die Landdrachen. Das war also kein echter Fluchtweg.

Und wenn wir hinunter in die Spalte stiegen?

»Wir waten stromaufwärts«, sagte ich zu Pook und verlieh meiner Stimme mehr Selbstsicherheit, als ich in Wirklichkeit empfand. Ich lenkte ihn auf das Wasser am Spaltenrand zu. Er legte die Ohren flach an und verweigerte. Also saß ich ab und führte ihn. Ich stand am Klippenrand, dann trat ich hinüber. Mein Körper veränderte seine Haltung um neunzig Grad, und plötzlich sah ich mich, wie ich auf der Felswand stand, knietief im Wasser. Es funktionierte!

Als die Drachen immer näherkamen, folgte mir Pook einen Augenblick später. Seine Vorderhufe kamen um die Ecke, dann bemühte er sich über die Felskante, als befände er sich auf der Spitze einer Pyramide, wobei sein Bauch sie fast berührte. Schließlich brachte er auch seine Hinterbeine über die Kante und stand dann bei mir, mit dem Kopf nach unten in die Spalte zeigend. »Siehst du?« sagte ich. »Es muß einfach gerade sein, sonst kann das Wasser nicht strömen, ohne in die Tiefe zu stürzen. Flüsse haben Navigationsmöglichkeiten, die wir bestensfalls nachahmen können. Solange wir warten, werden wir nicht stürzen.« Ich hoffte inbrünstig, daß das auch stimmte!

Doch Pook zweifelte noch immer, also mußte ich ihn weiterhin führen. So wateten wir flußaufwärts, klippenabwärts. Oben schob ein Drache den Kopf über den Spaltenrand, war aber nicht mutig genug, um die Verfolgung aufzunehmen. Einen Augenblick später spie er einen Flammenstrahl aus, doch durch die verzerrte Perspektive verfehlte er sein Ziel. Schließlich waren wir außer Reichweite gelangt. Glücklicherweise erschienen keine weiteren Flugdrachen mehr; vielleicht war dieses Gebiet fluguntauglich.

Das Wasser war kalt. Schon bald fuhr mir die Kälte durch meine durchtränkten Stiefel in die Füße. »Wir sollten besser möglichst bald den Boden erreichen«, bemerkte ich und blickte dabei in die Spalte hinab. Doch der Boden lag noch weit, weit vor uns.

Ich schritt an den Rand des Wasserkanals, in der Hoffnung, daß der Effekt über den reinen Wasserlauf hinausreichte. Aber ich blieb vorsichtig. Ich nahm eine Handvoll Wasser auf und schleuderte sie zur Seite aus dem Wasserkanal hinaus.

Kaum hatte das Wasser den Kanalkorridor verlassen,

schoß es in einem rechten Winkel davon und stürzte in immer schnellerem Tempo dem Boden der Schlucht entgegen. Zwar hörte ich es unten nicht aufplatschen, doch ich wußte genau, daß ich diesem Weg selber nicht folgen wollte.

Dennoch wurden meine Zehen langsam taub, und ich sah, daß Pook sich auch nicht eben behaglich fühlte. Niemand mag kalte Füße! Wenn dies so weiter ging, dann würden uns unsere Zehen noch abfrieren, bevor wir das Wasser wieder verlassen hatten. Ich mußte irgend etwas dagegen unternehmen!

Ich beugte mich vor, um in das Wasser hineinzuspähen. Nun entdeckte ich kleine Fische, die darin herumschwammen. Ich fing einen davon ein – und sofort bohrte sich die Kälte durch meine Hand. Das war vielleicht ein kalter Fisch!

»Ich wünschte, ich hätte einen Heißfuß«, sagte ich. »Oder einen Heißhund. Damit könnte ich die Kältefische verjagen.« Doch Wünsche nützten mir nicht sehr viel. Ich brauchte etwas Greifbares und Sofortiges. Meine Füße waren im Begriff einzufrieren!

Ich warf Pook einen Blick zu. Er zitterte. Da fiel mein Auge auf das Freudenbündel. Plötzlich blitzte in meinem Schädel eine Ideenlampe mit einer derartigen Heftigkeit auf, daß ich heute vermute, daß etwas von dem Licht mir aus den Ohren gesickert sein muß.

Ich schritt neben Pook, suchte mir eine Kette aus und riß sie empor. Natürlich glitt sie auf der anderen Seite wieder herab, da ja alle Ketten sich um seinen gesamten Rumpf schlangen. Der Ogerling glitt ebenfalls hinab, denn er kaute gerade auf der Kette herum und weigerte sich loszulassen. Ich schätze, für Babys ist es eine harte Sache, Zähne zu bekommen. Ich riß immer weiter an der Kette, bis der Ogerling unter Pooks Bauch kopfunter herabhing. Er ließ nicht los, denn niemand hatte ihm auf den Kopf geklopft. Doch als sein Kopf in das eiskalte Wasser getaucht wurde, reagierte er verärgert, denn kein Oger mag es, einen kühlen Kopf zu haben. Er brüllte los.

Die Wucht dieses Gebrülls ließ den ganzen Fluß schäumen. Entsetzt schossen die kalten Fische davon, und das Wasser erwärmte sich etwas. Ich zerrte die Kette erneut nach unten, worauf der Ogerling auf der anderen Seite wieder erschien, bis er seine aufrechte Haltung zurückgewonnen hatte, noch immer auf der Kette herumkauend. Wir machten uns wieder auf den Weg.

Nach einer Weile erschienen die Kältefische wieder, also wiederholte ich das Ganze und verscheuchte sie aufs neue. Als sie sich das dritte Mal wieder versammelten, hatten wir den Boden der Klippe erreicht und konnten endlich auf waagerechtes Land hinaustreten. Es war eine Erleichterung!

Nun befanden wir uns in der Spalte. Der Fluß durchquerte ihren Boden und strömte auf der gegenüberliegenden Wand wieder in die Höhe. Genaugenommen hieß das, daß er sie hinabströmte. Zweifellos hätten wir die Wand auf gleiche Weise emporsteigen können, wie wir auf der anderen Seite in die Tiefe gelangt waren, dennoch wollte ich lieber nach einer anderen Möglichkeit Ausschau halten. Es gefiel mir nicht, den Ogerling die ganze Zeit ins Wasser eintauchen zu müssen, und ich wollte auch nicht auf halber Strecke mit kalten Füßen erwischt werden, falls der Trick einmal nicht funktionieren sollte.

Also saß ich auf, und wir ritten unten am Spaltenboden gen Westen. In Flußnähe erblickte ich mein treues Schwert, neben dem Leichnam des Flugdrachens, dem der Ogerling den Garaus gemacht hatte. Wie einen alten Freund nahm ich meine Klinge wieder an mich, wusch sie im Fluß und sah nachdenklich zu, wie das blutbefleckte Wasser um die Ecke strömte und die Mauer hinauf. Faszinierend! Dann trocknete ich das Schwert auf der heißen Haut des Flugdrachens und kehrte zu Pook zurück.

Es war sehr schön hier, grünes Gras, Büsche, Drachenspuren ...

Drachenspuren?

Ich untersuchte sie genauer. Ja, das war die Fährte eines großen Drachen, der hier offensichtlich auf Jagd gewesen war. Das machte mich eine Spur nervös; ich hatte schon genug Erfahrung mit Drachen gesammelt, um den Rest meines Lebens davon zehren zu können – ein Leben, das möglicherweise nicht mehr sonderlich lange dauern würde, wenn ich noch einmal einem Drachen begegnen sollte.

Ich war aus gutem Grund nervös geworden: Pook spitzte die Ohren, dann hörte auch ich es: *Wompp! Wompp-wompp-wompp.* Da war das Womppen eines schweren, dicht über dem Boden hängenden Drachen!

Das Geräusch kam aus Osten, deshalb galoppierten wir gen Westen davon. Schon bald blickte ich zurück und sah ihn – ein entsetzlich zahniges Ungeheuer der Dampferart. Das Womppen war nicht unbedingt die effektivste Fortbewegungsart, doch für ein Wesen von solcher Größe war sie schnell genug.

Pook gab noch etwas Tempo zu, und so hielten wir bequemen Abstand zu dem Drachen. Es war wirklich ein gewaltiger Vorteil, ein Pferd zu haben! Doch dann sah ich, daß die Spalte sich verengte, und das machte mich wieder nervös, was, wenn wir uns in einer Sackgasse befanden? Dahinten war ein ziemlich energischer Dampfdrachen; ich glaubte kaum, daß ich ihn würde töten können. Um dieses Ding zu bekämpfen, bedurfte es schon eines ausgewachsenen Ogers!

Eines Ogers. Ich warf wieder einen Blick auf das Freudenbündel. Nein, das war nur ein Babyoger, für sein Alter zwar schon ganz beachtlich, doch er besaß nur einen Bruchteil der Häßlichkeit und Stärke eines Erwachsenen. Manche Qualitäten der Häßlichkeit bedürfen eines ganzen Lebens, bis sie sich voll entwickelt haben. Wir mußten einfach irgendwie vor diesem Drachen fliehen – was auch überhaupt kein Problem sein würde, sofern die Spalte nur breit genug blieb; dagegen würde es unmöglich werden, sollte die Spalte sich verjüngen. Ich hatte wirklich keine besonders große Lust darauf zu wetten, daß die Spalte uns den Gefallen tun würde.

Also musterte ich die Felswände zu beiden Seiten. Keine

Hoffnung! Wir brauchten einen Kanal, einen Gang, einen ebenen Pfad, der in den Steilhang hineingehauen und pferdetauglich war. Eines der Probleme bestand darin, daß jeder Weg, der für ein Pferd geeignet war, auch einem Drachen das Weiterkommen ermöglichte. Dennoch, wenn wir dem Pfad folgten und genügend Abstand hielten, bis wir die Spalte wieder verlassen hatten ...

Das war der Stoff, aus dem die Tagträume werden. Es gab keinen Pfad, der in die Felswand gehauen war.

Der Spaltenboden wurde immer zerklüfteter, er bekam Knicke und Risse, als hätten sich die Wände gegeneinander gedrückt und am Boden Falten geworden. Die Verwerfungen erhoben sich nach und nach, bis sie fast so groß waren wie Pook. Das gefiel mir gar nicht, so wurden wir nämlich stark eingeengt, während ich einen größeren Spielraum vorgezogen hätte, um dem Drachen zu entweichen. Sollte einer dieser kleinen Gänge sich als Sackgasse erweisen, würde er unsere Flucht behindern, und der Drache würde uns einholen.

Pook witterte. »Kannst du irgend etwas riechen?« fragte ich. »Wenn es einen Ausweg sein sollte, bin ich schwer dafür!«

Er kam an eine Gangkreuzung und wandte sich nach links. Die Mauern des Kanals waren höher als die anderen und reichten bis zu meiner Reithöhe. Doch dann endete er abrupt. Schlitternd wollte Pook abbremsen, wobei er eine Menge Erdreich aufwühlte, doch er schaffte er nicht mehr rechtzeitig. Wir wirbelten halb herum und prallten gegen das Ende des Kanals. Als wir uns wieder aufrichteten, rieselte Erde von uns herab, und der Ogerling knurrte.

Dann erblickte ich einen schräg zurückführenden Tunnel. Von der anderen Seite aus war er nicht sichtbar gewesen, dazu war der Eingang zu schmal. Und ich hörte das nahende Womppen des Drachen. »Da rein!« rief ich.

Pook zwängte sich hinein, als der Drache gerade vorbeiwomppte. Ich befürchtete, daß der Drache kehrtmachen und uns verfolgen würde, deshalb drängte ich das Gespensterpferd in der Dunkelheit weiter. Als sich meine Augen daran gewöhnt hatten, konnte ich recht gut sehen, denn durch die Risse im Gestein sickerten Lichtstrahlen. Dieser Tunnel befand sich dicht unterhalb der Oberfläche, doch er führte nie ganz hinauf. Wohin dann?

Wie ein Wurm wand er sich nach rechts und begann dann schließlich in die Höhe zu führen. Mit Sicherheit müßten wir doch jetzt jeden Augenblick an der Felsmauer hinaufkommen! Aber das taten wir nicht.

Dann erblickte ich einen etwas größeren Riß und blieb stehen, um hindurchzulugen. Dort war ja die Spalte – ein Stück unterhalb von uns! Wir befanden uns in der Felswand!

Wir setzten unseren Aufwärtsweg fort. Der Tunnel schlang sich mal nach oben, mal nach unten, mal zur Seite, und manchmal formte er auch große Spiralen in die Erde hinein, doch im allgemeinen führte er empor. Ich hoffte, daß er einen Weg zur Oberfläche darstellte. Er roch feucht, und in den Ritzen gab es Spinnweben, so lange schien er nicht mehr benutzt worden zu sein, doch irgendwohin mußte er ja schließlich führen. Und eben dorthin folgten wir ihm gerade.

Es dauerte sehr lange, doch zusammen mit dem Tunnel stieg auch unsere Hoffnung, und wir gelangten schließlich ans Ziel. Endlich mündete der Tunnel in eine kleinere Felsritze, die im rechten Winkel zur Spalte verlief, diese aber weit oberhalb des Bodens schnitt, so daß wir ohne den Wurmtunnel nicht hierher gelangt wären. Wir folgten der zweiten Ritze gen Süden, bis sie das Interesse verlor und an die Oberfläche führte, und schließlich kehrten wir auf den normalen Boden Xanths zurück. Hier befanden wir uns nun im Herzen dessen, was die verlorengegangene Karte als Ogerland bezeichnet hatte – und genau hierhin hatte ich auch gewollt.

Nun brauchte ich das Freudenbündel nur noch bei seiner erwartungsfrohen Familie abzuliefern und mich dann auf den Weg nach Schloß Roogna zu machen. Ich stellte fest, daß mir das Interesse daran, einen ausgewachsenen Oger in einem heroischen Zweikampf herauszufordern, völlig abhanden gekommen war. Wenn jeder Babyoger schon so scheußlich war wie dieser hier, dann hielt ich mich von den Erwachsenen wohl besser fern! Doch außerdem sah ich Oger nun nicht mehr als bestialische Ungeheuer an; der Ogerling hatte mich gelehrt, daß sie Persönlichkeit und Familien besaßen, genau wie richtige Leute. Es fällt sehr schwer, ein Wesen zu verurteilen, dessen bösartiger Blick und dessen Knurren einen Drachen daran gehindert hatte, dich zu vertilgen.

Doch wo befand sich die Familie des Ogerlings? Das Ogerland war eine weite, langgestreckte Region; es konnte hier sehr viele Ogerstämme geben, von denen jeder wiederum viele Familien zählte. Woran sollte ich da die richtige erkennen? Wie konnte ich dieses Freudenbündel ohne diese Information richtig abliefern?

Inzwischen war es Abend geworden, und nach des Tages Abenteuer hatte ich Hunger bekommen. Also suchte ich nach Nahrung und entdeckte einige Früchte für den Ogerling. Ich wußte zwar nicht so recht, was Babys eigentlich aßen, hegte aber den Verdacht, daß dieses hier so ziemlich alles essen würde. Immerhin, ein Wesen, daß sein Zahnen an Metallketten ausließ …

Anscheinend hatte ich mit meiner Vermutung richtig gelegen: Ich bot ihm eine Banane an, die er sofort mit haariger Pratze grabschte, in der Mitte zusammenpreßte, daß der Brei zu beiden Seiten davonschoß, um sich schließlich die verbliebene Schale in den Schlund zu stopfen. Einen Apfel nahm er auch, drückte ihn so hart, daß der Saft spritzte, und vertilgte schließlich die Haut und das Kerngehäuse mit offenkundigem Genuß. Diese Art der Essensaufnahme machte zwar ziemlich viel Schmutz, aber das tun Babys beim Essen ja immer. Ich gab ihm eine Milchkrautkapsel und fürchtete schon, daß er sich über und über mit Milch bekleckern würde, doch statt dessen zog er es vor, sie in einem zu verschlingen. Schließlich reichte ich ihm auch noch einen Granatapfel, und das gefiel ihm wirklich; er hieb die Granate gegen seinen Schädel und öffnete dadurch den Stein, dann pickte er die roten, saftigen

Samen heraus, warf sie fort, verschlang den Stein und rülpste einen Samen hervor, den er übersehen hatte. Auf seine fürchterlich scheußliche Art war er wirklich sehr süß.

Es erwies sich, daß es überhaupt kein Problem war, sich um ein Baby zu kümmern. Sorgen machte ich mir nur über das Wechseln der Windeln, doch anscheinend existierte der Ogerling noch nicht lange genug, um die Nahrung voll verarbeitet zu haben, so daß die Windel sauber blieb. Das war auch ganz gut so, da ich keineswegs davon überzeugt war, genügend Kraft zu besitzen, um sie ihm mit Gewalt zu entreißen.

Über Pook machte ich mir auch keine Sorgen. Wenn er wollte, konnte er nun fortgehen, da ich den größten Teil der Strecke bis zum Schloß Roogna inzwischen zurückgelegt hatte und er mich nicht mehr dafür brauchte, um vor der Übernahme durch Elfen, dem Aufgefressenwerden durch Drachen oder was auch immer gerettet zu werden. Wir kamen auch ohne einander aus.

Ich lehnte mich mit dem Rücken gegen einen Eichelbaum. »Was soll ich mit dir machen, Ogerbaby?« stellte ich eine rhetorische Frage und reichte ihm ein Stück Prügelobst. Natürlich prügelte er sofort darauf ein, Saft explodierte spritzend in alle Richtungen, und das Baby rammte sich die Schale in den riesigen Mund. Dann spuckte der Ogerling einen Samen nach mir, der meinen Kopf nur knapp verfehlte und sich hinter mir in den Baumstamm bohrte; der Kleine knurrte zufrieden. Der Schock des Samenaufpralls schüttelte den Baum durch, worauf eine Eichel herabfiel. Der Ogerling erblickte sie, hob sie auf und kaute sofort darauf herum.

Da sah ich etwas an ihm aufblitzen. Was konnte das sein? Ich griff danach, doch er grabschte sofort nach meiner Hand, so daß ich loslassen mußte. Es mußte irgend etwas sein, das er am Leib trug. Doch was würde ein nichtabgeliefertes Baby schon am Leib tragen?

Was denn wohl anderes als einen Adreßanhänger? Ich mußte mir das Ding sofort anschauen! Aber der Orgeling schien nicht willig, es freiwillig herauszurücken.

Ich holte ihm ein weiteres Stück Prügelobst und schob es seinem großen Mund entgegen. Während er darauf einprügelte und -kaute, nutzte ich seine Abgelenktheit, um nach dem Adreßschild zu greifen.

Es war leer. Natürlich konnte ich sowieso nicht lesen, und selbst wenn ich es gekonnt hätte, hätte ich es nicht getan – Barbaren sind zu recht *stolz* darauf, Analphabeten zu sein –, doch das war ein anderes Problem. Wie sollte ich mit Hilfe dieses Dings die Lieferadresse ausfindig machen?

Ich drehte es um, da blitzte es auf. Die eine Seite war hell und die andere stumpf. Als ich das Schild wieder umdrehte, wurde die Hellseite stumpf und die Stumpfseite hell. Hielt ich es flach, wurden beide Seiten stumpf. Es war, als sei das Ding ein Spiegel, der nur dann das Licht richtig wiedergab, wenn man ihn entsprechend ausrichtete – nur daß es hier keinerlei Lichtquelle gab, die dafür hätte verantwortlich sein können, bloß Dschungel.

Ein magischer Spiegel hingegen würde eine andere Lichtquelle benutzen.

Ich lächelte. Nun wußte ich, in welcher Richtung sich die Eltern des Ogerlings befanden. Das Blitzen zeigte mir den richtigen Weg.

Ich schnitt eine Schlingpflanze ab und wickelte sie um den Beutel des Ogerlings, so daß das Baby darinblieb, während es immer noch hinausblicken und -greifen konnte. Dann warf ich die Schlingpflanze über einen kräftigen Ast und hievte das Freudenbündel ungefähr halbwegs nach oben; nun war das Baby vom Boden weg, der nicht einmal für einen gräßlichen Horrormatz wie diesen bei Nacht sicher gewesen wäre, gleichzeitig hatte ich auf diese Weise verhindert, daß mir der Ogerling bei Nacht, wenn ich schlief, ausbüchste. Um die Sache abzurunden, schälte ich ein Stück Eisenholz ab und reichte es ihm. Die haarigen Pratze riß es mir aus der Hand, und fröhlich begannen die Zähne auf dem Ende des Holzstücks herumzukauen. Das war ein anständiges Beruhigungsmittel, das den Ogerling halbwegs stillhalten lassen würde.

Ich kletterte den Baum empor, entdeckte eine geeignete

Aushöhlung und ließ mich zum Schlafen nieder. Unten graste Pook. Der machte sich keinerlei Sorgen über die Spukgestalten der Finsternis, schließlich war er ja selbst ein Gespensterpferd. Höchstwahrscheinlich hielt er mit seinem Kettengerassel ohnehin andere Spuklinge von uns fern.

Es war eine ruhige Nacht, und ich erwachte völlig erfrischt. Natürlich war Pook fort – doch zu meiner Überraschung kam er zurück, als er mich hörte. »Soll das heißen, daß du jetzt gezähmt bist?« fragte ich ihn, wie ich es schon einmal zuvor getan hatte. Wie damals schnaubte er auch diesmal verächtlich, verließ mich jedoch nicht.

Ich fand ein paar Felsbonbons und mehrere Milchkrautkapseln für den Ogerling, der sie mit heftigen Kaubewegungen vertilgte und mit den Samen gegen vorbeifliegende Insekten zielte, die er mit beeindruckender Genauigkeit auch sehr oft traf. Ich fragte mich, ob seine Windel in der Nacht vielleicht schmutzig geworden war, doch sie schien in Ordnung zu sein. Vielleicht war es eine magische Windel, die sich selbst reinigte. Die Störche schienen ihre Lieferungen zu einer echten Wissenschaft gemacht zu haben, sofern das in Xanth kein bedeutungsloses Wort ist. Damit will ich sagen, daß sie auf schier unmögliche Weise gut organisiert sind. Im wirklichen Leben sind die Dinge natürlich niemals wissenschaftlich, und es ist töricht zu glauben, daß sie es sein könnten. Eine solche Auffassung würde man wahrscheinlich allenfalls in Mundania finden.

Ohne es von der Schlingpflanze zu befreien, lud ich das Freudenbündel auf Pooks Rücken und saß selber auf. Natürlich entdeckte der Ogerling prompt ein weiteres Stück Kette, an dem er herumknabbern konnte. Babys stopften sich ja ständig irgendwelche Sachen in den Mund. Immerhin hielt ihn dies ruhig. Im Ogergebiet sind Stille und Schweigen ein Segen ganz besonderer Art.

Wir machten uns in die Richtung auf den Weg, die uns das Aufblitzen des Adreßschilds gezeigt hatte, nämlich ungefähr gen Südosten. Wir galoppierten durch Wälder und über Ebenen, über Hügel und Täler, vorbei an Klippen und Höhlen, Monstern und Flüssen. Wir kamen an Fluchzecken vorbei, an Ameisenlöwen, an schwebendem magischen Staub, an einer Kolonie von Faunen und Nymphen, an Harpyien und an einem Mundorgelbaum, der uns mit leisem Georgel warnte. Es war eine ziemlich langweilige Reise.

Wir kamen ausgezeichnet voran, denn Pook liebte das Laufen, und am Nachmittag erreichten wir die Region der Oger. Das konnte ich an den Bäumen erkennen, von denen einige zu Knoten verschlungen waren, während man andere an den Wurzeln abgebrochen hatte. In Bodenhöhe hatten die Oger, die gerne mit Gegenständen spielten, kleinere Eisenholzbäume einfach abgebissen. Irgendwo hatte ich einmal gehört, daß die Oger im Begriff waren, gen Norden zu ziehen, doch das hier unten erschien mir eigentlich als ziemlich weit südlich; vielleicht kamen sie ja nur sehr langsam voran. Na ja, wenn ihnen das so behagte, würden sie sich eben drei Jahrhunderte Zeit lassen, um gen Norden zu ziehen; einem Oger konnte ohnehin niemand Vorschriften machen! Hauptsache sie kamen dem Dorf Fen nicht zu nahe. Ich überprüfte das Adreßschild des Ogerlings, um mich erneut zurechtzufinden. Es glühte wie ein kleines Feuer; wir waren also dicht am Ziel. Doch da fiel mir ein weiteres Problem ein. Wie sollte ich das Freudenbündel übergeben, ohne dabei selbst eins auf den Schädel zu bekommen? Mit dem Schwert wollte ich mich nicht verteidigen: was würde es nützen, ein Baby an eine tote Mutter abzuliefern? Andererseits verspürte ich auch kein Bedürfnis, von den Ogern zu Klump gehauen und aufgefressen zu werden.

Ich spürte das Familiendomizil auf, einen Haufen entwurzelter Bäume, die man zu einem groben Nest zusammengeworfen hatte. Wenn sie genausogut mit brutaler Gewalt auskamen, taten Oger nichts mit Umsicht. Da erblickte ich die Ogerin: sie war fast doppelt so groß wie ich und derartig häßlich, daß mir bei ihrem bloßen Anblick schon die Schleimklumpen vor den Augen zu tanzen schienen. Sie sah aus wie eine Kreuzung zwischen dem Rumpf einer kranken Sphinx und einem zerquetschten Ameisenlöwen. Ich konnte sie ja kaum anschauen, wie sollte ich mich ihr da erst nähern?

Mir kam eine Idee. Ich ließ das Freudenbündel an der Schlingpflanze herabbaumeln und schwang es in einem Bogen hin und her. Der Ogerlings gluckste, das Schaukeln machte ihm fast ebensoviel Spaß wie das Herumkauen auf einer Eisenkette. Dann lenkte ich Pook vorwärts.

Wir erreichten die Ogerin. Sie war gerade damit beschäftigt, einen kleinen Gewirrbaum aus dem Boden zu reißen und auf seinen umherpeitschenden Tentakeln herumzukauen. Frauen, die guter Hoffnung waren, hatten oft den allermerkwürdigsten Appetit!

»Hier kommt es!« rief ich und jagte auf sie zu, wobei ich den Ogerling um den Kopf wirbelte. Ich kam knapp außer Reichweite an ihr vorbei, was eine ziemlich riskante Sache war, weil Oger nämlich eine phänomenal lange Reichweite besitzen. Das wirbelnde Freudenbündel knallte gegen ihren Bauch, warf sie rücklings zu Boden, die Füße zappelnd in der Luft, das Bündel auf ihr. Der Kopf des Ogerlings schoß hervor, und er knurrte derart gräßlich, daß die übriggebliebenen Tentakeln des Gewirrbaums in ihren Händen sich vor schierem Entsetzen versteiften.

Die Ogerin stieß ein ebenso fürchterliches Freudenkreischen aus und klammerte den Ogerling an sich. Mutter und Sohn – was für eine fürchterliche Musik sie doch gemeinsam veranstalteten! Ungehindert galoppierte ich davon. Die Ware war abgeliefert worden.

Natürlich bemerkte mich der männliche Oger. Er schien wegen der Lieferung nicht allzu erfreut zu sein, vielleicht hatte er sich auch einfach nur dazu entschlossen, Pook und mich als ausgezeichnete Mahlzeit zu betrachten. So hoppelte er hinter uns her und brachte es dabei auf ein beachtliches Tempo, weil seine Schritte entsprechend seiner Größe äußerst groß waren. Er war sogar noch häßlicher als der Ogerling und die Ogerin zusammengenommen, so unglaublich das auch klingen mag. Kleinere Vögel, die wir mit unserem Galopp aufschreckten, flogen empor, erblickten sein klobiges Antlitz und stürzten wie betäubt zu

Boden. Als er vorbeikam, verendeten ganze Wolken von Insekten auf der Stelle. Bäume knarzten, und ihre Blätter welkten an den Rändern. Eine am Himmel treibende Wolke erblickte ihn und löste sich sofort in Dampf auf. Wir jagten weiter, denn auch wir hatten kein Bedürfnis, ihn anzuschauen.

Als der Oger feststellen mußte, daß er uns nicht einholen konnte, hielt er inne, um einen Felsbrocken aus dem Boden zu reißen und uns nachzuwerfen. Ich war darauf gefaßt und ließ Pook hinter einem großen Felsahornbaum in Dekkung gehen. Der Felsbrocken traf den Baum und riß ihm die Krone ab. Sofort sprangen wir wieder davon, als Steine und Sand wie eine Dusche auf uns herunterprasselten. Welch ein brutales Vieh dieser Oger doch war! Wenn er so auf das glückliche Ereignis des Vaterwerdens reagierte, dann wollte ich nicht wissen, wie er sich erst verhalten mochte, wenn er wütend war! Ich war überzeugt davon, daß der Ogerling ein glückliches Zuhause vorfinden würde.

Schließlich gelang es uns, den Oger abzuhängen, als dieser die Verfolgung aufgab. Er war nicht besonders klug, denn Oger sind ebenso dumm, wie sie kräftig sind, und das ist der Standard, an dem alle Kraft und Dummheit gemessen wird. Er gab die Verfolgung also auf und kehrte zurück, um mit finsteren Blicken das Freudenbündel zu empfangen.

Ich hoffte, daß der Storch, der einst die Elfe Glockenblume würde ausfindig machen müssen, sein Bündel unter weniger Schwierigkeiten würde abliefern können als ich! Mit Sicherheit glaubte ich nicht mehr daran, daß die Störche einen leichten Job hatten. Tatsächlich glaubt man nur zu leicht, daß andere einen lauen Lenz haben, solange man nichts von ihren Problemen versteht.

Wir kehrten auf demselben Weg zurück, auf dem wir gekommen waren, hielten uns also grob gen Nordwesten, denn soweit ich wußte, befand sich Schloß Roogna irgendwo in diesem Gebiet. Bei diesem gemäßigteren Tempo brauchten wir mehrere Tage für die Reise, und unterwegs wehrte ich einige kleinere Gefahren ab – Greife, fleischfressende Pflanzen, Riesenschlangen, feindselige Zentauren, lauter solche Dinge eben, alles reinste Routine –, und ich begann mich gerade schon zu langweilen, als endlich die finsteren Türme von Schloß Roogna in der Ferne erschienen.

Ich war am Ziel!

VI
Heldenbürde

Wie sich herausstellte, war es gar nicht so leicht, auf Schloß Roogna zu gelangen. Es war von einem weiträumigen Obsthain umgeben, und die Bäume waren recht ungewöhnlich. Zuerst hielt ich es für ein Zeichen mangelnder Pflege, als ich auf dem Zugangsweg einen stämmigen Ast bemerkte, der diesen versperrte. Ich lenkte Pook um ihn herum – und mußte sofort feststellen, daß der Ast mich mit dem eines anderen Baums verschränkte. Also lenkte ich Pook auch um diesen herum, um den ersten Baum zu umgehen – und da war auch prompt ein dritter Ast, der einen weiteren Baum in die Kette einreihte. Die Äste lagen zu tief, als daß Pook unter ihnen hätte hindurchgehen können, und doch war ihr Laubwerk zu hoch, um über sie hinwegzuspringen.

Ich blieb stehen und kratzte mich am Kopf. Natürlich würden wir dieses Hindernis schon überwinden. Doch ich wunderte mich darüber, daß der Zugangsweg zum Schloß derart zugewachsen war. War denn in den letzten fünfzig Jahren niemand hier vorbeigekommen? Mit Sicherheit konnte man doch erwarten, daß der Weg zur Haupstadt des Landes Xanth in Ordnung gehalten wurde! Bedeutete das, daß das Schloß verlassen war? Im Dorf Fen hatten wir schon lange nichts mehr von Schloß Roogna gehört, doch wir waren stets davon ausgegangen, daß dies auf der Tatsache beruhte, daß wir nur ein hinterwäldlerisches Dörfchen waren. Nun fragte ich mich, wie es wohl um die vorderwäldlerischen Gebiete stehen mochte; ob sie vielleicht nicht mehr im Geschäft waren? Nun, da ich darüber nachdachte, fiel mir auf, daß mir auf meiner ganzen langen Reise keine Menschen begegnet waren. Kobolde, Elfen, Oger, ja – doch das waren nur entfernte Verwandte der Menschen. Nun ja, vielleicht nicht *allzu* verwandt, zumindest was die Elfen betraf: Glockenblume war höchst frauenhaft gewesen, ja geradezu göttlich weiblich, als der Anpassungszauber in Kraft gewesen war. Doch wo waren die normalen Männer und Frauen? Ich hatte geglaubt, daß es, über ganz Xanth verteilt, zahlreiche Menschenansiedlungen gäbe. Doch wo waren die?

Nun, es würde mir wohl nichts anderes übrigbleiben, als mich auf Schloß Roogna zu begeben und der Sache nachzugehen. Also saß ich ab, zog mein Schwer und schritt in die Mitte des Weges. Dort suchte ich mir eine Stelle aus und handhabte meine Waffe wie eine Axt, indem ich damit auf das Holz einhackte.

Ich kann es beschwören, daß der ganze Baum bei meinem ersten Hieb erzitterte. Zweige und Blätter regneten herab, und ein Stöhnen wie von einer Brise ließ den Baumstamm schwanken.

Wieder hackte ich schräg darauf ein, so daß diesmal ein Keil aus Rinde und Holz davonflog. Der Baum erzitterte erneut, und aus der Schnittwunde sickerte rötlicher Saft.

Pook wieherte warnend. Ich sprang zurück – und sofort krachte ein massiver Ast an eben jener Stelle zu Boden, wo ich kurz zuvor noch gestanden hatte, einer von jener Sorte, die man auch Witwenmacher nennt. Es war ganz gut, daß ich ihm ausgewichen war, denn schließlich war ich nicht verheiratet und konnte folglich auch keine Witwe zurücklassen. Anscheinend hatte ich den Baum stark genug erschüttert, um etwas Todholz herabfallen zu lassen. Welch eine passende Bezeichnung dafür!

Mit einem Tritt stieß ich es beiseite und wollte mich daranmachen, erneut auf den Ast einzuhacken. Doch der hing nun seltsamerweise plötzlich tiefer als vorher. Tatsächlich berührte er sogar schon den Boden. Es würde ein leichtes für Pook sein, darüber hinwegzusteigen. Ich überlegte mir, ob ich den Ast nicht dennoch vollständig durchhauen sollte, um den Weg endgültig zu räumen, aber auf ihre typisch schaurige Art näherte sich bereits die Dämmerung, und ich war mir ungewiß, was mich noch erwarten würde. Da war es wohl das klügste, hier keine Zeit mehr zu verschwenden. Also setzte ich mich wieder auf Pook, stieg mit ihm über den Ast und machte mich erneut auf den Weg.

Als wir an einem anderen hochaufragenden Baum vorbeikamen, einem riesigen Felsahorn, wie ihn der Oger zerschmettert hatte, machte Pook plötzlich einen Satz nach vorn. Hinter uns krachte ein Felsbrocken zu Boden. Da kein Oger in der Nähe war, ließ das Ereignis nur einen einzigen Schluß zu: Der Baum selbst hatte uns bombardiert!

Ich wandte den Blick nach vorn. Die Bäume drängten sich dicht an den Weg und sahen sehr bedrohlich aus. Ich traute ihnen nicht. Wenn sie wollen, können die Angehörigen des Pflanzenreichs ebenso schlimme Gegner sein wie die des Tierreichs. Ich entschied mich zur Barbarenstrategie Nummer eins: der unmittelbaren Androhung des Chaos. Erneut zückte ich mein Schwert. »Hört mir zu, ihr Bäume!« brüllte ich. »Wer auch immer von euch irgend etwas auf mich herabfallen läßt, dem hacke ich die Äste ab oder lege ihm ein Korsett um den Stamm!«

Ich erhielt keine Antwort. Das Schwert kampfbereit emporreckend und mit einem finsteren Blick wie ein Oger, lenkte ich Pook vorwärts. Er stellte die Ohren mal nach rechts, mal nach links, auf der Ausschau nach möglichen Gefahren. Doch nichts passierte, und schon bald hatten wir dieses Gebiet hinter uns gebracht. Offensichtlich hatte meine Warnung genügt – ich hatte die Bäume eingeschüchtert. Erzähl mir bloß nicht, daß Gewalt bloß das Argument der Unfähigen sei! Es ist vielmehr die einzige Sprache, die manche Dinge verstehen können. Gewiß, das sage ich allerdings als Barbarenkrieger, deshalb bin ich vielleicht auch ein wenig voreingenommen.

Nun öffnete sich der Hain, und Schloß Roogna kam in Sicht, auf halbwegs kurze Entfernung ins Licht der untergehenden Sonne getaucht. Ich war bereit, es zu betrachten und seine Pracht zu bestaunen.

Leider mußte ich meine Enttäuschung schwer zügeln. Schloß Roogna war alles andere als ein Prunkbau; es war ein vergammeltes, heruntergekommenes Gebäude, dessen Gärten von Unkraut überwuchert waren und dessen Schloßgraben eine einzige Masse aus braunem Schleim war. Das sollte der Regierungssitz von Xanth sein? Es wirkte eher wie der Unterschlupf einer alten Vettelhexe oder wie die sagenumwobene Residenz des Zombiemeisters, der vor vierhundert Jahren seine Liebe verloren und sich selbst in einen Zombie verwandelt hatte. Was war hier verkehrt?

Ich ritt auf den Graben zu. Das Wasser war seicht, doch bei näherem Hinblicken stellte sich heraus, daß es gar nicht so viel Schleim war, nur eben brackiges Zeug. Das Grabenungeheuer schlief gerade. »He, wach auf, Sauerschnauze!« rief ich ihm wütend zu. »Penn gefälligst erst dann, wenn du nicht dafür bezahlt wirst!«

Das Ding öffnete ein Auge, zuckte mit dem Schwanz und döste wieder ein. Wie lax durften die Sicherheitsmaßnahmen des Schlosses bloß gehandhabt werden?

Angewidert überquerte ich die Zugbrücke, die herabgelassen und unbewacht war. Das Schloß war der größte von Menschenhand geschaffene Bau, den ich jemals gesehen hatte, trotz seines heruntergekommen Zustandes war es recht beeindruckend, doch war es mir ein trauriger Anblick, die Autorität des Menschen auf ein derart niedriges Niveau herabgesunken zu sehen. Ich hatte erwartet, ins Zentrum eines blühenden Reichs zu gelangen, statt dessen fand ich etwas vor, das sich kaum von meinem Heimatdorf unterschied.

Am Innentor erschien eine Frau. Sie war von mittlerem Alter und ziemlich aufgedunsen, ihre Schürze war schmutzig. »Willkommen, Held!« rief sie. »Kommt nur herein!«

»Woher wißt Ihr, daß ich ein Held bin?« fragte ich, nicht völlig geschmeichelt. Oh, ich bin durchaus anfällig für Schmeicheleien, genau wie jeder andere Barbar auch, doch diese Bemerkung hier erschien mir ein bißchen überflüssig und möglicherweise unehrlich. Außerdem lassen sich Schmeicheleien viel leichter ertragen, wenn sie von jungen, hübschen Frauen ausgesprochen werden und nicht von alten, aufgedunsenen.

»Die Prophezeiung«, erklärte sie.

»Welche Prophezeiung?« wollte ich wissen, ein wenig beunruhigt, weil ich mich an die Vorhersage der alten Elfin erinnert fühlte, die mir vorhergesagt hatte, daß eine grausame Lüge einst mein Verderben sein würde. Ich mag solche Prophezeiungen eigentlich nicht besonders, deshalb zog ich es auch vor, mich nicht daran erinnern zu lassen.

»Das wird Euch König Grondem erklären müssen. Kommt herein, das Abendessen wartet schon.«

Achselzuckend saß ich ab. Es erschien mir seltsam, daß die Bäume versucht hatten, mich am Zugang zu Schloß Roogna zu hindern, während die Menschen mich dort erwarteten. Also blieb ich vorsichtig. Doch die Aussicht auf ein gutes Abendessen war verlockend. »Was ist mit meinem Pferd?« Ich wußte, daß Pook an einer ähnlichen Protektion gelegen sein würde wie bei den Elfen, denn schließlich half er mir in der Wildnis und ich ihm in der Zivilisation.

»Wir haben einen netten Stall für ihn, mit magischem Hafer«, erwiderte die Frau.

Pook spitzte die Ohren und wieherte erfreut. Er wußte gute Dinge zu schätzen.

Zuvorkommend führte uns die Frau zu einem Stall, der in die Mauer eingelassen war. Tatsächlich, hier war eine Schüssel mit Hafer, und der wirkte selbst auf mich sehr köstlich. Pook schritt darauf zu und begann zu fressen, und ich bemerkte, daß der Hafer nicht weniger wurde, soviel er auch fressen mochte. Es war also wirklich magischer Hafer, und offensichtlich schmeckte er auch gut.

»Kommst du zurecht?« fragte ich ihn. »Vergiß nicht, daß wir diese Leute hier nicht wirklich kennen.« Doch er ignorierte mich; er war glücklich. Ich fragte mich schon, ob er nicht vielleicht zu zahm geworden war. Es war nicht gut für ein Tier – ebensowenig wie für einen Barbaren –, Fremden allzusehr zu trauen, vor allen Dingen zivilisierten Fremden. Zivilisierte Leute teilten nicht die schlichten Werte der Barbaren und konnten äußerst heimtückisch sein.

»Das ist ziemlich konzentriertes Zeug«, warnte ich ihn. »Wenn du dich überfrißt, könnte es passieren, daß du krank wirst ...« Er schnaubte, daß die Flocken nur so stoben. Er wußte genau, was er tat, und er schätzte meine Einmischung nicht. Ich glaube, ich hätte es ebensowenig gemocht, wenn er mich seinerseits hinsichtlich Frauen, Schwertkämpfen und ähnlichem gewarnt hätte. Wir Menschenwesen können fürchterlich unwissend sein, gerade in allerwinzigsten Dingen.

Ich folgte der Frau in den menschlichen Teil des Schlosses. Der befand sich in einem besseren Zustand. Der Fußboden war sauber, und an den Wänden hingen hübsche Teppiche. Wir gelangten in den Eßsaal, wo man ein üppiges Mahl angerichtet hatte.

Am Kopf der Tafel stand ein Mann. Er war alt und glatzköpfig und dick, mit spärlichem, zottigem weißem Schnurrbart und eingefallenen Augen. Er trug einen reichverzierten Umhang und eine Krone, so daß ich ihn als König von Xanth erkannte. Natürlich begrüßte ich ihn mit dem Respekt, der ihm kraft seines Ranges zustand. »Hallo König«, sagte ich.

»Hallo Held«, erwiderte er und zwinkerte mit einem Auge.

»Äh, König, was diese Heldengeschichte angeht, so weiß ich nicht so recht.«

»Das ist die Prophezeiung«, erklärte er. »Es heißt, daß in

Zeiten der Not ein junger, wohlgebauter Mann von primitiver Abkunft erscheinen wird, auf einem Pooka reitend, den er gezähmt hat. Ihr seid offensichtlich dieser Mann. Nun nehmt Platz und eßt, bevor es kalt wird.«

»Äh, natürlich«, willigte ich verdutzt ein. Diese Prophezeiung schien den Nagel eigentlich ziemlich auf den Kopf getroffen zu haben, nur daß Pook eben behauptete, nicht zahm zu sein. Ich vermute, daß ist nur eine Frage der Perspektive. Doch wenn diese Prophezeiung richtig war, wie stand es dann mit jener der alten Elfe? Dieser Gedanke behagte mir nicht, also spülte ich ihn aus meinem Geist fort.

Ich nahm Platz, und die Frau bediente uns beide. Das Essen schien aus einem Drachensteak mit Fruchtsalat zu bestehen, zu dem schäumendes Bier von einem Bierfaßbaum serviert wurde. Eine ganz normale Mahlzeit, wenn man einmal von dem Drachenfleisch absah. Ich fragte mich, wie sie darangekommen waren, doch manchmal erlebte auch ein Drache ein Mißgeschick, so daß Menschen seinen Kadaver fortschleppen konnten, bevor andere Wesen sich über ihn hermachten. Ich hatte einen ordentlichen Hunger, also machte ich mich mit Appetit darüber her.

»Eigentlich solltet Ihr warten, bis König Gromden angefangen hat«, murmelte die Frau mir ins Ohr, während sie das Bier einschenkte.

Mit vollem Mund hielt ich inne. »Mf mmf?« fragte ich.

»Das ist schon in Ordnung«, sagte der König und nahm selbst einen Happen.

Also aßen wir, und es war eine ausgezeichnete Mahlzeit. Der König nahm nicht allzuviel zu sich, also putzte ich den größten Teil davon weg, wobei ich mir ein Reservesteak in die Tasche stopfte, um später noch etwas zum Verzehr zu haben. Dann setzen wir unser Gespräch wieder fort. »Vielleicht wißt Ihr das ja nicht, König, aber ich bin bloß ein Barbarenkrieger«, sagte ich, rülpste kräftig und wischte mir den Mund am Tischtuch ab.

»Das überrascht mich«, bemerkte er ernst.

»Was ist das für eine Heldengeschichte? Ich meine, schön, da gibt es also so eine Prophezeiung, aber wozu braucht Ihr überhaupt einen Helden?«

»Es scheint, daß wir da ein kleines Problem haben«, erwiderte Gromden. »Wir brauchen tatsächlich einen Helden, und der seid offensichtlich Ihr.«

»Nun, es stimmt schon, daß ich auf Abenteuersuche bin, König. Was kann ich für Euch tun?«

»Ihr könnt die Heldenbürde auf Euch nehmen.«

»Klar doch, König. Sagt mir einfach, wohin ich gehen soll und was ich dort tun muß.« Ich gähnte, denn es war ein langer Tag gewesen.

»Morgen«, entschied Gromden. »Offensichtlich seid Ihr von Eurer Reise ermüdet.«

»Paßt mir gut in den Kram, König«, pflichtete ich ihm höflich bei.

Und so führte mich die Magdfrau nach oben in ein Zimmer, komplett mit prächtigem, großem Bett, Spiegel und Nachttopf. Noch nie hatte ich ein Zimmer mit derart modernen sanitären Anlagen gesehen! Schon bald ließ ich mich aufs Bett plumpsen und schlief ein, wobei ich laut schnarchte. Ich weiß genau, daß ich schnarchte, weil ich nämlich das Echo von den Wänden widerhallen hörte. Eigentlich zog ich den Wald vor, aber ich bin ja anpassungsfähig; wenn es sein muß, kann ich mich auch auf die Zivilisation einstellen.

Am Morgen erwachte ich von einem zaghaften Klopfen. Ich sprang vom Bett, legte die Hand aufs Schwert und schritt zur Tür.

Es war nur die Magd. »Es ist etwas dazwischengekommen«, sagte sie hastig. »Ich kann Euch kein Frühstück machen, aber Ihr könnt Euch ja im Obsthain etwas holen.«

»Das ist schon prima«, sagte ich. »Was ist denn los?«

»Nun ...« Sie wirkte schmerzlich berührt. »Seine Majestät ist unpäßlich.«

»Oh. Ihr meint, daß der alte Knabe heute nicht reden will? Na schön, ich kann wohl warten.«

Sie antwortete nicht. Statt dessen wandte sie sich einfach

schnell ab. So komisch können Frauen manchmal sein. Ich benutzte den Nachttopf, leerte ihn aus dem Fenster und schritt schließlich nach unten, hinaus zu dem Obsthain. Pook war schon da und graste. Er wirkte zufrieden; der Haferhaufen hatte ihm gutgetan. »Warum bist du nicht davongelaufen?« fragte ich ihn. »Du bist bei mir geblieben, obwohl du das nicht mußtest, und sogar als Bestandteil der Prophezeiung hast du mir gedient. Bist du ganz sicher, daß du nicht zahm geworden bist?«

Er schnaubte verächtlich, wie er es stets tat, und setzte sein Grasen fort. Mir kam der Gedanke, daß sich vielleicht sogar Gespensterpferde einsam fühlen könnten oder daß es sie langweilen würde, ständig nachts mit Ketten rasseln zu müssen. Solange er bei mir war, war er auch in Gesellschaft und wurde bei Elfen und Menschen aufgenommen, wo es gutes Essen gab. Vielleicht sprach ja tatsächlich etwas dafür, zahm zu sein oder zumindest diesen Anschein zu erwecken.

Ich entdeckte jede Menge reifes Obst an den Bäumen und stellte mir schon bald ein Sandwich aus Brotfruchtschnitten und Käsefrucht zusammen. Als ich Schnappdrachensträucher erblickte, erklärte sich für mich auch das Geheimnis der Drachensteaks; es war gar kein richtiges Drachenfleisch gewesen. Mir war das egal, es hatte genauso geschmeckt, und soweit ich das erkennen konnte, war dies hier einst ein gepflegter Obsthain gewesen, der nun allerdings von Unkraut überwuchert wurde. Anscheinend war hier auf Schloß Roogna nicht allzu viel los. Ich war immer noch enttäuscht, wenngleich ich darauf hoffte, daß der König ein gutes Abenteuer für mich parat hatte.

Als ich wieder ins Gebäude zurückgekehrt war, beschloß ich, mal nach dem alten Knaben zu sehen. Ich entdeckte seine Zimmertür, an der eine Krone aufgemalt war, also hämmerte ich dagegen. Keine Antwort. Folglich drückte ich die Tür auf und trat ein. »Seid Ihr da, König?« rief ich höflich. Ich wollte nicht den Eindruck erwecken, ungefragt hereinzuplatzen.

Vom Bett aus ertönte ein ersticktes Geräusch. Also schritt

ich darauf zu. Dort lag König Gromden auf dem Rücken, und er sah überhaupt nicht gut aus. »Heh!« rief ich. »Ihr seid ja wirklich krank, König!«

Mühsam öffnete er die Augen. »Gut beobachtet«, flüsterte er.

»Heh, Grom, das tut mir aber wirklich leid«, sagte ich. »Das wußte ich nicht. Die Schnuckelmieze hat nur gemeint, daß Ihr Euch nicht unterhalten wollt. Habt Ihr was Falsches gegessen? Kann ich Euch helfen?«

»Ich bin alt«, gestand er, als wäre das nicht offensichtlich gewesen. »Ich werde dieses Jahr nicht mehr überleben. Vielleicht nicht einmal mehr diesen Monat. Schon vor Jahren haben mich Frau und Kind verlassen. Ihr könnt mir helfen, indem Ihr die Herausforderung annehmt.«

»Na klar doch, König«, sagte ich. »Hab ich Euch doch schon gestern versprochen. Worum geht es denn?«

»Es geht um ...« Er stockte und rang mühsam nach Luft. Das Jahr oder den Monat überdauern? Ich war überzeugt, daß er nicht einmal diese Stunde überleben würde! Letzte Nacht hatte er noch ganz in Ordnung ausgesehen, aber ich schätze, wenn man alt ist, kommt und geht so etwas eben ganz einfach. »Es geht um die Herausforderung der Nachfolge.«

»Der was?«

»Der Nachfolge. Wenn ich sterbe, muß es einen neuen König geben. Den besten Magier im Land. Doch es gibt da ein Problem, das zu lösen mir die Kraft fehlt ...«

Er verstummte. »Ja, König?« ermunterte ich ihn und piekste ihn mit meinem Daumen. »Ihr sagt, Ihr müßt noch etwas erledigen, bevor Ihr den Löffel abgebt?«

»Es muß also ein Wettkampf stattfinden«, flüsterte er. »Ein magischer Wettkampf und ...«

Ich wartete, doch er schien das Bewußtsein verloren zu haben. Zu schade; ich fragte mich wirklich, was er mir eigentlich hatte erzählen wollen. Ein magischer Wettkampf, das klang ja ziemlich interessant, aber mir war nicht klar, was ich dabei zu suchen hatte. Schließlich war ich bloß ein einfacher Barbar; von großer Magie verstand ich nichts.

Ich kehrte in mein Zimmer zurück. Dort war die Magd, ganz rot im Gesicht. »Wo seid Ihr gewesen?« fragte sie streng. »Ich habe Euch überall gesucht.«

»Ich hab mich mit dem alten Burschen unterhalten«, sagte ich.

»Ihr habt den König belästigt?« fragte sie und wirkte schockiert. Frauen lassen sich wirklich durch die winzigsten Kleinigkeiten schockieren. »Der ist doch krank!«

»Das kann man wohl sagen«, pflichtete ich ihr bei. »Das hättet Ihr mir mal lieber sagen sollen. Habt Ihr denn gar keine Pille oder einen Zauber für ihn?«

»Dafür ist es schon zu spät«, bellte sie. »Ihr geht jetzt nach unten. Dort erwartet Euch Magier Yin im Audienzsaal.«

»Wer?«

»Magier Yin. Morgen werdet Ihr dann mit Magier Yang sprechen; sie weigern sich, gemeinsam zu kommen. Sie haben ein ziemliches Konkurrenzbewußtsein.«

Ich zuckte freundlich die Schultern. »Klar doch, ich werde mit jedem reden. Ich hoffe, daß es dem alten Knaben bald besser geht. Vielleicht hat er ja bloß Verstopfung. Wenn Ihr ihm ein bißchen Pflaumensaft geben würdet ...« Doch da eilte sie bereits davon. Ich schätze, sie gehörte zu der Sorte Mensch, die gute Ratschläge nicht besonders gern hören.

Also begab ich mich nach unten und entdeckte den Magier Yin. Ich erinnerte mich daran, daß die Elfen erzählt hatten, daß jemand dieses Namens die Dosenzauber fabrizierte, die so nützlich waren. Er erwies sich als mittelgroßer, in Weiß gekleideter Mann in den mittleren Jahren, der nach nicht besonders viel aussah. Was ich ihm natürlich sofort sagte; Barbaren sind schließlich immer dafür, das Kind beim Namen zu nennen.

Er lächelte, was mich aus irgendeinem Grund an die Reaktionen des Königs auf meine Bemerkungen erinnerte. Ich schätze, ich verstehe die zivilisierten Leute nicht besonders gut; es ist, als lebten sie in irgendeiner Art von Bewußtsein, das mir völlig abgeht. Frauen übrigens auch.

»Ich will Euch zeigen, was ich mache«, sagte Yin. Er griff in einen Beutel, den er bei sich führte, und holte eine kleine Kugel hervor. Die reichte er mir. »Legt sie irgendwo hin und ivoziert sie«, sagte er.

»Oh, Ihr meint, das ist ein Zauber«, bemerkte ich.

»Ja, ich stelle Zauber her.«

Ich setzte die Kugel auf der Tischplatte ab. »Ich invoziere dich, Zauber«, sagte ich.

Sofort begann die Kugel zu leuchten. Ihr Licht erhellte den ganzen Raum. »He, das ist wirklich nicht schlecht«, sagte ich und wandte den Blick von dem grellen Licht ab. »Wie lange brennt die?«

»Bis sie neutralisiert wird«, antwortete er.

»Ihr meint, bis ich ihr sage, sie soll aufhören?«

»Nein, Ihr könnt meine Zauber nicht devozieren; es sind Dauerzauber. Man braucht dazu einen Gegenzauber – einen, der von gleicher Kraft und gegenteiliger Ladung ist. Allerdings verlieren einige meiner Zauber im Laufe der Zeit etwas an Kraft; es hängt von ihrer Natur und Komplexität ab.«

»In Ordnung, dann rückt mal einen Dunkelheitszauber raus«, sagte ich.

»Ich mache keine negativen Zauber«, sagte Yin.

»Ach so? Wer denn?«

»Mein Zwillingsbruder, der Magier Yang.«

»Ihr meint, es gibt zwei von Euch?« Nun wurde mir endlich diese Yin-Yang-Bemerkung klar.

»Von gleicher Kraft und gegenteiligem Wesen.«

»He!« rief ich, als ich begriff. »Ihr und er – der Wettkampf? Um zu sehen, wer der Bessere ist?«

»Korrekt«, stimmte Yin zu. »Einer von uns muß nach Gromdens Tod König werden. Der mächtigste Magier. Doch bisher ist es uns nicht gelungen festzustellen, wer das ist.«

»Aber was habe ich damit zu tun?«

»Es ist offensichtlich, daß Yang und ich uns nicht einfach gegenseitig mit Zaubern bombardieren können; die würden einander lediglich neutralisieren, und alles bliebe gleich. Wir müssen herausfinden, wessen Magie in der Praxis die wirkungsvollere ist. Also brauchen wir eine dritte Partei, die unsere Zauber für praktische Zwecke einsetzt. Dann können wir feststellen, welche Zauber die Besten sind.«

»Eine dritte Partei«, wiederholte ich. »Das muß also ich sein!«

»Korrekt«, pflichtete Yin mir bei. »Ihr werdet Euch auf eine Queste begeben, wobei Euch meine Magie dienen soll, damit Ihr Eure Mission leichter erfüllen könnt, während Yangs Magie sich gegen Euch stellen wird. Habt Ihr Erfolg, so siege ich und werde der nächste König von Xanth; solltet Ihr scheitern ...«

»Äh, was passiert denn mit *mir*, wenn ich scheitern sollte?« fragte ich.

»Nun, es geht lediglich darum, einen bestimmten Gegenstand zu holen. Wenn Ihr ihn nicht zurückbringt, gewinnt Yang und wird der nächste König. Aber ich bin sicher, daß meine Zauber es Euch ermöglichen werden, Eure Aufgabe zu erfüllen.«

»Schätze, schon«, meinte ich unsicher. *Von gleicher Kraft und gegenteiligem Wesen* – mir schien es, daß die Zauber einander dennoch neutralisieren würden, so daß hinterher keine der beiden Seiten einen Vorteil hatte. Doch wäre ich der erste gewesen zuzugeben, daß ein Barbar nicht die richtige Person ist, um die feinen Nuancen der Magie zu begreifen. »Wie bekomme ich die Zauber?«

»Dieser Beutel hier ist für Euch«, erwiderte er. »Wir haben uns darauf geeinigt, daß ich Euch sieben Zauber aushändige, die Euch helfen sollen. Yang wiederum wird sieben Gegenzauber aktivieren, die Euch an der Erfüllung Eurer Mission hindern sollen. Meine könnt Ihr mitführen; seine wird er dagegen ohne Vorwarnung einsetzen. Ihr braucht lediglich seine bösen Zauber mit meinen guten zu neutralisieren und Eure Mission zu erfüllen.«

»Klingt ja ziemlich einfach«, sagte ich enttäuscht. Ich hatte gehofft, von irgendeinem finsteren Turm zu hören, der von Ungeheuern bewacht war und in dem eine hübsche Damsell gefangen gehalten wurde, die es zu retten galt. Mit Magie, mit deren Hilfe ich die Ungeheuer in die Luft jagen und die Turmmauer erklimmen konnte. Na ja, ich schätze ein mundanes Abenteuer bleibt immer noch ein Abenteuer.

»Das sollte es auch sein«, stimmte er zu, und zwar mit einer gewissen subtilen, zivilisierten Nuance jener Art, wie ich sie bereits beschrieben hatte.

Ich blickte ins Innere des Zauberbeutels. Er war mit Gegenständen gefüllt: einem kleinen weißen Schild, einer Figur von einem Ungeheuer, einem Schädel, einem Stein, einer Puppe, einem verworrenen Stück Schlingpflanze und einem magischen Kompaß. »Aber das sind ja Spielzeuge!« protestierte ich.

Yin lachte auch. »Wohl kaum! Es sind latente Abbilder. Wenn Ihr sie invoziert, nehmen sie ihre volle Größe an und gewinnen auch ihre volle Kraft.«

Ich nahm den kleinen Totenschädel heraus. »Ich brauche keinen lebensgroßen Totenschädel!«

»Erlaubt mir, es Euch zu erkären. Weil Yangs Zauber und meine von gleicher Kraft und gegenteiligem Wesen sind, haben sie in vielen Fällen auch die gleiche Gestalt. König Gromden hat entschieden, welche sieben Zauberpaare in diesem Wettkampf eingesetzt werden sollen. Er wollte eine faire Zauberprobe, durch die kein Außenstehender gefährdet werden würde. Aus diesem Grund ist es untersagt, tödliche Explosivzauber oder Basiliskenzauber oder giftige Seuchenzauber zu verwenden. Die sieben Mittel sind ziemlich einfach, und es sollte Euch nicht schwerfallen, sie zu verstehen. Yangs negative Zauber sind schwarz, meine positiven dagegen weiß. Wenn Ihr also seinem schwarzen Totenschädel begegnet, müßt Ihr ihn mit meinem weißen bekämpfen. Der schwarze Totenschädel bringt den Tod, der weiße das genaue Gegenteil, nämlich das Leben. Sie zeigen nicht immer sofort Wirkung. Wenn Ihr spürt, wie der Todeszauber greift, habt Ihr noch etwa eine Minute Zeit, um den Lebenszauber dagegen einzusetzen.«

»Oh.« Ich griff in den Beutel, um einen weiteren Zauber

hervorzuholen. »Vielleicht solltet Ihr sie mir lieber alle vorher erklären, damit ich genau weiß, was ich mit jedem in der Minute machen muß.« Ich holte den kleinen weißen Schild hervor. »Was ist hiermit?«

»Der weiße Schild schützt vor dem schwarzen Schwert. Ein Schwert ist natürlich negativ; es existiert nur zu einem Zweck, nämlich um zu schneiden und zu töten. Ein Schild dagegen existiert, um Leib und Leben zu schützen, und wenn dieser Schild hier invoziert wird, wird er genau das für Euch tun.«

Das leuchtete wirklich ein. Ich freute mich darauf, das magische Schwarzschwert einmal zu sehen zu bekommen; das war nämlich genau die Art von Schwert und Zauberei, die ich verstand. Vielleicht würde ich es erst einmal mit meinem eigenen Schwert bekämpfen, bevor ich den Schild invozierte, nur um zu sehen, wie gut es wirklich war. Nun holte ich die gewundene Schlingpflanze hervor. »Und das da?«

»Das ist die Darstellung einer Schlauschlinge.« Er zeigte darauf. »In der Natur vermittelt die Schlauschlinge vorübergehende oder sogar illusionäre Intelligenz. Das Opfer hält sich für weitaus klüger, als es in Wirklichkeit ist. Doch meine Schlinge ist wirklich, legt Ihr die Schlinge auf den Kopf, so werdet Ihr weitaus klüger sein, als Ihr es jetzt seid, und dieser Effekt wird mehrere Tage anhalten, um schließlich nach und nach zu verblassen. Die meisten Zauber wirken nicht besonders gut auf das Gehirn, deshalb können wir auch nichts Dauerhaftes daraus machen. Doch solltet Ihr sie nicht einsetzen, bevor Ihr der schwarzen Idiotieschlinge begegnet, die Yang hergestellt hat, denn um dieser Paroli bieten zu können, bedarf es der ganzen Kraft meiner Schlinge. Zu Anfang sind beide gleich stark, doch wenn Ihr meine Schlinge zwei Tage vorher einsetzt, bevor die seine Euch trifft, werdet Ihr etwas stumpfsinniger sein als jetzt, und zwar für mehrere Tage, weil die negative Schlinge dann frischer sein wird.«

»Ich begreife!« stimmte ich zu. »Ich bin nur ein hinterwäldlerischer Barbar, der sowieso schon nicht der Allerklügste ist. Ich kann es mir nicht leisten, geistig noch schlechter dran zu sein.«

»Ganz genau«, bestätigte Yin höflich.

Ich holte den Kompaß heraus. »Also von diesen magischen Geräten habe ich schon mal gehört«, bemerkte ich. »Der kleine Pfeil zeigt immer nach Norden. Aber ich weiß sowieso schon, wo Norden ist, und wenn das mal nicht der Fall sein sollte, kann ich es mit der üblichen Feld-Wald-und-Wiesen-Magie mühelos und jederzeit feststellen, zum Beispiel anhand des Moses, das immer auf der Nordseite eines Baumes wächst. Wozu brauche ich den hier also?«

»Dieser Kompaß zeigt nicht unbedingt nach Norden«, erklärte der Magier. »Er zeigt vielmehr auf den Gegenstand, den Ihr finden und auf Schloß Roogna zurückbringen sollt. Diesen Zauber müßt Ihr als ersten invozieren, damit Ihr wißt, in welche Richtung Ihr gehen müßt.«

»Und Yangs Kompaß zeigt dagegen in die falsche Richtung?« fragte ich. »Ich werde ihn einfach ignorieren.«

»Yangs Kompaß wird *diesen* hier in die falsche Richtung zeigen lassen«, erläuterte er.

»Nun, dann werde ich mir die Richtung einfach merken. Ich habe eigentlich einen ganz guten Orientierungssinn, sofern ich mich einmal zurechtgefunden habe. Das geht allen Barbaren so.«

»Leider kann es geschehen, daß das Objekt sich bewegt, so daß Ihr es ohne Kompaß nicht aufspüren könnt, bevor Ihr um seine Natur wißt. Außerdem zeigt nicht nur die Kompaßnadel allein in die richtige Richtung. Sie beeinflußt Euren Geist, damit Ihr wißt, in welche Richtung Ihr gehen müßt. Der schwarze Kompaß dagegen wird Euch daran hindern zu wissen, wohin Ihr müßt, selbst wenn Ihr ihn nicht anblicken solltet.«

»Oh«, sagte ich und fühlte mich ein wenig verwirrt. »Aber wenn die beiden Kompasse einander ausschalten, wie soll ich den Gegenstand denn dann finden?«

»Ihr müßt versuchen, dem schwarzen Kompaß solange auszuweichen, bis Ihr das Objekt gefunden habt. Danach kann Euch der schwarze Kompaß nichts mehr antun.«

»Wie soll ich das können? Wenn ich weiß, wo Yangs Zauber sind, gehe ich Ihnen am besten doch gleich aus dem Wege!«

»Das könnt Ihr leider auch nicht. Sie werden Euch dermaßen in den Weg gelegt werden, daß Ihr ihnen allen nacheinander begegnet.«

»Dann ändere ich eben meine Wegrichtung!«

»Nein, Euer Weg wurde bereits durch Magie vorhergesagt. Yang wird Euch die Zauber in den Weg legen. Doch läßt sich nichts *völlig* vorherbestimmen. Wenn Ihr wachsam seid, werdet Ihr sie ausfindig machen und neutralisieren können, bevor sie Euch unwiderruflichen Schaden zugefügt haben. Ich vertraue darauf, daß Ihr das könnt.« Er lächelte dünn.

»Nun, ich werde es gewiß versuchen«, pflichtete ich ihm bei. »Werden seine Zauber offen rumliegen?«

»Ja und nein. Er wird sie auf solche Weise auslegen, daß Ihr möglichst verwirrt seid, damit Ihr sie nämlich möglichst überseht, bis Ihr in ihre Reichweite gekommen seid. Sie werden durch Eure bloße Gegenwart invoziert werden. Also müßt Ihr ständig wachsam bleiben. Der Schlüssel zum Erfolg besteht hier nicht darin, ihnen aus dem Weg zu gehen, was Euch, mit der möglichen Ausnahme des schwarzen Kompasses, nicht gelingen dürfte, sondern vielmehr in Eurer Bereitschaft, sie prompt und sofort zu neutralisieren. Wenn Ihr aus der Ferne einen schwarzen Zauber erspäht, könnt Ihr Euch ihm mit dem weißen Gegenzauber in der Hand ganz bewußt nähern. Entscheidend wird also Eure Wachsamkeit sein.«

»Ich werde bereit sein. Barbaren begegnen ihrer Umwelt stets mit Wachsamkeit«, erwiderte ich. Langsam begann mir diese Herausforderung doch noch zu gefallen.

Ich holte die Ungeheuerfigur hervor. »Und das hier?«

»Yangs Zauber wird ein scheußliches Ungeheuer herbeirufen, eines, das Euch mit Sicherheit vernichten wird, wenn Ihr nicht richtig damit umgeht. Mein Zauber wird dieses Ungeheuer bannen, so daß Ihr gar nicht erst dagegen zu kämpfen braucht.«

»Oh«, sagte ich enttäuscht. »Ich kämpfe aber gerne gegen Ungeheuer.«

»Ich kann Euch versichern, daß Euch dieses hier ganz gewiß nicht gefallen wird«, widersprach er. »Das ist der Tarask.«

»Nie von ihm gehört«, meinte ich verächtlich.

»Haltet einfach nur Ausschau nach dem schwarzen Zauber, und seid bereit, den weißen hier einzusetzen. Verwendet ihn nicht gegen irgendwelche normalen Ungeheuer.«

Ich holte einen weiteren Zauber aus dem Beutel, diesmal die Puppe. »Und das da?«

»Dieser Zauber ist einer der heimtückischsten. Yangs Zauber wird dafür sorgen, daß Ihr Eure Identität mit jener der Person oder des Lebewesens vertauschen müßt, das sich im Augenblick seiner Aktivierung am nächsten befindet. Das wird Euch zwar beiden keinen unmittelbaren Schaden zufügen, aber ich bezweifle, daß Ihr sonderlich erfreut wäret, wenn der Zauber nicht neutralisiert würde. Wenn das nächste Lebewesen nämlich eine Fruchtfliege wäre, würdet Ihr Euch eben im Körper der Fruchtfliege wiederfinden, während diese über Euren Menschenkörper verfügen würde. Mein Zauber wird Euch beide in Eure ursprünglichen Körper zurückbringen – vorausgesetzt Ihr sorgt dafür, daß sie sich auch beide nebeneinander befinden, wenn Ihr ihn evoziert.«

»Äh, ja, eine Fruchtfliege möchte ich nicht unbedingt werden«, stimmte ich zu. Nun holte ich den letzten Zauber hervor, den Stein. »Und der hier fällt mir wohl auf den Kopf?«

»Nicht genau. Der schwarze Steinzauber wird Euch versteinern lassen; der weiße dagegen verwandelt den Stein wieder in Fleisch. Beide verfügen über einen massiven Overkillfaktor.«

»Hä?«

»Dieser Zauber ist mächtig genug, um gleich mehrere Barbaren und ihre Pferde in Stein zu verwandeln, sofern man ihm nicht Paroli bietet. Deshalb kann der weiße

Gegenzauber auch wiederum eine Menge Stein in Fleisch verwandeln.«

»Woher weiß er denn den Unterschied zwischen natürlichem und verwandeltem Stein?« fragte ich. »Sind das verschiedene Steinarten?«

»Der Zauber wirkt einfach nur auf den Stein, der ihm am nächsten liegt. Da Ihr ihn invozieren werdet, während Ihr Euch in Stein verwandelt, werdet Ihr das sein. Nur Ihr allein könnt die weißen Zauber invozieren. Das ist eine notwendige Vorsichtsmaßnahme.«

Ich stellte mir einen Mimikvogel vor, der an mir vorbeiflog und krächzte: »Invozier! Invozier!« und damit meinen ganzen Zauberbeutel auf einmal aktivierte. Ich nickte; das war wirklich eine notwendige Vorsichtsmaßnahme. Man hatte die Einzelheiten dieses Wettbewerbs ziemlich genau ausgearbeitet. Ich atmete tief durch. »Wenn ich diesen Zauberbeutel also immer bereithalte, kann ich jeden von Yangs Zaubern neutralisieren und meine Mission beenden. Das erscheint mir einfach und klar genug.«

»Nun, es gibt immer unvorhergesehene Situationen«, bemerkte er, »und auch Geländekomplikationen.«

»Ich bin Barbar. Ich bin es gewöhnt, es mit Gelände aufzunehmen.«

»Und auf der Rückreise wird Euch das Objekt belasten. Das könnte Euch ablenken. Sobald Ihr den Gegenstand erst einmal habt, müßt Ihr ganz besonders vorsichtig sein, denn dann könnte der Schwierigkeitsgrad dieser Herausforderung exponentiell ansteigen.«

»Da ist etwas dran«, stimmte ich ihm zu und fragte mich dabei, was »exponentiell« bedeutete. Ich vermutete, daß das bloß ein hochgestochender Magierausdruck für »eine ganze Menge« war. »Was ist denn das nun für ein Gegenstand, den ich holen soll?«

Yin wirkte leicht verlegen. »Ich fürchte, daß ich Euch das nicht sagen darf. König Gromden hat entschieden, daß einige Dinge Überraschungscharakter behalten sollten, damit der Wettbewerb eine mehr, äh, sportliches Note bekommt. Ich habe Euch über das Wesen der Zauber und

Gegenzauber aufgeklärt, was Euch einen gewissen Vorteil verleiht; als Gleichgewicht dazu muß es auch einige unbekannte Faktoren geben. Vielleicht wird Euch Yang ja mehr erzählen. Allerdings ...« Seine Miene verfinsterte sich. »Ihr dürft nicht alles glauben, was Yang Euch erzählt. Ich bin ein Guter Magier, er ist ein Böser. Deshalb muß ich meine Magie stets positiv anwenden und muß immer die Wahrheit sagen. Er dagegen benutzt seine Magie negativ ...« Er sprach den Satz nicht zu Ende.

»Soll das heißen, daß er ständig lügt? Dann glaube ich eben einfach nur immer an das Gegenteil dessen, was er sagt.«

Yin wirkte noch verlegener. »So einfach ist das leider nicht. Die Wahrheit ist nicht unbedingt der Gegensatz zur Unwahrheit. Beispielsweise könntet Ihr einen Lügner fragen, in welcher Richtung sich der nächste Kissenstrauch befindet, woraufhin er Euch den Osten angeben würde, obwohl der Strauch tatsächlich im Süden liegt. Wenn Ihr dann in die entgegengesetzte Richtung, nämlich nach Westen gehen würdet, würdet Ihr immer noch die falsche eingeschlagen haben.«

»Nun, zumindest würde ich wissen, in welcher Richtung er sich nicht befindet – nämlich im Osten. Das wäre immerhin eine kleine Hilfe.«

»Nicht unbedingt. Yang lügt eigentlich nicht so richtig, es geht ihm darum, zu täuschen. Wenn er Euch am besten dadurch täuscht, daß er Euch die falsche Richtung angibt, oder gar dadurch, daß er die Wahrheit auf eine Weise vorbringt, daß Ihr sie anzweifelt, so wird er ebendies tun. Dann könnte der Strauch möglicherweise tatsächlich im Osten liegen – genau in jener Richtung, die Ihr nicht einschlagen würdet, nachdem Ihr ihn erst gefragt habt.«

Langsam begann ich die Konsequenzen des Ganzen zu begreifen. Die zivilisierten Leute hatten das Lügen offensichtlich zu einer raffinierten Kunst entwickelt. Wir Barbaren dagegen logen stets immer nur geradeheraus, wenn überhaupt.

»Es wäre mir eigentlich lieber, wenn Ihr überhaupt nicht

mit Yang sprechen würdet«, meinte Yin. »Aber das würde gegen die Regeln des Wettbewerbs verstoßen. Deshalb kann ich Euch nur warnen, ihm nicht zu vertrauen, Euch nicht darauf zu verlassen, daß er lügt oder es nicht tut, denn mit Sicherheit wird er versuchen, Euch zu seinem Vorteil in die Irre zu führen. Er ist von einer heimtückischen Schlauheit.«

Ich zuckte mit den Schultern. »Danke für die Warnung, Magier. Ich werde vorsichtig sein.«

Er lächelte. »Tut das. Und gehabt Euch wohl, Held; ich hoffe, Euch nach erfolgreich beendeter Mission wiederzusehen.«

»Alles klar, Yin.« Ich ließ ihn stehen und begab mich mit dem Beutel voller Zauber auf mein Zimmer.

Die Frau erschien in der Tür. »Der König hat nach Euch gerufen«, sagte sie mißbilligend.

Ich begab mich in Gromdens Gemächer. Er saß aufrecht im Bett und schien sich offensichtlich etwas erholt zu haben, wenngleich er alles andere als taufrisch wirkte. »Fühlt Ihr Euch besser, König?« fragte ich fröhlich. »Hat der Pflaumensaft vielleicht doch geholfen?«

»Meine Beschwerden kommen und gehen«, erwiderte er. »Und jedes Mal wird es schlimmer. Sie sind ebensosehr seelischen wie körperlichen Ursprungs. Wie ich doch wünschte, daß meine Frau und meine Tochter hier wären! Aber …« Voll tiefen Bedauerns zuckte er die Schultern. »Manchmal muß man für einen Augenblick der Torheit ein ganzes Leben lang büßen.«

»Das könnt Ihr wohl sagen, König!« stimmte ich ihm zu. »Ich weiß noch, wie ich mal einen Gewirrbaumsamen fand und es für eine gute Idee hielt, ihn bei uns im Garten einzupflanzen …«

»Ich habe in dieser meiner Phase der Klarheit nach Euch rufen lassen, weil sie möglicherweise nicht mehr lange anhalten wird. Ich muß Euch etwas Wichtiges sagen, von dem ich befürchte, daß Ihr es mir nicht glauben werdet.«

»Ich bin doch bloß ein Barbar, König«, erinnerte ich ihn. »Ich kann doch fast alles glauben.«

Er lächelte matt. »Das ist mit Sicherheit auch der Grund, weshalb die Prophezeiung Euch für diese Mission vorgesehen hat, Ihr habt eben keine Vorurteile. Aber ich fürchte, daß Ihr unnötigerweise getäuscht werdet, deshalb zwingt mich der schlichte Sinn für Gerechtigkeit dazu, einiges klarzustellen.«

»Natürlich, König.« Ich nickte. »Was ist denn so verwaschen?«

»Dieser Wettkampf zwischen Yin und Yang ist nicht genau das, was er zu sein scheint. Es geht in Wirklichkeit nicht eigentlich darum, welcher von den beiden Magiern den Thron Xanths besteigen soll, sondern vielmehr darum, wer dem anderen dienen muß.«

»Ist das nicht dasselbe?« fragte ich. »Der Verlierer wird nicht König, also muß er ...«

»Nein, das ist nicht dasselbe«, beharrte er. »Und jenes Objekt, das Ihr holen sollt, hat einige Eigenarten, die Eure Aufgabe äußerst kompliziert machen werden. Dies ist keine einfache Sache, Barbar! Yin und Yang wissen nicht, daß ich überhaupt etwas darüber weiß, aber ...«

»Woher wißt Ihr denn etwas darüber, König?« fragte ich.

Er lächelte erneut. »Vielleicht wird die Sache ein wenig überzeugender, wenn ich Euch einmal vorführe, wie ich meine Information erhielt.«

»Vielleicht«, meinte ich zweifelnd.

»Wenn Ihr die Güte hättet, mir vom Schloßgelände irgendeinen Gegenstand zu holen.«

»Na klar, König«, willigte ich freundlich ein. Es konnte nichts schaden, ihn ein wenig aufzuheitern. Also begab ich mich nach unten und aus dem Schloß, um nach etwas Geeignetem Ausschau zu halten. Was wollte ich nehmen? Eine Frucht? Vielleicht eine Pflaume? Einen Stock? Es hatte ohnehin keinen Wert, sich sonderlich viel Mühe zu machen, denn bis ich zurückgekehrt war, war er wahrscheinlich schon wieder weggedämmert.

Ich erblickte einen Steinsplitter, der aus der Schloßmauer

herausgebrochen war. Das müßte genügen. Also nahm ich ihn auf und brachte ihn dem König.

Der war immer noch wach. Ich reichte ihm den Steinsplitter. Er hielt ihn mit ausgestreckter Hand vor sich und starrte ihn an. »Das ist ein Steinfragment aus der Außenmauer dieses Schlosses«, sagte er. »Der Stein wurde von Zentauren geschlagen und vor vierhundert Jahren an diesen Ort gebracht.«

»Was Ihr nicht sagt«, bemerkte ich. Um das zu erkennen, brauchte man wirklich kein magisches Talent; zu jener Zeit waren *alle* Steine des Schlosses geschlagen und hierher geschleppt worden. Das wußte doch jeder.

»Der Zentaur, der diesen Stein hier geschleppt hat, besaß ein geflecktes Fell und einen grauen Schweif«, fuhr er fort. »Er ist mit einem Huf gegen eine Wurzel gestoßen und hat ein böses Schimpfwort von sich gegeben, was ihm den rechtschaffenen Tadel seines Vorarbeiters eingehandelt hat.«

»Na klar«, pflichtete ich ihm neutral bei, davon überzeugt, daß er die ganze Geschichte lediglich erfunden hatte.

»Später, bevor das Schloß fertig war, griffen die Kobolde und Harpyien an«, fuhr er fort. »Ganz in der Nähe legte eine Harpyienhenne ein Ei, das explodierte, wodurch der Stein einen Riß bekam. Doch der Mörtel verhinderte, daß er abrutschte. Dann stürmten die Kobolde gegen das Schloß an, und ihre Gefallenen türmten sich an der Schloßmauer. Der Augapfel eines dieser Gefallenen drückte gegen diesen Steinsplitter, zu dessen nicht unbeträchtlichen Ekel.«

Ich kicherte entgegenkommend. Eines mußte man dem alten Knaben ja lassen, Märchen konnte er wirklich erzählen!

»Dann schmolz man die Koboldkörper ein, und einiges von der Masse sickerte in diesen Steinsplitter. So hat er Jahrhunderte überdauert, bis er vor kurzem von einem Vogel berührt wurde, endgültig den Halt verlor und zu Boden stürzte. Zwar liegt auf diesem Schloß ein Zauber, der es in Schuß halten soll, doch der ist möglicherweise vom Alter und mangelnder Pflege geschwächt worden. Ihr habt den Steinsplitter zwischen der Mauer und dem Graben aufgehoben, neben einer gelben Blume.«

»He, das habe ich tatsächlich!« rief ich. »Woher wißt Ihr das, König?« Denn es gab kein Fenster, von dem aus er mich hätte beobachten können.

Er lächelte. »Das ist mein Talent, die Magie vom Magierformat, die mich auf den Thron gebracht hat. Ich kann jeden beliebigen Gegenstand anschauen und seine Geschichte wahrnehmen. So bin ich auch hinter den Betrug von Yin und Yang gekommen. Yin hat einen Knopf verloren, den habe ich aufgehoben, um festzustellen, wem er gehörte, worauf ich herausfand, daß es seiner war, aber auch ...«

Ich blickte ihn an. Er sah schlimmer aus; die Anstrengung des Aufrechtsitzens und Sprechend tat ihm nicht gut. »Ich glaube, König, ich überlasse Euch jetzt lieber besser Eurer Ruhe«, meinte ich.

»Aber ich muß Euch doch warnen«, protestierte er matt. »Es ist wichtig, daß Ihr diese Mission erfolgreich zu Ende führt, denn Yin ...«

Er begann zu husten und spie etwas Schleim aus, was seine Worte erstickte. Ich wollte nicht, daß er in die Kiste sprang, während ich mich gerade mit ihm unterhielt, deshalb machte ich mich hastig an den Rückzug. Barbaren haben keinerlei Sinn für Krankheiten und verstehen sie nicht. »Schlaft Euch ordentlich aus, König«, riet ich ihm von der Tür aus. »Morgen unterhalte ich mich wieder mit Euch.«

Am nächsten Tag tauchte der Magier Yang auf. Er trug schwarze Kleidung und sah abweisend aus, doch seine Gesichtszüge glichen denen Yins. »Wie ich sehe, seid ihr Zwillingsbrüder«, bemerkte ich scharfsinnig.

»Natürlich«, bestätigte er, ohne zu lächeln. »Wir beiden stehen für die guten und die bösen Aspekte der Magie. Kommen wir zur Sache. Wo sind die Zauber?«

»Häh?« erwiderte ich und rückte dabei das bißchen Intelligenz, das ich besitzen mochte, vielleicht nicht eben ins günstigste Licht.

»Yins Zauber, Blödmann. Ich muß sie überprüfen, damit ich weiß, mit welchen ich es zu tun habe.«

»Oh.« Irgendwie hatte ich geglaubt, daß er doch wußte, mit welchen Zaubern er zu tun haben würde, schließlich hatte der König sie doch im voraus bestimmt. Offensichtlich hatte ich die Sache mißverstanden. Also begab ich mich in mein Zimmer und holte den Beutel. Yang grabschte danach, öffnete ihn und spähte hinein. »Der übliche Schrott«, meinte er. »Besonders einfallsreich war Yin noch nie.«

»Ich dachte, König Gromden hätte die Auswahl ...«

»Der auch. Alles Langweiler. Kein Wunder, daß Xanth vor die Hunde geht.« Er griff in den Beutel und holte die Schlauschlinge hervor. »Mit diesem Idiotenfaden nehme ich es doch mühelos auf.«

»Na klar, schließlich sind Eure Zauber ja von gleicher Kraft und gegenteiliger Ausrichtung.«

»Und mit dieser Luftbirne«, sagte er, holte den weißen Schädel hervor und ließ ihn mit einem Scheppern wieder in den Beutel fallen. »Und mit dieser Mißgeburt auch.« Nun hielt er die weiße Ungeheuergestalt. »Ach du liebe Güte, die alte Magieschildnummer! Yin fällt aber auch überhaupt nichts mehr ein!«

»Na ja, wie ich schon sagte, der König ...«

»Und wie *ich* schon sagte – der auch! Also das hier, das hat etwas«, meinte er und holte die Puppe hervor. »Schon mal in einem anderen Körper gewesen, Holzkopf?«

»Nein, auf diese Weise eigentlich noch nicht ...«

»Und auch noch die Steinzeitkiste«, fuhr er fort und hielt den weißen Stein in die Höhe. Dann lugte er mich an. »Beherzigt meinen Rat, Möchtegernheld: erspart Euch einen Haufen Ärger. Macht die Mücke!«

»Die was?«

»Haut einfach ab und kommt nicht mehr zurück. Putzt die Platte.«

Das zu verstehen, fiel mir ein wenig schwer. »Aber die Mission …«

»Die Mission besteht darin, zu bestimmen, ob Yin oder Yang der nächste König werden soll. Wenn Ihr den Gegenstand nicht zurückbringt, ist diese Entscheidung gefällt. Dann ist Yang König.«

»Aber … es nicht einmal zu versuchen …«

»Nun, Ignoramus, Ihr könnt auf zweierlei Wegen davongehen. Ihr könnt hinausziehen und Euch umbringen lassen, oder Ihr könnt hinausziehen, es leicht nehmen und überleben. Das Ergebnis des Wettkampfs wird so oder so das gleiche sein – aber für Euch selbst machte es schon einen Unterschied. Ihr solltet immerhin bedenken, was Ihr dabei riskiert.«

»Ich kann doch nicht … ich habe gesagt, daß ich es ehrlich versuchen will, und …«

»Narr, der Ihr seid!« rief er zornig. »Wißt Ihr denn nicht, daß der ganze Wettkampf eine einzige Schiebung ist? Ihr *könnt* den Gegenstand gar nicht zurückbringen! Die ganze Geschichte ist nichts als eine einzige grausame Lüge, mit der die Massen beruhigt werden sollen.«

Die Massen? Ich fragte mich, wo die wohl sein mochten. »Aber König Gromden hat gesagt …«

»Der alte Narr ist doch am Ende, Einfaltspinsel, und krank bis auf die Knochen! Schaut Euch doch nur mal an, wie Schloß Roogna unter seiner Verwaltung verfallen ist! Es wird endlich einmal Zeit, daß eine starke Hand die Zügel packt und dem Thron seine ihm zustehende Pracht wiedergibt.«

Da war etwas dran. »Aber Magier Yin könnte doch … er besitzt eine ähnliche Magie …«

»Yin ist ein Gefangener seiner eigenen blöden Ethik. Der stellt doch die Mittel vor den Zweck. Aber niemand kann überhaupt irgend etwas erreichen, wenn er sich mehr Gedanken darüber macht, *wie* er etwas tut, als darüber, *was* er tun soll. Deshalb ist Yin auch von vorneherein dazu verdammt, diesen Wettkampf zu verlieren.«

Noch nie habe ich mich für einen klugen Mann gehalten,

und ich begriff sofort, daß ich es hier mit einem um Klassen besseren Gegner zu tun hatte. Mit jemandem, der so schlau und so skrupellos war wie Yang, konnte ich einfach nicht argumentieren. Dennoch hatte ich immer noch so meine dummen Zweifel. »Ich weiß ja nicht ...«

»Natürlich nicht, Bauerntölpel«, pflichtete Yang mir bei. »Deshalb werde ich es Euch auch sagen. Wenn ich erst einmal König bin, werde ich Euch reich entlohnen. Mögt Ihr Nymphen? Dann schenke ich Euch ein ganzes Faß voller Nymphenzauber, jede Nymphe hält einen Tag vor und tut alles, was Ihr ihr befehlt. Mögt Ihr gutes Essen? Jeden Abend werde ich ein Festmahl für Euch geben.«

»... ob ich die Mission annehmen soll«, fuhr ich stur fort, »wenn ich es nicht einmal versuchen will. Wenn ich es nicht besser wüßte, würde ich doch glatt vermuten, daß Ihr gerade versucht, mich zu bestechen, um ...«

»Endlich dämmert es, Blödian! Welchen Preis habt Ihr?«

»Außerdem hört sich die Sache nach einem ordentlichen Abenteuer an, und eigentlich bin ich nur deswegen hierher gekommen.« Ich mochte Yang wirklich nicht besonders!

»Was soll das schon für eine Art von Abenteuer sein, bei dem Ihr Euch von einem Ungeheuer den Kopf abbeißen laßt? Tote können das Leben schließlich nicht mehr genießen!«

Tatsächlich gab es für mich aber ein Leben nach dem Tod; das wußte er offensichtlich nicht. In seiner Arroganz hatte er sich nicht die Mühe gemacht, mein Talent zu überprüfen. Ich beschloß, es nicht zu erwähnen. »Yin hat gemeint, daß Ihr versuchen würdet, mich in die Irre zu leiten.«

Yang lachte lauthals. »Woher wollt Ihr denn wissen, daß nicht vielmehr *er* es ist, der hier lügt, Hinterwäldler? Natürlich will er nicht, daß Ihr Euch mit mir unterhaltet!«

In dem Punkt hatte er durchaus recht. Jetzt wußte ich nicht mehr, wem ich Glauben schenken sollte. »Ich schätze, es ist wohl das beste, wenn ich einfach mit meiner Mission weitermache, und zwar so gut, wie ich kann, und selbst sehe, wie sich die Sache so entwickelt.«

»Narr!« Yang ließ den Zauberbeutel auf den Boden fallen und stapfte hinaus.

Nun wußte ich möglicherweise, wovor mich König Gromden hatte warnen wollen: daß Yang nicht einfach nur versuchen würde, mich zu täuschen, sondern daß er mich auch korrumpieren wollte. Zum Glück war ich nicht klug genug, um korrupt zu werden.

VII

Fleischberg

Am nächsten Tag machte ich mich kampfbereit auf den Weg, den Zauberbeutel auf Pooks Rücken befestigt. Ich hatte mein gutes Schwert dabei und ein Messer, das ich mir im Schloß zugelegt hatte. Die Frau hatte auch einen brauchbaren, kräftigen Ersatzbogen und einen Köcher mit Pfeilen für mich in der Waffenkammer aufgetrieben. Darüber hinaus hatte ich von den Bäumen des Hains einige Kirschen und Ananas gepflückt, sowie natürlich auch etwas eßbares Obst als Marschverpflegung. Ich trug einen leichten Körperpanzer aus magisch gehärteten Lederriemen. Es gab eine Menge gutes Zeug auf Schloß Roogna. Wirklich nur schade, daß nicht mehr Leute da waren, um es zu genießen. Endlich begann mein Abenteuer! Das heiterte mich auf, trotz aller verwirrenden Aspekte, die die Sache für mich hatte. Außerdem befürchtete ich, daß es möglicherweise nicht halb so aufregend werden könnte, wie ich hoffte. Von dem Objekt, das ich besorgen sollte, wußte ich nur, daß es sich ungefähr nordwestlich von Schloß Roogna befand, doch das genügte mir, um mich auf den Weg zu machen. Ich konnte meinen Findezauber ja jederzeit invozieren, zog es aber vor abzuwarten, bis ich den Verliererzauber hinter mir gelassen hatte, von dem ich wußte, daß er auf meinem Weg lauerte. Dann würde ich den schwarzen Zauber vollständig neutralisieren und darauf hoffen, daß noch genug von dem weißen übrig war, um das Objekt zu orten, sobald ich mich halbwegs in seiner Nähe befand.

War es möglich, daß alle bösen Zauber sich in einer geraden Linie zwischen mir und dem Objekt befanden? In diesem Fall wäre es besser, wenn ich ein wenig umherschweifte, um den meisten von ihnen aus dem Weg zu gehen. Doch andererseits hatte Yin mir versichert, daß ich dem schwarzen Zauber nicht entgehen konnte, seine Erscheinungen würden vielmehr auf meinem vorherbestimmten Pfad liegen. Wenn ich einen Umweg nahm, würden sie diesen mitmachen. Das fiel mir schwer zu akzeptieren. Schließlich könnte ich meinen Weg ja völlig willkürlich ändern. Doch die Magie hat ihre seltsamen Seiten, die ungehobelte Schläger wie ich einfach nicht verstehen können. Mir blieb einfach nur übrig abzuwarten, was geschehen würde.

Nachdem ich die Bäume, die das Schloß umgaben und schon wieder Schwierigkeiten machen und mich aufhalten wollten, nach bewährter Manier abgeschreckt hatte, trabten wir weiter und kamen gut voran, und schon bald erreichten wir ein Gebirge. Ich überlegte, ob ich die Berge umgehen sollte, doch andererseits wußte ich nicht, wie weit sich der Gebirgszug erstreckte und fürchtete, daß ich bei diesem Umweg die Orientierung verlieren könnte. Deshalb entschied ich mich für die schlichte Barbarenroute: schnurstracks über den Gipfel. Natürlich ist der offensichtliche Weg nicht unbedingt auch der leichteste, wie der Feuervogel entdecken mußte, als er um sein Spiegelbild im Wasser buhlte und seine Flamme erlosch. Doch im mittleren und hinteren Teil meines Hirns nistete der Gedanke, daß wahrscheinlich niemand damit gerechnet hatte, daß ich so dumm sein könnte, über den Höhenzug zu klettern, so daß sich dort wahrscheinlich auch keine bösen Zauber befinden würden. Tatsächlich war dies ein Testfall – ich mußte feststellen, ob ich das Unerwartete tun und damit den vorherbestimmten Gang der Ereignisse durcheinanderbringen konnte. Wenn ich schon nicht klug sein konnte, konnte ich wenigstens den Gerissenen mimen.

Die Steigung wurde immer steiler, bis Pook nur so keuchte und ich absitzen mußte, um ihn zu entlasten. Einmal mußte ich sogar eine seiner Ketten abnehmen und sie um einen über uns am Hang verwurzelten Baum werfen, um ihn mit ihrer Hilfe heraufzuziehen. Doch wir machten unbeirrt weiter, und als die Dämmerung hereinbrach, waren wir bereits so weit oben, daß sich unter uns das Land Xanth mit seinen Seen und Dschungeln wie ein wunderschöner Flickenteppich erstreckte. Leider konnte ich nicht sehen, was vor uns lag, im Nordwesten also, weil der Rest des Berges mir die Aussicht versperrte. Doch das würde sich ändern, sobald wir den Gipfel erreicht hatten. Das sollte eigentlich so gut sein wie eine Landkarte; vielleicht würde ich sogar auch das Objekt erblicken, was immer es auch sein mochte. Aber würde ich es auch erkennen?

Der Berg wuchs höher und höher und höher empor. Von unten aus hatte er überhaupt nicht so groß ausgesehen! Das Ding schien sich immer mehr in die Höhe zu strecken, wie um uns eins auszuwischen und seinen Privatwettkampf mit uns abzuhalten.

Na, beim nächsten Mal würde ich ihn aber ganz bestimmt umrunden und dafür die bösen Zauber riskieren! Doch nachdem ich nun einmal angefangen hatte, wollte ich die Sache auch zu Ende führen. Vielleicht habe ich es schon einmal erwähnt, daß wir Barbaren gelegentlich äußerst sturköpfig sein können, und ich war ein typisches Exemplar meiner Gattung.

Die Luft wurde zuerst kühl, dann kalt; nun erreichten wir die Schneegrenze. Und natürlich kreisten jetzt auch Scharen von Schneevögeln am Himmel, die immer näher kamen, um uns zu begutachten. Ich wußte nicht viel über Schneevögel, traute ihnen jedoch nicht, und für Pook galt das gleiche. Wir beschleunigten unser Tempo, um ihnen auszuweichen, doch sie flogen über uns hinweg und ließen weißes Pulver von ihren Flügeln auf uns herabregnen. Dann waren sie auch schon wieder verschwunden.

»Also doch keine Gefahr«, sagte ich erleichtert. »Suchen wir uns eine Lagerstelle für die Nacht. Ich werde uns ein Feuer machen müssen, damit wir nicht erfrieren.«

Pook hatte jedoch die Ohren angelegt und stapfte unbeirrt den kalten Abhang weiter empor. »He, was ist denn los?« wollte ich wissen. »Wir müssen anhalten, bevor der Boden gefroren ist und wir keinerlei Brennholz mehr vorfinden. Versuch doch mal eine ebene Stelle zu wittern oder vielleicht sogar eine kleine Höhle.«

Pook aber schritt immer weiter, ohne sein Tempo zu verlangsamen oder überhaupt irgend etwas zu suchen. Langsam wurde ich ärgerlich. »Nun paß mal auf, Pook, ich bin müde und will mich ausruhen, und du bist auch nicht mehr der Frischeste ...«

Dann bemerkte ich, daß Schnee fiel. Doch es war keine Wolke zu sehen: Die Schneeflocken bildeten sich einfach aus der Luft. Es war ein farbenfrohes Spektakel, glitzernd und bunt schillernd.

Nun gelangten wir an eine Felsspalte, die zu breit war, um sie zu überspringen, und deren Tiefe zu grundlos und zu furchtgebietend war, um sie auch nur anzuschauen. Doch nun vermehrten sich die Schneeflocken und verbanden sich miteinander um darüber eine Brücke zu bilden, worauf ich Pook dorthin führte.

Am Rand der Schlucht blieb er stehen und verweigerte. Ich hieb ihm die Hacken in die Flanken, um ihn vorwärts zu drängen. »Das ist doch eine wunderbare Brücke«, sagte ich ihm.

»Das ist eine Halluzination, du Narr!« erwiderte er.

»Wie kannst du dir da so sicher sein?« widersprach ich.

»Das ist alles eine Form der Illusion«, beharrte er.

»Das beweis mir erst mal, du Maultierhirn!«

»Es muß eine Illusion sein, denn im wirklichen Leben beherrsche ich ja auch keine Menschensprache«, wandte er ein.

Darüber dachte ich ein wenig nach. »Könnte sein«, meinte ich schließlich. »Aber welche Ursache hat sie?«

»Natürlich diesen Schnee, den die Schneevögel auf uns haben herabfallen lassen. Deshalb habe ich auch versucht, ihnen auszuweichen. Das Zeug läßt dich Dinge hören und sehen, die es überhaupt nicht gibt.«

»Soll das heißen, daß du im Augenblick gar nicht mit mir sprichst?«

»Genau das soll es heißen, Holzkopf. Und nun halt die Klappe, während ich versuche, uns hier rauszuholen.« Er suchte sich einen Weg den Hang empor. »Echter Schnee neutralisiert den Illusionsschnee. Ich glaube, er friert ihn einfach ein. Egal was du sehen solltest, steig bloß nicht von meinem Rücken.«

»Warum verwirrt dir das nicht eigentlich auch den Geist?«

»Nun sei nicht albern, Barbar. Ich bin schließlich nur ein Tier.«

Ich kam zu dem Schluß, daß er besser als ich wußte, was er tat. »Irgendwie macht das richtig Spaß«, meinte ich.

Pook schnaubte nur und stapfte weiter.

Die Schneeflocken verwandelten sich in Schneefeen, die, von der Brise getragen, umhertanzten. Sie sprangen und wirbelten herum und vollführten die allerliebsten Pirouetten. Eine von ihnen winkte mir zu und erinnerte mich an Glockenblume und die tanzenden Elfenmädchen; schon wollte ich absitzen, doch da verpaßte mir Pook einen gewaltigen Stoß, der meine Erinnerung auf schmerzhafte Weise durcheinanderschüttelte, worauf ich von meinem Vorhaben abließ.

Langsam verblaßten die bunten Bilder, und der Berg offenbarte seine grimmige Wirklichkeit – Felsgestein und Strauchwerk und echte Schneeflecken. Ich blickte hinab auf die Schlucht und sah, daß dort wirklich keine Brücke auf die andere Seite führte. Hätte Pook mich nicht gewarnt, so wäre ich glatt in die Tiefe gestürzt, in mein Verderben. Na warte, den nächsten Schneevogel, dem ich begegnete, würde ich zur Begrüßung einen Pfeil durch den Körper jagen!

Plötzlich erinnerte ich mich an die Prophezeiung der alten Elfe, daß nämlich eine grausame Lüge mein Verderben bedeuten würde. Die Schneeflockenbrücke war wirklich eine Lüge gewesen! Ich warf Pook einen Blick zu. »Danke, Gespensterpferd«, sagte ich. »Du hast mich dort unten vor meiner eigenen Torheit gerettet. Du warst vernünftiger als ich.«

Pook zuckte bejahend mit einem Ohr und stieg weiter den Berghang empor.

»Aber wenn du doch gar nicht sprechen kannst ... wie hast du mich denn dann gewarnt? Ich meine, wenn ich mir bloß eingebildet habe, daß du mich in Menschensprache angesprochen ...«

Unbeirrt schritt das Pferd weiter.

Ich seufzte. »Na ja, ich weiß zwar nicht genau, was hier *wie* echt ist, aber eines weiß ich sicher, daß du mir nämlich das Leben gerettet hast, Pook. Schätze also, daß ich dich jetzt als gezähmt bezeichnen kann.«

Pook schnaubte beleidigt.

»Entschuldigung«, meinte ich. »Aber wenn du nicht gezähmt bist, weshalb bleibst du dann bei mir?«

Das Pferd zuckte lediglich die Schultern und rasselte mit einer Kette.

Dann hatte ich einen Geistesblitz von einer solchen Helligkeit, wie ihn ein Barbar zu einer derart fortgeschrittenen Stunde nur bekommen konnte. »Pook, wenn ich dich nicht gezähmt nennen darf, darf ich dich dann wenigstens meinen Freund nennen?«

Er wieherte bejahend. Endlich hatte ich es begriffen!

Als Pook sich davon überzeugt hatte, daß wir vor den Halluzinationen in Sicherheit waren, blieb er stehen. Wir fanden eine Nische, keine richtige Höhle, aber gut genug, um uns vor dem scharfen Wind zu schützen. Ich saß ab und riß einige halb vom Schnee bedeckten Sträucher heraus, um ein kleines Feuer zu entfachen. Pook fand etwas trockenes Gras und Flechtwerk unter dem Schnee, womit er sein Abendessen bestritt, während ich meine Marschverpflegung auffutterte. Langsam brannte das Feuer nieder, und wir machten uns zur Nacht bereit. Pook legte sich hin, und ich schmiegte mich an ihn, froh über seine Körperwärme. Ich machte mir keine Sorgen wegen etwaiger Feinde, nach denen ich Ausschau hätte halten sollen. Welcher Mensch oder welches Ungeheuer würde schon hierher emporsteigen, vorbei an den Schneevögeln und Schneeträumen, nur um einen einsamen Mann und ein Pferd zu belästigen? Außerdem hatte ich sowieso einen sehr leichten Schlaf und Pook auch. Das war also schon in Ordnung.

Ich glaube, ich habe schon einmal über die Schwäche barbarischer Logik gesprochen. In dieser Nacht erwies sie sich aufs neue. Von einem Geräusch wären wir beide sofort wachgeworden, doch es gab kein Geräusch – so lange nicht, bis es schon fast zu spät war.

Pook bemerkte es als erster, seine Nase war wachsamer als meine. Er regte sich nicht, statt dessen schnaubte er mir eine Nüster voll warmer Luft ins Ohr. Ich erwachte und fragte mich sofort, was er vorhatte – doch da spürte ich auch schon, wie die Kälte über meinen Fußknöchel glitt.

Sofort begriff ich, was das war: eine Schneeschlange. Wie töricht von mir, das vergessen zu haben. Schneeschlangen waren schneeweiß und schneekalt und lebten im Schnee; es war sehr schwierig, sie zu sehen oder zu hören, wenn sie sich in ihrer gewohnten Umgebung bewegten. Dafür waren sie sehr giftig und liebten frisches Fleisch. Wir steckten in Schwierigkeiten. Ich blieb liegen und stellte mich schlafend, genau wie Pook, während ich die Lage abschätzte. Ein einziger Biß würde genügen, um mich umzubringen, für Pook würden es wahrscheinlich drei sein müssen. Ich würde mich zwar davon schon erholen, immer vorausgesetzt, daß die fressenden Schlangen genug von mir übrigließen, aber Pook nicht. Also mußte ich verhindern, daß er gebissen wurde.

Als erstes mußte ich wissen, mit wie vielen Schlangen wir es zu tun hatten und wo sie sich befanden. Dann mußte ich sie eliminieren. Zunächst mußte ich jene angehen, die uns am nächsten waren, danach die anderen.

Ich öffnete ein Auge. Das war keine große Hilfe, denn es war zu dunkel, um sehen zu können. Also versuchte ich zu horchen und zu spüren. Auch das half nichts; sie waren lautlos, und als die eine endlich mein Bein verlassen hatte, konnte ich sie nicht mehr aufspüren. Aber ich wußte, daß die Schlangen nicht mehr lange warten würden, bevor sie zuschlugen, sie waren wahrscheinlich gierig auf ihr Fressen. Sie würden sich auf ihre Opfer konzentrieren und dann ...

Also gut, jetzt hieß es alles oder nichts. »Abrollen!« schrie ich plötzlich.

Pook war bereit. Noch während ich aufsprang und nach meinem Schwert griff, rollte er sich ab. Ich hörte ein Zischen. Pook hatte mit seinen Ketten eine Schlange zermalmt.

Ich sprang über die verbliebene Feuerglut und ließ meine Schwertspitze durch sie hindurchsausen. Glutstücke und Holzkohle wirbelten umher und leuchteten zornig auf, als sie die kalte Luft zu spüren bekamen. Eine der Schlangen wurde davon getroffen. Ich hörte ein schmerzliches Zischen und hackte darauf ein. Ein heftiges Peitschen im Dunkeln – ich hatte mein Ziel getroffen!

Nun wurden die Schlangen auf geradezu achtlose Weise aktiv, von den glühenden Kohlen erschreckt. Wahrscheinlich hätten sie schon früher zugeschlagen, wäre das Feuer nicht dagewesen; statt dessen hatten sie abgewartet, bis es niederbrannte, und sich vorsichtig verhalten. Nicht vorsichtig genug! Ich schlug auf jedes Zischen ein, das ich zu hören bekam, und meine Relfexe waren barbarenschnell, während meine Klinge das Reptilienfleisch nur so in Stücke hackte. Wenige Augenblicke später hatte ich alles kurz und klein gehauen, was ein Geräusch von sich gab.

Ich kehrte ans Feuer zurück und legte frisches Strauchwerk nach. Kurz darauf loderten die Flammen wieder empor, und ich sah, was ich angerichtet hatte. Vier tote Schlangen – eine zermalmt, drei in Stücke gehauen. Jede von ihnen war etwa so groß wie ein Mensch, zu klein, um bei Tag ein ernsthafter Gegner zu sein, aber groß genug, um bei Nacht eine Menge Unheil anzurichten, vor allem, wenn man das Gift mitbedachte. Wenn irgendwelche weiteren Schlangen überlebt hatten, so waren sie auf jeden Fall geflohen.

Pook kehrte zurück. Er hatte sich hangabwärts abgerollt und war auf die Beine gesprungen. Er war offensichtlich nicht gebissen worden. Seine Ketten hatten ihn geschützt, und seine Rolle abwärts hatte ihn aus der unmittelbaren Reichweite der Schlangen befördert.

So waren wir noch einmal unversehrt davongekommen, doch keiner von uns verspürte große Lust, sich wieder hinzulegen. Also schürte ich das Feuer, und Pook baute sich in seiner Nähe auf, beinahe über ihm stehend, worauf ich aufsaß. So waren nur seine vier Hufe gefährdet, und die standen dicht am Feuer. Doch für alle Fälle hielt ich eine Kirsche in meiner Hand; sollte sich irgend etwas nähern, würde ich es damit bombardieren. So verbrachten wir den Rest der Nacht in wachsamem Schlaf. Und die Schneeschlangen kehrten auch nicht zurück.

Am nächsten Morgen war von den Schneeschlangen nichts mehr übrig. Das Feuer hatte sie geschmolzen. Das Ganze war kein besonders großes Abenteuer gewesen, lediglich eine lästige Episode; ein ungestörter Schlaf wäre mir lieber gewesen. Aber vielleicht hatte ich auch bloß nicht die richtige Einstellung.

Gegen Mittag erreichten wir den Bergkamm. Nicht den Gipfel – den zu erstürmen wäre nicht sehr sinnvoll gewesen, da es uns nicht an Höhe gelegen war, sondern lediglich an der Überquerung des Gebirges. Unter scharfem Wind machten wir uns an den Abstieg. Schließlich gelangten wir durch einen Paß, und ich sah einen schwarzen Gegenstand, der vor uns im Schnee lag. Ich saß ab und nahm ihn auf. Es war ein schwarzer Kompaß, genau wie der weiße, den ich in meinem Zauberbeutel hatte. Er glitzerte.

Plötzlich fühlte ich mich schwindelig. »Wohin laufe ich nur?« fragte ich jammernd. »Wonach suche ich nur?«

Doch schon einen Augenblick später fiel es mir wieder ein. »Ich suche nach einem Objekt, mit dessen Hilfe entschieden werden kann, wer neuer König von Xanth wird. Aber ich habe nicht die leiseste Vorstellung, wo es sich befinden mag. Der Irreführungszauber hat meinen Orientierungssinn vernichtet.«

Und dann sagte ich: »Nun ist es an der Zeit, den Findezauber zu invozieren, damit ich meinen Orientierungssinn zurückgewinne. Oder was auch immer. Dann weiß ich wenigstens, wohin ich gehe.«

Pook protestierte nicht, weshalb ich entschied, daß dieser Entschluß ganz vernünftig war. Der schwarze Kompaß hatte meinen Geist ordentlich verwirrt, was mich ziemlich unsicher machte. Ich mochte es nicht, wenn jemand an meinem Geist herumpfuschte.

Ich griff in den Beutel und holte den weißen Kompaß hervor. »Ich invoziere dich!« quäkte ich ihn an.

Da geschah etwas Seltsames. Der Schnee, auf dem ich stand, begann zu schmelzen. Na ja, nicht richtig zu schmelzen, er wurde einfach matschig. Nein, das eigentlich auch nicht so ganz, der Boden unterhalb des Schnees wurde immer weicher.

Wie konnte das sein? Ich kratzte den Schnee weg und sah, daß darunter kahler Fels lag und daß dieser Fels sich in fahles rosa Fleisch verwandelt hatte. War dieser Berg in Wirklichkeit ein riesiges Ungeheuer? Das konnte doch nicht sein; ich verstand etwas von Bergen, und das hier war bestimmt einer. Und doch hatte sich der Fels unter mir in Fleisch verwandelt.

Das Fleisch breitete sich schnell nach außen aus. Ich sah, wie der Schnee in einer immer größer werdenden Welle versank und damit den Verwandlungsvorgang anzeigte. Der ganze Berg verwandelte sich in lebendiges Fleisch! Pook wieherte nervös. In unbequemer Haltung versuchte er, auf der schwammigen Oberfläche sein Gleichgewicht zu halten. Er wollte davon wegkommen, doch ich wich ein Stück zurück und versuchte, mit meinem primitiven Barbarenverstand dieses Phänomen zu ergründen, damit ich nicht in irgendeine magische Falle fiel. Warum sollte sich der Berg just in dem Augenblick in Fleisch verwandeln, da ich eine Magie aktivierte, die damit in keinerlei Zusammenhang stand? Ich blickte auf den weißen Kompaß hinab, den ich aktiviert hatte, nur um festzustellen, daß sowohl er als auch sein schwarzes Gegenstück verschwunden waren, ihrer Kraft beraubt. Dennoch hatte ich nicht die leiseste Vorstellung, wo sich mein Ziel befand. Dann griff ich in den Zauberbeutel und holte den weißen Stein hervor. War das nicht der Zauber, mit dem man Stein wieder in Fleisch verwandeln konnte? Warum war dann die Sache mit dem Kompaß passiert?

Ich war zwar nicht besonders helle, aber auch nicht völlig dumm. »Yang!« rief ich. »Er hat die Zauber ausgetauscht!«

Pook wieherte wieder. Er hatte recht, wir mußten sofort diesen blubbernden Fleischberg verlassen! »Ich weiß nicht, wo wir hingehen, aber du vielleicht!« rief ich. »Los, ans Ziel!« Ich sprang auf seinen Rücken und hielt mich fest. Schlitternd machte sich Pook an den Abstieg, die Nordwand entlang. Ich bemerkte, daß die Verwandlung inzwischen bis zum Gipfel fortgeschritten war, der nun wie Gelee wackelte. Tatsächlich bebte und zitterte der ganze Berg, dessen festes Fundament aufgeweicht worden war. Der Magier Yin hatte keineswegs übertrieben, als er vom Overkilleffekt der Zauber sprach. Dieser hier war kräftig genug, um hundert Männer und Pferde zu verwandeln ... das heißt zurückzuverwandeln ... na ja, wie auch immer. Ein gräßlich mächtiges Stück Magie. Und dabei völlig vergeudet, ohne mir irgend etwas zu nützen.

Pook hatte wirklich Schwierigkeiten, mit seinen Hufen Halt zu finden, da der Berg selbst auf und ab waberte. »Setz dich einfach auf den Hintern und rutsch hinunter«, schlug ich vor, »das ist wahrscheinlich sicherer und schneller.«

So glitten wir auf kalten Hintern hinab, und das war in

der Tat schneller – aber vielleicht nicht unbedingt sicherer. Schon bald hatten wir ein beachtliches Tempo entwickelt, und dabei war es noch ein sehr weiter Weg nach unten.

Wenn Yins Zauber kräftig genug war, um einen ganzen Berg in Fleisch zu verwandeln, wie stark war dann Yangs Zauber, der das Fleisch versteinern ließ? Sie waren doch von gleicher Kraft und gegenteiliger Ausrichtung, nicht wahr? Was würde passieren, wenn ich den Zauber des bösen Magiers auslöste – und nichts dabei hatte, um ihn zu kontern? Würde er mich in Stein verwandeln, und Pook und alles, was in unserer Nähe war? Mein Talent war zwar gut, aber damit würde ich nicht zurechtkommen! Wenn uns das Schicksal in die Nähe des schwarzen Steins führen sollte, würde dies in der Tat unser Verderben bedeuten – durch die gnadenlose, grausame Lüge, mit der Yang diesen Wettkampf manipuliert hatte!

Yang hatte mir empfohlen, diese Queste aufzugeben und ihn siegen zu lassen. Im nachhinein schien mir das ein durchaus empfehlenswerter Rat zu sein. Wäre es nicht besser, die Mission sofort aufzugeben und wenigstens meine Haut zu retten?

Doch wie ich schon sagte, die Sturheit der Barbaren ist sprichwörtlich, und dies zu Recht. Auch wenn die Sache inzwischen sinnlos geworden zu sein schien, war ich dennoch entschlossen weiterzumachen. Gleitend erreichten wir die Schneegrenze. Bis hierher war das Fleisch noch nicht vorgedrungen, und der Berg darunter war noch stabil. Pook sprang auf die Beine, peitschte mit dem Schweif den Schnee fort, der an seinem Hinterteil klebte, und schritt hinunter, begierig, keinen schwammigen Untergrund mehr unter den Hufen zu haben. Pferde liebten so etwas nicht besonders. Mir fiel ein, daß der Zauber doch irgendeine begrenzte Wirkung haben mußte, sonst würde sich ganz Xanth doch in Fleisch verwandeln.

Tatsächlich schien sich der Berg oberhalb der Schneegrenze zu stabilisieren. Als wir endlich unten in Sicherheit waren, hielten wir an, um zu essen und zu grasen. Unsere Rutschpartie hatte einiges an Zeit und noch mehr an Energie gekostet, und wir waren müde und hungrig. Pferde, so hatte ich festgestellt, brauchten wirklich eine Menge Futter! Irgendwie hatte ich immer geglaubt, daß ein Mann mit einem Reittier lange Strecken mit großer Geschwindigkeit zurücklegen könnte; nun wußte ich, daß dem nicht so war. Aber natürlich war Pook mir inzwischen nicht mehr nur ein reines Transportmittel, sondern viel, viel mehr. Vielleicht war seine Gesellschaft wirklich weitaus wichtiger als seine Durchschnittsgeschwindigkeit.

Also nahmen wir uns Zeit, um unsere Bäuche zu füllen. Doch schon bald zeigte sich eine ganz andere Gefahr. Wir hatte den Fleischberg inzwischen ignoriert, weil wir außerhalb seiner Reichweite waren, wie wir dachten. Dies jedoch erwies sich als übertrieben optimistisch.

Der Boden erzitterte. Zuerst hielt ich es für ein Erdbeben, aber dann bemerkte ich, daß es von dem Fleischberg über uns ausging. Das Zeug schüttelte sich mit immer größerer Heftigkeit, als wollte es sich befreien.

Natürlich wollte es sich befreien! Da war es nun, abrupt zu einer riesigen Masse lebenden Gewebes erwacht – ohne Augen oder Nase oder Ohren, ohne jede Möglichkeit festzustellen, wo es sich befand oder was es dort zu suchen hatte. Also tat es das einzige, was es konnte, es kämpfte sich den Weg mit Gewalt frei. Wenn man mir die Augen verbunden, die Ohren zugestopft und mich gefesselt hätte, würde ich auch um mich schlagen!

Schnee prasselte über die Schneegrenze hinweg in die Tiefe, direkt auf uns zu. Das bebende Fleisch hatte eine Lawine ausgelöst! Es war zwar nicht genügend Schnee, um wirkliches Unheil anzurichten, dennoch war mir die Sache nicht geheuer. Und tatsächlich, schon bald lösten sich Felsbrocken unterhalb der Fleischzone und begannen, auf uns zuzurollen. Die konnten nun *wirklich* Unheil anrichten!

»Ich glaube, das hier ist vielleicht nicht gerade der günstigste Lagerplatz für uns«, meinte ich zu Pook.

Er stimmte mir zu. Ich saß auf, und wir setzten unseren Abstieg fort.

Doch inzwischen wurde es wieder dunkel, und der

Befreiungskampf des Berges verschärfte sich. Er erschütterte das ganze Firmament, worauf ein Stern aus seiner Fassung fiel und ganz in der Nähe mit feurigem Schweif über den Himmel stürzte, das trockene Buschwerk in Brand setzend. Noch mehr Ärger!

Wieder erbebte der Berg und schüttelte das Firmament durch. Immer mehr Sterne fielen herab und lösten weitere Brände aus. Schon bald gab es einige recht große Brände, und wir konnten den Rauch riechen. Andererseits konnten wir unser Tempo nicht beschleunigen, denn im düsteren Licht war das Gehen heimtückisch, und außerdem mußten wir ständig Ausschau nach herabprasselnden Felsbrocken halten.

Der Berggipfel gab einen Rülpser von sich. Eine Gasmasse platzte hervor und befleckte den Himmel. Mehrere Sterne begannen zu husten, und ein Komet mußte derart heftig niesen, daß er seinen Schweif verlor. Schlimm, schlimm!

Wir bewegten uns so schnell davon, wie wir nur konnten, aber das war eine nervenaufreibende Angelegenheit, rechts und links brannten Feuer, von oben rollten Felsbrokken auf uns herab, und am nächtlichen Himmel hingen Wolken aus dem Darmgas des Berges. Die Szene glich gefährlich dem Bild, das ich mir von der Hölle gemacht hatte, und ich war keineswegs begierig, mich hier noch länger aufzuhalten.

Die Verwandlung des Gesteins in Fleisch hatte den Schnee nicht wirklich geschmolzen. Anscheinend war es kaltes Fleisch. Doch das Feuer, das nun den Hang emporloderte, erhitzte den oberen Teil des Berges, so daß nun von der Schneegrenze Wassermassen in die Tiefe hinabstürzten.

Dann gerieten wir in eine Sackgasse. Vor uns ragte der Fels klippensteil in die Höhe, während uns die Brände seitlich den Fluchtweg abschnitten. Den Berg wollten wir nicht mehr emporsteigen, doch andererseits durften wir auch nicht stehenbleiben. Hinter uns hörten wir das immer lauter werdende Säuseln rauschenden Wassers. Wenn das so weiterging, würden wir gleich als Teil des Wasserfalls gegen die Klippe gespült werden!

Persönliche Gefährdung hat etwas an sich, das meine mir angeborene Schläue anstachelt. »Umleitung!« rief ich. Fragend stellte Pook ein Ohr in meine Richtung. Möglicherweise fürchtete er, daß ich das bißchen Verstand, das ich hatte, nun auch noch einbüßte. »Ich zeig es dir!«

Ich saß ab und kletterte dicht am Feuer zur Seite. Mit dem Stiefel grub ich einen Kanal in den Boden und bahnte mir mit meinem Schwert hackend einen Weg durchs Strauchwerk. Für meinen Kanal nutzte ich alle natürlichen Gegebenheiten, so daß er zwar nicht gerade verlief, dafür aber einigermaßen tief war. Pook war verblüfft, half mir aber dabei, eine kleine Felsblockade zu überwinden, indem er sie mit einem Huf zertrümmerte.

Natürlich mußten wir unbedingt auf einen tief eingegrabenen Felsbrocken stoßen, der zu groß war, um ihn zu überrunden oder ihn auszuheben! Nun war die Zeit für meine Reserveausrüstung gekommen. Mit dem Schwert bohrte ich ein Loch in den Boden und ließ eine Kirschbombe hineinfallen. Die Explosion erzeugte ein noch viel größeres Loch. In dieses warf ich eine Ananas und ging sofort in Deckung.

Diesmal riß die Explosion den oberen Teil des Felsbrokkens fort. Nun war mein Kanal komplett. Ich mußte ihn lediglich an jenen Stellen etwas ausbessern, wo die Explosion ihn mit Geröll streckenweise wieder zugeschüttet hatte.

Gerade noch rechtzeitig! Der glucksende Wasserbach verwandelte sich in einen reißenden Strom, der nun meinem für ihn geschaffenen Bett folgte. Schon bald drohte der rauschende Wildbach über die Ufer des Kanals zu treten, worauf ich hastig die Befestigung verstärkte. Damit hatte ich zwar nur teilweise Erfolg, doch immerhin blieb der größte Teil des Wassers auf seiner Bahn. Das bedeutete, daß nur ein kleiner Teil davon unsere Füße umspülte und über die Klippe strömte, so daß wir uns davor gerettet hatten, davongeschwemmt zu werden, während das Wasser nun einer viel nützlicheren Tätigkeit zugeführt wurde, nämlich das nächstgelegene Feuer zu bekämpfen. Mein Kanal endete unmittelbar an der Feuergrenze, so daß sich das Wasser dort zischend und dampfend ausbreitete und schon bald das Feuer zu dieser Stelle vertrieben hatte – verkohlten, aber nicht mehr brennenden Boden freilegend, der den Berg hinabführte.

»Und das ist unser Weg in die Tiefe«, sagte ich, mit dem Erfolg meiner Taktik sehr zufrieden. Ich saß wieder auf, und gemeinsam schritten wir in den Kanal hinein, wobei Pook vorsichtig darauf achtete, daß ihm das strömende Wasser nicht den Halt raubte.

So gelangten wir schließlich hinunter. Es war zwar weder leicht noch gemütlich, doch je mehr wir uns von dem Fleischberg entfernten, um so erträglicher wurde es auch. Endlich, es dämmerte schon fast, fühlten wir uns sicher genug, um zu rasten.

Nachdem ich mich neben einen schönen großen Felsbrocken zum Schlafen niedergelegt hatte, dachte ich über das Geschehene nach. Yang hatte die Zauber also vertauscht. Das mußte er getan haben, als er sie in meiner Gegenwart überprüft hatte. Natürlich hatte er von vornherein gewußt, um was es sich dabei handelte; sein Unwissen hatte er lediglich vorgetäuscht, um einen Vorwand dafür zu haben, jeden von ihnen zu berühren. Derweil hatte er mich durch sein Schildern der Fruchtlosigkeit meiner Mission abgelenkt, damit ich nicht merkte, worum es ihm in Wirklichkeit ging. Sein Versuch, mich zu bestechen, war nicht ernst gemeint gewesen. Warum sollte er mich auch bestechen, wenn er die Situation bereits voll im Griff hatte? So hatte er mich völlig unbemerkt getäuscht. Nicht ohne guten Grund hatte er sich über meine Einfältigkeit ausgelassen! Er hatte sie sogar bewiesen.

Ironischerweise hatte der Böse Magier die Wahrheit gesagt, als er davon sprach, daß er von meinem Scheitern überzeugt sei. Dafür hatte er schließlich durch seinen Betrug gesorgt. Yin und der König hielten dies für einen offenen, ehrlichen Wettkampf von Zauber gegen Zauber.

Yang dagegen wußte, daß es lediglich um einen unwissenden Barbaren ging, der nichtsahnend in die Katastrophe lief. Nun waren Yins Zauber für mich ebenso gefährlich wie Yangs!

Vielleicht hatte der König die Sache *doch* bemerkt und hatte mich warnen wollen, die Zauber nicht vom Magier Yang berühren zu lassen. Allzu voreilig hatte ich seine Bemühungen abgetan. Welch ein Narr ich doch gewesen war!

Wie konnte ich auch nur im geringsten darauf hoffen, diese Queste zu Ende zu führen, wenn ich doch noch nicht einmal die leiseste Vorstellung davon hatte, wo sich mein Ziel befand oder worum es sich dabei überhaupt handelte? Als ich noch eine ungefähre Vorstellung davon hatte, hatte ich den Berg bestiegen; war dies gewesen, weil sich mein Ziel dort oben befunden hatte? Sollte ich zu dem fleischigen Gipfel zurückkehren? Sicher konnte ich mir zwar nicht sein, aber da ich dort oben außer Schnee nichts vorgefunden hatte, ging ich davon aus, daß dem nicht so war. Ob sich das Ding auf irgendeinem anderen Gipfel dieses Gebirgszugs befand? Auch das konnte ich nicht mit Sicherheit bejahen oder verneinen. In dieser Hinsicht hatte der schwarze Kompaß meine Gehirntätigkeit irgendwie neutralisiert, so daß ich mich noch nicht einmal dazu entscheiden konnte, wo ich suchen sollte. Ich konnte mir nur einer einzigen Sache sicher sein – egal was ich tat, es würde das Falsche sein, und zwar gegen der feindseligen Magie.

Irgendwo zwischen meinen verbliebenen weißen Zaubern befand sich der richtige Finderkompaß. Doch welcher war das? Wenn ich einen der Zauber invozieren und mich dabei irren sollte, so hätte ich damit nicht nur einen Zauber vergeudet, den ich später noch einmal dringend benötigen würde, ich könnte mich dadurch vielleicht sogar in schlimme Gefahr bringen, wie noch vor kurzem oben auf dem Berg. Ursprünglich war ich davon ausgegangen, daß dieses Abenteuer für meinen Geschmack ein wenig zu zahm sein würde. Plötzlich jedoch war daraus eine sehr viel größere Herausforderung geworden. Elsie hatte versucht, mich davor zu warnen, daß es solche Tage geben würde; natürlich hatte ich nicht zugehört. Ein Barbar, der sich einbildet, daß er es mit einem Magier auf gleichberechtigter Basis aufnehmen kann, ist wahrhaftig ein Narr. Nun, Pook war ein wenig weiter von dem schwarzen Kompaß entfernt geblieben als ich, weshalb er auch nicht so stark betroffen war. Vielleicht war er als pferdisches Wesen sogar überhaupt nicht von ihm beeinflußt worden. Ich würde mich einfach auf seinen Pferdeverstand verlassen müssen, in der Hoffnung, daß der mich schon ans Ziel bringen würde. Ich hegte den Verdacht, daß der Böse Magier Yang nicht damit gerechnet hatte, daß mich ein vernunftbegabter Freund begleiten würde.

Mit diesem wenigstens halbwegs tröstlichen Gefühl schlief ich ein.

VIII
Tarask

Am nächsten Tag ging es weiter. Das Gelände war zwar hügelig, doch ohne Berge, wofür ich auch entsprechend dankbar war. Pook schlug eine nordwestliche Richtung ein, was mir zwar als völlig falsch erschien, wogegen ich jedoch keinen Einwand vorbrachte. Ich konnte mich nur auf ihn verlassen.

Als der Abend anbrach, entdeckten wir eine Landschaft voller Höhlen und überlegten, uns in einer von ihr niederzulassen. Barbaren sind natürlich nicht sehr weit von Höhlenmenschen entfernt. Doch da hörten wir Tausende von klickenden Geräuschen im Schatten und erblickten winzige Kneifer, die sich gierig unserem nahenden Fleisch entgegenreckten. Nickelfüßler! Nein, hier konnten wir uns nicht zur Ruhe legen!

Schließlich fanden wir einen kleinen See mit einem noch kleineren Eiland, auf das wir mit einem Sprung übersetzten. Hier waren wir vor den Nickelfüßlern, die nicht schwimmen konnten und im Wasser wie Metallstücke untergingen, in Sicherheit. Und da diese wahrscheinlich alle anderen Tiere bei Nacht abhielt, würden wir allein sein. Wir hatten also ein ideales Nachtlager gefunden.

Doch als es immer dunkler wurde, kamen die Fische an die Seeoberfläche, und es waren ziemlich seltsame Wesen. Ein kleines weibliches Exemplar besaß hauchzarte Flügel, mit denen es dicht über der Wasseroberfläche schwebte, während ein Lichtschimmer den Kopf umgab. »Was bist du denn?« fragte ich, ohne wirklich eine Antwort zu erwarten, denn es gibt nur wenige sprechende Fische. »Das ist ein Engelfisch, Besuchermensch«, ertönte eine Stimme am Ufer. Dort erblickte ich einen fettgesichtigen Fisch, der offensichtlich reden konnte. »Wenn du willst, tanzt sie für dich. Engelfische sind sehr nette Kreaturen.«

»Na klar«, willigte ich ein, da mir die Sache ungefährlich vorkam. Irgendwie scheinen zivilisierte Leute immer zu glauben, daß es in der Wildnis nichts Gutes gibt, doch wir Unzivilisierten wissen, daß dem Menschen unter wilden Tieren weniger Gefahr droht als unter seinen gewalttätigen Artgenossen.

Die Engelfischin stellte sich dicht über dem Wasser auf den Schwanz, ließ die Flügel surren und vollführte eine Pirouette. Dann sprang und kreiste und planschte sie leicht auf dem See herum; das Licht ihres Heiligenscheins war stark genug, um ihr Spiegelbild im Wasser wiederzugeben, so daß es den Anschein hatte, als gäbe es zwei von ihr. Es war ein hübscher Effekt. Da erschien ein zweiter Fisch, der mit seinen Bewegungen Wellen schlug und das Spiegelbild zerstörte. Er richtete sich auf; zwar besaß er keine Flügel, doch konnte er irgendwie auf der Wasseroberfläche dahinspazieren. Er war von rötlicher Farbe und besaß winzige Hörner, und hinter ihm bog sich sein Schwanz beim Stehen, an seiner Spitze Widerhaken.

»Und hier ist der Teufelsfisch«, verkündete der fette Ansager. »Der taucht immer auf, um alles zu verderben.«

So war es dann auch, denn die Engelfischerin stieß einen kleinen perlenden Schrei aus und floh, während der Teufelsfisch mit dämonischem Geifern hinter ihr her jagte. Doch weil sie das Wasser nicht verlassen konnten und weil der See so klein war, schossen sie immer und immer wieder im Kreis herum. Plötzlich zuckte ich zusammen. Irgend etwas hatte mir in den Fuß geschnitten, der sich ganz in der Nähe des Wassers befand. Ich sah hin und erblickte einen Sägefisch, der mit seiner Säge munter an meinen Zehen herummachte. Ich hatte meine Stiefel ausgezogen, um meine stinkenden Füße zu lüften – Barbarenfüße können ziemlich schlimm werden, wenn sie länger gefangengehalten werden, und wenn der Gestank so schlimm wird, daß er anfängt zu drücken, muß man ihn herauslassen –, deshalb waren sie jetzt auch angreifbar. »Laß mich in Frieden, du Scheusal«, fauchte ich, grabschte nach meinen Stiefeln und schlug damit auf ihn ein.

Der Fisch tauchte unter. Mein Stiefel berührte den Wasserrand – und blieb daran kleben. Nun wußte ich zwar, daß Stiefel ziemlich klebrig werden können, aber an Wasser hatten sie sich bisher noch nie geheftet! Ich riß an dem Stiefel – und mußte feststellen, daß irgend etwas die Spitze umklammert hielt. Als ich noch fester daran riß, kam das ganze Ding aus dem Wasser, und ich sah, daß es aus einer breiten, riesigen Klammer bestand. »Was ist das denn?« wollte ich wissen.

»Eine Miesmachmuschel natürlich«, erwiderte der andere Fisch.

»Und wie kriege ich die von meinem Stiefel weg?«

»Na ja, vor Seesternen fürchtet sie sich ...«

Ich sah zum dunklen Himmel empor. Dort war wirklich ein Stern in Gestalt eines Fisches zu sehen, doch leider außer Reichweite. Manche Seesterne schimmern hell im Wasser, während andere am Nachthimmel umherschweben. Ich vermute, daß es dort oben genug Wasser für sie gibt. Doch inzwischen war meine tierische Schläue in Aktion getreten. »Laß los, Miesmachmuschel, sonst hole ich den Seestern dort oben«, drohte ich.

Sofort ließ die Miesmachmuschel meinen Stiefel fahren und versank wieder im Wasser. Ich hatte sie geblufft.

»Du hättest sie lieber essen sollen«, meinte der andere Fisch. »Und den Sägefisch auch.«

»Das hätte ihnen aber wahrscheinlich gar nicht gefallen«, meinte ich.

»Wen kümmert das schon, was *denen* gefällt? Die zählen doch nicht! Das einzige was zählt, ist die Nummer Eins!«

Meine Stirn legte sich in Falten. »Was bist du den für ein Fisch?«

»Ich dachte schon, du würdest mich nie danach fragen. Ich bin natürlich ein Egofisch.«

»Ein Egofisch?«

»Ja, ganz egofischtisch – so bin ich eben. Nur keine Sorgen um das Wohlergehen anderer machen.«

»Hör nicht auf ihn!« rief der Engelfisch mir zu und blieb im Flug stehen. Doch da war auch schon der Teufelsfisch nahe. Er schlang seine Flossen um den zitternden Leib der Fischdame und warf sie, trotz ihrer erbitterten Gegenwehr, nieder. Gemeinsam verschwanden die beiden unter der Wasseroberfläche, und nur ihr kleiner Heiligenschein blieb oben schweben.

»Der war schon immer hinter einem solchen Engelchen her«, meinte der Egofisch hämisch. »Den Heiligenschein wird sie nicht mehr brauchen – nicht nachdem er sie genügend kompromittiert hat.«

Ich war erzürnt über das Schicksal der Engelfischin. »Irgend etwas an deiner Einstellung finde ich fischig«, meinte ich. Ich fischte den Heiligenschein aus dem Wasser, doch er löste sich zwischen meinen Fingern auf. Heiligenscheine waren nichts für solche, wie ich es einer bin.

»Du bist ein Narr«, sagte der Egofisch vernichtend und schwamm davon.

»Das bin ich tatsächlich«, meinte ich halblaut. Leute wie ich wurden immer zum Opfer von skrupellosen, gerissenen Gegnern wie dem Magier Yang, genau wie die Engelfischin von dem Teufelsfisch vergewaltigt worden war. Und dennoch stand mir irgendwie nicht der Sinn danach, mit den offensichtlichen Siegern zu tauschen. Irgendwie verstand ich ja meine Einstellung selbst nicht so richtig, aber so war ich eben: einfach nur ein unwissender Barbar.

Unzufrieden schlief ich ein.

Am nächsten Tag verließen wir das Eiland und machten uns wieder auf den Weg. Pook führte mich in einen Wald hinein, dessen Bäum eine wahre Mauer aus Grün bildeten, jedoch keine durchgehende, so daß wir keine Schwierigkeiten hatten, voranzukommen, gefährliche Tiere schien es hier auch nicht zu geben. Zwar fühlten wir uns ziemlich beengt, aber das war immer noch besser, als einen schneebedeckten Berggipfel erklimmen zu müssen.

Dann hörte ich ein Summen. Das Geräusch gefiel mir nicht, und auch Pook wedelte nervös mit dem Schweif. Pferde neigen dazu, Summen jeglicher Art nicht zu mögen, doch manches Summen ist schlimmer als anderes, und dies hier war ein böses Summen. Das Geräusch wurde immer lauter, und schließlich zeigte sich auch, woher es stammte – ein Schwarm riesiger Fliegen nahte.

Ich sprach einen Abwehrzauber aus. Manche Leute behaupten, daß gesprochene Zauber in Xanth nicht funktionieren, aber meiner Meinung nach ist das ziemlich einseitig. Wahrscheinlich haben sie es nur nicht richtig versucht. Ich für meinen Teil benutzte Zauber, um Feuer zu machen, um einzuschlafen, um Warzen wegzumachen, um meine Augen an plötzliche Veränderungen der Lichtverhältnisse zu gewöhnen, um Schmerz zu lindern und ähnliches. Bei mir funktionierte diese Sorte Magie in der Regel recht gut. Natürlich war es durchaus eine Hilfe, wenn man zwei magische Steine besaß, die man für den ersten Feuerfunken gegeneinanderschlagen konnte, und wenn man sich vor Gebrauch des Einschlafzaubers richtig entspannte, auch. Was die Warzen betraf, hier benötigte die Magie Wochen oder Monate, um zu funktionieren, bei den Augen jedoch nur einige Sekunden; und gegen Schmerzen konnte sie nur begrenzt etwas ausrichten. Aber schwache Magie war immer noch besser als gar keine, wie ich immer sagte. Manchmal, wenn ich sehr müde war und wirklich dringend Schlaf brauchte, ließ mich der Schlafzauber sofort wegdriften, und das war ein wahrer Segen. Man mußte einfach nur verstehen, welche natürlichen Grenzen der Magie gesetzt waren, dann funktionierte sie ausgezeichnet.

Ab und zu bekam man es auch einmal mit einem faulen Zauber zu tun, der einfach nicht so funktionieren wollte wie angekündigt, dann meldete man die Sache einfach an das *Büro für Barbarische Verbraucheraufklärung*, damit andere nicht auf diesen Zauber hereinfielen.

Jedenfalls benutzte ich den Fliegenabwehrzauber, doch der Schwarm kam unbeirrt auf uns zu. Dann bemerkte ich, daß es sich dabei nicht um gewöhnliche Fliegen handelte: Es waren Drachenfliegen, die gegen derlei kleine Magie resistent waren. Normalerweise ließen sich Drachenfliegen nicht dazu herab, Leute zu belästigen, vielmehr gingen sie summend und emsig ihren eigenen Geschäften nach, jagten andere Insekten und suchten die Gesellschaft echter Drachen. Gelegentlich adoptierte eine Drachenfliege auch mal den Garten eines Menschen und hielt ihn frei von Ungeziefer. Doch die hier waren anders, die waren wild, nicht zahm, und sie hatten es auf uns abgesehen.

Pook brach in einen Galopp aus, aber die Drachenfliegen waren schneller als wir und hatten uns schon sehr bald eingeholt. Ich ließ die Arme wirbeln, und Pook peitschte zornig mit seinem Schweif umher, aber ohne Erfolg. Die Fliegen stürzten sich Kopf voran auf uns, spien Feuerstrahlen und wichen einem Kontakt erst in allerletzter Minute aus. So nahmen sie ihr Opfer unter permanenten Feuerbeschuß. Eine dieser winzigen Flammen versengte meinen nackten Unterarm – tat das weh! Obwohl es mir ein wenig lächerlich vorkam, zog ich mein Schwert und durchschnitt mit schnellen Bewegungen die Luft. Die eine Fliege zerteilte ich, und der anderen hackte ich die Flügel ab. Die erste stürzte mit einer Rauchwolke, die aus ihrem Schwanz hervorkam, in die Tiefe, während die zweite durch den Verlust ihrer Flügel die Kontrolle verlor, am Boden aufprallte und explodierte. An der Aufprallstelle stieg ein kleiner Rauchpilz in die Höhe.

Das ließ die anderen einen Augenblick innehalten. Schließlich nahmen sie eine Keilformation ein und griffen uns gemeinsam an. Ich stellte ihnen die breite Seite meiner Klinge entgegen, um ihre massierte Feuerkraft zu deflektieren, und die Flammen schlugen ihnen wieder entgegen und versengten einige. Man hätte eigentlich glauben sollen, daß Drachenfliegen gegen ihr eigenes Feuer immun seien, doch wie bei so vielen anderen Lebewesen auch, können sie selbst nicht ertragen, was sie anderen zufügen. Wieder gerieten drei von ihnen außer Kontrolle, und es kam zu zwei Explosionen. Die dritte zischelte nur und versprühte ein paar Funken, bevor sie dahinschmolz.

Nun zogen sich die Fliegen in einem Haufen zur Beratung zurück. Das gefiel mir nicht. Wenn sie uns alle von sämtlichen Seiten gleichzeitig angreifen sollten, würden Pook und ich üble Verbrennungen davontragen. Doch statt dessen zogen sie sich wieder zurück. »Was hältst du davon?« fragte ich laut. Pook zuckte mit einem Ohr, er war ebenso verwundert wie ich. Sicherlich hatte auch er mit Schlimmerem gerechnet. Die Fliegen hatten einen störrischeren Eindruck gemacht, und Feiglinge waren es nun ganz bestimmt nicht. Ihr abrupter Rückzug wirkte mindestens ebenso unheilverkündend, wie es ihr Angriff getan hatte.

Doch wir wußten ja nichts Genaueres. »Vielleicht ist ihnen der Sprit ausgegangen«, meinte ich, aber das glaubte ich eigentlich nicht wirklich.

Dann trat Pook über einen Gegenstand, der auf dem Boden lag. Plötzlich blitzte irgend etwas Furchtbares auf.

»Der nächste böse Zauber!« rief ich entsetzt. »Wir haben ihn ausgelöst! Die Drachenfliegen wußten, daß er hier lauert!«

Aber welcher Zauber war das? Es schien nichts passiert zu sein. Also beugte ich mich hinab, um mir den Gegenstand genauer anzuschauen, bevor er sich auflöste. Mit Sicherheit waren die Drachenfliegen nicht vor einem harmlosen Zauber zurückgewichen!

Das Ding hatte die Gestalt eines schwarzen Ungeheuers.

Ich mußte den Ungeheuervertreibungszauber anwenden, und ich hatte ihn in meinem Beutel – doch konnte ich es wagen, ihn zu invozieren? Es bestand zwar die Möglichkeit, daß nicht alle weißen Zauber durcheinandergebracht waren, aber ich beschloß, es lieber nicht zu riskieren. Immerhin war bisher noch kein Ungeheuer erschienen. Vielleicht hatte dieser schwarze Zauber ja nicht funktioniert.

Dann hörten wir ein hämisches Summen, das sich wieder näherte, und mit ihm zusammen auch das Stampfen eines riesigen Wesens.

»Ich kann mich ja irren, aber für mich hört sich das an wie ziemlich großer Ärger«, meinte ich.

Pook war mit mir einer Meinung. Er schoß in einem Galopp davon, und wir ließen das donnernde Geräusch hinter uns. Es ist immer besser, Ärger aus dem Weg zu gehen, wann immer möglich – vor allem dann, wenn der Ärger größer ist als man selbst. Ich weiß zwar, daß sich das sehr unbarbarisch anhört, aber über Barbaren kursieren ja ohnehin jede Menge Gerüchte, die ich aus der Welt zu räumen versucht habe. Wenn Flucht das einzig Sichere ist, flieht ein vernünftiger Mensch eben.

Doch dann machte der Weg eine Kurve, und weil die Vegetation zu dicht war, um sie zu durchdringen, mußten wir dieser Kurve in einer Rückwärtsschlaufe folgen, was uns unserem Verfolger leider wieder näher brachte. Zum Glück hatten wir immer noch genügend Abstand.

Aber da kam auch schon die nächste Kurve. Das war nicht nur lästig und ärgerlich, sondern zugleich auch gefährlich, weil es nämlich dem Ding hinter uns gestattete, uns besser einzuholen. Diesmal erblickten wir seine Schnauze hinter der Kurve, bevor wir es wieder abhängten. Es besaß einen Schnurrbart und wirkte kätzisch. Als wir es diesmal hinter uns ließen, fragte ich mich, welches Wesen wohl von kätzischem Aussehen war und sechs Beine besaß; denn daß es dies tat, hörte ich am Klang der Schritte. Und dann – schon wieder eine Kurve! Das wurde ja immer schlimmer! Nun tauchte der ganze Verfolger hinter uns auf, und ich erkannte ihn endlich – der Tarask. Natürlich – Yin hatte mich ja vor ihm gewarnt. Nun, da ich um ihn wußte, war dies wahrscheinlich das letzte Wesen, das ich hier anzutreffen hoffte. Im Prinzip war der Tarask ein Drache, doch kein gewöhnlicher, denn er besaß einige nichtreptilische Eigenschaften. Er hatte den Kopf eines Ameisenlöwen, sechs bärenähnliche Beine – in Xanth gibt es zwar jene Wesen nicht, welche die Mundanier Bären nennen, aber ihre Beine haben sie sehr wohl –, einen großen stachligen Rückenpanzer und einen häßlichen Reptilienschwanz. Alles in allem ein ziemlich häßlicher Kunde.

Einmal mehr gelang es uns, ihn abzuhängen. Aber noch befanden wir uns in diesem Labyrinth, und der Tarask schien unermüdlich zu sein. Manche von diesen großen Dingern werden zu allem Überfluß auch noch durch Magie stärker gemacht, so unfair das ihren Opfern auch erscheinen mag. Auf offenem Gelände würden wir den Tarask dauerhaft abhängen können – doch statt dessen steckten wir in diesem Gewirr schmaler Waldgänge.

Und genau darum ging es ja auch schließlich: Der böse Zauber war so plaziert worden, daß er als Verschlußstopfen einer sorgfältig ausgewählten Falle diente. Und natürlich war ich Blödian sofort hineingelaufen. Nun wurde mir klar, daß die bösen Zauber nicht willkürlich auf meinen Weg verstreut waren. Vielmehr hatte man sie dort ausgelegt, wo sie den größten Schaden anrichten konnten. Meine Chancen standen also noch viel schlimmer, als ich mir vorgestellt hatte.

Mir blieb nichts anderes übrig, ich mußte es mit einem Defensivzauber versuchen. Vielleicht ging das ja schief, doch es war immerhin eine Chance.

Aber welchen sollte ich nehmen? Der weiße Kompaß hatte einen Felsenberg in Fleisch verwandelt; ob der Ungeheuervertreibungszauber Besseres leisten würde? Aber da ich um keinen Zauber wußte, der besser gewesen wäre als der richtige, konnte ich lediglich darauf hoffen, daß die anderen nicht alle vertauscht worden waren.

Also grabschte ich nach der weißen Ungeheuerfigur und schrie dabei: »Ich invoziere dich!«

Er blitzte auf, doch unbeirrt ertönte hinter uns das Stampfen des sechsbeinigen Ungeheuers. Was immer der

Zauber bewirkt haben mochte, eine Ungeheuerbannung auf jeden Fall nicht.

Als der weiße Gegenstand sich in meiner Hand auflöste, wurde mir einiges klarer. Ich wußte, daß wir uns in einer Art Labyrinthgehege befanden, das möglicherweise nur einen einzigen Ausgang besaß, so daß der Tarask nichtsahnende Opfer nach Belieben zu Tode hetzen konnte. Eine Flucht würde uns also lediglich ermüden, und das taugte nichts. Da war es schon besser stehenzubleiben und zu kämpfen, solange wir noch bei Kräften waren.

»Such eine gute Stelle, um das Monster zu überfallen«, sagte ich zu Pook. »Wir werden kämpfen.«

Die Sache mit dem bösen Zauber, über den wir gestolpert waren ... das bedeutete, daß wir uns immer noch auf dem Weg ans Ziel befanden, denn nur dort entlang waren die Zauber ausgelegt worden. Tatsächlich – wieder leuchtete eine Lichtbirne kurz über meinem Kopf auf, und sie erhellte die ganze Gegend, blendete aber leider nicht den Tarask –, dieser Weg war in Wirklichkeit ja vorherbestimmt. Yang hatte genau gewußt, wo er seinen Zauber auslegen mußte, weil er durch die Prophezeiung erfahren hatte, welchen Weg ich nehmen würde. Solche Prophezeiungen sollte man wirklich verbieten, dachte ich finster. Doch eigentlich war mir dies eine gute Nachricht. Da mein Weg vorherbestimmt war, brauchte ich nicht einmal den Findezauber, ich würde auch ohne ihn zum Ziel gelangen. Genaugenommen konnte ich dem nicht einmal entgehen.

Das erklärte auch, weshalb Yang versucht hatte, mich durch Bestechung von meinem Vorhaben abzubringen. Wenn er wirklich geglaubt hätte, daß ich versagen würde, wäre Bestechung unnötig gewesen. Doch wenn mein Weg vorherbestimmt war, dann würde ich das Objekt finden – es sei denn, ich gab meine Mission freiwillig vorher auf.

Aber wieso war mir dies alles plötzlich klar, wo es sich doch zuvor meiner Erkenntnis entzogen hatte? Konnte ich etwa besser denken? Und die Antwort darauf lautete eindeutig ja, ich dachte ein gutes Stück besser als sonst. Ich war intelligenter als zuvor. Das bedeutete, daß ich den

Intelligenzzauber des Magiers Yin aktiviert hatte. Eigentlich war der dazu gedacht gewesen, Yangs drohenden Idiotiezauber zu neutralisieren, doch nun war mein normales Denkniveau statt dessen erhöht worden. Jetzt war ich ein barbarisches Genie!

Die Ironie bestand darin, daß für einen Barbaren Genie bloße Verschwendung bedeutet. Um ein Schwert zu schwingen, bedarf es nicht der Intelligenz, sondern der Muskeln. Kein wirklich kluger Mensch würde jemals Barbar sein. Schon wieder hatte ich einen Gegenzauber vergeudet.

Nun, jetzt war es zu spät. Ob Intelligenz mir dabei helfen konnte, dem Ungeheuer zu entkommen? Das erschien mir zweifelhaft. Hätte ich ein wenig Zeit zur Verfügung gehabt, so hätte ich aus dem Astwerk vielleicht irgendeine Waffe fertigen können, mit der ich den Tarask in seinen Panzer hätte zurückzwingen und ihn hilflos hätte machen können – aber Zeit hatte ich nicht. Das Klügste wäre es gewesen, erst gar nicht in das Labyrinth des Ungeheuers einzudringen; hätte ich den Zauber vorher invoziert, so hätte ich das auch erkannt. Doch jetzt nützte mir das nicht viel. Dennoch war es sicherlich kein Nachteil, klug zu sein.

Schnell ging ich im Geiste alles durch, was ich über den Tarask wußte. Ich hatte geglaubt, nie von ihm gehört zu haben, doch in Wirklichkeit hatte ich es lediglich wieder vergessen. Offensichtlich waren in meinen Hirnwindungen mehr Informationen gespeichert, als ich gewußt hatte; Gedankenfetzen und Wissensstückchen, die ich irgendwann im Leben mal aufgeschnappt hatte und an die ich mich erst jetzt, im Augenblick gesteigerter Intelligenz, zu erinnern vermochte. Der Tarask war ein tödliches Ungeheuer, und zwar kein dummes. Er jagte nur lebende gesunde Wesen, um sich nicht irgendeine schreckliche Krankheit zuzuziehen oder Verdauungsbeschwerden zu bekommen. Er vermied Aas und jedes unreine Fleisch. So waren die niveauvolleren Raubtiere alle; Greife zum Beispiel waren berüchtigt für ihren heiklen Geschmack.

Da war ja auch gleich meine Überlebenstaktik! Ich würde

versuchen, den Tarask zu töten – aber sollte ich scheitern, würde ich so tun, als sei ich befleckt. Dann würde er mich nicht auffressen, und nach einer Weile würde mein Talent mich wieder voll herstellen, bis ich vollauf gesund war. Das war zwar vielleicht nicht der leichteste Ausweg, aber immerhin ein machbarer.

Und Pook? *Der* war nicht wiederherzustellen, wenn er erst einmal Gliedmaßen verloren hatte oder gar gestorben war. »Pook, sollte ich verlieren, haust du sofort ab. Du mußt fliehen, während der Taraks sich um mich kümmert.«

Er wieherte verneinend. »Nein, ich heile schon von alleine«, versicherte ich ihm. »Du brauchst Zeit, um aus dem Labyrinth hinauszufinden. Diese Zeit kann ich dir verschaffen.«

Er schnaubte. Die Sache gefiel ihm nicht, offensichtlich glaubte er, daß ich meine Selbstheilungsfähigkeit nur übertrieb, doch schließlich willigte er ein.

Plötzlich schwenkte er in eine Art Seitennische. Die war gerade groß genug, um uns hinreichend Platz zum Kämpfen zu bieten, während sie zugleich Seiten- und Rückendeckung verlieh. Wenn wir das Ungeheuer überhaupt würden aufhalten können, dann am besten von dieser Stelle aus.

»Aber zuerst wollen wir dem Tarask die Chance geben, uns zu verpassen«, meinte ich. »Wir wollen nur dann gegen ihn kämpfen, wenn wir unbedingt müssen.«

Einen Augenblick später schoß der Tarask an unserer Nische vorbei, bremste kreischend, kam im Rückwärtsgang zurück und spähte hinein. Mir wurde klar, daß ich auf seinen mittleren Körperteil hätte einhauen müssen, bevor er seinen Kopf ausrichten konnte, nun da ich ihn deutlich sah; der Kopf besaß nämlich riesige Stoßzähne, orangeglühende Augen und eine rotbraune Mähne. Alles in allem war der Tarask so groß wie Pook – doch das Pferd war für das Laufen geschaffen, das Ungeheuer dagegen für den Kampf. Seine Bärentatzen hingen an riesigen muskulösen Beinen, und ihre Klauen machten einen außerordentlich soliden Eindruck.

Beim Absteigen zog ich mein Schwert und stellte mich vor Pook auf, dem Tarask die Front darbietend. »Schätze, wir können wohl nicht zu irgendeiner gütlichen Einigung kommen?« fragte ich das Monster. Ich erwartete nicht wirklich eine bejahende Antwort, doch ich wollte auch nicht, daß behauptet wurde, ich hätte grundlos einen Kampf vom Zaun gebrochen. Schließlich gilt es ja auch die Form zu bewahren. Als Antwort brüllte das Ungeheuer los. Das Geräusch ließ die uns einengenden Bäume erzittern, und ihr Laubwerk rollte sich zusammen. Welch eine Macht! Natürlich bin ich ein unempfindlicher Barbar, so daß ich nicht wirklich weiß, was Angst ist, aber dieses Geräusch verlieh mir einen kleinen Vorgeschmack darauf. Der Atemwind des Monsters wehte mir beinahe das Haar vom Kopf und riß an den verhedderten Baumästen. Sein Geruch war auch nicht eben lieblich.

»Ich fühle mich dazu verpflichtet, dich darauf hinzuweisen, daß ich ein primitiver Kriegertyp bin, der ausgezeichnet mit seinen Waffen umzugehen versteht«, sagte ich. Wirklich schade, daß der Rückenpanzer des Ungeheuers derart mächtig war; der würde der Sprengkraft einer Ananas widerstehen. Sonst hätte es für mich einen leichten Ausweg gegeben. »Solltest du es vorziehen, jetzt doch noch lieber zurückzuweichen, so habe ich dafür volles Verständnis.«

Der Tarask trat vor. Erst die drei linken Beine, dann die drei rechten. Auf ehrfurchtgebietende Weise sperrte er das Maul auf, so daß ich ganz genau sehen konnte, wie gräßlich es doch war. Die Zähne waren der reinste Widerhakenwald, manche ganz spitz, andere mit scharfer Sägekante, wiederum andere mit mehreren Schneideflächen. Ich versuchte es noch einmal, denn die Höflichkeit verlangt nach drei Friedensangeboten. »Da ist noch eine Sache, die du über mich wissen solltest ...«

Mit weitaufgesperrtem Maul kam der Tarask näher, und in seinem Rachenbereich bildete sich wieder ein fürchterliches Brüllen aus.

Na schön, ich hatte es versucht. Nun konnte ich kämpfen, ohne jede Hemmungen. Bei so etwas bin ich übrigens ziemlich gut. Ich ließ meine Klinge mit jener legendären Kunstfertigkeit schwingen, für welche die Barbaren zu Recht berühmt sind. Sirrend schwang ich sie in einem Bogen, der durch das aufgesperrte Maul führte, die Zunge, eine Mandel und das Gebrüll abschnitt. Damit war dem Biß auch seine Wucht genommen. Das Maul klappte im selben Augenblick zu, als mein Schwert wieder hervorkam, und spritzendes Blut legte sich auf die feinziselierten, sauberen weißen Zähne.

»Ich habe wirklich versucht, dich zu warnen, Schildkrötenhaut«, sagte ich. »ich bin nicht das übliche verängstigte, hilflose Beutetier, an das du gewöhnt sein magst. Ich bin ein Schwertkämpfer. Wenn du weiterhin auf dieser Zankerei bestehst, wirst du einige schwere Wunden davontragen und möglicherweise sogar sterben.«

Die Augen des Tarask funkelten böse. Das war ja auch das Ziel meiner Konversation: das Wesen so zu erzürnen, daß es vor Wut den Verstand verlor. Das ist übrigens die Barbarische Standardtaktik Nummer Drei: gegen das Opfer gerichtete Verbalinjurien. Wie man so hört, sollen einige ziemlich miese Schwertkämpfer allein auf Grund ihrer spitzen Zunge in der Abenteuerszene doch noch ganz gut zurechtkommen. Mit einer massigen Vordertatze schlug das Ungeheuer nach mir. Ich wich zurück, und der Hieb verfehlte mich, um statt dessen den Stamm eines Baumes zu meiner Rechten zu erwischen, was den sofort vier Lagen Rinde kostete. Der Baum erzitterte und stöhnte hölzern, dann troff Harz aus den Wunden.

Aber ich hatte meine eigenen Sorgen. Ich richtete meine Schwertspitze gegen das linke Auge des Ungeheuers. Wachsam wich der Tarask zurück und entging dadurch dem Stoß. Mein erster Hieb hatte ihn überrascht, doch nun war er vorsichtig geworden. Vorsichtig zu sein, fällt in der Regel sehr viel leichter, wenn man erst einmal die Zunge verloren hat. Also schlug ich auf seine schwarze Nase ein und hackte ihm zwei Barthaare ab.

Das machte die Kreatur aber wütend! Der Verlust dieser

Barthaare verstümmelte sein Antlitz, und anscheinend war das Ungeheuer ziemlich eitel, was sein Aussehen betraf. Die abgehackte Zunge und die verlorene Mandel sah man schließlich nicht von außen, den verstümmelten Bart allerdings sehr wohl. Der Tarask stieß einen blutbefleckten Schrei aus und sprang mich an. Natürlich duckte ich mich sofort und rammte die Schwertspitze empor, um sie in seine freigelegte Kehle zu bohren. Im allerletzten Augenblick wirbelte das Ungeheuer seitlich davon, verlor das Gleichgewicht und krachte gegen den klauengeplagten Baum.

Das war mein Vorteil! Ich preßte mich seitlich an ihm vorbei und verpaßte seiner Flanke einen mächtigen Schwerthieb mit beiden Händen. Doch ich traf nur den schuppigen Panzer. Mein Klinge sprang davon ab, ohne dem Wesen etwas anzuhaben, statt dessen wurden von dem Schock des Aufpralls meine Hände und Arme fast taub. Aua! Das würde ich nicht noch einmal versuchen.

Nun befand ich mich außerhalb der Nische, und zwar zu Fuß; ich besaß weder Seiten- noch Rückendeckung. Wenn ich nicht sofort etwas unternahm, würde ich gleich mächtig in der Klemme stecken.

Gerade fuhr der Tarask mit dem Kopf herum. Ich sprang vor, packte den nächstgelegenen Widerhaken und schwang mich auf den Rückenpanzer des Drachen. Ich bezweifelte, daß er den Kopf so weit zurückbiegen konnte. »Oh, Halbbart«, schrie ich, während ich mich zwischen seine Widerhaken setzte und die Stiefel dagegen stemmte. »Was sagst du jetzt, Stinkschnauze?« Geschmackvoll ausgesuchte Beleidigungen sind natürlich der wahre Schlüssel zur Kampftaktik Nummer Drei.

Was der Tarask nun sagte, bestand aus einem nicht wiederholbaren Zornesgebrüll. Er schnappte mit dem Kopf herum, um mich zu packen, konnte mich aber nicht erreichen. Ich hieb mit dem Schwert nach seinen pelzigen Ohren und trennte ihm eines davon ab. Das machte das Monster noch wütender.

Der Tarask versuchte mich abzuwerfen, doch dazu war

er zu schwerfällig, während ich dagegen sehr festen Halt hatte. Es gelang ihm auch nicht, mich mit einer Tatze herunterzureißen, denn seine sechs Beine waren nur dazu geeignet, sein eigener Körpergewicht zu tragen, nicht aber für nach oben gerichtete Beweglichkeit, so daß er mich nicht einmal streifen konnte. Dann wollte er mein Bein gegen einen Baum schmettern, doch da seine eigenen Stacheln viel weiter herausragten als dieses, gelang es ihm lediglich, ein Loch in den Baum zu pieken und für eine kurze Weile darin steckenzubleiben. Als nächstes versuchte er sich herumzurollen, um mich zu zerquetschen, doch daran hinderten ihn wieder die Stacheln. Inzwischen hieb ich auf alle Fleischteile ein, die ich nur erreichen konnte, und setzte dem Monster gnadenlos zu.

Leider konnte ich dem Tarask aus meiner Position keinen ersten Schaden zufügen, denn sein Panzer schützte ihn ebensosehr wie mich selbst. Langsam begann es danach auszusehen, als würde die Sache sich zu einem reinen Durchhaltekampf entwickeln.

Doch dem war leider nicht so. Der lange, schlangengleiche Schwanz des Tarask peitschte herum und stach mich in den Rücken. *Damit* konnte er mich durchaus berühren! Ich versuchte das Schwanzende abzuschlagen, es war jedoch viel zu schnell für mich. Tatsächlich wagte ich es nicht einmal den Kopf zu wenden, aus Furcht, der Schwanz könnte mir ein bis zwei Augen ausstechen. Nach und nach mußte mein leichter Lederpanzer daran glauben, und schon bald erschienen die ersten Striemen auf meinem Fleisch. Ich mußte unbedingt aus der Reichweite dieses Schwanzes verschwinden!

Doch um das zu erreichen, mußte ich von dem Rückenpanzer steigen – was mich natürlich wieder dem restlichen Ungeheuer ausliefern würde. Gab es denn gar keine andere Möglichkeit?

Doch, die gab es. Ich wandte mich halb um und kroch rückwärts zurück, von Stachel zu Stachel, dem Schwanz entgegen. Natürlich riß mir seine hervorschnellende Spitze erhebliche Wunden in den Rücken, doch ich machte unbeirrt weiter, bis ich mich teilweise umdrehen konnte, das Gesicht mit dem freien Unterarm abgeschirmt, um mit dem Schwert auf die Schwanzwurzel einzuhacken, wo diese unter dem Panzer hervortrat. Unerbittlich sägte ich das schutzlose Fleisch und versuchte, es vom restlichen Körper zu trennen. Zwar hatte ich keinen besonders guten Hebelpunkt, aber meine Klinge war scharf, und schon bald gelang es mir, die dicke Haut zu durchstoßen und die Schneide in das empfindliche Fleisch darunter zu senken.

Der Tarask stieß Schreie aus und vollführte Sprünge, vom plötzlichen Schmerz aufgeschreckt. Diese Bewegung war so abrupt und heftig, daß ich mit einem gewaltigen Purzelbaum vom Panzer stürzte und auf den Boden rollte. Nun war ich in Schwierigkeiten!

Der Tarask brauchte einen Augenblick, um zu erkennen, daß ich nicht mehr auf ihm saß. Dann sammelte er seine Reflexe wieder und stieß zu. Noch im Sturz hatte ich mein Schwert fest umklammert, und nun stieß ich damit nach der Schnauze des Ungeheuers. Die Spitze versank in der empfindlichen Wange, der Kopf ruckte zurück, gab die Klinge wieder frei, und Blut spritzte hervor. Ich sprang auf die Beine und wich in die Nische zurück. Wieder sprang mich das aufgebrachte Ungeheuer an, wobei es diesmal mit der Vordertatze nach mir ausschlug. Ich parierte die Tatze, und die Klinge schnitt in sie hinein, trennte eine Klaue samt Fleischwulst ab – doch die Wucht des Hiebs riß mir gleichzeitig das Schwert aus der Hand. Nun war ich völlig waffenlos!

Na ja, nicht ganz, schließlich hatte ich noch mein Messer. Pfeil und Bogen sowie den Zauberbeutel hatte ich bei Pook gelassen; in einem solchen Nahkampf würden sie mir nicht viel nutzen. Das Messer freilich erschien mir auch erbärmlich untauglich.

Der Tarask glaubte, daß er mich nun erledigt hätte, und stieß wieder vor, wobei er das Maul weit aufsperrte, um sich einen saftigen Bissen Barbarenfleisch zu gönnen. Es ist eine anerkannte Tatsache, daß Barbaren besser schmecken als zivilisierte Leute, weil sie nämlich gesünder sind und mehr mageres rotes Fleisch aufweisen.

Nun, auch Ungeheuer machen mal Fehler, genau wie Menschen. Ich stach mit der Messerklinge in die schwarze Nase und drehte sie herum.

Das tat weh! Das Wesen stieß ein kätzischen Kreischen aus, das meine Fingernägel grün zu färben drohte, und wich mit unwürdiger Hast zurück. Ich hielt das Messer umklammert und riß es heraus, worauf sofort ein Blutstrom aus der Wunde hervorspritzte. Einen Augenblick lang war der Tarask blind vor Schmerz.

Natürlich nützte ich meinen Vorteil, ich bin ja schließlich nicht umsonst ein Krieger! Ich sprang dem Ungeheuer an die Gurgel, auf der Suche nach der verwundbaren Schlagader. Doch der Tarask riß sofort den Kopf zurück. Dieses Ding war *auch* nicht umsonst ein Raubtier. Zwar war ich wohl ein weitaus ernst zu nehmenderer Gegner, als der Drache ursprünglich vermutet hatte, dennoch standen die Chancen erheblich zu seinen Gunsten, vor allem, wenn man mitberücksichtigte, daß er aus seinen kleinen Fehlurteilen dazu lernte. So verfehlte ich den Hals und stolperte gegen seinen Brustbereich.

Das erwies sich übrigens als gar nicht so üble Stelle. Der Tarask war es gewohnt, fliehende Beutetiere zu jagen und einzufangen, nicht aber, auf dem Boden nach ihnen zu scharren. Hühner scharren, Drachen aber nicht! Er versuchte mich mit einer Vordertatze zu erwischen, aber dazu fehlte es ihm an Hebelwirkung, so daß ich der unbeholfenen Hebelbewegung mühelos ausweichen konnte. Sobald ich erkannte, daß seine rechte Mitteltatze ziemlich fest am Boden kleben bleiben mußte, während er mit der rechten Vordertatze nach mir schlug, kauerte ich mich nieder und trieb meine Klinge durch jenen Teil, der gegen den Boden preßte, direkt oberhalb der großen Klauen.

Hoo, was das Ungeheuer daraufhin für einen Lärm veranstaltete! Es riß die Tatze empor, doch da dadurch nun auf dieser Seite nur noch ein Bein den Boden berührte, verlor es das Gleichgewicht und sackte zusammen. Ich mußte mich sputen, um von dem herabsinkenden Rückenpanzer nicht erdrückt zu werden. Da das Wesen um den Bauch herum gut gepanzert war, konnte ich dort leider keinen guten Stich plazieren. Wirklich schade, denn in diesem Augenblick lag sein Bauch völlig ungeschützt vor mir.

Aha! Die Beine waren nicht gepanzert, nur der Körper. Dort wo sie aus dem Panzer herausragten, sahen sie ganz besonders empfindlich aus. Na klar, das Ungeheuer brauchte ja Bewegungsfreiheit, um auch schnellere Beutetiere zu jagen. Das leuchtete durchaus ein – mir aber gab es eine Chance.

Ich schob die Klinge in die Höhlung zwischen Panzer und Bein. Wieder erntete ich ein Gebrüll zornigen Schmerzes. Nun setzte ich dem Ungeheuer tatsächlich zu. Sowohl der Magier Yin als auch der Tarask selbst hatten die Fähigkeiten eines Barbaren im Nahkampf unterschätzt, und vielleicht hatte ich selbst das auch getan. Möglicherweise konnte ich dem Ungeheuer doch noch den Garaus machen!

Doch ich hatte mein Blatt überreizt. Der Tarask ging vollends zu Boden, und wenn ich auch geschickt davonkroch, blieb meine Messerhand doch zwischen Bein und Panzer stecken, so daß ich festsaß. Das ist die einzige Gelegenheit, bei der das Bein den Panzer richtig berührt – wenn das Wesen sich nämlich hinlegt. Meine Messerhand war zwar unverletzt, dennoch konnte ich mich nicht ganz befreien, so daß die Fleischmassen des Ungeheuers mit Wucht auf mein linkes Bein prallten und es zermalmten. Nun war *ich* mit dem Geheul an der Reihe.

Der Tarask erhob sich und drehte sich um, um mich von vorne anzugreifen. Ich versuchte, ihn mit einer unbewaffneten Hand abzuwehren, aber mit einem schnellen Hieb seiner Vordertatzen riß er mir beinahe den Arm aus dem Gelenk. Dann preßte mich das Monster mit einer Tatze zu Boden und schickte sich an, mir das Gesicht abzubeißen.

»Pook! Verschwinde!« schrie ich, kurz bevor das sabbernde blutlechzende Maul sich um meinen Kopf schloß. Ein Augenblick extremen Schmerzes, als die Hauer sich ins Fleisch bohrten – es macht wirklich nicht besonders viel

Spaß, sich das Gesicht abbeißen zu lassen – dann Dunkelheit.

Pook kam aus der Nische hervorgaloppiert, mit rasselnden Ketten. Das Ungeheuer blickte auf. Es war noch nicht fertig mit mir – genaugenommen hatte es kaum angefangen –, doch die Bewegungen des Pferdes verwirrten es. Vielleicht aktivierte der Anblick eines fliehenden Beutetiers seinen Jagdinstinkt. Andererseits ist ein Happen auf der Tatze mehr wert als zwei auf dem Huf, so daß der Tarask sich gewissermaßen wieder seinem Geschäft widmete. So kaute er sich genüßlich durch mein Antlitz.

Pook wirbelte herum und verpaßte dem Ungeheuer mit beiden Hinterhufen einen Tritt gegen den rückwärtigen Panzerteil. Der massige, klobige Leib wurde vorangedrückt, und die Schnauze bohrte sich neben meinem Kopf in den Boden.

Das entschied die Sache. Der Tarask spuckte mein Gesicht aus, schüttelte sich den Dreck aus den Augen und nahm die Verfolgung des Gespensterpferds auf. Das war natürlich genau das, was ich nicht gewollt hatte, denn Pook hatte nicht genug Zeit bekommen, um einen ordentlichen Abstand zwischen sich und das Ungeheuer zu legen. Aber war ich nicht dazu in der Lage zu protestieren, denn ich hatte das Bewußtsein verloren. Genaugenommen sehe ich erst jetzt in dem Wandteppich, was da passiert ist und wie Pook mich einmal mehr gerettet hat. Diesem Pferd schulde ich eine ganze Menge!

Der Drache humpelte zwar, brachte aber immer noch eine ganz anständige Geschwindigkeit zustande. Zwar hatte ich seiner Zunge, seiner Wange, seiner Nase, der Tatze und dem Schultergelenk Verletzungen zugefügt, doch nicht genug, um seinen Kampfgeist zu dämpfen. Er schien nicht einmal Pook eine anständige Chance geben zu wollen.

Aber Pook war ein kluges Tier. Er erinnerte sich an den Weg, der aus dem Labyrinth führte, und folgte ihm. Die Kurven kosteten ihn zwar Zeit, und die Sache war auch ziemlich knapp, dennoch gelang es ihm immer noch, einen kleinen Abstand zu halten. Jedenfalls fand er schließlich zu dem Ausgang.

Doch der war plötzlich versperrt. Schlingpflanzen hatten sich um ihn gelegt und sich miteinander verwoben, mit üblen Dornen bewaffnet. Rutschend bremste Pook ab, wobei er mit allen vier Hufen den Boden aufwühlte. Was sollte er jetzt tun? Schließlich besaß er kein Schwert, um das Grünzeug einfach durchzuhauen. Pustend kam der Tarask von hinten näher. Er war ein Kuriosum unter den Drachen, da er weder Feuer noch Rauch noch Dampf besaß; doch im Laufen pustete er Rauch hervor. Pook warf einen Blick zur Seite, begriff, daß es Wahnsinn gewesen wäre, im Labyrinth zu bleiben und sich zu Tode hetzen zu lassen, dann sprang er gegen das pflanzenumschlungene Tor.

Die Dornen bohrten sich grausam in seine Haut, doch immerhin schützten ihn seine Ketten ein wenig, und so gelang es ihm im allerletzten Moment, das Grünzeug zu durchstoßen, als das Ungeheuer ihn auch schon erreicht hatte. Der Tarask schnappte nach Pooks Hinterbeinen, und das war ein taktischer Fehler, denn diese Hufe schossen mit einer vollen Pferdestärke zurück und klebten sich voll auf seine Schnauze. Dann hatte das Gespensterpferd das Labyrinth auch schon hinter sich gebracht.

Aber der Drache gab nicht auf. Er schüttelte seine runde Schnauze und brüllte die Schlingpflanzen an, worauf sie prompt verwelkten und zu Boden fielen. Dann sprang er auf Pook zu, der sofort herumwirbelte und davongaloppierte.

Nun befand sich das Pferd allerdings auf einem Gelände, das für ihn von Vorteil war. Pook bekam größeren Abstand, hielt aber inne, wie um nachzudenken, dann verlangsamte er bewußt sein Tempo und gestattete es dem Ungeheuer, den Vorsprung wieder aufzuholen. Pook rannte immer knapp vor ihm her, stets in scheinbarer Greifweite, und lockte das Monster immer weiter von dem Labyrinth davon. So etwas konnte Pook natürlich sehr gut, denn auf diese Weise verdienten sich Gespensterpferde schließlich ihren Lebensunterhalt – in dem sie Narren in schlechte Gebiete lockten oder sie aus guten verjagten. Ich muß es ja wissen!

Das gab mir Zeit, zu heilen. Glücklicherweise war ich nicht tot, nur bewußtlos, mit durchgekautem Gesicht. Es würde ungefähr eine Stunde dauern, bis meine Augäpfel und so weiter nachgewachsen und wieder so gut wie neu waren. Anstatt mich als Köder zu benutzen, um das Monster abzulenken, damit Pook fliehen konnte, köderte Pook nun seinerseits das Ungeheuer, damit ich heilen konnte. Ich finde, das war wirklich nett von ihm.

Pook führte den Tarask in das Höhlengebiet, an dem wir vorbeigekommen waren – dort wo die Nickelfüßler hausten. Was hatte er vor? Er konnte sich dort doch nicht verstecken, denn die würden ihn bald zu Tode nickeln.

Aber es erwies sich, daß er sehr viel klüger war. Pook war ein Meister des Fallenstellens, wie ich selbst hatte feststellen müssen, als ich ihn gejagt hatte. Er stellte sich vor einer finsteren Höhle mitten ins Sonnenlicht. Die Nickelfüßler vermieden das Licht, so daß ihre silbrigen kleinen Schnauzen nicht zu erkennen waren.

Der Tarask kam näher. Gepanzert wie er war, war er ein sehr schweres Wesen, möglicherweise machten sich seine Verletzungen inzwischen auch bemerkbar; jedenfalls hatte er sein Tempo gedrosselt und schnaufte laut. Aber weil er glaubte, das Pferd nun in die Falle gedrängt zu haben, griff er an.

Pook tänzelte beiseite und ließ das Ungeheuer voll in die Höhle stürmen. Dort verschwand es in der Dunkelheit. Erst gab es eine Pause, dann ertönte ein Brüllen, das den ganzen Berg erschüttert. Der Tarask hatte die Nickelfüßler entdeckt – oder auch umgekehrt! Dann wollte das Monster aus der Höhle hinaus ins Freie zurückweichen – aber Pook stemmte sich mit den Vorderbeinen voll gegen den Boden und schob das Ungeheuer mit Hilfe seiner Hinterhufe und mit voller Pferdekraft wieder hinein.

Es war ein wunderschöner Plan – doch leider klappte er nicht völlig. Der Tarask war schwerer als Pook, und sein riesiger Panzer schützte ihn vor den Tritten, zudem hatte er einen äußerst triftigen Grund, um die Höhle möglichst hurtig verlassen zu wollen. Also kauerte er sich zusammen und gab Druck, dem Pook schließlich nicht mehr widerstehen konnte. Schon bald hatte er den Kopf wieder aus der Höhle geschoben, schlug die letzten an ihm hängenden Nickelfüßler mit der Tatze herunter und drehte sich um, dem Pferd entgegen.

Pook war kein Feigling. Er trat dich an das Gesicht des Tarask heran und wirbelte herum. Seine Ketten peitschten auf den Kopf des Drachen und schlugen ihm ein oder zwei Zähne aus, möglicherweise sogar einen Augapfel. Das Ungeheuer war derart überrascht, daß es Kopf und Vorderbeine in den Panzer zurückzog – worauf Pook prompt nachsetzte, indem er dem Kopf Sand und Erdreich hinterherschleuderte. Es hat den Anschein, als hätten Ungeheuer es nicht besonders gern, daß man ihnen Sand in die Schnauze trampelt. Der Tarask brüllte so heftig auf, daß der Sand aus seinem Nacken- und den drei Beinlöchern hervorspritzte. Fast hätte sich der Rückenpanzer von dem gewaltigen Windstoß in die Höhe jagen lassen. Für ein Brüllen war das wirklich nicht schlecht!

Nun kam der drohende Kopf wieder aus dem Panzer hervor, und die Zähne funkelten zornig. Und wieder plazierte Pook einen Huftritt auf die ohnehin schon wunde schwarze Nase des Drachen, mit einer solchen Wucht, daß das Gesicht des Ungeheuers nicht mehr konvex blieb, sondern konkav wurde, bis er den Kopf schließlich wieder in den Panzer geschubst hatte.

Pook setzte dem Ungeheuer weitaus besser zu, als ich es getan hatte! Dann begann das Pferd zu schnüffeln, offensichtlich witterte es etwas. Schnell trabte Pook zur Seite, wo ein Lumpenkrautbusch wuchs. Er packte einen Lumpen mit den Zähnen, riß ihn ab, hielt die Luft an und trabte zu dem Tarask zurück, dessen Kopf gerade wieder aus dem Panzer hervorstieß. Pook schleuderte den Lumpen auf die Nase des Monsters und wich schnell zurück.

Nun benutzte man Lumpenkraut in der Regel nicht

dazu, Stoffe zu weben oder gar Kleidungsstücke daraus herzustellen, höchstens vielleicht als Schabernack, und das lag nicht nur daran, daß die Lumpen so häßlich waren.

Der Tarask nieste. Das war es nämlich, was Lumpenkraut bewirkte: Es erzeugte ein unkontrollierbares Niesen. Manche Wesen mußten noch tagelang niesen, nachdem sie auch nur einmal daran geschnüffelt hatten; anderen riß es beinahe den Kopf ab. Nachdem das Monster das kraftvolle Kraut erst einmal richtig tief eingeatmet hatte ...

Es war ein recht gewaltiger Nieser. Der orkanartige Luftstoß pustete das Blattwerk von den Büschen und erzeugte winzige Windhosen, die ziemlich unhöfliche Geräusche von sich gaben und flohen. Der ganze Körper des Drachen glitt ein Stück zurück, ein Opfer des Rückstoßes. Das gleiche geschah beim zweiten Niesen, und beim dritten glitt der Schwanz schon tief ins Innere der Höhle. Nach einem halben Dutzend weiterer Nieser war der Tarask wieder in der Höhle verschwunden.

Pook trabte einmal mehr zu dem Lumpenkraut hinüber und pflückte einen weiteren Lumpen ab. Den schleuderte er dem Tarasken in die Höhle nach, dann kletterte er den Hügel hoch, entdeckte etwas Geröll und stieß es mit einigen Tritten in die Tiefe. Es gelang ihm, eine kleine Gerölllawine zu erzeugen, die vor dem Höhleneingang schon bald einen Steinberg aufhäufte und ihn zum Teil versiegelte. Natürlich würde der Geröllhaufen das Ungeheuer nicht dabei aufhalten können, wieder nach draußen zu preschen, doch immerhin wurde die Luft im Höhleninneren dadurch eingesperrt, die Nieser prallten daran ab, und der magische Niesstaub aus dem Lumpen verblieb zum größten Teil in dem engen Gewölbe. Das wiederum bedeutete, daß der Tarask es ständig wieder einatmen mußte, was zu erneutem Niesen führte.

Pook horchte mit einem Ohr, während der ganze Hügel bebte. Ich weiß, was er hörte: außer den großen Niesern waren da noch zahlreiche kleine. Die Nickelfüßler waren ebenfalls in Mitleidenschaft gezogen worden! Wenn sie erst mal damit aufhörten, würden sie äußerst sauer sein – und dort, mitten in ihrer Höhle war derjenige, der an allem schuld zu sein schien – der Tarask. Zwar konnten sie seinen Panzer nicht durchbohren, doch waren sie klein genug, um durch die Löcher im Panzer an ihn heranzukommen, und wütend genug, um dort allem Fleisch, dem sie begegneten, erheblichen Schaden zuzufügen. Diesmal war der Tarask zu tief in die Höhle eingedrungen, um ohne weiteres entkommen zu können. Das würde eine schlimme Abrechnung geben.

Zufrieden trabte Pook zum Labyrinth zurück. Er hatte das Ungeheuer besiegt und kehrte nun zu mir zurück, um mich zu retten. Doch ich hatte meine eigenen Probleme. Zwar hatte ich hübsch vor mich hingeheilt – aber dann waren die Drachenfliegen gekommen, um mir zuzusetzen. Gerade kam ich wieder zu Bewußtsein, als sie im Schwarm angriffen und mich mit Dutzenden von kleinen Feuerstrahlen sengten. Sofort überzog sich meine frischverheilte Haut mit Blasen, die Kleider verbrannten mir am Leib, und mein Haar loderte lichterloh. Wieder verlor ich das Augenlicht und meinen Geruchssinn, und dann schossen zwei der Fliegen herab, um mir ihr Feuer in die Ohren zu speien, was mich auch noch meines Gehörs beraubte. Nun, da ich hilflos vor ihnen lag, fügten sie mir noch viel größeren Schaden zu als es der Tarask getan hatte! Es gibt nichts Grausameres als einen Schwächling, der plötzlich Macht bekommt.

Als Pook mich entdeckte, lag ich unter einer Wolke von Drachenfliegen. Sofort griff er an und ließ seinen Schweif so heftig umherpeitschen, daß er mit einem Schlag gleich Dutzende von Fliegen aus der Luft holte und sie wirbelnd zu Boden schickte, wo sie prompt explodierten. Nun war Pook kräftig, die Drachenfliegen dagegen schwach, denn sie hatten ihre Kraft- und Feuerreserven größtenteils auf mich vergedeutet, um mein Fleisch zu braten. So gerieten sie in Panik und flohen. Ohnehin hatten sie ja meinen Körper bereits völlig vernichtet.

Ich glaube, daß Pook das eigentliche Wesen meines Talents noch nicht richtig begriffen hatte. Vielleicht hatte er geglaubt, daß meine Selbstheilung in den Höhlen der Callicantzari reiner Zufall gewesen war. Er wußte nicht, wie schlimm der Tarask mir zugesetzt hatte und wie sehr ich mich bereits davon erholt hatte, bevor die Fliegen zurückgekehrt waren. Deshalb begriff er auch nicht, daß ich mich selbst aus eigener Kraft wiederherstellen würde, sofern man mir dazu nur ein paar Stunden Zeit ließ. Also versuchte er mir zu helfen.

Mit seiner Schnauze rollte er mich herum und schubste mich in die Büsche am Labyrinthgang, dann versuchte er mich aufzurichten. Ich sackte wieder ab und ging zu Boden. Wieder versuchte er es, und noch einmal fiel ich schlapp nieder. Man macht sich kaum Gedanken darüber, wie nützlich Menschenhände doch sein können, bis man mal mitangesehen hat, wie ein Pferd versucht, mit seinen Hufen einen Menschen aufzuheben. Es ist praktisch unmöglich.

Inzwischen war meine verbrannte Haut schmutzverkrustet, so daß ich aussah wie ein Zombie, den man vor dem Fritieren in Semmelbröseln gewälzt hatte. Jeder andere hätte sich nun darangemacht, meinen gräßlichen Überresten ein anständiges Begräbnis zu verschaffen. Doch Pook wollte nicht aufgeben. Er entdeckte eine bessere Stelle, wo ein niedrig hängender Ast den Boden berührte, rollte mich darauf zu, schubste mich mit der Nase darauf, schob den Kopf darunter und schaffte es schließlich, mich wieder vom Ast herabzurollen, diesmal auf seinen Rücken.

So hing ich mit Kopf und Händen von seiner einen Seite herab, mit den Füßen von der anderen, doch immerhin konnte er mich nun tragen. Er brachte mich aus dem Labyrinth, bewegte sich um das Gebiet herum und machte sich in nordwestlicher Richtung wieder auf den Weg.

Als der Tag seinem Ende entgegenging, heilte ich langsam und begann mich zu rühren. Doch Pook bemerkte es nicht. Möglicherweise hielt er es für eine ganz normale Bewegung des Hin- und Hergeschütteltwerdens.

Endlich entdeckte er auf einer Lichtung im Dschungel eine Blockhütte. Erleichtert wieherte er los und rannte darauf zu. Dort gab es möglicherweise Menschen, die mir helfen konnten.

IX

Threnodia

Ich erwachte auf einem Lager aus duftenden Farnen. Das Innere der Blockhütte war gut zu erkennen, alles sehr ordentlich, mit Regalen, auf denen Spezereien und Kräuter standen. In einer Ecke befand sich ein merkwürdiger großer hohler Kürbis, der mit Bändern bespannt war. Und in einem Korbsessel saß eine recht hübsche junge Frau in einem braunen Kleid.

Sie bemerkte meine Bewegung und stand auf, um zu mir herüberzukommen. »Also erholt Ihr Euch doch«, sagte sie mit leiser Stimme. »Ich war mir nicht sicher.«

»Och, das habe ich eigentlich jedes Mal getan«, meinte ich. Mein Körper schmerzte zwar, aber ich wußte, daß dies aufhören würde, sobald die Heilung abgeschlossen war.

»Euer Pferd hat Euch hierher gebracht«, berichtete sie. »Ich bekomme nicht viel Besuch«, fuhr sie fort. »Deshalb sind meine guten Manieren vielleicht ein wenig eingerostet. Laßt mich Euch also einfach nur mitteilen, daß mein Name Threnodia ist. Ich lebe allein und mag es so, und wir werden gut miteinander auskommen, solange Ihr Eure Hände bei Euch behaltet und wieder aufbrecht, sobald Ihr das könnt. Euer Pferd grast draußen.«

Dies war also eine Frau, die allein gelassen werden wollte. Manche waren eben so; ich habe nie richtig verstanden, warum. Nun, ich habe noch nie jemandem meine Aufmerksamkeit aufgezwungen. Barbaren begegnen im allgemeinen genügend willigen Frauen, so daß sie nur sehr wenig für Unwillige übrig haben, und da ist es mir völlig egal, wenn zivilisierte Leute etwas anderes behaupten mögen.

»Ich bin Jordan der Abenteurer, ich heile sehr schnell, und ich habe eine Mission durchzuführen, so daß ich mich schon sehr bald wieder auf den Weg machen werde«, sagte ich. »Ich danke Euch dafür, daß Ihr für mich gesorgt habt, als ich bewußtlos war.«

Sie musterte mich anerkennend. »Ich muß schon sagen, Kondition habt Ihr wirklich. Ihr seid eine ganz schön robuste Erscheinung von einem Mann.«

»Klar, ich bin ein echter Barbar, hauptsächlich Muskeln, nicht allzuviel Hirn«, sagte ich lächelnd. Tatsächlich war ich im Augenblick ziemlich schlau, natürlich wegen des Intelligenzzaubers, den ich versehentlich aktiviert hatte. »Zum Glück ist Pook ja da, der sorgt für mich.«

»Pook«, wiederholte sie. »Euer Pferd? Soll das heißen …?«

»Ja, er ist ein Pooka, ein Gespensterpferd. Deshalb trägt er auch diese Ketten.«

»Ihr habt ein Gespensterpferd gezähmt?« fragte sie verblüfft.

»Nein. Wir sind einfach nur Freunde.«

Sie lachte. Sie war sehr schön, wenn sie das tat. »Na, treu ist er jedenfalls. Er hätte Euch auch irgendwo abwerfen können, wo Ihr dann gestorben wärt.« Sie richtete einen Blick in die Küchenecke. »Fühlt Ihr Euch schon kräftig genug, um etwas zu essen?«

»O ja, ich bin sogar hungrig!«

»Ihr heilt aber *wirklich* schnell! Schon jetzt seht Ihr viel erholter aus.«

»Ja, nach tödlichen Verletzungen habe ich immer einen gesegneten Appetit«, stimmte ich zu.

Wieder lachte sie, denn sie hielt es anscheinend für einen Scherz. Sie schöpfte etwas Suppe aus dem Topf auf dem Herd in eine hölzerne Schale und brachte sie mir. Das Zeug war so dunkel und so flüssig wie ihr Haar, doch es schmeckte gut und schien sehr nahrhaft zu sein; ich fühlte mich schon schnell gekräftigt.

»In meinem Hinterhof wächst ein Hosenbaum«, sagte sie. »Hätte nie geglaubt, daß ich den mal brauchen könnte, denn ich ziehe eigentlich Kleider vor.« Sie hielt ein Paar braune Röhrenhosen empor. »Die müßten Euch passen.«

»Danke«, sagte ich. Ich erhob mich von dem Farnlager und begab mich in die Röhrenhose, und tatsächlich paßte sie einigermaßen.

»Das ist erstaunlich«, sagte sie und musterte mich erneut. Offensichtlich war sie keine von diesen prüden zivilisierten Frauen, wenngleich sie in anderen Punkten durchaus zivilisiert wirkte. »Eure Haut ist schon fast wieder heil! Dabei hattet Ihr solch schwere Verbrennungen ...«

Ich zuckte die Schultern. »Schätze, die hat wohl schlimmer ausgesehen, als es wirklich war.« Ich hätte ihr natürlich mein Talent erklären können, aber das schien mir nicht nötig, schließlich wollte ich ja gleich aufbrechen.

»Ich hätte nie gedacht, daß Ihr schon so bald wieder auf den Beinen sein würdet«, meinte sie. »In welcher Mission seid Ihr denn unterwegs?«

»Ach, nichts, was Euch interessieren würde«, bemerkte ich wegwerfend. »Ich muß bloß einen Gegenstand holen und ihn auf Schloß Roogna zurückbringen.«

»Schloß Roogna?« wiederholte sie mit merkwürdigem Interesse. Das hätte mir eigentlich auffallen müssen, doch das tat es nicht. »Ist das noch intakt?«

»Na klar doch. Aber der alte König Gromden liegt im Sterben, und es gibt da ein Problem, was die Nachfolge betrifft. Deshalb muß ich ...«

»Der König liegt im Sterben?« fragte sie aufmerksam.

»Ja. Und diese beiden Magier Yin und Yang wetteifern nun um den Thron, also ...«

»Yin und Yang ... aber die ...«

»Können sich nie einig werden«, beendete ich den Satz für sie. »Mit Ausnahme dieses magischen Wettkampfs, bei dem sich herausstellen soll, wessen Zauber die Stärkeren sind. Deshalb bin ich ...«

»Jetzt fange ich an zu verstehen! Ihr arbeitet für sie!«

»In gewisser Weise ja. Ich muß meine Mission ausführen, damit Yin gewinnt, aber Yangs Zauber sind mir dabei im Weg. Ist eine ziemlich rauhe Sache gewesen bisher, aber ich glaube, langsam komme ich ans Ziel.« Ich zuckte die Schultern. »Ich will Euch nicht mit Einzelheiten langweilen. Werde mich jetzt mal auf den Weg machen. Danke für die Suppe, Mädchen.«

»Wartet«, sagte sie. »Diesen Gegenstand, den Ihr holen sollt – wißt Ihr, was das ist?«

»Nein. Ich habe zwar Yins Findezauber, habe ihn aber noch nicht benutzt. Aber ich glaube, daß er sich hier irgendwo in der Nähe befinden mußt, denn es ist mir vorherbestimmt ...«

»Setzt Euch, Jordan«, sagte sie. »Laßt mich Euch eine Geschichte erzählen, die Ihr vielleicht noch nie gehört habt. Ich werde Euch auch etwas Wein einschenken.«

»Na klar doch. Danke auch.« Für Geselligkeit war ich immer zu haben. Threnodia mischte einige Flüssigkeiten in einen Kelch, was mich etwas überraschte, denn ich hatte gedacht, daß Wein immer direkt aus Weinschläuchen kommt, die auf Weinlilien wachsen. Sie brachte mir den Kelch, und während sie sprach, leerte ich ihn. Es war ein bitteres Zeug mit einem ziemlich stechenden Nachgeschmack, aber recht gut. Barbaren haben ja sowieso nicht viel Geschmack.

»König Gromden hat ein Kind, eine Tochter«, sagte Threnodia.

»Oh, ja, klar. Das hat er mir erzählt.«

»Was hat er Euch noch über sie erzählt?«

»Nicht viel. Nur daß seine Frau und sein Kind weggegangen sind und daß er sie mächtig vermißt.« Ich rülpste; der Wein schlug Blasen in meinem Inneren.

»Die Geschichte ist ein bißchen komplizierter gewesen«, meinte Threnodia.

»Na ja, jetzt ist er jedenfalls ziemlich einsam.« Dann erfuhr meine Intelligenz einen Lichtblitz. »Yang hat da einen Skandal erwähnt; vielleicht war das ja der ...«

Sie schwieg einen Augenblick, dann setzte sie ihre Geschichte fort, als wäre sie nicht unterbrochen worden. »König Gromdens Augapfel, und es heißt in der Tat, daß sie sehr hübsch war. Seine Frau wurde eifersüchtig, weil das Kind soviel Aufmerksamkeit bekam, und deshalb verhängte sie einen Fluch über sie: Wenn sie auf Schloß Roogna bleiben sollte, würde das Schloß fallen. Das machte den König sehr traurig, doch schließlich mußte er die Hauptstadt von Xanth um jeden Preis erhalten, weshalb er das Mädchen schließlich wegschickte. Und weil er wegen des Fluchs wütend auf die Königin war, jagte er auch sie davon, doch bevor sie ging, verhängte sie auch über ihn einen Zauber. Das war natürlich ihr Talent – Flüche zu verhängen. Sie entstammte einem Fluchvolk tief im Süden Xanths, manche nennen dieses Volk die Dämonen. Sie brachte ihn dazu, den Inhalt des ersten Fluchs zu vergessen.

Deshalb sucht der König seitdem nach seiner verbannten Tochter und weiß gar nicht mehr, daß er selbst sie in die Verbannung geschickt hat, und zwar aus gutem Grund. Schließlich spürte er sie sogar auf, doch sie konnte sich an den Fluch noch erinnern und weigerte sich, zu ihm auf Schloß Roogna zurückzukehren. Das konnte er nicht verstehen, denn sobald sie ihm von dem Fluch erzählte, vergaß er ihn wieder sofort. Ein guter Fluch läßt sich nicht dadurch vermeiden, daß man einfach jemandem sein Wesen erklärt; der funktioniert solange, bis er wieder aufgehoben wird oder einfach an Kraft verliert, aber die Flüche der Fluchungeheuer verlieren ihre Kraft niemals.

Da er die Wahrheit nicht begreifen konnte, dennoch aber auf einer Antwort beharrte, mußte sie ihm statt dessen eine Lüge erzählen, so grausam das auch sein mochte. Folglich behauptete sie, daß sie es vorziehe, in der offenen Wildnis zu leben anstatt in einem düsteren alten Schloß. Er versuchte immer wieder, sie dazu zu bewegen, es sich anders zu überlegen, doch nie hatte er damit Erfolg.«

»Das ist aber sehr interessant«, meinte ich. »Mir hat er nie etwas über die Flüche erzählt.«

»Natürlich nicht. Aber an das Fehlen seiner Tochter kann er sich noch erinnern«, meinte Threnodia. »Und er hat sich geschworen, eine Möglichkeit zu finden, sie auf Schloß Roogna zurückzubringen und sie dort glücklich zu machen. Tatsächlich hat er sogar darauf gehofft, daß sie seinen Nachfolger heiraten würde, den nächsten König von Xanth, damit seine Stammlinie an der Macht bleiben würde. Der Thron Xanths ist ja nicht erblich, da er von einem Magier auf den anderen übergehen muß, doch manchmal gibt es über die weibliche Seite so etwas wie eine Erblinie. Seine Tochter war natürlich keine Zauberin, aber das spielt bei Königsgattinen ja keine Rolle.«

»Nun, das hat wohl nicht funktioniert.« Ich setzte meinen leeren Krug ab. »Sein Nachfolger wird entweder Yin oder Yang heißen, und ich glaube nicht, daß einer von beiden sich im Moment sonderlich fürs Heiraten interessiert.«

»Sie interessieren sich sehr wohl dafür. Das Volk wäre weitaus williger, einen Magier zu akzeptieren, der die Tochter des vorhergehenden Königs geheiratet hat, und ihre magische Kraft würde ihm beim Regieren helfen, so daß sie ein Eigentum von bescheidenem Wert darstellt, abgesehen davon, daß sie auch körperlich anziehend ist. Männer neigen dazu, diesen letzten Aspekt viel zu stark zu betonen.«

»Äh, ja«, pflichtete ich ihr bei und musterte Threnodias eigene Figur.

»Auf jeden Fall hätten sie sowieso keine Wahl. Der König hat dafür gesorgt, daß keiner von ihnen König werden kann, wenn er sie nicht heiraten sollte.«

In meinem Kopf wirbelt es angenehm. Das war starker Wein gewesen! »Vielleicht wird er dem Sieger diese Kleinigkeit ja noch offenbaren, nachdem ich das Objekt zurückgebracht habe«, sagte ich. »Aber das wird natürlich sehr schade sein, denn wenn ihre Rückkehr aufs Schloß bedeutet, daß es fallen muß ...«

»Ja, es ist eine grausame Situation«, stimmte sie mir zu. »Dieses Mädchen wird niemals auf Schloß Roogna zurückkehren, denn sie liebt nur ihren Vater und Xanth, sonst niemanden. Sie wird alles nur Erdenkliche tun, um ihre Rückkehr zu verhindern, egal wer der nächste König ist, selbst wenn es ihrem Vater das Herz brechen sollte. Sie hat keine andere Wahl.«

»Na ja, das geht mich ja nichts an«, sagte ich und stand auf. »Ich muß jetzt meinen ...«

Ich begann zu wanken, taumelte, verlor das Gleichgewicht und stürzte auf das Lager. Irgend etwas stimmte hier nicht!

Threnodia kam zu mir herüber. »Es tut mir leid, daß ich Euch vergiften mußte, Barbar«, sagte sie. »Aber solltet Ihr Eure Mission erfolgreich beenden, und sollte Yin König werden, so wird er tun, was König Gromden von ihm verlangt, nämlich Gromdens Tochter heiraten und sie auf Schloß Roogna halten. Das muß ich verhindern, denn wenn Schloß Roogna fällt, so fällt auch die menschliche Vorherrschaft in Xanth.«

»Aber ...«, protestierte ich benommen.

»Ihr müßt nämlich wissen, unschuldiger Barbar, daß *ich* König Gromdens Tochter bin«, sagte sie. »Ich fand nur, daß es gerechter wäre, Euch wenigstens wissen zu lassen, warum ich Euch umgebracht habe. Besser, daß ein närrischer Abenteurer sein Leben verliert, als daß Schloß Roogna fällt. Es ist also nichts Persönliches. Ihr scheint mir sogar eine recht nette Person zu sein – für einen Barbaren.«

Dann wurde ich ohnmächtig, und wahrscheinlich starb ich auch, denn das Gift hatte sich durch meinen ganzen Körper ausgebreitet und war ein ziemlich starkes Zeug. Threnodia zerrte meinen Körper über den Boden – für eine Frau war sie bemerkenswert kräftig – zu einer Falltür im hinteren Teil der Blockhütte, durch die sie mich schließlich schubste.

Ich glitt einen dunklen Schacht hinunter, kam hinaus ins Licht und in die leere Luft. Der Schacht führte direkt in die vergessene Spalte! Ich stürzte ein entsetzlich weites Stück in die Tiefe und prallte mit dem Kopf am Boden gegen den Fels. Wenn mich das Gift nicht umgebracht haben sollte, so hatte es der Sturz mit Sicherheit getan!

Pook hörte den fernen Aufprall, seine Ohren zuckten, und er trat an den Rand der Spalte, um in die Tiefe zu blikken. Sofort hatte er mich mit seinen scharfen Augen oder seiner empfindlichen Nase aufgespürt und stieß ein entsetztes Wiehern aus. Vielleicht fühlte er sich auch für das Geschehene verantwortlich, denn schließlich war er es gewesen, der mich zu Threnodias Hütte gebracht hatte.

Aber er war ein recht kluges Tier, und unter größten Anstrengungen gelang es ihm schließlich, zu mir in die Spalte hinabzusteigen, wo er dann schon bald zu meinen Überresten angetrabt kam.

Ich war kein besonders schöner Anblick. Meine Beine waren gebrochen, mein Schädel war aufgeplatzt und hatte einiges von seinem Inhalt verspritzt. Nichts Wichtiges, nur so ein graues Zeug, das wohl, wie ich glaube, zur Isolierung oder als Ausstopfmittel diente. Doch es war eine ziemlich klebrige Angelegenheit, und eine Menge Blut lag auch herum. Ich war so tot wie eh und je. Dicht neben mir lag mein Schwert, verbogen und schartig. Das ist wirklich ein trauriger Anblick, denn dieses Schwert hatte mir treu gedient und konnte sich selbst nicht heilen.

Mit dem Huf kratzte Pook die Überbleibsel zusammen und bildete daraus einen Haufen; den schob er auf ein großes Blatt, dessen Spitzen er irgendwie halbwegs zusammenknotete, schließlich nahm er das Schwert und befestigte das fertige Bündel damit an seinen Ketten. Dann machte er sich wieder an den Aufstieg und entdeckte schließlich, es war bereits Nacht geworden, hoch oben über der Spalte eine Felsennische, wo er das Bündel absetzte, wohl um zu überlegen, wo er mich beerdigen sollte. Immerhin war er ja ein Gespensterpferd und verstand etwas von Begräbnissen. Er schlief, wie es Pferdeart ist, im

Stehen, während ich mal wieder vor mich hin heilte. Diesmal dauerte es natürlich länger als üblich, denn *so* tot war ich lange nicht mehr gewesen.

Als das Morgenlicht zögernd über den Bergkamm linste und in die Spalte kroch, begann ich mich zu bewegen. Pook war eingedöst. Eine Bewegung in dem Bündel ließ ihn erschrocken die Ohren aufstellen. Ob etwa in der Nacht ein Raubtier unbemerkt angeschlichen und sich über die Lekkereien hergemacht hatte? Sofort überprüfte er die Sache, indem er das Bündel aufriß.

Ich blickte ihn an. »Hallo Pook«, sagte ich. »War es diesmal sehr schlimm?«

Vor Schreck wäre er fast vom Abhang gefallen.

Ich streckte mich und kletterte aus dem Blattbündel. Ich fühlte mich zwar schwach, aber gesund. Jetzt würde ich eine Menge Essen brauchen, um die gewaltigen Energiereserven wieder aufzufrischen, die meine Heilung verbraucht hatte.

Es dauerte einen Augenblick, bis Pook sich von seinem Erstaunen erholt hatte und zu dem Schluß gelangte, daß ich tatsächlich wieder am Leben war. Dann kam er auf mich zu und stubste meine Hand. »Ach, hast du das gar nicht von mir gewußt?« fragte ich ihn und erkannte, daß er ja noch nie mitangesehen hatte, wie ich heilte, jedenfalls nicht vom Zeitpunkt des Todes bis zu dem der Wiederauferstehung. Er war ja ständig unterwegs gewesen, war Drachen aus dem Weg gegangen, hatte nach einem Ausgang aus den Callicantzarihöhlen gesucht oder gerade gegen einen Tarask gekämpft. »Mein magisches Talent besteht darin, daß ich mich von allen Wunden oder Verletzungen wieder erholen kann, und zwar sehr schnell. Verliere ich einen Teil meines Körpers, so wächst er mir nach; werde ich getötet, erwache ich wieder zum Leben. Du mußt wirklich alle Teile von mir zusammengescharrt haben, deshalb konnte ich auch so schnell heilen. Danke, Pook, das war sehr nett von dir.«

Er stand einfach nur verlegen da. Ich tätschelte ihm den Hals. Pferde haben ausgezeichnete Hälse zum Tätscheln;

Hühner dagegen gar nicht. »Sehe gerade, daß du auch meinen Zauberbeutel mitgebracht hast. Und mein Schwert. Das ist gut. Diese Zauber mögen zwar ziemlich durcheinander sein, aber wahrscheinlich werde ich sie brauchen. Schließlich muß ich immer noch meine Mission erfüllen.« Ich blickte mich um. »Aber wie sind wir hier auf diesen Abhang gekommen? Das letzte, an das ich mich erinnere, ist Threnodia, wie sie mir das Gift verabreichte – aber davon hätte ich mich eigentlich schneller erholen müssen.« Ich blickte meinen Körper an. »Und das erklärt auch noch nicht den Zustand meiner Kleidung und das ganze neue Fleisch, das mir nachgewachsen ist.«

Pook zeigte mit dem Kopf auf die Spalte.

»Soll das heißen, daß sie mich dort hinuntergeworfen hat?« fragte ich. »Da muß ich ja aufgeschlagen sein wie ein kaputtes Ei!« Er nickte zustimmend. Nun begriff ich erst, wieviel er wirklich für mich getan hatte, und was es bedeutete, daß er mir seine Freundschaft geschenkt hatte. Ich wußte, daß ich ihm sehr viel schuldig war.

Wir kletterten den Abhang hoch, und zwar langsam, denn ich war immer noch matt, und Pook war müde. Dabei erinnerte ich mich daran, was Threnodia mir kurz vor meinem Tod erzählt hatte. Sie war König Gromdens Tochter, dazu verflucht, sich von Schloß Roogna fernzuhalten, auf daß es nicht falle, und sie fürchtete sich davor, daß der Magier Yin sie heiraten und sie zur Rückkehr zwingen würde, nachdem er erst König geworden war. Ich konnte ihre Sorgen zwar verstehen – aber irgendwie kam es mir doch wie eine reichlich extreme Reaktion vor, mich deshalb gleich zu ermorden. Schließlich hatte ich damit doch gar nichts zu tun. Na ja, das stimmte nicht ganz; sollte ich meine Mission erfolgreich beenden, würde Yin König werden, und dann würde der Boden unter Threnodias Füßen ziemlich heiß werden. Doch warum konnte sie sich nicht einfach weigern, ihn zu heiraten oder auf Schloß Roogna zurückzukehren? Schließlich hatte sie sich dem König verweigert, der ihr Vater war, da würde sie mit dem Magier Yin doch wohl das gleiche tun können. Sie hätte mich nicht umzubringen brauchen, nur um Yin daran zu hindern, den Sieg davonzutragen; sie hätte mich beispielsweise bitten können, ihren Aufenthaltsort nicht preiszugeben, ebensogut hätte sie sich auch einen neuen, verborgenen Ort suchen können, bevor ich aufs Schloß zurückkehrte. Deshalb ergab ihr Tun für mich keinen Sinn, und das machte mir zu schaffen, denn sie war eine äußerst anziehende Frau. Eine Frau, mit der ich nur zu gerne ...

Dann fragte ich mich, wieviel Sinn mein eigenes Denken eigentlich gerade machte. Doch immerhin hatte ich dafür eine Entschuldigung – der ganze Schmutz, der sich mit der anderen klebrigen Masse in meinem Kopf vermengt hatte. Mein Kopf war nicht mehr der gleiche. Er fühlte sich ein wenig wie Rührei an, das man auf einem Sandboden angerichtet hatte. Zum einen schien ich den größten Teil des Intelligenzzaubers wieder eingebüßt zu haben, denn wäre ich jetzt wirklich schlau gewesen, so hätte ich auch genau herausbekommen, welchen Sinn Threnodias Handeln hatte, was mir möglicherweise sehr viel Schmerz erspart hätte. Ich mochte wirklich nicht glauben, daß eine so wunderhübsche Frau wie Threnodia mir derart Schlimmes hatte antun können. Ich war nicht halb so vernünftig, wie es ein Barbar eigentlich hätte sein müssen.

Eine Sache war allerdings schlammigklar: Ich mußte mich unbedingt von Threnodia fernhalten, denn sie war entweder verrückt oder gefährlich, möglicherweise auch beides. Wenn Yin sie heiraten sollte, so war das sein Problem, nicht meins. Schließlich war er ein Magier; vielleicht konnte er sie in den Griff bekommen. Ich verstand zwar nicht, warum er eine solche Frau überhaupt heiraten wollte ... hm, nein, das konnte ich durchaus verstehen. Damit König Gromden seiner Nachfolge zustimmte und ... Der Schmutz in meinem Hirn schmierte mir ein Bild davon zusammen, wie sie wohl ohne Kleider aussehen mochte und was ein Mann mit ihr anfangen ... na egal. Ich würde einfach meine Aufgabe erledigen, das Objekt holen, es auf Schloß Roogna zurückbringen und mich dann aus diesem

Gebiet verdrücken, möglichst bevor die Kacke am Dampfen war.

Mit gewaltiger Erleichterung erreichten wir gegen Mittag den Gebirgskamm. Dort fanden wir eine schöne grüne Ebene vor, die von hohem Gras nur so strotzte und mit Obst- und Nußbäumen übersät war. Hier konnten wir uns entspannen, ausruhen und etwas essen, was wir auch verzweifelt nötig hatten.

Ich machte drei Schritte auf den nächstgelegenen Baum zu – und stolperte über einen weiteren schwarzen Zauber. Dieser hatte die Gestalt eines Steins. Dunkel flackerte er auf.

Ich wußte, was das zu bedeuten hatte – und hätte ich es nicht gewußt, ich hätte es auch erraten können, denn mein Fuß verwandelte sich sofort in schwarzen Stein. Hastig schleuderte ich ihn mit einem Tritt so weit es ging über den Rand der Ebene hinaus, wo er den Berghang hinabfiel.

Dann grabschte ich nach einem Gegenzauber, denn inzwischen begann auch mein anderer Fuß zu versteinern. Offensichtlich hatte dieser kurze Kontakt genügt, um den Zauber voll an mich anzupassen. Durch das Fortschleudern hatte ich ihn keineswegs gebremst. Aber ich hatte jetzt ohnehin nicht genug Zeit zum Nachdenken. Wenn einem die Beine unter der Nase zu Stein werden, überlegt man nicht mehr sehr lange.

Ich erwischte die weiße Puppe. Das war der Körperaustauschzauber; den konnte ich jetzt nicht gebrauchen. Aber da die Zauber ohnehin alle durcheinander waren, wußte ich auch, daß er etwas anderes sein mußte. Vielleicht würde mir ja irgendein anderer Zauber helfen, so verrückt dieser Gedanke jetzt im nachhinein auch erscheinen mochte. »Ich invoziere dich!« rief ich.

Die Puppe blitzte auf, und plötzlich hatte ich eine Vision von einem Pfeil, der gen Osten zeigte.

Ein Pfeil? Was konnte das sein? Oh – das war die Nadel des Kompaß, des Suchzaubers, mit dem ich den Gegenstand orten konnte, den ich besorgen sollte! Doch der nützte mir im Augenblick nicht sonderlich viel, denn meine

Beine wurden immer steiniger, und auch meine Hüften wurden langsam davon in Mitleidenschaft gezogen. Es sah so aus, als sei ich auf dem besten Weg, zur Statue zu werden. Was sollte ich nun tun?

Noch während ich zögerte, versteiften sich meine Hände, und das Haar auf meinem Haupt wurde brüchig und schwer. Meine Miene versteinerte sich, ich atmete immer schwerer, denn Stein ist nicht sonderlich flexibel. Ich spürte, wie ich stürzte, und ich nahm auch den harten Aufprall am Boden wahr. Ich hoffte nur, daß mein steinerner Leib dem Boden nicht allzu weh getan hatte. Dann verlor ich das Bewußtsein, als auch mein Hirn zu Stein wurde. Das war schon mein dritter Tod innerhalb von ein bis zwei Tagen.

Pook sah all dies mit Entsetzen an. Kaum hatte er mich in Sicherheit gebracht, geschah nun dies hier! Doch er war klug genug, um zu erkennen, daß ich mich möglicherweise ebenso vom Versteinern erholen könnte wie von dem Sturz in die Spalte. Also rollte er mich mit dem Maul herum, hakte eine Kette unter meine starren Arme und zerrte mich in den Schatten des Baumes, zu dem ich gewollt hatte. Dort ließ er mich liegen, während er selbst in immer weiterem Kreis um den Baum herum graste und gleichzeitig ein Auge auf mich behielt, während er mit dem anderen Ausschau nach irgendwelchen streunenden Ungeheuern hielt, die hier vielleicht vorbeikommen konnten.

So verging mal wieder die Zeit, bis schließlich die Dämmerung anbrach und schuldbewußt über die Ebene kroch. Pook stellte sich neben mir auf und sorgte dadurch für meine Sicherheit. Tatsache ist freilich, daß steinerne Figuren nur selten belästigt werden, allenfalls von Hämmern und Erdbeben und ungezogenen Vögeln. Aber in unverbrüchlicher Treue blieb das Gespensterpferd bei mir und vertraute darauf, daß ich mich bezeiten schon erholen würde.

Sein Vertrauen wurde belohnt, denn nach und nach kämpfte mein Talent gegen den Versteinerungsfluch an und siegte schließlich. In der Nacht wurde mein Kopf wieder zu Fleisch, ebenso mein Oberkörper, so daß ich wieder zu atmen begann. Es war eine gute Sache, daß der böse Magier Yang nichts von meinem Talent gewußt hatte. Hätte er das getan, so hätte er jetzt dafür gesorgt, daß meine Statue in tausend Stücke zerschlagen worden wäre, um diese überall zu verteilen. Ich bin mir gar nicht sicher, daß ich mich davon wieder erholt hätte. Auf jeden Fall hätte das sehr, sehr lange gedauert, und wahrscheinlich wäre Yang bis dahin bereits zum Sieger ernannt und zum König gekrönt worden.

Als der Morgen dämmerte, konnte ich mich wieder aufsetzen. Pook wieherte zufrieden. Doch ich war noch keineswegs wiederhergestellt, denn meine Beine und mein linker Arm blieben versteinert, und mein Schädel fühlte sich irgendwie felsig an. In der Regel beschleunigte mein Heiltalent sein Tempo, wenn der Prozeß sich seinem Ende näherte, aber diesmal wurde es immer langsamer.

Ich begriff, daß mein Talent einfach überstrapaziert worden war. Abgesehen von meinen Toden war dies schon der fünfte schlimme Unfall innerhalb von ungefähr zwei Tagen. Früher war ich höchstens einmal am Tag umgebracht worden, und meistens noch nicht einmal so häufig. Außerdem waren es diesmal ziemlich gründliche Tode gewesen, die sich nicht so einfach heilen ließen. Nun, ich konnte es ihm nicht verdenken. In ein paar Stunden oder Tagen würde meine Magie sich, davon war ich überzeugt, erholt haben und die restliche Versteinerung beseitigen. Bis dahin mußte ich mich mit dem Erreichten zufriedengeben. Jetzt im nachhinein bin ich zu dem Schluß gelangt, daß mein Talent, nachdem es seine letzten Kräfte verbraucht hatte, die Sache möglicherweise aus den Augen verlor und einfach annahm, daß ich teilweise aus Stein bestehen mußte. Das ist wie ein Mann, der in ein fremdes Haus kommt und natürlich nicht merkt, ob ein bestimmter Stuhl am falschen Platz steht. Ähnlich begriff mein Talent nicht, daß der versteinerte Fuß und die Hand nicht richtig waren. Doch ist das bloße Vermutung, die ich erst lange danach anstelle. Eigentlich verstehe ich die Magie nicht wirklich.

Pook stellte sich neben mich. Ich packte seine Ketten und zog mich daran auf die Beine. Dann griff ich empor, um genügend Früchte und Nüsse zu pflücken, die auf dem Baum wuchsen, damit ich mich davon ernähren konnte. Nach einer Weile gelang es mir, aufzustehen und ohne Hilfe zu gehen, wenngleich meine Füße versteinert blieben. Es war, wie auf Stelzen zu gehen. Ich konnte es zwar tun, doch für die Reise brauchte ich das Gespensterpferd.

Nun war der Tag schon angebrochen, und das Abbild des Pfeils schwebte vor meinem geistigen Augen. Gen Osten – in Richtung Ziel! Ich mußte dorthin und es finden!

So begaben wir uns in diese Richtung und folgten dabei dem Rand der monströsen Spalte. Ich war überzeugt, daß mein Ziel ganz in der Nähe lag.

Wir näherten uns Threnodias Blockhütte, die direkt am Spaltenrand stand. Offensichtlich war mein Ziel irgendwo dahinter, deshalb wandten wir uns nach Süden, um der Hütte auszuweichen. Aber je weiter südlich wir uns bewegten, um so schärfer schwenkte der Pfeil herum. Er zeigte direkt auf die Hütte!

Zuerst versuchte ich, es nicht zu glauben, doch als wir uns schließlich östlich von der Hütte befanden, zeigte der Pfeil gen Westen. Es bestand kein Zweifel mehr – dort war mein Ziel.

Ich seufzte. Es blieb mir wohl nichts anderes übrig als hinzugehen und es zu holen. Ich wußte, daß Threnodia davon gar nicht erfreut sein würde; schließlich hatte sie mich bereits schon zweimal umgebracht, nur um mich daran zu hindern. Nun mußte ich ihr den Gegenstand unter der Nase wegschnappen. Doch das würde ich nur mit Eile schaffen, bevor sie eine neue Möglichkeit fand, mich zu töten. Ich konnte es ihr zwar nicht verübeln, daß sie nicht wieder auf Schloß Roogna zurückgebracht werden wollte, aber ich hatte entschieden etwas dagegen, von Leuten umgebracht zu werden, auch wenn das tatsächlich nur halb so schlimm war.

So begaben wir uns zu der Unterkunft. Ich stieg ab und klopfte an die Tür. Ich hörte eine recht hübsche Musik, die drinnen ertönte. Threnodia spielte auf dem Saiteninstrument, das ich zuvor bemerkt hatte. Als ich anklopfte, verstummte die Musik, und einen Augenblick später öffnete Threnodia die Tür. Als sie mich wiedererkannte, starrte sie mich voller Grauen an; das Kinn klappte ihr herunter, und ihre helle Haut wurde bleich.

»Muß was holen«, sagte ich knurrig. Normalerweise wäre ich noch kürzer angebunden gewesen, aber sie war so hübsch, daß ich leider nicht so wütend wurde, wie es hätte sein sollen. Das ist auch eine jener Torheiten, deren Opfer Barbaren leicht werden können: Sie glauben nämlich, trotz aller stichhaltigen Beweise für das Gegenteil, daß Frauen innerlich ebenso schön sein müssen wie äußerlich. »Ich hole es einfach und bin gleich wieder weg. Bitte geht mir aus dem Weg.«

Sie gab mir den Weg frei, während sie mich mit geweiteten Augen anstarrte, und ich schritt an ihr vorbei und überprüfte erneut den Pfeil.

Der zeigte direkt auf Threnodia. »Also gut, Ihr besitzt es«, sagte ich. »Schätze, das habt Ihr schon die ganze Zeit gewußt, nur gesagt habt Ihr es mir nicht. Gebt es mir.«

»Ihr seid doch tot!« keuchte sie.

»Nicht mehr. Ich heile schnell«, knurrte ich. »Und nun gebt es mir.«

»Ich ... habe überhaupt nichts.« Sie benahm sich noch immer, als hätte sie ein Gespenst gesehen; möglicherweise hielt sie *mich* für das Gespenst.

»Hört zu, Frau, Ihr habt mich getötet, da meine ich nicht, daß ich Euch noch etwas schuldig bin. Gebt mir den Gegenstand, sonst nehme ich ihn Euch ab.«

»Ich sage Euch doch, daß ich ihn nicht habe«, sagte sie und verlor dabei etwas von ihrer bleichen Gesichtsfarbe. »Ich weiß noch nicht einmal, worum es geht.«

Ich hatte genug. Das, was ein Barbar sich von Frauen bieten läßt, und seien es auch die allerschönsten, hat durchaus seine Grenzen, und vielleicht war auch ein Stück meines Herzens immer noch versteinert. Also grabschte ich sie und machte mich daran, sie von oben bis unten zu untersuchen.

Threnodia wehrte sich nicht. Ich konnte nichts finden, dennoch zeigte der Pfeil auf sie. »Vielleicht ist es irgend etwas, was Ihr anhabt«, meinte ich. »Zieht Euch aus.«

»Ich werde nichts dergleichen tun!« schrie sie und gewann ihre Empörung zurück, je mehr sie sich wieder mit dem Gedanken vertraut machte, daß ich doch noch am Leben war.

»Dann tue ich es für Euch«, sagte ich und machte mich daran, ihr Kleid aufzuknöpfen.

»Barbar!« schrie sie mich an.

»Stimmt«, meinte ich, angenehm berührt.

Sie merkte, daß ich nicht bluffte. »Also gut, ich ziehe mich aus, Euch habe ich schließlich auch einmal ausgezogen.« Also knöpfte sie das restliche Kleid auf und trat heraus. Darunter trug sie nichts. Dann legte sie auch die Sandalen ab und stand völlig nackt vor mir. Ich nahm ihr Kleid und warf es zu einem Haufen aufs Lager. Dann baute ich mich wieder vor ihr auf. Der Pfeil zeigte direkt auf sie. Ich musterte sie genauer. Es gab zwar viel zu sehen, aber keinen Gegenstand. »Vielleicht habt Ihr ihn gegessen«, sagte ich, »so daß Ihr ihn in Euch habt.«

»Nun werdet bloß nicht albern«, fauchte sie. »Ich habe keine Lust, mich von Euch aufschneiden zu lassen, nur damit Ihr Euch davon überzeugen könnt, daß das Ding nicht da ist!«

Ich kratzte mich am Hinterkopf. »Irgendwie begreife ich das nicht, es sei denn ...«

»Es sei denn, *ich* bin das Objekt, das Ihr sucht«, beendete sie meinen Satz für mich.

Natürlich, das war es! Plötzlich leuchtete mir alles ein! Warum sollte man einen Gegenstand holen, um den Thron zu gewinnen, nur um dann hinterher noch einmal auszuziehen, um eine sich sträubende Frau zu holen, die man heiraten wollte? Da war es doch sehr viel einfacher, die Frau sofort zu holen!

Ja, und wenn die nicht mitkommen wollte – wenn die denjenigen, der sie holen sollte, sogar umzubringen versuchen würde –, nun, dann mußte man sich eben eines dummen Barbaren bedienen, der für einen die Dreckarbeit erledigte.

Ich hatte schon keine besonders hohe Meinung vom Magier Yang gehabt. Doch nun, ganz plötzlich, schien mir Magier Yin auch nicht mehr gerade ein Ausbund an Tugend zu sein.

Nun, jetzt lag die Sache an mir, denn ich hatte ja eingewilligt, diese Mission durchzuführen. Vielleicht war es das, wovor König Gromden mich hatte warnen wollen. Er hatte zwar einfach nur seine Tochter zurückhaben wollen, damit diese seinen Nachfolger heiratete und auf diese Weise die Erblinie rettete, doch wenn er auch nichts mehr von dem ersten Fluch gewußt haben mochte, so wußte er doch mit Sicherheit, daß sie sich allen Versuchen widersetzen würde, sie auf Schloß Roogna zu bringen.

Ich konnte ihre Motive sehr gut verstehen; hätte das Wohlergehen meines eigenen Dorfes Fen auf dem Spiel gestanden, ich hätte mich ähnlich geweigert. Nun bekam ich Schuldgefühle, und *dennoch* mußte ich tun, wozu ich mich verpflichtet hatte. Es oblag nicht mir, über Recht und Unrecht dieser Situation zu entscheiden; ich mußte einfach nur meine Arbeit erledigen.

Welch eine Dreckarbeit das doch war, wie sich plötzlich herausgestellt hatte!

X
Dämonenglück

Threnodia machte sich gar nicht erst die Mühe, ihre Kleider aufzunehmen, statt dessen sprang sie sofort zur Tür. Ich fing sie ab, worauf sie mit ihrer kleinen Faust auf mein Gesicht einprügelte, aber das konnte ich mühelos mit dem linken Arm abwehren. »Aua!« schrie sie. »Woraus seid Ihr denn gemacht, übler Tunichtgut?«

»Stein«, meinte ich. »Jedenfalls meine Füße und mein linker Arm. Bin in einen Zauberer getappt.«

Daraufhin entspannte sie sich. »Hört sich an wie einer von Yangs Zaubern. Ihr seid also teilweise versteinert?«

»Mehr oder weniger«, sagte ich und ließ sie los. Sofort schoß sie wieder auf die Tür zu, und diesmal gelang es ihr, ins Freie zu rennen. Doch dort prallte sie voll gegen Pook, der dicht vor der Hütte stand. Einen Augenblick später hatte ich sie wieder gepackt. »Ich muß Euch zurückbringen«, sagte ich. »Es tut mir leid, aber ich habe mich dazu verpflichtet, den Zielgegenstand zurückzubringen, und das werde ich auch tun.«

»Ich bin kein Zielgegenstand!« protestierte sie und kämpfte gegen meinen Griff an, aber diesmal war ich klug genug, sie nicht mehr loszulassen.

»Natürlich seid Ihr das«, sagte ich. »Das Ziel meiner Mission.«

»Lebendig nehmt Ihr mich nie mit!«

»Hört mal, Ihr habt mich bereits getötet«, sagte ich zu ihr. »Ihr solltet doch eigentlich wissen, daß das nichts bringt.«

»Ich werde Euch noch einmal umbringen«, sagte sie und versuchte mich in die Schulter zu beißen. Leider suchte sie sich dabei allerdings die falsche aus und schlug sich die Zähne auf dem Stein schartig.

»Nun, ich sollte wohl erst mal dafür sorgen, daß Ihr wieder angezogen seid«, sagte ich. Ich wußte, daß es für nackte Frauen nicht schicklich war, sich außerhalb des Heims aufzuhalten; dann konnten sie nämlich von Fliegen gestochen werden.

Also zerrte ich sie ins Haus, schleuderte sie auf das Schlaflager und hielt sie fest, während ich ihr das braune Kleid aufzwängte. Das war gar nicht einfach, denn sie schlug und trat um sich, doch schließlich hatte ich das Kleid endlich zugeknöpft.

»Tölpel«, schnaubte sie. »Es ist verkehrt herum!«

Natürlich hatte ich die Knöpfe nach vorn getan, wo sie hingehörten, aber es sah tatsächlich ein wenig merkwürdig aus. »Macht das etwas?« fragte ich unschuldig.

»Steigt von mir herunter, Grobian, dann erledige ich das selbst.«

Ich ließ sie fahren und schritt zurück. Sie stellte sich auf, knöpfte das Kleid auf – und sprang mich plötzlich an, das Kleid wie eine Schlinge zwischen den Händen haltend. Diese warf sie mir um den Hals und schnürte sie zusammen, um mich zu ersticken.

Doch mein Hals war teilweise noch versteinert, und die Schlinge war nicht sehr eng. Ich kämpfte einen Augenblick dagegen an, dann entspannte ich die Muskeln und tat so, als hätte ich das Bewußtsein verloren. Sie würgte mich noch ein Weilchen, um auf Nummer Sicher zu gehen, dann ließ sie mich wieder los. »Was soll ich bloß mit Euch machen«, murmelte sie, obwohl sie doch glaubte, daß ich nichts mehr hören konnte. »Im Prinzip seid Ihr ja ein anständiger Kerl, aber wenn ich Euch am Leben lasse ...«

Ich umschlang plötzlich ihre Beine und riß sie wieder zu Boden. »Ihr habt Euer Kleid vergessen«, sagte ich und gab ihr einen deftigen Schlag auf den süßen Hintern. Sie gab ein Geräusch von sich wie Wasser, das gerade ein zorniges Feuer löscht.

»Ihr seid unmöglich!«

»Ich bin barbarisch«, berichtigte ich sie. »Und wenn Ihr jetzt nicht sofort dieses Kleid anzieht, dann wickle ich Euch in ein Laken und nehme Euch so mit.«

»Dieses Kleid ist ruiniert!« protestierte sie. »Es ist völlig verdreht und verheddert!«

Na klar, weil *sie* mich damit hatte erwürgen wollen. »Na, dann entheddert es gefälligst.«

»Ich nehme ein anderes«, entschied sie. »Und Ihr solltet Euch auch lieber etwas anderes anziehen. Ihr seht ja aus wie ein Zombie!«

Da hatte sie wohl recht. Kleider heilen nicht auf dieselbe Weise wie ich. Mein Hemd war nur noch ein Fetzen, und meine Hose konnte man gleich vergessen. Alles, was von meiner Lederrüstung übriggeblieben war, waren ein paar herabbaumelnde Riemen.

»Ihr könnt dieses Kleid hier haben«, sagte sie und stieß damit nach mir.

Nun, das war immer noch besser als gar nichts. Ich würde es so lange tragen, bis wir an dem Hosenbaum in ihrem Garten vorbeikamen. Ich legte es an. Den oberen Teil konnte ich nicht zuknöpfen, dafür waren meine Schultern zu breit, der untere hing mir dafür fast in die Kniekehlen. Aber es war immerhin eine Bedeckung.

»Schon wieder verkehrt herum«, bemerkte sie.

Ich erwiderte nichts. Anscheinend war ein Kleid immer verkehrt herum, egal wie ein Mann es anlegen mochte.

Threnodia holte ein graues Kleid aus ihrem Schrank, zog es an und schlüpfte dann in ihre Sandalen. Nun stellte sie sich vor einen Spiegel und bürstete ihr Haar. Es war dunkel und glänzend. Bisher hatte ich mich vor allem für hellhaarige Frauen interessiert, doch nun begriff ich, daß die Dunkeln körperlich genauso anziehend sein konnten. »Also gut, ich bin fertig«, sagte sie schließlich.

Ich packte ihren linken Arm, um sie hinauszuführen – da stach sie mit der rechten Hand auf mich ein. Sie hatte heimlich ein Messer aufgenommen. Die Klinge bohrte sich harmlos in meinen versteinerten Arm und zerbrach. »Ach, ich gebe es auf!« schrie sie angewidert. »Das hatte ich schon wieder vergessen!«

Ich begriff, daß ich ihr nicht einen Augenblick über den Weg trauen konnte. An einem Haken entdeckte ich eine Wäscheleine, die ich sofort abnahm.

»Oh, nein, das werdet Ihr nicht tun!« schrie sie und wollte wieder zur Tür stürzen. Doch wenngleich sie für eine Frau recht stark war, konnten sich ihre Kräfte mit meinen nicht messen, und so fesselte ich ihre Hände hinter dem Rücken. Dabei fing ich mir einige Kratzer und Bisse ein, aber damit hatte ich gerechnet. Sie war wirklich ein Satansbraten. Und die schmutzige Wahrheit war, daß mich das ganz genauso reizte wie die sanften Milch-und-Honig-Frauen.

Dann führte ich sie ins Freie und setzte sie auf das Gespensterpferd, wonach ich ihre zierlichen Füße an die Ketten fesselte.

»Meine Laute!« rief sie plötzlich. »Ich brauche meine Laute!«

»Was für Laute?«

»Meine Laute, Blödian! Mein Musikinstrument. Damit ich spielen und singen kann.«

Doch ich traute ihr nicht. Sie hatte sicherlich nicht vor, auf Schloß Roogna zu musizieren, da sie ja ohnehin glaubte, daß es fallen würde, wenn sie dort ankam. Und mir würde sie auch nicht aufspielen wollen, denn gegen mich kämpfte sie ja ständig. »Vergeßt es«, sagte ich.

Ihre Lippen wurden zu einer harten schmalen Linie. Darüber ärgerte sie sich wirklich – offensichtlich viel mehr als darüber, gefangengenommen und gefesselt zu sein. Frauen sind merkwürdige Wesen.

»Wo ist Euer Hosenbaum?« fragte ich und blickte mich dabei um.

»Vergeßt es!« schnappte sie.

Ach, das hätte ich mir denken können. Also würde ich einfach mit dem Kleid vorliebnehmen.

Um dem Labyrinth des Tarask und dem Fleischberg aus dem Weg zu gehen, setzten wir uns in Richtung Osten in Bewegung, immer an der Spalte entlang, in der Hoffnung, den Gebirgszug erst zu umgehen, bevor wir nach Süden weiterzogen. Wir kamen nur langsam voran, denn ich mußte zu Fuß gehen und gleichzeitig Threnodia und die Landschaft im Auge behalten. In Xanth zu reisen ist ohnehin nicht gerade ein Sonntagsausflug, und diesmal noch weniger. Wie ein Oger donnerte ich mit meinen schweren Steinfüßen auf den Boden. Ich hatte zwar inzwischen gelernt zu gehen, aber unbeholfen war es immer noch.

Threnodia, die das Reiten offensichtlich langweilte, begann sich mit mir zu unterhalten. »Wie habt ihr denn das Gift und den Sturz überlebt?« wollte sie wissen, als wäre das für sie eine ganz normale Sache der Neugier. Vielleicht war es das ja auch.

Ich sah keine Gefahr darin, es ihr zu erklären, da ich ohnehin nicht mehr vorhatte, ihr noch einmal Möglichkeit zu geben, mich umzubringen. Aufmerksam lauschte sie meinen Worten. »Also könnt Ihr gar nicht sterben«, schloß sie. »Jedenfalls nicht dauerhaft.«

»Nun, bisher ist es jedenfalls noch nicht passiert«, sagte ich. Doch wenngleich sie sich jetzt einigermaßen freundlich gab, blieb ich mißtrauisch.

»Dämonen können auch nicht sterben«, meinte sie.

»Das liegt daran, daß sie gar nicht erst leben«, warf ich ein.

»O nein, leben tun sie schon – es ist lediglich eine andere Art von Leben. Sie haben auch ihre Gefühle und Interessen, genau wie die Menschen.«

»Nur die bösen Gefühle«, sagte ich. »Liebe und Gewissen und Ehrgefühl haben sie jedenfalls nicht.«

»Barbaren etwa?« fragte sie, als sei sie pikiert.

»Aber gewiß doch. Wir sind Primitive, die der Natur näherstehen als zivilisierte Leute. Wir sorgen uns um die Natur und um die Magie und um Freundschaft.«

»Habt Ihr überhaupt Freunde?«

»Pook ist mein Freund!«

»Ein Gespensterpferd!« konterte sie verächtlich.

Pook legte die Ohren an und machte eine Bewegung, als wollte er sie abwerfen, doch schließlich riß er sich wieder zusammen. Er mochte diese Frau nicht!

»Wie ich schon sagte«, fuhr ich fort, »wir Barbaren sind eng mit der Natur verbunden. Pook ist ein prachtvolles Tier, und ich bin stolz, sein Freund sein zu dürfen.« Beim Sprechen bemerkte ich, wie Pooks Ohren erröteten.

»Und Liebe?«

»Ich liebe meinen Vater und meine Mutter ...«

Sie rollte die Augen. »Idiot! Ich meine die Liebe von Mann zu Frau! Habt Ihr jemals eine Frau wirklich geliebt – oder benutzt Ihr sie einfach immer nur und geht dann Eures Weges?«

Ich überlegte. Elsie war nett gewesen, und ich hatte sie gemocht – aber wenn ich sie wirklich geliebt hätte, hätte ich sie auch nicht verlassen. Und was die Elfe Glockenblume anging – die Sache war nie mehr gewesen als ebenjener Gefallen, den ich ihr versprochen hatte. Deshalb zwang mich meine Barbarentugend der Aufrichtigkeit dazu, widerstrebend zuzugeben: »Nein, ich schätze, bisher war es lediglich eine flüchtige Sache.«

»Darin unterscheidet Ihr Euch kein bißchen von Dämonen«, meinte sie selbstzufrieden.

»Aber ich *könnte* lieben«, warf ich ein. »Ein Dämon nicht.«

»Das ist wahr. Aber was ist denn schon der große Unterschied zwischen einem, der nicht lieben kann, und jemandem, der einfach nicht liebt?«

»Hört mal, ich bin kein Dämon!« protestierte ich hitzig. »Worauf wollt Ihr überhaupt hinaus?«

»Ihr führt mich gegen meinen Willen zu einem Schloß

zurück, das durch meine Anwesenheit zerstört werden wird«, warf sie ein. »Nennt Ihr das etwa Gewissen?«

»Ich habe einen Auftrag übernommen«, entgegnete ich verärgert. »Mein Gewissen sagt mir, daß ich tun muß, wozu ich mich verpflichtet habe, was immer das auch sein mag.«

»Selbst wenn Ihr wißt, daß es verkehrt ist?«

Nun begriff ich, was sie wollte: Sie versuchte, mir die Sache auszureden! Aber noch immer war etwas von dem Intelligenzzauber übrig, und so konnte ich ihr antworten: »Was wollt *Ihr* mir wohl von Gut und Böse erzählen? Ihr habt mich doch gleich zweimal hinterrücks ermordet!«

»Ich habe Euch doch schon gesagt, daß es mir leid tut!« fauchte sie. »Das hat mir nicht gefallen, aber ich mußte es eben tun.«

»Na, das hier mag ich auch nicht«, konterte ich, »aber ich muß es dennoch tun.«

Sie verstummte einen Augenblick, dann fing sie wieder an. »Seid Ihr aufgewachsen wie ein ganz normaler menschlicher Barbar?«

»Klar doch. Und dann bin ich auf Abenteuersuche ausgezogen.«

»Und das hier ist jetzt Euer Abenteuer.«

»Richtig. Gegen Ungeheuer und Zauber ankämpfen – eine richtige gute alte Schwert-und-Zauberei-Sache.«

»Und hilflose Mädchen rauben, um sie einem Schicksal zuzuführen, das schlimmer ist als der Tod?«

Sie hatte wirklich eine ziemlich spitze Zunge! Aber dank des Schmutzes in meinem Hirn konnte ich parieren. »Nein, eine Mörderin heimbringen, damit sie geheiratet wird.«

Das mußte sie erst eine Weile verdauen. Schließlich meinte sie: »Es stimmt schon, daß ich Euch umgebracht habe, und Ihr habt ein Recht, Euch darüber aufzuregen, doch ich wußte, daß Eure Mission Xanth großen Schaden zufügen kann, deshalb mußte ich sie verhindern. Das muß ich immer noch, egal wie. Wenn ich Euch schon nicht umbringen kann, kann ich vielleicht wenigstens vernünftig mit Euch reden.«

»Redet nur«, meinte ich. »Was Logik angeht, sind Barbaren nicht sonderlich schlau.«

»Wenn ich Methoden anwende, die Ihr mißbilligt, so liegt das daran, daß ich keine Barbarin bin«, meinte sie. »Genaugenommen bin ich nicht einmal ein Mensch.«

»Ich finde, Ihr seht eigentlich ganz in Ordnung aus.«

»Danke.« Ich weiß nicht, wie sie es schaffte, auf dem Pferd gefesselt einen kleinen Knicks zu machen, aber in derlei unwichtigen Kleinigkeiten sind Frauen oft außerordentlich begabt. »Aber nicht alles, was gut aussieht, ist auch gut.«

Dann fügte sie hinzu: »Da gibt es noch etwas, was ich Euch nicht erzählt habe, nämlich über meine Herkunft.«

»Ihr seid gar nicht die Tochter des Königs?«

»Doch, ich bin seine Tochter – aber die Königin war nicht meine Mutter. Deshalb hat sie mich auch so sehr gehaßt und mich schließlich verflucht.«

»Nicht Eure Mutter?« wiederholte ich verständnislos. »Wie geht das denn?«

»Einfaltspinsel! Schließlich sind nicht sämtliche Nachkommen das Ergebnis einer Ehe! Ich bin ein Bastard.«

»Ihr ... der König ...?«

»Der König wurde von einer skrupellosen Verführerin umgarnt, die sich kein bißchen für ihn interessierte«, erklärte Threnodia. »Und ich bin das Ergebnis. Meine Mutter hat mich lediglich als Herausforderung empfangen; sie hatte keinerlei Interesse daran, mich zu behalten, sie wollte nur ihren Liebhaber in Verlegenheit bringen. Und das hat sie auch getan – indem sie mich König Gromden übergab und meine Herkunft erklärte.«

»Aber ... aber das ist ja unmenschlich!« rief ich.

»Natürlich ... wenn man meine Mutter kennt ...«

»Aber keine anständige Frau würde doch ...«

»Ja, Ihr müßt aber wissen, daß meine Mutter weder anständig war, noch eine Frau.«

»Aber ...« Ich vollführte eine verbale Bremsung, völlig verwirrt. »Ihr seid ganz offensichtlich kein Mischling wie ein Zentaur oder eine Harpyie oder ein Werwolf. Ihr seid menschlich!«

»Halbmenschlich.«

»Das verstehe ich nicht!«

»Meine Mutter ist eine Dämonin.«

»Eine Dämonin!« Dennoch erklärte das noch nicht alles. »König Gromden würde doch nie ... doch nicht mit einer Dämonin ... er ist ein guter Mann!«

Threnodia lächelte grimmig. »Es wäre schön, wenn man das wirklich glauben könnte. Aber Tatsache ist, daß Menschen manchmal naiv sind und oft auch anfällig. Ich liebe meinen Vater und weiß, daß er ein guter Mensch ist. Deshalb habe ich auch nie über die Sache nachgedacht. Man muß wissen, daß die Königin, meine Stiefmutter, nicht eben die attraktivste Frau war und auch nicht mehr in ihrer Blütezeit stand, während der König ein viriler Mann war. Er hatte sie aus praktischen Erwägungen heraus geheiratet, um die auseinanderdriftenden Subkulturen Xanths ein wenig zu vereinigen. Sie stammte aus einem Dorf im Süden, das sich vernachlässigt gefühlt hatte, von den sogenannten Fluchungeheuern, die man auch Fluchdämonen nennt, die aber in Wirklichkeit Menschen sind, nur daß sie abseits von den anderen leben. Es heißt, sie seien großartige Schauspieler. Als er eine ihrer Frauen heiratete, versicherte er sich damit ihrer Treue zu Schloß Roogna und stärkte den Thron. Er hat wirklich versucht, das Beste für Xanth zu tun! Aber sie war unfruchtbar und interessierte sich auch sonst nicht besonders für Störche.«

»Von Störchen verstehe ich etwas«, murmelte ich.

»Dann wißt Ihr ja auch, daß sie sich die Paare, an die sie liefern, nicht selbst aussuchen. Sie müssen vielmehr darauf warten, daß die Paare sie rufen. Sie führen lediglich jene Lieferaufträge aus, die richtig eingegangen sind. Das ist eine Eigenart ihres Wesens.«

»Ja. Und sie liefern auch immer nur an die Frau, egal wie hart der Mann für das Baby auch arbeiten mag. Ich finde das nicht besonders fair.«

Sie lachte. »Viele Dinge im Leben und in der Magie sind

nicht besonders fair, Barbar! Jedenfalls mußte der König, wenn er schon ein Baby haben wollte, sich mit einer anderen Frau als der Königin arrangieren. Ich glaube, daß er sich gerade mit diesem Gedanken trug, als die finstere Dämonin ihn aufsuchte. Vielleicht hatte er auch noch andere Dinge im Sinn – Männer können ziemlich oberflächlich sein, wenn es um so etwas geht –, aber ich muß einfach glauben können, daß er mich auch wirklich haben wollte.«

»Natürlich wollte er das!« rief ich. »Und jetzt will er, daß Ihr nach Hause zurückkehrt. Das muß auch der Grund dafür sein, weshalb er damit einverstanden war, daß ...«

»Und ich glaube auch nicht, daß er um das Wesen meiner Mutter wirklich wußte. Wißt Ihr, Dämonen können nämlich jede beliebige Gestalt annehmen. Also verwandelte sie sich in die schönste Frau, die man sich nur vorstellen konnte, eine wahre Mitternacht aus Haar und Auge, vollkommen in jeder Hinsicht ...«

»Ihr schmeichelt Ihr«, wandte ich ein.

»Seid still, Unwissender!« konterte sie heftig. »Meine Mutter war eine schreckliche Kreatur! Sie besaß absolut kein Gewissen. Dämonen sind seelenlos, sie kennen keine menschlichen Werte, nur menschliche Leidenschaften. Sie wollte den Menschen lediglich Leiden zufügen, und sie wußte, daß dies auf wirkungsvollste Weise dadurch geschehen konnte, daß sie den König selbst kompromittierte. Also nahm sie eine bezaubernde Gestalt an und suchte ihn mit einer Geschichte auf, wie man sie angeblich aus ihrem fernen Dorf herausgestoßen hätte und wie sie nun Hilfe und Schutz brauchte, und als sie ihn dann allein vor sich hatte – ach, Ihr wißt ja überhaupt nicht, was Lüge ist, bis Ihr einmal einen Dämon am Werk gesehen habt. Sie ... nun, sie brachte ihn dazu, ihr beim Rufen des Klapperstorchs behilflich zu sein, und als das erledigt war und der Storch den Auftrag angenommen hatte, lachte sie nur und verwandelte sich in das Abbild eines mundanischen Ungeheuers, um ihm sofort jede Illusion zu nehmen. Dann wurde sie zu einer Schwade Lachgas und verblaßte. Als der

König entdeckte, daß er einer Dämonin beigewohnt hatte, war er außer sich vor Entsetzen, doch da war es bereits zu spät.«

»Armer König Gromden«, stimmte ich ihr zu.

»Als der Storch mich abgeliefert hatte, hatte sie noch mehr schreckliche Freude daran, indem sie mich nämlich bei hellichtem Tag zum König brachte, als der König und alle Schloßbewohner gerade zu Tisch saßen, mich vor ihm ablegte und sagte: ›Hier ist Euer Bastard, ehebrecherischer König! Wagt Ihr es, es zu leugnen?‹ Und der König, der, so viele Schwächen er auch sonst haben mochte, immerhin ehrlich war und blieb, leugnete es nicht, vielleicht auch deshalb, weil er wußte, daß es mir wirklich schlimm ergehen würde, wenn er sich weigern würde, mich anzunehmen. Dann verschwand meine Dämonenmutter in einer Rauchwolke, und nur ihr grausames Lachen blieb zurück. Sie hatte den König getäuscht, seinen Ruf ruiniert und auf alle Zeiten jede anständige Beziehung zerschlagen, die er mit der Königin hätte haben können. Danach verließen die Schloßbewohner unter allerlei Vorwänden nach und nach den Ort, und natürlich konnte der König es ihnen nicht mehr abschlagen. Er war durch die grausamste aller Täuschungen zur Machtlosigkeit verdammt worden. Als die Königin mich schließlich verfluchte, lebte kein Dutzend Leute mehr dort.«

»Es sind auch jetzt nur noch sehr wenige«, sagte ich.

»Nur die allertreuesten«, erklärte sie mit traurigem Gesicht. »In mancherlei Hinsicht gleichen die Menschen durchaus den Dämonen, nur daß sie etwas langsamer reagieren und für ihr schlimmes Tun Ausreden suchen, während die Dämonen schnell handeln und dafür keinerlei Entschuldigungen vorbringen. Ich wünschte, ich könnte jetzt bei meinem Vater sein und ihm die Stütze geben, die er dringend braucht, aber das kann ich nicht, daran hindert mich der Fluch.« Sie schüttelte den Kopf, wie um ihre Trauer zu verjagen. »Nun wißt ihr also, warum ich davongehen mußte. Ich trage es meiner Stiefmutter, der Königin, nicht nach. Meine Gegenwart demoralisierte die ganze

Gegend, einfach nur durch meine Herkunft; ich war eine beständige Erinnerung an den Fehltritt des Königs. Der König hat mich das niemals spüren lassen, aber die anderen – und gleichzeitig verdammten sie ihn wegen seines Fehlers. In ihren Darstellungen schmückten sie den auf groteske und aberwitzige Weise aus ...« Threnodia machte eine Pause, um ihrer Gefühle wieder Herr zu werden. »Ich halte nicht mehr sehr viel von Durchschnittsmenschen.«

»Unter Barbaren ist es besser«, warf ich ein. »Wir würden niemals ...«

»Es wurde für den König immer schwieriger, über Xanth zu herrschen. Die Königin liebte ihn nicht, doch sie begriff, daß Xanth vereint sein mußte. Sie wußte, daß dies niemals gelingen würde, solange ich auf Schloß Roogna blieb, und weil sie zugleich wußte, daß der König mich niemals aus freien Stücken fortschicken würde, sorgte sie eben dafür, daß ich von allein ging. Ihr Fluch machte mir klar, daß ich im Begriff war, Xanth zu zerstören. Erst als sie es so wörtlich formulierte, begriff ich, was los war. Folglich war sie im Recht, sie tat, was getan werden mußte, und ich kann sie deswegen nicht hassen. Ich war ein Kind gewesen; binnen weniger Stunden wurde ich erwachsen und verließ Schloß Roogna für immer.«

Zwar ging mir ihre Geschichte zu Herzen, dennoch blieb ich mißtrauisch. »Ihr habt gesagt, daß sie eifersüchtig auf Euch war.«

»Das war sie auch. Ich will ja gar nicht leugnen, daß sie in mancherlei Hinsicht äußerst kleinlich war; das hatte ja auch die Beziehung zum König belastet, bevor meine Mutter auf der Bildfläche erschien. Ich war schön, sie dagegen nicht. Und der König liebte mich und nicht sie. Das waren Gründe genug, um mich abzulehnen, auch wenn ich nichts Böses vorgehabt hatte. Sie versuchte nie, eine echte Beziehung zu mir herzustellen, so daß ich weder Mutter noch Stiefmutter hatte. Nein, sie ist nicht frei von Schuld. In dieser Angelegenheit ist niemand vollkommen. Aber was mich betraf, so hatte sie recht, und auch was die Notwendigkeit anging, mich zum Fortgehen zu bewegen.«

»Warum hat sie dann den König verflucht, damit er den Grund vergaß, aus dem Ihr das Schloß verlassen habt?«

Threnodia zuckte die Schultern. »Das habe ich übertrieben. Mein Vater hat nie begriffen, weshalb ich gegangen bin. Was mich betraf, so konnte er an nichts Negatives glauben. Ich war sein Liebling und sein einziges Kind, und er wollte, daß ich nach seinem Tod den Thron erben würde. Das war natürlich aus mehreren Gründen unmöglich, und das wußte ich auch immer, aber es zeigt immerhin, wie er empfand. Es bedurfte gar keines Fluches, damit er es vergaß. Er hat sich einfach geweigert, daran zu glauben, und er weigert sich noch immer, daß meine Anwesenheit für Schloß Roogna im übertragenen und im wirklichen Sinne in irgendeiner Form schädlich sein könnte. Er hält mich immer noch für seinen kleinen Liebling.«

Was für ein Liebling! Aber ich wußte, wie Väter an ihren Töchtern hängen konnten; das würde ich selbst auch tun, wenn ich dazu Gelegenheit bekommen sollte. »Na, und seid Ihr das nicht?«

»Verdammt, ich bin eine Halbdämonin!« erregte sie sich. »Habt Ihr überhaupt die leiseste Vorstellung davon, was das bedeutet?«

Achselzuckend meinte ich: »Daß Ihr ein Mischling seid. Daß Ihr ein paar menschliche und ein paar dämonische Züge habt. Xanth kennt eine Menge Mischlinge. Zufällig weiß ich von einem bald eintreffenden Mischling, der halb Mensch und halb Elfe ...«

»Narr, es bedeutet, daß ich keine Seele habe!« Es war wütende Verzweiflung in ihrem Tonfall.

»Von Seelen verstehe ich nicht viel«, erwiderte ich, »aber ich dachte immer, daß die durch menschliche Vorfahren vererbt werden, und da Euer Vater ja Mensch ist ...«

»Ein menschlicher Elternteil bedeutet, daß es zwar möglich sein kann, eine Seele zu haben, aber es gibt keine Garantie dafür. Ich schätze, daß meine Chancen mal eins zu eins standen – aber weil ich der Dämonin ausgeliefert wurde und nicht dem Menschenmann, verlor ich. Ich habe keine abbekommen.« Ihre Stimme war ausdruckslos und kalt.

»Woher wollt Ihr das wissen?« fragte ich, von echter Neugier bewegt. Ich sorgte mich ein wenig um den Sohn, den der Klapperstorch Glockenblume bringen würde; ob der auch keine Seele haben würde?

»Töten Leute mit Seelen etwa vorbeiziehende Fremde?« wollte sie wissen.

Ich grübelte ein wenig, von dem Einwand verblüfft. »Ich bin ein Mensch«, sagte ich nach einer Weile. »Ich bin dazu bereit, Fremde zu töten, wenn sie mich angreifen. Ich bin ein Barbarenkrieger, ich lebe durch das Schwert. Es hängt von den jeweiligen Umständen ab. Im Krieg ...«

»Das hier ist kein Krieg! Ihr seid als Verwundeter zu mir gekommen, und ich habe Euch vergiftet und in die Spalte gestürzt.«

Da war etwas dran. »Aber Ihr habt auch gesagt, daß es Euch leid tut.«

»Toll! Es tut mir auch leid, daß Ihr zurückgekehrt und mich gefangengenommen habt.«

»Aber Dämonen besitzen kein Gewissen«, wandte ich ein. »Denen tut nie etwas leid.«

»Da irrt Ihr Euch aber, Ignoramus. Es kann ihnen sehr wohl leid tun – wenn ein Plan nämlich nicht funktioniert. Wie etwa mein Plan, Euch umzubringen.«

»Aber Ihr habt schon gesagt, daß es Euch leid tut, noch bevor Ihr wußtet, daß ich mich wieder erholen würde«, beharrte ich. »Ich kann mich noch daran erinnern, es war kurz bevor ich starb.«

»Ich sage viel, wenn der Tag lang ist«, meinte sie gereizt, dennoch wirkte sie ein wenig beschwichtigt. »Außerdem besitze ich die dämonische Gabe des Lügens, je grausamer, um so wirkungsvoller. Ihr könnt es Euch nicht leisten, auch nur das kleinste bißchen von dem zu glauben, was ich Euch erzähle.«

»Vielleicht«, stimmte ich ihr zu. »Aber dennoch könntet Ihr eine Seele haben. Es gibt auch Menschen, die Lügner sind, der Magier Yang zum Beispiel, und Ihr seid viel menschlicher als ein Dämon.«

»Nein, bin ich nicht! Ich kann nicht lieben!«

»Also das ist ja nun wirklich eine Lüge! Was ist denn dann mit Eurem Vater, Ihr habt doch behauptet, daß Ihr ihn lieben würdet?«

»Da hab ich gelogen!« rief sie ohne große Überzeugungskraft.

»Ich glaube Euch nicht. Ich glaube, daß Ihr *jetzt* lügt. Ihr liebt ihn nämlich doch. Folglich könnt Ihr also lieben, was wiederum bedeutet, daß Ihr doch eine ...«

»Ihr seid ein Narr, mir zu glauben!«

»Warum kümmert Ihr Euch dann darum, was mit dem König oder Schloß Roogna passieren könnte? Warum kommt Ihr dann nicht einfach ohne zu protestieren mit und seht zu, wie das Schloß zerbröckelt, während Ihr lachend danebensteht? Was schert sich denn ein seelenloses Wesen um das Wohlergehen Xanths?«

Sie blickte mich mit einer seltsamen Mischung aus Erleichterung und Frustration an, beantwortete meine Fragen aber nicht. Ich war zufrieden; sie mochte vielleicht eine Lügnerin sein, doch immerhin war sie mehr Mensch als Dämon.

Es dämmerte bald. Unter einem üppigen Nußbaum blieben wir stehen. Ich band Threnodias Füße frei, damit sie absitzen konnte. Doch sie reagierte ohne jede Dankbarkeit. »Wie soll ich denn mit gefesselten Händen essen oder sonst irgend etwas tun können?«

»Sonst irgend etwas?« fragte ich.

»Ich werde es hinter dem Baum tun.«

»Oh.« Verlegen band ich sie frei. »Aber Ihr müßt mir Euer Wort geben, daß Ihr nicht versuchen werdet, zu fliehen.«

»Na klar doch«, sagte sie bissig und rieb sich die schmerzenden Handgelenke. Dann begab sie sich hinter den

Baum, während ich nach oben griff, um Nüsse zu sammeln.

Nach einer Weile merkte ich, daß Threnodia noch nicht hinter dem Baum wieder hervorgekommen war. Ich zögerte, einfach nachzusehen, da ich nie richtig verstanden hatte, wie Frauen diese Dinge erledigten, und es vorzog, nicht nachzufragen. Also rief ich ihr in diskreter Formulierung zu: »He – alles gut rausgekommen?«

Ich erhielt keine Antwort. Plötzlich nervös geworden, ging ich doch nachsehen. Tatsächlich – Threnodia war fort.

Ich hatte mich wieder als Narr aufgeführt. Na ja, würde ich halt ihrer Fährte folgen müssen. Doch ich fand keine. Verdutzt hielt ich inne. War sie etwa derart geübt im Fortschleichen und Verstecken, daß sie keine Spuren hinterließ? Dann bescherte mir meine nachhängende Intelligenz eine Idee; ich brauchte doch nur meinen nachhängenden Kompaßsinn zu benutzen. Also konzentrierte ich mich darauf, und der Pfeil zeigte prompt nach oben ins Laubdach.

Ich lächelte. Das war ein netter Plan – sich verstecken, und dann, wenn ich mich an die fruchtlose Verfolgungsjagd machte, hinabsteigen und in aller Seelenruhe davonspazieren! Einen Mangel an Schlauheit hatte sie durch ihr dämonisches Erbe auf jeden Fall nicht erlitten.

Nun, dieses Spiel konnten auch zwei spielen. Ich beendete meine Mahlzeit aus Nüssen, dann kletterte ich selbst an dem Baum hoch. Dort legte ich mich auf einem bequemen tiefen Ast zur Ruhe und schlief.

Nach etwa einer Stunde kam sie leise herabgeklettert. Sie versuchte, an mir vorbeizuschleichen, doch natürlich wachte ich auf und packte sie am Bein. »Habt Ihr irgend etwas vor, Frau?« fragte ich.

»Verdammt!« fluchte sie und versuchte, ihr Bein aus meinem Griff zu reißen. Doch ich hielt sie unerbittlich fest.

»Ihr habt gesagt, daß Ihr keinen Fluchtversuch unternehmen würdet«, tadelte ich sie.

»Ich habe Euch aber auch gesagt, daß ich eine Lügnerin bin«, erinnerte sie mich.

»Dann muß ich Euch eben wieder fesseln«, sagte ich bedauernd.

»Und wie soll ich Eurer Meinung nach gefesselt schlafen können?« wollte sie wissen.

Ich überlegte. »Na gut. Dann fessele ich Euch nicht an Händen und Beinen, statt dessen werde ich Euch an mich binden, so daß Ihr ohne mich nicht fliehen könnt.« Ich schaffte sie nach unten und befestigte ihr rechtes Handgelenk an meinem linken. Ich zurrte die Knoten derart fest, daß sie nicht so leicht zu lösen waren; in solchen Dingen sind Barbaren recht geschickt. Da sie kein Messer zur Verfügung hatte, würde sie sich nicht befreien können, ohne mich gleichzeitig aufzuwecken.

»Woher wollt Ihr wissen, daß ich Euch nicht im Schlaf erwürge?« wollte sie wissen, als wir schließlich im Dunkeln unter dem Baum lagen.

»Erstens würde ich nicht tot bleiben, und wenn Ihr erst einmal anfangen solltet, mitten in der Nacht einen Ringkampf mit mir zu wagen, könnte ich möglicherweise vergessen, daß ich Euch für Eure Brautnacht mit Yin aufheben muß!« erwiderte ich.

»Barbar!« fauchte sie, und irgendwie klang das gar nicht wie ein Kompliment.

»Ganz genau.« Ich dachte, das würde genügen.

Doch dem war nicht so. »Wenn es sein muß«, sagte sie warnend, »setze ich mein Talent ein.«

»Ach ja? Was habt Ihr denn für ein Talent?« fragte ich interessiert. Natürlich besaß sie ein magisches Talent. Das tat jeder. Aber manche Talente waren eben besser als andere. Es gab Leute, die waren stolz auf ihre Fähigkeit, Staubflocken in der Gegend herumwirbeln zu können. Vielleicht war ihres ja besser.

»Transmogrifikation.«

»Was?«

»Ein Teil meines dämonischen Erbes, ungehobelter Flegel. Transmogrifikation.«

»Oh.« Ich zog es vor, nicht zuzugeben, daß die Sache für mich dadurch noch lange nicht klargeworden war, deshalb ließ ich es lieber sein. Nur Leute, die nicht ignorant sind, geben ihre Ignoranz freimütig zu. »Na schön, macht nur, was Ihr wollt. Hauptsache, Ihr laßt mich schlafen.«

»Das werde ich tun«, willigte sie ein.

So schlief ich denn, und sie riß weder an der Leine, noch versuchte sie mich zu erwürgen. Doch als ich nach etwa einer Stunde ganz instinktiv nachsah, mußte ich feststellen, daß sie fort war. Die Fesselschlaufe war unversehrt, irgendwie mußte sie sie abgestreift haben.

Sofort erhob ich mich und aktivierte meinen Suchzauber. Er zeigte an, daß sie ganz in der Nähe war, offensichtlich hatte sie sich erst vor wenigen Minuten befreien können. »Habt Ihr irgend etwas vor, Königstochter?« fragte ich.

»Oh!« schrie sie wütend. »Warum konnte Ihr nicht noch ein wenig länger schlafen?«

Ich brachte sie zu dem Baum zurück. »Wie seid Ihr aus der Schlinge geschlüpft?« wollte ich wissen.

»Das habe ich Euch doch schon gesagt, Tölpel: durch Transmogrifikation.«

Mir wurde klar, daß sie mir ihr Geheimnis nicht offenbaren wollte. Also hielt ich ihre Hand fest, damit sie nicht noch einmal fliehen konnte, wobei ich es bedauerte, den Körperkontakt ausgerechnet aus diesem Grund herstellen zu müssen, denn es war wirklich eine prächtige kleine Hand. Sie war wunderschön geformt, überall. »Da das Seil nichts taugt, muß ich Euch eben so anfassen.«

»Dann werde ich treten und kratzen und beißen«, warnte sie mich.

»Das wird schon wieder heilen.«

»Aber es wird Euch weh tun, und viel Schlaf werdet Ihr dann nicht bekommen.«

»Ich schlage Euch ein Geschäft vor. Ihr tretet nicht um Euch, kratzt und beißt mich, und dafür lasse ich mir von meinem Schmutz im Geist nicht sagen, was ich sonst mit Euch machen soll.«

»So ein … so ein *Mann!*« rief sie in allerliebster Wut. Ich schätze, sie hatte erkannt, daß ich nicht bluffte, und daß ich beinahe darauf hoffte, daß sie die Abmachung nicht einhielt.

Ich schlang die Arme um sie, wie sie so neben mir lag, und legte mich zurück, um zu schlafen. Mein versteinerter linker Arm bemerkte sie kaum, aber mein rechter kribbelte bei dem Körperkontakt. Sie wehrte sich zuerst ein wenig und überlegte sich wohl, ob sie es nicht doch mit Treten, Kratzen und Beißen versuchen würde, ein Weg, der direkt in den Schmutz führen würde; dann entspannte sie sich. Sie legte ihren Kopf neben meinen, so daß mir ihr schwarzes Haar die Nase kitzelte und schlief ein.

Als sich die Morgendämmerung zögernd anschlich, wachte ich auf – mit leeren Armen. Threnodia war wieder verschwunden – und meine Arme hatte nichts davon gemerkt. Wie um alles in Xanth hatte sie das geschafft?

Ich ortete sie mit Hilfe meines Pfeils. Sie war unterwegs nach Hause. Also holte ich sie ein und fing sie mit dem Lasso. Dennoch war ich eher neugierig als zornig. »Ich habe Euch doch in den Armen gehalten, wie konntet Ihr da entkommen?«

»Ihr könnt mich nicht halten«, erwiderte sie.

»Offensichtlich nicht!« Irgend etwas an ihr war äußerst merkwürdig. Doch ich verdrängte den Gedanken fürs erste. »Na schön, dann eßt ein paar Nüsse, damit wir uns wieder auf den Weg machen können.«

So geschah es. Diesmal fesselte ich sie nicht, sondern hielt sie unter scharfer Beobachtung, so daß sie auch nicht versuchte, zu fliehen. So umrundeten wir das Gebirge.

Da erblickte ich plötzlich eine Wolke, die von Osten nahte. Sie funkelte bunt. Ich musterte sie. »Dem Typ traue ich nicht.« Tatsächlich trauen die Barbaren nichts, was sie nicht verstehen; in der Wildnis ist das ein absolut notwendiger Verfolgungswahn. Das war übrigens auch der Hauptgrund dafür, daß ich Threnodia nicht traute.

»Das ist ein Technicolorsturm«, sagte sie. »Die entstehen in diesem Gebiet hier. Wir sollten lieber in Deckung gehen.«

»In Deckung – vor einem Hagelschauer?« fragte ich verächtlich. »Ignorieren werden wir den!«

»Wie Ihr wollt, Blödmann.«

Mir gefiel weder der Sturm noch ihre Einstellung, doch es blieb mir nicht viel anderes übrig als weiterzugehen. Das taten wir auch, während der Sturm immer näher kam, fast so feststofflich wie der Himmel selbst, den er schon bald zum größten Teil verdeckt hatte. Da hörte ich eine leise, pulsierende traurige Melodie. Als ich nach ihrer Ursache suchte, entdeckte ich, daß Threnodia damit beschäftigt war, zu singen. »Was macht Ihr da?« wollte ich wissen.

»Ich singe unsere Totenklage«, erwiderte sie. »So etwas kann ich gut. Es geht allerdings noch besser, wenn ich meine Laute zur Verfügung habe.«

Sie war immer noch wütend darüber, daß sie ihr Musikinstrument nicht hatte mitbringen können. Wenn man es genau betrachtet, hätte es ihr die Fluchtversuche eher erschwert – was wiederum bedeutete, daß es klüger gewesen wäre, wenn ich ihr gestattet hätte, es mitzunehmen. Doch im Augenblick hatte ich drängendere Sorgen. »Totenklage? Wegen eines bloßen Sturms?« fragte ich ungläubig.

»Nun, vielleicht erholt Ihr Euch hinterher ja wieder davon, schließlich könnt Ihr vom Tod wieder zum Leben erweckt werden. Wir anderen freilich nicht.«

Das gefiel mir gar nicht, und ich sah, wie Pook besorgt die Ohren aufstellte. Er war zwar ein Gespensterpferd, doch wenn sein lebender Teil sterben sollte, würde er als bloßes Gespenst zurückbleiben. Und wenn Threnodia starb, so war auch meine Aufgabe beendet. Ich war überzeugt davon, daß es nicht zählen würde, wenn ich auf Schloß Roogna einen Leichnam abliefern würde.

»Also gut, ich suche nach Deckung.« Ich blickte um mich und entdeckte eine Gruppe von Bäumen, die oben am Hang standen. Mit Hilfe meines Schwerts hackte ich sie klein und benutzte das Holz, um daraus einen spitzen Bau zu konstruieren, den ich oben mit Kordel vertäute und unten tief in den Boden bohrte. Dann wickelte ich Baumrinde um die Konstruktion und befestigte sie. Das Ding war zwar primitiv, aber stabil. Kaum hatten wir uns zu dritt hineingedrängt, als auch schon die ersten Hagelkörner fielen.

»In so was seid Ihr ja sehr geschickt«, bemerkte Threnodia indifferent.

»Das ist Barbarenkönnen«, erwiderte ich, auf närrische Weise geschmeichelt.

»Man lernt doch nie aus! Ich wußte gar nicht, daß Barbaren überhaupt etwas anderes können als hilflose Damselln zu entführen.«

»Das können sie auch«, stimmte ich ihr zu.

Mit einem Krachen wie von einem Felsblock schlug ein Hagelkorn gegen unseren Unterschlupf. Ich zuckte zusammen. Dann spähte ich hinaus – und wäre fast von einem weiteren Hagelkorn am Kopf getroffen worden, das mit einer solchen Wucht auf den Boden aufprallte, daß dieser eine beachtliche Delle bekam. Es war grün und spitz. Ich grabschte hinaus und packte es, bevor es davonrollen konnte. »He, das ist ja richtiger Stein!« rief ich.

»Was habt ihr erwartet?« fragte sie. »Farbiges Eis etwa?«

»Hm, ja. Kleine leichte Eiskugeln.«

»Die gibt es vielleicht woanders. Hier hagelt es auf jeden Fall echte Steine.«

In der Tat. Nun prasselten sie überall um uns herum, rote und blaue und orangefarbene und braune. Sie waren sehr hübsch – aber jeder einzelne von ihnen hätte mühelos einem Menschen oder einem Tier das Gehirn herausschlagen können. Vielleicht war das auch der Grund, warum wir bisher in diesem Gebiet auch noch keine großen Tiere gesehen hatten; vor einem solchen Sturm konnten sich nur die kleinen verstecken. Threnodia hatte recht damit gehabt, auf einen Unterschlupf zu drängen.

Da wir nicht weiterreisen konnten, solange der Sturm wütete, mußten wir eng aneinandergedrängt warten. Threnodia saß auf Pook und ich stand neben ihr, den Oberkörper gegen ihr linkes Bein gepreßt. Sie begann wieder mit ihrer Totenklage. Pook hatte die Ohren zurückgelegt, ihm gefiel weder die Frau noch der Gesang. Ich dagegen hielt beide für recht hübsch. Vor allem dieses Bein! Wieder wünschte ich mir, daß wir eine etwas konstruktivere Beziehung zueinander hätten haben können.

Der Sturm wütete eine Stunde lang. Ich döste im Stehen, gegen das Bein gelehnt. Als der Sturm nachließ, wachte ich auf und mußte feststellen, daß ich nur gegen Pooks Flanke lehnte. Ich blickte mich um. Schon wieder war Threnodia verschwunden. »He – wo ist sie?«

Auch Pook hatte gedöst. Erschrocken wachte er auf. Er witterte die Luft, war aber genauso verwirrt wie ich. Wirklich erstaunlich, wie sie jedesmal verschwinden konnte, ohne daß wir etwas merkten.

Einmal mehr benutzte ich den Pfeil. Mit der Zeit war er immer blasser geworden, doch es genügte noch. Er zeigte nach Westen. Threnodia war wieder heimwärts unterwegs.

Wir kamen aus unserem Unterschlupf hervor, der inzwischen von dem Hagel auf traurige Weise zugerichtet worden war, und eilten westlich um den Anhang herum. Schon bald hatten wir sie wieder eingeholt. Sie war nicht sehr weit gekommen.

Ich preschte auf sie zu und packte sie am Arm – worauf meine Hand durch sie hindurchglitt. »Ihr seid ja ein Gespenst!« rief ich entsetzt. »Ihr seid zu früh hinausgegangen und von einem Hagelstein erschlagen worden, und jetzt seid Ihr tot.«

»Nein, ich bin lediglich diffus, Flegel«, sagte sie mit schwach zu vernehmender Stimme.

Ich ließ meine Hand durch ihren Körper gleiten. Tatsächlich wies sie ein wenig Widerstand auf, wie dünnes Wasser oder dichter Nebel. Sie war etwas feststofflicher als ein Gespenst, wenngleich nicht sehr.

»Ihr seid aber ganz schön dreist, Barbar!« sagte sie zu mir, als meine Hand aus ihrem Brustkorb wieder hervorkam.

Schuldbewußt riß ich die Finger zurück. »Was ist denn mit Euch passiert?«

»Das ist mein Talent«, erklärte sie. »Transmogrifikation. Wenn ich nicht auf Gegenwind gestoßen wäre, wäre ich schon längst verschwunden. Aber in diesem Zustand kann man nur schwer dagegen ankämpfen.«

Davon konnte ich mich selbst überzeugen: Ein Windstoß kam herbei und blies sie fast um. Sie wog kaum noch irgend etwas. »Ihr könnt Euch einfach verdünnisieren?«

»Ich habe Euch doch gesagt, daß ich ein dämonisches Elternteil habe. Dämonen können sich in Rauch verwandeln, ihre Gestalt und ihre Größe verändern.«

»Aber wenn Ihr das könnt, warum habt Ihr es denn erst zugelassen, daß ich Euch fesselte?«

»Das kann ich leider nicht so schnell«, erwiderte sie verbittert. »Für jeden Teil brauche ich eine Stunde, und länger habt Ihr mich nie allein gelassen.«

Beinahe fühlte ich mich schuldig. »Die Fesselschlaufe!« rief ich. »Ihr habt Euch einfach verdünnt, um sie abzustreifen!«

»Natürlich.« Langsam nahm sie eine etwas festere Gestalt an. »Und ich habe mich dünn genug gemacht, so daß die Hagelsteine mir nichts anhaben konnten. Aber der Sturm hat viel zu früh aufgehört, so daß Ihr wieder ins Freie konntet, und dieser gräßliche Gegenwind ...«

Ich wollte mich schon fragen, wie ich sie wohl festhalten konnte, wenn sie von solch rauchiger Konsistenz war, doch nun erkannte ich, daß ich in einem solchen Fall bloß einen Fächer zu benutzen brauchte, um sie nach Belieben dorthin wedeln zu können, wo ich sie hinhaben wollte.

»Das ist nur ein Teil, sagt Ihr? Ihr könnt Euch also auch auf andere Weise verwandeln?«

»Ach, jetzt könnt Ihr auch gleich alles erfahren«, sagte sie mit zorniger Resignation. »Ihr scheint mir wirklich über das täppische Glück des Unwissenden zu verfügen. Dämonen können auf der Stelle ihre Gestalt verändern. Deshalb konnte meine Mutter ja auch König Gromden narren, der sie sonst niemals angerührt hätte. Aber ich bin nur eine Halbdämonin, deswegen funktioniert es bei mir nicht so gut. Ich kann immer nur eine Sache auf einmal verändern. Wenn ich groß werden will oder klein, so dauert das eine Stunde. Doch dann bin ich entweder diffus oder feststofflich; ein rauchiger Riese oder ein ungeheuer dichter Zwerg. Bis ich meine Dichte entsprechend verändern kann. Dafür brauche ich eine weitere Stunde. Denn vorher habe ich nicht meine Körpermasse verändert, sondern nur meine Größe. Und wenn ich dann außerdem noch die Gestalt einer normalen Maus annehmen will, so brauche ich dafür eine dritte Stunde. Wenn Ihr mich doch bloß drei Stunden lang in Ruhe ließet!«

Ich war verblüfft. Dieses Wesen hatte es ja faustdicker hinter den Ohren, als ich erwartet hatte. Sie hätte sich mühelos in einen Drachen verwandeln und mich verschlingen können – sofern ich ihr genügend Zeit dafür gelassen hätte.

»Ich verstehe wirklich nicht, warum Yin Euch heiraten will«, meinte ich.

»Natürlich *will* er mich doch gar nicht heiraten!« rief sie. »Das tut er doch bloß, um eine gewisse Kontinuität herzustellen, damit die Menschen Xanths ihn ebenso willig akzeptieren wie den König und es ihm nicht nachtragen, daß er lediglich Gromdens Speichellecker ist. Das gleiche gilt für Yang. Die haben doch bloß Politik im Kopf. Ich möchte keinen von beiden heiraten.«

»Aber wenn Eure Ankunft einen solchen Skandal ausgelöst hat, dann würde das Volk gar nicht wollen, daß Ihr den neuen König heiratet«, warf ich ein.

»Das gemeine Volk weiß nichts von meiner Herkunft. Die Sache war ein reiner Palastskandal. Dem gemeinen Volk erzählt niemand etwas.«

Ich seufzte. »Es tut mir leid, daß ich Euch einholen muß, Threnodia. Ganz ehrlich. Aber Barbaren halten immer Wort. Vielleicht könnt Ihr ja entkommen, nachdem ich Euch abgeliefert habe.«

»Aus der Gefangenschaft eines Magiers entkommen?« konterte sie verbittert. »Im Wald konnte ich ihnen entgehen. Ich habe gedroht, mich selbst in die Spalte zu stürzen, wenn einer von beiden sich meinem Haus nähern sollte. Deshalb habe ich ja auch den Schacht bauen lassen. Aber auf Schloß Roogna kann ich das nicht.« Ich bemerkte ihre dampfenden Tränen beim Sprechen. »Ich würde lieber sterben als einen von denen zu heiraten – aber ich werde ja überhaupt keine Wahl haben, und das verdanke ich Euch, gefühlloser Schurke!«

Ich nickte trübe. Ich war vielleicht ein Schurke, aber gefühllos war ich nicht. Ich fühlte mich schrecklich.

Wir kehrten zu unserem Unterschlupf zurück, und eine Stunde später war Threnodia wieder von fester Gestalt. Da der Tag schon so weit fortgeschritten war, daß sich eine weitere Reise nicht lohnte, blieben wir an Ort und Stelle. Die Bäume um uns herum waren von den Hagelsteinen zwar arg mißhandelt worden, doch konnten wir immerhin einiges an Fallobst aufsammeln.

Wie wollte ich Threnodia nun während der Nacht festhalten? Ihre dämonische Transmogrifikationsfähigkeit bedeutete, daß ich sie körperlich nicht an mich fesseln konnte.

Nicht körperlich – aber gefühlsmäßig? Vielleicht konnte eine kleine List hier Wunder wirken. Einen Versuch war es immerhin wert.

Als die Dämmerung einbrach, schritt ich hinaus und ging um das Lager, als würde ich nach irgend etwas suchen. Ich legte die Hand auf den Schwertknauf. »Ich wünschte, ich hätte meinen Bogen dabei«, murmelte ich nervös.

»Was ist denn los?« rief mir Threnodia zu. »Habt Ihr etwa vor, mir das nächste Mal einen Pfeil durch den Körper zu schießen, wenn ich versuche zu entfliehen?«

»Ach, ich will Euch lieber nicht beunruhigen«, meinte ich und schirmte mit meiner versteinerten Hand die Augen ab, während ich in die Düsternis hinausstarrte. »Nachts werden sie wahrscheinlich sowieso nicht angreifen.«

»*Was* wird sowieso nicht angreifen?« wollte sie wissen.

»Die Spuren sind ja auch nicht wirklich frisch«, fuhr ich fort. »Mindestens zwei Tage alt. Also sind sie wahrscheinlich schon fort. Oder kannst du irgend etwas Frischeres wittern, Pook?«

Pook witterte die Luft und schüttelte verneinend den Kopf. Er war klug genug, um mitzuspielen.

»*Wer* ist wahrscheinlich schon weg?« fragte Threnodia, von meiner Geheimnistuerei verärgert. Dieses Gefühl kannte ich!

»Die Harpyien natürlich«, sagte ich.

»In dieser Gegend gibt es keine Harpyien!«

»Sage ich ja. Sie scheinen sich nur an den Klippen aufzuhalten. Vermutlich ist dieser Schwarm einfach nur hier durchgezogen und wird nicht wieder zurückkehren.«

Threnodia schwieg. Wir ließen uns zur Nacht nieder. »Nehmt Ihr den Unterschlupf«, sagte ich. »Ich werde draußen schlafen.«

»Wollt Ihr mich denn gar nicht festhalten?«

»Das nützt ohnehin nichts«, wandte ich ein. »Ihr könnt jeder Fessel, jedem Griff entkommen.«

Sie überlegte. »Ihr könnt mich trotzdem festhalten. Vielleicht seid Ihr dann früher gewarnt.«

»Nein, ich glaube es ist besser, wenn ich draußen bleibe«, erwiderte ich und blickte nervös um mich, als befürchtete ich, eine Harpyie zu entdecken. Dann legte ich die Rechte auf meinen Schwertknauf und streckte mich aus.

»Und was, wenn die Harpyien kommen und Ihr noch schlaft?« fragte sie.

»In dieser Gegend gibt es keine Harpyien«, erinnerte ich sie. Dennoch zog ich mein Schwert aus der Scheide. Sie schnitt eine Grimasse, dann legte sie sich in der Unterkunft nieder. Pook blieb grasend am Abhang. Ich schlief; Barbaren können sofort einschlafen und wieder aufwachen, genau wie andere Tiere.

Plötzlich wachte ich auf und spürte einen Körper neben mir. »Ihr solltet mich doch besser festhalten«, murmelte Threnodia. »Sonst versuche ich vielleicht irgendeine Dummheit.«

Aha. Meine List schien offensichtlich zu wirkend. *Niemand* kann gut schlafen, wenn Harpyien in der Nähe sind. »Wie Ihr wollt, Dämonenbrut.«

Sie kuschelte sich an mich, warm und weich. »Es tut mir ehrlich leid, daß ich Euch umgebracht habe, Jordan.«

Inzwischen nannte sie mich sogar beim Namen. »Und eine Lügnerin seid Ihr auch.«

Sie verpaßte mir einen Hieb. »Verdammt sollt Ihr sein.«

Ein Punkt für mich. Doch ihr Körper war zum Anbeißen, wie er meinen so berührte, und zum x-tenmal wünschte ich mir, daß die Dinge anders ständen. »Das ist auch eine Lüge«, fügte sie einen Augenblick später hinzu. Ihr Kopf schob sich über meinen, dann küßte sie mich auf den Mund, fest und ausdauernd.

Die Ironie der Sache bestand darin, daß ich genau wußte, daß es eine Lüge war. Lebend hatte Threnodia nicht das geringste für mich übrig. Sie wollte mich lediglich einlullen, damit sie fliehen konnte. Ich bin zwar ziemlich naiv, was Frauen angeht, aber auch die Naivität hat ihre Grenzen, und ich lerne schnell durch Erfahrung. Und doch war da ein Teil in mir, der zu gerne daran geglaubt hätte, daß eine wunderbare Kreatur wie diese, Königstochter, Dämonin oder nicht, wirklich etwas für mich übrig haben könnte.

»Schätze, jetzt weiß ich, wie das bei König Gromden gegangen ist«, brummte ich, als sie meine Lippen wieder freigab.

Sie versteifte sich, dann lachte sie reumütig. »Ich habe geschworen, daß ich einem Mann nie antun werde, was meine Mutter meinem Vater angetan hat. Ich schätze, auch da habe ich gelogen.« Dann legte sie ihr Gesicht gegen meine Schulter, worauf die Stelle ziemlich naß wurde.

Konnte ein seelenloses Wesen weinen? fragte ich mich. *Können* wohl schon, beschloß ich, nur *tun* würde es das nie. Außer, um den anderen zu täuschen. Dennoch … »Seid Ihr in Ordnung?« fragte ich.

»Ach, ich bin eine verfluchte Kreatur«, schluchzte sie.

Was buchstäblich stimmte. Ich wußte ja, daß ich mich wie ein Tor benahm, aber ich konnte nichts dagegen tun. Manchmal muß ein Mann einfach ein Narr sein, wenn er ein Mann ist. Ich legte die Arme um sie und drückte sie eng an mich, nicht um sie am Davonlaufen zu hindern, sondern weil es einfach notwendig war.

Sie weinte eine Weile, dann schlief sie ein, und bald darauf tat ich das gleiche.

Eine Sache machte mir allerdings zu schaffen. Ich dachte daran und murmelte schließlich in den Nachthimmel hinaus: »Es gibt hier wirklich keine Harpyien.«

»Das weiß ich«, erwiderte Threnodia murmelnd. Ich hatte geglaubt, daß sie schliefe.

Doch am Morgen war sie immer noch da. In dieser Nacht hatte sie nicht versucht zu fliehen.

XI

Schwert und Stein

Wir waren nur noch eine Tagesreise von Schloß Roogna entfernt. »Ihr wißt doch, daß ich dort nicht hin will«, erinnerte mich Threnodia, und ihre Augen waren sehr groß und sehr dunkel.

»Das weiß ich.«

»Ihr wißt, daß Schloß Roogna dann fallen wird.«

»Das weiß ich nicht. Ihr könntet schließlich auch lügen.«

»Ich könnte äußerst freundlich zu Euch werden, wenn Ihr unsere Ankunft nur um eine Weile hinausschieben würdet. Das würde Euch überhaupt nicht wie eine Lüge erscheinen.«

»Ich weiß.«

»Ich könnte Euch sogar wirklich gern haben, wenn ...«

»Ich weiß nicht. Ihr würdet alles mögliche sagen, nur um Euren Willen zu bekommen.«

»Laßt mich Euch doch mal zeigen, wie freundlich ich sein kann, wenn ich nur will.«

»Dann wäre ich ein Narr.« Natürlich war ich ein Narr, denn ich fühlte mich schwer in Versuchung. Vielleicht war sie ja eine völlig selbstsüchtige, lügnerische Dämonenkreatur, aber sie war schön, und Barbaren schätzen körperliche

Schönheit mehr als geistige. Also wies ich ihre Annäherungsversuche zurück, nicht weil ich mich vor ihrem Körper fürchtete, sondern weil ich mich davor fürchtete, was ihr Körper meinem Geist antun könnte. Doch meine Standfestigkeit geriet bereits ins Wanken.

»Ich kann immer noch meine Gestalt verwandeln und Euch entkommen«, meinte sie.

»Aber ohne meinen Arm und mein Schwert, die Euch schützen, seid Ihr den Ungeheuern von Xanth ausgeliefert«, wandte ich ein. »Deswegen versucht Ihr es auch nicht mehr. Vielleicht gibt es hier keine Harpyien mehr, aber dafür vielleicht andere Wesen.« Das hatte mir der letzte Rest des Intelligenzzaubers eingegeben. »Wenn Ihr Eure Gestalt verändert, so mögt Ihr vielleicht wie ein anderes Wesen aussehen, aber Ihr seid es dann nicht. Ihr könnt zwar die Form eines Vogels annehmen, aber fliegen könnt Ihr nicht – erst wenn Ihr so diffus geworden seid, daß Euch jeder Windstoß davonwehen wird. Es dauert ein ganzes Leben, bis man das Fliegen gelernt hat.«

Sie zuckte die Schultern, ohne es abzustreiten. »Genaugenommen kann ich durchaus einige der Dinge tun, die auch den Tieren zu eigen sind, die ich imitiere, aber es stimmt schon, daß das Fliegen eine äußerst spezialisierte Disziplin ist, und darin wäre ich bestimmt nicht gut. Vermutlich würde ich gegen den nächsten Baum prallen und wäre ein willkommenes Opfer für jeden geflügelten Räuber.«

»Und wegen dieser Gefahr habt Ihr es wahrscheinlich auch noch nicht oft versucht. Diese Gestalt allein genügt nicht. Ihr braucht auch ihre Fähigkeiten. Deshalb ist Euer Talent im Augenblick recht eingeschränkt.«

»Als Ihr mir mit den Harpyien gedroht habt, habe ich begriffen, daß das stimmt. Es gibt immer irgend etwas in Xanth, das sich nur zu gerne auf die Unachtsamen oder die Schutzlosen stürzt. Ihr seid ein primitiver Mensch, Ihr habt Muskeln und ein Schwert und liebt das Kämpfen. Ihr könnt fremde Gebiete durchqueren und Ungeheuer erlegen, als sei das gar nichts.« Sie spreizte die Hände. »Mag sein, daß ich ein Herz aus Stein habe, aber das ist den Monstern egal. Die fressen mein Fleisch sofort auf – und ich kann mich davon leider nicht so erholen wie Ihr.«

»Folglich bin ich das Schwert, und Ihr seid der Stein«, sagte ich, mir der Ironie des Ganzen durchaus bewußt, da ein Teil von mir im Augenblick ja wirklich versteinert war.

»Ja. Hätte ich Euren Körper, so könnte ich sofort nach Hause zurückkehren.«

»Ihr könntet meine Gestalt annehmen«, sagte ich.

»Das könnte ich wohl«, stimmte sie mir zu und legte nachdenklich den Kopf schräg. »Aber ich hätte nicht Eure Übung im Schwertkampf oder die Kraft Eurer männlichen Muskeln oder die Fähigkeit, nach Verwundungen so schnell zu heilen. Also würde es das auch nicht bringen.«

»Wenn ich Euren Körper hätte, so wäre ich eine wunderschöne Kreatur«, sagte ich.

»Meine Seele ist aber gar nicht schön – wenn ich überhaupt eine habe.«

Darauf hatte ich keine Antwort. Threnodia war die erste Frau, der ich begegnete, die eine nachweislich häßliche Herkunft und Natur besaß, und ich hatte immer noch Schwierigkeiten, mich daran zu gewöhnen. Gewiß war sie nicht durch und durch böse, auch wenn sie nicht nur gut war. Aber das ist einfach kein Problem für einen Barbaren, um so etwas zu lösen bedarf es anderer Geister. Das Leben ist doch so viel einfacher, wenn die Alternativen aus schlichtem Gut oder Böse bestehen, wenn alles eindeutige Etiketten trägt. Und zwar die richtigen Etiketten!

Gegen Mittag erreichten wir eine Gruppe von Kunstbäumen, von denen jeder von betörender Pracht war, mit reich verzierten bunten Blättern und bildhauerhaften Linien. Wir blieben stehen, von der schieren Schönheit des Ganzen benommen.

Einer der Bäume war tot, doch seine Skelettform war höchst beeindruckend, jeder Ast von perfekten Konturen, ein Wunder an Symmetrie. Am Fuße des Stammes befand sich ein Loch, und selbst dieses war so wunderbar geformt, daß es dem Tor zu einem sagenhaften Reich glich.

Wir schritten darauf zu, und plötzlich blitzte zu meinen Füßen ein winziges schwarzes Schwert auf. Sofort dehnte es sich auf volle Schwertgröße aus, ein Ding aus glitzerndem dunklen Eisen, das sich drohend vor mir aufbaute. Ich war schon wieder arglos auf einen von Yangs bösen Zaubern getappt! Wann würde ich endlich lernen, achtsamer nach ihnen Ausschau zu halten?

Mein eigenes Schwert befand sich bereits in meiner Hand, denn Barbarenreflexe sind notgedrungen schnell. »Weg aus meiner Nähe!« rief ich Pook und Threnodia zu. »Dieses Ding ist gefährlich!«

Das war es tatsächlich. Das schwarze Schwert hieb heimtückisch auf mich ein, und ich konnte die Klinge nur im letzten Augenblick parieren. Auch so warf mich die Wucht des Hiebs ein Stück zurück und ließ meinen Arm beben. Das Schwert wurde von keiner Hand geführt, und dennoch fühlte es sich an, als stünde hinter ihm ein unsichtbarer Riese.

Zwar hatte ich den Hieb abgewehrt, doch die schwarze Waffe erholte sich mit entsetzlicher Schnelligkeit wieder davon und griff nun von der anderen Seite an. Wieder parierte ich, und wieder spürte ich den Aufprall. Funken stoben, wo die beiden Klingen aufeinandertrafen. Mein Schwert bekam eine Scharte. Natürlich war es ohnehin schon reichlich mitgenommen und sogar leicht verbogen, weil es ja in die … na ja, ich konnte mich nicht mehr genau daran erinnern, wo es hineingefallen war. Aber daß eine andere Klinge ihm derart mühelos eine Scharte verpassen konnte …

Das böse Schwert wirbelte durch die Luft, tänzelte über meinem Kopf und griff mich plötzlich von hinten an. Ich warf mich zur Seite, um ihm zu entgehen, doch kaum hatte es mich verfehlt, als es sich schon wieder erneut nach mir ausrichtete. Ich stürzte zu Boden und konnte nur noch mit knapper Mühe meine Klinge herumbringen, um das Ding abzublocken. Noch nie war ich derart heftig mit dem Schwert angegriffen worden! Ich war stolz auf meine Schwertkunst; das ist auch so etwas, worauf wir Barbaren spezialisiert sind. Mein Schwert war meine Stärke. Doch hier hatte ich es nicht mit Tierschnauzen oder Pflanzententakeln zu tun, es war ein anderes Schwert, das immer und immer wieder zuschlug, jede Sekunde ein Hieb. Dann, als es merkte, daß es mich weder von vorne noch von hinten treffen konnte, schoß es zur Seite und griff erneut an.

Ich hatte mich schon halb aufgerichtet, mußte aber plötzlich einen Satz zur Seite machen und mich am Boden abrollen. Das schwarze Schwert machte sich über meine Füße her, um auch nicht die geringste Möglichkeit auszulassen. Ich riß sie fort, worauf es den Boden mit einer derartigen Wucht traf, daß ich schon glaubte, das ganze Land würde auseinanderbrechen. Ich schaffte es noch gerade rechtzeitig auf die Beine, um den nächsten Hieb zu parieren.

Normalerweise verfügte ich über viele Muskeln, große Geschwindigkeit und Koordinationsgabe. Zwar war ich erst vor kurzem drei- bis fünfmal gestorben, doch in den vergangenen drei Tagen hatte ich mich davon fast völlig wieder erholt, wenn man von meinen steinernen Extremitäten einmal absah. (He – ich hätte das Schwert ruhig meine Füße treffen lassen können! Was hätte es ihnen schon anhaben können?) Also kämpfte ich sehr gut, aber ich wußte bereits, daß ich unterlegen war. Dieses magische Schwert besaß eine kämpferische Wildheit, die alles in den Schatten stellte, was mir je begegnet war, und es zeigte auch keinerlei Ermüdungserscheinungen. Eines mußte ich ja Magier Yang lassen: Seine Zauber waren alles andere als blutleer! Ich mußte dieses Ding irgendwie abschütteln!

Das versuchte ich, doch das schwarze Schwert verfolgte mich gnadenlos. Es wollte mein Blut haben, mein ganzes Blut und nichts als mein Blut. Noch bevor ich meine eigene Klinge herumwirbeln konnte, sauste es auf meine linke Seite. Also riß ich den linken Arm hoch und fing den Hieb damit ab.

Ein Scheppern – und das schwarze Schwert federte zurück, erschüttert. Natürlich, mein linker Arm war ja auch noch aus Stein! Zum erstenmal hatte ich Grund, das Versagen meines Talents, diese Einzelheit zu beheben, zu begrüßen. Es war offensichtlich, daß die böse Klinge keinen Stein zerteilen konnte. Man hört zwar gelegentlich Geschichten von Schwertern, die das angeblich können, aber das halte ich für reine Aufschneiderei; Gestein ist ein fürchterlich hartes Zeug.

Das schwarze Schwert schüttelte sich, als sei es verwirrt, dann machte es sich wieder an den Angriff. Es fuhr mir mit einer Wucht in den Nacken, die mir glatt den Kopf abgeschlagen und ihn bis zum Mond emporgeschleudert hätte. Das wäre sehr unangenehm für mich gewesen, denn es ist nicht einfach, einen ganzen Kopf nachwachsen zu lassen. Mit knapper Mühe konnte ich den Hieb abwehren. Dadurch glitt das Schwert wieder auf meine Füße herab, und diesmal zog ich sie nicht aus dem Weg, so daß es gegen den Stein schepperte.

Ich hatte eine Glückssträhne – aber ich brauchte wirklich den magischen Schild, denn das schwarze Schwert gab nicht auf und wurde immer einfallsreicher, was Angriffspunkte betraf. Langsasm begann ich zu ermüden, das Schwert jedoch nicht. Früher oder später würde es entweder eine ungedeckte Stelle finden oder meine Deckung durchbrechen, um mich an tödlicher Stelle zu treffen.

»Der Zauber!« rief ich Threnodia zu. »Holt den Zauber!«

»Welchen Zauber?« fragte sie.

Oh, davon wußte sie ja gar nichts, und selbst wenn dem so sein sollte, würde sie mir nicht unbedingt helfen. Denn wenn ich starb, konnte sie ungehindert nach Hause zurückkehren, lange bevor ich mich wieder erholt hatte. Andererseits konnte sie unbegleitet nicht in Sicherheit reisen, so daß sie mir vielleicht doch helfen würde. Aber was hatte ich schon für eine andere Wahl? Während die schwarze Klinge mit einem Pfeifen über meinen Kopf hinwegwirbelte, duckte ich mich und rief: *»Irgendeinen* Zauber! Pook hat sie!«

Threnodia zögerte. Ich wußte, daß sie darüber nachdachte, ob es besser sei, mir zu helfen oder mich von dem schwarzen Schwert erledigen zu lassen. Doch Pook schnaubte sie warnend an, und sie entschied sich zur Hilfe. Sie sprang zu ihm hinüber und öffnete den Zauberbeutel.

Mittlerweile drängte mich die feindliche Klinge immer härter in die Ecke. Sie durchschnitt die Luft in einem verwirrenden Muster, sie blendete meine Augen, so daß es für mich immer schwieriger wurde, die Angriffshiebe zu parieren. Sie zog Bogen um mich herum, so daß ich mich ständig umdrehen mußte, um meine Flanke und meinen Rücken zu schützen. Langsam wurde mir schwindelig, und auch das könnte katastrophal enden. Ich brauche irgendeine Rückendeckung, sonst war ich schon bald erledigt.

Da erspähte ich den toten Kunstbaum mit dem architektonisch gestalteten Loch im Stamm. Der würde genügen! Ich wehrte das Schwert ab und zog mich Stück für Stück zu dem Baum zurück. Bald gelang es mir, mich mit dem Rükken in das Loch zu schieben. Es war in etwa so groß wie ich, was sehr praktisch war. Nun konnte mich das schwarze Schwert nicht mehr von hinten angreifen.

Das Ding reagierte mit blinder Wut. Es hieb auf den Stamm des Baumes ein, doch das tote Holz war nicht nur schön, sondern auch hart, so daß nur kleine Holzsplitter durch die Gegend flogen. Dieser Schutz würde noch eine ganze Weile halten. Ich achtete sorgfältig darauf, nicht zu tief ins Loch zurückzutreten, denn das hätte meine Bewegungsfreiheit eingeschränkt. Nun konnte ich meine Position wenigstens halten, während das feindliche Schwert seine Energie auf das Holz vergeudete. All dies war recht schnell geschehen, wenngleich die Sekunden mir wie Minuten erschienen, während Threnodia gleichzeitig den Zauber holte. Nun nahm sie einen der weißen Gegenstände des Magiers Yin aus dem Beutel. »Ist das der richtige?« rief sie. »Eine Schlingpflanze mit einem daran befestigen Augapfel? Scheußliches Ding!«

Der Schlauchschlingenzauber – der war bereits aktiviert worden. Also mußte dies ein anderer Zauber sein – vielleicht war es ja der magische Schild, den ich brauchte. »Ist schon in Ordnung!« rief ich zurück. »Werft es mir herüber!«

Threnodia kam auf mich zu, dann warf sie den Zauber, natürlich viel zu kurz, wie Frauen es ja immer tun. Immerhin hatte sie gut gezielt; der Zauber prallte gegen den Baum und fiel unmittelbar vor ihm auf den Boden. Das schwarze Schwert witterte Gefahr und hackte auf den Zauber ein. »Ich invoziere dich!« rief ich.

Ich sah, wie er aufleuchtete, kurz bevor das schwarze Schwert ihn traf. Dann passierte eine allerseltsamste Sache.

Mein Bewußtsein schien meinen Körper zu verlassen und wie ein Gespenst durch die Luft zu schweben. Dann näherte es sich abrupt Threnodia, die zwischen mir und Pook stand, auf allerliebste Weise in Sorge. Plötzlich senkte es sich in ihren Körper und verharrte dort.

Ich hörte ein heiseres Schreien. Dann sah ich, wie ich selbst mein Schwert fallen ließ und in den toten Baum zurückwich. Sofort stieß das feindliche Schwert nach und rammte mir seine Klinge durch das ungeschützte Herz. Blut spritzte aus meiner Brustwunde, als ich tot vornüber stürzte.

Doch das schwarze Schwert war noch nicht fertig. Es hob sich in die Höhe, dann hackte es mir mit einem wuchtigen Hieb den Kopf ab. Der rollte ein paar Schritte davon, bis er in einer kleinen Erdmulde liegenblieb und mit einem etwas verdutzten Ausdruck gen Himmel starrte.

Doch noch immer ließ das böse Schwert nicht von mir ab. Es hackte auf meinen rechten Arm ein, schnitt ihn ab, dann machte es sich über meinen linken her, oben an der Schulter, wo diese noch aus Fleisch war. Das Ding wollte mich völlig zerstückeln!

Ich rannte darauf zu, unfähig, dieser Zerstörung meines eigenen Körpers tatenlos zuzusehen.

Doch dann hielt ich inne. Wie konnte ich darauf zurennen, wenn ich doch bereits tot und geköpft war?

Ich begriff, daß mein Körper zwar tot war, mein Bewußtsein aber nicht. Ich befand mich nun in Threnodias Körper. Und ihr Bewußtsein mußte in meinem sein! Im Augenblick wohl eher bewußtlos, denn ich hatte den Austauschzauber aktiviert. Jetzt wurde mir einiges klar: Als wir unsere Identität ausgetauscht hatten, hatte sich Threnodia in meinem männlichen Körper wiedergefunden, von dem tödlichen Schwert angegriffen, und sie hatte nicht gewußt, wie sie sich verteidigen sollte. Wie die Vogelgestalt, die nicht hatte fliegen können, war sie unfähig zu kämpfen, auch wenn sie sich in einem Männerkörper befand. Auf frauenhafte Weise hatte sie einen Schrei ausgestoßen und sich zusammengekauert. Dadurch war sie natürlich sofort angreifbar geworden, und die feindliche Waffe hatte ihren Vorteil genutzt und sie erwischt. Sie wußte nicht, daß sie die falsche Person getötet hatte. Wie sollte sie auch?

Theoretisch hatte ich noch eine Minute Zeit, um den Zauber wieder rückgängig zu machen, bevor er voll griff. Doch wie? Nur indem ich den schwarzen Austauschzauber fand, würde mir dies gelingen – und dann würde ich wieder in einen toten, zerstückelten Leib eintreten! Außerdem war diese Minute bereits verstrichen, als wenn Zeit jetzt noch irgend etwas bedeuten würde. Da war ich aber sauber eingesalzen worden!

Wann würde dieses schreckliche Schwert endlich aufhören? Es schien meinen ganzen Leib zu Hackfleisch machen zu wollen. Schön, ich hatte jetzt einen anderen Körper zur Verfügung, dennoch konnte ich das doch nicht einfach tatenlos mitansehen! Da mein Talent in letzter Zeit ziemlich überstrapaziert worden war, wußte ich nicht, wieviel es noch ertragen würde.

Oder war mein Heilungstalent etwa zusammen mit meinem Bewußtsein in Threnodias Körper eingedrungen? Wenn dem so sein sollte, war mein Körper – und mit ihm Threnodias Bewußtsein – tot, während ich auf alle Zeiten in ihrem Körper gefangengehalten wurde. Ob Yin dann wohl hinter mir her sein würde, um mich zu heiraten?

Als ich die Sache einmal von dieser Seite sah, empfand ich plötzlich viel mehr Mitgefühl für Threnodias Weigerung, zum Heiraten auf Schloß Roogna gebracht zu werden. Nein, ich mußte davon ausgehen, daß unsere Talente auch bei unseren Körpern blieben, so daß mein Körper sich wieder herstellen und mich erneut aufnehmen konnte. Ich mußte dieses Schwert unbedingt daran hindern, noch mehr Unheil zu stiften!

Nun, vielleicht konnte ich es bluffen. Ich setzte mich also wieder in Bewegung, rannte auf das Schwert zu, beugte mich hinunter und packte den Knauf. Überrascht hielt das Schwert inne. »Wohl gehandelt, prachtvolles Schwert!« rief ich mit Threnodias Stimme. »Du hast dich wacker geschlagen und mir ein Schicksal erspart, das schlimmer ist als der Tod! Nun kannst du ruhen.«

Das Schwert zögerte, dann entschied es sich dazu, die Sache zu akzeptieren. Ich lächelte es gewinnend an, da ich um die Macht wußte, die ein schöner weiblicher Gesichtsausdruck über männliche Dinge auszuüben vermochte. Threnodia hatte dieselbe Waffe auch gegen mich eingesetzt, und es war auch mir sehr schwergefallen, ihr zu widerstehen.

Doch ich war mir nicht sicher, wie lange ich dieses tödliche Gerät narren konnte. Sollte es meine echte Identität bemerken, würde es diesen Körper ebenfalls angreifen und zerhacken, und dann war ich wirklich am Ende. Ich mußte das böse Schwert ausschalten, bevor es etwas merkte. Aber wie?

Natürlich indem ich Threnodias Talent nutzte! Wenn die sich auflöste, tat ihre Kleidung das gleiche, denn sonst wäre sie nämlich nackt gewesen als ich sie wieder einfing, und daran hätte ich mich bestimmt erinnert. Das aber bedeutete, daß die Gegenstände, die dicht bei ihr waren, an dem Effekt teilhatten. Also könnte ich mich auflösen und das gleiche mit dem Schwert in meiner Hand tun, worauf …

Worauf ich es dann loslassen würde, so daß das Schwert wieder in seinen Urzustand zurückgelangte und mich mit tödlichen Blitzen verfolgte. Nein, das sollte ich wohl besser nicht riskieren. Und es wäre auch keine Lösung gewesen, sich möglichst weit von ihm zu entfernen, denn es konnte fliegen, und es würde wahrscheinlich – wie die anderen Zauber auch – von fürchterlicher Langlebigkeit sein.

Doch was sollte ich dann mit ihm tun? Was immer es

auch sein mochte, auf jeden Fall durfte ich nicht zu lange damit warten – denn bevor ich das Schwert neutralisiert hatte, konnte ich nichts für meinen toten Körper tun. Der Anblick des abgeschnittenen Kopfes, wie er in den Himmel starrte, machte mir zu schaffen. Was, wenn jetzt ein Raubtier vorbeikam, um ihn zu verschlingen?

Ha! Meine gesteigerte Intelligenz war mir noch verblieben. Tatsächlich schien sie sogar noch ein wenig an Kraft gewonnen zu haben, möglicherweise weil sich in Threnodias Hirn nicht so viel Schmutz befand. Oder benutzte ich gerade ihr Gehirn? Mein eigenes ja mit Sicherheit nicht! Wie auch immer, auf jeden Fall kam ich auf folgenden Gedanken: Ich wollte das Schwert auflösen, um es dann in etwas hineinzustecken, aus dem es in seiner erneuten Verdichtung nicht wieder herauskommen konnte.

Natürlich mußte ich erst einmal überprüfen, ob Threnodias Talent für mich überhaupt funktionierte. Ich wußte auch nicht genau, wie ich es aktivieren sollte. Mußte ich einfach nur wollen, daß ich dünn oder rauchig wurde, oder wie sonst? Gab es irgendein Schlüsselwort, das gemurmelt werden mußte? Nun, mein eigenes Heilungstalent brauchte keinerlei besondere Aufmerksamkeit, es funktionierte stets bei Bedarf. Vielleicht war das bei diesem hier ja nicht anders. Also würde ich mich darauf konzentrieren, rauchig zu werden, dann würde sich schon zeigen, was passierte.

»Machen wir jetzt mal einen netten kleinen Spaziergang«, sagte ich zu dem schwarzen Schwert, das ich immer noch in meiner zierlichen Hand hielt. Eigentlich wäre es für diesen schlanken Arm viel zu schwer gewesen, doch es hielt sein Gewicht selbst und fühlte sich recht leicht an. Ich mußte zugeben, daß es eine prächtige Waffe war, und seine Klinge war völlig frei von Scharten. Folglich war dieses Schwert meinem eigenen überlegen. Aber es war nicht meins, und ich konnte ihm nicht trauen. Vor allem dann nicht, wenn mein eigener Körper wieder zum Leben erwachte.

Ich fragte mich, wo dieses Gerät wohl ursprünglich herstammen mochte; sicherlich hatte der Magier Yang es nicht selbst geschmiedet. Er mußte das Schwert bekommen und es dann verzaubert haben. Das galt wahrscheinlich auch für die anderen Zauber, auch für die von Yin.

Ich drehte mich um – und erblickte Pook. Er hatte die Ohren flach angelegt, die Zähne gebleckt, die Nüstern geweitet, und das Weiße in seinen Augen leuchtete. Sein ganzer Körper war verspannt, und er rasselte mahnend mit den Ketten. Was für ein übernervöses Pferd! Da begriff ich, was verkehrt war. Er hielt mich für Threnodia, die sich nun mit dem schrecklichen bösen Schwert bewaffnet hatte! »Pook!« rief ich. »Ich werde es dir erklären!«

Doch nun wurde mir klar, daß das Schwert ebenfalls zuhörte. Wenn ich Pook erzählte, wer ich in Wirklichkeit war, würde das Schwert auch davon erfahren – und das wäre eine Katastrophe! Threnodias schlanke Arme wären nicht stark genug, um dieses Ding zu beherrschen, wenn es durchdrehen sollte. Vielleicht wären selbst meine eigenen Arme nicht kräftig genug dazu gewesen. Es war wirklich eine üble Waffe!

Wie konnte ich also nun Pook aufklären, ohne mich gleichzeitig dem gefürchteten Schwert zu offenbaren? Zum Glück fiel mir sofort etwas ein.

»Weiche beiseite, Tier! Dieses prachtvolle Schwert wird jedes Wesen niedermachen, das es versuchen sollte, mich auf Schloß Roogna zu bringen. Im Augenblick ruht es nur, weil ich frei bin. Du hast gesehen, wie es jenem Burschen ergangen ist.« Ich warf einen Blick zurück auf meinen schrecklich zerhackten Körper.

Pook legte die Ohren noch flacher an. Es würde nur noch einen Augenblick dauern, dann würde er mich angreifen, von Wut und Trauer ganz außer sich. Er war zwar nur ein Tier, aber er war treu. Und ich war wirklich stolz darauf, ihn meinen Freund nennen zu dürfen.

»Was glaubst du, vor wem du stehst, Tier?« fragte ich und blickte ihm direkt in eines seiner geweiteten Augen. Ich hielt das schwarze Schwert in der Rechten, nahe am

Körper; langsam zwinkerte ich mit dem linken Auge zu, das sich außer Sichtweite des Schwertes befand.

Das Gespensterpferd zuckte zusammen, völlig verdutzt, behielt aber seine drohende Haltung bei. Pook wußte, was Threnodia für eine Lügnerin war.

»Erinnere dich an das Wesen der Zauber, die du bei dir trägst«, sagte ich. Während wir zu Threnodias Hütte gereist waren, hatte ich ihm die Zauber alle erklärt, da sie sein Wohlergehen ebenso betrafen wie meins. »Bedenke, welcher von ihnen bereits invoziert wurde und welcher nicht.« Weiter konnte ich mit meinen Andeutungen nicht gehen, denn möglicherweise wußte das Schwert ebenfalls von den anderen Zaubern, und ich war mir darüber im unklaren, wie klug es wirklich war. Ich konnte es nicht wagen, ihm zuviel zu verraten.

Pook reagierte immer noch nicht. Die Andeutung war wohl nicht deutlich genug gewesen. Ich hatte ihm zwar die verschiedenen Zauber erklärt, doch möglicherweise hatte er den Austauschzauber ja vergessen. Und selbst wenn nicht, wer hätte schon geglaubt, daß er diesmal aktiviert worden war?

»Erinnere dich an die Erfahrungen, die du mit diesem toten Burschen gemacht hast«, fuhr ich fort. »Wie er dich gegen die Feuermauer gedrängt hat, nur weil er kostenlos reiten wollte. Wie er dich in seiner Grausamkeit in das Gebiet der Kobolde und in die Höhlen der Callicantzari getrieben hat.« Wieder blinzelte ich ihm zu, und wieder zuckte Pook zusammen. Damals war Threnodia nicht bei uns gewesen, und ich hatte ihr auch nicht davon erzählt; Pook hatte uns die ganze Zeit Gesellschaft geleistet und hätte es gemerkt, wenn ich ihr das alles geschildert hätte. Doch nun war er zwar verwirrt, aber noch lange nicht überzeugt. »Und die Elfen«, sagte ich. »Erinnere dich doch einmal daran, wie er sich drei Tage mit Glockenblume amüsierte und dich solange schnöde im Stich ließ. Was schuldest du ihm schon? Und denke an den Klapperstorch, die Drachen und den kleinen Ogerling. Dieser Barbar hat dich gezwungen, ganz Xanth zu bereisen – und wofür?«

Wieder blickte ich ihm ins Auge. »Was war es, was zwischen dir und diesem Mann war? Was immer es gewesen war, laß es weiterbestehen.« Ich hielt inne, denn ich wußte, daß er die Antwort kannte – Freundschaft.

Ein drittes Mal zwinkerte ich ihm verstohlen zu. »Wen, glaubst du, hast du vor dir, Freund?«

Ganz langsam entspannte Pook die Ohren, und die weißen Ringe um die Augen verschwanden wieder. Endlich hatte er begriffen. Er würde tun, was ich verlangte, wie schon früher.

»Ich habe woanders noch etwas zu erledigen«, sagte ich forsch. Ich warf einen Blick auf meinen Körper zurück. »Du weißt, was du mit diesem Leichnam zu tun hast, dem du nichts schuldest. Und nun weiche.«

Pook trat beiseite. Ich ging an ihm vorbei, das Schwert vor mir ausgestreckt. Im Gehen konzentrierte ich mich darauf, eine feinstofflichere Form anzunehmen. Es schien zwar nicht zu funktionieren, aber da es meine einzige Hoffnung war, mußte ich es weiter versuchen. Eine Gestalt- oder Körpergrößen- oder Dichtigkeitswandlung dauerte eine Stunde, hatte sie gesagt. Also würde ich es auch eine Stunde lang versuchen – oder solange, bis es funktionierte.

Während ich ging, mich konzentrierte und auf Erfolg hoffte, wurde mir dieser Körper bewußt. Er war anders als meiner. Er hatte merkwürdigere Proportionen. Die Beine wirkten irgendwie kurz, etwas fett an den Oberschenkeln; die Arme waren ebenfalls kurz und besaßen derart wenig Muskeln, daß sie mir wie Pfeifenholme vorkamen. Der Schwerpunkt lag tiefer als bei meinem eigenen Körper, und das ganze Gleichgewicht schien irgendwie unterlastig zu sein. Mit meiner freien linken Hand tastete ich umher und überzeugte mich davon, daß das Hinterteil ungeziemend groß war und daß der Brustkorb ... es schien mir unnatürlich, soviel Fleisch auf der Brust zu haben. Wenn ich zu schnell ging, wackelte es auf und ab. Tatsächlich hatte ich überall zuviel Fleisch; ich fühlte mich unschön.

Andere Probleme gab es auch noch: Mein schwarzes

Haar wedelte um meine Schultern herum und neigte dazu, mir den Blick zu versperren, wenn ich nicht ständig mein Kinn emporreckte. Auch mein Gang war irgendwie komisch; meine Hüftknochen standen zu weit auseinander, so daß sich mein ganzes Becken auf peinliche Weise drehte, wenn ich große Schritte machte. Das konnte ich nur dadurch in den Griff kriegen, daß ich winzige kleine Tippelschritte machte, die wiederum mein Tempo verlangsamten.

Zweifellos war es die Sache wert, einmal Gelegenheit zu haben, die Mängel der weiblichen Gestalt direkt aus erster Hand kennenzulernen. Kein Wunder, daß Frauen auf Männer immer neidisch waren!

Nach einer halben Stunde bemerkte ich zu meiner gewaltigen Erleichterung, daß Threnodias Talent funktionierte. Ich war schon deutlich leichter geworden, und der Luftwiderstand schien zugenommen zu haben. Nun mußte ich nur noch eine geeignete Stelle finden, wo ich das Schwert verstauen konnte.

In einem Baum? Nein, aus dem konnte es sich wieder freihacken. In ein tiefes Loch? Nein, dann wurde es möglicherweise von irgend jemandem zu früh ausgegraben. Es mußte auf alle Zeiten gefesselt bleiben.

Da entdeckte ich einen großen Felsbrocken, ungefähr halb so hoch wie ein Mensch und äußerst massiv, der am Rand der Kunstbaumgruppe stand. Er schien aus solidem Marmor zu bestehen.

Ich schritt immer weiter, bis die Transformation beendet war, bis das Schwert und ich nämlich so diffus waren wie Nebel oder sogar noch verschwommener. Zur Probe trat ich mit dem Fuß gegen einen kleinen Baumstamm, in den ich ohne nennenswerten Widerstand sofort eindrang. Ich war bereit!

Ich marschierte zu dem Felsbrocken, hob das Schwert mit beiden Händen, die Spitze nach unten gerichtet, und senkte es bis zum Knauf in den Fels. Dann ließ ich es los, wich einen Schritt zurück und musterte es zufrieden. »Dort bleibst du jetzt, schreckliche Klinge!« sagte ich.

Das hätte ich besser nicht getan. Das Schwert hörte mich und merkte offensichtlich, daß hier irgend etwas faul war. Schon begann es sich aus dem Felsbrocken zu schieben.

Hastig griff ich nach dem Knauf und drückte es zurück. »Immer mit der Ruhe, immer mit der Ruhe!« rief ich. »Du hast dich so wacker geschlagen, ehrenvolle Klinge, nun mußt du ruhen. Du kannst doch nicht die ganze Zeit fröhlich vor dich hinhacken.« Ich zwinkerte das Schwert mit meinen wunderschönen Augenlidern an. Das Schwert beruhigte sich wieder. Doch ich konnte es nicht riskieren, es wieder loszulassen, denn sollte es sich aus dem Felsen losreißen und davonfliegen, würde ich es nie wieder einfangen. Also hielt ich es fest und wartete, während wir beide wieder langsam feststoffliche Gestalt annahmen.

Doch die Klinge war etwas mißtrauisch und begann zu zappeln. Da ich um ihre brutale Kraft wußte, beruhigte ich sie durch Gesang. Meine Stimme klang wunderschön und traurig; da ich weder Melodien noch Texte kannte, sang ich einfach *lalala* vor mich hin, mit gewaltigem Gefühl, und solange ich das tat, verhielt sich die Waffe auch ruhig. Kein Wunder, daß Frauen Männern stets mit unterschwelliger List zusetzten – was hätte denn auch sonst gewirkt?

Eine ganze Stunde stand ich da und sang, bis wir beide wieder feststofflich waren, dann ließ ich die Waffe endlich fahren – und sie war fest in dem Felsen eingesperrt. »Gut!« Diese Klinge würde mir keinen Schaden mehr zufügen!

Vorsichtig zog ich mich zurück und behielt dabei die Klinge im Auge, um sicherzugehen, daß sich die schreckliche Waffe nicht wieder losriß und ihr Unheil fortsetzte. Doch sie blieb an Ort und Stelle. Ich fragte mich, ob diese Klinge im Stein eines Tages vielleicht irgendwo in einem anderen Land vielleicht an bedeutungsvoller Stelle auftauchen würde, und ob dort vielleicht jemand herausbekäme, wie er – nein, das war doch albern, was nützte einem schon ein Schwert in einem Stein? In Xanth würde sich niemand mit so etwas Blödsinnigem abgeben.

Gerade wollte ich zu der Stelle zurückgehen, wo mein Körper verschieden war, als plötzlich ein Schatten niederging. Hoppla – das sah aber verdammt nach einem … Tatsächlich, es war sogar ein …

Ich griff nach meinem Schwert, und natürlich klatschte meine zarte Hand nur gegen weiches Fleisch. Ich war unbewaffnet!

Im Gleitflug landete das Wesen vor mir. Es war ein recht großer Greif, ein Weibchen, denn die Farbe war ein Schuhcremebraun. Bei fast allen Arten ist es stets das Männchen, dem das prachtvollste Aussehen zu eigen ist, mit den hellsten Farben, den größten Muskeln, den besten Proportionen. Es gibt nur eine Ausnahme: die Menschen. Bei denen scheinen allein die Frauen alle äußeren Vorzüge abbekommen zu haben. Ich habe nie so recht verstanden, was da schiefgelaufen ist. Vielleicht sind die Menschen und die menschenähnlichen Arten vor Urzeiten einmal Opfer irgendeines Fluches geworden. Außerdem sind die Weibchen anderer Arten gute Jäger und Kämpfer, was unsere nicht sind. In diesem eher dekorativen als funktionalen Körper, in dem ich mich nun befand, wurde mir meine extreme Verwundbarkeit plötzlich äußerst bewußt. Die Greifin war mit Schnabel und Krallen gut ausgerüstet, während ich …

Es war zu spät, um sich noch verstecken zu können. Die Greifin war ja gerade aus dem Grunde gelandet, weil sie ein leichtes Opfer erspäht hatte. Kämpfen konnte ich nicht, dazu besaß ich weder ein Schwert noch genügend Muskeln, um es zu schwingen. Meine Gestalt konnte ich nicht verwandeln, das dauerte zu lange. Mehr denn je wurde mir nun die Lage klar, in der sich menschliche Frauen befanden. Kein Wunder, daß Threnodia nicht allein nach Hause hatte zurückreisen wollen; es hätte nur Stunden gedauert, bis sie tot gewesen wäre. Raubtiere, die mich noch nicht einmal ihre Schnauze sehen lassen würden, weil sie genau wußten, daß mit bewaffneten Barbarenkriegern nicht zu spaßen war, würden eine unbewaffnete Frau ohne jedes Zögernd niedermachen und töten. Was sollte ich tun?

Nun, Threnodia hatte versucht, mich mit List zu überwinden, und das hatte ich selbst auch mit dem schwarzen

Schwert getan. Nun war ich in ihrer Lage, da schien es nur natürlich, diesen Weg einzuschlagen. Irgendwie mußte ich dieses Raubwesen austricksen. Was hatten Greife für Sorgen?

Ah! Sie waren für ihre Sauberkeit geradezu berüchtigt, das genaue Gegenstück zu den Harpyien. Greife verbrachten Stunden damit, ihr Gefieder zu putzen, ihr Fell zu kämmen und sich die Krallen zu reinigen. Sie ernährten sich niemals von Aas, sondern töteten ihre Beute stets frisch. Darin glichen sie den Rokhs. Kein Greif oder Rokh ist jemals an Nahrungsmittelvergiftung gestorben. Sie waren solch gute Jäger, daß sie es sich leisten konnten, wählerisch zu sein.

Ich plusterte mich ein wenig auf und gab ein gefühlvolles Stöhnen von mir. Die sich nähernde Greifin hielt inne und legte den Vogelkopf schräg. Sie war sehr langsam auf mich zugeschritten, da sie wußte, daß ich nicht entkommen konnte. Sie zögerte, doch nicht aus Nervosität, sondern um sicherzugehen, daß es hier nichts gab, was ihr Gefieder beschmutzen würde.

»Oooh, es ist ja so entsetzlich«, lamentierte ich. »Wenn ich doch bloß vorher gewußt hätte, daß diese Beeren vergiftet waren!«

Greife besitzen zwar keine sichtbaren Ohren, dennoch riß sie den Kopf hoch. Vergiftung?

»Jetzt habe ich den Grünfleckigen Kuttelrotz in meinen Eingeweiden und platze bald vor purpurnem Eiter. Bitte bring mich vorher um!« Ich taumelte direkt auf sie zu.

Die Greifin wich zurück, aber nicht allzu weit. Sie hatte ein Auge für Fleisch, und meines sah überhaupt nicht verdorben aus. Tatsächlich war ich in ihren Augen ungefähr der leckerste Happen weiblicher Anatomie, den man in Xanth nur finden konnte. Hätte ich mehr Vorbereitungszeit gehabt, so hätte ich mir grüne Saftbeeren auf die empfindliche Haut schmieren können, um ihr auf diese Weise einige ausdrucksvolle Flecken zuzufügen. Das war immer das Problem beim Improvisieren – meistens litt die Genauigkeit darunter.

Doch ich machte weiter und entdeckte auf diese Weise ganz nebenbei den Genius der Verzweiflung. »Du wirst es kaum glauben«, jammerte ich völlig hilflos, »aber ich bin in Wirklichkeit ein Mann. Meine Innereien sind schon derart durcheinander, daß ich gar nicht mehr weiß, was als nächstes hervorquellen wird! Schau dir das mal an!« Ich legte die Hände auf die wohlgeformten Brüste. »Die Brustmuskeln fallen mir schon fast vom Leib!«

Die Greifin wich einen weiteren Schritt zurück, und ihr Schnabel rundete sich verunsichert. Ich verfolgte sie. »Ach, bitte, bitte – schneide mich auf und laß den Eiter heraus, bevor er wie eine Fontäne von allein hervorspritzt!« Ich tat, als wollte ich eine meiner Brüste ausdrücken.

Die Greifin wirbelte herum, breitete die Schwingen aus und schoß davon. Sie wollte sich nicht mit Eiter beschmieren. Vielleicht war sie von meinem Theater nicht völlig überzeugt, doch sie zog es vor, kein Risiko einzugehen.

Ich entspannte mich wieder. Das war aber knapp gewesen! Mit Sicherheit hätte keine echte Frau zu dieser List gegriffen – und das hatte die Greifin möglicherweise gewußt. Ich fragte mich, wie Threnodia es geschafft hatte, ganz allein auf sich gestellt in ihrer Hütte so lange zu überleben. Doch ich kannte auch die Antwort – mit List und Gift. Sie hatte mich behandelt wie jede andere Gefahr auch, und das konnte ich ihr nun nicht mehr verübeln. An ihrer Stelle, mit ihrem Körper, würde ich dasselbe tun.

Sie hatte mir gesagt, daß sie eine Lügnerin sei – und das war sie auch. Aber natürlich konnte es sich eine schwache Kreatur aus leckerem Fleisch nicht erlauben, wie ein bewaffneter Barbarenkrieger der Ehrlichkeit zu frönen. Als ich dies verstand, verstand ich gleichzeitig auch ihre Abneigung gegen Schloß Roogna und die Ehe mit einem Magier, dessen einziges Interesse an ihr darin bestand, sein eigenes Ansehen als König zu erhöhen. Wenn ich an ihrer Stelle wäre – und es sah so aus, als würde ich das für eine ganze Weile sein –, würde ich lieber mit einem Mann gehen, der sich für meinen – für ihren Körper interessierte. Das wäre wenigstens ehrlich gewesen.

Doch im Augenblick hatte ich andere Sorgen. Ich eilte zu meinem eigenen Körper zurück. Inzwischen waren schon mehr als zwei Stunden vergangen, in denen hätte äußerst viel geschehen können!

Doch dem war glücklicherweise nicht so. Pook hatte die Überreste in ein weiteres Blattbündel gescharrt und es diesmal sogar geschafft, nicht allzu viel Dreck beizumengen. Wenn in der Zwischenzeit irgendwelche Monster vorbeigekommen sein sollten, so hatte das Gespensterpferd sie jedenfalls vertrieben.

»Das Schwert wären wir los«, sagte ich. »Aber jetzt haben wir ein Problem, Freund, ich bin nämlich im falschen Körper.«

Pook nickte. Er war von selbst dahintergekommen.

»In diesem Körper kann ich wirklich nicht allzuviel anstellen«, meinte ich. »Er ist sehr schwach und für Barbarenzwecke völlig verbaut, und ...« Achselzuckend fügte ich hinzu: »Mein eigener ist mir einfach lieber.«

Das Gespensterpferd nickte wieder. Pook hatte noch nie sehr viel von Threnodias Körper gehalten.

»Natürlich könnte alles viel schlimmer sein«, meinte ich. »Wenn du nämlich näher an mir gewesen wärst als sie, dann hätten wir beide Identitäten ausgetauscht.«

Pook schnaubte, von der Vorstellung angewidert. Ich lachte, wenngleich ich von seiner Reaktion auch nicht gerade sehr erbaut war.

Ich überprüfte meinen eigenen Körper. Der war bereits dabei zu heilen. Pook hatte den Kopf gegen den Nacken gerollt und die Arme an die Schultern. Sie waren wieder angewachsen, und der größte Teil des vergossenen Bluts war wieder in den Körper eingesickert. Meine Augen starrten nicht mehr in die Welt hinaus, die Lider waren in halbwegs normalem Schlaf geschlossen. Noch ein paar Stunden, dann würde es meinem Körper wieder gutgehen. Enthauptungen waren nur halb so schlimm, solange der Kopf nicht verloren war. Doch es war schon später Nachmittag, und wir brauchten einen sicheren Lagerplatz für die Nacht. »In dieser Region gibt es Greife – und im Dunkeln ist es wahrscheinlich noch schlimmer. Hätte ich meinen eigenen Körper, käme ich schon zurecht, aber mit diesem armseligen Ding hier habe ich nur Schwierigkeiten.«

Pook nickte wieder. Offensichtlich hatte er Ungeheuer in diesem Gebiet gewittert.

»Natürlich kämst du allein viel besser durch«, fuhr ich fort. »Wir sind bloß eine Belastung für dich, vor allem in diesem Zustand. Deshalb solltest du dich vielleicht jetzt auf den Weg machen.«

Pook stampfte verneinend mit dem Fuß auf. Er würde mich nicht in dieser Stunde der Verzweiflung im Stich lassen. Ich war so dankbar, daß ich beinahe losgeweint hätte, von den Reaktionen meines gegenwärtigen Körpers fast überrumpelt. Doch ich konnte mich im letzten Augenblick noch beherrschen und verpaßte ihm einen mädchenhaften Klaps der Dankbarkeit. Den nahm er mit stoischer Ruhe hin.

»Na ja, jedenfalls muß ich mich selbst wieder schützen, bis ich in meinem Körper bin«, sagte ich. »Vielleicht kann ich ja einen Baum emporklettern und ...« Doch dann verglich ich die Arme meines bewußtlosen Körpers mit meinem jetzigen und begriff, daß ich mit diesen dünnen Dingern uns niemals alle beide auf einen Baum schaffen konnte. Mein Barbarenkörper war einfach zu schwer für meinen weiblichen Körper, um ihn hochzuheben. Das war aber wirklich vermaledeit lästig! Warum mußten Barbaren nur so groß sein?

»Vielleicht könnte ich auch dieses Schwert nehmen und ...« Doch wieder mußte ich einsehen, daß das nutzlos war; diese schlanken Arme würden die schwere Klinge niemals wirkungsvoll führen können.

Ich stieß einen höchst undamenhaften Laut der Frustriertheit aus. Mein jetziger Mund erstickte fast an diesem groben Wort. Threnodia mochte ja jederzeit bereit gewesen sein, einen Mann umzubringen, wenn dies ihren Interessen diente, aber Schimpfwörter benutzte sie nicht. Also packte ich einen Strang meines schwarzen Haares und riß daran herum, um auf diese Weise mein Mißbehagen kundzutun. Ich schien überhaupt keinen Handlungsspielraum mehr zu haben!

Da fiel mein Blick auf das Loch in dem toten Kunstbaum. »Ich kann meinen Körper dorthin schleppen«, sagte ich. »Und mich selbst hineinquetschen. Du kannst dann draußen Wache stehen. Auf diese Weise müßten wir die Nacht überleben. Am Morgen wird mein Körper dann wohl wieder bewegungsfähig sein, dann kannst du ihn an einen sicheren Ort bringen.«

Pook nickte. Ich packte meinen Körper an den Schultern und zerrte daran. Es war äußerst anstrengend, aber es gelang mir immerhin, ihn ein Stück hochzuheben. Ich erinnerte mich daran, daß Threnodia mich ja auch bis zum Rand der ... ich weiß nicht mehr, wo ... jedenfalls hatte sie mich irgendwo hingezerrt, also müßte ich selbst es in ihrem Körper ja auch schaffen. Keuchend und japsend schleifte ich meinen Leib schließlich zu dem Baum.

Als ich in das Loch hineinspähte, erblickte ich etwas, das mir zuvor noch nicht aufgefallen war: Da war ja eine Treppe! Die Stufen führten in die Dunkelheit unter der Erde hinunter. Das war kein Loch in einem Baum, es war ein Eingang zur ...

Zur was? Grübelnd spähte ich hinein. Stufen, das bedeutete in der Regel Menschen oder irgendwelche Arten, die ihnen einigermaßen ähnlich waren. Es waren zwar nur kleine Stufen, aber das Tor war für menschliche Größen geeignet. Ob es klug wäre, die Treppe hinabzusteigen? Pook drehte sich nervös um, blähte die Nüstern und ließ die Ohren kreisen. Offensichtlich hatte er irgend etwas gehört, was außerhalb meiner eigenen Hörweite war. Wer immer den Menschen entworfen haben mag, bei den Ohren hat er auf jeden Fall wirklich Mist gebaut. Nicht nur daß unsere Ohren weniger effektiv sind als die von Tieren, sie sind auch nicht einmal halb so hübsch. Pooks Ohren beispielsweise waren den meinen in fast jeder Hinsicht überlegen.

»Gefahr?« fragte ich, und er nickte bejahend.

»Irgend etwas, das wir nicht abwehren können?« Wieder das Nicken.

»Ein Drache zum Beispiel?« Ja.

Dann haben wir keine andere Wahl«, schloß ich. »Lauf du weg, vielleicht kannst du ihn fortlocken, das ist ja deine Spezialität! Ich werde uns beide die Treppen hinunterschleppen.« Es war klar, daß Pook nicht in den Gang passen würde, der in die Unterwelt führte.

Ich packte meinen eigenen Körper, dann hielt ich inne. »Äh, Pook, falls die Sache nicht funktionieren sollte ...«

Doch ich war unfähig, den Satz zu beenden, deshalb umarmte ich ihn auf mädchenhafte Weise am Nacken, gab ihm mit süßen Lippen einen Kuß aufs Ohr und ließ auch nur ein oder zwei Tränen auf sein Fell fallen. Dann zerrte ich meinen klobigen, bewußtlosen Körper in das Loch hinein und die Treppen hinunter, mit dem Kopf zuerst.

Nach unten zu gelangen war einfacher, weil die Schwerkraft dabei half. Manchmal kann die Schwerkraft eine äußerst nützliche Magie sein. Ich machte eine Pause, um zurückzublicken und sah über uns Pooks Silhouette. Dann mußten wir um eine Biegung schreiten, und der Abschied war vollkommen.

XII
Gnome

Ohne Pook fühlte ich mich ziemlich nackt, und es war noch viel schlimmer, sich in diesem Körper nackt zu fühlen als in meinem eigenen. Ich rief mir mit Entschiedenheit ins Gedächtnis, daß Pook wirklich besser dran war, wenn er frei durch den Wald schweifen konnte, wo es ihm gelingen würde, jede Gefahr mühelos abzuhängen. Mit etwas Glück würden wir hier unten alles leer vorfinden und konnten uns ausruhen und erholen. Natürlich würde sich die Nahrungssuche möglicherweise als Problem herausstellen, doch am Morgen konnten wir immer noch ins Freie zurückkehren und uns etwas zu essen beschaffen. Und ohne Glück – aber hatten wir denn eine andere Wahl?

Ich erreichte das Ende der Treppe. Nun befanden wir uns in einem Gang, der sich zwischen den Wurzeln der Kunstbäume dahinschlängelte. Wo sollten wir hin? Wenn es hier irgend etwas gäbe, das sich dieser Treppe bediente, so wollte ich mich von ihm möglichst fernhalten. Ich hatte beim Abstieg keinerlei Spinnweben bemerkt, was darauf hinwies, daß die Treppe erst vor kurzem benutzt worden war. Vielleicht gab es ja weiter unten im Gang einen Raum, wo ich meinen Körper verstecken konnte.

Ich ließ den Körper einen Augenblick liegen und machte mich an die Erkundung. Tatsächlich, es gab hier einige runde Höhlen, die in den Gang mündeten. Die hatten früher vielleicht einmal als Lager gedient. Also kehrte ich zurück und machte mich daran, meinen Körper ein Stück weiterzuschleppen. Was für eine schreckliche Arbeit das doch war! Dann bemerkte ich, daß irgend etwas im Gang war. Hier unten war es düster, und je mehr der Tag oben seinem Ende entgegenging, um so finsterer wurde es auch. Doch nun erschien am anderen Ende des Ganges ein etwas gelblicheres Licht. Irgend jemand kam auf mich zu!

Ich versuchte meinen reglosen Körper bis zur nächsten Kammer zu zerren, doch ich war ermüdet, der Körper wirkte schwerer denn je, und die Zeit reichte nicht mehr. Das Licht einer Laterne kam um die Ecke und blieb stehen.

»Was haben wir denn da?« knurrte eine rauhe Stimme.

O nein! Diese Ausdrucksweise kannte ich. Das war ein Gnom! Die Gnome lebten unter der Erde, und ihr Beruf war der Bergbau. Sie gruben endlose Schächte und suchten nach schönen Steinen, und für Eindringlinge hatte sie nicht besonders viel übrig. Manchmal fraßen sie ihre Besucher auf, manchmal taten sie noch Schlimmeres. Vor allem mit attraktiven jungen Frauen. Aus irgendeinem unerfindlichen Grund war mein Bewußtsein für die Probleme junger Frauen extrem geschärft worden. Gnome waren zwar nicht ganz so schlimm wie Kobolde, weil sie ein wenig zivilisierter waren – ja, sogar ich, ein stolzer, aber unwissender Barbar, wußte gelegentliche Anflüge von Zivilisiertheit zu schätzen! –, aber sie waren immer noch schlimm genug. Manche Idioten hielten Gnome für unschuldige kleine Männchen, wie die Elfen; ich wußte es besser. Die Sache gefiel mir überhaupt nicht.

»Mein ... mein Freund und ich ... er ist verwundet und braucht einen Unterschlupf«, sagte ich und hoffte, damit etwas Sympathie bei dem Gnom zu wecken. Das war zwar nur eine schwache Hoffnung, aber mehr brachte ich im Augenblick nicht zustande.

Sie wurde auch prompt zerstört. »Ihr seid Eindringlinge!«

knurrte der Gnom. Ich sah, daß er in der anderen Hand einen heimtückisch aussehenden Pickel hielt, von der Sorte, mit der man Edelsteine aus ihrem Felsenbett befreite. »Ich, Gnäßlicher Gnomade der Gniemand Gnome, werde mich geradeheraus um euch kümmern!« Gnome waren immer sehr geradeheraus, das war auch Teil ihres Problems. Er hob sein tödliches Werkzeug.

Wäre ich in meinem eigenen Körper gewesen, mit meinem treuen Schwert bewaffnet, so hätte ich mir kaum Sorgen gemacht. Gnäßlich war nur etwa ein Drittel so groß wie ich, mit kurzen Beinen und Armen, und der Pickel war vergleichsweise unbeholfen, wenn er gegen ein Schwert kämpfen sollte, so verheerend er auch unbewaffneten Leuten zusetzen konnte. Aber ich war nicht in meinem Körper, und mein Schwert lag immer noch oben auf der Erdoberfläche. So sehr ich mich auch schäme, es zuzugeben, aber ich konnte mich dem Gnom körperlich nicht wirkungsvoll entgegenstellen.

Also kratzte ich mal wieder meine List zusammen. »Wartet, guter Gnom, Herr!« rief ich. »Ihr braucht uns nicht zu töten! Wir können Euch nützlich sein! »Wir ...« Oh, was konnte ich ihm bloß anbieten, was ich ihm auch anbieten wollte, in meinem jetzigen Körper? Wieder schlug der Genius der Verzweiflung zu. »Wir können singen!«

»Für menschliche Vergnügungen habe ich nichts übrig«, meinte Gnäßlich und faßte sich mißmutig an die klobige dunkle Mütze. Doch immerhin hielt er inne.

»Keine Vergnügungen!« erwiderte ich. »Traurig, sehr traurig! Hört zu!« Und dann setzte ich Threnodias Stimme ein, wie ich es schon getan hatte, um das schwarze Schwert zu besänftigen, mit fieberhaftem Trällern. Es hörte sich an, als wäre soeben irgend etwas fürchterlich Grobschlächtiges dahingeschieden.

Gnäßlich überlegte. »Vielleicht«, meinte er, wider Willen beeindruckt. »Dann folgt mir.« Er machte kehrt und stapfte den Gang zurück.

Ich drehte mich wieder zu meinem Körper um. »Ach,

den laßt ruhig liegen!« fauchte der Gnom. »Den zerstückeln wir ordentlich und machen aus ihm eine Suppe.«

»Nein!« rief ich. »Er kann auch singen! Wir sind ein Duett! Zusammen sind wir sehr viel besser!« Ich hoffte nur, daß das auch stimmte. Die Gesangfähigkeit meines Körpers war gleich null, denn Gesang ist nicht gerade Barbarensache, doch wenn Threnodia in ihm wohnte, mochte das vielleicht einen Ausgleich herstellen.

Achselzuckend knurrte der Gnom: »Wehe, das stimmt nicht!«

Ich riß und zerrte und bekam meinen Körper irgendwie weitergeschleppt. Zum Glück war es nicht sehr weit. Ein Stück den Gang entlang befand sich eine Felsenkammer mit einem Belüftungsschacht, der zur Bodenoberfläche emporführte. Die Kammer besaß eine vergitterte Holztür. Als ich meine Last endlich hineingezerrt hatte, schlug der Gnom von hinten die Tür zu und versperrte sie.

»Aber wir brauchen etwas zu essen und Wasser!« rief ich. »Damit wir schön singen können!«

»Alles zu seiner Zeit, Labertasche«, sagte Gnäßlich und marschierte davon.

Na ja, für eine Weile waren wir jedenfalls in Sicherheit. Vielleicht sogar zu sehr in Sicherheit, denn wir waren ja Gefangene. Aber das war vielleicht immer noch besser als gar nichts.

Sorgfältig untersuchte ich meinen Körper. Der Heilungsvorgang machte Fortschritte; Kopf und Arm waren inzwischen so fest angewachsen, daß an den Schnittstellen nur dünne Narben zu sehen waren. Was besaß ich doch für ein wunderbares Talent!

Threnodia hatte übrigens auch ein wunderbares Talent. Damit könnte ich mich in eine Schlange verwandeln, zwischen den Gitterstäben hindurchschlüpfen, die Treppe hinauf und oben ins Freie ...

Doch nein, mein Körper würde dann nicht folgen können. Und ich wollte ihn nicht unbewacht zurücklassen. Also ließ ich mich neben ihm nieder und schlief.

Gegen Morgen war mein Körper soweit verheilt, daß er

wieder bei Bewußtsein war, dennoch war der Heilungsvorgang noch nicht abgeschlossen. Ich bemerkte, daß die Beine wieder aus Fleisch waren; diesmal hatte mein Talent dieses Detail gleich miterledigt. Gut, denn ich konnte eigentlich keine steinernen Füße gebrauchen – tönerne auch nicht. Doch nun hatte ich die schwere Aufgabe, Threnodia alles zu erklären. Das mußte ich erledigen, bevor die Gnome zurückkehrten.

»Regt Euch nicht gleich auf«, murmelte ich in mein Ohr. Es war ein schmutziges Ohr; ich hätte meinen Kopf wirklich öfter saubermachen sollen, besonders nachdem er durch den Schmutz gerollt war. »Es hat ein Bewußtseinsaustausch stattgefunden.«

Meine Augen weiteten sich. Mein linker Arm ruckte vor mein Gesicht, mein Mund sperrte sich auf.

»Nicht schreien!« warnte ich. »Sonst gibt es noch mehr Ärger!«

Sie war klug genug, um nicht darauf zu beharren, doch es dauerte eine Weile, bis sie sich beruhigt hatte. »Mein Arm«, flüsterte sie entsetzt, »der ist ja so groß und haarig!«

»Das ist noch nicht alles«, brummte ich. In angespanntem Flüstern erklärte ich ihr den Rest und brachte sie auf den neuesten Stand. »Also müßt Ihr nun versuchen, mit meiner Stimme zu singen«, schloß ich.

Nachdem sie erst einmal die Tatsachen so akzeptiert hatte, wie sie waren, paßte sie sich durchaus an. Die Geschichte gefiel ihr ebensowenig wie mir, und sie hatte auch ebenso viele Probleme mit der spezialisierten männlichen Anatomie wie ich mit der weiblichen, aber sie war eine kluge und realistisch denkende Frau. Ich erkannte, daß der Magier Yang damit gerechnet haben mußte, daß ich bei der Aktivierung des Austauschzaubers nahe bei Pook oder irgendeinem anderen Lebewesen stehen würde, vielleicht an einem lebendigen Baum. Mit Sicherheit hätte er nicht gewollt, daß ich in den Körper der Frau eindrang, die er einst zu heiraten hoffte. Doch wollte er sie wirklich heiraten? Vielleicht würde es ihm ja genügen, wenn sie tot war, egal was das gemeine Volk von Xanth dazu meinen würde. Auf jeden Fall waren Threnodia und ich uns für eine Weile darin einig, daß wir entschiedene Einwände gegen die gegenwärtige Situation hatten.

»Gnome tun uns nicht gut«, sagte sie. »Sie gehen nicht gerne bei Tageslicht an die Oberfläche, deshalb müssen sie bei Nacht jagen; sie verfügen über Zauber, durch die sie sich vor Nachtwesen schützen können, vielleicht verjagen sie sie aber auch nur mit ihren hellen Fackeln. Dennoch haben sie durchaus Appetit auf Tagesbeute, die sie sich ja leider nur selten verschaffen können – und Tagesbeute sind wir auch.« Sie blickte an meinem Körper herab, der nur noch in die Fetzen ihres braunen Kleides gehüllt war. »Wenn ich gewußt hätte, daß uns dies passiert, hätte ich es zugelassen, daß Ihr Euch neue Hosen verschafft! Kann dieser Fleischkloß es eigentlich überleben, wenn man ihn kocht und auffrißt?«

»Das weiß ich auch nicht so genau«, meinte ich. »In einem Stück von einem Drachen vertilgt werden, klar. Aber auf mehrere Mägen verteilt – je mehr verlorengegangene Teile mein Körper wiederherstellen muß, um so schwieriger ist es. Vielleicht, wenn man die Knochen alle zusammen auf einen Haufen wirft – ich glaube, es kommt eigentlich vor allem auf die Knochen an. Aber wenn man sie voneinander fernhält, indem man sie auf verschiedene Abfallhaufen wirft, dann glaube ich kaum, daß ich mich davon erholen kann. Ich bin schließlich kein Wurm, der aus jedem Teil ein neues Exemplar seiner Gattung machen kann.«

»Das habe ich mir auch gedacht. Wenn ich in diesem Körper von den Gnomen aufgefressen werde, dann bin ich erledigt – und mein eigener Körper überlebt nicht einmal einen einfachen Tod. Wir haben also keine Chance. Dann müssen wir eben versuchen, auf jeden Fall zu vermeiden, daß wir aufgefressen werden.«

»Ehrlich gesagt hatte ich eigentlich noch nie sehr viel dafür übrig, aufgefressen zu werden«, gestand ich.

»Aber wie sollen wir fliehen? Euer Körper ist viel kräftiger als meiner, aber Eurer ist im Moment ziemlich schwach.« Sie lächelte mit meinem grobschlächtigen männlichen Gesicht. »Das kann ich wohl beurteilen.«

»Nach einer Wiederherstellung braucht mein Körper jede Menge Nahrung und Ruhe«, erklärte ich. »Es wird noch ein paar Tage dauern, bis er wieder voll bei Kräften ist.«

»Und ohne eine Waffe oder ein Werkzeug, mit denen wir uns wehren oder aus dieser Höhle befreien können, nützt uns nicht einmal Eure volle Kraft etwas«, warf sie ein. »Wir müssen uns also auf mein Talent verlassen. Mein Körper kann mühelos fliehen, aber ...«

»Aber meiner nicht«, beendete ich für sie den Satz. »Und wir brauchen beide Körper, damit wir sie wieder tauschen können.«

»Die Ironie der Sache ist mir durchaus bewußt«, meinte sie und schnitt dabei eine Grimasse. »Wir müssen also zusammenbleiben und einander vor weiterer Unbill schützen. Aber wie soll Euer Körper fliehen? Als Barbar habt Ihr doch bestimmt Erfahrung damit, von wegen Flucht in letzter Minute und was weiß ich.«

Da zollte sie mir zuviel der Ehre. Den größten Teil meines Lebens hatte ich ganz friedlich damit verbracht, im Dorf Fen aufzuwachsen. Deshalb war ich ja auch ausgezogen, um mir meinen Anteil an Abenteuern zu sichern. Einmal war ich ertrunken, dann hatte mich ein umherstreunender Basilisk zu fest angesehen, und einmal hatte ich mir bei einem Sturz vom Baum das Genick gebrochen, aber das waren lediglich Kindheitserlebnisse, wie sie jeder Junge durchmachte. Vor dieser Reise nach Zentralxanth war ich noch nie gefangen und mit dem Kochtod bedroht worden.

Dennoch wußte ich einen Ausweg. »Ich könnte die Gestalt eines Wesens mit kräftigen Zähnen oder schneidenden Krallen annehmen. Dann könnte ich Euch in kleine Stücke zerreißen, die klein genug sind, um sie durch diese Gitterstäbe zu schieben. Danach kann ich die einzelnen Stücke nach oben bringen. Dann lege ich sie wieder zusammen und warte darauf, daß Ihr wieder heilt.«

Wieder schnitt sie eine Grimasse. »Dieser Plan wirft unzählige Probleme auf. Erstens, tut das nicht schrecklich weh? Und selbst wenn Ihr mich vorher bewußtlos schlagen würdet, hätte das Ganze nicht einen fürchterlichen Blutverlust zur Folge? Und würde es nicht zu lange dauern – drei Stunden –, bis Ihr in meinem Körper eine andere Gestalt angenommen habt – so daß die Gnome inzwischen schon zurückgekehrt sind und entdeckt haben, was los ist? Und selbst wenn es Euch gelingen sollte, die Einzelteile an die Erdoberfläche zurückzubringen, wie wollen wir dann verhindern, daß irgendein Raubtier sie auffuttert, Stückchen um Stückchen, während Ihr hier unten gerade das nächste holt? Und angenommen, selbst wir würden dieses Problem noch lösen, woher wollt Ihr wissen, daß Euer Körper sich nach dieser schlimmen Mißhandlung noch einmal erholen wird, so kurz nachdem ihn das schwarze Schwert in Stücke gehauen hat? Von dem Versteinerungszauber habt Ihr Euch ja auch nicht vollständig erholt, und meine Zehe fühlt sich immer noch ein bißchen steinern an.«

Ich spreizte meine kleinen hübschen Hände. »Schätze, Euer Verstand ist brauchbarer als meiner. Ihr habt recht, es würde nicht funktionieren. Aus eigener Kraft können wir also nicht fliehen. Aber was sollen wir sonst tun?«

»Ich glaube, Ihr hattet schon die richtige Idee. Wir müssen uns unseren Weg eben freisingen.«

»Aber könnt Ihr denn mit meiner Stimme schön singen? Ich konnte so etwas nie.«

»Harmonien können Wunder bewirken«, versetzte sie. »Das kann Euer geschwächter Körper sicherlich besser denn je. Vielleicht sollten wir lieber ein wenig üben.«

»Aber dann hören uns die Gnome!«

»Na und? Sie wollen doch, daß wir singen, nicht wahr? Ich habe zwar keine Ahnung, was sie mit Gesang anfangen wollen, aber wir sollten ihren Wünschen besser entsprechen.«

Also sangen wir. Die Stimme ihres Körpers war sehr gut, auch ohne Begleitung ihrer Laute, aber da ich weder Texte noch Melodien kannte, konnte ich wieder nur vor mich hinlallen. Meine eigene Stimme war dunkel und rauh, dafür konnte Threnodia aber die Lieder. Am Anfang erschien es mir schier unmöglich, doch sie wußte, was sie tat.

»Ich bringe Euch ein Lied bei, damit Ihr es richtig singen könnt«, sagte sie. »Dann mache ich die Baßbegleitung. Das Geheimnis des Ganzen sind Harmonien und Kontrapunkte, die beiden Stimmen werden einander ergänzen und ergeben schließlich etwas, das größer ist als die Summe seiner Teile. Mal sehen.« Sie überlegte kurz. »Fangen wir mit etwas ohne Text an. Lernt einfach nur die Melodie.«

Sie ließ meine Stimme die Meldoie singen. Je mehr sie sich daran gewöhnte, desto besser sang sie schließlich. Ich erkannte, daß meine Unfähigkeit zum Singen eher eine Frage der Einstellung gewesen war. Selbst die allerschlimmste Stimme konnte noch anständig klingen, wenn man nur richtig mit ihr umging. Dann gelang es mir, mit ihrer Stimme das Thema in einer höheren Tonlage aufzunehmen, und schon bald konnte ich es auch singen. Es war eine traurige, aber hübsche Melodie, die mir geeignet erschien, den Tod eines nahen Freundes oder die Tragödie des menschlichen Schicksals im Ganzen zu betrauern.

Dann hörten wir ein Trampeln im Gang und brachen ab. Gnäßlich erschien, gefolgt von einigen anderen Gnomen.

»Siehst du, Gniesgram«, sagte Gnäßlich. »Ich habe dir doch gesagt, daß sie singen können.«

Gniesgram gnickte. »Das hast du. Aber ob die Cowboys auch zuhören?«

»Warum sollen wir es nicht versuchen, was meinst du, Gnollennase?«

»Da die Viehtreiber unsere fruchtbarsten Gebiete durchkämmen«, erwiderte Gnollennase, »sollten wir alles versuchen, was uns möglich erscheint. Wenn es nicht funktioniert, können wir sie immer noch in die Suppe tun.«

Gniesgram blinzelte mich an. »Die sieht zum Anbeißen aus. Schaut euch nur mal diese Wade an! Die knabbere ich als erste an!«

»Gnein, das wirst du nicht tun!« fauchte Gnäßlich, während ich hastig den Saum meines Rocks herunterzog, um die Wade wieder zu bedecken. »Ich habe sie entdeckt. Also kriege ich auch die ersten Stücke aus der Suppe.«

»Wir wollen sie ein wenig mästen, damit wir hinterher alle etwas davon haben«, schlug Gnollennase vor.

»Gute Idee«, pflichtete Gnäßlich ihm bei.

Dann gingen sie fort, und Threnodia und ich machten weitere Harmonieübungen. Jetzt hatten wir auch einen ordentlichen Ansporn! Während ich die Melodie sang, die ich gelernt hatte, begleitete sie mich mit einer Art Summen, das für sich allein nicht nach viel klang, mit meinem Gesang zusammen aber wirklich gut war. Wir waren ein richtiges Duett!

Im Gang gab es wieder Unruhe. Diesmal kamen Gnomiden herbei, die Gnomenfrauen. Recht hübsche kleine Dinger. Ich habe ja schon einmal bemerkt, daß die den Menschen verwandten Lebewesen, was Frauen betrifft, einen besseren Geschmack zu haben scheinen, als was ihre Männer angeht, zumindest hinsichtlicht des Äußeren. Bei den Körperstrukturen ist das natürlich völlig anders; Beine, die lecker aussehen und schmecken, laufen eben nicht so schnell wie solche mit gut entwickelten Muskeln.

Die Gnomiden holten einen Topf mit brackigem Wasser und ein Bündel gekochter Wurzeln herbei. Die Wurzeln schmeckten fürchterlich und waren von unverdaulichen Dingern durchwachsen, aber wir waren beide so hungrig, daß wir sie ohne jeden Protest hinunterwürgten. Wenigstens gab es genug von dem Zeug, so daß mein Körper hinreichend Nahrung bekam, um zu heilen und Kraft zu gewinnen.

Dann verschwanden die Gnomiden wieder, und wir hatten Zeit für uns selbst. Das ist auch ungefähr das einzige, was Gefangene im Überfluß haben – Zeit. Wir übten unseren Gesang noch ein wenig, dann ruhten wir uns aus. »Je schneller Ihr schlaft, um so schneller erholt sich auch mein Körper«, sagte ich zu ihr.

»Ich überlege gerade, ob Ihr das Gestaltwandeln üben solltet«, meinte sie. »Ihr wollt zwar nicht unbedingt, daß die Gnome von Eurer Fähigkeit erfahren, aber wenn sich

Gelegenheit dazu bieten sollte, solltet ihr sie immerhin beherrschen.«

»Ich habe mich bis zur Konsistenz von Rauch verdünnt, damit ich das schwarze Schwert in einem Stein verankern konnte«, sagte ich. »Ich habe es mir einfach vorgenommen, dann ist es auch passiert.«

»Ja, so geht das. Wenn Ihr Euch noch stärker darauf konzentriert, geht es auch schneller, doch selbst dann braucht Ihr mindestens eine Stunde dafür. Das war sehr klug von Euch, mit dem Schwert so zu verfahren.«

»Ich war ja auch verzweifelt!« Doch ich verspürte eine weibliche Freude angesichts dieses Kompliments.

»Das Problem ist, daß man immer nur eine Verwandlung auf einmal durchführen kann, und die muß man erst beenden, bevor man sich an die nächste macht. Mann kann also nicht erst seine Körpergröße zur Hälfte verändern, um dann die Dichte zur Hälfte zu verändern; alles, was man kann, ist es sich anders zu überlegen und wieder feststoffliche Gestalt anzunehmen, bevor man fertig ist.«

»Aber woher weiß denn Euer Körper, wann eine Sache erst zur Hälfte beendet ist? Ich meine, könnte man sich nicht auf Elfengröße verkleinern, aber auf Gnomgröße damit aufhören und beschließen, daß man die ohnehin haben wollte?«

Meine Augen in meinem attraktiven, aber schmutzigen Männergesicht weiteten sich. »Daran habe ich ja noch nie gedacht!« rief sie. »Ich hatte immer einen bestimmten Gegenstand im Auge, ein Wesen wie eine Maus zum Beispiel. Zuerst habe ich mich auf Mausgröße gebracht und war dann so dicht, daß ich beinahe im Boden versunken bin. Dann nahm ich wieder normale Dichte an, um schließlich meine Gestalt zu verändern und zu einer richtigen Maus zu werden. Anders habe ich das nie gekonnt – aber ich vermute, daß es durchaus möglich sein müßte.«

»So wie es für meine Stimme ja auch möglich war zu singen«, meinte ich. »Doch jetzt solltet Ihr lieber schlafen.«

Sie willigte ein. Mein Körper lehnte sich zurück und begann schon einen Augenblick später zu schnarchen. Das erschreckte mich. Sicher, ich wußte, daß ich manchmal schnarchte, aber ich hatte nicht geahnt, daß es derart laut und vulgär war. Gelegentlich hatten sich die Leute im Dorf Fen darüber beschwert, doch das hatte ich immer für einen Witz gehalten.

Ich selbst war nicht sonderlich müde. Also beschloß ich, ein paar Experimente mit der Transmogrifikation zu machen. Meine Konsistenz hatte ich bereits einmal verändert, daher wußte ich, daß ich dies beherrschte, aber was war mit meiner Gestalt? Nein, das wäre zu auffällig, falls die Gnome wieder einträfen. Und die Größe? Ja, mit der konnte ich vielleicht etwas machen. Ich würde mich selbst größer machen, nein, kleiner, das war auch unauffälliger, falls man mich beobachtete. Und ich würde nach Belieben damit aufhören und beschließen, was ich als nächstes tun würde. Ich mußte die Grenzen von Threnodias Talent kennenlernen, denn immerhin konnte unser Leben davon abhängen.

Eine Viertelstunde lang schrumpfte ich, dann überprüfte ich die Markierung, die ich an der Wand angebracht hatte. Ja, jetzt besaß ich ungefähr drei Viertel meiner ursprünglichen Größe. Dichter war ich auch, es war ein anderes Körpergefühl, gar nicht bequem. Ich atmete schneller, als würden meine Lungen nicht genug Luft bekommen. Das leuchtete mir auch ein, denn sie mußten bei kleinerer Größe die gleiche Körpermasse beatmen. Das war also auch anstrengender. Ich hatte auch ein bißchen Schwierigkeiten mit meinem Gleichgewicht, weil ich mich nun näher am Boden befand und weniger Zeit hatte, um meine Körperhaltung zu korrigieren, außerdem war ich zu schwer für meine Größe. Nun beschloß ich, wieder in meine normale Dichte zurückzukehren, damit ich nicht so zu japsen brauchte.

Doch Moment mal – ich wollte ja herausfinden, ob ich hier jetzt aufhören und etwas anderes tun könnte, oder ob ich einen Zustand mit einem anderen austauschen konnte. Threnodia hatte gemeint, daß dies nicht ginge – doch andererseits hatte ich ja auch geglaubt, daß ich nicht singen könnte. Geschrumpft war ich etwas; dann sollte ich es nun mal mit der Auflösung versuchen.

Ich konzentrierte mich darauf, und fünfzehn Minuten später atmete ich auch schon etwas leichter. So weit so gut; ich hatte innerhalb einer halben Stunde eine Veränderung herbeigeführt, hatte also nicht zwei Stunden dafür gebraucht. Was kam als nächstes? Nun, konnte dieser Körper vielleicht Teile seiner selbst verändern, völlig ohne den Rest? Threnodia war sich ihrer Grenzen derart sicher gewesen – vielleicht hatte sie es bisher noch nicht einmal mit neuen Wegen versucht.

Ich konzentrierte mich auf meine linke Hand und gab ihr den geistigen Befehl, zu einer Krabbenschere zu werden. Dabei ignorierte ich den Rest des Körpers und konzentrierte mich nur auf diese einzige Sache.

Und es funktionierte auch! Binnen weniger Minuten war diese Hand zu einer großen grünen Schere geworden. Ich versuchte sie gleich auf meiner Haut, aber es war keine sehr starke Schere. Sie besaß zwar die richtige Gestalt, aber nicht die dazugehörige Kraft. Nein, auf diese Weise konnte man den Körper nicht so leicht in eine natürliche Waffe verwandeln. Nicht ohne mehr Zeit und Übung zur Verfügung zu haben. Dennoch war das ein Durchbruch. Threnodias Körper besaß mehr Talent, als sie gewußt hatte. Und weil ich mich nur auf einen Teilaspekt konzentriert hatte, ging die Verwandlung auch schneller. Sie hatte für jede Verwandlung eine Stunde gebraucht, weil sie darauf bestanden hatte, den ganzen Körper umzuwandeln, und auf diese Weise hatten die Grenzen ihres Denkens auch ihrem magischen Talent Grenzen gesetzt.

Doch es war wohl besser, wenn ich in meinen Normalzustand zurückkehrte, ehe man mich entdeckte. Ich versuchte, Körpergröße und Schere gleichzeitig zu verändern, mußte aber feststellen, daß dies nicht ging. Ich konnte nur eins auf einmal tun. Also gut, zuerst die Schere, dann die Größe.

Es war ganz leicht. Zuerst veränderte ich die Schere zur Hälfte, dann machte ich mich an die Größenveränderung, kümmerte mich dann um den Dichtefaktor und beendete das Ganze schließlich wieder mit der Hand. Ich konnte zwar immer nur eine Verwandlungsform auf einmal durchführen, doch dafür konnte ich jede Verwandlung bewirken, die ich wollte, in beliebigem Umfang. Ich hatte also Threnodias Talent weitaus vielseitiger gemacht. Ob das wohl für alle Leute galt? fragte ich mich. Konnte jeder Mensch mehr als er glaubte, wenn er nur seinen Glauben änderte? In welchem Umfang waren wir vielleicht alle Opfer nutzloser Grenzen? Die Mundanier weigerten sich, an Magie zu glauben, deshalb konnten sie sie auch nicht ausüben; *das* war wirklich ein furchtbares Beispiel!

Barbaren waren keine Philosophen. Vielleicht doch, wenn sie sich nur dafür hielten? Ich stellte meinen Normalzustand wieder her, dann legte ich mich hin und döste. Gelegentlich wachte ich wieder auf. Threnodia schlief einige Stunden etwas fester als ich, sie wachte erst auf, als die Gnomiden am Morgen wieder etwas zu essen brachten. Diesmal war Gnäßlich dabei. »Macht euch fertig, Ihr sollt bald für die Kuhleute singen«, brummte er. Dann wirbelte er herum und stampfte davon.

»Wer oder was sind denn diese Kuhleute?« fragte ich.

Eine der Gnomiden blickte sich um, um sicherzugehen, daß Gnäßlich außer Hörweite war. »Das sind Stier- und sturköpfige Leute«, sagte sie.

»Na, das ist Gnäßlich aber auch«, meinte ich.

Sie lächelte und entspannte sich ein wenig. »Nein, Menschenfrau, Ihr versteht mich falsch. Sie ...« Sie zuckte die Schultern. Anscheinend fiel es ihr schwer, weitere Einzelheiten zu beschreiben.

»Mein Name ist ...« Ich zögerte, erkannte aber, daß ich mich nun auf meinen jetzigen Körper einstellen mußte, sonst würde es noch Verwirrung geben. »Threnodia.«

»Threnodia«, wiederholte sie. »Und ich bin Gnipsy Gnomide.«

»Gnett, dich kennenzulernen, Gnipsy«, sagte ich in meiner allerweiblichsten Art, während Threnodia schwieg. Es war tatsächlich nett, denn diese Gnomiden waren ganz andere Persönlichkeiten als die Gnome. »Was habe ich bei diesen Kuhleuten denn falsch verstanden? Halten sie sich Kühe oder so etwas?« Kühe waren mythische Tiere in Mundania.

Die Gnomiden kicherten. »Natürlich nicht«, sagte Gnipsy. »Sie sind ... ihre Köpfe sind ...« Sie suchten nach einem besseren Ausdruck, fand aber keinen. »Bullen«, beendete sie den Satz.

»Du meinst, ihre Körper sind ... wie unsere ... aber ihre Köpfe ...?«

»Ja!« rief sie, über diesen Kommunikationserfolg erfreut. »Sie grasen ...«

»Grasen?«

»Das Moos der Felsen, wo unsere Männer Bergbau betreiben. Und sie bekommen ... sie haben Hörner ...«

Endlich wurde die Sache klar. »Und während die Gnome arbeiten wollen, wollen die Kuhleute grasen, also werden sie böse und mischen sich ein.«

»Ja. Und sie sind zu stark und groß für uns, so daß wir nichts gegen sie unternehmen können. Aber meistens sind sie nicht aggressiv, und Musik mögen sie auch ... Nur daß wir nicht gut in Musik sind.«

»Na schön, dann singen wir eben für euch«, sagte ich großzügig. »Aber was, wenn das nicht funktionieren sollte?«

»Oh, daran wollen wir doch lieber nicht denken!« erwiderte Gnipsy.

Doch eine ältere Gnomide, die schon etwas abgebrühter war, sprach es aus: »Der Topf.«

Ich war zu klug, um diese kleinen Frauen zu bitten, uns freizulassen. Erstens hatten sie den Schlüssel nicht, und zweitens würden sie es nicht wagen, sich gegen ihre knurrigen Männer zu stellen. Ohnehin mieden sie Threnodias Zellenseite, da sie sich vor dem großen, grobschlächtigen männlichen Körper fürchteten, trotz der Tür, die uns voneinander trennte. Mich hielten sie für eine Frau, deshalb waren sie auch freundlich zu mir. Alle Frauen, so erkannte ich, teilten miteinander die Bürde der Ehrfurcht und der

Unterwerfung, und zwar wegen der Grobheit ihrer Männer. Merkwürdig, daß mir dies vorher noch nie aufgegangen war.

»Na ja, vielen Dank für das Essen«, sagte ich. »Mein Freund Jordan hier hat einen großen Appetit. Er ist verwundet worden, deshalb sind wir überhaupt hierhergekommen. Oben konnten wir nicht über Nacht bleiben, nicht bei all diesen Ungeheuern dort.«

Die Gnomiden erschauerten. Auch sie fürchteten sich vor Ungeheuern. Deshalb lebte ihre Art ja auch unter dem Erdboden, in Sicherheit.

»Aber wie kommt es, daß keine kleineren Ungeheuer durch das Loch oben im Baum eindringen?« fragte ich.

»Auf dem liegt ein Schutzzauber«, erklärte Gnipsy. »Nur unser eigenes Volk kann hier herein, oder jemand, der in einer solch schlimmen Lage ist, daß er den Abwehrzauber überwinden kann.«

»Das waren wir«, sagte ich. »Er war bewußtlos, ich habe ihn nach unten gezerrt.«

»Unsere Männer tragen Abwehrzauber auf ihren Hüten«, fuhr Gnipsy fort. Nun, da das Eis gebrochen war, wurde sie richtig gesprächig. »Damit sich keine großen Ungeheuer nähern, nur Wesen, die klein genug sind, um bei Nacht gejagt werden zu können. Ist ein Drache in der Nähe, dann rufen sie: ›Hut festhalten!‹«

»Das leuchtet mir ein«, meinte ich mit mädchenhafter Einsicht.

Wir beendeten unsere Mahlzeit, und die Gnomiden nahmen die Reste mit. Dann kehrten die Gnome zurück. »Raus mit euch!« sagte Gnäßlich, während er die Tür aufsperrte.

Man führte uns in eine tiefgelegene Region, wo nach allen Seiten Gänge führten. Diese hier waren anscheinend nicht von den Gnomen ausgehöhlt worden. Sie waren größer und älter, und ihre Wände waren von pelzigen Gewächsen überzogen. An manchen Stellen war die Wand von den Bergarbeitern abgeschlagen worden, wo sie nach Edelsteinen gesucht hatten. Dort wuchs kein Moos mehr. Ich konnte verstehen, daß die Wesen, die hier grasten, sich darüber ärgerten. Für sie sah es so aus, als würde man ihnen gutes Futter wegnehmen und es vernichten. Doch wenn zwei Kulturen aufeinanderprallten, wer sollte da entscheiden, welche im Recht und welche im Unrecht war? Sie hatten lediglich unterschiedliche Sehweisen.

Die Gnome verlangsamten ihr Tempo und wurden immer nervöser. »Sie sind ganz nahe«, sagte Gnäßlich. »Ich kann sie riechen. Wenn doch bloß unsere Abwehrzauber gegen sie funktionieren würden!«

Tatsächlich, nun konnte man einen leisen Duft von Bauernhof riechen. Dann hörten wir eine Art von Knurpsen – das Geräusch des Grasens und Kauens – und gelegentlich ein Rülpsen, wenn zerkautes Gras wieder aufgestoßen wurde. Schließlich gelangten wir in eine größere Höhle, und dort waren auch die Kuhleute: wahre bullenköpfige Männer von der Größe meines richtigen Körpers.

Sie erspähten uns. Einer von ihnen stieß ein Schnauben aus und scharrte mit dem nackten Fuß auf dem Höhlenboden. Er trug keine Kleider, war aber an fast allen Stellen derartig pelzig, daß er nicht nackt aussah. Gnäßlich legte die Hände an den Hut und wich zurück. Das hier war wirklich Kuhleuteland.

»Singt!« schrie Gnäßlich.

»Nun hört doch mal zu«, sagte ich vernünftig. »Haben die Kuhleute nicht ein ebensolches Recht auf diese Höhle wie ihr? Schließlich sind sie hungrig, und das ist ihre Weide.«

»Gnollennase, geh schon mal und heiz den Topf auf«, sagte Gnäßlich zu seinem Begleiter.

»Wir singen schon!« rief ich. Die Gnome hatten wirklich ein überzeugendes Argument zur Verfügung! So war das oft, wenn Vernunft auf Fanatismus traf.

Also sangen wir. In diesem größeren Raum funktionierte es gut, denn die Klänge verteilten sich irgendwie und wurden sanfter, während die Baßnoten dröhnten und die hellen Klänge auf das Ohr trafen. Es war ein netter Effekt, auch wenn ich mich jetzt selbst lobe. Und die Kuhleute reagierten auch. Der aggressive Bulle verlor seine Angriffslust und machte sich wieder ans Grasen. Hinter ihm befand sich ein Kuhmädchen, mit einem Körper, der meinem, den ich gerade benutzte, nicht unähnlich war. Das hörte mit gespitzten Ohren aufmerksam zu.

»Führt sie an die gegenüberliegende Seite«, sagte Gnäßlich zu uns, auf knurrige Weise zufrieden. »Wir wollen hier arbeiten.«

Also schritten Threnodia und ich langsam zur gegenüberliegenden Seite der Höhle, und die Kuhleute folgten uns, um unserem Gesang näher zu sein. Hinter uns packten die Gnome ihre Pickel aus und machten sich über die Wand her, aus der sie Stücke brachen, die sie mit ihren Hämmern zertrümmerten. Das Geröll durchsuchten sie dann nach Edelsteinen. Zwar fanden sie nicht sehr viele, aber derlei Arbeit ist nun einmal mühsam, wie alles, was wertvoll ist. Ich konnte den fleißigen Gnomen das nicht verübeln, dennoch tat es mir leid, mitansehen zu müssen, wie die natürlichen Wände eingerissen wurden und sich das Geröll aufhäufte. Die Gnome waren zivilisierter als die Kuhleute, deshalb waren sie natürlich auch zerstörerischer. Wenn die erst mal einen Teil richtig bearbeitet hatten, war er hinterher zu nichts mehr zu gebrauchen.

Wir hatten nur ein einziges Lied zur Verfügung, doch den Kuhleuten schien das zu gefallen. Das Kuhmädchen kam immer näher an mich heran und wich dabei Threnodia aus, und ich merkte, daß sie sich, wie die Gnomiden auch, in weiblicher Gesellschaft wohler fühlte. Ich streckte die Hand nach ihr aus, und sie wagte es, daran zu schnuppern, doch dann wich sie wieder zurück, von ihrem eigenen Mut erschreckt. Es waren eigentlich scheue Leute, die nicht nach Ärger suchten; die Bullen verteidigten ihr Revier lediglich dann, wenn sie es unbedingt mußten. Vielleicht funktionierte der Abwehrzauber der Gnome doch gegen die Kuhleute, nur daß sie verzweifelt wurden, wenn sie ihr immer kleineres Weideland verteidigen mußten, so daß sie sich schließlich dagegen stemmten. Meine Sympathie gehörte ihnen.

Aber wir waren die Gefangenen der Gnome, wir wußten

nur wenig über die Kuhleute, und mein Körper war noch nicht wieder voll bei Kräften. Deshalb mußten wir bei den Gnomen bleiben, bis wir einen Fluchtweg sahen.

Wir sangen, bis wir drohten, heiser zu werden, was nicht besonders gut war, um Kühe zu beruhigen, deshalb mußten wir für heute aufhören. Doch in dieser Zeit hatten die Gnome eine Menge Arbeit geleistet und waren zufrieden. Die Gnomiden trugen mehrere kleine Diamanten davon. Offensichtlich waren sie die Hüterinnen solcher Steine.

Die Gnome brachten uns in unsere Zelle zurück und fütterten uns gut. Es wäre mir lieber gewesen, wenn ich nicht gewußt hätte, daß sie es nur taten, um uns zu mästen, für jene Zeit nämlich, da wir ihnen als Sänger nichts mehr nutzten. Sobald unsere Wirkung auf die Kuhleute nachlassen würde oder die Gnome nicht länger in Kuhleutehöhlen arbeiteten, würden wir in heißem Wasser landen.

An diesem Abend schienen sich keine Gnome mehr in der Nähe unserer Zelle aufzuhalten, doch ein Barbar traut niemals dem äußeren Schein. Es war ja auch möglich, daß einer von ihnen in einer Nebenzelle lauschte, um sicherzugehen, daß wir nicht heimlich irgendwelche Fluchtpläne schmiedeten. Also sprach ich über dieses Thema auch nicht mit Threnodia. Doch als die Finsternis den Lüftungsschacht umhüllte, setzte ich mich neben sie, lehnte mein Gesicht an ihres – das heißt natürlich an meines – und murmelte: »Eines Tages werden sie uns kochen.«

»Ja, dann landen wir wirklich im Topf«, stimmte sie mir zu.

»Deshalb müssen wir auch unsere Flucht planen. Morgen werdet Ihr kräftiger sein, aber es wird noch einen weiteren Tag dauern, bis ihr voll bei Kräften seid. Meint Ihr, daß wir solange warten können?«

»Ich glaube schon«, erwiderte sie. »Die Höhle, in der sie Bergbau betreiben, ist ziemlich groß, und wahrscheinlich auch nicht die einzige. Doch wollen wir es lieber jetzt schon in allen Einzelheiten sorgfältig planen, nur für den Fall, daß wir es morgen versuchen müssen. Ich glaube, die Kuhleute werden uns schon durch ihre eigenen Gänge passieren lassen – aber wir müssen sicher sein, daß es von dort einen Weg nach oben gibt.«

Ich hatte mich auf meinen Ellenbogen abgestützt, um ihr ins Ohr zu flüstern, aber das war für meinen Arm langsam unbequem, doch ich wollte mich nicht von ihr fortbewegen und lauter sprechen müssen. »Äh, darf ich mich gegen Euch lehnen?« fragte ich.

»Klar«, sagte sie barsch. »Hier, legt Euren Kopf gegen meine Schulter, dann halte ich Euch fest.«

Also legte ich meinen Kopf in die Beuge zwischen Schulter und Hals, während sie mir den muskulösen Arm um den Leib schlang. Da legte sich auf ziemlich vertrauliche Weise eine große Hand auf meinen Busen. »Äh, Eure Hand ...«, sagte ich.

»Was?« Sie klang verärgert. Und dann legte sie mir beide Hände auf die Schultern, zog mich an mein Gesicht heran und küßte mich auf den Mund.

Ich riß mich los und hob die Hand, um ihr eine saftige Ohrfeige zu verpassen. Dann krabbelte ich außer Reichweite.

»Warum habt Ihr denn das getan?« wollte sie wütend wissen. Selbst im Dunkeln war ich mir ihrer großen Muskeln bewußt, die sich ungemütlich anspannten, und ebenso ungemütlich wurde mir der Kräfteunterschied unserer beiden Körper klar. Sie war zwar noch nicht völlig wiederhergestellt, konnte mich aber mühelos durch die Zelle schleudern, wenn es sie danach gelüsten sollte.

»Entweder Ihr benehmt Euch, oder ich rufe nach den Gnomen!« sagte ich spitz.

»Aber ich habe doch nur ...«, begann sie mit verdutzter Stimme.

»Ja, Ihr habt nur auf Eure starken männlichen Leidenschaft reagiert! Ihr glaubt doch, daß jede verfügbare Frau nur dazu da ist, daß Ihr sie ... sie ...« Ich konnte nicht mehr weitersprechen, von der Vorstellung entsetzt.

»Meine männliche Leidenschaften!« erwiderte sie empört. Doch dann begann sie reumütig zu lachen. »Wißt Ihr, das stimmt sogar, noch nie habe ich solche Regungen empfunden. Ich bin völlig ... ich ... reagieren Männer immer so auf Frauen?«

»Auf hübsche«, meinte ich vorsichtig.

»Ich habe nie gewußt, wie das mit Männern ist! Wie schafft ihr es bloß, Euch jemals in Gewalt zu halten?«

»Das ist nicht immer einfach«, gestand ich und fühlte mich wider Willen besänftigt. »In jener Nacht, als Ihr neben mir lagt und geatmet habt ...«

Wieder lachte sie. »Ich weiß! Jetzt kann ich mir genau vorstellen, wie Ihr Euch gefühlt habt. Dieser Schmutz, von dem Ihr gesagt habt, er sei in Eurem Geist – ich glaube, davon hat einiges auf mich abgefärbt, weil ... na ja, egal. Ach, Jordan – Ihr wart ja der reinste Heilige!«

»Heilige sind mythische Wesen in Mundania«, brummte ich, noch mehr besänftigt. Doch dieses Ereignis hatte auch mich etwas außer Fassung gebracht. Noch nie hatte ich die Sache aus der Sicht der Frau erlebt.

»Ich möchte mich entschuldigen«, sagte Threnodia. »Ich habe mich hinreißen lassen.«

»Ich nehme Eure Entschuldigung an«, sagte ich gnädig. Und so versöhnten wir uns wieder miteinander. Doch körperlichen Kontakt stellten wir nicht mehr her, und in dieser Nacht besprachen wir auch nicht mehr unsere Fluchtpläne.

Der nächste Tag glich dem anderen. Wir aßen, übten ein neues Lied ein und sangen es später den Kuhleuten vor. Diesmal kamen die drei Kuhmädchen auf uns zu. Eine von ihnen war ziemlich jung, eher ein kalbähnliches Kind, mit süßen kleinen Hörnern. »Iiiia nette Loyd«, muhte sie, als wir eine Gesangspause eingelegt hatten.

Ich zuckte zusammen. Redete dieses Wesen etwa? Es hatte den Anschein. »Danke«, murmelte ich versuchsweise. »Ihr seid auch nette Leute.«

»Nette Lida«, sagte sie zufrieden.

»Nette Lieder«, stimmte ich zu und warf einen Blick zur Seite, um sicherzugehen, daß die Gnome uns nicht beobachteten. »Könnt Ihr alle unsere Sprache sprechen?«

Sie schüttelte verneinend den Kopf. »Nua ich. Mnain Zalenz.«

»Dein Talent«, wiederholte ich. Das war ja eine interessante Entwicklung. Ob wir sie zu unserem Vorteil ausnutzen konnten? Im Augenblick konnten wir Vorteile gut gebrauchen!

Wir sangen ein weiteres Lied, nur um den Schein zu wahren. Dann sprach ich wieder mit dem kalbähnlichen Kind. »Wie heißt du denn?«

»Nnuuula«, erwiderte sie. »N du?«

»Threnodia«, erwiderte ich. Ich hatte ein wenig ein schlechtes Gewissen dabei, doch ich konnte kaum erwarten, daß diese Leute meine wirkliche Lage begriffen. Eigentlich glaube ich ja an die gute alte barbarische Ehrlichkeit, aber es gibt Situationen, da erscheint sie mir doch fehl am Platze.

»Zrenodia«, wiederholte sie vorsichtig.

»Du kannst aber schön sprechen«, machte ich ihr ein Kompliment, und sie blähte zufrieden die Nüstern. Dann lehnte ich mich vertrauensvoll vor. »Das bleibt zwischen uns Mädchen – ich habe nämlich ein Geheimnis.«

Ihre schönen Kuhaugen leuchteten auf. Alle Mädchen lieben Geheimnisse! Sie zuckte die pelzigen Ohren. »Gaimis?«

»Ja. Wir sind nämlich Gefangene der Gnome. Hilfst du uns, zu fliehen?«

Mulas Nase legte sich verdutzt in Falten. »Fiehn?«

»Genau. Fliehen. Die Gnome haben vor, uns in einem riesigen Topf zu kochen, wenn sie unseren Gesang nicht mehr brauchen.«

»Riegigen Tpf?«

»In einem ganz riesigen Topf«, stimmte ich zu. »Deshalb müssen wir auch fliehen – und zwar noch morgen. Hilfst du uns dabei?«

Die Kalbsstirn legte sich in Falten, und die Ohren zuckten unsicher. »Muuus ers frahgn«, muhte sie und blickte zu dem größten Stierkopf, der hier anscheinend das Sagen hatte.

»Morgen«, wiederholte ich. Dann mußten wir wieder singen, denn die Herde wurde langsam unruhig.

In dieser Nacht mußten wir wirklich unbedingt Pläne schmieden, also vertraute ich meinen wertvollen und empfindlichen weiblichen Körper dem grobschlächtigen Fleischkloß Threnodias an, den diese gerade benutzte, und diskutierte mit ihr über unsere Flucht. »Ich glaube, wir brauchen bloß mitten zwischen die Kuhleute zu schreiten«, sagte ich. »Die Gnome könnten uns nicht daran hindern. Sofern Mula sagt, daß es in Ordnung ist.«

»Aber können wir ihnen auch vertrauen?« fragte sie mit typisch männlichem Mißtrauen. »Was fressen die eigentlich außer Moos?«

»Ihre Mäuler sind nicht fürs Fleischfressen geeignet«, erwiderte ich.

»Und fürs Sprechen wohl auch nicht, wie?«

»Das ist bloß Mulas besonderes Talent.« Doch ganz beruhigt war ich selber nicht, da ich im Moment einen äußerst leckeren Kadaver bewohnte. »Aber was haben wir schon für eine andere Wahl? Wir wollen schließlich nicht erst abwarten, bis die Gnome Feuer unter dem Topf machen.«

Die Vorstellung von rauchendem Feuer und kochenden Töpfen schien sie ebenso sehr zu bekümmern wie mich. »Ja, wir sollten ihnen wohl besser vertrauen«, stimmte sie zu. »Es scheinen ganz anständige Rindviehleute zu sein.«

»Es ist jedenfalls das geringere Risiko.« Ich machte Anstalten, mich zurückzuziehen, doch sie hielt mich fest.

»Es tut mir leid, daß ich Euch getötet habe«, sagte sie.

Das hatten wir alles schon einmal abgehandelt. »Habt Ihr etwa vor, noch einmal einen Annäherungsversuch zu unternehmen?« wollte ich wissen und versuchte vergeblich, mich aus ihrem Griff zu lösen.

»Natürlich nicht«, meinte sie unehrlich. Dann lachte sie reumütig. »Ich hätte nie gedacht, welchen Unterschied ein Körper doch machen kann. Ich meine, ich habe in der Vergangenheit ja schon viele Gestalten angenommen, aber immer nur weibliche.«

»Ihr könntet doch auch eine männliche Gestalt annehmen, nicht wahr?« fragte ich. »Vielleicht sollte ich das mal versuchen.«

»Das würde nicht funktionieren. Mein Talent kann zwar die äußere Form verändern, aber ... das nicht. Vielleicht würde mein Körper dann männlich aussehen, aber in seinem Inneren würde er immer weiblich bleiben.«

Das leuchtete mir ein. Und doch schien sie nach dem Austausch unserer Körper männliche Eigenschaften zu entwickeln, während ich selbst an mir weibliche beobachtete. Die äußere Form machte eben doch einen Unterschied.

Wir trennten uns voneinander und schliefen. Aber vielleicht respektierten wir einander nun auch mehr, als wir es jemals zuvor getan hatten.

Der nächste Tag verlief ebenso wie der vorherige, bis wir in die Höhle der Kuhleute kamen. Inzwischen war fast die halbe Wand weggehauen worden, so daß die Weidefläche stark verringert worden war. Wir sangen das erste Lied, und Mula kam auf uns zu. »Wernanz sagt in Oadng«, berichtete sie zufrieden.

»Ferdinand sagt, es ist in Ordnung«, meldete ich an Threnodia weiter.

»Warum, zum Teufel, warten wir dann noch? Machen wir uns endlich auf den Weg«, sagte sie knurrig. Ich weiß wirklich nicht, warum Männer Gefallen, die man ihnen tut, nicht etwas freundlicher annehmen können, und warum sie immer solche Ausdrücke gebrauchen müssen.

Wir erhoben uns und schritten ans gegenüberliegende Ende der Höhle, wo sich die Hauptherde der Kuhleute befand.

»Heh!« schrie Gnäßlich und hob seinen Pickel. Doch die beiden Stierleute bauten sich vor ihm auf, mit gesenkten Hörnern, so daß er nichts unternehmen konnte. »Und dabei haben wir den Topf für heute abend schon aufgewärmt!« tobte er.

»Wirklich schade, Scheusal«, brummte Threnodia ohne

große Sympathie. Manchmal können Männer ziemlich gefühllos sein.

Mula sprang vor uns her und zeigte uns den Weg. Doch wir beiden Flüchtlinge waren uns gar nicht sicher, wohin der Weg uns führen würde.

XIII

Ritters Albtraum

Er führte uns in eine riesige scheunenähnliche Höhle, wo die Mutterkühe kleine Babykälber versorgten und alte Stierköpfe zufrieden wiederkäuten. In einem königlichen Stall stand Ferdinand, ein riesiger und edler Stier von einem Mann. Mula führte uns direkt auf ihn zu. Mula mußte dolmetschen, da wir die Kuhsprache nicht verstanden. Der König seinerseits schien uns jedoch gut genug zu verstehen. Königliche Wesen scheinen äußerst großen Wert auf Bildung zu legen, und manchmal ist das wirklich sehr hilfreich.

»Seid gegrüßt, Euer Majestät«, sagte Threnodia und verneigte sich förmlich. Es war offensichtlich, daß diese Herde von ihren männlichen Mitgliedern beherrscht wurde, deshalb erwartete man auch von ihr, dem scheinbaren Mann, daß sie die wichtigere Person war. Ich unterdrückte vorübergehend meine Verärgerung über diesen nackten Sexismus; später würde ich Threnodia schon ordentlich die Meinung sagen. »Wir sind Euch zutiefst dankbar, daß Ihr uns rechtzeitig behilflich wart, uns vor den Gnomen zur retten.«

Der König muhte. Mula übersetzte: »Dze Nome znd ne blaaahge.«

»Diese Gnome sind eine Plage«, wiederholte ich in leisem Ton für Threnodia, denn ihre männlichen Ohren schienen Nuancen nicht so gut wahrzunehmen. Kein Wunder, daß sie nicht so schön singen konnte wie ich!

»Das kann man wohl sagen!« stimmte Threnodia zu. »Die wollten uns in einem Topf räuchern!«

Wieder muhte der stierköpfige König, Mula dolmetschte, und ich übersetzte es erneut: »Nun könnt Ihr singen«, fing ich an, im Flüsterton.

»Habe ich selbst verstanden!« fauchte Threnodia mit unerträglicher männlicher Grobheit. »Euer Majestät, wir wissen es zutiefst zu schätzen, was Ihr für uns getan habt. Doch andere Geschäfte verlangen nach unserer Aufmerksamkeit. Vielleicht können wir Euch einen anderen Dienst erweisen, um uns für die Dienste erkenntlich zu erweisen, welche Euer prachtvolles Volk uns geleistet hat.«

»Muuuh?« fragte der König enttäuscht.

»Wir können nicht hierbleiben«, erwiderte Threnodia mit fester Stimme. »Das soll keine Geringschätzung Eures Landes oder Eurer Kultur sein. Es ist nur, daß wir noch eine früher eingegangene Verpflichtung haben. Ich bin eine Königstochter ... von königlichem Geblüt, und die Pflichten meiner Stellung ...«

Bedauernd muhte der König wieder. Er war nicht der Typ, der königliche Verpflichtungen in Frage gestellt hätte.

»Alles, was wir brauchen, ist mehr Weideland«, dolmetschte Mula auf ihre Art. Ich gebe ihre Sprache jetzt auf normale Weise wieder. »Aber unsere tiefsten und besten Gebiete werden von den Rittern beherrscht, und für einige dieser Höhlen müssen wir jetzt schon eine entsetzlich hohe Pacht bezahlen.«

Die ganze Geschichte sah so aus, daß es hier fürchterliche gepanzerte Wesen gab, die Ritter hießen und die es den Kuhleuten gestatteten, in einigen unteren Gebieten zu grasen, doch dafür verlangten sie im Gegenzug das Opfer der prachtvollsten Stiere und Kühe, und das auch noch jährlich. Verweigerten die Kuhleute ihren Tribut, ließen die Ritter sie nicht mehr auf ihr Weideland. Und nun, da die oberen Weidegebiete von den Gnomen eingenommen wurden, hatten die Kuhleute nicht mehr genug, um zu überleben.

Das jährliche Ritual war vor vielen Jahren entstanden, als die Ritter in die Höhlen eingefallen waren und bewiesen hatten, daß sie zu stark für die Kuhleute waren. Diese hatten versucht, ihnen Widerstand zu leisten, doch ihre Hörner waren den Hellebarden der Ritter nicht gewachsen gewesen, und so waren sie gnadenlos bis an den äußersten Rand ihrer Weidegebiete zurückgetrieben worden, ja bis dicht ans Gebiet der Gnome. Die Ritter hätten die Kuhleute mühelos ausrotten können, zogen es aber vor, sie zu ihrer Belustigung am Leben zu lassen. Folglich ging es bei den Tributzahlungen nicht nur um Weideland, es ging vielmehr um das Überleben der ganzen Gattung. Die Ritter liebten Sportveranstaltungen, und so rüstete man die Opfer mit Schwertern aus und schickte sie in ein furchtbares Labyrinth, wo sie auf den Turniermeister der Ritter trafen. Konnten sie diesen im offenen Kampf besiegen, wurde ihnen ihr Tribut erlassen, und danach durften sie ohne Gegenleistung frei weiden. Dies ermunterte sie dazu, wirklich tapfer zu kämpfen, doch bisher hatte es noch keiner von ihnen geschafft, auch wenn Stier und Kuh gemeinsam gegen den einzelnen Ritter kömpfen durften. Der Turniermeister war einfach zu stark gewesen.

»Aber woher wollt ihr denn wissen, daß sie auch Wort halten werden, selbst wenn ihr gewinnen solltet?« fragte Threnodia mit männlichem Mißtrauen.

»Oh, die Ritter halten immer Wort«, versicherte ihr Mula. »Es sind Wesen, die viel auf ritterliche Ehre geben. Sie glauben, daß sie ohne Ehre ein bloßes Nichts wären. Es sind starke Krieger und herzlose Wesen, aber ihr Wort würden sie niemals brechen.«

Ich merkte, daß hier eine Ethik besprochen wurde, die der barbarischen nicht unähnlich war. Vielleicht konnten wir uns mit den Rittern arrangieren.

Wenn wir also nicht hierbleiben wollten, mußten wir uns für einen von beiden Wegen entscheiden. Und wenn wir den Kuhleuten bei der Flucht wirklich einen Gefallen tun wollten …

Threnodia zweifelte, ich jedoch nicht. »Wir sollten diesen guten Leuten helfen«, sagte ich. »Nicht nur, weil das ein Ausweg wäre, sondern weil sie wirklich in Schwierigkeiten sind. Außerdem hört sich das nach einem großartigen Abenteuer an.«

»Nach einem großartigen Abenteuer!« rief sie. »Eher nach einem Albtraum! Wir könnten unterwegs den Tod finden!«

»Lieber finde ich den Tod in einem ordentlichen Kampf um die Gerechtigkeit, als unehrenhaft in einem Topf gebraten zu werden. Natürlich wäre es wahrscheinlich das Einfachste, wir würden hierbleiben und den Kuhleuten so lange etwas vorsingen, bis sie schließlich verhungert sind.«

»Ihr habt immer noch einige ziemlich männliche Vorstellungen«, murmelte sie. »Aber wir haben wohl wirklich kaum eine andere Wahl. Ihr könntet Euch ja vielleicht in eine Maus verwandeln und Euch davonmachen, aber ich nicht – und außerdem will ich meinen Körper zurückhaben, bevor Ihr ihn völlig ruiniert habt.« Sie richtete meine massiven Schultern gerade und wandte sich wieder an den König. »Euer Majestät, wir haben uns dazu entschlossen, anstelle Eurer beiden Opfer in den Kampf mit dem Turniermeister der Ritter zu treten. Vielleicht schlagen wir ihn und befreien Euch auf diese Weise von Euren jährlichen Tributzahlungen. Und wenn nicht, so werden wenigstens dieses Jahr zwei Mitglieder Eures eigenen Volkes geschont.«

König Ferdinand gab ein angenehm überraschtes Muhen von sich.

Threnodia wandte sich zu mir und meinte: »Ihr und Eure verdammten edlen Instinkte!«

Das Opfer war zwar erst nächsten Monat fällig, aber der König war davon überzeugt, daß die Ritter auch mit einer früheren Tributzahlung einverstanden sein würden. Wir beschlossen, am nächsten Tag loszuziehen.

Zunächst einmal mußten wir uns auf die Begegnung vorbereiten. Die Kuhleute halfen dabei, Threnodia mit einem Stierkopf auszurüsten, so daß sie zum Schluß dem König persönlich glich. Mit ihren menschlichen Händen waren die Kuhleute recht geschickt, und im Laufe der Vergangenheit hatte sie aus Stoff, Gips und Farbe Abbilder der Köpfe ihrer früheren Helden angefertigt. Dieser Maskenkopf hier war die Darstellung des Minotaurus, eines lange verschollenen Helden, der vor Urzeiten nach Mundania gegangen war, um sein Glück zu suchen. Es hieß, daß er dort bei Labyrinthwettbewerben ziemlich gut abgeschnitten und viele Mundanier erschlagen hatte. Natürlich war es immer besser, je weniger Mundanier es gab.

Ich für meinen Teil benutzte für die Tarnung das Talent meines Körpers. Nach einer Weile, es dauerte eine knappe Stunde, hatte ich mich in eine gehörnte Kuh verwandelt. Die Kuhleute sahen überrascht zu, ebenso Threnodia. »Ihr seid ja dreimal schneller als ich es war!« rief sie.

Sie schüttelte den Kopf. »Wenn ich es nicht selbst gesehen hätte, ich würde es nicht glauben. Ihr habt in drei Tagen mehr über mein Talent gelernt als ich in meinem ganzen Leben!«

»Das war reines Glück«, sagte ich selbstzufrieden.

Sie verengte die Augen. »Ich dachte immer, Ihr Barbaren wärt ziemlich dumm. Ihr dagegen seid klüger als ...« Sie zuckte die Schultern. »Ihr seid wirklich eine ... eine beachtliche Person.«

Achselzuckend meinte ich: »Ich bin einfach nur naturverbunden, das ist alles. Euer Talent ist eine ganz natürliche Sache, Euer Dämonenerbe.«

»Natürlich!« brummte sie mit gemischten Gefühlen.

Zum Abendessen gab es frisches Moos, etwas anderes stand nicht zur Verfügung. Nach unseren Maßstäben war das zwar nicht gerade schmackhaft, doch immerhin brauchten wir nicht zu verhungern. Wir schliefen in einer Höhle, die mit altem Stroh ausgelegt war, etwas, was hier unten äußerst kostbar war. Die Kuhleute behandelten uns wirklich königlich.

Am nächsten Tag machten wir uns auf den Weg. Mula hatte uns erklärt, wo wir die Ritter finden würden, die uns auch mit Schwertern ausrüsten würden, sofern man uns als Opfer akzeptierte. Wir brauchten lediglich in den unteren Trakt zu gehen und dort laut zu muhen, um Aufmerksamkeit zu erregen. Wie die meisten arroganten Eroberer, hatten sich die Ritter nicht die Mühe gemacht, die Sprache ihrer Untertanen zu erlernen.

Wir verabschiedeten uns von Mula. Ich war inzwischen viel größer als sie, aber der Abschiedsschmerz war der gleiche. Ich hatte meine Größe erhöht, weil ich der Meinung war, daß dies zugleich auch meine Chancen in dem bevorstehenden Kampf verbessern würde. Einer der Nachteile, unter denen Frauen zu leiden haben, ist ihre geringere Körpergröße. Und unter diesem Nachteil brauchte mein jetziger Körper nun wirklich nicht zu leiden. Wir schritten den beschriebenen Weg entlang. Schon bald hatten wir verbotenes Gebiet betreten, so daß wir mit Muhrufen unsere Gegenwart kundzutun begannen. Sonst, so hatte man uns gewarnt, würde man uns als herumstreunende Wesen oder als Eindringlinge einfach abschlachten.

Es dauerte nicht lange, bis eine Gestalt in metallener Rüstung erschien. Sie war groß – so groß wie wir – und so vollkommen bedeckt, daß keinerlei Fleisch zu sehen war. Wirklich eine äußerst abweisende Erscheinung!

»Muh!« muhten wir zusammen.

Die Erscheinung musterte uns, eine gepanzerte Hand auf das riesige Schwert gelegt, das von ihrer metallenen Hüfte herunterhing. Dann machte sie kehrt und schritt davon. Nervös folgten wir ihr, da wir davon ausgingen, daß man uns als Opfer angenommen hatte und uns nun das Privileg gewähren würde, am Turnier teilzunehmen.

Tatsächlich führte man uns auch schon bald in eine Arena. Es war gar kein richtiges Labyrinth, vielmehr eine offene Arena, die von einem Gewirr niedriger Gänge umringt war. Als wir in der Mitte standen, kamen weitere Rüstungen herein, die auf diesen niedrigen Mauern Platz nahmen. Nun erst sah ich, daß es Sitzbänke waren, von denen die vorderen niedriger waren als die hinteren, damit die Ritter alle die Arena klar vor Augen hatten. In leerem Zustand sah das Ganze wie ein Labyrinth aus, mit Zuschauern gefüllt jedoch wie eine Tribüne. In der Mitte der Arena, neben uns, befand sich eine Rampe. Sie begann auf ebener Erde, einigermaßen breit, und wurde immer größer, je weiter sie sich durch die Arena zog. An der Kante war die Rampe gebogen und nach oben gewellt. Auf der anderen Seite der Arena wellte sie sich ein weiteres Mal und wies einen geraden Teil auf. Doch der lag ziemlich hoch, so daß man nicht allzu gerne von dort aus in die Tiefe stürzen würde.

Am obersten Ende der Rampe, hoch über unseren Köpfen, befand sich ein Metalltor – und dahinter das Tageslicht. Das war ja der Weg zur Erdoberfläche! Unser Fluchtweg! Dieser ferne Lichtfleck sah einfach wundervoll aus! Darunter wurde das Ganze lediglich von trüben Fackeln beleuchtet.

Was sollte uns schon daran hindern, einfach die Rampe emporzuspazieren, um durch das Tor dort oben ins Freie zu gelangen? Nun, das Tor war verschlossen und mit Sicherheit auch abgesperrt. Wir würden es also durchbrechen müssen, und das war höchstwahrscheinlich sehr schwierig, wenn nicht sogar unmöglich, oder wir mußten uns den Schlüssel zum Schloß beschaffen. Dieser Schlüssel konnte irgendwo sein, doch mit Sicherheit nicht dort, wo wir irgendwie an ihn herankonnten. Das Tor würde erst dann geöffnet werden, wenn die Ritter dies wollten, sonst nicht.

Wozu aber dann die Rampe? Benutzten die Ritter sie selbst? Warum hatten sie sie dann in der Arena aufgebaut? Es war doch bestimmt nicht so, daß jedesmal Publikum von ihnen zusammenströmte, nur wenn einer von ihnen nach oben ging!

Man ließ uns nicht lange warten. Nachdem sich die Ränge gefüllt hatten, schritt ein Ritter zum Fuß der Rampe. Er sah uns an und holte eine Kette hervor, an der ein großer Metallschlüssel hing. Dann schritt er die Rampe hinauf, die

Schlüssel schwingend, bis er hoch oben angelangt war und auf das Tor zuschritt. Dieses öffnete er mit dem Schlüssel, und es schwang auf. Dann zog er es wieder zu, verschloß es und kam die Rampe hinunter. Gar keine Frage, das war unser Fluchtweg. Wir würden uns diesen Schlüssel erst verdienen müssen.

Als der Ritter wieder unten angekommen war, schlang er die Kette um seinen gepanzerten Hals. Dann ging er zu der gegenüberliegenden Wand. Eine Tür wurde geöffnet, und ein gepanzertes Pferd kam hervor. »Aber was ist mit unseren Schwertern?« fragte Threnodia nervös.

Der Ritter gab seinem Pferd die Sporen, worauf dieses auf uns zulief. Die monströse Lanze senkte sich und zeigte auf uns.

»Ich glaube, da sind die Kuhleute falsch informiert worden!« rief ich. Ich hatte mir in meinem Kuhkopf eine menschliche Zunge bewahrt, um leichter reden zu können.

»Oder diese ehrenwerten Ritter haben die Abmachung gebrochen«, sagte Threnodia verbittert. »Kein Wunder, daß bisher keiner von den Kuhleuten siegen konnte!«

»Aber es heißt doch, daß sie ohne ihre Ehre ein Nichts wären«, sagte ich. »Zählt das nun als Bruch der ...«

Wir schossen zur Seite, als der Ritter zwischen uns hindurchpreschte. Die Hufe seines Reittiers verfehlten uns nur knapp.

Während der Ritter sein Pferd bremste und sich zu uns umdrehte, standen wir hastig auf. »Wir sind die reinsten Opferlämmer!« rief Threnodia.

»Flieht Ihr die Rampe empor, während ich ihn ablenke«, sagte ich, als der Ritter seinen nächsten Angriff vorbereitete.

»Das nützt uns nichts ohne den Schlüssel!« rief sie.

Da griff der Ritter wieder an. Diesmal schossen wir beide im Hechtsprung über die Rampe. Zur Seite hin hatten wir zwar eine bessere Bewegungsfähigkeit, doch früher oder später würde uns die schreckliche Lanze des Ritters aufspießen.

Wieder rappelten wir uns aus, während der Ritter sein

Tempo verlangsamte und sich umdrehte. »Wir müssen diese Lanze irgendwie loswerden!« rief ich.

»Na klar doch! Aber wie?«

»Ich werde mich von oben auf ihn herunterfallen lassen«, sagte ich. »Lenkt Ihr ihn ab, damit ich ...«

Da kam der Ritter auf uns zugedonnert. Threnodia sprang beseite, während ich die Rampe emporlief. Da wir uns nun getrennt hatten, mußte sich der Ritter für einen von uns entscheiden – und das war Threnodia. Mit der Schnelligkeit der Verzweiflung und eines kräftigen Körpers rannte sie davon und schlug Haken. Der Ritter wirbelte herum, um sie zu verfolgen, und ich bekam langsam das Gefühl, daß es genau dies war, was das ritterliche Publikum verlangte – Jagdsport. Wir waren keine Gegner, wir waren fliehende Beutetiere. Ein Opfer allein hätte man allzu leicht erlegen können, zwei dagegen stellten eine größere Herausforderung dar, weshalb sie sich auch zu dieser Lösung entschieden hatten. Nämlich um die Illusion zu steigern, daß die Beute vielleicht doch noch entfliehen konnte.

Ich dachte darüber nach, während ich hinaufstürmte und um die erste Biegung kam. Aus sportlichen Gründen würde der Ritter uns nicht auf der Stelle niedermachen; er würde mit uns spielen, uns zu Reaktionen zwingen und vielleicht für seine künstlerische Darbietung beim Publikum Applaus ernten. Das würde uns möglicherweise größeren Spielraum bescheren. Vielleicht hielt er sich mit dem letzten Stoß sogar zurück, bis die Punkte stimmten, bis er Gelegenheit fand, noch besser abzuschneiden.

»Threnodia!« rief ich. »Zieht Euer Kleid aus!« Denn mein Körper, den sie nun benutzte, trug noch immer das braune Kleid, das ich in Threnodias Haus angelegt hatte. Es war zwar verschmutzt und zerfetzt, dennoch war eine Menge Stoff vorhanden.

»Häh?« rief sie, während sie einen Haken rückwärts schlug, so daß der Ritter an ihr vorbeischoß. Für diesen Sturmangriff würde es keine Punkte geben! Mein gut koordinierter Körper erwies sich als großer Vorzug, nun, da sie lernte, wie sie ihn einzusetzen hatte.

»Zieht es aus!« wiederholte ich, immer noch im Laufen. Inzwischen befand ich mich auf Augenhöhe, schon bald würde ich hoch genug über dem Ritter sein. »Ködert ihn damit!« rief ich.

»Das verstehe ich nicht!« rief sie und wich dem nächsten Angriff aus.

Für detaillierte Erklärungen war jetzt keine Zeit. Vielleicht beeinträchtigte Threnodias Maskenhelm ihr Gehör. Ich mußte es ihr vorführen. Im Laufen riß ich mir das Kleid vom Leib; jetzt, da ich größer geworden war, war es mir ohnehin zu eng, obwohl es rein theoretisch mit mir zusammen hätte wachsen müssen. Vielleicht hatte es das ja auch getan, doch irgendwie quollen meine Extramassen entsprechend stärker hervor. Ich sah, wie sich die behelmten Köpfe der Ritter im Publikum nach mir umdrehten. Oh – daran hatte ich ja gar nicht gedacht! Unter dem Kleid hatte ich nichts an, und ich war inzwischen zu einem ganz schön großen Mädchen geworden. Während ich rannte, wackelte meine Anatomie an allen Stellen.

Nun, das ließ sich jetzt auch nicht mehr ändern, ich mußte Threnodia zeigen, was ich meinte. »So ... vor ihm!« rief ich und hielt das Kleid so, daß es als graues Tuch neben mir herabhing. »Sorgt dafür, daß er das Tuch angreift und nicht Euch!«

Nun hatte sie begriffen. Sie riß sich das braune Kleid vom Leib und ich sah, wie die Helme des Publikums herumwirbelten, um ihre Bewegungen zu verfolgen. Anscheinend bereitete es den Rittern ein voyeuristisches Vergnügen, Leuten zuzusehen, die sich auszogen. Offensichtlich hatten sie ihre Rüstungen niemals abgelegt. Jedenfalls nicht in der Öffentlichkeit. Merkwürdiges Volk!

Threnodia stand nackt da und hielt das Kleid seitlich ausgestreckt vom Körper ab. Der Ritter, der hoch oben im Sattel mit seinem geschlossenen Visier wohl nicht so gut sehen konnte, richtete die Lanze auf das Kleid. Natürlich durchbohrte er es damit und riß es zur Seite, so daß Threnodia ihm nicht aus dem Weg springen mußte. Na ja, dem Pferd mußte sie schon ein Stück ausweichen, aber eine Verbesserung war dies durchaus.

»Bringt ihn dazu, unter mir hindurchzureiten!« rief ich und blieb an einer geeignet hohen Stelle der Rampe stehen.

Threnodia versuchte es. Sie stürmte unter die Rampe – doch der Ritter kam seitlich vorbei, so daß ich mich nicht auf ihn stürzen konnte. Doch immerhin schien die Sache einigermaßen vielversprechend zu sein.

Der Ritter machte kehrt und kam zurück – und diesmal richtig! Als er unter mir hindurchritt, ließ ich mich auf ihn fallen und landete direkt vor ihm auf dem Pferd. Ich hätte schwören können, daß sich seine Visierschlitze weiteten, als meine nackte Anatomie plötzlich vor seinem Gesicht erschien. Doch mein üppiges Hinterteil drückte gegen seine Arme und die Lanze, was seine Handlungsfreiheit beeinträchtigte. Erfreut war er wohl kaum.

Ich packte die Kette, die um seinen Hals hing, und riß sie ab. Nun hatte ich den Schlüssel! Da erkannte ich, daß ich eine ziemlich gute Ausgangslage hatte, und so versuchte ich, ihn mit mir zusammen vom Pferd zu reißen. Ich drehte mich zu ihm um und versuchte, ihm die Arme an die Seiten zu drücken, doch er erwies sich als sehr kräftig, während ich nur über Frauenmuskeln verfügte. Er hob die Hände, ließ die Lanze fahren und packte mich mit entsetzlicher Macht. Im nächsten Augenblick hob er mich vom Pferd.

Ich landete zwar teilweise auf den Füßen, aber ohne jedes Gleichgewicht, und prallte hart auf dem Boden auf. Zwar hatte ich an diesem Körperteil ziemlich viele Polster, dennoch schmerzte die Landung! Es war, als hätte mich ein Riese versohlt.

Dennoch hatte ich in gewissem Sinne gesiegt, denn nun besaß ich nicht nur die Kette mit dem Schlüssel, ich hatte den Ritter auch dazu gezwungen, seine Lanze fallenzulassen. Threnodia rannte gerade darauf zu, um sie aufzunehmen.

»Rennt hoch und schließt das Tor auf!« rief sie. »Ich werde ihn hier unten abwehren!«

»Ihr wißt doch gar nicht, wie man das Ding benutzen muß«, wandte ich ein. »Er wird Euch mit dem Schwert auslöschen!« Tatsächlich zog der Ritter bereits seine riesige Klinge. Sie war von finsterem Schwarz und erinnerte mich unangenehm an das böse Schwert, das der Magier Yang auf mich gehetzt hatte.

»Dafür habt Ihr nicht genug Muskeln!« konterte sie. Und da hatte sie natürlich recht, denn diese Lanze war ein ziemlich schweres Gerät.

Nun griff der Ritter uns beide gleichzeitig an, und das schreckliche Schwert glitzerte bösartig. Gemeinsam rangen wir mit der Lanze und hoben sie auf – doch wir befanden uns an einem Ende und die Spitze am anderen, weit entfernt, und als es uns schließlich gelungen war, diese Spitze anzuheben, hatte der Ritter uns auch schon erreicht. Mit einem einzigen Hieb schlug er der Lanze die Spitze ab. Wieder mußten wir davonjagen, höchst unehrenhaft!

»Das hier können wir immer noch benutzen«, sagte ich schließlich, und hob die abgeschlagene Spitze auf, die ungefähr halb so groß war wie ich selbst. Das war eine Art von Schwert. »Nehmt Ihr den anderen Teil.«

Sie tat es und kam nun besser damit zurecht, da es kürzer war. Ohne es zu wollen, hatte der Ritter uns einen Gefallen getan: Er hatte uns zu einer Bewaffnung verholfen.

Als der Ritter diesmal herangeprescht kam, griffen wir ihn von beiden Seiten gleichzeitig an und schlugen mit unseren Stöcken nach ihm. Gelassen hob er den Schild, um mich zur Linken abzuwehren, während er zur Rechten mit dem Schwert auf Threnodias Arme eindrosch. Sie sprang zwar zurück, dennoch schlug ihr das Schwert die linke Hand ab. Die plumpste zu Boden, und die Finger krümmten sich im Krampf.

»Verdammt sollst du sein!« schrie sie, als der Ritter zum nächsten Angriff kehrtmachte, einen Blutstreifen auf der Klinge. Sie rammte den Stumpf ihres Handgelenks in die eigene Hüfte, um den Blutstrom aufzuhalten, doch der ließ bereits nach, als mein Talent in Aktion trat. Threnodia bückte sich, um die auf dem Boden liegende Hand aufzuheben. Und dann, als der Ritter näher kam, schleuderte sie ihm die Hand gegen den Kopf.

Der Ritter war zwar ein zäher Kämpfer, doch das erschreckte ihn. Die Hand griff nach seinem Visier, und einer der Finger stach ihm in den Augenschlitz. Sie sah aus wie eine verzerrte Spinne, die versuchte, in den Helm hineinzukriechen. Das konnte sie natürlich nicht. Der Ritter hätte wissen müssen, daß die abgehackte Hand harmlos war, doch er reagierte mit bemerkenswerter Heftigkeit. Er hielt sein Pferd an und griff mit dem linken Panzerhandschuh nach der Hand.

Ich nutzte sein Abgelenktsein, um auf das Pferd zu springen und seinen ganzen Helm mit meinem grauen Kleid zu bedecken. Dann klammerte ich mich daran fest, so daß er nun von einer grauen Stoffkapuze völlig geblendet war. »Nehmt ihm das Schwert ab!« schrie ich.

Doch da wirbelte der Schwertarm bereits heftig umher, und Threnodia kam nicht näher. Also griff ich selbst nach dem Schwertarm. Mein Hebelpunkt war nicht der beste, und als ich die Kapuze losließ, glitt sie vom Helm ab. Der Ritter hob einen Handschuh und schubste mich heftig fort, so daß ich einmal mehr auf meinen runden nackten Hintern fiel. Das Kleid glitt vom Helm, der Ritter konnte wieder sehen – und seine Waffe hatte er auch noch.

Nun rettete Threnodia die Lage. Da sie an den Ritter selbst nicht herankam, stürzte sie sich auf das Pferd. Sie legte den Mund dicht an sein gepanzertes Ohr und brüllte: »Buuuh!«

Natürlich erschreckte sich das Pferd. Es wieherte und bäumte sich auf. Der Ritter stürzte und fiel scheppernd zu Boden. Threnodia warf sich hastig auf den ausgestreckten Schwertarm und drückte ihn zu Boden, während ich auf den Kopf des Ritters zusprang. Die Wucht meines Aufpralls schlug den Helm von dem gepanzerten Leib. Er sprang unter meinen Füßen ab und rollte über den Boden. Gleichzeitig erstarrte der ganze Körper. Es gelang Threnodia, dem plötzlich erschlafften Panzerhandschuh das Schwert zu entreißen.

Ich spähte in den Hals der Rüstung – und erblickte nichts. Dann musterte ich den abgetrennten Helm. Der war ebenfalls leer!

Im Inneren dieses Panzers war nichts. Überhaupt nichts.

Threnodia sah mich an. »Eine leere Rüstung?« fragte sie verwirrt. »Aber sie hat doch gegen uns gekämpft!«

»Sie hat ehrlos gegen uns gekämpft«, sagte ich, »denn wir waren unbewaffnet. Doch ohne Ehre sind die Ritter ein Nichts.«

»Was ist dann mit all den anderen, die es zugelassen haben?«

Wir blickten zu dem Publikum hinüber. Nun hob jeder von ihnen seinen Panzerhandschuh, um das Visier zu öffnen. Und im Inneren eines jeden Helms – nichts.

»Die sind alle leer!« hauchte ich. »Die Ritter besitzen keinen Körper!«

»Kein Wunder, daß sie ihre Rüstungen nie ablegen«, sagte Threnodia. »Ohne ihre Rüstung ...« Sie hielt inne, um mich anzusehen, als ihr die Bedeutung meiner Bemerkung über die Ehre klar wurde. »Sind sie ein Nichts!«

»Wir wollen lieber verschwinden, bevor sie sich dazu entschließen, etwas Unehrenhaftes zu tun!« sagte ich.

Threnodia blickte sich um. »Das Pferd da«, sagte sie.

»Was ist damit!«

»Es kommt mir bekannt vor.«

»Aber es ist doch genauso mit Rüstung bedeckt wie die Ritter«, wandte ich ein. »Wahrscheinlich ist es ebenfalls leer.«

»Nein, man kann seine Hufe sehen. Es ist ein wirkliches Perd.«

Ich schritt zu ihm hinüber. Das gepanzerte Pferd stand still und wartete darauf, daß sein Reiter zurückkam. Ich sah, daß die Rüstung mit Metallriemen zusammengehalten wurde. Ich schnallte einen davon am Hals ab, um den Kopf freizulegen.

Darunter befand sich ein echter Pferdekopf, kein Phantom. »Was macht denn ein lebendiges Pferd an einem solchen Ort?« fragte ich.

Threnodia entfernte mit der ihr verbliebenen Hand einen Teil der Körperrüstung. »Es ist ein Gespensterpferd!« rief sie.

Tatsächlich, sein Rumpf war mit Ketten umwunden. »Ein Gespensterpferd, das gepanzerten Gespenstern dient!« sagte ich.

»Wir haben seinen Herrn getötet«, warf sie ein. »Nun steht uns alles zu, was der Ritter besessen hat, alles, was wir davon haben wollen. Die Beute.«

»Das Schwert werden wir behalten«, sagte ich. »Und was das Pferd betrifft, das können wir freilassen.«

»*Sie* können wir freilassen«, sagte Threnodia, während sie weitere Rüstungsteile entfernte. »Es ist eine Mähre.«

»Eine Turniermähre«, sagte ich. »Dann wollen wir auch hier die Rampe emporreiten, hinaus ins Freie – und oben lassen wir sie dann frei.«

»Einverstanden. Das sind wir ihr schuldig. Schließlich haben wir das Turnier nur dadurch gewonnen, daß sie sich erschreckt hat.«

Und Threnodia war es gewesen, die auf diese List gekommen war. Das würde ich ihr nicht vergessen.

Wir entfernten den Rest der Rüstung, während die versammelten Ritter ausdruckslos zusahen. Anscheinend wollten sie sich an den Rest der Abmachung halten. Wir hatten gesiegt, wir waren frei. Und in Zukunft würde es keine Kuhopfer mehr geben, das Weidegebiet konnte ausgedehnt werden. Wir hatten unseren Teil für die Wesen geleistet, die uns geholfen hatten. Das freute mich.

Ich bestieg die Gespenstermähre. »Vergeßt meine Hand nicht«, erinnerte ich Threnodia.

Sie hob die abgehauene Hand auf und hielt sie sich ans Handgelenk, das inzwischen zu bluten aufgehört hatte und zu heilen begann. Zuerst befestigte sie sie verkehrt herum, doch sofort berichtigte sie ihren Fehler. »Ich werde zu Fuß gehen«, beschloß sie. »Ich kann schlecht reiten, wenn ich die beiden Teile zusammenhalten muß.«

»Es wird nicht lange dauern, bis sie wieder angewachsen

ist, aber man muß damit rechnen, daß die Hand eine Stunde lang etwas geschwächt ist«, erklärte ich.

Also lenkte ich die Mähre vorsichtig die Rampe empor, während Threnodia mir folgte. Die Ritter sahen mit ihren leeren Gesichtern zu und machten noch immer keine Anstalten, uns aufzuhalten.

»Diese hohlen Menschen sind schaurig«, brummte Threnodia.

Ich stieg ab und sperrte mit dem Schlüssel das Tor auf. Wir schritten hindurch, dann kehrte ich zum Tor zurück und sperrte es wieder zu. Den Schlüssel warf ich nach unten in die Arena; schließlich gehörte er den Rittern, und wir hatten nicht vor, noch einmal hierher zurückzukehren.

Wir befanden uns in einem hübschen offenen Wald, der sich aus vielen verschiedenen Bäumen zusammensetzte – Birken, Sandelholz und andere Uferbäume, was darauf hinwies, daß es in der Nähe einen See geben mußte. Es gab auch eine Reihe von Obst- und Nußbäumen. Hier war gut reisen.

»Nun, Gespensterpferd«, sagte ich. »Jetzt bist du frei.«

Die Mähre sah mich an. Sie rasselte fragend mit den Ketten.

»Frei bist du«, wiederholte ich. »Los, lauf schon durch die Wildbahn.«

Doch sie blieb einfach stehen und sah mich unter ihren langen Pferdewimpern an. Sie besaß wunderschöne dunkle Augen, selbst nach Pferdemaßstäben, wenngleich ihr Fell hell war.

»Sie versteht es nicht«, sagte Threnodia und zappelte ein wenig mit den Fingern ihrer linken Hand, die nun fest angewachsen war und schnell heilte. Dann entfernte sie ihre Kuhmaske.

»Unsinn!« sagte ich. »Pook versteht jedes Wort, das ich sage. Ich bin sicher, daß das bei Peek nicht anders ist.«

»Peek?«

»Ja, so will ich sie nennen.«

»Nun«, meinte Threnodia, »vielleicht versteht sie uns tatsächlich. Möglicherweise ist sie aber auch zahm. Vielleicht ist sie bei den Rittern in Gefangenschaft groß geworden.«

»Wißt Ihr was, möglicherweise wartet Pook immer noch bei den Kunstbäumen«, wurde mir plötzlich klar. »Und Peek ist eine Gespenstermähre. Meint Ihr vielleicht ...?«

»Ihr Frauen wollt ständig irgendwelche Leute miteinander verkuppeln!« erwiderte sie.

»Und ihr Männer versucht ständig, euch vor irgendwelchen Verpflichtungen zu drücken!« konterte ich. Dann mußten wir beide lachen, zur Verwirrung der Mähre.

Also beschlossen wir, Peek zum Kunstwald zu führen, um sie Pook vorzustellen. Danach sollten sich die beiden selbst entscheiden. Wenn Peek Angst davor haben sollte, allein durch die Wildnis zu ziehen, könnte Pook sie begleiten.

Ich nahm wieder meine gewöhnliche Gestalt an. Peek sah es mit pferdischem Erstaunen. Dann entdeckten wir einen Togabaum, der es uns ermöglichte, unsere Scham mit Togas zu bedecken. Ich nahm mir eine blaue, Threnodia jedoch eine rote. Peek schüttelte den Kopf, denn sie wußte, daß wir die Farben verwechselt hatten. Selbst Pferde wissen, daß Blau für Jungen und Rot für Mädchen ist. Ich tätschelte ihren Hals. »Das ist eine komplizierte Sache«, meinte ich.

Ich ritt auf Peek gen Norden, während Threnodia zu Fuß ging; ihr großer Barbarenkörper konnte viel besser Schritt halten als mein weiblicher. Schon bald hatten wir den toten Baum wieder erreicht. Und dort stand auch Pook, der treu auf uns wartete. Als er uns entdeckte, wieherte er froh – und machte bei Peeks Anblick einen Satz.

Ich stellte die beiden einander vor. »Pook, das ist Peek. Sie hat uns bei der Flucht aus der Unterwelt geholfen. Peek, das ist Pook, mein Freund.«

Die beiden Gespensterpferde beschnüffelten sich vorsichtig. Sie rasselten mit den Ketten, was wie eine Art gemeinsames Musizieren war. Dann kamen sie zu dem Schluß, daß sie einander mochten. »Wenn das bei Menschen doch nur genauso leicht wäre«, meinte Threnodia etwas trübsinnig.

»Wenn ihr beiden jetzt woanders hintraben wollt, dann tut es ruhig«, sagte ich zu Pook. »Peek traut der Wildnis noch nicht allein, aber vielleicht kannst du sie ja damit vertraut machen.«

Die beiden wieherten einander an und beschlossen dazubleiben. »Soll das heißen, daß wir jetzt beide reiten können?« fragte ich angenehm überrascht. Ja, so war es tatsächlich.

Also setzte ich mich auf Pook, während Threnodia Peek bestieg, und gemeinsam ritten wir gen Süden. Am Abend machten wir Rast, und während die beiden Gespensterpferde grasten, suchten wir nach Nahrung. »He, schaut Euch das mal an«, rief Threnodia mir zu.

Ich schritt zu ihr hinüber. Es handelte sich um einen Strauch, der mit hellen Glasscheiben bedeckt war, jede von ihnen leicht gewölbt. Für Spiegel waren sie zu klein. Ich pflückte eine der Scheiben ab und hielt sie vor mein rechtes Auge, um sie besser sehen zu können – worauf sie mir sofort aus der Hand sprang und auf meinen Augapfel drückte. Erschrocken wich ich zurück, doch das Glas hatte mir nicht weh getan; es bedeckte lediglich den vorderen Teil meines Augapfels, so daß ich hindurchsehen mußte. Erstaunlich daran war, daß ich nun mit dem rechten Auge anscheinend besser sehen konnte als mit dem linken. Alles wirkte schärfer, und auch die Farben waren deutlicher zu erkennen. »Das ist ein Sehverbesserer!« rief ich.

»Oh, von denen habe ich schon einmal gehört«, meinte Threnodia. »Die heißen Kontaktlinsen, weil sie engen Kontakt mit einem schließen. Wenn der Gesichtssinn alt und verschwommen wird, trägt man ein Paar von den Dingern, dann ist man wieder voll dabei. Wir müssen uns unbedingt merken, wo sich dieser optische Strauch befindet, er ist sehr wertvoll.«

Ich puhlte mir die Linse vom Augapfel. »Mag ja sein, aber ich brauche das Ding nicht.«

Threnodia spähte über den Strauch hinweg. »Was liegt denn dort auf der anderen Seite?«

Ich spähte um den Busch herum, und Threnodia folgte mir dicht auf den Fersen. »Irgendeine Art Puppe oder Figurine ...«

Die schwarze Puppe blitzte auf. Und plötzlich wurde ich aus meinen Körper gerissen, schwebte auf meinen richtigen Barbarenleib zu, der neben mir stand und glitt mit schwindelndem Gefühl hinein.

»Der böse Zauber!« rief ich mit großen, groben Lippen. »Der sollte uns hier abfangen – aber da wir unsere Körper bereits getauscht hatten, hat jetzt jeder wieder seinen eigenen!«

Threnodia betätschelte sich selbst, um ganz sicherzugehen. »In der Tat«, sagte sie erfreut. Dann blickte sie mich an. »Jetzt brauchen wir einander nicht mehr.«

Mir wurde flau im Magen. »Soll das heißen, daß Ihr jetzt wieder versuchen werdet zu fliehen?«

Sie überlegte. »Wißt Ihr, wenn ich auf Peek reite, komme ich wahrscheinlich schon sicher nach Hause.«

Während unserer unterirdischen Odyssee hatte ich völlig vergessen, daß wir eigentlich Feinde waren. Nun wurde mir klar, was für eine Falle das hier sein konnte. Ich reagierte sofort, und meine Barbarenreflexe leisteten mir dabei wertvolle Dienste. »Pook! Peek!« rief ich und rannte auf die grasenden Pferde zu. Meine großen männlichen Muskeln verliehen mir eine wesentlich größere Geschwindigkeit als Threnodia. »Wir haben uns zurückverwandelt! Tut nichts, was Threnodia sagen sollte!«

Pook blickte mich verunsichert an, und es war offensichtlich, daß Peek nicht die leiseste Ahnung hatte, wovon ich eigentlich redete. »Erinnere dich daran, wie wir einander begegnet sind«, sagte ich zu Pook. »Wie du versucht hast, mir bei Nacht Angst einzujagen, und wie ich dich umrundet habe, während du glaubtest, daß ich noch in meinem Lager wäre, und ...« Pook unterbrach mich mit einem Wiehern; er hatte begriffen.

»Nun, solange jeder von uns in einem falschen Körper

war, konnten Threnodia und ich uns nicht voneinander trennen«, fuhr ich fort. »Wir mußten zusammenarbeiten, um des bloßen Überlebens willen. Doch jetzt hat wieder jeder seinen eigenen Körper, und nun kann sie fliehen. Sie will mit Peek nach Hause zurückreiten. Bringt uns nirgendwohin, nur nach Süden, auf Schloß Roogna. Kannst du Peek das so sagen, daß sie es versteht?«

Pook nickte. Er würde schon dafür sorgen.

Ich entspannte mich wieder. Ich habe gerade noch rechtzeitig gehandelt. Schließlich galt es immer noch, meine Mission zu erfüllen. Hinter mir schloß Threnodia auf. »Nun, das habt Ihr ja wunderschön eingerichtet, Barbar!« sagte sie streng. »Ihr traut mir wohl überhaupt nicht?«

»Barbaren sind zwar unwissend, aber nicht dumm«, erwiderte ich pikiert.

Langsam wurde es dunkel. Sie begleitete mich zu dem Farnlager, das wir uns im Geäst eines Baumhausbaumes bereitet hatten. »Nun werdet ihr mich wieder festhalten wollen, um sicherzugehen, daß ich Euch bei Nacht nicht entkomme.«

»Ich will nicht ...«

»Ihr könnt es Euch nicht erlauben, mir zu vertrauen, aber ich vertraue Euch.« Und dann kuschelte sie sich zum Schlafen an mich.

Irgendwie fühlte ich mich gar nicht beruhigt, aber da ich in dieser Sache ohnehin keine große Wahl hatte, machte ich mich schlaffertig.

Die Nacht war kühler, als die vorherigen es gewesen waren. »Ich habe mich schon an Euren größeren Körper gewöhnt«, meinte Threnodia. »In diesem kleine Leib ist mir kalt.«

»Ihr könnt ihn ja größer machen«, erinnerte ich sie.

»Das dauert zu lang.«

»Ihr könnt meinen Umhang haben«, erbot ich mich und nahm meine rote Toga ab, um sie auszubreiten.

»Wir werden teilen«, beschloß sie. Sie nahm ihr eigenes Kleidungsstück ab, legte die beiden Togas als Decken aus und schmiegte sich von hinten an mich. Ich lag eine ganze

Weile steif da und fragte mich, wie klug ich eigentlich wirklich war. *Wollte* ich sie überhaupt noch auf Schloß Roogna abliefern, damit ein anderer Mann sie heiraten konnte? Natürlich interessierte ich mich selbst keineswegs für sie … oder vielleicht *doch?* Warum mußten die Dinge unter Menschen nur so kompliziert sein? »Wenn ich nicht eine Mission zu erledigen hätte, wärt Ihr keinen Augenblick vor mir sicher!« murmelte ich ihrem sanften, warmen, wohlgestalteten, atmenden, schlafenden Körper zu.

»Ich weiß«, flüsterte sie und streckte sich auf elektrifizierende Weise gegen mich, um wieder einzuschlafen.

Vermaledeite Frauenzimmer!

XIV

Idiotie

Am Morgen beschafften wir uns frische Togas in den richtigen Farben, suchten uns etwas zu essen, bestiegen unsere Tiere und ritten wieder gen Süden. Ich wußte, daß wir uns allmählich Schloß Roogna näherten. Es würde mir sehr leid tun, wenn diese Mission beendet war. Ich hoffte, daß Threnodia niemals erfahren würde, wie erfolgreich sie beinahe gewesen wäre, mich davon abzuhalten. Doch wenn sie auch Gelegenheit gehabt hatte, den männlichen Standpunkt zu begreifen, so hatte ich meinerseits die weibliche Sicht der Dinge erfahren. Ich kannte ihren Körper gut. Ich war in ihm gewesen, wortwörtlich. Ich weigerte mich, dies auszunutzen.

Je weiter wir kamen, um so nervöser wurde Peek plötzlich, und schließlich verweigerte sie. Zusammen mit Pook blieb ich neben ihr stehen. »Was ist denn mit ihr los?« fragte ich besorgt. Sie war ein solch nettes Pferd, und bisher war sie völlig gefügig gewesen.

Pook wieherte sie an, dann lauschte er ihrer Antwort. Seine Muskeln verspannten sich. »Gefahr voraus?« fragte ich. »Kennt sie diese Region?«

»Ein Ungeheuer?« fragte Threnodia. »Ich könnte meine

Gestalt verwandeln, bis sie uns anzeigt, welchem Ungeheuer ich gleiche. Auf diese Weise können wir es ganz präzise bestimmen.«

»Bei einer Stunde pro Verwandlung?« fragte ich. »Das könnte ja ewig dauern!«

»Wißt Ihr eine bessere Methode?«

»Ja.« Und dann machte ich mich daran, den Pferden Ungeheuer zu nennen und ihre Reaktion zu beobachten. Auf diese Weise eliminierten wir sehr schnell Drachen, Greife, Sphinxe, Taraske, Kobolde, Callicantzari, Seeungeheuer und Harpyien. Schon suchte ich nach einem anderen Ausweg, als Threnodia sagte: »Basilisk.«

Peek nickte heftig. Die weitere Befragung ergab, daß es sich nicht nur um einen einzigen Basilisken handelte, der mit einem Blick einen Manschen töten konnte; es war eine ganze Kolonie von ihnen. Tatsächlich war dies hier das Basiliskenland, wo Drachenhähne, Drachenhennen und Hühnerdrachen sich in regelmäßigen Abständen zu Starrwettbewerben trafen. Hier war kein Lebewesen in Sicherheit.

»Aber wir müssen hier durch, um auf Schloß Roogna zu gelangen«, wandte ich ein. »Können wir das Gebiet vielleicht umgehen?«

Es stellte sich heraus, daß dies unmöglich war. Eine andere begehbare Strecke nach Süden gab es nicht. Immerhin gab es eine Möglichkeit, das Gebiet zu durchreisen. Die Basilisken pflegten nachts zu schlafen, und wenn die beiden Pferde es schafften, durch die Region zu galoppieren, würden wir sie bis zum Morgengrauen hinter uns gelegt haben. Von dort war es dann nur noch ein leichter Ritt bis zum Schloß Roogna.

»Gut«, sagte ich erleichtert. »Dann werden wir hier lagern und bei Nachtanbruch aufbrechen.«

Ich ging wieder auf Nahrungssuche, denn dieser Körper liebte es, gut zu essen. Ich entdeckte einen Spaghettibaum, dessen eßbare Stränge in verlockenden Massen herabhingen.

Ich packte ein Bündel – und entdeckte plötzlich eine

schwarze Schlauschlinge dahinter. »Hoppla!« sagte ich und wich hastig zurück.

Doch natürlich konnte ich ihr nicht entweichen. Die Schlinge blitzte auf, und plötzlich war ich so dumm, daß ich kaum noch wußte, was ich hier eigentlich tat.

Ich stolperte zum Lager zurück, das Bündel Spaghetti hinter mir herzerrend. »Was ist denn los, Jordan?« fragte Threnodia, die sofort merkte, daß irgend etwas nicht stimmte.

»Däh«, erwiderte ich.

»Was?«

»Däh«, wiederholte ich entschieden.

Ich war zwar dumm, sie aber nicht. »Diese bösen Zauber – Ihr habt einen erwähnt, der Idiotie erzeugt! Hat der gerade zugeschlagen?«

Ich nickte stupide.

»Ich glaube«, sagte sie langsam, »daß es jetzt in Eurem Zustand viel zu gefährlich ist, durchs Basiliskenland gen Süden zu reiten. Möglicherweise wacht irgendeiner dieser Hähne oder eine Henne auf und löscht uns alle aus. Meint Ihr nicht auch, Jordan?«

»Jäh«, sagte ich, froh, diesem überlegenen Gedankengang folgen zu dürfen.

Pook legte die Ohren an. *Er* war nicht dumm, und er würde auch nicht mitmachen! Peek stand neben ihm und verließ sich auf sein Urteil.

»Ich meine, wir sollten lieber nach Norden reiten«, schloß Threnodia vorsichtig. »Das ist doch eine viel sicherere Strecke.«

»Jäh«, stimmte ich ihr zu. Es war wirklich gut, daß sie immer noch klug war.

»Dann schlagen wir im Norden einen Bogen, damit vermeiden wir die Basilisken und kommen in Sicherheit auf Schloß Roogna an.« sagte sie. »Das dauert zwar ein wenig länger, ist aber viel sicherer, meint Ihr nicht auch, Jordan?«

»Jäh«, stimmte ich ihr wieder zu. Es war ja so nett von ihr, daß sie meinen Rat einholte. Irgend etwas nagte an meinem aufgeweichten Hirn, doch ich konnte es nicht richtig ausmachen, deshalb ignorierte ich es einfach.

»Wir werden heute nacht hier Rast machen, und ich werde mich gut um Euch kümmern, und am Morgen werdet Ihr den Pferden einfach sagen, daß sie uns nach Norden bringen sollen, nicht wahr?« fragte sie drängend.

»Jäh.«

Pook sah so aus, als wollte er irgend jemandem einen Tritt verpassen, vielleicht mir. Ich konnte mir beim besten Willen nicht vorstellen, warum.

»Ihr seid von dem Idiotiezauber befallen worden, deshalb fällt es Euch jetzt wahrscheinlich ein bißchen schwer, die Sache gründlich zu durchdenken.« Sie lächelte. Sie war schrecklich schön, wenn sie das tat. »Aber wir werden die Sache überschlafen, und ich bin völlig sicher, daß Ihr am Morgen völlig zufrieden sein werdet.«

Pook schnaubte völlig angewidert und stampfte davon. Ich hörte, wie er Peek etwas zuwieherte. Sie überlegten, was sie tun sollten. Anscheinend wollte Pook nicht hören, was ich ihm am nächsten Morgen sagen würde. Merkwürdiges Tier!

Dann nahm mich Threnodia bei der Hand und führte mich in unsere Nische. Und sie war so wunderschön, daß ich einfach *wußte,* daß sie recht haben mußte.

Wir legten uns nieder, und sie breitete die Togas als Dekken aus, sang eine wunderschöne kleine Melodie und kam mir äußerst nahe. Sie war weich und geschmeidig und warm, die Verkörperung männlichen Begehrens. »Tatsächlich habe ich noch eine bessere Idee«, murmelte sie mir ins Ohr, und ihr Atem war wie eine verspielte kleine Sommerbrise, kitzelnd und angenehm. »Kehren wir doch gemeinsam zu meinem Zuhause zurück.«

»Häh?« fragte ich verdutzt.

»Ihr wollt mich doch wohl nicht irgendeinem Magier auf Schloß Roogna ausliefern, oder?« drängte sie voller Überzeugungskraft.

Ich konnte ihrem Gedankengang zwar nicht ganz folgen, aber ihr nackter Körper war so geschmeidig und so angenehm neben meinem eigenen, daß mir klar wurde, wie schön es sein mußte, alles zu tun, was sie gerne haben wolte. Manche Dinge brauchen nicht viel Intelligenz. »Jäh«, stimmte ich zu. Sie schmiegte sich an mich, und ich preßte sie gegen meinen Körper, als mir langsam dämmerte, was wir eigentlich tun könnten, wenn …

Da flatterte etwas im Wald, und plötzlich war etwas Weißes zu erkennen. Es kam direkt auf uns zu. Ein großer Vogel mit langem Schnabel. Es war ein Storch.

»Ein Storch!« rief Threnodia erschüttert. Sie wich von mir zurück, als wäre ich ein Ungeheuer. »Daran hatte ich überhaupt nicht gedacht!«

Ich griff wieder nach ihr, doch aus irgendeinem Grund hatte der Anblick des Storchs sie unwillig gemacht, und sie wich mir aus. Frauen können wegen der unwichtigsten Dinge komisch reagieren.

Der Storch landete neben uns und legte die Flügel an. »Ich suche Jordan den Barbaren«, sagte er.

»Den?« quiekte Threnodia. »Ihr Vögel bringt eure Bündel doch niemals Männern!« Dann wurde sie nachdenklich. »Obwohl das vielleicht eine ganz gute Sache sein könnte. Das wäre schließlich nur gerecht.«

Der Storch ignorierte sie. Mit Gerechtigkeit geben sich bürokratische Wesen nur selten ab. Er wandte sich an mich. »Jordan?«

»Jäh«, antwortete ich.

»Ich untersuche einen Vorfall, der kürzlich stattgefunden hat. Es scheint, daß einer von uns im Einsatz verschollen ist, und nun wissen wir nicht genau, ob sein Bündel ordnungsgemäß abgeliefert wurde. Dabei ist dein Name gefallen. Bist du zu einer Zeugenaussage bereit?«

Irgend etwas an diesem vorletzten Wort erschien mir schmutzig. »Zu was?«

»Zu einer Aussage darüber, was nördlich der … ja, wo war es denn nur? Ist ja auch egal.«

»Oh.« Ich war zwar dumm, konnte mich aber an die Episode durchaus erinnern. »Oger«, sagte ich.

Der Storch hob eine freie Feder und musterte eindringlich ihre Linien. »Ja, das war eine Okt-Oger-Lieferung. Was ist mit dem Storch passiert?«

»Drache«, sagte ich. »Mann. Flügel kaputt. Nicht mehr fliegen.«

Mit Hilfe seiner Schnabelspitze versah der Vogel die Feder mit einer Markierung. »Das deckt sich auch mit unseren Schlußfolgerungen. Was ist mit dem Bündel passiert?«

Ich konzentrierte mich, worauf ein wenig von meinem Verstand zurückkehrte. »Abgeliefert«, sagte ich.

Der Storch hob eine Augenbraue. Ich hatte noch gar nicht bemerkt, daß diese Vögel Augenbrauen hatten. *»Du* hast es abgeliefert?«

»Jäh. Ogerling.«

Er machte eine weitere Notiz auf seiner Feder. »Das ist aber höchst irregulär!«

»Heh«, warf Threnodia ein. »Wer hätte jemals von einem Mann gehört, der ein Baby abgibt!«

»Mußte sein«, erwiderte ich verteidigend.

Der Storch legte die Feder beiseite. »Ganz gewiß. Und was wurde aus dem verwundeten Storch?«

»Aufgefressen«, sagte ich.

Der Vogel plusterte sich auf und breitete zur Hälfte seine Schwingen auseinander. »*Was* hast du mit ihm getan?«

»Nicht ich. Anderer Drache.«

»Ach so.« Der Storch entspannte sich und machte sich eine weitere Notiz. »Fluguntauglich, Drachenopfer.« Er hob den Blick. »Ist schließlich ein gefährlicher Beruf. Wir bekommen Fluggeld. Aber nur, wenn das Bündel sicher abgeliefert wurde.«

»Jäh.«

»Vielen Dank. Das ist alles.« Der Storch breitete die Flügel aus, dann hielt er inne. »Es gehört zu unserer Unternehmenspolitik, Wesen zu belohnen, die uns zu Diensten waren. Hättest du gerne ein ...«

»Nein!« schrie Threnodia beunruhigt.

Der Storch machte sich eine weitere Notiz. »Belohnung durch Glücksfeder abgelehnt«, murmelte er bei sich. Dann flog er davon.

»Ihr habt mich eine Glücksfeder gekostet«, sagte ich anschuldigend zu Threnodia.

Sie ignorierte es. »Ihr seid intim mit Störchen?« wollte sie wissen.

»Jäh.« Es war zu kompliziert, um es in allen Einzelheiten zu erklären. »Jetzt Ihr.« Ich grabschte nach ihr.

Sie riß sich frei. »Wagt es bloß nicht, mich anzufassen!« kreischte sie.

»Häh?«

»Nicht, solange sich die Klapperstörche in der Nähe befinden!«

Ich verstand ihren Einwand nicht, merkte aber, daß sie es sich anders überlegt hatte. Enttäuscht lehnte ich mich zurück. Manchmal sind Frauen wirklich schwer zu verstehen!

Am Morgen waren die Pferde verschwunden. Pook hatte den Beutel mit den verbliebenen Zaubern zurückgelassen, so daß ich begriff, daß er nicht zurückkehren würde. So dumm ich auch war, verstand ich dennoch seinen Grund: Er wußte, daß ich ihn und Peek bitten würde, uns nach Norden zu bringen. Mir war zwar immer noch nicht klar, weshalb es so schlimm sein sollte, nach Norden zu ziehen, denn Threnodia hatte doch einen wirklich überzeugenden Grund vorgebracht. Doch Pook wollte nicht dorthin, deshalb war er gegangen. Was wiederum bedeutete, daß auch wir nicht nach Norden konnten. Es hatte ihm jederzeit freigestanden, uns zu verlassen, doch er hatte diesen Zeitpunkt gewählt, weil sich unsere Meinungsverschiedenheiten hinsichtlich der Reiserichtung nicht hatten auflösen lassen. Es tat mir wirklich leid, ihn zu verlieren, dennoch konnte ich es ihm nicht verargen. Manchmal kann ein bester Freund nur eines tun, nämlich einem irrenden Freund einen Herzenswunsch abzuschlagen.

Dann hatte ich eine Idee. »Zauber!« rief ich.

»Aber die funktionieren doch nicht richtig«, wandte

Threnodia ein, die sich offensichtlich Sorgen wegen einer weiteren möglichen Panne machte.

»Vielleicht helfen doch«, sagte ich mit mürrischem Eifer. Ich stöberte in dem beinahe leeren Beutel und fischte den kleinen weißen Totenkopf heraus. »Leben!« sagte ich.

»Leben? Ihr meint, es ... der Zauber kann jemanden wiederherstellen, der gestorben ist? das braucht Ihr doch gar nicht.«

Ich war zwar nicht mehr schlau, aber mein Gedächtnis war noch intakt. »Durcheinander. Dies nicht Leben.«

»Ach so ... Ihr meint, es müßte ein anderer Zauber sein ... einer, der uns beim Reisen helfen könnte?«

»Jäh.« Und dann, bevor ich wieder verwirrt werden konnte, sagte ich: »Invoziere dich.« Der Schädel leuchtete auf – und wurde größer. Eine Kante erschien, die das starrende Gesicht umringte. Schließlich wurde daraus ein richtiger Schild.

»Heh!« rief ich erfreut. »Hübscher Schild!«

»Wenn wir einen Schild benötigt hätten«, erwiderte Threnodia knapp, »dann hätten wir den des Ritters nehmen können. Wieso soll der uns hier beim Reisen helfen?«

Ich hatte noch nie einen eigenen Schild besessen, weil Barbaren zu primitiv sind, um den richtigen Gebrauch eines Schilds zu begreifen. Jedoch hatten mich meine Erfahrungen mit feuerspeienden Drachen und lanzentragenden Rittern immerhin mit einer Ahnung davon versehen. Manchmal war die Verteidigung eine ganz gute Sache, sogar für einen Barbaren. Jedenfalls dachte ich das jetzt, da ich dumm war.

Ich befestigte den Schild an meinem linken Arm, während ich mit dem Schwert die Luft zerteilte. Wir besaßen nun zwei Schwerter, da wir mein eigenes in der Nähe des toten Baumes wiedergefunden hatten und auch das des Ritters mit uns führten. »Nimm das!« rief ich, auf einen eingebildeten Feind eindreschend. »Und das hier!« Dann hob ich den Schild als würde ich einen feindlichen Hieb abwehren. »Nääää! Mich kriegst du nicht!«

»Hübsches Spielzeug!« knurrte Threnodia angewidert.

Frauen verstehen nichts von Kriegsspielen. Aber für junghirnige Burschen sind sie ein Riesenspaß.

Nach einer Weile kam ich wieder zur Ruhe, und wir setzten uns mit dem Problem der Weiterreise auseinander. »Ich schätze, wir werden wohl gehen müssen«, sagte Threnodia ohne große Begeisterung. »Aber das wird uns einige Tage kosten, und ich werde mir dabei die Füße wundlaufen. *Verdammte* Pferde!«

»Jäh«, stimmte ich freundlich zu.

Sie musterte mich. »Du wirst nicht immer dumm bleiben. Diese Zauber verlieren nach einigen Tagen ihre Wirkung, nicht wahr?«

»Jäh«, sagte ich. »Manche.«

»Manchmal sind Männer ganz nützlich«, sagte sie bei sich. »Solange ich allein bin, bin ich immer auf die eine oder andere Weise angreifbar. Die einzige Möglichkeit, diese lästige Situation loszuwerden, besteht darin, einen netten Mann zu heiraten, der nicht zu helle ist ...« Dann hob sie den Blick, als bemerkte sie mich. »Na schön – ich werde Euch tragen. Wenigstens kommen wir auf diese Weise ans Ziel.«

»Häh?«

»Ich verwandle mich in einen Inflationsfüßler«, entschied sie. »Der ist hundertmal größer als ein Tausendfüßler, besitzt aber, anders als die Nickelfüßler, kein metallenes Rückgrat, weshalb er schon seit Jahrzehnten an Wert verloren hat. Es ist eine hilflose Form, die sich den Launen eines jeden fügen muß, der sie führt; Ihr werdet mich mit Eurem Schwert und Eurem Schild schützen müssen.«

»Hilflos?«

»Inflationsfüßler scheinen von so ziemlich allem entwertet zu werden, dem sie begegnen«, meinte sie. »Bis sie schließlich größer aussehen denn je, aber kaum noch etwas wert sind. Vielleicht liegt das daran, daß sie hauptsächlich aus Papier bestehen.«

»Papier?« Ich war zwar dumm, dennoch erschien selbst mir dies als ziemlich komisch.

»Manche von ihnen haben zwar eine Silberstütze«, fuhr

sie fort, »die sind ein bißchen stärker, aber dafür auch sehr selten. So einer werde ich werden.«

»Jäh«, stimmte ich beruhigt zu.

Natürlich dauerte es seine Zeit. Zuerst veränderte sie ihre Gestalt, nachdem sie mich ermahnte, ein waches Auge auf etwaige Raubtiere zu werfen, da sie während des Verwandlungsvorgangs am angreifbarsten war. »Alle grabschen nach Inflationsfüßlern!«

Eine Stunde später hatte sie die Gestalt eines Inflationsfüßlers angenommen, basaß jedoch nur die Körpermasse eines Menschen. Dann bearbeitete sie ihre Körpergröße und wurde zu einem Wesen, daß so groß war, daß es mich tragen konnte – nur daß sie nun zu diffus war, um mein Gewicht zu tragen, denn ihre Körpermasse hatte sich noch nicht verändert. In der dritten Stunde vergrößerte sie ihre Masse, bis sie schließlich fertig vor mir stand – ein Wesen mit zahllosen Beinen, auf der einen Seite von dunklem Grün, auf der anderen grau, mit allen möglichen Aufdrukken und Zahlen darauf. Das Ganze sah tatsächlich sehr papiern aus, besaß aber immerhin ein silbernes Rückgrat, das ihm die Kraft verlieh, mich zu tragen.

Ich saß auf und verstaute hinter mir den Zauberbeutel und das überzählige Schwert. Dies war das seltsamste Wesen, auf dem ich je geritten war – doch hatte ich meine vorhergehende Erfahrung ja auch fast ausschließlich mit Pook gesammelt. Wenn dieser Inflationsfüßler die Sache schaffte, war das schon in Ordnung.

Die Kreatur setzte sich in Bewegung. Das war recht interessant. Zuerst setzte sich das erste Beinpaar vor, schnell von dem zweiten gefolgt, dann vom dritten und so weiter, in einer riesigen Wellenbewegung. Dann verlief das Ganze noch einmal in umgekehrter Richtung. Es war fast wie Wellenreiten – ein interessanter Gedanke, obwohl ich natürlich noch nie eine Welle geritten hatte.

Threnodia-Inflationsfüßler floß über die Unregelmäßigkeiten der Landschaft dahin und wurde immer schneller. Schon bald galoppierte sie so schnell wie ein Gespensterpferd, und ich wurde von dem ganzen Geschaukel seekrank. Doch immerhin hatten wir einen Mordszahn drauf!

Gegen Mittag legte sich ein Schatten über uns. Ich hob den Kopf und erblickte einen großen Vogel, der am Himmel kreiste. Es war ein Rokh, und er sah sehr hungrig aus – während der Inflationsfüßler genau die richtige Größe für einen Imbiß zu haben schien. »In Deckung!« rief ich, denn um eine derartige Gefahr zu erkennen, brauchte ich nicht sehr viel Intelligenz.

Threnodia schoß unter einen nahe gelegenen, umgestürzten Baum, in der Hoffnung, sich darunter verstecken zu können. Ich stieg ab, zog mein Schwert und hielt den Schild fest in der Hand. Dann baute ich mich neben dem umgestürzten Baum auf, mit dem Gesicht nach außen, während Threnodia versuchte, sich unter ihn zu quetschen. Doch es hatte den Anschein, als sei es äußerst schwierig, einen Inflationsfüßler vor einem wachen Raubvogel zu verstecken. Der Rokh führte eine Kurskorrektur durch und verlor an Höhe. O weh! Diese Vögel sind vielleicht groß! Jedesmal vergesse ich wieder, wie groß sie in Wirklichkeit sind – bis ich dem nächsten begegne. Die riesigen Schwingen bedeckten den ganzen Himmel, und die monströsen Klauen kamen auf mich zu wie … eben wie die Klauen eines Rokhs. Die kann man mit *nichts* vergleichen!

Ich hatte schon einmal gegen einen Rokh gekämpft und wußte, daß er uns überlegen war. Doch ein Barbarenkrieger macht sich keine Sorgen über seine Erfolgschancen, er kämpft einfach weiter, besonders wenn er dumm ist. Als der Fuß also nach mir griff, hielt ich ihm meinen Schild entgegen und ließ mein Schwert kreisen.

Mein Schwert traf sein Ziel und hackte das Ende einer Klaue ab. Blut spritzte hervor, und einige Sekunden später, als der Schmerz endlich im Kopf des Rokhs ankam, stieß er einen ohrenbetäubenden Krächzer aus, der die Wolken in ihrer Umlaufbahn erschütterte.

Nun hatte ich die Aufmerksamkeit des Rokhs auf mich gelenkt – und was für eine schlimme Aufmerksamkeit das doch war! Der Fuß wich zurück, wobei er eine kleine Palme ausriß, komplett mit Wurzeln. Der Vogelkopf senkte sich, und die Augen starrten mich an. Der Schnabel pickte nach mir, und der war von der Größe der Schnauze eines ausgewachsenen Drachen. Ich war erledigt!

Doch da kam mein Schild hoch und blockte den Schnabel ab. Fast glaubte ich, daß die Wucht des Aufpralls, als der Schnabel gegen den Schild hieb, mir den Arm brechen, mich umwerfen und den Schild möglicherweise sogar in Grund und Boden stampfen würde, aber es gab überhaupt keinen Rückstoß. Merkwürdig!

Wieder krächzte der Rokh los, dann starrte er mich an, direkt von oben, und ich wußte, daß ich wie ein Käfer zermalmt und unten gegen die Felsen gespuckt werden würde. In diesen kleinen runden Rokhaugen loderte nämlich Feuer.

Einmal mehr hob sich der Schild, und diesmal wußte ich, daß ich es nicht selbst war, der ihn bewegt hatte. Das Ding bewegte sich aus eigener Kraft und riß meinen Arm einfach mit sich! Über meinem Kopf blieb er in waagerechter Lage schweben und blockte den herabschießenden Vogelschnabel ab.

Der traf mit einem kolossalen Scheppern dagegen, doch wieder spürte ich keinen Aufprall. Der Vogel dagegen wurde zurückgeschleudert, als wäre er von einem Steinberg abgeprallt, und der Schnabel war verbogen.

Ich war zwar nicht schnell von Begriff, doch endlich wurde selbst meinem Hirn klar, womit ich es hier zu tun hatte. Dies war die Magie des Schildes! Eigentlich war er dazu gedacht gewesen, das magische Schwert abzuhalten, doch er war nicht schlau genug, um zwischen verschiedenen Angriffsformen zu unterscheiden. Deshalb wehrte er alles ab, was auf ihn zukam. Solange ich diesen Schild festhielt, konnte mich niemand erfolgreich angreifen.

Der große Vogel mit dem eingeschlagenen Schnabel kam zu demselben Schluß. Er wich zurück, breitete die Schwingen aus und hob sich in die Lüfte. Der Luftdruck preßte die nahen Büsche platt und riß einem Eichelbaum einen ganzen Ast ab; der knallte gegen den Boden, worauf uns seine

Eicheln wie Hagelkörner bombardierten. Doch mein Schild schützte mich auch vor denen. Threnodia kam herausgekrabbelt, ein wenig zerzaust; ihr papierner Leib war nicht besonders widerstandsfähig gegen solche scharfen Winde; und ich mochte gar nicht erst daran denken, wie sie wohl nach einem Regen aussehen würde. Zwar konnte sie in dieser Gestalt nicht reden, dennoch war ich sicher, daß sie froh war, nicht von dem Rokh verschlungen worden zu sein. Ich saß wieder auf, und wir setzten uns erneut in Richtung Norden in Bewegung.

Etwa drei Stunden nach Mittag gelangten wir wieder zu der Kunstbaumgruppe. Vielleicht war es ja recht passend, daß ich den magischen Schild dorthin zurückbrachte, wo das magische Schwert mich einst angegriffen hatte. Dennoch, als meine Dummheit langsam nachließ (vielleicht heilte mein Talent mein Gehirn auch von dieser Krankheit), wurde ich immer unruhiger, was unsere Reiserichtung anging. Schließlich befand sich Schloß Roogna in der genau entgegengesetzten Richtung.

Threnodia brauchte drei Stunden, um wieder ihre normale Gestalt anzunehmen. Dann rief sie: »Ich bin richtig ausgehungert!«

»Warum nicht in der Gestalt des Inflationsfüßlers essen?« fragte ich und konzentrierte mich gewaltig darauf, meine Frage richtig zu formulieren, denn in meinem gegenwärtigen Geisteszustand fiel es mir schwer, ganze Sätze zu handhaben. »Warum sich soviel Mühe machen, sich zurückzuverwandeln?«

»He, Ihr macht ja Fortschritte«, bemerkte sie, wobei sie keines wegs uneingeschränkt erfreut zu sein schien. »Ihr seid nicht mehr halb so dumm wie gestern abend.«

»Ich weiß«, stimmte ich mit stumpfsinniger Zufriedenheit zu. In ihrer jetzigen Gestalt war sie jedenfalls recht schön. Wäre ich klüger gewesen, so wäre mir wohl der Gedanke gekommen, daß sie, da sie ihre Gestalt ja kontrollieren konnte, mit Sicherheit dafür sorgen würde, daß es sich um eine schöne Gestalt handelte. Welche Frau, die

Gelegenheit erhielt, sich anziehender zu machen, würde diese Macht nicht ausnützen?

»Ich will Euch Eure Frage beantworten«, sagte sie. »Wenn ich in der Gestalt und der Körpermasse eines Inflationsfüßlers bliebe, würde ich auch entsprechend viel essen müssen – und das wäre weitaus mehr Nahrung, als mein gewöhnlicher Körper sie braucht. Außerdem ernähren sich Inflationsfüßler von Dingen wie Grundkapital und Zinsen und Haushalten; da es davon in dieser Gegend aber keine gibt, hätte ich mich mit Käfern, schimmeligen Zweigen und solchen Sachen abgeben müssen, aber so ein Essen mag ich nun einmal nicht besonders. Also kann ich mich auch gleich in meine menschliche Gestalt verwandeln, damit ich auch wieder menschliche Nahrung zu mir nehmen kann, die ich vorziehe.«

Ich wußte zwar nicht, was Soll und Haben waren, konnte aber verstehen, warum sie so etwas nicht essen wollte. »Aber ...«

»Aber wie kann eine menschliche Mahlzeit die Fleischmassen eines Tausendfüßlers ernähren?«

»Weil ich immer nur für jede Form Nahrung aufnehmen muß, in der ich mich gerade befinde. Wäre ich so groß wie eine Mücke, könnte ich mich mit einer Mückenmahlzeit begnügen, würde dann wieder meine menschliche Gestalt annehmen und wäre doch nicht hungrig. Aber das würde drei weitere Stunden erfordern, und ich wäre die ganze Zeit angreifbar. Dann könnte jeder Vogel vorbeikommen und mich verschlingen, während ich in Mückengestalt bin, und das wäre dann mein Ende. Deshalb lasse ich mich auf die kleinen Größen auch lieber nicht ein, und meine natürliche Gestalt erscheint mir als der beste Kompromiß.«

Für meinen gegenwärtigen Intelligenzrahmen waren das doch ein paar Erklärungen mehr, als ich verdauen konnte; Ich lächelte lediglich und nickte zustimmend. Es war offensichtlich, daß Threnodia wußte, was sie tat. Und außerdem – warum sollte ich einer so wunderschönen Frau Fragen stellen?

Sie brauchte sich kaum anzustrengen, um mich zu narren; ich war ja nur zu erpicht darauf, mich selber zu narren!

Also sammelten wir Nahrung und aßen, dann zogen wir uns aus der unmittelbaren Umgebung des toten Baums mit seinem Gnomeingang zurück und schlugen unser Nachtlager auf. Einmal mehr kuschelte sich Threnodia an mich, nachdem sie sich durch einen Rundumblick davon überzeugt hatte, daß kein Klapperstorch in der Nähe war.

»Äh«, sagte ich und versuchte meine Gedanken irgendwie zu organisieren. »Wir sollten nach Süden ...«

»Es gibt noch einen weiteren Grund, nach Norden zu gehen«, sagte sie schnell. Fast schien es mir, als hätte sie damit gerechnet, daß ich mich meines Auftrags wieder entsann und Zweifel hinsichtlich unserer Reiseroute entwikkelte, je größer meine Intelligenz wieder wurde. »Ihr habt doch gesagt, daß man Euch die feindlichen Zauber auf den Weg gelegt hat, so daß Ihr überall, wo ihr hingeht, auf sie trefft.«

»Ja«, stimmte ich zu. Sie hatte die Situation gut erfaßt.

»Und die meisten dieser bösen Zauber bereiten eine Menge Ärger«, fuhr sie fort. »Wie das schwarze Schwert und der Persönlichkeitsaustausch – mir ist zwar klar, daß uns in diesem Fall der gute Zauber erwischt hat, aber das war das gleiche wie mit dem bösen – und die Idiotie.«

»Ja.«

»Nun, wenn Ihr aber nicht wißt, wohin Ihr geht, dann werdet Ihr auch nicht auf die Zauber treffen, die auf Euch lauern, oder?«

»Häh?«

»Wenn wir uns strikt nach Süden halten, auf Schloß Roogna zu, dann lauert der nächste Zauber da irgendwo auf dem Weg. Möglicherweise sogar in der Mitte des Basiliskenlandes, und dann sind wir *wirklich* in Schwierigkeiten. Aber wenn Ihr Euch dort nicht hinbegebt, tretet Ihr auch nicht auf den Zauber. Deshalb ist dieser Weg besser, nicht wahr?«

»Heh, ja«, stimmte ich zu, und meine Miene erhellte sich. Ich war immer noch zu dumm, um an die Vorherbestimmungsklausel zu denken. »Aber wie kommen wir nach Schloß Roogna, wenn wir uns nach Norden bewegen?«

Sie lächelte im Dunkeln. »Wir bewegen uns ein Stück nach Norden, dann schlagen wir einen Bogen nach Süden, und können dann ohne Schwierigkeiten weiterreisen.«

»Das ist nett«, sagte ich beruhigt.

»Und doch«, fügte sie wie nachdenklich hinzu, »wäre es genauso leicht, nach Westen abzubiegen und zu meinem Haus zurückzukehren. Dann könnten wir beide für alle Zeiten zusammenbleiben.«

Mir schien, als hätte sie in der Nacht zuvor etwas Ähnliches gesagt, doch da waren wir von dem Storch unterbrochen worden. Heute abend war ich eine Spur schlauer. »Aber was ist dann mit meiner Mission?« fragte ich.

»Ich will Euch zeigen, wie es mit uns sein könnte«, sagte sie. »Dann könnt Ihr Euch entscheiden, was Ihr mit der Mission machen wollt.«

»Na ja, äh ...«, sagte ich verunsichert, zwischen meiner Loyalität und ihrer Schönheit hin und her gerissen.

Sie zappelte ein wenig, und ihr nackter Körper berührte meinen. Sie legte ihr wunderschönes Gesicht zum Küssen an meines. Das Bewußtsein um meine Mission verblaßte. Ich nahm sie in meine Arme und ...

Ein Geräusch.

Threnodia versteifte sich. »Da ist irgend jemand ganz in der Nähe!« flüsterte sie beunruhigt.

In der Dunkelheit griff ich nach meinem Schwert und dem Schild. Einen Augenblick später hatte ich die Richtung geortet, aus der das Geräusch kam; es stammte aus der unmittelbaren Umgebung des Gnombaums. »Die Gnome«, flüsterte ich. »Auf der Jagd.«

»Von denen habe ich genug gesehen, das reicht mir mein ganzes Leben!«

»Ich gehe raus und erschlage sie. Mit Schwert und Schild und meinem richtigen Körper wird das ganz leicht sein.«

»Seid nicht dumm. Das wird doch nicht ...«

»Aber ich *bin* doch dumm!« protestierte ich.

Sie kicherte leise. »Ja, das seid Ihr, im Augenblick. Aber

glaubt mir, Jordan, wir brauchen die Gnome nicht anzugreifen. Die suchen nach Nahrung und Vorräten, nicht nach uns, und im Grunde sind sie gar nicht so schlimm. Wenn wir die Männer töten, werden die Gnomiden leiden. Wir brauchen bloß ganz still dazuliegen, dann ziehen sie an uns vorbei.«

So lagen wir still da, wenngleich ich mich fragte, wie man Leute, die Fremde in den Kochtopf zu geben pflegten, als »nicht so schlimm« bezeichnen konnte, aber ich war nicht klug genug, um hinter dieses Geheimnis zu kommen, also verhielt ich mich still, und sie hatte recht: Die Gnome kamen an uns vorbei und bemerkten uns nicht einmal. Das dauerte allerdings eine Weile, und bald schlief ich ein. Was immer Threnodia auch vorgehabt haben mochte, in dieser Nacht geschah es auf jeden Fall nicht zwischen uns. Die Gnome hatten mich vor etwas gerettet – doch vor was?

Am Morgen aßen wir wieder, dann verwandelte sich Threnodia in den Inflationsfüßler, und wir setzten uns gen Norden in Bewegung. Am Nachmittag erreichten wir eine riesige Schlucht, an die wir uns beide nicht erinnern konnten. Das war seltsam, denn sie war viel zu groß, als daß man sie hätte ignorieren können. Wir machten Rast, und Threnodia verwandelte sich wieder, während ich nach Nahrung suchte, dann aßen wir und machten uns eine Hütte aus Holz. Im Süden sahen wir kreisende Gestalten am Himmel; wir wußten, daß die Rokhs böse waren und nach uns suchten.

»Hier können wir nicht bleiben, und nach Süden können wir nicht zurückkehren«, sagte Threnodia. »Ihr habt Euch zwar gestern wacker für mich geschlagen, um mich vor dem großen Vogel zu retten, und ich bin Euch auch sehr dankbar dafür, doch wenn uns ein ganzer Schwarm von denen angreifen sollte, sind wir erledigt.«

»Aber wo wollen wir denn sonst hin?« fragte ich verwirrt.

»Ich werde eine andere Gestalt annehmen, eine, die die Schlucht überqueren kann«, sagte sie. »Ich werde früh anfangen, damit ich zur Morgendämmerung bereit bin, dann nehme ich Euch mit. Nur ...«

»Jäh?« fragte ich.

»Ich weiß nicht, welchen Weg wir nehmen sollen.«

Ich war noch schlauer als vorher. »Nach Osten, damit wir von dort dann nach Süden auf Schloß Roogna vorstoßen können.«

Sie seufzte. »Ja, natürlich. Aber ich will nicht nach Schloß Roogna, ich will nach Hause – und das heißt, die westliche Richtung.«

»Oh«, sagte ich enttäuscht. »Na ja, dann lebt wohl.«

Sie setzte sich neben mich. »Jordan, ich brauche Euch als Begleitung, das hat mir die Begegnung mit dem Rokh gezeigt. Ihr seid kräftig und tapfer und seid ein guter Bursche – auch wenn Ihr dumm seid. Und ich glaube, Ihr braucht mich auch, denn mein Talent ergänzt das Eure. Wir müssen zusammen reisen. Ich habe keine Lust auf einen Alleinmarsch am Rande dieser Schlucht entlang, während die Rokhs immer näher kommen.«

»Ja«, stimmte ich zu.

»Aber Ihr wollt nach Schloß Roogna und ich will nach Hause. Das ist ein grundlegender Konflikt.«

»Ich muß meine Mission ausführen«, sagte ich und erkannte, daß es ein Fehler gewesen war, ihr Lebewohl zu entbieten. Ich konnte sie gar nicht gehen lassen.

»Gibt es denn gar keine Möglichkeit, wie ich Euch dazu bewegen kann, mit mir nach Hause zu kommen?« fragte sie.

Aber ich war immer noch dumm genug, um auf meiner Mission zu beharren. »Ich muß Euch entweder auf Schloß Roogna bringen oder bei dem Versuch, es zu tun, sterben«, sagte ich. »Wie der Storch, muß auch ich liefern.«

»Obwohl Ihr auf alle Zeiten bei mir bleiben könntet, und alles besitzen würdet, was ich anzubieten habe, sofern Ihr jetzt mit mir kämt?« fragte sie und rückte enger an mich heran. »Obwohl Ihr mich an den Magier Yin verlieren würdet, wenn Ihr mich auf Schloß Roogna brächtet, und obwohl das Schloß selbst dann fallen würde?«

Ich fühlte mich genauso miserabel und dumm, wie ich es auch war. »Ja.«

»Ihr seid viel zu verdammt unkorrupt, als Euch guttut, Barbar.«

»Ja.«

Einen Augenblick lang wandte sie das Gesicht ab, dann sah sie mich wieder an. »*Ihr* seid der Mann, den ich heiraten will, Jordan, nicht der Magier Yin! Ihr seid kühn und stark und ehrlich und nett, während *er* noch viel heimtükkischer ist, als Ihr begreifen würdet. Bitte, bitte kommt mit mir!«

Nun hatte sie schon offen von einer Ehe zwischen uns gesprochen. Die Versuchung schüttelte mich durch wie der Wind eines Sturms. Sie war alles, was ich jemals von einer Frau verlangen würde. Jedenfalls dachte ich das damals – und doch konnte ich mich nicht klar dazu durchringen, zu tun, was sie von mir verlangte. Ich war kein Dieb, nicht mal ein Dieb der Liebe. Ich antwortete nicht.

»Ich werde Euch etwas zeigen«, sagte sie, fast wild. Sie warf sich förmlich auf mich und drückte mich fest an sich, während sie mich küßte und streichelte.

Und ich, ganz der Idiot, der ich war, dachte gar nicht daran, nach dem Warum zu fragen, oder auch nur darüber nachzudenken, wie unnatürlich sie sich gab. Kaum eine Frau stürzt sich auf einen Mann, den sie gar nicht wirklich heiraten will. Doch weil ich dumm war, und weil sie ihre Anstrengung zeitlich nach dieser Dummheit ausgerichtet hatte, fehlte es mir am richtigen Mißtrauen. Ich war von ihrem Drängen überwältigt. Ich reagierte so, wie sie es erwartet hatte, und ich wußte, daß ich sie liebte, absolut und ewig, was immer sonst auch geschehen mochte. Es gibt keinen größeren Wahn, der einen Mann überfallen kann.

Am nächsten Morgen, noch vor der Dämmerung, weckte sie mich. »Jordan, ich muß mit meiner Verwandlung beginnen«, sagte sie. »Ich liebe dich. Liebst du mich?«

Ich war zwar klüger geworden als vorher, aber das spielte keine Rolle. »Ja«, sagte ich.

»Wirst du mit mir kommen?«

Mein Herz hatte das Gefühl, zu zerbersten. »Nein.«

»Gibt es keine Möglichkeit, dich von deinem Vorhaben abzubringen?«

»Nein.«

Sie seufzte. »Dann muß ich mit dir gehen, auch wenn es für uns beide die Katastrophe bedeutet.«

Ich hatte also gewonnen. Warum fühlte ich mich aber dann so schlecht?

Sie setzte ihre Verwandlung fort, Stufe um Stufe, und drei Stunden später, als die Dämmerung scheu in die düstere Schlucht hineinspähte, war sie fertig. Sie war zu einer riesigen Schnecke geworden, mit einem Panzer von der Größe eines kleinen Hauses.

Ich bestieg die Schale, Schild und beide Schwerter an den Leib geschnallt. Der Beutel mit den wenigen verbliebenen Zaubern baumelte von meiner Hüfte herab. Nichts würde mir den Halt rauben – hoffte ich.

Die Schnecke kroch auf die Schlucht zu. Sie suchte die Kante ab, bis sie eine abgerundete Stelle gefunden hatte, dann glitt sie dort hinab, um schließlich die Klippenwand selber hinunterzukriechen.

Jetzt mußte ich mich aber wirklich festhalten! Unter uns gähnte die ehrfurchtgebietende Schlucht; wenn ich jetzt herunterfiel, würde ich unten auf den Felsen zerschellen – und diesmal hatte ich kein Gespensterpferd dabei, das die Einzelteile zusammenscharren würde. Doch ihr Schnekkenschleim hielt, und so glitten wir in die Schlucht hinab in Richtung Osten. Hätte sie sich zu einer Abbiegung entschlossen, um nach Westen zu gehen, ich hätte sie nicht aufhalten können, aber sie hatte eingewilligt, und nun hielt sie sich auch daran. Ich wußte, daß ich nicht die geringste Chance hatte, dieses Wesen gegen seinen Willen auf Schloß Roogna zu bringen. Threnodia hatte versucht, mich mit Liebe dazu zu bewegen, ihren Weg zu nehmen. Statt dessen hatte die Liebe sie zum Gegenteil bewegt – jedenfalls glaubte ich das damals in meiner Idiotie.

Ich hörte ein Geräusch und blickte hinunter. Tief unten sah ich einen riesigen sechsbeinigen Drachen, der mit uns Schritt hielt, offenbar in der Hoffnung, daß wir stürzen würden. Er war so gierig auf unser Fleisch, daß er kleine Rauchwolken ausstieß. Dann hörte ich ein Geräusch und hob den Kopf, worauf ich einen kleinen Rokh sah. Die großen Vögel hatten uns schließlich entdeckt! Der Rokh schoß in die Tiefe, und ich wußte, daß wir nun verloren waren, denn selbst ein kleiner Rokh ist immer noch ein riesiges Wesen.

Ich haßte es, angesichts dieses Raubtiers hilflos sein zu müssen, ich fühlte mich ganz so, als ich in Threnodias Körper dem Greif entgegengetreten war.

Irgend etwas nagte an der trägen Melasse meines Hirns. Hatten Greife und Rokhs nicht irgend etwas gemeinsam? Irgendeine Schwäche? Wie hatte ich denn damals den Greif aufgehalten?

Einmal mehr verlieh mir die Verzweiflung eine Art stumpfsinniges Genie. »Bäh!« schrie ich und schnitt eine Grimasse. Rokhs waren zwar groß, verfügten aber über ausgezeichnetes Seh- und Hörvermögen. »Diese Schnecke schmeckt ja scheußlich. Schleimig! Faulig! Ist ja nichts als eine Schale voller Eiter!«

Es war ein kleiner Rokh; verstand er, was ich sagte? Würde er sich narren lassen? Ein erwachsener Rokh war vielleicht zu gerissen dafür, aber …

Der Rokh schwenkte ab, und der Wind seines Flügelschlags riß uns beinahe von der Wand. Wir hielten uns fest und glitten hilflos herab. Meine List hatte funktioniert. Manche Schnecken schmeckten tatsächlich schlecht, vielleicht hatte der Rokh es deswegen nur zu gerne geglaubt. Davon abgesehen waren die Rokhs ja auch nicht gerade die schlauesten Wesen Xanths.

Threnodia gelang es, das Abgleiten auf der Wand zu bremsen, dann setzte sie ihr langsames Schleichen in Richtung Osten fort, und nach einiger Zeit gelangte sie über den Rand der Spalte auf ebenes Land. Jetzt konnten wir in Sicherheit nach Süden weiterziehen.

Ich ließ das Schneckenhaus fahren, doch meine Arme waren eingeschlafen, und ich mußte sie Glied um Glied befreien. Threnodia war so ermattet, daß sie in ihrer Schale einfach zusammensackte. Aber wir hatten es geschafft.

Vor uns lag, hätte ich es doch nur gewußt!, die grausame Lüge.

XV
Grausame Lüge

Nach einer Weile verwandelte sich Threnodia wieder in ihre Menschengestalt, in der sie ein wenig erschöpft aussah. Ich holte ihr etwas zu essen und Wasser, und sie küßte mich, dann ruhten wir uns eine Weile aus, und jeder genoß die Gesellschaft des anderen.

»Eine Schale voller Eiter?« fragte sie sarkastisch.

»Na ja, wenigstens hat es funktioniert«, sagte ich verlegen.

»Ich hätte Euch niemals verziehen, wenn es nicht funktioniert hätte«, sagte sie. »Nun, machen wir uns wieder auf den Weg.«

»Aber Ihr seid doch müde. Laßt mich nun einmal *Euch* tragen. Verwandelt Euch in irgend etwas Kleines.«

Sie lächelte. »Ich mache mich einfach diffus. Das dauert nicht so lange.«

Das tat sie auch. Als sie hauchdünn geworden war, legte sie ihre dampfähnlichen Arme um mich, und ich marschierte gen Süden weiter, wobei ich sie mit mir trug, ohne daß es mich auch nur im geringsten anstrengte.

An diesem Tag kamen wir ausgezeichnet voran und schlugen unweit von Schloß Roogna unser Nachtlager auf.

Threnodia nahm wieder ihre natürliche, wunderschöne und feste Gestalt an und umarmte mich einmal mehr. »Das ist vielleicht unsere letzte gemeinsame Nacht, Jordan«, sagte sie nüchtern.

»Wir müssen Magier Yin sagen, was wir empfinden«, meinte ich. »Vielleicht will er Euch dann gar nicht heiraten. Manche Männer sind recht wählerisch und bestehen darauf, die Liebe ihrer Dame aus eigener Kraft zu gewinnen.«

»Daran habe ich auch schon gedacht«, gestand sie. »Wenn Ihr mich dort abliefert, wird Yin siegen und der nächste König von Xanth werden. Und das wird mit Sicherheit gut für das Land sein. Doch wenn er mich ablehnt und mich fortschickt, wird das Schloß nicht fallen, und ich kann Euch gehören. Aber ...«

»Aber?« fragte ich. Mir erschien der Plan durchführbar.

»Aber da ist ja auch noch Yang«, sagte sie. »Yang ist böse. Der macht sich aus nichts Anständigem etwas, einschließlich der Tatsache, daß ich nun einem anderen Mann gehöre; es könnte gut sein, daß er mich gerade aus diesem Grund auserwählt.«

»Aber Ihr wollt doch gar nicht mit Yang gehen«, warf ich ein.

»Jordan, möglicherweise habe ich gar keine große Wahl.« Wieder küßte sie mich. »Ihr habt gesehen, wie mächtig seine Zauber sind. Kein gewöhnlicher Mensch kann etwas gegen die Macht eines Magiers ausrichten, sei es nun ein guter oder ein böser. Deshalb kann ja auch nur ein Magier König werden. Wenn Ihr mich in die Nähe von Schloß Roogna bringt, aber nicht ganz bis dorthin, dann wird Yang siegen und König werden, und, anders als Yin, mag es ihm daran gelegen sein, die Legitimität zu erlangen, die eine Ehe mit der Tochter des vorhergehenden Königs ihm verleihen würde. Manchmal sind es gerade die wertlosesten Leute, die am meisten auf Legitimität pochen. Dem kann ich dann nicht entgehen.« Sie nahm mich bei der Hand und blickte mir in die Augen. »Aber was immer geschehen mag, Jordan, vergeßt nicht, daß ich Euch liebe.«

»Und ich liebe Euch!« erwiderte ich.

Dann begann sie zu singen, auf ihre leise, traurige Weise, und ihre Stimme war so gespenstisch schön, daß sie mir die Tränen in die Augen trieb. Als ich ihr zuhörte, hatte ich den Eindruck, daß irgendeine grausige Tragödie dräute. »Es tut mir leid, daß ich Euch nicht erlaubt habe, Eure Laute mitzubringen«, sagte ich.

Sie hielt inne, um ihre schöne Hand auf meine zu legen. »Ich verzeihe Euch, Jordan.«

Auch ihre Augen waren feucht von Tränen.

Am nächsten Morgen machten wir uns zu Fuß auf den Weg nach Schloß Roogna, ohne Tarnung. Es war nicht sehr weit, und Threnodia wollte, daß es an ihrer Identität keinerlei Zweifel gab, damit der Erfolg meiner Mission nicht in Frage gestellt wurde. Wir hielten uns an den Händen, und es war eher eine traurige als eine fröhliche Gelegenheit. Doch was sollte ich tun? Ein guter Barbar führt seinen Auftrag immer zuende.

Wir erblickten den höchsten Turm des alten Schlosses, der im Süden über die Baumwipfel herausragte. Threnodia blieb stehen, um mich zu küssen. »Ich liebe Euch, Jordan«, sagte sie wieder, und ich Narr, der ich war, glaubte ihr auch wieder. Doch selbst jetzt, da ich das Bild in dem Wandteppich sehe, fällt es mir schwer zu glauben, daß sie mich bewußt täuschte; alles an ihr sprach für die Trauer einer Liebe, die bald verlorengehen würde. Fast wünschte ich mir, aber natürlich bin ich ja nicht mehr derselbe Idiot wie damals ... Die Erfahrung war mir eine äußerst grausame Lehrerin.

Wir gelangten zu den knorrigen alten Bäumen, die das Schloß umringten. Die mochten mich immer noch nicht. Äste senkten sich, um uns den Zutritt zu versperren. Ich zog mein Schwert. »Bäume, ich habe Euch schon einmal gewarnt, daß ich jeden Ast abhauen werde, der sich mir in den Weg stellt«, sagte ich. »Ich muß diese Person hier im Schloß abliefern, und genau das werde ich auch tun. Und nun – gebt den Weg frei!«

Doch diesmal gehorchten sie nicht. Wütend hackte ich auf die Äste ein und ließ meine Drohung Wirklichkeit werden; die verletzten Bäume stöhnten hölzern vor Schmerz, farbiger Saft tropfte aus den Wunden, doch sie wollten nicht nachgeben. Sie blieben ihrer Sache auf ebenso stumpfsinnige Weise treu wie ich der meinen.

»Die wissen es«, sagte Threnodia. »Sie erinnern sich an meinen Wiederkehrfluch. Es ist ihnen egal, wer König von Xanth wird. Sie wollen lediglich das Schloß vor dem Untergang retten. Jordan, glaub mir, die ganze Sache kann nur in einer Tragödie enden.«

»Ich habe versprochen, Euch abzuliefern, und das werde ich auch tun«, grunzte ich und hackte weiter.

Resigniert schüttelte sie den Kopf. »Wenn Eure Loyalität doch bloß auf den Richtigen gerichtet wäre, was wärt Ihr dann für ein Held!«

Ich wußte nicht, was sie damit meinte, also ignorierte ich es. Es brauchte seine Zeit, sich einen Weg durch die Bäume zu bahnen, aber ich war barbarisch entschlossen, es zu schaffen, und so hackte ich einen Kanal durch den widerstrebenden Wald. Schließlich gelangten wir in den Obsthain.

Nach all der Anstrengung war ich hungrig geworden, also griff ich nach einem großen roten Apfel – der sich jedoch sofort meinem Griff entzog. Ich zuckte verblüfft zusammen und griff nach einem anderen – doch auch der wich mir aus.

»Also, jetzt geht die Sache aber zu weit!« fauchte ich, denn ich war noch nicht stumpfsinnig genug, zu erkennen, daß man mich schneiden wollte. »Entweder ich kriege jetzt Obst zu essen, oder ich hacke hier ein bißchen in der Gegend herum!« Ich schritt um den Baum und pirschte mich an die ausweichende Frucht heran.

Aus einem benachbarten Kirschbaum fiel eine Kirsche herunter. Als das Ding den Boden berührte, explodierte es und bespritzte meine Beine mit Erde. Mit einem Satz wich ich zurück – und wäre beinahe gegen einen Ananasbaum geprallt. »Vorsicht!« rief Threnodia.

Eine Ananas fiel herunter, doch es gelang mir, sie noch im Sturz aufzufangen und davonzuschleudern, bevor sie explodierte. Die Detonation erschütterte den ganzen Hain, und rund um uns herum prasselte Obst herab. Einige weitere Kirschen explodierten, doch mein Schild blieb wachsam und hielt die Splitter aus Saft und Kirschkernen ab. »Die wissen es«, wiederholte Threnodia.

Ich schüttelte mein Schwert in Richtung Kirschbaum, wagte es jedoch nicht, ihn umzuhauen, denn dann hätten die Kirschen mich in Stücke zerrissen.

Wir schritten zu der Ebene, die das Schloß umgab. Dort befand sich ein wahrhaft scheckiger Haufen: Dutzende von Zombies. Erdreich rieselte von ihren matschigen Schultern herab, was darauf hinwies, daß sie erst vor kurzem aus ihren Gräbern gestiegen waren. An ihren spindeldürren Knochen eiterten Klumpen verfaulenden Fleisches. Alle Schädel besaßen Augenhöhlen, die voller Maden waren.

»Die Zombies erheben sich stets, wenn Schloß Roogna in Gefahr ist«, sagte Threnodia. »Sie wissen, daß es im selben Augenblick, da ich meinen Fuß hineinsetze, fallen wird. Seid Ihr sicher, daß Ihr ...«

»Ich muß meinen Auftrag erfüllen«, sagte ich mürrisch. Vielleicht habe ich schon einmal die Sturheit der Barbaren erwähnt, besonders jene der dummen. Ich zog mein Schwert, hob meinen magischen Schild und marschierte in die grauenerregende Gruppe hinein.

Die Zombies waren keine Feiglinge, das muß ich ihnen lassen! Sie stürzten sich auf mich, als sei ihnen ihr Leben überhaupt nichts wert. Mein Schild bewegte sich umher und wehrte sie ab, während ich mit meinem Schwert Arme, Köpfe und Beine abhackte. Schon bald war die Landschaft mit Zombieteilen übersät. Threnodia mußte sich mit dem beinahe leeren Zauberbeutel vor den umherfliegenden faulenden Fleischteilen schützen. Aus irgendeinem Grund schien sie etwas dagegen zu haben, sie ins Haar oder in ihren Ausschnitt oder in ihren Sandalen zu bekommen. Manchmal können sich Frauen wirklich anstellen! Endlich war auch der letzte Zombie zerteilt, und der Weg zum Schloß war frei.

Ich nahm Threnodia bei der Hand und führte sie weiter. Sie zögerte zwar immer noch, leistete aber keinen Widerstand.

Wir gelangten an den Schloßgraben. Die Zugbrücke war aufgezogen worden und die Grabenungeheuer in höchster Alarmbereitschaft, ganz anders als bei unserer ersten Begegnung. Nun, ich hatte ja schon so manches Ungeheuer bekämpft.

Ich mußte dafür sorgen, daß die Hängebrücke heruntergelassen wurde, damit Threnodia auf die andere Seite gelangen konnte. Durch den Graben würde ich sie auf jeden Fall nicht zerren. Dann hatte sie Schloß Roogna erreicht, und meine Mission war erfolgreich beendet, trotz Yangs Intrigen. Dann, aber auch erst dann konnte ich mich entspannen und erholen. Vielleich würde ich Threnodia wieder zurückholen, vielleicht aber auch nicht.

»Wartet hier«, sagte ich zu ihr. Dann sprang ich hinab in den Graben. Natürlich stürzte sich sofort das nächste Ungeheuer auf mich. Seine riesigen Fänge wollten meinen Kopf durchbohren.

Mein Schild riß sich empor, um den Angriff abzufangen, und die Fänge bissen sich hinein. Dann erstarrte die Schnauze des Ungeheuers. Zwei speichelsabbernde Fänge staken im Schild fest, während mich die Auge verdutzt anstarrten. Ich hob mein treues Schwert und ließ die Klinge hinabsausen, womit ich dem Ungeheuer die Schnauze einschließlich der Fangzähne abhackte. Das Ungeheuer stieß einen Schmerzensquieker aus, Blut und Sabber spritzten. Ich vermute, daß es nicht eben entzückt war. Kämpfe gegen Ungeheuer können manchmal eine recht unsaubere Sache werden.

»Hört zu, Ungeheuer«, sagte ich. »Ich habe einen Auftrag zu erfüllen, genau wie du. Ich werde jetzt den Graben durchqueren und die Zugbrücke herunterlassen. Ich bin ein Barbarenkrieger, der im Augenblick nicht allzu klug ist, und das Zerhacken von Ungeheuern ist mein Beruf.

Entweder du läßt mich in Frieden arbeiten, oder du läßt dich in Stücke hauen. Die Wahl liegt bei dir.«

Und dann watete ich durch das schlammige Gewässer, ohne die Antwort des Ungeheuers abzuwarten. Das ist die einzige Sprache, die Ungeheuer verstehen – faire Entschlossenheit.

Das Ungeheuer war sehr alt, schon längst nicht mehr auf dem Höhepunkt seiner Kräfte, unfähig, die Wildheit seiner Jugend wieder heraufzubeschwören, und ich hatte ihm eine schmerzhafte Wunde zugefügt. Wahrscheinlich hatte es schon seit Jahren keine Jungfrau mehr verschlungen. Als es sich zum erneuten Angriff entschlossen hatte, war ich bereits auf der anderen Seite.

Ich kletterte zu dem Zugbrückenmechanismus empor. Dort war niemand. Dieses Schloß besaß keine menschlichen Wachen mehr, was auch Teil seines Problems war. Bäume und Zombies und Ungeheuer konnten ohne menschliche Unterstützung nur sehr begrenzt etwas gegen Angreifer ausrichten. Die moderne Kriegführung ist eine Sache der Integration, jeder Einzelaspekt hängt von allen anderen ab. Wäre das menschliche Element anwesend gewesen, es wäre mir nicht gelungen, Schloß Roogna zu stürmen, ein Gebäude, das immerhin vierhundert Jahre lang jedem Angriff getrotzt hatte. Wenn der Magier Yin König wurde, würde er mit Sicherheit die Verteidigungsanlagen modernisieren, immer vorausgesetzt, daß das Schloß dann überhaupt noch stand. Ich löste die Kette und ließ die Brücke herab, bis sie mit einem dumpfen Geräusch einrastete.

Ich schritt auf die Brücke hinaus. »Nun könnt Ihr herüberkommen!« rief ich Threnodia zu. Zögernd näherte sie sich, und ich ging ihr entgegen. Nur noch das kurze Stück über den Schloßgraben, dann war die Sache beendet.

»Vielleicht zählt es auch, wenn ich auf der Brücke bleibe und das Schloß selbst nicht berühre«, sagte Threnodia. »Wenn mein Vater, der König, das sieht, habt Ihr Eure Mission erfüllt.«

»Vielleicht«, stimmte ich ihr zu. Ich wollte wirklich nicht, daß Schloß Roogna der Zerstörung anheimfiel.

Threnodia hielt inne und hob etwas auf, das am Brückenrand lag. »Was ist denn das?« fragte sie. »Es sieht aus wie ...«

Ich griff danach. Es war eine kleine schwarze Kugel. Als ich sie in der Hand hielt, erblickte ich ihre andere Seite. Dort befanden sich zwei eckige Augenhöhlen und ein grinsendes Gebiß.

»Das ist der schwarze Totenschädel!« rief ich und versuchte ihn davonzuschleudern.

Zu spät. Der böse Schädel blitzte auf, und ich fiel tot um.

»Jordan!« rief Threnodia, als ich seitlich von der Brücke aufs Ufer stürzte. Sie versuchte mich aufzufangen, doch es gab nichts, was sie noch für mich tun konnte; ich war bereits tot. Im Beutel befand sich zwar der Gegenzauber, doch wußten wir nicht, welcher das war, und nur ich allein konnte ihn aktivieren – und als Toter war mir nicht einmal dies möglich. Der böse Zauber hatte viel schneller gewirkt, als es eigentlich hätte sein sollen.

Am Schloßtor, am anderen Grabenufer, erschien eine Gestalt. Es war der Magier Yin. »Also seid Ihr endlich zu mir gekommen, Prinzessin Threnodia«, sagte er. »Der Barbar hat gute Dienste geleistet.«

Sie stand einen Augenblick erstarrt da und musterte ihn. »Die Mission ist noch nicht vollendet«, sagte sie.

»Aber Ihr könnt herübertreten und sie dadurch vollenden«, warf Yin ein.

»Ja, und Schloß Roogna wird dann fallen«, erwiderte sie verächtlich.

»Aber Euer Vater wünscht diese Vereinigung«, erinnerte sie Yin. »Wir können ein anderes Schloß bauen.«

»Aber keins wie dieses!«

»Kommt schon, schöne Frau«, bat Yin. »Der unwissende Barbar hat sein Leben gegeben, um Euch bis hierher zu bringen. Wollt Ihr etwa, daß dieses Opfer vergebens gewesen sein soll?«

»Pah!« rief Threnodia. »Ich bin Dämonenbrut, ich besitze

kein Gewissen. Ich will lediglich das Schloß schonen, auf dem ich aufwuchs, den einzigen Ort, an dem ich glücklich war. Jetzt werde ich mein eigenes Leben führen. Das würdet Ihr mir nicht erlauben, wenn Ihr erst einmal die Macht habt, Magier Yin.«

»Aha – die Maid hat also vor, mit dem Barbaren zu fliehen, wenn er wieder zum Leben erwacht ist.«

Wäre ich in diesem Augenblick lebendig gewesen, diese Bemerkung hätte mich erschreckt; ich hatte ja geglaubt, daß Yin nichts von meinem Talent wußte. Aber natürlich wissen Magier meistens mehr, als sie zugeben; das ist auch Teil ihrer Macht.

»Wohl kaum, Magier! Dieser Tölpel lebt nur, um seinen Auftrag zu erfüllen, um mich zu Euch zu bringen, Yin. Ich habe versucht, ihn zu verführen, damit er davon abläßt, doch der Narr ließ sich nicht von seinem Vorsatz abbringen. Nur dadurch, daß ich ihn loswerde, werde ich auch Euch los.«

»Aber Ihr werdet ihn niemals loswerden, Prinzessin, denn er kann nicht getötet werden. Das war der kleine Vorteil, den ich gegen Yangs Raffiniertheiten ins Feld führen konnte. Also könnt Ihr ebensogut über den Graben kommen und mich heiraten.«

»Ich werde ihn loswerden – und Euch!« rief sie. »Ich weiß, wie man den Barbaren tot behält!« Und sie nahm mein Schwert und hieb damit auf meinen Körper ein. Der magische Schild versuchte sich zu heben, um den Angriff abzuwehren, doch sein Zauber war nicht mehr sehr frisch, und ich selbst war tot, so daß er nicht viel auszurichten vermochte. Einen Augenblick später hatte sie meinen Schildarm abgehackt, wodurch der Schild endgültig ausgeschaltet wurde. Dann hackte sie mir die anderen Gliedmaßen und den Kopf ab, schließlich hieb sie meinen Rumpf in zwei Teile. »Dieser Blödian wird mich nie wieder belästigen!« keuchte sie, spießte meinen starrenden Kopf auf der Schwertspitze auf und trug ihn hinaus in den Hain.

Yin sah ihr nach. »Dann seid Ihr also dazu entschlossen,

dafür zu sorgen, daß die Mission des Barbaren nicht beendet wird?« rief er ihr nach.

»Absolut!« rief sie zurück, während sie zwischen den Obstbäumen verschwand.

Nach einer Weile kehrte sie zurück, um einen weiteren Teil meines Körpers aufzuspießen. »Und Ihr weigert Euch auch, herüberzukommen und mich zu heiraten?« fragte Yin, als handle es sich dabei um eine reine Routineangelegenheit.

»Ihr habt es begriffen, Magier«, sagte sie und zerrte den zweiten Brocken in eine andere Richtung davon.

Als sie erneut zurückgekehrt war, fragte Yin: »Entgegen dem Wunsch Eures sterbenden Vaters?«

»Wenn mein Vater um die Wahrheit wüßte, würde er diesen Wunsch bereuen.« Diesmal marschierte sie mit dem dritten Körperteil in eine wiederum andere Richtung davon.

Bei ihrem nächsten Auftauchen fragte Yin: »Wißt Ihr denn nicht, daß, wenn ich nicht König werde, mein böser Bruder an meiner Stelle den Thron besteigen wird?«

»Natürlich weiß ich das!« rief sie. »Doch was kümmert mich Eure Politik?« Sie nahm meinen vierten Körperteil und schritt mit ihm davon. Als sie erneut erschien, fragte Yin: »Ist Euch eigentlich gar nicht klar, daß Ihr, wenn Ihr mich nicht heiratet, Magier Yang heiraten müßt?«

»Vielleicht will Magier Yang mich gar nicht haben, aber wenn er mich will, wird er mich nicht dazu zwingen, auf Schloß Roogna zu leben«, sagte sie und spießte einen fünften Brocken auf und verschwand damit.

Kurz darauf war sie wieder zurück, um den vorletzten Brocken abzuholen. »Was macht Ihr Euch aus dem Magier Yang?« wollte Yin wissen.

Threnodia hielt inne. »Nun, wenn Ihr es geradeheraus wissen wollt, ich bin *wirklich* Dämonenbrut. Ich ziehe das Böse dem Guten vor – und Yang ist böse.« Sie schleppte den Teilkörper davon.

»Dem Barbaren habt Ihr aber etwas anderes erzählt«,

sagte Yin, als sie schließlich zurückkehrte, um den letzten Brocken zu holen.

»Dem Barbaren habe ich gesagt, daß ich eine Lügnerin bin. Soviel war davon wahr.« Sie trug das siebte Stück meines Körpers fort. Als sie zurückkehrte, versuchte es Yin einmal mehr. »Der Barbar ist erledigt, dennoch könntet Ihr immer noch zu mir herüberkommen. Königstochter, ein letztes Mal frage ich Euch ...«

»Ach, hört doch mit diesem Schattenspiel auf!« rief sie, nahm meinen magischen Schild auf und warf ihn in den Graben. Dann schleuderte sie ihm mein Schwert hinterher. »Glaubt Ihr etwa, ich wüßte nicht um Euer Geheimnis?«

»Um mein Geheimnis, Prinzessin?«

»Daß Yin lediglich die weißmagische, Yang dagegen die schwarzmagische Seite ein und derselben Person ist. Ihr führt keinen Wettkampf durch, um festzustellen welcher Magier König wird; Ihr wollt lediglich entscheiden, welcher Teil Eurer Persönlichkeit vorherrschen soll. Und da es sich nun herausstellt, daß ich es bin, die diese Entscheidung fällen soll, tue ich das auch – und ich entscheide mich für Yang. Kommt zu mir, böse Kreatur, denn ich werde nicht zu Euch kommen! Mein Preis ist der, daß Ihr Schloß Roogna für immer den Rücken kehren müßt.«

»So soll es sein!« sagte Yin. Er wandte sich um, sein Umhang loderte auf – und als er sich umdrehte, veränderte sich seine Farbe, und er wurde zu dem schwarzbemäntelten Yang. Dann schritt er über die Zugbrücke und nahm Threnodias Hand. »Ihr habt wohlgehandelt, böse Kreatur!« sagte er. »Sogar dann noch, als Ihr den Barbaren verführt habt, denn Ihr wißt, daß ich keine jungfräuliche Frau berühren könnte.«

»Das könnte nur Yin«, stimmte sie ihm zu und küßte ihn. »Die Plazierung dieses letzten Zaubers war gelungen. Der Tölpel hat nie die Zugbrücke selbst in Verdacht gehabt.«

»Danke. Ihr wißt natürlich, daß ich Euch nur geprüft habe? Ich hatte befürchtet, daß Ihr vielleicht tatsächlich etwas für diesen Barbaren empfindet, wenngleich ich weiß, was für eine vollendete Schauspielerin Ihr doch seid. Also sorgte ich dafür, daß ...«

»Ich hege durchaus Gefühle für ihn«, sagte sie, »nämlich Gefühle der Verachtung! Er war schon ein Narr, bevor er von Eurem Idiotiezauber getroffen wurde. Ja, das war auch genial – Yins Zauber durcheinanderzubringen! Dennoch war die Sache ungemütlich knapp, denn der Barbar war der sturste Narr, dem ich jemals begegnet bin.«

»Ein Wettkampf mit knappem Ausgang ist wesentlich reizvoller«, sagte Yang. »Ich wußte, daß ich siegen würde; doch um den äußeren Schein zu wahren, zog ich es vor, den Ausgang der Sache fraglich erscheinen zu lassen.«

»Nun, böser Magier, jetzt werdet Ihr König werden. Also führt mich von hier fort und tut mit mir, was Ihr wollt.«

»Ich *bin* schon König. Euer Vater ist gestern gestorben.«

Threnodia versteifte sich. Wenn sie überhaupt für irgend einen Menschen Gefühle gehegt hatte, so für ihren Vater. »Dann hätte ich den Barbaren also schon letzte Nacht töten können, und mein Vater hätte nichts davon erfahren! Warum habt Ihr mich so gefoltert?«

»Das entspricht eben meinem Wesen«, sagte Yang, »genau wie Eurem. Gemeinsam haben wir alles verraten, was in Xanth Anstand hat.«

Sie lächelte. »Ja, das haben wir.«

»Und nun werden wir die Interessen Xanths völlig vernachlässigen und Schloß Roogna nach eigener Weise verfallen lassen. Ich werde mich der Herstellung von Zaubern aller Art widmen, und wer weiß, welches Unheil sie im Laufe der späteren Jahrhunderte anrichten werden, wenn man sie entdeckt, während Ihr ...«

»Während ich jegliche seltsame Form annehmen werde, nach der es Eurem üblem Vergnügen gelüstet«, beendete Threnodia den Satz.

Gemeinsam schritten sie davon, das Schloß hinter sich lassend, das grausame Spiel mit seiner grausamen Lüge beendend.

Natürlich war ich tot und hatte mit all dem nicht mehr viel zu tun, aber mein Geist war an dem Ort anwesend, wo ich gestorben war, und der war entsetzt, als er von dem Verrat erfuhr, den Threnodia an mir und an Xanth begangen hatte. Die ganze Zeit hatte sie mit dem Bösen Magier gemeinsame Sache gemacht, um …

Aber der Böse Magier und der Gute Magier waren ein und dieselbe Person! Und Threnodia hatte das gewußt! Und hatte den bösen Aspekt als Gefährten ausgewählt, während sie mir die ganze Zeit schöne Augen gemacht hatte, mir, dem unwissenden Barbarennarren! Als ich nicht darin versagt hatte, sie zum Schloß Roogna zurückzubringen, hatte sie schließlich mit offenen Karten spielen müssen. Warum war ich nur so blind gewesen?

Warum wohl! Wegen ebendieser Blindheit hatte man mich ja auserwählt! Wie sollte ein bloßer Barbar die Gemeinheiten zivilisierten Verrats begreifen? Vielleicht hatte König Gromden, ein guter Mensch, einiges geargwöhnt und versucht, mich zu warnen, doch war er durch seine Krankheit daran gehindert worden. Möglicherweise war diese Krankheit selbst sogar das Ergebnis eines Zaubers, den einer seiner möglichen Nachfolger verhängt hatte. Schließlich hatte Yin-Yang freien Zugang zu Schloß Roogna gehabt. Es wäre besser gewesen, ich wäre nie auf der Bildfläche erschienen, denn so war ich nur zum unwissenden Werkzeug ihres Verrats geworden. Ich war ebensosehr wie Threnodia dafür verantwortlich, daß Schloß Roogna als Mittelpunkt der menschlichen Vorherrschaft Xanths seine Macht einbüßte, wie auch für die Jahrhunderte des Zerfalls, die darauf folgten. Wie tief meine Schuld doch war!

Doch nun war es passiert, und ich konnte es nicht mehr ungeschehen machen. Ich konnte lediglich zusehen.

Wenige Stunden nach meinem Tod trafen Pook und Peek ein. Pook kam heran und beschnüffelte den fast leeren Zauberbeutel, den Threnodia am Ufer des Schloßgrabens vergessen hatte. Er wußte, daß ich hiergewesen und der grausamsten aller Lügen zum Opfer gefallen war. Er hatte versucht, mich zu warnen, mich abzuhalten; er hatte sich geweigert, mir bei meiner Torheit Hilfestellung zu leisten. Nun konnte Pook nichts mehr tun; er wußte nicht, wo die böse Threnodia meine Körperteile vergraben hatte, und außerdem wäre er unfähig gewesen, sie wieder auszugraben. Sie allein wußte es, und sie würde es niemandem verraten. Ja, sie hatte mein Schicksal wahrhaftig besiegelt.

Voller Trauer nahm Pook den schlaffen Zauberbeutel mit den Zähnen auf, dann hob er den Kopf, um den Beutel zwischen die Ketten zu schieben und als Andenken mitzunehmen; schließlich verließ er die Stelle. Peek begleitete ihn, und mit ihren schönen braunen Augen teilte sie seine Melancholie. Sie war ein Tier – sie täuschte und verriet ihren Gefährten nicht, wie es eine Menschenfrau tun konnte.

So war ich nun tot und blieb es auch. Dafür hatte die böse Threnodia gesorgt. Mein Gespenst zog auf Schloß Roogna ein, da dies das einzige Gebäude in der Nähe war, und weil Gespenster es nun einmal vorziehen, ein Gebäude heimzusuchen. Dort lernte ich die anderen Gespenster kennen, die mir ihre traurigen Lebensgeschichten erzählten. O ja, wir Schloßgespenster teilten ein gemeinsames Erbe aus Narretei und Trauer! Und so bleib es jahrhundertelang, während das Schloß verlassen dastand.

Denn der Magier Yang, der böse Aspekt des Menschen, machte sich wirklich nichts aus Schloß Roogna oder aus dem Wohlergehen Xanths. Er begab sich wieder in seine Heimat und stellte seine üblen Zauber her, denn das war es, was ihn am meisten unterhielt. In Wahrheit waren die allermeisten seiner Zauber allerdings neutral, denn ein Zauber kann eigentlich gar nicht gut oder böse sein. Gut oder böse wird er lediglich durch seine Anwendung. Alle Zauber und verzauberten Gegenstände stammen aus der Zeit seiner Herrschaft, einschließlich der Zauberwaffen im Arsenal von Schloß Roogna, die er herstellte, bevor er das Schloß verließ. Manche dieser Zauber, zum Beispiel der Vergessenszauber, der auf der Spalte ruht, sind vor seiner Zeit entstanden, dennoch war er es, der sie hergestellt hat. Ich weiß auch nicht, wie man das zustande gebracht hat. Er war ein großer Magier, aber ein böser Mensch. Diese Zauber gediehen und weiteten sich aus, während Xanth seinem Untergang entgegentrieb, da Yangs Magie nicht auf geordnete Weise in den Dienst des Menschen gestellt wurde. Sie wurde einfach willkürlich über das ganze Königreich verteilt, um in unwissenden Händen beliebiges Unheil anzurichten. Wir Gespenster bekamen nur selten Nachrichten von außen, beispielsweise wenn irgendein Reisespuk oder eine Erscheinung vorbeikam; wir selbst konnten das Schloßgelände nicht verlassen, deshalb ist mein Bericht in diesem Punkt auch sehr lückenhaft. Doch im Laufe der Jahrhunderte haben wir schon das Wichtigste erfahren. Schließlich starb Magier Yang, aber der nächste König kehrte nicht zum Regieren auf Schloß Roogna zurück. Offensichtlich war es Mode geworden, daß die Könige in ihren Heimatdörfern blieben. Es gab keine zentralisierte Regierung mehr in Xanth. Ungehindert konnten die Mundanierwellen Xanth überspülen. Das war das dunkle Zeitalter – und alles nur wegen Threnodias grausamer Lüge. Sie hatte versucht, Schloß Roogna vor dem Niedergang zu bewahren, und zwar um jeden Preis, dennoch war es, bildlich gesprochen, untergegangen – und wer will entscheiden, ob das nicht der wirkliche Sinn des Fluchs gewesen war?

Und doch konnte man sie vielleicht nicht unmittelbar für die bösen Zeiten verantwortlich machen, die sich über ganz Xanth senkten, denn das Tun der Menschen und ihr Schicksal ist eine langsam mahlende Mühle von großer Kompliziertheit, und einzelne isolierte Ursachen können nie eine vollständige Erklärung abgeben. Vielleicht war Xanth ohnehin schon dem Untergang geweiht, so daß wir sonst eben eine andere Katastrophe hätten durchmachen müssen, wenn diese nicht geschehen wäre. Vielleicht hatte die ganze Sache auch damals mit der Dämonin angefangen, die König Gromden gedemütigt und ein Unheil solchen Ausmaßes angerichtet hatte, wie es selbst ihre teuflischsten Erwartungen überstieg.

Dennoch spricht mich all dies nicht frei. Ich hatte, völliger Narr, der ich war, Threnodia dabei geholfen, ihr Ziel zu erreichen – indem ich ihr vertraute, obwohl ich wußte, daß sie vertrauensunwürdig war; und indem ich sie liebte, obwohl ich wußte, daß Dämonenbrut Liebe nicht wirklich erwidern kann, was immer sie auch behaupten mag. Sie hatte mir angetan, was ihre Mutter mit ihrem Vater angerichtet hatte, und gemeinsam hatten sie mehr Leben vernichtet, als man wirklich jemals erfahren wird.

Mein Schmerz war um so größer, weil ich sie wirklich geliebt hatte, so närrisch das auch gewesen sein mochte. Nun war aus meiner Liebe Haß geworden, doch noch immer beherrschte meine Empfindung für sie, mochte sie nun positiv oder negativ sein, meine Existenz als Gespenst. Ich war ein Narr im Leben gewesen, ich blieb ein Narr im Tode. Doch was hätte man auch von einem barbarischen Haudegen anderes erwarten können?

Eine Sache machte mir in meinem Gespensterleben immer mehr zu schaffen – Elsie, das Mädchen, daß ich im Dorf Fen zurückgelassen hatte. Ich hatte ihr versprochen, nach meinem Abenteuer zu ihr zurückzukehren, und nachdem ich hatte lernen müssen, wie töricht es war, Dämonenbrut zu lieben, hätte ich mich nur zu gern mit einem anständigen Mädchen niedergelassen. Doch das konnte ich nun nicht mehr, ich war ja tot. Und ich wußte nicht einmal, wie es ihr ging. Ob sie ihr Leben lang auf mich wartete? Darauf, daß ich ein Versprechen einlöste, das in Wirklichkeit jedoch niemals eingelöst werden würde? Wie grausam war denn die Lüge gewesen, die ich *ihr* erzählt hatte? Darin sah ich eine gewisse ausgleichende Gerechtigkeit des Schicksals. Mir war das gleiche widerfahren, was ich einem anderen Menschen zugefügt hatte. Möglicherweise hatte ich ein prächtiges Mädchen ins Verderben gestürzt und war nun selber ins Verderben gestürzt worden. So herrschte die Trauer in mir vor.

Und doch widerfuhr mir nicht nur Schlechtes, und Xanth vermutlich ebensowenig. Als die Vorherrschaft des Menschen verblaßte, gewannen die verschiedenen anderen Reiche an Macht, und die Menschheit mußte lernen, Tiere als gleichberechtigte, ebenbürtige Partner zu begreifen. Vor allem die Zentauren hatte man bis dahin hauptsächlich als Lastenträger und Arbeiter behandelt; nun errichteten sie ein eigenes Inselreich und wurden recht zivilisiert. Ich schwelge gerne in dem Gedanken, daß die Elfenstämme gediehen und daß Glockenblumes Nachfolger noch heute existieren, und dies vor allem, weil die menschliche Einmischung nachgelassen hatte.

Die anderen Gespenster im Schloß waren anständige Kerle, äußerst hilfreich. Sie alle hatten tödliche Erfahrungen gemacht und konnten meine Gefühle gut verstehen. Sie betrachteten sich als Hüter des Schlosses, die es für jenen Tag bewachten, da ein König hierher zurückkehren würde, um Xanth auf richtige Weise zu regieren und ein neues Goldenes Zeitalter des Menschen einzuläuten. Schloß Roogna besaß auch einen eigenen Geist für sich. Es hielt sich selbst in Schuß, und sein Einflußbereich umfaßte auch die umliegenden Haine und Bäume. Als Gespenst durchzog ich das ganze Gebiet und entschuldigte mich bei jedem Baum und jedem Zombie, dem ich mit meinem Schwert Verwundungen zugefügt hatte, und auch bei dem alten Grabenungeheuer. »Es tut mir sehr leid, und ich werde es auch bestimmt nicht wieder tun«, schwor ich. Doch es war eine leere Versprechung. Ich *konnte* es ja gar nicht wieder tun. Dennoch nahmen sie meine Reue an, da sie um die Vergänglichkeit und Unwissenheit alles Sterblichen wußten, und ich wurde eins mit dem Schloß. Auch ein leeres Versprechen ist immer noch ein Versprechen; ich habe versucht, Schloß Roogna auf jede erdenkliche Weise zu helfen, und vielleicht ist mir das auch damals gelungen, als die Königsmähre Hilfe brauchte, nämlich gegen die Besetzung durch den bösen Reitersmann. Damit habe ich zwar kaum all das Unheil wiedergutgemacht, das ich damals ausgelöst habe, aber es ist immerhin ein Anfang.

Nach ein paar Jahren erschien ein neues Gespenst, das war Renee, die du ja kennst. Ihr plötzlicher Tod hatte sie verwirrt, obwohl es ein Selbstmord gewesen war. Leute, die von eigener Hand sterben, sind sich oft nicht darüber im klaren, was sie da erwartet. Sie hatte das verlassene Schloß aufgesucht, um ihrer Misere ein Ende zu machen, hatte aber nicht damit gerechnet, daß ihr Bewußtsein nun in dieser Gestalt weiterexistieren würde. Sie hatte unter einer unglücklichen Ehe gelitten, nachdem es ihr unmöglich gewesen war, ihre wahre Liebe zu heiraten, und schließlich hatte sie diesen Ausweg gesucht. Sie erinnerte mich deutlich an Elsie, wenngleich ich zutiefst hoffte, daß ich Elsie *nicht* in eine ebensolche Lage gebracht hatte.

Bis dahin war ich der jüngste Geist gewesen, was meine Existenz als Gespenst betraf. Nun löste Renee mich in dieser Rolle ab. Ich war froh, ihr helfen zu können und ihr die ersten Schritte in die Gespensterexistenz zu erleichtern, und sie wußte das auch sehr zu schätzen. Dies half mir, meine eigene Trauer zu vergessen, und ich schätze, bei ihr war es nicht anders. Es stimmt sowohl im Leben als auch im Tod, daß die beste Linderung eigenen Leids dadurch zu erzielen ist, daß man einem anderen Menschen hilft.

Mit der Zeit – es war eine lange Zeit, denn die Gefühle der Gespenster sind so diffus wie ihre Stofflichkeit – wurde aus dieser Beziehung Liebe. Nun war Threnodia nur noch eine ferne Erinnerung; Renee war es, für die ich nun existierte. Im Tod hatte ich meine Lebenspartnerin gefunden, und ich wußte, daß sie Gleiches für mich empfand. Obwohl es für uns beide schon zu spät gewesen war, als wir uns begegnet waren.

Schließlich kam König Trent auf Schloß Roogna und verschaffte der Monarchie wieder ihre rechtmäßige Rolle. Einmal mehr gedieh Xanth, und das finstere Zeitalter war überwunden. Das neue Zeitalter ist nun über dreißig Jahre alt, und den Menschen geht es gut, doch wir Gespenster bleiben. Denn unsere Geschichten sind noch nicht zu Ende, und vielleicht werden sie es auch niemals sein.

XVI
Ätzende Wahrheit

»Und das«, schloß Jordan das Gespenst, »ist meine Geschichte, so traurig sie auch sein mag. Ich bin ein unwissender Barbarentor gewesen und habe dafür den Preis gezahlt. Und doch bin ich heute in gewisser Weise glücklich, denn ich habe gesehen, wie das finstere Zeitalter Xanths endete, und ich liebe Renee. Und nun erinnere ich mich auch wieder an die Geschichte meines Lebens, dank deiner Reinigung des Webteppichs. Ich danke dir, kleine Prinzessin, auch wenn nicht alle meine Erinnerungen angenehm waren.«

Ivy dachte nach. Die Erzählung des Gespenstes hatte weitaus mehr hergegeben, als sie erwartet hatte, und sie besaß einige Aspekte, die zu verstehen einem fünfjährigen Mädchen doch ein wenig schwer fielen. Nun fragte sie sich, was eigentlich an diesem Herbeirufen des Klapperstorchs dran war. Ging es dabei nicht einfach nur ums Küssen? Ihre Eltern neigten dazu, ausweichende Antworten zu geben, wenn ihre Fragen allzu direkt wurden, und sie hegte den Verdacht, daß Jordan wohl kaum offener darüber reden würde. Dennoch, einen Versuch war es immerhin wert.

»Also diese Sache mit dem Storchrufen verstehe ich immer noch nicht«, sagte ich. »Wie macht man das denn eigentlich genau?«

»Äh, das habe ich vergessen«, meinte Jordan verlegen.

»Na schön, dann konzentrieren wir uns eben auf eine der Szenen in dem Teppich und vergrößern sie. Das müßte deine Erinnerung auffrischen.« Wenn es um die Befriedigung ihrer Neugier ging, dachte Ivy immer sehr praktisch.

»Ich bin sicher, daß das gar nicht nötig ist«, meinte Jordan schnell. »Es ist eine ziemlich langweilige Angelegenheit.«

»Woher willst du das denn wissen, wenn du dich doch nicht erinnern kannst?«

»Nun, mir fällt gerade ein, daß es dich wahrscheinlich nicht interessieren wird. Kinder tun das nämlich nicht.« Doch das Gespenst war um ein oder zwei Schattierungen bleicher geworden als zuvor.

Gar keine Frage – Jordan war Teil der Erwachsenenverschwörung. Hier war irgendein Geheimnis im Spiel, das sämtliche Erwachsenen allen Kindern vorenthalten wollen. »Fangen wir doch noch einmal von vorne an«, sagte Ivy. »Als du und Elsie ...«

»Ah, Elsie«, sagte das Gespenst traurig. »Ich wüßte wirklich zu gerne, wie sie es überlebt hat.«

»Äh, ja«, stimmte Ivy zu, die ebenfalls neugierig war. Und als der Wandteppich Elsie zeigte, kurz nachdem Jordan sie verlassen hatte, verfolgte sie das Leben der Frau vorwärts anstatt rückwärts. Wie Jordan hatte auch Ivy ihre Schwächen. Die Neugier neigte dazu, ihren Verstand lahmzulegen. Was war denn nun *wirklich* mit Elsie geschehen?

Es stellte sich heraus, daß Elsie nicht allzu lange trauerte. Kaum war Jordan verschwunden, als ein stattlicher Bauer ihr den Hof zu machen begann; als die Zeit verging und Jordan nicht zurückkehrte, richtete sich ihre Aufmerksamkeit auf den Bauern. Schließlich heiratete sie ihn, und der Klapperstorch lieferte auch ein Baby, doch wann immer das Paar dem Storch Signale sandte, waren die Lichter aus, so daß Ivy nach wie vor unerleuchtet blieb.

»Das ist eine Erleichterung!« rief Jordan.
»Was?« fragte Ivy gereizt.
»Zu erfahren, daß ich Elsie doch nicht dem Verderben in die Arme getrieben habe«, sagte das Gespenst. »Nun brauche ich mich nicht mehr schuldig zu fühlen. Sie war besser dran ohne mich. Ich war für sie nur eine vorübergehende Flamme, genau wie umgekehrt.«
»Ach so.« Nun richtete sich Ivys volle Aufmerksamkeit wieder auf Jordan. »Dein magisches Talent ... könntest du heute wieder zum Leben erwachen, wenn man deine Knochen zusammenfügte?«
Jordan dachte nach. »Ich weiß es nicht ... es ist schon sehr lange her ... und außerdem weiß ich sowieso nicht, wo man meine Körperteile vergraben hat, deshalb kann man sie auch nicht zusammenfügen.«
»Ich weiß, wo sie sind«, sagte eine schwache Stimme hinter ihm.
Jordan wandte sich um. »Oh, Renee! Ich wußte gar nicht, daß du hier bist!«
Das weibliche Gespenst nahm eine sichtbare Gestalt an. Ivy erkannte, daß Renee einmal sehr hübsch gewesen sein mußte. »Ich ... habe nach ihnen gesucht, und die Bäume haben sie mir gezeigt«, sagte Renee.
»Warum hast du das getan?« fragte Jordan verwundert.
»Weil ich dich liebe.«
Jordan fühlte sich beschämt. »Ich bin nie auf den Gedanken gekommen, nach deinen Knochen zu suchen! Offensichtlich liebe ich dich nicht so sehr wie du mich!«
»Das ist schon in Ordnung«, meinte Renee tröstend. »Ich bin auch nicht so liebenswert wie du, Jordan.«
Ivy stürzte sich förmlich auf die Information. »Bring mich zu Jordans Knochen!« rief sie. »Ich werde sie zusammenfügen, damit er wieder leben kann!«
»Aber vielleicht funktioniert es gar nicht«, protestierte Jordan.
»Unfug!« sagte Ivy mit einer Bestimmtheit, wie sie nur ein Kind ihres Alters aufbringen konnte. »Wenn du es ver-

suchst, wird es auch klappen.« Sie wandte sich an Renee: »Zeig sie mir!«

Gehorsam führte Renee sie aus dem Schloß, über den Graben hinaus in den Obsthain. »Hier liegt der Kopf.« Sie zeigte auf einen Baum.

»Wir werden ihn ausgraben müssen«, sagte Ivy und musterte das feste Erdreich unter dem Baum.

Die beiden Gespenster spreizten die nebligen Hände. »Wir können keine stofflichen Gegenstände berühren«, erklärte Jordan.

Ivy betrachtete ihre eigenen kleinen süßen Hände. Sie dachte an den ganzen Ärger, den es geben würde, wenn sie die und ihr Kleid beschmutzen würde. »Ich gehe Hilfe holen«, entschied sie.

»Hilfe?« fragte Jordan. »Erwachsene stellen aber gerne peinliche Fragen.«

»Da sagst du etwas! Das ist so ziemlich das einzige, was Erwachsene wirklich können.« Sie betrachtete das Gespenst. »Vielleicht mit Ausnahme von Barbaren.«

»Danke«, erwiderte Jordan ziemlich schiefmäulig.

»Vielleicht kann der kleine Drache ...«, murmelte Renee.

Ivys Miene erhellte sich. Sie schob zwei Finger in den Mund und stieß einen schrillen Pfiff aus.

An der anderen Seite des Schloßes rührte sich etwas. Kurz darauf kam Stanley herangedampft. Erwartungsvoll stampfte er auf Ivy zu.

Ivy zeigte auf den Boden. »Da unten liegt ein Schädel. Such!«

Stanley suchte schnüffelnd. Kurz darauf hatte er ihn geortet. Er zeigte die Stelle mit einem Dampfstrahl an.

»Grab ihn aus – aber vorsichtig!« befahl Ivy.

Stanley hatte nichts dagegen zu helfen. Er bedampfte den Boden, wodurch dieser weich wurde, dann schlug er seine Vorderkrallen hinein. Bald darauf schnüffelte er erneut, weichte das Erdreich mit Dampf auf und zerrte mit den Zähnen den schmutzigen Schädel aus dem Boden.

»Oh, das machst du aber gut!« rief Ivy und schlang Stanley die Arme um den Hals. Sie hatte die Technik weiblicher

Schmeichelei vervollkommnet, indem sie ihre Mutter beobachtet hatte, wie diese ihren Vater behandelte. Bei Stanley funktionierte es jedenfalls ganz eindeutig; er ergrünte vor Freude.

Es dauerte nicht lange, da hatte sie den Schädel sauber und weiß gedampft, worauf Ivy ihn an den nächsten Ort trug. Renee führte sie zu einem Schuhbaum, unter dem sich tatsächlich eines von Jordans Skelettbeinen befand. Stanley grub es vorsichtig aus, und er unterzog es einer Dampfreinigung.

Der nach und nach auf diese Weise immer größer werdende Knochenhaufen war etwas zu kompliziert, als daß Ivy ihn noch hätte tragen können, also versteckten sie die Knochen unter einem Schirmbaum, außer Sichtweite des Schloßes. Ivy wollte nicht, daß ihr irgendein Erwachsener die Sache jetzt noch verbot. Erwachsene sagten nur zu gerne Nein, offensichtlich aus keinem anderen Grund als dem, daß ihnen schon das bloße Aussprechen dieser Silbe finsterstes Vergnügen bereitete.

Das andere Bein befand sich unter einem weiteren Schuhbaum, und Stanley schien die Sache zu genießen: Er liebte es, Dinge zu finden, wenngleich er ein wenig pikiert war, weil man es ihm nicht gestattete, die Knochen aufzufuttern, nachdem er sie entdeckt hatte. Doch er war bereit, statt dessen mit Ivys Umarmungen vorliebzunehmen. »In solchen Dingen waren die männlichen Wesen ja schon immer ziemlich blöde«, murmelte Jordan voller Erinnerungen.

Als sie die Arme unter verschiedenen Bäumen gefunden hatten, stellten sie fest, daß eine Hand noch das Schwert hielt, welches Jordan einst dem Ritter abgenommen hatte. Noch immer war es völlig rostfrei und glänzte. »Merkwürdig, daß sie sich die Mühe gemacht hat, dieses Schwert in meine Hand zu drücken«, grübelte Jordan. »Als wäre ich im Kampf gefallen. Doch warum?« Den Oberkörper fanden sie unter einem Kastanienbaum. Threnodia hatte sich offensichtlich jede Mühe gegeben, um die Einzelteile so zu verstecken, daß niemand sie ohne weiteres wiederfinden konnte. Schließlich war Jordans ganzes Skelett wieder beisammen, ein gewaltiger Knochenhaufen unter dem Schirmbaum. Ivy legte die Stücke aus, so daß die Gestalt auf dem Boden vollständig war. »Und jetzt?« fragte sie. »Fängt es jetzt einfach an zu laufen, wie eines der Skelette im Kürbis?«

»Wie ich schon sagte, nach vierhundert Jahren bin ich mir der Sache keineswegs sicher«, erwiderte Jordan vorsichtig. »So lange bin ich noch nie tot gewesen.«

»Hier, ich habe ein bißchen Heilelixier mitgebracht«, sagte Ivy. Sie holte eine Flasche hervor und beträufelte die Knochen mit dem Elixier. Doch noch immer geschah nichts.

»Na ja, weißt du, da ja mein ganzes Fleisch weg ist ...«, fing Jordan an.

»Unsinn! Alles, was man dazu braucht, ist Konzentration.« Und Ivy konzentrierte sich.

Obwohl sie noch ein Kind war, war Ivy eine vollwertige Zauberin, mit einer Macht, die der aller anderen Magier Xanths in nichts nachstand. Wenn sie sich nur darauf konzentrierte, geschahen die merkwürdigsten Dinge. Nun intensivierte sie also Jordans Wiederbelebungstalent, welches durch das Heilelixier bereits verstärkt worden war – welches ihr Talent wiederum ebenfalls intensiviert hatte. Jordan hatte kein Fleisch mehr, das noch heilen konnte; nur der unvergänglichste Teil von ihm schien übriggeblieben zu sein. Das Ganze machte einen hoffnungslosen Eindruck. Doch konnten nicht einmal vier Jahrhunderte etwas gegen Ivys Macht ausrichten. Nur wenige Leute hatten je die Gelegenheit, das volle Ausmaß der Magie eines Magiers oder einer Zauberin zu erkennen, denn die war meistens recht unterschwellig. Diese jedoch bildete eine Ausnahme.

Der Effekt war recht erfreulich. Die Knochen fügten sich zusammen. Der Beinknochen verband sich mit dem Hüftknochen, der Armknochen mit dem Schulterknochen, der Schulterknochen wiederum mit dem Halsknochen. Schließlich waren alle Knochen zusammengefügt, und schon bald war das Skelett intakt.

Nun sprossen neue Sehnen aus den Knochen hervor und umwickelten sie. Fleisch bildete sich auf den Oberflächen wie wachsender Mehltau, umgab Knochen und Sehnen, wurde dicker, wurde röter. Muskeln entwickelten sich und Organe. Aus dem Skelett wurde ein Kadaver. Wahrscheinlich wurden die Knochen dadurch ausgehöhlt, denn Jordans Talent erzeugte kein Fleisch aus dem Nichts; vielmehr arbeitete es mit der bereits existierenden Substanz. Doch schon bald bildete sich eine Hautschicht aus, und da lag sie denn nun – die verhungerte Gestalt, der dünnste Mensch Xanths.

»Es muß etwas essen«, meinte Jordan das Gespenst. »Es ist zu dünn, um leben zu können. Deshalb ist es immer noch ein toter Mensch.«

»Warum ißt es denn dann nicht?« fragte Ivy.

»Tote essen nicht. Es ist immer noch zu schwach dafür.«

Ivy schritt zu einem nahegelegenen Brotfruchtbaum, pflückte einen Laib Brot und entnahm ihm eine Scheibe. Die hielt sie an den beinahe lippenlosen Mund der Gestalt.

»Lebewohl, Jordan!« rief Renee schwach, und sie hörte sich traurig an. Natürlich, es war ja auch ein Abschied, denn nun verließ er die Welt der Gespenster.

Jetzt atmete der Körper. Der Mund öffnete sich leicht, und Ivy stopfte ihm einen Brocken Brot hinein. Der Mund schloß sich, und langsam begannen die Kiefer zu mahlen. So fütterte sie ihm mehrere Stücke Brot, dann auch etwas Obst, und schließlich gewann der Körper immer mehr an Leben. Die eingesunkenen Augen öffneten sich, und einer der Arme zuckte. Schließlich war die Hand so kräftig geworden, daß sie selbst nach einem Stück Brot greifen und es zum Mund führen konnte.

»Das war es!« rief Jordan. Er schwebte durch die Luft auf die Gestalt zu, wie von einem Vakuum angezogen. Die Gestalt atmete ein – und saugte das Gespenst durch den Mund ein.

Doch nun wurde es immer später, und Ivy mußte aufs Schloß zurück, zum Abendessen, sonst würden die Erwachsenen mißtrauisch werden. »Stanley – Wachdienst!« befahl sie dem kleinen Drachen und zeigte auf den kräftiger werdenden Körper. Sie pflückte ein paar weitere Früchte und warf sie zu einem Haufen zusammen, damit der Körper sich davon ernähren konnte. Dann kehrte sie auf Schloß Roogna zurück, wo sie sofort in die Tretmühle eingespannt wurde, welche die Erwachsenen sich für Kinder ausgedacht hatten und die daraus bestand, grünes Zeug zu essen, sich die Zähne zu putzen, sich Bilderbücher anzuschauen und schließlich ins Bett zu gehen. Es war ja einfach unmöglich, sich freizumachen und sich um die wirklich wichtigen Dinge auf der Welt zu kümmern. Wütend trat sie nach dem Ungeheuer unter dem Bett, doch das war schlau genug, um sich schmollend gerade außer Reichweite zurückzuziehen.

Am Morgen kehrte sie als erstes in den Hain zurück. Jordan war verschwunden – doch Stanley kam herbei und führte sie zu dem ehemaligen Gespenst. Jordan der Mensch stand nun auf eigenen Beinen und pflückte selbst Obst. Er war noch immer sehr dünn, doch das Heilelixier und sein Heiltalent, von Ivys eigenem Talent verstärkt, hatten ihn bereits bemerkenswert vollständig wiederhergestellt. Nun war er immerhin schon der Schatten seines früheren barbarischen Selbst, hochgewachsen und breitschultrig, mit prächtiger Mähne und großen Füßen, eine wahre Verkörperung eines attraktiven Mannes. Er schritt gerade von Baum zu Baum, rupfte alle Früchte herunter, die er nur erreichen konnte, und stopfte sie sich, immer noch heißhungrig, in den Mund.

Ivy klatschte in kindlicher Freude in die Hände. »Jordan, du bist ja wirklich lebendig geworden!« rief sie. Natürlich war er das am Abend auch schon gewesen, doch so dünn und schwach, daß es für sie nicht wirklich dasselbe war.

»Mph sre m«, stimmte er ihr mit vollem Mund zu. »Abr ...«

»Aber was?«

Er schluckte das Essen herunter, damit er wenigstens etwas deutlicher sprechen konnte. »Aber Renee nicht.«

Ivy blickte sich um und erspähte das weibliche Gespenst,

das am Rand des Gesichtsfelds schwebte. »Das stimmt. Ich schätze, jetzt fehlt sie dir.«

»Ich bin froh für Jordan«, meinte Renee schwach. »Jetzt kann er sein wirkliches Leben zu Ende führen. Ich werde mich jetzt auflösen.«

»Nein!« rief Jordan. »Ich liebe dich, Renee. Wenn Lebendigwerden bedeutet, daß ich dich verlieren muß, werde ich lieber wieder zum Gespenst!« Er warf einen Blick zurück zu dem Schirmbaum, wo noch immer das Schwert des Ritters lag. Er schritt darauf zu.

»Untersteh dich!« sagte Ivy streng. »Ich habe mir eine Menge Mühe gemacht, um dich wieder lebendig zu machen! Wir müssen einfach dafür sorgen, daß auch Renee wieder lebendig wird.«

»Nein, das ist doch gar nicht nötig«, protestierte Renee. »Jordan hat es verdient, zu leben, ich jedoch nicht.«

»Aber *wie?*« fragte Jordan Ivy interessiert.

Ivy dachte nach. Es war eine unangenehme Frage, eben von jener Art, wie sie die Erwachsenen liebten. »Das sollte ich wohl besser Hugo fragen.«

»Hugo?«

»Mein Freund auf dem Schloß des Magiers Humfrey. Hugo ist sehr schlau.«

»Da habe ich allerdings anderes gehört«, meinte Jordan.

»Na, wenn ich bei ihm bin, ist er jedenfalls immer sehr schlau.«

Jordan hatte soeben eine Vorführung ihrer Macht erlebt und begann zu verstehen. Wenn sie Hugo für schlau hielt, dann würde Hugo auch schlau sein – für sie. »Humfreys Schloß ... ist das nicht der Ort, wo Millie hingegangen ist? Ich weiß noch, wie sie uns vor dreißig Jahren verlassen hat.«

»Vor einunddreißig Jahren«, berichtigte Renee. Sie hatte offensichtlich ein gutes Zahlengedächtnis.

»Millie ... Ihr meint wohl Lacunas Mami?« fragte Ivy. »Die lebt auf dem Zombieschloß. Humfreys Schloß ist im Osten.«

»Ja, aber das ist immer noch ein gutes Stück entfernt. Es

würde sehr lange dauern, um dahin zu kommen, selbst wenn du wieder den Kürbis benutzt.«

»Blödmann, wir benutzen den Spiegel! Komm schon!« Und mit forschem Sprint machte sich Ivy auf den Weg zum Schloß.

»Aber wenn die Erwachsenen mich erblicken, werden sie Fragen stellen«, wandte Jordan ein.

Das ließ Ivy innehalten. Es war immer äußerst lästig, wenn Leute Fragen stellten. Langsam begriff sie, warum der Magier Humfrey Fragesteller zu entmutigen pflegte. »Also gut. Dann bleib du hier und iß. Und such dir was zum Anziehen.«

»Oh«, sagte Jordan, dem erst jetzt bewußt wurde, daß seine Kleidung nicht zusammen mit ihm zu neuem Leben erwacht war. Offensichtlich war er so hungrig gewesen, daß er auf nichts anderes mehr geachtet hatte.

Ivy kehrte auf das Schloß zurück und begab sich sofort zu dem magischen Spiegel. »Spieglein, Spieglein an der Wand, wer ist die Süßeste im ganzen Land?« fragte sie rhetorisch.

»Das bist du, du betörende kleine Göre!« erwiderte der Spiegel und zeigte das Abbild eines Kusses. Das war ein Spiel, das sie immer spielten. Je älter der Magier Humfrey wurde, desto mehr kümmerte er sich auch um Dinge, für die er in späteren Jahren keine Zeit mehr haben würde, und so hatte er die verschiedenen lahmgelegten Spiegel wieder aktiviert, so daß die Verbindung zwischen den Schlössern inzwischen ausgezeichnet funktionierte. Dabei hatte Ivys Talent auch nicht geschadet; der Spiegel reagierte ganz besonders gut auf ihre Aufmerksamkeit.

Ivy grabschte nach dem Kuß, doch der tänzelte davon, zurück hinter die Glasoberfläche, wo sie nicht an ihn herankam. Dieser Spiegel war ein Necker. »Und wer ist der Klügste im ganzen Land?«

»Also das hängt nun ganz davon ab«, begann der Spiegel.

»Ach, gib mir einfach Hugo.«

»Hab ich es mir doch gedacht, daß du darauf hinauswillst«, grummelte der Spiegel. Er flackerte, dann erschien Hugo.

»Hugo, ich brauche einen Rat«, sagte Ivy. »Du bist doch wirklich schlau, nicht wahr?«

»Jetzt ja«, stimmte er vorsichtig zu. Er hatte das alles schon einmal durchgemacht.

»Wie können wir ein Gespenst zum Leben erwecken?«

»Das ist leicht. Mit einem Wiederbelebungszauber.«

Ivy dachte nach. »Der einzige Zauber dieser Art, von dem ich gehört habe, wurde vor vierhundert Jahren von einem Gespensterpferd entwendet.«

Hugo schüttelte den Kopf. »Ivy, du hast ja wirklich schon eine Menge Blödsinn geredet, aber anscheinend wird es jetzt immer schlimmer. Wie willst du denn vor vierhundert Jahren einen solchen Zauber verloren haben? Damals gab es dich doch noch gar nicht.«

»Sag mir einfach, wie ich dieses Gespensterpferd zurückbringen kann«, sagte Ivy gelassen.

»Das muß ich meinen Vater fragen. Der ist zwar im Augenblick bloß ein frecher Bengel, aber er liebt es, sein Wissen zur Schau zu stellen.« Hugo verschwand aus dem Spiegel, der während der Pause unschuldige Musik spielte und bunte Farbmuster von sich gab. Schon bald war er wieder da. »Er sagt, Zitat, du Idiot, du brauchst bloß mit irgendwelchen Ketten zu rasseln, Zitat Ende.«

»In Ordnung. Sag dem Bengel danke.«

Ivy flitzte hinunter ins Waffenarsenal, stöberte die schwerste Kette auf, die sie noch tragen konnte, schüttelte ihr die Knochen aus dem Leib und zerrte sie hinaus in den Obsthain. Das Grabenungeheuer bekam einen gewaltigen Schreck, als sie sie über die Zugbrücke schleppte, denn das Geräusch auf den hölzernen Planken war sehr laut.

Keuchend vor Anstrengung brachte sie Jordan, der inzwischen etwas rundlicher geworden war, die Kette. »Damit muß du rasseln!« sagte sie zu ihm.

Verdutzt gehorchte er. Er nahm die Kette und schüttelte sie. Das rasselnde Geräusch erschütterte den Hain, so daß die Bäume ihre Blätter abwandten.

Einen Augenblick später war auch in der Ferne ein Antwortrasseln zu hören. »Pook!« rief Jordan überrascht und erfreut zugleich. »Dieses Geräusch erkenne ich doch überall!«

Tatsächlich war es das Gespensterpferd, das ewig zu leben vermochte, solange es seine Ketten trug und nicht umgebracht wurde. Pook kam herangaloppiert, stieß ein erstauntes Wiehern aus, als er Jordan erblickte, und warf ihn mit stürmischer Begrüßung beinahe zu Boden. »Ja, ich bin wieder lebendig!« sagte Jordan. »Hast du mich vermißt?«

Pook zuckte die Schultern. Dann wandte er sich ab und wieherte. Er erhielt eine Antwort, wiederum ein Wiehern, und kurz darauf kam Peek herbeigetrabt; hinter ihr ein kleines Fohlen mit süßen kleinen Ketten.

»Schätze, du hast dir schon die Zeit vertrieben«, bemerkte Jordan. »Aber vierhundert Jahre – wann hat der Storch denn bloß dieses Fohlen abgeliefert?«

»Oooh, wie süß!« rief Ivy, von dem kleinen Gespensterpferd fasziniert. Das Gefühl schien ganz auf Gegenseitigkeit zu beruhen.

»Na ja, solche Sachen brauchen schließlich ihre Zeit«, meinte Jordan schließlich. »Wenn man ein Gespenst ist ... damit habe ich ja selbst einige Erfahrung. Möglicherweise ist dieses Fohlen schon hundert Jahre alt.« Und Pook nickte.

»Ich werde dich Puck nennen«, sagte Ivy zu dem Gespensterfohlen und tätschelte seine süße kleine Mähne.

Jordan überprüfte Pooks Ketten. Er entdeckte die zerfetzten Überreste des Zauberbeutels. Den riß er heraus, worauf zwei unbenutzte weiße Zauber zu Boden fielen: ein Schild und ein Stein. »Einer davon muß der Wiederbelebungszauber sein«, rief er. »Und der andere ...« Er überlegte eine Weile. »Der Ungeheuervertreibungszauber.«

»Aber welcher ist welcher?« wollte Ivy wissen.

»Wir müssen sie eben beide ausprobieren. Aber zunächst einmal müssen wir Renees Knochen wiederfinden.«

»Nein«, wandte Renee zaghaft ein. »Ich habe es wirklich nicht verdient ...«

»Entweder vereinigst du dich mit mir im Leben, oder ich vereinige mich wieder mit dir im Tod.« Und Jordans Barbarenkiefer war so fest angespannt, daß es offensichtlich war, daß er auch meinte, was er sagte.

»Du verstehst nicht«, widersprach Renee. »Lebendig würde ich dir nicht gefallen. Ich habe nicht vor, jemals wieder lebendig zu werden.«

»Nun, ich hatte auch nicht vor, vierhundert Jahre lang tot zu sein«, konterte Jordan. »Daran war nur Threnodias grausame Lüge schuld. Verdammt soll sie sein auf alle Zeiten! Aber jetzt bin ich froh, daß ich gestorben bin, denn auf diese Weise bin ich dir begegnet. Ich liebe dich; entweder werde ich mit dir leben oder mit dir sterben.«

»Komm schon, Renee«, sagte Ivy drängend. Sie liebte gute Liebesgeschichten, auch wenn die Sache Aspekte hatte, die sie bisher noch nicht zu ergründen vermochte. »Nun sei nicht scheu. Ich weiß, daß mein Vater euch auf Schloß Roogna einen Platz ...«

»Nein! Niemals!« schrie das Gespenst.

»Aber du bist doch schließlich schon seit Jahrhunderten hier!«

»Das ist etwas anderes. Gespenster zählen nicht. Wenn ich lebendig wäre, könnte ich niemals hierbleiben«, protestierte Renee und rang ihre durchsichtigen Hände.

»Dann können wir auch woanders leben«, meinte Jordan. »Wo immer du willst. Hauptsache, wir sind zusammen. Das willst du doch, nicht wahr?«

»O ja! Aber ...!«

»Dann ist die Sache abgemacht«, sagte Ivy entschieden. »Zeig uns deine Knochen.«

Zögernd führte Renee sie an einen anderen Ort, wieder unter einen Baum. Stanley erschnüffelte die Knochen und grub sie aus. Es waren sehr gut gestaltete Knochen. Offensichtlich war Renee einmal eine schöne Frau gewesen, folglich konnte ihr Aussehen nicht der Grund dafür sein, daß sie sich nur zögernd wiederbeleben lassen wollte. Ivy wußte einfach, daß die beiden, Jordan und Renee, ein wunderschönes Paar abgeben würden, und sie fand es aufregend, daß sie sie im Leben wieder zueinander führen konnte. Zwar liebte sie die Gespenster auf Schloß Roogna, und es würde ihr leid tun, diese beiden als Gespenster zu verlieren – aber das Leben war ja noch besser.

Jordan griff in den Beutel und holte den kleinen weißen Stein und den Schild hervor. »Diese stehen für das Leben und das Vertreiben von Ungeheuern«, sagte er. »Aber es läßt sich nicht feststellen, welcher von beiden welcher ist. Man kann sie nur aktivieren. Ich muß eben einfach raten. Wenigstens wird keiner davon jemandem Schaden zufügen.«

»Aber ...«, protestierte Renee. »Ich meine wirklich, daß du nicht ...«

Jordan hielt den weißen Stein hoch. »Ich invoziere dich!« sagte er.

Der Stein gab einen Blitzestrahl von sich – und hinter ihnen knallte es. Sie blickten sich um. »Stanley ist fort!« rief Ivy entsetzt. Jordan blickte verlegen drein. »Ich hatte ganz vergessen, daß er ja ein Ungeheuer ist«, sagte er. »Er hat mir in der Nacht doch so sehr geholfen. Aber ich schätze, ein kleines Ungeheuer bleibt immer noch ein Ungeheuer.«

»Aber wo ist er denn?« wollte Ivy wissen und ließ ihren Blick durch den Obsthain schweifen.

»Da mach dir mal keine Sorgen ... ich bin sicher, daß es ihm gutgeht«, meinte Jordan. »Er muß irgendwo hingeschickt worden sein, wo die Ungeheuer leben, wenn sie gerade nicht in der Gegend herumungeheuern. Ich meine, als ich auf den schwarzen Ungeheuerzauber stieß, erschien ein ziemlich gesunder Tarask, dieser Zauber hier ist ja bloß die Umkehrung davon. Ich bin sicher, daß Stanley schon wieder nach Hause finden wird.«

»Das will ich ihm auch raten«, sagte Ivy und schob die Unterlippe vor. »Sonst kann er was erleben!«

Jordan hielt den kleinen weißen Schild empor. »Damit bleibt nur noch dieser Zauber übrig. Das muß der richtige sein. Ich invoziere dich!«

Renees Knochen erzitterten. Dann zogen sie das weibliche Gespenst an – und als dieses sich auf das Knochenmuster legte, verdickten sich die gespenstischen Umrisse, wurden klarer und schließlich fester. Kurz darauf war sie zu einer nackten schönen Frau mit fließendem schwarzem Haar geworden.

Jordan starrte sie an und wich zurück, wie vom Blitz getroffen. »Threnodia!« schrie er.

»Wer?« fragte Ivy verblüfft.

Die Frau erhob sich. Traurig sah sie Jordan an. »Ich habe versucht, Euch von Eurem Vorhaben abzuhalten, Barbar«, sagte sie. »Ich habe Euch gewarnt, daß ich Euch lebendig nicht gefallen würde.«

»Ihr ... Ihr habt Eure Knochen mit Renees Skelett ausgetauscht!« schrie Jordan. »Ihr habt mich durch Betrug dazu gebracht, Euch wiederzubeleben anstelle der Frau, die ich liebe!« Hinter ihm schnaubte Pook zustimmend. Pook hatte Threnodia nie gemocht.

»Ich möchte wirklich einmal wissen, wie eine tote Person ihre Knochen mit der einer anderen austauschen soll?« fragte Threnodia, immer noch in bedauerndem Ton. »Ich habe mir einfach einen anderen Namen zugelegt, damit Ihr mein Spiel nicht durchschaut.«

Das war offensichtlich die Wahrheit. »Ihr habt mich getäuscht – sogar noch im Tod!« sagte Jordan. »Sogar noch als Gespenst!«

»Sogar als Gespenst!« stimmte sie zu und schritt zu einem Kleiderbaum, wo sie sich mit großem Geschmack etwas zum Anziehen aussuchte. Ivy hatte noch nie eine wohlgestaltetere Frau gesehen. Die einzige Ausnahme war ihre Mutter Irene. Threnodia ergriff wieder das Wort. »Das war die grausamste Lüge von allen.«

Jordans Vorfreude hatte sich abrupt in verdutztes Entsetzen verwandelt. »Aber ... warum? Ihr hattet doch bekommen, was Ihr wolltet! Warum mich selbst im Tod noch quälen?«

Sie seufzte. »Ich schätze, es dürfte Euch wohl schwerfallen zu glauben, daß ich Euch schon immer geliebt habe?«

Jordans große Faust ballte sich so heftig zusammen, daß die Knöchel knacksten. »Schluß mit Euren Lügen! Wenigstens einmal in Eurem Leben sollt Ihr die Wahrheit sagen! *Warum?*«

Sie nickte, als hätte sie dies erwartet. »Keine Lügen mehr, Jordan. Ich werde Euch einfach den Gefallen tun, aus Eurem Leben auszuscheiden. Ihr seid jetzt lebendig, Ihr könnt Euch ein neues Leben aufbauen. Ich bin sicher, daß jedes anständige und hübsche Mädchen froh sein wird, einen gutaussehenden Barbaren wie Euch zu trösten. Dämonenbrut braucht Ihr wirklich nicht.« Sie beendete ihre Garderobe und verließ den Obsthain, fort vom Schloß.

Jordans verletzte Verwirrtheit verwandelte sich in Wut. »O nein, das werdet Ihr nicht tun! Ihr könnt meine Liebe nicht gleich zweimal zerstören und dann davonspazieren! Ich habe versprochen, Euch auf Schloß Roogna abzuliefern, und das werde ich jetzt auch tun! König Dor wird entscheiden, was mit Euch geschehen soll!« Und er rannte hinter ihr her, packte sie um die schlanke Hüfte und hob sie auf. Zwar hatte er noch nicht seine vollständige Körpermasse und Kraft wiedererlangt, dennoch war er bereits ein kräftiger Mann.

»Hört auf damit!« rief Threnodia. »Setzt mich ab! Ich kann nicht auf Schloß Roogna!«

»Das werden wir ja sehen!« knirschte er. »Jetzt gibt es keinen bösen Magier, der mich unterwegs umbringen wird. Sobald ich meinen Auftrag erfüllt habe, bin ich mit Euch fertig – aber auch keinen Augenblick vorher!«

Sie strampelte und schlug auf ihn ein, doch er trug sie durch den Obsthain auf das Schloß zu, während Ivy und die drei Gespensterpferde folgten. Pook schnaubte zustimmend; das war wenigstens ein passendes Ende für Jordans Mission. Threnodia würde endlich für ihre vielen Verrätereien büßen müssen.

Doch als sie sich der Zugbrücke näherten, stieg von dem seitlich befindlichen Zombiefriedhof Staub empor. Die Zombies zerrten sich aus ihren Gräbern, um das Schloß zu beschützen. Aber sie waren zu langsam. Jordan kam als erster an die Brücke und schickte sich an, kühn über sie hinwegzuschreiten, trotz der erbitterten Gegenwehr der Frau.

Schloß Roogna begann zu beben. Aus seinem Inneren erschollen Rufe, als erschreckte Menschen darauf reagierten. Unbeirrt marschierte Jordan weiter. Das Beben wurde immer schlimmer. Das Wasser im Graben begann sich zu kräuseln. Aus einem der Türme fiel ein Stein heraus und krachte zu Boden.

»Idiot, das Schloß stürzt ein!« kreischte Threnodia. »Dann werden alle umkommen!«

Verdutzt blieb Jordan stehen. »Das stimmt tatsächlich!« rief er. »Und ich habe geglaubt, es sei bloß eine Drohung!«

Threnodia konnte sich aus seinem Griff befreien und wieder auf den Boden springen. »Ihr habt doch noch nie die Lüge von der Wahrheit unterscheiden können!« sagte sie und rannte zurück über die Zugbrücke. »Ihr wart doch schon immer ein Narr!« Sie raste an Ivy und den Pferden vorbei, Tränen auf den Wangen. Niemand versuchte sie aufzuhalten.

Als Threnodia sich vom Schloß entfernte, ließ das Beben nach. Die auferstandenen Zombies hielten inne, ebenso das Grabenungeheuer, und blickten ihr nach.

»Da hat sie nun wirklich nicht gelogen«, meinte Ivy, zutiefst erschüttert – und nicht nur durch das Schloß. »Aber ich verstehe das nicht. Warum hat sie sich für Renee ausgegeben?«

»Um mich durch eine List dazu zu bringen, sie wiederzubeleben!« erwiderte Jordan verbittert. »Das hätte ich doch niemals getan, wenn ich gewußt hätte, daß sie die bösartige Threnodia ist.«

»Aber als Renee hat sie dir doch gesagt, du sollst es nicht tun«, versetzte Ivy.

»Sie wußte, daß ich es dennoch tun würde.«

»Aber als sie hierher zum Sterben kam, vor vierhundert Jahren, da hattest du gar keinen Zauber. Da hat sie doch geglaubt, daß du auf alle Zeiten tot bist, nicht wahr? Warum wollte sie dann Gespenst werden – oder wenn das schon nicht ihre Entscheidung war, warum ist sie ausgerechnet hierhergekommen, um zu sterben?«

Jordan schüttelte den Kopf. Er war völlig durcheinander. »Ich schätze, ich begreife das selbst nicht alles. Wenn sie es sich anders überlegt hatte, hätte sie ja meine Knochen selbst ausgraben können, schließlich wußte sie, wo sie lagen. Aber sie ist Dämonenbrut – ich habe sie nie richtig verstanden. Ihre Mutter hat ihren Vater zerstört, und sie hat mich zerstört. Nun hat sie mir Renee genommen, und jetzt bin ich nicht nur einsam, sondern sogar noch als Gespenst als ebenso großer Narr abgestempelt wie im Leben. Die Grausamkeit ihrer Lügen nimmt einfach kein Ende!« Und er setzte sich an den Rand der Brücke und legte den Kopf in die Hände.

Pook kam von einer Seite heran, nicht wissend, wie er den Mann trösten sollte, der so unklug geliebt hatte, und sogar das Grabenungeheuer sah traurig drein.

Ivy konnte ihm einiges nachempfinden. Schließlich hatte sie soeben Stanley Dampfer verloren. Doch irgendwie ergab die Sache nicht genug Sinn, um sie zufriedenzustellen. »Ich werde Hugo fragen«, verkündete sie.

Jordan antwortete nicht. Er saß einfach nur schweigend da, starrte ins Wasser des Grabens – sein neugewonnenes Leben bereits nichts mehr als Schutt und Asche.

Ivy verließ die kleine Gruppe und kehrte ins Schloß zurück, um schließlich durch die Korridore zu eilen. Niemand nahm von ihr Notiz. Alles war viel zu aufgeregt wegen des geheimnisvollen Bebens, welches das ganze Schloß erfaßt hatte. Sie gelangt zu dem Spiegel und rief Hugo wieder an. »Du bist der einzige, der schlau genug ist, um hinter diese Sache zu kommen, Hugo«, sagte sie tränenerfüllt, als sein Gesicht auf dem Glas erschien. »Ich sitze ganz schön in der Patsche!«

»Aber ich bin doch gar nicht schlau!« protestierte er. Er war keineswegs erpicht darauf, mit ihrer Patsche etwas zu tun zu haben.

»Doch, bist du wohl!« beharrte sie. Hugo blieb nichts

anderes übrig als seinen Verstand gegen einen schlaueren einzutauschen.

Ivy erzählte ihm, was passiert war, und Hugo hörte intelligent zu. »Aber die Antwort ist doch ganz offensichtlich«, sagte er, als sie geendet hatte. Er erklärte ihr die Sache.

Ivys Miene erhellte sich auf phänomenale Weise. »Das ist es!« rief sie glücklich. »Das löst alles! Ach, dankeschön, Hugo.« Und sie flitzte wieder aus dem Schloß, in dem immer noch Aufruhr und Verwirrung herrschten.

Ivy kehrte zu Jordan zurück, der nach wie vor völlig bedrückt auf der Brücke saß, in der düsteren Gesellschaft der Gespensterpferde, des Grabenungeheuers und eines verwirrten Zombies. »Ich weiß jetzt warum!« rief sie.

»Weil sie mich haßte und mich noch einmal demütigen wollte«, murmelte Jordan.

»Nein! Weil sie dich wirklich geliebt hat, Jordan!«

Jordan hob den Blick. »Wirklich eine prächtige Liebe!« knurrte er.

»Nun hör mir mal gut zu, du doofer Barbar«, sagte Ivy streng. »Du verstehst wirklich überhaupt nichts von Frauen!«

»Volltreffer«, stimmte er düster zu.

»Threnodia hat über Yin und Yang Bescheid gewußt, nicht wahr? Daß sie lediglich verschiedene Seiten ein und desselben Magiers waren?«

»Mußte sie ja wohl«, meinte er finster.

»Dann wußte sie auch, daß all das Böse von Yang sich ebenfalls in Yin befand, nur daß es sich dort nicht zeigte, weil der ganze Mensch die Summe seiner Teile ist. Wenn sie Yin heiratete, heiratete sie damit auch Yang – und Schloß Roogna würde noch einstürzen, bevor sie Yin überhaupt erreicht hatte, da sie dorthin zurückkehren mußte, um ihm zu seinem Sieg zu verhelfen. Und weil beide derselbe Magier waren, wußte sie auch, daß alle diese bösen Zauber, die versucht haben, dich umzubringen, in Wirklichkeit nicht nur von Yang, sondern auch von Yin stammten; möglicherweise hat Yin sogar die weißen Zauber selbst durcheinandergebracht, um ganz sicherzugehen, daß du getötet wirst, ohne daß König Gromden dafür den Grund erfährt. Denn dieser Magier mochte seine eigene böse Seite lieber, mußte sich aber auf den Wettkampf einlassen, um die Einwilligung des guten Königs Gromden zu bekommen. Der Wettkampf war also manipuliert, so daß Yin auf keinen Fall gewinnen konnte. Threnodia wußte das.«

»Ja«, stimmte Jordan zu, als er erkannte, daß sie recht hatte. »Und sie hat ihnen geholfen, mich loszuwerden. War das etwa Liebe?«

»Ja, denn sie wußte, daß Yin-Yang dich vollends töten würde, wenn er erkennen sollte, daß sie dich liebte. Und der war ein Magier, ein mächtiger sogar, und er würde König werden, egal wie der Wettkampf ausging, also konnte ihn niemand aufhalten. Er hätte deinen Leib zu Asche verbrannt und diese ins Meer gestreut oder so etwas, damit du nicht die geringste Chance hättest, jemals wieder zum Leben zu erwachen. Und weil sie dich liebte, mußte sie so tun, als würde sie dich hassen, denn er war bereits mißtrauisch geworden und hätte dich möglicherweise sowieso umgebracht; es war sehr viel Böses in ihm.«

Jordan nickte und begann sich für das Gesagte zu interessieren. »Yin-Yang war böse, mir gegenüber hatte er jedenfalls nichts Gutes im Sinn. Ich war lediglich ein Werkzeug seines Ehrgeizes, das man nach Gebrauch wegwerfen konnte. Auch ohne Threnodia hätte er mich loswerden müssen, damit niemand erfuhr, wie er betrogen hatte. Aber Threnodia hätte nicht ... hätte mich nicht dazu bringen müssen, sie zu lieben, um mich dann persönlich umzubringen!«

»Das hat sie auch nicht, nicht richtig«, meinte Ivy. »Als du zu ihr kamst, da kannte sie dich nicht, und da hat sie auch versucht, dich umzubringen, das stimmt. Doch nach und nach lernte sie dich besser kennen und verliebte sich auch in dich. Sie hat die Wahrheit gesagt, als sie dir mitteilte, daß sie dich liebte. Sie hatte niemals einen anderen Mann geliebt, nur ihren Vater, aber du hast ihr bewiesen, daß sie schließlich doch menschlich war. Da mußte sie dich wirklich umbringen!«

»Häh?« Sogar die Gespensterpferde und das Grabenungeheuer und der Zombie sahen verblüfft drein, als sie dies hörten.

Ivy erkannte, daß Hugos klare Erklärung unter ihrer Übersetzung ein wenig zu leiden hatte. Sie konzentrierte sich und versuchte es aufs neue. »Tatsächlich war es Yangs böser Todeszauber, der dich getötet hat. Threnodia wußte, daß er die Sache zu Ende führen würde, wenn sie nicht schnell handelte. Also zerteilte sie deinen Leib und versteckte die Stücke sehr sorgfältig, um sicherzugehen, daß sie sie auch wiederfinden würde. Sie wußte, daß sie dich wieder zum Leben erwecken könnte – nachdem der Magier dich vergessen hatte. Deshalb hat sie auch diese grausame Lüge erzählt – um dich vor dem wirklichen Tod zu retten! Sie hat gelogen, als sie dem Magier sagte, daß sie dich haßt. Sie hat die Wahrheit gesagt, als sie sagte, daß sie dich liebt.«

»Ich weiß ja nicht ...«, murmelte Jordan zweifelnd.

»Erinnerst du dich daran, wie du damals, als du dich in Threnodias Körper befandest, das Böse Schwert in der Hand hieltest und Pook nicht die Wahrheit sagen konntest?« fragte Ivy. »Da hast du gelogen – um das Schwert hinters Licht zu führen, nicht aber Pook! Nun, Threnodia war in einer ähnlichen Situation, denn Yin-Yang war noch viel gefährlicher als das schwarze Schwert es jemals gewesen war.«

Jordans Miene erhellte sich, doch dann wurde sie wieder finster. »Aber sie hat mich nie wieder zum Leben erweckt.«

»Weil Yang mißtrauisch blieb. Böse Leute sind eben so; nur die guten Menschen sind zu vertrauensselig. Yang muß sie die ganze Zeit beobachtet haben. Renee hat dir doch erzählt, wie unglücklich ihre Ehe war. Es muß wirklich entsetzlich gewesen sein – weil sie den Magier wirklich haßte und so tun mußte als würde sie ihn lieben. Schließlich hielt sie es nicht mehr aus. Sie erkannte, daß er ihr niemals die Chance geben würde, zu dir zurückzukehren. Nicht so lange er lebte. Nicht bevor sie zu einer alten Vettel geworden war. Sie konnte nichts gegen ihn unternehmen, weil seine Magierkraft viel stärker war als ihre, und außerdem war er ja auch noch der König. Hätte sie auch nur die leiseste Bewegung gemacht, um deine Knochen wieder auszugraben, er hätte davon erfahren und euch beide auf grausigste Weise vernichtet. Also kehrte sie auf dem einzigen Weg zu dir zurück, der ihr noch blieb – über den Tod. Sie liebte dich genug, um für dich zu sterben. Sie wußte ja vorher nichts über die Gespenster auf Schloß Roogna.«

»Ja ...«, sagte Jordan, der sich nun wünschte, er könnte daran glauben. »Aber warum hat sie es mir denn dann nicht gesagt?«

»Aus zwei Gründen. Yin-Yang wußte, daß sie tot war, wußte aber nicht, daß sie nun zu einem Gespenst geworden war. Nur Leute mit gräßlichen ungelösten Problemen werden zu Gespenstern. Doch sobald sie ihre Identität preisgegeben hätte, hätte der Magier sie erkannt und gewußt, daß die Sache noch nicht zu Ende war. Dann hätte er entsprechende Maßnahmen ergriffen, und wenn er auch nur dein Gebein ausgegraben und verbrannt hätte. Das durfte sie nicht riskieren. Also hat sie dich, um dich als Gespenst zu schützen, wieder angelogen.«

»Aber Yin-Yang hat doch nicht ewig gelebt« wandte Jordan ein. »Nach seinem Tod hätte sie mir es doch sagen können!«

»Nein. Du hast Threnodia gehaßt, für alles, was sie dir angetan hat. Du hättest die Sache nur für eine weitere Lüge gehalten. Du hast begonnen, Renee zu lieben – hätte sie dir alles erzählt, so hätte sie lediglich mit deinem Haß rechnen können – wie es ja auch vorhin der Fall war, als ihre Identität preisgegeben wurde. Sie liebte dich und wollte einfach nur von dir wiedergeliebt werden; ihr Name war ihr unwichtig. Also liebte sie dich als Renee, und du liebtest sie, und das war auch genug. Bis du die Sache dadurch durcheinandergebracht hast, daß du sie zum Leben erweckt hast. Und dann konnte sie es dir aus dem gleichen Grund nicht erklären, denn du wolltest ja nicht zuhören, also ist sie einfach davongegangen, mit gebrochenem Herzen, und ich schätze, daß sie sich nun in einen Stinkkohl oder so etwas verwandeln wird, um dahinzuwelken.«

»Aber Renee hat mir doch geholfen, meine Knochen wiederzufinden!«

»Weil sie das Beste für dich wollte. Und das war das Leben. Ohne sie wärst du nicht gestorben, also verhalf sie dir wieder zum Leben. Sie hatte das Gefühl, dir dies schuldig zu sein, als Wiedergutmachung für die Zerstörung eines prachtvollen Menschen. Sie wußte ja nicht, daß du sie ebenfalls zurückholen würdest, und sie wußte auch nicht, wie sie damit zurechtkommen sollte. Sie hatte damit gerechnet, daß du wieder ins Leben eintreten, sie langsam vergessen und schließlich eine Neue finden würdest. Auf diese Weise hätte sie ihre grausamen Lügen endlich wiedergutgemacht.«

Jordan dachte darüber nach.

»Besonders angestrengt hat sie sich allerdings nicht, um mich zu überzeugen.«

»Wozu auch?« fragte Ivy. »Du warst doch überhaupt nicht mehr offen für sie. Und sie ist eine stolze Frau. Betteln wollte sie nicht. Sie hat noch nie in ihrem Leben um etwas gebettelt. Sie hat immer nur das getan, was sie tun mußte. Und als du sie verstoßen hast ...«

Jordan war bestürzt. »Das stimmt, das stimmt! Ich habe ihr Unrecht getan!«

»Na ja, du wußtest ja nichts davon. Du bist ja auch irgendwie ziemlich stolz. Aber jetzt ist alles in Ordnung. Du kannst zu ihr gehen!«

Jordan war völlig benommen. »Alles, was sie getan hat ... hat sie nur aus Liebe zu mir getan! Sogar ihre grausamsten Lügen! Ich war ja nur zu bereit, an ihre Schuld zu glauben!«

»Na, das war ich aber auch«, warf Ivy ein. »Bis mir Hugo alles erklärt hat.«

»Diese ganzen Jahrhunderte lang«, klagte Jordan. »Es ist wahr, was Renee mir gesagt hat – sie war unglücklich, weil sie ihre wahre Liebe nicht heiraten konnte, und das war *ich!* Ich muß sie um Vergebung bitten!« Er sprang auf und eilte in die Richtung davon, in der Threnodia verschwunden war.

Pook wollte ihm schon folgen, doch dann entschied er sich dagegen. Manche Szenen verliefen besser ohne Publikum. »Ich schätze, sie wird ihm schon verzeihen«, sagte Ivy zufrieden. »Sie kann ihre körperliche Gestalt verändern, folglich kann sie auch ihre Einstellung verändern.« Sie blickte sich um. »Ach, ich muß jetzt einfach jemanden umarmen! Dich!« Sie umarmte Pook und Peek und sogar die Nase des Grabenungeheuers. »Aber dich nicht«, entschied sie, als ihr Blick auf den Zombie fiel.

Sie spähte in den Obsthain hinaus. Waren da nicht gerade zwei Gestalten hinter den Bäumen, die miteinander verschmolzen? Sie begriff, daß sie Jordan nun nicht mehr wiedersehen würde, denn Threnodia würde das Schloß niemals lebenden Fußes betreten. Nicht solange der Fluch auf ihr ruhte. Sie mochte zwar Dämonenbrut sein, doch sie besaß Liebe und ein Gewissen und mit Sicherheit auch eine Seele, und sie wollte nicht, daß das Schloß einstürzte. Das glückliche Paar würde also woanders hinziehen müssen, und das bedeutete, daß auch Pook und seine Familie gehen würden. Ivy wußte, daß sie das sehr traurig machen würde, sobald sie ihr gegenwärtiges Glück hinter sich gebracht hatte.

»Schätze, ich sollte meinen Eltern wohl besser mal erklären, warum wir zwei Gespenster und einen Drachen verloren haben, und warum das Schloß gewackelt hat«, sagte sie zu sich. Diese Aussicht gefiel ihr gar nicht, aber es war wohl das beste, die Sache so bald wie möglich hinter sich zu bringen.

Sie ging hinein. Dort hatte man sich inzwischen ein wenig beruhigt. Ihre Mutter saß nachdenklich da, während Baby Dolph in seiner Wiege herumplärrte. »Was ist denn los, Mami?« fragte Ivy, nur zu bereit, das Unvermeidliche noch ein wenig hinauszuschieben.

»Er ist so ruhelos«, sagte Irene. »Ich weiß nicht, was los ist. Zuerst dachte ich, es läge am Erdbeben, aber das ist ja schon lange vorbei. Ich weiß wirklich nicht mehr weiter!«

Ivy studierte ihren kleinen Bruder. Sie hatte ihn zwar praktisch seit dem ersten Augenblick, da er abgeliefert worden war, verabscheut, hatte ihn aber noch nie richtig angeschaut. Er war ein ziemlich häßliches Ding, reichlich kahl und fett und zahnlos und sabbernd, und sie begriff nicht, wie man ihm nur so viel Aufmerksamkeit schenken konnte. Doch die Erinnerung an die Geschichte von Jordan dem Gespenst und Threnodia Dämonenbrut war noch frisch, und sie hatte gerade eine Lektion in Sachen Vorurteile erhalten. Wenn Jordan bereit gewesen wäre, die Wahrheit zu glauben anstelle der grausamen Lüge, die nur erzählt worden war, um ihn zu retten ...

Plötzlich erinnerte Dolph sie an Threnodia. Vom Äußeren her war das völlig aberwitzig, gefühlsmäßig jedoch äußerst tiefgehend. Wieso erinnerte sie ihr hilfloser, krähender Säuglingsbruder an diese schöne Frau?

Nun, das ließ sich herausfinden. Ivy stellte sich näher an die Wiege und konzentrierte sich, um die Eigenschaften des Säuglings zu verstärken. »Was hat er für ein Talent?« fragte sie.

»Das wissen wir noch nicht, Liebes«, erwiderte Irene. »Manchmal dauert es Jahre, bis man das magische Talent eines Menschen entdeckt hat, und es gibt auch keine Garantie dafür, daß sich der Aufwand immer lohnt.« Das machte Irene wirklich Sorgen, wie Ivy bemerkte. Sie wollte nicht, daß eines ihrer Kinder nur über ein mageres Talent verfügte.

»Er versucht, seine Magie zu machen«, erklärte Ivy, ihrer Kleinmädchenintuition vertrauend. »Aber das kann er noch nicht, deshalb ist er frustriert.« Was Frustration anging, war Ivy eine richtige Expertin.

Irene lächelte, ohne ihre Tochter ernst zu nehmen. So etwas konnten Erwachsene nur zu gut, und zwar auf äußerst irritierende Weise. »Wie du meinst, Liebes.«

Ivy fuhr mit ihrer Konzentration fort, denn sie wußte, daß sie zu irgendwelchen Ergebnissen führen würde. Das tat sie immer, wenn sie wollte. Sie war sicher, daß es irgendeinen Grund dafür geben mußte, weshalb Dolph sie an Threnodia erinnerte, und sie war überzeugt davon, daß sie diesen Grund deutlich werden lassen konnte, wenn sie ihn nur hinreichend intensivierte.

Plötzlich befand sich ein Wolfsjunges in der Wiege. »He, guck mal!« rief Ivy erfreut.

Irene guckte – und kreischte.

Einen Augenblick später kamen König Dor und das halbe Schloßpersonal ins Zimmer gestürzt. Sie waren alle noch nervös wegen des Erdbebens – vielleicht sollte man es lieber bei dieser Erklärung belassen? –, aber es war schon zu spät. Von dem Kreischen erschreckt, hatte sich Dolph wieder in ein Baby verwandelt. »Och, ihr habt es verpaßt«, murrte Ivy gereizt. »Dolph ist ein Wandler.«

Irene beruhigte sich wieder genug, um ihr zuzuhören. »Ein was?«

»Wie Threnodia. Nur schneller. Er braucht dafür keine Stunde, er schafft es sofort. Er ...«

»Wer?«

»Threnodia. Das ist eine lange Geschichte.« Ivy sah wieder das Baby an, das nun friedlich schlief, zufrieden mit dem Ergebnis seiner Anstrengung. Nun sah Dolph nicht mehr ganz so abstoßend aus wie vorher. »Vielleicht hat Dolph ja Dämonenblut in seinen Adern.«

»Aber nicht von *meiner* Familie!« fauchte Irene.

»Ob er sich wohl verdünnen kann?« überlegte Ivy laut.

»Sofortige Gestaltwandlung?« fragte König Dor. »Wenn er ein Werwolf ist, dann ist das eine Sache, ein geringeres Talent. Wenn er sofort nach Belieben jede andere Gestalt annehmen kann, dann ist das etwas anderes.«

»Oh, klar doch, der kann jede Gestalt annehmen«, sagte Ivy mit Gewißheit. »Er braucht bloß ein bißchen Hilfe, um damit anzufangen. Er ist ja schließlich noch ein Baby, mußt du wissen.«

Dor ergriff sie und hob sie auf. »Das war mir gar nicht klar«, sagte er mit unbeweglicher Miene, indem er sie auf jene nette Weise neckte, in der Pappis das zu tun pflegten. »Ich dachte schon, er wäre möglicherweise erwachsen, so wie du.«

»Ach, hör auf, Pappi«, sagte sie und küßte ihn auf die Wange.

Irene wechselte einen Blick mit ihrer Tochter. »Jede beliebige Gestalt? Das wäre ja ein Talent von Magierkaliber!«

»Mindestens«, pflichtete Ivy ihr bei. Sie hatte es entdeckt, also war es auch ihr Verdienst, und je großartiger das Talent war, um so besser.

Danach wurde das Gespräch recht lebhaft, doch Ivy wurde dabei übergangen. Aber das kümmerte sie auch nicht weiter. Sie würde noch ein paar Tage der Vernachlässigung ertragen, bis etwas Gras über die Sache mit den Gespenstern gewachsen war. Es könnte ganz interessant werden, einen Bruder zu haben, der sich in jedem Augenblick in irgendeine beliebige Kreatur verwandeln konnte. Sie würde ihm beibringen, wie er an die Keksdose hoch oben im Regal herankam, indem er sich in eine Schnecke verwandelte und die Wand emporkroch, so daß sie zwischen den Mahlzeiten niemals würden Hunger leiden müssen. Oder wie er sich in einen kleinen Drachen verwandeln und Marshmallows toasten und gewissen Leuten heiße Füße verschaffen konnte. Die Möglichkeiten waren schier endlos!

Ja, es sah so aus, als würde das Leben schon bald um einiges interessanter werden.

ENDE

SCIENCE
FICTION

Band 22 098

Piers Anthony

Reiter auf dem schwarzen Pferd

Deutsche Erstveröffentlichung

Es begann damit, daß Zane den Tod erschoß. Und das war, wie er alsbald entdeckte, ein Fehler. Denn der Mensch, der die Inkarnation des Todes tötete, war gezwungen, dessen Stelle einzunehmen. Danach war es sein Schicksal, selbst auf seinem schwarzen Pferd über die Welt zu reiten und das Leben anderer Menschen zu beenden.
Nur – Zane war damit nicht einverstanden. Und so geschah das Undenkbare: Der Tod trat in den Streik.

Mit den ›Inkarnationen der Unsterblichkeit‹ stellt Piers Anthony, der Autor der ›Saga vom magischen Land Xanth‹, eines der verblüffendsten und originellsten Konzepte vor, das die Science Fiction in neuerer Zeit hervorgebracht hat.

BASTEI LÜBBE

Sie erhalten diesen Band im Buchhandel, bei Ihrem Zeitschriftenhändler sowie im Bahnhofsbuchhandel.